Catharina Sundberg
Die Handelsherrin

SERIE PIPER

Zu diesem Buch

Stockholm, 1392: Anne Persdotter hat nach dem Tod ihres Mannes das Handelshaus übernommen, bei dem sie früher einmal angestellt war. In der schwedischen Hauptstadt herrschen die Vitalienbrüder, die Seeräuber der Ostsee, nachdem sie die regierenden schwedischen Bürger umgebracht haben. Und sie haben es auf Anne und ihren Besitz abgesehen. Unter lebensgefährlichen Umständen glückt ihr, gemeinsam mit ihrer kleinen Tochter, die Flucht nach Lübeck. Doch ihr neuer Geschäftspartner ist nicht derjenige, der er vorgibt zu sein. Und in Lübeck bildet sich eine heimliche Widerstandsbewegung, die sich gegen das Terrorregiment in Stockholm richtet. An vorderster Front steht der ehemalige Stadtrat Magnus Spangenmacher, ein Bekannter aus früheren Zeiten … Lebendig, spannend und voller Atmosphäre schildert die erfolgreiche Autorin Catharina Sundberg die farbige Welt der Hansezeit.

Catharina Sundberg arbeitete viele Jahre als Meeresarchäologin und Historikerin. Nach Tätigkeiten in mehreren skandinavischen Museen besuchte sie die Journalistenhochschule in Göteborg und begann historische Romane zu schreiben, zuletzt »Gebrandmarkt« und »Die Handelsherrin«. Heute lebt sie in Stockholm und arbeitet als Journalistin bei der Tageszeitung Svenska Dagbladet. Weiteres zur Autorin: www.geocities.com/catharinaingelmansundberg

Catharina Sundberg

Die Handelsherrin

Roman aus der Hansezeit

Aus dem Schwedischen von
Wibke Kuhn

Piper München Zürich

Mehr über unsere Autoren und Bücher:
www.piper.de

Von Catharina Sundberg liegen bei Piper im Taschenbuch vor:
Gebrandmarkt
Die Handelsherrin

Deutsche Erstausgabe
Dezember 2008

Titel der schwedischen Originalausgabe:
»Förföljd«, Bokförlaget Forum, Stockholm 2007

Umschlag: Büro Hamburg. Anja Grimm, Stefanie Levers
Bildredaktion: Büro Hamburg. Alke Bücking, Charlotte Wippermann
Umschlagabbildung: Montage aus Alamy / Strandperle Medien Services, Hamburg (Frauenporträt), Fry Design Ltd / Getty Images (Kompass-Detail), mauritius images / Thonig (Urgestein), akg-images (Stadtansicht von Stockholm)
Autorenfoto: Christoffer Edling / Fotograf Edling AB
Satz: Filmsatz Schröter, München
Papier: Munken Print von Arctic Paper Munkedals AB, Schweden
Druck und Bindung: CPI – Clausen & Bosse, Leck
Printed in Germany ISBN 978-3-492-25233-1

Prolog 1392

Am seltsamsten war diese unheimliche Stille. Anne blickte zum Stadttor hinunter. Vereinzelt bellte ein Hund, Pferde schnaubten, ansonsten hörte sie nur das ferne Rattern von Wagenrädern, während ein Fuhrwerk nach dem anderen die Stadt verließ. Die Menschen, die sich auf den Wagen zusammenkauerten, wechselten kein einziges Wort miteinander. Kein Geschrei, keine Proteste, kein lautes Weinen. Nur stumme Verzweiflung.

Die Flüchtlinge waren mächtige Schweden, die Stockholm gemeinsam mit den Deutschen regiert hatten. Doch nun hatte man ihnen befohlen, die Stadt zu verlassen. Den schwedischen Bürgern, die noch nicht ermordet worden waren, blieben ganze zwei Tage, um die Stadt zu verlassen. Für immer.

Die Sonne brannte auf den Hügel herab, und die aufgeheizte Luft hing stickig in den Gassen zwischen den Häusern. Anne strich sich über die Stirn und trocknete die verschwitzte Hand am Rock. Sie wusste, dass sie das Schicksal herausforderte, wenn sie hierblieb. Auch sie und ihre Tochter hatten schon auf einem solchen Wagen gesessen, doch Stockholm war ihre Heimat, und sie wollte das Handelshaus und die Geschäfte nicht aufgeben, in die sie so viel Mühe gesteckt hatte. Sie verließ sich auf ihren deutschen Hintergrund – nachdem sie mehrere Jahre lang als deutsche Bürgersfrau in Lübeck gelebt hatte, beherrschte sie die Sprache fehlerfrei. Und die Freibeuter, die die Macht in Stockholm an sich gerissen hatten, würden sich sicher nicht lange halten können. Früher oder später würden die Vitalienbrüder vertrieben werden, und bis dahin würde sie ausharren. Sie war fest entschlossen zu kämpfen.

1. Kapitel

Anne hatte sich das Kleid gerade halb über die Schultern gezogen, da hielt sie inne. Wieder beschlich sie das seltsame Gefühl, nicht allein zu sein. Irgendetwas in diesem Haus war anders. Ein Geruch, ein Geräusch, ein Schatten, etwas Fremdes. Sie blickte sich um. Eigentlich war sie sicher, die Tür hinter sich zugezogen und verriegelt zu haben. Zur Sicherheit ging sie ins Kinderzimmer und sah nach Maria. Das kleine Mädchen schlief tief und fest. Sie musste irgendetwas anderes gehört haben.

Anne zupfte sich das Kleid zurecht und ging zu Elin. Im Kontor musste geputzt und aufgeräumt werden. Als sie die Mägdekammer betrat, spülte das Mädchen gerade einen Scheuerlappen in einem Eimer aus. Sie blickte auf, als sie Anne an der Tür bemerkte.

»Warst du eben gerade im Erdgeschoss?«, fragte Anne.

»Nein, ich bin die ganze Zeit nur hier gewesen.«

Das Mädchen sprach leise, und Anne fand, dass sie niedergeschlagen wirkte. Ihr Gesicht war bleich und ihre Miene teilnahmslos. Anne trat zu ihr.

»Ist irgendwas geschehen?«

Elin zuckte nur mit den Schultern.

»Mit dir ist doch etwas. Aber wenn du es mir nicht erzählst, kann ich dir nicht helfen.«

Elin und sie waren ungefähr gleich alt, aber sie hatten nicht allzu viel gemeinsam. Das Mädchen wohnte mit seiner Mutter in Söder und kam dreimal in der Woche, um im Haushalt zu helfen. Am Abend bediente sie in einer Kneipe am Hafen. Sie war schüchtern und pflichtbewusst und sprach nur das Allernötigste. Doch seit sie hier arbeitete, war es immer blitzsauber. Jetzt sah sie Anne scheu an.

»Mutter ist krank, und ich arbeite, so viel ich kann, aber das Geld reicht gerade fürs Essen. Meine Kleider sind so abgetragen, dass man fast hindurchgucken kann, und Mutters Kleider sind auch ganz alt und zerrissen.«

Anne legte Elin tröstend den Arm und die Schulter. Vor gar nicht allzu langer Zeit war sie selbst nach einem Schiffbruch völlig mittellos gewesen, und sie hatte nicht vergessen, wie es sich anfühlte, nicht einmal das Geld für Essen und eine Wohnung aufbringen zu können. Sie bedachte Elin mit einem mitleidigen Blick.

»Weißt du, warum ich damit angefangen habe, dir Lesen und Schreiben beizubringen?«

Das Mädchen schüttelte den Kopf.

»Ich mag dich, und ich dachte mir, dass du vielleicht irgendwann bei mir im Handelshaus arbeiten willst.«

Elin riss die Augen auf.

»Zu zweit können wir mehr Geld verdienen, und um deine Zukunft musst du dir keine Sorgen mehr machen. Ich werde dir helfen. Das mit den neuen Kleidern lässt sich gleich bewerkstelligen. Komm mit mir nach oben!«

Anne stieg die Treppe hinauf und bedeutete der Magd, ihr zu folgen. Dann trat sie vor eine Truhe und strich lächelnd mit der Hand darüber.

»Hier liegen viele Kleider. Alf Gerhardt, der Kaufmann, von dem ich das Handelshaus geerbt habe, war mit einer Frau namens Gertrud verheiratet. Als sie starb, durfte ich ihre Kleider anziehen. Manche habe ich getragen, andere liegen hier nur herum. Da wir zwei ungefähr gleich groß sind, müsste dir eigentlich etwas davon passen.«

Das Mädchen starrte sie verblüfft an.

»Ich meine es ernst. Sieh dir alles an, und dann können wir entscheiden, was dir am besten steht.«

»Meint die gnädige Frau etwa ...«

»Genau das meine ich. Geschwind, zieh das alte Zeug aus! Ich komme später zurück. Jetzt muss ich kurz zum Hafen hinunter und einen Vertrag abholen, aber ich bin bald wieder hier.« Anne hob den Deckel der Truhe, damit Elin einen Blick hineinwerfen konnte. Der Magd entfuhr ein entzückter Seufzer.

»Ja, hier liegen genügend Kleider für uns beide. Komm, probier sie an!«

Anne lächelte und eilte die Treppe hinunter. Dass sie nicht eher daran gedacht hatte! Natürlich wollte das Mädchen sich ein bisschen hübsch machen. Sie betrat das große Zimmer, um ihren Schal zu holen, und wollte gerade die Treppe zum Erdgeschoss betreten, da hörte sie wieder dieses Geräusch. Es schien von unten zu kommen. Erneut beschlich Anne ein ungutes Gefühl. Sie blieb ganz still stehen, dann ging sie zögernd zur Treppe und horchte nochmals.

Sie wartete eine Weile, doch dann zuckte sie die Achseln. Nichts mehr zu hören. Seit die Vitalienbrüder in Stockholm die Macht übernommen hatten, war sie ängstlich geworden. Sie hörte Geräusche, sah überall Schatten und hatte Todesangst, dass jemand ihr oder Maria etwas antun könne. Die neuen Machthaber jagten die schwedischen Bürger, und sie war ja auch Schwedin. Irgendjemand konnte geplaudert haben, und die Vitalienbrüder waren unberechenbar. Auf der Ostsee kaperten sie friedliche Kaufmannsschiffe, und in Stockholm ermordeten und quälten sie unschuldige Schweden. Aber sie musste sich besinnen und einsehen, dass nicht überall nur Gefahren lauerten. Sie zog sich die Haube über den Kopf und stieg die Treppe hinunter. Nachdem sie sich hastig umgeblickt hatte, eilte sie zum Hafen hinunter.

Elin knetete sich aufgeregt die Hände und betrachtete den Inhalt der Truhe. So viele schöne Kleider hatte sie noch nie gesehen. Sie bückte sich und befühlte vorsichtig die Stoffe. Ihre Finger glitten begeistert über ein Kleid, das ohne Mittelsaum aus einem einzigen Stück Stoff geschnitten war, und über einen Rock mit silberner Stickerei. Prüfend hob sie ein hellblaues Kleid mit Schleppe und Hermelinbesatz hoch und drückte es fest an die Brust. Sie lächelte in sich hinein und genoss den Lavendelduft. Endlich konnte sie ihren fadenscheinigen graubraunen Rock wegwerfen, endlich konnte sie ein Kleid anziehen, das ihr wirklich gefiel. Ganz oben lag auch ein grünes Gewand aus Samt und Seide mit passender Haube. Eines von Annes Lieblingsstücken.

Elin hob es hoch und hielt es mit ausgestreckten Armen von sich. So etwas Schönes hatte sie noch nie tragen dürfen. Sie konnte nicht anders, sie musste hineinschlüpfen. Entschlossen zog sie sich aus und streifte das grüne Samtkleid über den Kopf. Mit den Händen strich sie über den weichen Stoff, während sie auf und ab ging. Ganz langsam und würdevoll schritt sie einher, wie sie es bei den Bürgersfrauen beobachtet hatte, und schwenkte die Hüften. Der Stoff schwang hin und her. Dann steckte sie sich die Haare zu einem Knoten zusammen, setzte die Haube auf und kicherte. Jetzt sah sie fast so aus wie Frau Anne.

Schließlich suchte sie sich ein wenig Schminke zusammen, bemalte sich die Lippen und puderte sich das Gesicht. Ein herrliches Freiheitsgefühl erfüllte sie, und sie summte glücklich eine schwedische Ballade vor sich hin. Wenn sie nun noch anständig lesen und schreiben lernte und mit Anne im Handelshaus zusammenarbeitete, konnte sie sich vielleicht immer so schön anziehen.

Im selben Moment glaubte sie, ein Rumpeln von unten zu hören. Anne konnte doch nicht so schnell zurückgekommen sein! Elin blieb ganz still stehen und lauschte, woher das Geräusch kam. Es hörte sich an, als gehe unten jemand umher. Vorsichtig, fast schleichend. Sie hielt den Atem an. Nein, das bildete sie sich nur ein, es musste Anne sein, die ... Doch bevor sie den Gedanken zu Ende denken konnte, wusste sie, dass sie recht hatte: Da unten war jemand.

Als sie herumfuhr, meinte sie einen Blick auf einen Mann zu erhaschen, der sich auf der Treppe hastig duckte. Der kalte Schrecken packte sie, ihr Mund wurde ganz trocken. Hier oben war sie gefangen, ohne fliehen zu können. Sie zitterte vor Angst, zwang sich aber, ruhig zu bleiben, und versuchte sich einzureden, dass alles in Ordnung war. Leise, ganz leise schlich sie zur Treppe und stieg mit angehaltenem Atem die Stufen hinunter. Bei jedem zweiten Schritt knarrte das Holz unter ihren Füßen, und sie hielt jedes Mal verängstigt inne.

Sie erkannte noch, dass der Mann, der ihr entgegenkam, groß und stark und in Grün gekleidet war. Als sie zu fliehen versuchte, packte sie jemand von hinten, und im nächsten Moment spürte sie eine raue Hand auf ihrem Mund. Verzweifelt mühte sie sich, den Kopf frei zu bekommen, zuzubeißen und sich loszustrampeln, aber der Mann hinter ihr war stark. Mit schreckgeweiteten Augen sah sie, wie das Messer auf sie niederfuhr, und dachte noch, dass das alles ein böser Traum sein musste. Mit einer letzten verzweifelten Anstrengung wollte sie sich losreißen, aber sie war am Ende ihrer Kräfte. Als sie zu Boden sank, schoss ihr das Blut aus dem Hals.

Die Männer durchsuchten das Zimmer und fanden die Pergamentrolle in einer Kiste unterm Bett. Der Mann im grünen Mantel überflog das Schriftstück, rollte es wieder zusammen und steckte es ein. Dann wandte er sich an seinen Kumpan und wies mit einer Kopfbewegung auf die Tote.

»Ganz schön viel Blut. Du hättest sie lieber erwürgen sollen.«

»Dein Vorschlag kommt zu spät.«

Der andere bückte sich, um die blutige Klinge am Rock der jungen Frau abzuwischen. Ein letztes Mal sahen die beiden Männer sich um, dann eilten sie die Treppe hinab und verschwanden aus dem Haus.

Das Kind, das bis jetzt in seinem Korb gelegen und geschlafen hatte, quengelte ein wenig, schlummerte aber wieder ein. Erst als die Sonne gegen Mittag durchs Fenster fiel, wurde der Kleinen zu warm, und sie wachte auf. Erst wimmerte sie nur, doch bald schrie sie gellend. Sie war verschwitzt und hungrig, und so schrie sie immer lauter und lauter, einsam, nackt und schrill. Aber es war niemand da, der sich um sie kümmerte.

2. Kapitel

Anne verließ das Schiff mit dem Vertrag in der Hand. Es hatte länger gedauert als geplant, aber nun war endlich alles erledigt. Abermals hatte sie günstige Bedingungen aushandeln können, und sie wusste, das hatte sie ihren gut gefüllten Lagern zu verdanken. Waren von hochwertiger Qualität waren in diesen Tagen eine Seltenheit.

Sie strich sich das Haar aus dem Gesicht und sog tief die frische Spätsommerluft ein. Summend schritt sie den Kai entlang zum Marktplatz. Sie freute sich über das Geld, das sie für sich und ihre Tochter verdient hatte, und war stolz, dass sie sie beide schon versorgen konnte – gerade erst zwei Monate nach Übernahme des Handelshauses. Doch sie gab das Geld nicht allzu freizügig aus, sondern legte immer einen Teil beiseite. Eines Tages würde es vielleicht dem Kampf gegen die Vitalienbrüder zugute kommen. Sie hatten die Stadt geschändet, die schwedischen Bürger ermordet und den Hungertod vieler Stockholmer verschuldet. Früher oder später wird sich eine Widerstandsbewegung bilden, dachte sie. Und die wollte sie auf jeden Fall unterstützen. Sie wollte nicht unter mecklenburgischen Soldaten und Wegelagerern in einer besetzten Stadt leben. Sie träumte vom Frieden und einem Stockholm, in dem Schweden und Deutsche gemeinsam regierten.

Ihr Blick fiel auf das Schloss. Drei Kuppeln mit Kupferdächern, die in der Nachmittagssonne glänzten. Einmal war sie mit Alf dort gewesen. Jetzt war er tot, und sie hatte sein Handelshaus übernommen. Das Leben ist doch seltsam, dachte sie. Man weiß nie, wie die Dinge sich entwickeln und was alles geschehen wird. Wie oft hatte sie schon Pläne geschmiedet, und dann war doch wieder alles ganz anders gekommen, als sie gedacht hatte. Aber jetzt würde sie ihre Träume verwirklichen. Sobald wieder Frieden herrschte in Stockholm, würde sie ihre Handelstätigkeit ausbauen, sich eigene Schiffe anschaffen und die ganze Ostsee befahren. Bis dahin würde zwar noch einige Zeit ins Land gehen, aber eines Tages …

Sie rückte die Tasche am Gürtel zurecht, raffte die Röcke zusammen und näherte sich der Köpmannagatan und dem Stortorget. Vorsichtig schritt sie über das holprige Kopfsteinpflaster zwischen den Abfallhaufen, während ihr die Gedanken durch den Kopf zogen. Sie hatte ein ganzes Lager voller Leder losgeschlagen und würde sich sofort wieder um Nachschub kümmern. In solchen unruhigen Zeiten brauchten die Soldaten Leder für ihre Schuhe und Schilde. Der Kampf zwischen den Deutschen, Schweden und Dänen bescherte ihr gute Geschäfte. Aber der Frieden war ihr wichtiger.

Nach den Geschehnissen auf Käpplingeholmen, der Insel, auf der man die einflussreichsten schwedischen Bürger Stockholms in eine Scheune gelockt und verbrannt hatte, war die Stadt ihrer tüchtigen einheimischen Kaufmannschaft beraubt. Für die wenigen, die geblieben waren, gab es umso mehr Arbeit. Die Preise für Erz, Kupfer, Stoff und Leder waren niedriger als je zuvor, und Anne hatte sich ein ansehnliches Lager angelegt. Auf diese Weise half sie den Schweden, die ihre Lager auflösten, während sie selbst gut an diesen Waren verdiente. Sie verkaufte ohne Zwischenhändler gleich an die Deutschen.

Mit ihrem Lübecker Hintergrund konnte sie sich ungehindert zwischen Schweden und Deutschen bewegen und ihre Geschäft mit demjenigen abschließen, der ihr am meisten bot. Sie vermied es jedoch so lange wie möglich, Geschäfte mit den Vitalienbrüdern zu machen. Je weniger sie mit denen zu schaffen hatte, umso besser. Doch sie arbeitete hart, und obwohl sie weder in der Hanse ausgebildet war noch zu diesem mächtigen Kaufmannsverband gehörte, liefen ihre Geschäfte gut. Sie achtete immer darauf, nicht allzu sehr aufzufallen. Erfolg zog Neid nach sich, und als Frau im christlichen Stockholm hätte sie eigentlich verheiratet sein, ihrem Mann dienen und sich brav um Heim und Familie kümmern müssen – aber gewiss nicht erfolgreich in der Handelswelt mitmischen sollen. Dass eine alleinstehende Frau mit Kind sich irgendwie versorgen musste, war der Kirche herzlich gleichgültig. Da verteilte man lieber Almosen.

Anne war ziemlich außer Atem, als sie den letzten Hügel zum Stortorget hochschritt. Schnell lief sie am Schandpfahl vorbei und über den kleinen Abhang weiter zum Korntorget. Sie wollte Elin bitten, am Abend auf Maria aufzupassen. Sie wollte den Weinkeller aufsuchen und die günstigen Geschäftsabschlüsse mit ihrer Freundin Valborg feiern. Niemand konnte sich so wie die Schankwirtin mit anderen freuen, und Anne wollte ihr unbedingt von dem neuen Vertrag erzählen. Sie freute sich immer noch wie ein Kind über jeden Erfolg und hatte sich noch nicht recht daran gewöhnt, dass sich für sie alles so gut fügte.

Als sie zum Korntorget kam, beschleunigte sie ihre Schritte, denn sie sehnte sich schon wieder nach ihrer kleinen Tochter. Mit einem Lächeln auf den Lippen öffnete sie die Tür und trat ein. Da hörte sie Maria im Obergeschoss schreien. Schnell raffte sie ihre Röcke zusammen und rannte die Treppen hinauf. Elin war zuverlässig und hätte das Mädchen niemals einfach allein gelassen.

»Elin?«

Keine Antwort.

Auf einmal schnürte sich ihr die Kehle zusammen, und sie spürte einen quälenden Druck auf der Brust. Und dann sah sie das Blut.

3. Kapitel

Die Haare peitschten ihr ums Gesicht. Der Anblick der Toten verfolgte sie mit jedem Schritt, sie wurde vom Grauen geschüttelt. Maria weinte in ihren Armen, und obwohl Anne sie hörte, war ihr, als komme das Kindergeschrei aus weiter Ferne, aus einer anderen Welt. Bleib jetzt ganz ruhig, redete sie sich selbst zu. Fang nicht an zu rennen, verrat dich nicht. Doch sie konnte ihre Angst nicht bezwingen. So lief sie mit raschen Schritten, klopfendem Herzen und schweißverklebten Händen durch die Gassen. Elin hatte tot auf dem Boden gelegen – in Annes Kleid. Die arme Magd hatte niemals auch nur einer Fliege etwas zuleide getan, die Mörder mussten sich getäuscht haben. Hinter Anne waren sie her gewesen, Anne Persdotter, der Besitzerin des Handelshauses!

Sie sah sich um, als könnten ihr die Mörder hinter der nächsten Ecke auflauern. Scheu musterte sie alle, die ihr entgegenkamen. Männer in Harnischen grölten vor einer Kneipe, ein Bettler saß mit ausgestreckter Hand an einer Straßenecke, und ein Bauer war mit seinen Kühen zur Weide unterwegs. Niemand schien ihr Beachtung zu schenken.

Sie eilte weiter, bog rasch um die Ecke und sah schließlich die Stange mit dem aufgesteckten Wirtshauskranz vor dem Weinkeller. Maria war mittlerweile verstummt und schlang ihr die Ärmchen um den Hals. Anne drückte sie fest an sich. Als sie die Tür erreicht hatte, klopfte sie zwar, riss sie aber gleich auf, ohne abzuwarten, dass ihr jemand öffnete.

Auf der obersten Stufe hielt sie inne. Ganz hinten, neben dem Ofen, entdeckte sie ihre Freundin, die die Arme um Herman Möller geschlungen hatte, den reichen deutschen Bürger, der auch im Rat saß. Anne zögerte. Widerstreitende Gefühle befielen sie. Am liebsten wäre sie zu ihrer Freundin gestürzt und hätte ihre Verzweiflung hinausgeschrien, aber der Anblick der beiden verwirrte sie. Als sie sich leise zurückzog, stieß sie gegen einen Eimer, der umfiel und die Treppen hinunterpolterte.

»Anne, bist du das?« Valborg befreite sich aus der Umarmung und glättete den Rock.

»Wie schön! Komm doch herein, bleib nicht da oben stehen!«

Mit wackligen Knien stolperte Anne die Treppe hinunter und schritt durch das niedrige Kellergewölbe.

»Aber Anne – wie siehst du denn aus? Was ist geschehen?«

»Elin ist tot.«

»Was sagst du da?« Valborg kam ihr entgegen.

»Als ich nach Hause kam, fand ich sie am Boden. Man hat sie erstochen«, fuhr Anne mit bebender Stimme fort.

»Erstochen? Das ist ja schrecklich!«

Anne setzte sich mit Maria auf eine Bank, und Valborg ließ sich daneben nieder. Sie atmete schwer und war ganz bleich.

»Irgendjemand ist ins Haus eingebrochen und hat sie umgebracht«, berichtete Anne. »Und sie hatte meine Kleider an. Ich glaube, man hat sie ermordet, weil man sie mit mir verwechselt hat.«

Valborg nahm Anne in den Arm und streichelte ihr den Rücken. Anne begann zu schluchzen.

»Aber warum sollte dir jemand etwas Böses wollen?«, fragte Valborg.

»Ich weiß nicht. Aber ich habe an den Mob gedacht, der Alf gelyncht hat. Irgendjemand muss dahintergekommen sein, dass ich seine Frau war, und trachtet mir nach dem Leben. Oder es waren die Vitalienbrüder, die das Handelshaus plündern wollten.«

»Ja, die wollen sich sicher das Handelshaus unter den Nagel reißen«, stimmte Valborg zu.

Herman Möller verließ seinen Platz am Ofen und gesellte sich zu ihnen. Er war mittelgroß und ziemlich dünn. Seine Haltung wirkte so aufrecht, als hätte er einen Schürhaken verschluckt, und er ging mit kurzen, entschlossenen Schritten. Sein Gesicht war glatt rasiert, und gelocktes, helles Haar umrahmte ein ovales, kleines Gesicht. Seine Augen waren hellblau und forschend. Als er Anne sah, lächelte er ihr zu.

»Alf war reich und unterhielt gute Geschäftsverbindungen. Könnte es nicht sein, dass die Hanse das alles übernehmen will? Vielleicht stecken ja gar nicht die Vitalienbrüder dahinter«, gab er zu bedenken.

Anne hörte ihm zu, wusste aber nicht, was sie glauben sollte. Sie konnte das Bild der Toten und der riesigen Blutlache nicht loswerden, und ihr wurde immer elender zumute. Hätte sie Elin doch nur ihre Kleider nicht angeboten, hätte sie sie doch nicht allein gelassen! Sie schniefte und wischte sich mit der Hand übers Gesicht. Maria quengelte wieder, und Anne wiegte sie sanft, während sie ihr das Haar streichelte. Innerhalb kürzester Zeit hatte sich die Kleine beruhigt.

Herman ging im Zimmer auf und ab. Anne war nicht sicher, ob es so klug war, in Anwesenheit des Kaufmanns über die Geschehnisse zu sprechen, aber früher oder später würde er ja sowieso erfahren, was sie Valborg erzählte.

Nachdem ihre Freundin Witwe geworden war, hatte sie allein gelebt, doch schon bei Hermans erstem Besuch im Weinkeller hatte sie ein Auge auf ihn geworfen. Und als sie sich die Leinenbluse zu bügeln pflegte und die Haare sorgfältig hochsteckte, begriff Anne, dass es ernst war. Mittlerweile wartete Valborg den ganzen Tag nur noch auf ihn, und wenn er erst durch die Tür getreten war, konnte man kaum mehr ein vernünftiges Wort mit ihr wechseln. Anderen hörte sie nur zerstreut zu, doch sobald Herman etwas sagte, horchte sie gespannt auf. Offensichtlich war auch er ihr sehr zugetan. Mit seinem Gutshof vor den Toren der Stadt war er bestens gestellt und deshalb sicher nicht hinter Valborgs Vermögen her.

»Wie auch immer, jetzt müssen wir erst mal was in den Magen kriegen.« Valborg stand auf und räumte den Tisch frei. »Das mit Elin werden wir aufklären. Aber mit leerem Magen sollte man keine Entscheidungen treffen.«

Anne konnte sich ein Lächeln nicht verkneifen. Wie ernst die Lage auch sein mochte, Valborg dachte immer ans Essen. Sie war kugelrund, und ihre Formen erinnerten Anne an ein wandelndes Federbett. Nicht umsonst trug sie den Spitznamen Essenundtrinken.

Die Freundin trat an den Ofen, schöpfte einige Kellen Suppe in eine Schüssel und kehrte an den Tisch zurück.

»Hier, iss!«

Anne nahm die Schale dankbar entgegen und kostete. Die Freundin trocknete sich die Hände an der Schürze ab, setzte sich wieder neben sie und nahm Maria auf den Schoß.

»Ich glaube, es ist zu gefährlich, wenn ihr zwei im Handelshaus bleibt«, meinte sie.

Annes Hand mit dem Löffel erstarrte auf halbem Weg zum Mund.

»Ja, du musst aus Stockholm verschwinden«, stimmte Herman zu. »Deine Feinde könnten einen weiteren Angriff planen.«

»Ich soll unser Heim verlassen? Und die Geschäfte, die Maria und mich vorm Verhungern bewahren? Die entwickeln sich jetzt nämlich wieder gut.«

»Du hattest es früher auch schon schwer und hast es trotzdem immer geschafft. Du wirst es auch diesmal wieder schaffen. Wir helfen dir, nicht wahr, Herman?« Valborg sah ihren Freund auffordernd an.

Er setzte sich neben sie. »Deine Geschäfte gehen also wieder gut nach Alfs Tod?«, wollte er wissen. Anne nickte.

»Ich weiß nicht, wie viel Valborg dir erzählt hat, aber ich habe lange im Auftrag der Hanse Handel getrieben«, erklärte Herman. »Ich habe immer noch viel mit Lübeck zu tun, vielleicht kann ich dir ja irgendwie helfen.«

Anne lauschte seiner schleppenden Stimme. Warum hatte er früher nie etwas davon erwähnt?

»Früher war ich meistens in Lübeck, aber nach den Morden auf Käpplingeholmen habe ich meine Geschäfte hierher verlegt«, erklärte er, als hätte er ihre Gedanken erraten.

»Ja dann«, sagte Anne und dachte an die vielen neu angekommenen Kaufleute, die die Stadt bevölkerten. Die schwedischen Bürger hatten eine Lücke hinterlassen, die die deutschen Händler jetzt zu füllen versuchten.

»Vielleicht kannst du mit Hermans Kompagnons in Lübeck zusammenarbeiten. Das wäre doch schön, oder nicht?«, schlug Valborg vor. »Und er kann sich hier um dein Handelshaus kümmern, solange du weg bist.«

Anne warf Herman einen Blick zu. Der nickte zustimmend.

»Das kann ich, natürlich.«

Valborg nahm seine Hand und sah ihn verliebt an. Anne wusste, dass ihre Freundin seine ruhige Art liebte. In seiner Gesellschaft musste sie nicht immer die Starke spielen, und er gab ihr Rückhalt und kümmerte sich um sie.

»Ich kann dich mit meinen Geschäftsverbindungen in Lübeck vertraut machen, und dann können wir zusammenarbeiten«, fuhr Herman fort. Er sprach jetzt etwas lauter. »Wenn du meine Interessen in Lübeck wahrnimmst, kann ich hier in Stockholm dein Handelshaus weiterführen.«

»Das hört sich doch großartig an!«, rief Valborg, bevor Anne auch nur den Mund öffnen konnte. »Wenn das Haus leer steht, wird es früher oder später nur ausgeplündert.«

Anne faltete die Hände. Plötzlich kam es ihr in dem Weinkeller stickig heiß vor. Jemand hatte sie umzubringen versucht. Sie musste mit Maria fliehen. Aber das Handelshaus einem anderen überlassen? Herman, Valborgs Geliebtem? Er war Ratsherr und kein Vitalianer, also konnte sie ihm eigentlich vertrauen. Und während sie noch Vermutungen über seinen Geschäftssinn anstellte, wurde ihr bewusst, dass sie sowieso keine Wahl hatte. Schließlich konnte sie das Haus nicht einfach unbewohnt zurücklassen. Sie warf einen Blick auf ihre Tochter. Sie musste an einen Ort, an dem Maria und sie außer Gefahr waren und sie ihr Kind versorgen konnte. Natürlich war es ein Wagnis, sich mit Geschäften in Lübeck zu versuchen. Sie dachte zurück, wie schwer sich ihr Vater damals getan hatte.

»Wir arbeiten zusammen«, fuhr Herman Möller lächelnd fort. »Hier in Stockholm brauchen wir Salz und Stoffe. Ich kenne Männer in Lübeck, die dir mit allen erforderlichen Genehmigungen und Stempeln helfen werden. Und dann kannst du uns nach und nach Waren schicken.«

»Ich brauche aber ein Anfangskapital. Mein Lager ist einiges wert, aber das lässt sich nicht so rasch verkaufen.«

»Meine Kompagnons in Lübeck werden dir mit den Krediten aushelfen, die du brauchst.«

»Trotzdem wäre es mir am liebsten, wenn wir Elins Mörder fänden. Dann könnte ich vielleicht in Stockholm bleiben und müsste nicht fliehen und Kredite aufnehmen«, wandte Anne ein und schob die halb volle Suppenschüssel von sich.

»Aber verstehst du denn nicht?«, beharrte Valborg. »Selbst wenn wir die Leute finden, die dich töten wollten, gibt es bestimmt noch andere, die auf Rache sinnen. Nichts wäre mir lieber, als dass du hierbleibst, aber du hast mit einem Mann zusammengelebt, der für den Tod unzähliger schwedischer Bürger verantwortlich war. Das wird man so schnell nicht vergessen.«

»Und die Vitalienbrüder wollen sich sämtliche Handelshäuser aneignen ...«

Bekümmert seufzte Anne auf.

»Die arme Elin.«

Herman beugte sich vor.

»Hast du eigentlich feststellen können, ob irgendetwas aus dem Haus weggekommen ist?«

»Ich habe mich nicht umgesehen, sondern bin sofort hierhergelaufen. Am besten kehre ich jetzt gleich zurück und sehe nach. Außerdem muss ich dafür sorgen, dass sich irgendjemand um Elin kümmert. Und dann muss ich ja meine Sachen packen, wenn ich Stockholm tatsächlich verlassen sollte.« Letzteres sagte sie ohne einen Funken Freude.

»Iss erst noch ein wenig! Wir leisten dir Gesellschaft«, tröstete Valborg.

»Ich bringe sofort die nötigen Papiere für dich in Ordnung«, versprach Herman. »Übermorgen läuft ein Konvoi mit drei Schiffen nach Lübeck aus. Vielleicht bekommst du auf einem davon einen Platz.«

»Das geht alles so schnell«, murmelte Anne und schüttelte den Kopf.

»Es eilt schließlich«, unterbrach sie Valborg und legte ihr die Hand auf den Arm. »Sobald sich die Lage in Stockholm wieder beruhigt hat, kannst du zurückkehren.«

Bedrückt betrachtete Anne ihre Tochter, hob sie von Valborgs Schoß und streichelte ihr gedankenverloren den Kopf. Sie mussten Stockholm verlassen. Schon wieder ganz und gar von vorn anfangen …

»Herman, ich bin ja so froh, dass du Anne deine Hilfe anbietest«, sagte Valborg und lehnte sich an ihren Freund. Als die beiden sich küssten, schlug Anne den Blick nieder. Sie erkannte ihre Freundin kaum wieder. Sie war immer so klug und nachdenklich gewesen, und jetzt wirkte sie eher wie ein verliebtes junges Ding. Anne drückte die Stirn an Marias Köpfchen. Vielleicht war sie ja nur neidisch, weil sie selbst keinen Mann an ihrer Seite hatte.

Da stand Herman auf und legte ihr die Hand auf die Schulter. »Uns bleibt nicht viel Zeit. Lass uns gleich eine Bestandsaufnahme in deinem Lager machen, und dann setze ich mich mit meinen Kreditgebern in Verbindung und stelle dir einen Schuldschein aus. Ein gewisses Anfangskapital kannst du gleich von hier mitnehmen, den Rest leihst du dir in Lübeck. Es wird alles gut, Anne.«

Er schenkte ihr ein verbindliches Lächeln, und sie senkte den Kopf, verzweifelt und erschöpft.

»Ich könnte nicht ohne Angst weiterhin im Handelshaus wohnen«, erklärte sie leise. »Und auf den Straßen sähe ich mich ständig um, ob ich nicht verfolgt werde. Schon wegen meiner Tochter darf ich nicht sterben. Zuallererst muss ich an Maria denken. Wir werden es schon schaffen in Lübeck.«

»Nimmst du das Mädchen denn mit? Was ist mit Ingrid und Magnus?«, rief Valborg.

»Wenn Ingrid und ihr Gatte zurückkommen, während ich hier bin, muss diese Betrügerin ihm eben erklären, dass sie ihn die ganze Zeit über belogen hat. Dass das Kind nicht das ihre ist, sondern das meine.«

Es wurde ganz still im Zimmer, und Anne dachte daran zurück, wie sie Maria kurz nach der Geburt verloren hatte. Die Hebamme hatte behauptet, das Kind sei tot, und hatte das Neugeborene ihrer Schwester gegeben. Gott sei Dank waren Anne und ihre Tochter inzwischen wieder vereint, und sie würde sie nie wieder hergeben.

»Ich werde euch beide vermissen«, sagte Valborg nach einer Weile. »Bist du sicher, dass die Magd ermordet wurde, weil man sie mit dir verwechselte?«

»Nein. Aber es ist zu gefährlich, hierzubleiben und die Hintergründe der Tat aufzudecken.«

Plötzlich wirkte ihre Freundin ganz verloren, als hätte sie erst jetzt wirklich begriffen, dass Anne sie verlassen musste.

»O Gott, wirst du mir fehlen!«, seufzte sie und umarmte Anne.

»Ach, du kommst schon ohne mich zurecht. Du hast doch Herman.«

Doch im gleichen Moment, als sie die Worte aussprach, wurde ihr bewusst, dass das Leben eine unsichere Sache ist und niemand die Zukunft vorhersehen kann.

4. Kapitel

Magnus Spangenmacher hob den Haken und ließ das Eisen in den Korb rutschen. Zwei Körbe voller Eisenerz, das sollte reichen. Keuchend richtete er sich wieder auf und sah sich um. Es war ganz windstill, ruhig und dunkel lag der See zwischen den Bergflanken. Stundenlang hatte er nach Erz gesucht und zu guter Letzt eine ergiebige Stelle gefunden. Das war eigentlich eine Arbeit für den Winter, wenn man geruhsam an einem Eisloch stehen und das Erz hochholen konnte. Aber er musste seinen Lebensunterhalt verdienen, und der Rohstoff war gefragt. Der Krieg hatte den Bedarf gesteigert, und nicht nur die Schweden, sondern auch die Deutschen und die Dänen brauchten Erz für ihre Waffen. In den Schmelzöfen und Schmieden wurde mit voller Kraft gearbeitet.

Dass er als Bürger und ehemaliger Ratsherr einmal so harte und schmutzige Arbeit verrichten müsste, hätte er nie gedacht. Als die Vitalienbrüder Stockholm eingenommen hatten und er mit seiner Frau aus der Stadt geflohen war, hatte er geglaubt, nach zwei oder drei Wochen zurückkehren zu können. Jetzt hielt er sich schon seit Monaten an diesem gottverlassenen Flecken Erde auf.

Die Berichte aus der Hauptstadt klangen beunruhigend. Die Vitalienbrüder wüteten in den Gassen und vertrieben immer mehr Schweden aus Stockholm. Ungefähr dreihundert schwedische Bürger hatten die Stadt mittlerweile schon verlassen.

Murmelnd legte Magnus den Haken aus der Hand, setzte sich auf die Ruderbank und ruderte an Land. Wie lange würde die Unsicherheit noch anhalten? Die Vitalienbrüder waren gut im Kriegeführen, aber aufs Regieren verstanden sie sich mitnichten. Die Deutschen standen ratlos daneben, und Königin Margareta von Dänemark und Norwegen belagerte die Stadt. Er selbst musste sich in den Bergen verstecken und war zur Untätigkeit verdammt. Dabei wäre er nur zu gern zurückgekehrt, um gegen diese Wegelagerer zu kämpfen, die so viele seiner Freunde umgebracht hatten. Er wollte eine Widerstandsgruppe zusammenstellen, aber sein Leben war in akuter Gefahr, und er musste sich noch eine Weile verstecken. Er war der einzige Ratsherr, der die Morde auf Käpplingeholmen überlebt hatte, und damit ein gefährlicher Zeuge, der berichten konnte, was wirklich vorgefallen war.

Unterdessen schuftete er sich mit der Erzsuche ab. Fast jeden Tag kam er mit den münzgroßen Stückchen vom See zurück, und er hatte sogar schon damit begonnen, einen Schmelzofen zu bauen. Er hatte gelernt, wie man Erz schmolz, und sich auch im Schmieden versucht. Aber damit vertrieb er sich im Grunde nur die Zeit. Sobald er konnte, wollte er nach Stockholm zurückreiten.

Er legte seine ganze Kraft in die Ruderschläge, und als das Boot am Ufer war, sprang er hinaus und zog es so weit wie möglich aufs trockene Land. Er machte es an einem Baum fest, ließ das Erz aber im Boot liegen. Darum wollte er sich später kümmern.

»Du hast aber lange gebraucht«, begrüßte ihn Ingrid. Seine Frau stand am Herd in der einfachen Holzhütte. Sie sah müde und niedergeschlagen aus, wie immer. Wortlos nickte er zum Gruß und trat an die Feuerstelle. Aus den Augenwinkeln nahm er ihre magere, abweisende Gestalt wahr. Ingrid vermisste das Kind, das sie in Stockholm hatte zurücklassen müssen. Sie fühlte sich einsam in dieser Hütte mitten im Wald. Aber was konnte er schon tun? Ihm fehlte die Kleine doch auch.

»Hast du etwas zu essen?«, fragte er.

»Das ist das Einzige, was dir noch zu sagen einfällt.«

»Ich habe da draußen eine schwere und schmutzige Arbeit zu verrichten.«

»Was meinst du, wie es mir hier ergangen ist?«

Er trat neben sie und fasste sie bei den Schultern.

»Ingrid, ich weiß, dass du es auch schwer hast. Es ist für uns beide nicht leicht, aber wir müssen Geduld haben. Jetzt können wir noch nicht nach Stockholm zurück.«

»Ich will nach Hause zu Maria.«

»Ich weiß, das will ich doch auch. Aber das ist unmöglich, solange die Vitalienbrüder die schwedischen Bürger verfolgen.«

»Wir können uns doch verstecken.«

»Und wenn wir entdeckt werden?«

Mit leisem Wimmern sank seine Frau auf die Bank.

»Magnus, ich muss Maria sehen!«, schluchzte sie.

Er setzte sich neben sie und streichelte ihr die Wange.

»Aber Liebste, Maria geht es doch gut. Anne und Valborg kümmern sich bestens um sie. Wenn wir jetzt nach Hause zurückkehren, kann es uns das Leben kosten.«

»Das glaube ich nicht, das behauptest du bloß immer. In Wirklichkeit gefällt es dir doch hier mit deiner verdammten Erzsucherei.«

Magnus seufzte und legte den Arm um seine Frau. Es lohnte sich nicht, ihr zu erklären, dass er sie irgendwie ernähren musste. Das hatte er schon so oft versucht. Doch sie wollte ihm nicht zuhören, sie wollte nur noch nach Hause.

Er blickte ins Feuer und dachte an die dramatische Nacht ihrer Flucht, als die Vertraute seiner Kindheit, die Wirtsfrau Valborg, und ihre Freundin Anne ihnen geholfen hatten, Pferde zu besorgen und ihre Sachen zu packen.

Beim Aufbruch hatte Maria so heftig geschrien, dass sie es nicht gewagt hatten, sie mitzunehmen. Als Ingrid versuchte, ihre Tochter zu beruhigen, war die Kleine nur noch unruhiger geworden. Anne hingegen war es gleich gelungen. Er hatte bemerkt, welche Innigkeit zwischen ihr und Maria bestand, und hatte nicht gezögert, das Kind bei der jungen Frau zu lassen. Das hatte Ingrid ihm nicht verziehen, obwohl sie in ihrem Innersten sicher verstand, dass es die einzige Lösung gewesen war. Hätten sie das schreiende Kind mitgenommen, wären sie wahrscheinlich schon vor dem Erreichen des Stadttors entdeckt worden.

»Ich verspreche dir, wir reiten zurück, sobald wir können. Nicht jetzt. Aber so bald wie möglich.«

Er ließ sie wieder los, und seine Gedanken schweiften erneut zu der jungen Frau, die ein solch glückliches Händchen für seine Tochter bewiesen hatte. Er erinnerte sich an ihren unerschrockenen Blick, das rot glänzende Haar und die Ruhe, die sie ausstrahlte, als sie Maria an die Brust drückte. Er hatte sie nicht vergessen. Anne … Anne Persdotter.

5. Kapitel

Der Kutscher peitschte auf die Pferde ein, doch die Räder steckten so tief im Lehm fest, dass sich der Wagen nicht mehr bewegte. Die drei Männer sprangen von der Ladefläche in den Schlamm und schoben.

Anne saß mit Maria auf dem Schoß zwischen den Säcken und Tonnen und konnte ihnen nicht helfen. Sie wunderte sich ein wenig, dass es im August so viel geregnet hatte, denn gewöhnlich war es um diese Jahreszeit doch trocken und warm. Oder hatte sie sich schon so lange in Schweden aufgehalten, dass sie sich nicht mehr richtig erinnerte? Sie strich sich das Haar unters Kopftuch und dachte kurz an ihre Narbe. Eine schwache Verfärbung war alles, was von der entstellenden Verletzung am Hals geblieben war, und sie konnte sie nur erkennen, wenn sie ganz genau hinsah. Sie wusste noch, wie bekümmert sie über diese auffällige Wunde gewesen war, aber dann war alles viel besser geheilt, als sie es sich jemals hätte träumen lassen.

Schweigend beobachtete sie die Männer. Sie hatten die Schwerter beiseitegeschoben und stemmten sich mit den Schultern gegen den Wagen. Der eifrigste war ein junger Mann mit langem blonden Haar, schmalen Schultern und langen, schönen Händen. Der ist doch viel zu schmächtig für so etwas, dachte sie. Aber er legte sich mehr ins Zeug als die anderen.

Während der Wagen in der matschigen Grube hin und her schaukelte, wand sich Maria aus Annes Griff. Sie riss sich los und watschelte zum Wagenrand, wo ihre Mutter sie gerade noch zu fassen bekam.

»Pass auf!«, rief sie und schloss die Arme fester um die Kleine. Die schrie und ließ sich nicht beruhigen, bis Anne sie hochhob, damit sie das spannende Schauspiel weiter verfolgen konnte.

Der Kapitän hatte noch geprahlt, wie er geradewegs in den Lübecker Hafen segeln und am Kai anlegen werde. Stattdessen war die Kogge wie ein Pflug über den Boden geschrammt und auf einer Sandbank auf Grund gelaufen. Der Mann hatte nicht einmal Boote besorgen können, um sie in die Stadt zu bringen. So waren Anne und andere Passagiere gezwungen, an Land zu rudern. Sie hatte Glück gehabt und sofort einen Platz in einem Boot bekommen, während die meisten zurückbleiben mussten.

Als Letzter war ein rundlicher kleiner Mann mit Backenbart auf den Wagen geklettert, der Anne durch seinen unangenehmen Geruch auffiel. Wie Fisch, der schon zu lange tot ist, dachte sie und fragte sich, warum er nicht auch abgesprungen war, um mit anzuschieben. Vielleicht war er einfach zu faul.

Schließlich bewegte sich der Wagen und kam mit einem letzten heftigen Ruck aus dem Morast frei. Die Männer stiegen wieder auf, und die Augen des jungen blonden Mannes glänzten. Er sah furchtbar stolz aus, als wolle er sagen: Schau nur her! Ich mag ja schmächtig wirken, aber ich bin ganz schön stark, das kannst du mir glauben.

»Danke für die Hilfe. Ich hatte schon Angst, dass wir das letzte Stück in die Stadt zu Fuß gehen müssten«, sagte Anne

»Dann hätte ich dir beim Tragen geholfen«, gab er zurück. Seine Augen waren sanft und seine Züge ganz weich. »Was für eine niedliche Tochter du hast! Wie alt ist sie denn?« Er wies mit einer Kopfbewegung auf Maria.

»Ein Jahr und einige Monate.«

Er lächelte sie an – ein Lächeln, das ihr sofort gefiel. Während der Wagen auf die Stadt zuhielt, zog sich der Himmel zu. Die Sonne verschwand hinter den Wolken, und ein kalter Wind blies über den Weg. Anne fror.

»Gib mir die Hand!«

Sie sah ihn verwundert an, tat aber, worum er sie gebeten hatte. Vorsichtig rieb er ihre kalten Finger zwischen seinen Händen. Als sie merkte, wie die Wärme zurückkehrte, streckte sie ihm die andere Hand hin. Er lächelte und rieb sie auch warm, und als sich ihre Blicke trafen, funkelten seine Augen.

»Besser?«

»Ja, danke«, sagte sie und wickelte den Schal fester um Maria.

»Ich heiße Peder Nagler und bereite mich in Lübeck auf das Priesteramt vor.« Er hielt ihr die Hand hin. »Ja, eine Weile war ich schon Lehrer, aber dann habe ich beschlossen, meiner Berufung zu folgen.«

»Anne Persdotter«, antwortete sie und sah ihn an. »Du willst also Priester werden. Warum?«

»Ich glaube an eine höhere Macht. Und außerdem will ich Menschen in Not helfen.«

»Ich möchte anderen auch gern helfen, aber deswegen werde ich noch lange nicht Priester.«

»Nonne, meinst du wohl.«

Sie sahen sich an und brachen in Gelächter aus. Ihr Blick blieb einen Moment lang an seinem gefühlvollen Gesicht hängen. Wenn er Priester wäre, würde die Kirche ihm nicht gestatten, seine Liebe zu Gott mit einer Frau zu teilen. Gedankenverloren streichelte er Maria über die Stirn. Ein Jammer, dass so ein Mann nicht heiraten und Kinder bekommen darf, dachte sie.

»Kommst du von weit her?«, fragte er nach einer Weile.

»Aus Stockholm. Einen Großteil meines Lebens habe ich hier in Lübeck verbracht, aber geboren bin ich in Schweden. Im Moment ist es jedoch ziemlich unruhig zu Hause, deswegen bin ich zurückgekehrt.«

»Ich habe von den Vitalienbrüdern gehört. Mein Vater ist Reeder und Kaufmann, daher weiß ich Bescheid. Derzeit ist es schwer, auf der Ostsee Handel zu treiben. Eines seiner Schiffe wurde vor drei Monaten gekapert. Glücklicherweise war er nicht an Bord.«

»Stockholm war einmal eine schöne Stadt, jetzt ist es ein Piratennest.«

Der Wagen näherte sich Lübeck, und Anne beugte sich vor, um besser sehen zu können. Im Wasser unterhalb der Stadtmauer lagen zwei kleinere Koggen und eine Reihe von Lastkähnen und Fischerbooten. Ein Stückchen weiter längs waren das Stadttor und die Ziegeldächer zu erkennen und dahinter der hohe Turm der Marienkirche. Anne blickte zum grün schimmernden Kupferdach empor.

»Eine phantastische Kirche, nicht wahr?«, sagte Peder, als er ihre Begeisterung bemerkte.

»Allerdings«, bestätigte sie, während sie eifrig die anderen Kirchtürme und Ziegelhäuser innerhalb der Stadtmauern betrachtete. »Ich wusste zwar, dass Lübeck eine schöne Stadt ist, aber ich hatte vergessen, wie schön.«

Da hielt der Wagen mit einem Ruck an, und sie sahen, dass sich vor ihnen eine ganze Reihe von Gefährten langsam auf das Stadttor zubewegte. Jeder Wagen musste dort kurz anhalten, damit die Wachen den Zoll kassieren konnten. Der dickliche

Mann mit dem Backenbart schien die Geduld zu verlieren, denn er stieg vom Wagen, und zurück blieb nur sein muffiger Geruch. Sie folgte ihm mit dem Blick, bis er im Gewimmel verschwand, und überlegte, ob er sich wohl um den Zoll drücken wollte.

»Was verschlägt dich nach Lübeck?«, fragte Peder.

»Ich treibe Handel, genau wie dein Vater. In Stockholm besitze ich ein Handelshaus, und nun werde ich meine Geschäfte eine Weile von hier aus führen.«

»Dann hast du sicher eine Unterkunft und Freunde, die sich um dich kümmern, nicht wahr?«

Anne strich sich eine Haarsträhne aus dem Gesicht und zögerte einen Augenblick zu lange mit der Antwort.

»Weißt du noch nicht, wo du wohnen sollst?«

»Ich habe vor, einen der alten Kompagnons meines Vaters aufzusuchen. Mein Mann und ich haben ihn manchmal getroffen, als ich noch hier wohnte.«

»Dein Mann und du?«

»Er ist vor einem knappen Jahr gestorben, deswegen muss ich jetzt selbst für mich sorgen.«

»Es tut mir leid, das zu hören. Du musst großen Kummer durchlitten haben. Holt dich jemand ab?«

»Ich musste überstürzt abreisen, deswegen weiß niemand von meiner Ankunft.«

»Dann kommst du mit zu mir in die Fischerstraße, keine Frage. Vater wird sich freuen, eine Frau mit einem Handelshaus in Stockholm kennenzulernen und …«

»Danke, aber ich muss mich erst ein wenig sammeln. Ich kann bei Wolfgang wohnen, er war ein guter Freund meines Vaters. Auf jeden Fall die erste Zeit.«

Die Seereise war anstrengend gewesen, und Maria und sie mussten sich erholen. Wolfgang Kaiser würde sie sicher mit offenen Armen aufnehmen, er war ein gastfreundlicher Mensch. Und es war erst zwei Jahre her, dass sie sich zum letzten Mal gesehen hatten. Dennoch hatte sie eine gewisse Zuneigung zu dem jungen Priesteranwärter gefasst, und wer weiß, vielleicht würde sie ihn eines Tages ja wirklich besuchen.

Als der Wagen durchs Stadttor rollte und sie das Rathaus und die wohlbekannten Gassen rund um den Marktplatz erblickte, spürte sie ein wehmütiges Ziehen in der Brust. Sie war wieder in ihrer alten Heimat, und es kam ihr vor, als hätte die Stadt nur auf sie gewartet. Lübeck war grausam und hart zu den Erfolglosen, aber gut zu denen, die sich auf ihre Arbeit verstanden und sich gegen Schwierigkeiten und Widerstände durchsetzten. Das wusste sie, und sie war fest entschlossen, sich nicht unterkriegen zu lassen. Geld hatte sie ausreichend, um sich einen Monat lang durchzuschlagen, und neben Wolfgang Kaiser besaß sie noch Namen und Anschrift von einem von Hermans engsten Handelspartnern. Hier in Lübeck würde ihr nichts zustoßen, hier würde sie gut leben.

Später sollte sie sich fragen, wie sie nur so leichtgläubig hatte sein können.

6. Kapitel

Ein feister kleiner Mann mit bauschigem Backenbart überquerte eilig die Straße und lief auf die Wiese zu, auf der das Turnier stattfinden sollte. Bis zur großen Vorführung dauerte es noch einige Tage, und die Ritter übten sich. Die Zelte waren schon alle aufgeschlagen, und rund um die Reitbahn war ein großes Gelände abgesperrt. Der Dicke strich sich mit der Hand durchs Haar, fuhr sich mit den Fingern durch den Backenbart und zupfte die Kleidung zurecht. Sein Bruder legte großen Wert auf ein gepflegtes Äußeres, das war wichtig, wenn man Geschäfte abschließen wollte, sagte er immer. Doch der Geruch von der Schiffsreise saß ihm immer noch im Mantel, und er merkte, dass er sich besser umgezogen hätte. Im gleichen Augenblick hörte er die Stimme seines Bruders.

»Da bist du ja endlich!«, rief der Kaufmann Bernt Schultze und kam lächelnd auf ihn zu. Sie umarmten sich und klopften sich auf den Rücken. Dann wich Bernt einen Schritt zurück. »Du riechst ja entsetzlich, Tönnchen!«

»Das musst du leider noch ein wenig ertragen. Ich habe noch die Kleidung an, die ich auf der Schiffsreise trug. Der Kapitän hat die Kogge auf eine Sandbank gesetzt, und wir haben uns ziemlich verspätet«, entschuldigte er sich.

Tönnchen! Dietrich Schultze verzog das Gesicht. Sein Bruder

würde nie aufhören, ihn so zu nennen. Aber er sah ja wirklich ein bisschen aus wie ein Fass, so klein und dick. Schon in der Kindheit hatte er Fett angesetzt, während Bernt, der mindestens genauso viel aß, ein großer und stattlicher Mann geworden war. Und nicht nur das, sein Bruder hatte auch die Geschäfte übernommen, als die Eltern alt wurden. Doch das hatte Dietrich nie viel ausgemacht. Er trug nicht gern größere Verantwortung, er führte lieber aus, was andere ihm auftrugen. Und Bernt hatte ihm befohlen, seit sie Kinder waren. Er hatte sich die Spiele ausgedacht und bestimmt, was zu tun war. Nein, was Dietrich seinem Bruder wahrhaft neidete, waren sein Aussehen und sein Erfolg bei den Frauen. Seine eigene Frau war auch klein von Wuchs gewesen und kurz nach der Hochzeit gestorben. Bis jetzt hatte er noch nicht wieder geheiratet. Er hatte Dienstboten und führte ein angenehmes Leben. Und er war glücklich, wenn sein Bruder mit ihm zufrieden war. Aber dieser Spitzname ... Wenn Bernt es sich doch nur verkniffen hätte, ihn Tönnchen zu nennen, und endlich diesen leicht höhnischen, überlegenen Ton abgelegt hätte!

»Er hat das Boot auf eine Sandbank gesetzt?« Bernt Schultze lachte laut auf und warf einen Blick aufs Wasser. »Ein Glück, dass es nicht mein Schiff war. Aber jetzt erzähl, was in Stockholm so vor sich geht. Komm, wir gehen nach hinten.« Er wies mit einem Kopfnicken auf ein leeres Zelt und zog Dietrich mit sich. Als er sicher war, dass niemand sie belauschen konnte, beugte er sich vor.

»Und?«

»Es sieht gut aus«, begann Dietrich. »Wir können Stockholm halten, und die schwedischen Bürger sind entweder tot oder fliehen aus der Stadt. Und die Hanseaten verbeugen sich artig und tun, was wir ihnen sagen.«

»Gut. Und wie sieht es mit dem Handel aus?«

»Die Stadt ist umzingelt von Dänen, aber wir übernehmen die Handelshäuser und Höfe, derer wir habhaft werden können. Und solange das Meer frei befahrbar ist, können wir mit unseren Landsleuten oder mit den Deutschen handeln, die sich zur Zusammenarbeit entschlossen haben. Mit den anderen räumen wir auf. Es sind nicht mehr viele übrig, die es noch wagen, sich gegen die Vitalienbrüder zu stellen.« Er fuhr sich von links nach rechts mit der Hand über den Hals, um eine durchschnittene Kehle anzudeuten, und grinste.

»Und das Handelshaus am Korntorget mit Alf Gerhardts Lager?«

Dietrich ließ einen der Reiter passieren und wartete, bis er im Stall hinter ihnen verschwunden war. »Vielleicht solltest du dies lesen«, schlug er vor und reichte seinem Bruder einen versiegelten Brief.

Bernt Schultze erbrach das Siegel und las. Dann breitete sich ein zufriedenes Lächeln auf seinem Gesicht aus.

»Nun, dann hat sich doch alles gut gefügt. Komm, Tönnchen, wir trinken ein Bier und feiern deine Heimkehr!«, rief er und zeigte auf einige grobe Holztische. Mehrere Reiter hatten sich gerade mit ihren Bechern hingesetzt, und ein Schankmädchen lief mit einer Kanne Bier vorbei. »Ich weiß, dass ich dir Geld schulde, aber wir können doch zuerst unser Bier trinken, oder?« Bernt Schultze lachte und legte dem Bruder den Arm um die Schultern.

7. Kapitel

Anne mochte Wolfgang Kaiser, den alten Freund und Kompagnon ihre Vaters. Als junger Mann war er Segelmacher gewesen, und erst in seinen reiferen Jahren hatte er beschlossen, Kaufmann zu werden. Anne hatte ihn als fröhlichen Mann in Erinnerung, der immer zu einem Scherz aufgelegt war und den Vater immer aufgemuntert hatte, wenn ein Geschäft nicht so gut gelaufen war. Seine Frau und er hatten sich manchmal auch um Anne gekümmert, als sie noch klein war, und sie freute sich darauf, ihnen jetzt Maria vorzustellen.

Als sie sich dem Haus näherten, nieselte es bereits, und Anne war froh, dass der Kutscher bis vor die Tür fuhr. Er nahm seinen Lohn entgegen, half ihr vom Wagen und lud die Truhe mit ihren Sachen ab. Bevor sie sich bei ihm bedanken konnte, hatte er schon die Peitsche geschwungen und war in der Gasse verschwunden. In diesem Augenblick fiel ihr ein, dass er besser hätte warten sollen, bis sie im Haus war.

Auf einmal fühlte sie sich unendlich müde. Die Fahrt in die

Stadt war beschwerlich gewesen, und sie hatte auch nicht richtig gegessen. Das Knäckebrot, das sie als Wegzehrung dabei hatte, hatte sie Maria gegeben. Glücklicherweise wirkte wenigstens das Kind munter und vergnügt. Anne warf einen Blick auf das hohe Giebelhaus, zupfte sich das Kopftuch zurecht, strich sich den Rock glatt und klopfte an die Tür. Nachdem sie eine Weile gewartet hatte und niemand sich zeigte, klopfte sie lauter. Schließlich hörte sie Schritte auf der Treppe, und jemand schob von innen den Riegel beiseite. Die Tür flog auf, und eine alte Frau erschien auf der Schwelle.

»Ich suche Wolfgang Kaiser«, erklärte Anne lächelnd.

»Wolfgang? Der ist vor einem guten halben Jahre mit seiner Familie weggezogen. Die wohnen jetzt in Köln.« Die Frau trocknete sich die Hände an einem Leintuch ab und beäugte Mutter und Kind misstrauisch.

»Was wollt Ihr?«

»Er war ein Freund meines Vaters, und ich hätte gern …«

»Ja, dann müsst Ihr wohl nach Köln fahren.«

Die Frau warf die Tür wieder zu, und Anne stand ratlos auf der Straße. Sie bereute schon, dass sie das Angebot des Priesteranwärters nicht angenommen hatte. Nun hatte sie nicht einmal seine Adresse, nur den Namen der Straße. Unschlüssig nahm sie Maria bei der Hand und sah sich nach jemandem um, der ihr behilflich sein konnte. Die Truhe war zu schwer für sie, und sie brauchte einen Helfer, der sie in ein Nachtquartier führte.

Es war schon ziemlich spät, als Maria und sie endlich zu einer Unterkunft für Reisende gelangten. Es war eine einfache Herberge in einer der Seitengassen zum Hafen. Sie hätte zu gern eine bessere ausgesucht, wenn sie nur gewusst hätte, wo sie suchen sollte. Es roch nach Sauerkraut und anderem Gekochtem, und als sie sich ins Bett legen wollte, entdeckte sie Ungeziefer. Sie schüttelte die Decke gründlich aus und breitete zur Sicherheit noch ein sauberes Kleid darüber, das sie aus ihrer Truhe nahm. Marias Wohl ging ihr über alles. Das kleine Mädchen sollte es sauber haben und nicht von Läusen und irgendwelchen Kriechtieren im Stroh geplagt werden.

Sie rollte sich mit Maria im Arm zusammen und spürte den

kleinen warmen Körper. Über ein Jahr lang hatte eine andere Frau das Kind betreut, und sie hatte es nicht stillen können. Sie hatte es nicht lallen gehört und es nicht mit den Beinchen in der Wiege strampeln gesehen. Doch jetzt war Maria bei ihr, und das war das Wichtigste. Denn um ein Haar hätte sie ihre Tochter für immer verloren. Wenn sie Maria nicht zufällig gesehen und die Ähnlichkeit zwischen ihr und der Kleinen entdeckt hätte, wäre sie vielleicht niemals hinter die Wahrheit gekommen.

Als sie sich vorbeugte und Maria auf die Stirn küsste, merkte sie auf einmal, dass deren Wangen glühten. Hoffentlich hatte sie sich nicht erkältet auf der langen Fahrt auf dem Wagen! Maria wimmerte und schob sich den Daumen in den Mund. Zärtlich betrachtete Anne die Kleine. Draußen ratterten die Wagenräder und Fuhrwerke, in der Ferne hörte sie Gesang und Geschrei. Ein Hund bellte, und irgendjemand am Ende der Gasse schrie etwas Unverständliches. Ein Wagen näherte sich und hielt genau vor der Tür. Laute Männerstimmen drangen durchs Fenster und gingen in Gejohle und Gelächter über. Sie seufzte und drückte Maria beschützend an sich.

Sie mussten schlafen.

Der Lärm im Haus hielt sie jedoch wach, und sorgenvolle Gedanken bedrängten sie. Sie hatte Stockholm verlassen, weil sie die Männer fürchtete, die sie hatten ermorden wollen. Maria brauchte ihre Mutter, einen Menschen, der sich um sie kümmerte, und Anne musste nun umgehend dafür sorgen, dass sie ihren Lebensunterhalt verdiente. Sie trug das von Herman geliehene Geld und seinen Empfehlungsbrief bei sich. Während sie sich ein neues Handelsunternehmen aufbaute, musste sie gleichzeitig ihr Kind großziehen. Die Kleine hatte ja sonst niemanden. Anne musste es schaffen.

Sie strich mit der Wange über Marias Haar und pustete leicht in die blonden Locken. Dann lag sie noch eine Weile wach und durchlebte noch einmal die Ereignisse auf der Fahrt. Schließlich schlief sie ein, Maria fest im Arm. Doch es war ein unruhiger Schlaf.

Sie träumte, dass zwei Männer mit Äxten sie durchs Handelshaus jagten und sich draußen auf der Straße die Massen drängten, sodass sie nicht fliehen konnte. Als die Männer sie gefangen hatten und die Beile über ihren Kopf hoben, schreckte sie hoch. Vor dem Zimmer brüllten sich zwei Betrunkene an, sie schrien und krakeelten, dass es nur so durch die Gasse hallte. Erst als die Nachtwächter herbeieilten und die Kampfhähne trennten, wurde es wieder still, und Anne versuchte einzuschlafen.

Wenige Stunden später brach der Streit abermals los. Die Männer prügelten sich, brüllten und warfen irgendetwas um. Anne drückte sich in ihre Decke und hoffte, dass es keine Laterne oder sonst etwas Gefährliches gewesen war. Dann hörte sie Schritte und aufgeregte Stimmen auf der Treppe, und irgendwann wurde es wieder still. Als sie schließlich einschlummerte, verschwanden alle Geräusche, und es blieben nur noch sie und Maria.

Am Morgen bezahlte sie für die Übernachtung, besorgte sich Pferd und Wagen und bat den Kutscher, sie in die Fischerstraße zu fahren. Sie hatte Peder nur einmal getroffen, hatte aber das Gefühl, sich auf ihn verlassen zu können. In ihm hatte sie sich bestimmt nicht getäuscht.

8. Kapitel

Während der Fahrt in die Fischerstraße überlegte Anne, was Peder wohl sagen würde, und hoffte, dass er sie nicht bloß aus Höflichkeit eingeladen hatte. Doch sobald sie ihn an der Tür stehen sah, zerstreuten sich alle ihre Befürchtungen. Einen Augenblick lang schien er sie sogar umarmen zu wollen, aber dann straffte er sich und bat sie herein.

»Du hast also hergefunden ...«

»Es gibt nur einen Kaufmann namens Nagler in dieser Straße, ich hatte Glück.«

»Komm herein!«

Er half ihr mit der Truhe und ging dann vor Maria in die Hocke.

»Hallo, meine Kleine!«, sagte er und kniff ihr scherzhaft in die Wange.

Ohne den Daumen aus dem Mund zu nehmen, wich Maria zurück, und sie sah dabei so putzig aus, dass die beiden Erwachsenen in Gelächter ausbrachen.

»Was hat der Freund deines Vaters gesagt? Hat er sich gefreut, dich wiederzusehen?«

»Er ist nach Köln gezogen.«

Verdutzt starrte Peder Anne an, fing sich aber rasch wieder.

»Du warst gestern so schnell verschwunden, ich konnte dir gar nicht mehr sagen, dass du hier ein Zimmer mieten kannst. Wenn du mit Vater sprichst, lässt er dich vielleicht auf dem Dachboden oder im Hinterhaus wohnen.«

Das Kaufmannshaus in der Fischerstraße war größer als Annes Handelshaus in Stockholm. Das große Backsteingebäude hatte drei Stockwerke, und in dem Teil, der zur Straße ging, befanden sich ein Verkaufsraum, ein Lager und ein Kontor. Sie warfen einen kurzen Blick hinein, und dann zeigte Peder ihr das Esszimmer und führte sie schließlich die Treppe hoch ins Dachgeschoss, wo sich die Schlafzimmer und das Warenlager befanden. Im Hinterhaus stiegen sie eine Wendeltreppe hinauf, die in eine Dachkammer führte. Sie roch sauber, war mit einer Truhe und einem Waschbecken ausgestattet, und Anne sah, dass die Matratze mit frischem Stroh gefüllt war.

»Hier könntest du vielleicht einziehen«, verkündete Peder fröhlich, bevor er die Tür wieder schloss.

Sie lächelte ihn an und hatte bereits Hoffnung geschöpft. Sicherlich konnte er ein gutes Wort für sie einlegen.

»Dein Vater muss ein erfolgreicher Kaufmann sein.«

»Arm ist er gewiss nicht. Komm, wir kehren ins Vorderhaus zurück. Dort lernst du ihn kennen.«

Als sie wieder auf das Speisezimmer zugingen, wandte er sich zu ihr um.

»Es ist Zeit zum Mittagessen. Mutter und Vater haben sich sicher schon zu Tisch gesetzt.«

Er schob die mächtige Eichenholztür auf, und sie betraten einen großen Raum mit Feuerstelle, Tisch und Bänken. Ein Kupfertopf hing überm Feuer, und Kisten und Vorratstonnen säumten reihenweise die Wände. Am Tisch saßen mit geradem Rücken ein dünner Mann in weißem Hemd und brauner Jacke und eine schöne Frau um die vierzig mit dunklem Haar, braunen Augen und hohen Wangenknochen. Sie war nicht so rund

und stämmig wie die meisten Frauen in Lübeck, sondern groß und schlank. Nun stand sie auf und hieß Anne mit einem warmen Lächeln willkommen, obwohl ihr Blick dabei unsicher und scheu blieb. Als sie ihr die Hand entgegenstreckte, sah Anne, dass die Fingernägel bis zum Nagelbett abgebissen waren.

»Anne Persdotter«, stellte sie sich vor und ergriff die Hand.

»Herzlich willkommen! Ich heiße Christin, und das ist mein Mann Heinz Nagler«, erwiderte die Frau. Der Mann schüttelte Anne die Hand und lächelte sie herzlich an, aber als sie ihn genauer betrachtete, entdeckte sie, dass seine Augen fiebrig glänzten und seine Wangen eingefallen waren.

»Ich habe so gern Gäste hier«, sagte Christin. »Mein Sohn Peder ist ja meistens in der Kirche, und seit Heinz krank geworden ist und nicht mehr so viel Handel treibt, ist es richtig still und verlassen geworden im Haus.«

»Ach was, so krank bin ich auch wieder nicht!«, protestierte Heinz Nagler halblaut, und Anne fing seinen Blick auf. Er hatte sanfte und freundliche Augen, und sein Gesicht strahlte Zuversicht und Wärme aus.

»Ich war ja nicht eingeladen, es ist also sehr nett von Euch, dass ...«

»Das ist doch nicht der Rede wert. Peder hat gestern schon von Euch erzählt. Er hat Euch eingeladen, also seid Ihr willkommen. Ihr könnt bei uns auch ein Zimmer mieten, wenn Ihr wollt. Das Giebelzimmer dort oben steht leer«, erklärte Christin.

»Setzt Euch doch!«, lud Heinz Nagler sie ein. »Was führt eine einsame Frau so weit von ihrer Heimat fort?«

Anne setzte sich und nahm Maria auf den Schoß.

»Meine Eltern besaßen vor langer Zeit ein Handelshaus in Lübeck, und ich habe meine Kindheit hier verbracht. Jetzt möchte ich selbst Handel treiben.«

»Persdotter – lasst mich kurz überlegen. Hießen Eure Eltern John und Astrid?«

Anne sah ihn verblüfft an.

»Kanntet Ihr sie?«

»Jetzt sind sie ja tot, wie ich weiß, aber ich habe Euren Vater mehrmals getroffen, und ein Freund von mir hat mit ihm zusammengearbeitet«, erklärte Heinz. »Er war immer freundlich und korrekt, aber fürs Geschäft hatte er nicht den rechten Sinn.«

»Nein, ihm war kein Erfolg beschieden – und meinem Ehemann auch nicht. Deswegen sind wir nach Schweden zurückgekehrt.« Ihr ganzes Leben, zusammengefasst in wenigen Sätzen.

»Und Euer Gatte?«

»Der starb bei einem Schiffbruch auf dem Weg nach Schweden.«

»Mein herzliches Beileid ...«

»Aber meine Reise hierher ist gut verlaufen«, fügte sie schnell hinzu, um nicht über die Vergangenheit reden zu müssen.

»Ich habe Euren Vater sehr geschätzt, und wenn ich etwas für Euch tun kann, dann ...« Heinz machte eine ausholende Bewegung mit der Hand. »Ich wünschte, ich hätte Eurem Vater damals helfen können.«

Anne dachte nach. Dass er ihren Vater kannte, war vermutlich gar nicht so seltsam, denn die Geschäftsleute in Lübeck hatten ein Auge aufeinander. Dass er ihm gern geholfen hätte, sprach für seine großzügige Natur. Ihr Vater hatte getrunken, seine Versprechen gebrochen und geliehenes Geld ausgegeben, das er dann nicht mehr zurückzahlen konnte.

»Anne möchte sich in Lübeck ein neues Handelshaus aufbauen«, mischte Peder sich ein.

»Ja, ich habe vor, mit Eisen und Pelzen zu handeln«, erklärte Anne. »Und in Stockholm habe ich ein großes Lager mit Kleidung, Kräutern und anderen Waren, mit denen ich einiges Geld zu verdienen hoffe.«

»Bedient Euch!«, sagte Christin, die Brot und Bier sowie eine große Schüssel Grütze auf den Tisch gestellt hatte.

Sie begannen zu essen, und nach wenigen Bissen ließ Heinz den Löffel sinken.

»In diesen Zeiten ist es nicht leicht mit dem Handel. Die Vitalienbrüder sind die Handlanger des Teufels auf Erden.« Er beugte sich vor und legte die Fingerspitzen aneinander. »Ich frage mich, wann es endlich wieder ruhig wird auf See. Ich bin froh, dass ich mir mein Vermögen geschaffen habe, bevor diese Männer zu wüten begannen.«

»Wie bekämpft Ihr sie hier in Lübeck?«, erkundigte sich Anne.

»Wir versuchen, Frieden zu halten, und einige führende Geschäftsleute innerhalb der Hanse haben sich zusammengetan, um den Handel zu retten. Aber es ist nicht leicht. Wie wollt Ihr in dieser Unordnung Euren Handel aufziehen?«

»Ich habe ein Empfehlungsschreiben und die Adresse eines Lübecker Kompagnons, des Ratsherrn Herman Möller. Er hält sich derzeit in Stockholm auf.«

»Möller? Von dem habe ich noch nie gehört. Ich dachte eigentlich, ich kenne alle. Und – wen wollt Ihr hier aufsuchen?«

»Einen Kaufmann namens Bernt Schultze.«

»Schultze!«

Anne sah Heinz Nagler fragend an.

»Entschuldigt, wenn ich so frei spreche, aber ich traue diesem Mann nicht recht. Eine sehr gewinnende Persönlichkeit, aber seine Geschäfte kamen mir immer ein wenig zweifelhaft vor.«

»Herman Möller ist Kaufmann und Ratsherr. Er muss es doch wohl wissen.«

»Lasst Euch von den Mächtigen nicht beeindrucken. Die Menschen in den höchsten Stellungen sind nicht immer die anständigsten. Wisst Ihr, solche Leute betrügen oft. Wenn sie ein Ziel erreichen wollen, sind sie bereit, alles dafür zu opfern. An Eurer Stelle wäre ich vorsichtig.«

»Das bin ich immer.«

Heinz Nagler beugte sich vor und drückte Annes Hand.

»Ein guter Rat: Lasst Schultze nicht zu nahe an Euch heran, und vor allem überlasst ihm keinen Eurer Verträge.«

»Ich werde daran denken«, versprach Anne und fragte sich, warum Herman den Kaufmann Schultze empfohlen hatte. Heinz Nagler und er waren offensichtlich unterschiedlicher Meinung. Einer von beiden musste sich irren.

Am Abend saß Anne oben in der Kammer und dachte nach. Sie hatte dem Kind den Kittel ausgezogen und ausgebürstet, und jetzt lag es im Bett und schlief, seine kleine Decke neben sich. Mit leichtem Lächeln betrachtete Anne ihre Tochter und dachte bei sich, welches Glück sie doch gehabt hatte, diese Unterkunft gefunden zu haben. Zugleich machte sie sich aber auch Sorgen über Heinz' Worte. Als er über Schultze gesprochen hatte, hatte sich seine Stirn in ernste Falten gelegt. Vielleicht hatten die beiden noch eine Rechnung miteinander offen. Vielleicht konnte Heinz sich auch bloß nicht mehr so gut gegen seine Mitstreiter behaupten, weil er alt und kränklich war. Da war es leicht, Fehler an anderen zu finden. Aber sie musste wachsam bleiben, denn Heinz Nagler war schließlich ein erfahrener Mann. Er sagte sicher kein Wort umsonst.

Schritte auf der Treppe rissen sie aus ihren Gedanken. Es klopfte leise an der Tür. Anne raffte das Nachthemd um den Körper, strich sich übers Haar und öffnete.

»Wir haben vergessen, die Magd mit dem Wasser hochzuschicken. Da dachte ich mir, du kannst dies vielleicht gebrauchen.« Peder stand mit einer Wasserkanne vor ihr. »Sie ist schwer, ich helfe dir.« Er betrat das Zimmer und stellte die Kanne auf den Tisch. Dann drehte er sich um, entdeckte ihr Nachthemd und wurde rot.

»Danke, das ist sehr freundlich«, sagte Anne und blickte verunsichert zu Boden.

»Gewöhnlich bin ich nur Gottes Diener«, scherzte er und lachte.

»Aber heute Abend bist du auch meiner.«

»So ist es«, murmelte er. »Also, gute Nacht.«

Sie lächelten sich an, und sie spürte seine Nähe, als er an ihr vorbeiging. Behutsam schloss er die Tür hinter sich. Warum ist er gekommen?, überlegte Anne. Die Magd hatte doch versprochen, mit der Wasserkanne hochzukommen. Anne trat wieder zum Bett und legte sich neben Maria. Sie streckte die Hand aus und spürte die warme Haut, drückte das Gesicht gegen den weichen Nacken und atmete den zarten, süßen Duft ein. Mit dem Kind im Arm schlief sie ein.

Als die Dämmerung anbrach, wachte sie auf. Es war stickig im Zimmer, und die Decke haftete ihr am Körper. Sie war von Marias Schreien aus dem Schlaf gerissen worden. Das Kind lag auf dem Rücken, weinte und fuchtelte mit den Ärmchen. Wangen und Stirn waren ganz heiß. Besorgt nahm Anne ihre Tochter in den Arm und merkte, dass sie fieberte. Sie strich ihr das verschwitzte Haar aus der Stirn und überlegte, was sie tun sollte. Viele Kinder starben schon im zarten Alter, und sie erinnerte sich an eine Nachbarin in Lübeck, die sieben Kinder zur Welt gebracht hatte, von denen fast alle gestorben waren, noch ehe sie das zweite Lebensjahr vollendet hatten. Nur ein kleiner Junge hatte überlebt. Maria war doch nicht etwa von irgendeinem bösen Fieber befallen worden?

Anne stand auf, feuchtete ein Leintuch mit dem kühlen Wasser aus der Kanne an und betupfte ihrer Tochter die Stirn. Immer wieder strich sie ihr über das heiße Gesicht, bis das Weinen verstummte. Dann legte sie Maria wieder ins Bett. Der Kleinen durfte auf keinen Fall etwas zustoßen. Alles konnte sie verlieren, nur ihre Tochter nicht.

9. Kapitel

Maria atmete stoßweise und keuchend, und sie war heißer als zuvor. Anne erwachte und legte ihr kalte, nasse Umschläge auf, während Christin und Peder sie mit Essen und Trinken versorgten. Anne drückte den fieberheißen Körper fest an sich, flößte dem kleinen Mädchen warmes Bier mit Honig ein und versuchte ihr auch einen Borretschabsud zu verabreichen. Doch das Fieber wollte nicht sinken.

Als es Maria am nächsten Tag immer noch schlecht ging, wollte Anne sie ins Kloster bringen, um dort Hilfe zu erbitten, aber sobald sie sich zum Ausgehen fertig gemacht hatte, wurde die Kleine plötzlich wieder munter. Da beschloss sie, zu Hause zu bleiben, und tatsächlich ging es Maria bis zum Abend immer besser. Am dritten Tag wich das Fieber, und Anne atmete auf. Obwohl Maria weinerlich und quengelig war, liebte sie sie mehr als je zuvor. Das Kind würde überleben.

Erst als Maria schon wieder fünf Tage gesund war und Christin versprochen hatte, sich um sie zu kümmern, wagte Anne sich hinaus. Sie musste Bernt Schultze treffen und ihre Geschäfte in Angriff nehmen. Er war der Einzige, der ihr die Möglichkeit verschaffen konnte, von Lübeck aus Handel zu treiben, und es wurde höchste Zeit, ihn aufzusuchen.

Es dauerte eine Weile, bis sie den Weg bis zu dem hohen Backsteinhaus am Marktplatz gefunden hatte. Als sie an der mächtigen Fassade emporblickte, fragte sie sich, worauf sie sich hier eigentlich eingelassen hatte. Sie sammelte sich einen Augenblick lang, dann klopfte sie an die Tür. Eine kühle, weißhaarige Bedienstete öffnete und fragte nach ihrem Anliegen. Dann ging sie und holte Schultze.

Der Kaufmann streckte ihr die Hand hin.

»Bernt Schultze. Ihr wollt mich sprechen. Bitte, kommt doch herein!«

Sie stellte sich ebenfalls vor, dann gingen sie ins Kontor. Der Mann bot ihr einen Stuhl an und nahm selbst an seinem Schreibpult Platz. Eingehend musterte er sie, während er nachdenklich einen mit Steinen besetzten Ring befingerte. Anne konnte nicht anders, sie musste ihn anstarren. Sie hätte nicht erwartet, dass Bernt Schultze ein so gut aussehender Mann war. Statt eines älteren kleinen Herrn mit schütterem grauem Haar traf sie einen kräftigen, hochgewachsenen Mann mit zurückgekämmtem dunklem Haar und grauen Augen. Er trug eine kurze grüne Samtjacke, unter der die Ärmel eines bestickten Hemds hervorsahen, und eine schwarze Hose. Sein breites, warmes Lächeln umfing sie geradezu körperlich. Vielleicht stört sich Heinz an Bernt Schultzes Auftreten, dachte sie. Er wickelt sein Gegenüber ein, bevor es überhaupt den Mund öffnen kann.

Sie räusperte sich. »Danke, dass Ihr mich empfangen habt. Ich komme aus Stockholm, und Euer Freund Herman Möller hat mich gebeten, Euch aufzusuchen.«

Sie sah an seinem Blick, dass sie ihm gefiel, und wurde rot.

»Aha, Herman. Ja, er ist ein guter Freund von mir. Ich freue mich sehr, so weit gereisten Besuch zu bekommen.«

Er lehnte sich zurück, und Anne sah sich um. Auf der anderen Seite des Zimmers befand sich ein großer offener Kamin, rechts und links davon hingen schwere Gobelins. An der Längswand stand eine verzierte Kiste aus Eichenholz mit glänzenden Beschlägen, und gegenüber standen zwei Bänke mit Kissen, davor je ein Schreibpult.

»Etwas zu trinken?«, bot er an und streckte die Hand nach einer Karaffe und zwei Gläsern aus.

Sie nickte, und er schenkte ihr ein. Als sie ihn verstohlen musterte, fiel ihr eine ganz ähnliche Situation ein – vor einem Jahr, als sie Alf Gerhardt zum ersten Mal getroffen hatte. Er hatte ihr auch Wein eingegossen und ihr seine ganze Aufmerksamkeit geschenkt. Die zwei Männer waren sich in gewisser Weise durchaus ähnlich. Gut, dachte sie, auf diese Weise fällt es mir leichter, mich in Acht zu nehmen. Sie hatte nicht vor, sich noch einmal so hinters Licht führen zu lassen. Sie betrachtete seine breiten Hände mit den gepflegten Nägeln, die nach Kraft und Entschlossenheit aussahen. Aber sie musste vorsichtig sein und durfte sich nicht von seinen Worten und Gesten täuschen lassen.

»Herman kümmert sich um mein Handelshaus in Stockholm und hat vorgeschlagen, dass wir hier in Lübeck zusammenarbeiten«, erklärte sie und reichte ihm das Empfehlungsschreiben.

Er öffnete den Brief und überflog ihn rasch.

»Ihr seid also Anne Persdotter vom Korntorget. Wisst Ihr, Eure Mutter und ich grüßten uns damals, wenn wir uns auf dem Marktplatz begegneten.«

»Ihr kanntet sie?«

»Das kann ich nicht behaupten, aber ich wusste, wer sie war. Sie war auffällig schön und hatte ein warmes Lächeln. Und Euren Vater habe ich manchmal im Wirtshaus getroffen. Er hatte nicht so viel Glück mit seinen Geschäften, aber in seiner Gesellschaft war es sicherlich nie langweilig.«

»Er war ein Trinker, wenn Ihr das meint«, sagte Anne, die es seltsam fand, schon zwei Männer getroffen zu haben, die ihre Eltern gekannt hatten.

Schultzes Augen funkelten, und er sah sie belustigt an.

»Nein, so hatte ich es nicht gemeint, aber ich weiß, was Ihr denkt«, antwortete er und wischte einige nicht vorhandene Staubkörner von seinem Schreibpult. »Er redete viel über das Leben, die Musik und die Menschen. Ich glaube, der Handel vermochte ihn nie so recht zu begeistern, und so kam es, wie es kommen musste.«

Anne nickte.

»Das ist wohl wahr, aber er hatte auch keine große Wahl, und zum Schluss war das ganze Geld verschwunden.«

»Nun, hoffen wir, dass es für Euch besser ausgeht. Ich lese hier, dass Ihr eine Handelstätigkeit aufnehmen wollt.« Er hob den Brief.

»Ja, ich schließe auch Geschäfte ab«, bestätigte Anne.

»Verstehe. Aber das ist nicht unbedingt einfach. Dazu muss man die richtigen Leute kennen.«

»Natürlich. Deswegen bin ich ja hier.«

»Was erwartet Ihr Euch von mir?«

»Alles!«, lachte Anne, und die Spannung, die sich zwischen ihnen aufgebaut hatte, löste sich. Dann wurde sie rasch wieder ernst. In kurzen Zügen schilderte sie ihren bisherigen Seehandel, ihre frühere Zusammenarbeit mit Alf und ihren Wunsch, von Lübeck aus Geschäfte zu tätigen. Sie erwähnte den Kredit, den Herman ihr gegeben hatte, und seine Zusicherung, dass Schultze ihr ebenfalls ein Darlehen gewähren würde, sobald er das Empfehlungsschreiben gelesen hätte.

Schultze beugte sich zu ihr vor.

»Ihr wollt Euch also Geld von mir leihen?«

»Ich habe schon etwas von Herman bekommen, aber ich brauche noch mehr. Als Sicherheit biete ich mein Lager in Stockholm, um das sich Herman in meiner Abwesenheit kümmert.«

»Günstiger könnten die Dinge nicht liegen. Meine Liebe, ich bin völlig überzeugt, dass Herman sich nicht in Euch getäuscht hat.« Er lächelte verbindlich. »Ich werde Euch sofort einen Schuldschein ausstellen. Mark oder Gulden?«

»Mark natürlich – und nicht mehr, als ich Euch zurückbezahlen kann. Ihr bekommt es so schnell wie möglich zurück, wenn mein Gewürz- und Kleidungslager in Stockholm abverkauft ist.«

Anne presste die Lippen aufeinander. Am liebsten hätte sie sich gar nichts geliehen, und sie war fest entschlossen, dieses Darlehen keinen Tag länger als nötig in Anspruch zu nehmen. Schultze würde überrascht sein, wie schnell sie alles zurückzahlen würde, denn sie hatte nicht vor, ihm allzu große Macht einzuräumen.

»Anne Persdotter, Ihr scheint mir eine unternehmungslustige Frau zu sein, aber sagt mir bitte, wie Ihr Eure Waren überhaupt aus Stockholm herausschaffen wollt.«

»Ihr denkt wahrscheinlich an die Dänen und die Vitalienbrüder. Aber Herman hat mir seine Hilfe zugesichert.«

Schultze nahm einen großen Schluck Wein und betrachtete sie nachdenklich.

»Das klingt alles ganz gut, aber es kann schwierig werden. Deswegen muss ich leider hohe Zinsen verlangen.«

Wieder fiel ihr Blick auf seine Hände. Die Finger waren kurz und wurden an den Spitzen deutlich schmaler.

»Macht Euch keine Sorgen, Herr Schultze, ich weiß schon, was ich tue«, gab sie zurück.

Seine Augen blitzten spöttisch, und er überflog noch einmal den Brief.

»Hier schlägt Herman vor, dass ich am Erlös Eures Lagerverkaufs beteiligt werde und im Gegenzug dafür sorge, dass Ihr hier Handel treiben könnt.«

Sie schwieg und wartete darauf, dass er fortfuhr.

»Tja, denn selbst wenn man wie Ihr alte Geschäftsverbindungen hat, ist es schwierig, sich an einem neuen Ort etwas aufzubauen. Mir könnte Euer Lager zugutekommen, und im Gegenzug stehen Euch meine Schiffe und Kommissionäre zur Verfügung. Ich helfe Euch, und Ihr helft mir, dann verdienen wir beide an diesem Geschäft.«

Schultze war ein gerissener Kaufmann, und Anne gelobte sich, ihm Widerstand zu leisten.

»Aber wir sollten wirklich nicht in meinem Kontor sitzen und über Geschäfte reden«, sagte er dann und stand auf. »Lasst Euch auf ein gutes Abendessen unten am Hafen einladen, dann zeige ich Euch meine Schiffe.« Er legte ihr den Arm um die Schultern, und sie merkte, wie sie sich bei der plötzlichen Berührung entspannte. Es war lange her, dass jemand sie so im Arm gehalten hatte, und sei es auch nur aus Höflichkeit.

Später, als sie gegessen hatten, gingen sie zum Wasser hinunter. Er zeigte ihr zwei mittelgroße Koggen mit geraden Steven, verschanzten Hecks und Ankerwinden an Deck. Es waren keine sonderlich bemerkenswerten, aber doch gute Handelsschiffe, die viel Ware aufnehmen und damit über die Ostsee segeln konnten. Während sie im Hafen umherschlenderten, gab Bernt Schultze Geschichten über den Lübecker Handel zum Besten und erging sich in Erinnerungen an ihren Vater. Sie kam sich gleich so viel weniger fremd vor. Während sie mit Stockholm bestens vertraut war, wusste sie nicht, wie die Dinge in Lübeck standen. Schultze galt gewiss als gute Bekanntschaft in dieser

Stadt. Vielleicht war dies ja der Anfang einer langen und fruchtbaren Zusammenarbeit.

Es wurde allmählich spät, und auch die letzten Fischer brachten ihr Tagewerk zu Ende. Eine Gruppe Schauerleute zog Karren mit Brennholz und Fisch in die Stadt, und ein Seemann saß auf einer Tonne und knüpfte an einem Netz. Der große Hebekran am Kai stand still, und die Männer, die sonst das große Holzrad bewegten, waren längst nach Hause gegangen. Von allen Schiffen war die Ladung gelöscht. Anne wich einem Haufen Getreidesäcken aus, nur um stattdessen geradewegs in einen Stapel Feuerholz zu laufen. Bernt Schultze fing sie auf, lachte und packte sie fest am Arm.

»Es ist wohl besser, ich halte Euch fest!«

»Danke, aber ich kann allein gehen«, wehrte Anne ab. Sie war nicht sicher, ob sie nicht doch zu viel getrunken hatte. Er hatte ihr immer wieder Wein nachgeschenkt, und sie war so durstig gewesen. Jetzt überlegte sie, ob sie zu viel gesagt hatte, denn er hatte die ganze Zeit Fragen gestellt, und sie hatte von vielen Leuten erzählt, mit denen sie zusammenarbeitete. Glücklicherweise hatte sie nicht erwähnt, welche davon vertrauenswürdig waren und bei welchen man lieber Vorsicht walten ließ. Aber es war schwierig, denn er konnte gut zuhören, und zum ersten Mal seit Alfs Tod redete sie mit jemandem über Geschäfte.

»Mir kommt da ein Gedanke«, sagte er plötzlich und blieb stehen. »Wenn wir gemeinsam Handel treiben, überlasse ich Euch auch eines meiner Schiffe. Ich könnte einen von meinen Verträgen mit Reval und einen mit Bergen auf Euch überschreiben. Im Gegenzug übernähme ich einige Eurer Verträge.«

Vor allem überlasst ihm keinen Eurer Verträge, hatte Heinz Nagler gesagt. Und Schultze klang ihr auch ein wenig zu übereifrig.

»Vielleicht«, sagte sie. Sie wollte noch nichts versprechen.

»Nun, gewöhnlich schlüge ich so etwas auch nicht vor, aber Herman hat nur Gutes über Euch geschrieben. Einer seiner Freunde ist auf demselben Schiff hierhergekommen wie Ihr, und der hat dies mitgebracht.« Er zog einen Brief aus der Tasche und wedelte damit in der Luft. »Wir hier in Lübeck wissen, wer in Stockholm erfolgreich ist. Ihr scheint eine der wenigen zu sein, die zurechtgekommen sind, seit die Vitalienbrüder an die Macht gelangten.«

Anne sah ihn fragend an. Wenn einer von Hermans Freunden an Bord gewesen war, warum hatte er sich dann nicht an sie gewandt?

Abermals kam Bernt Schultze ihr zuvor.

»Ihr fragt Euch natürlich, was das für ein Mann ist, der sich während der ganzen Überfahrt nicht zu erkennen gab, aber Herman ist sehr vorsichtig. Er verrät niemandem, wer für ihn arbeitet. Deswegen müssen seine Handlanger alles daransetzen, um unerkannt zu bleiben.«

»Dass Herman so durchtrieben ist, wusste ich gar nicht. Hört sich ganz so an, als sei er der Richtige, mit dem man Handel treiben sollte.«

»Ja, aber es gibt noch Bessere«, verkündete Bernt Schultze und suchte ihren Blick. »Ihr denkt doch über meinen Vorschlag nach, nicht wahr? Mein Kompagnon ist letztes Jahr gestorben, und ich fände es schön, wieder mit jemandem zusammenzuarbeiten.«

So viele Worte, dachte Anne. Er redet mich schier in Grund und Boden. Will ich das wirklich alles? Sie holte tief Luft.

»Ich werde darüber nachdenken.«

»Tut das! Man muss immer gut nachdenken, bevor man sich auf etwas einlässt. Ihr seid eine kluge und schöne Frau und werdet sicher großen Erfolg hier in Lübeck haben.«

Sie waren mittlerweile in der Fischerstraße angekommen, und er blickte an Naglers Kaufmannshaus hinauf.

»Aha, hier wohnt Ihr also. Nehmt Euch nur vor Heinz Nagler in Acht. Das ist ein verschlagener Mann.«

Bevor Anne antworten konnte, hatte er sich vorgebeugt und sie rechts und links auf die Wange geküsst. »Gute Nacht. Ihr braucht Zeit zum Nachdenken, aber wartet nicht zu lange. Ich brauche Eure Antwort noch in dieser Woche.«

Wieder dieses einnehmende Lächeln. Anne vermochte sich kaum dagegen zu wehren. Als Neuling in Lübeck konnte sie es sich eigentlich nicht leisten, jemanden abzuweisen, der mit ihr zusammenarbeiten wollte. Noch dazu der Mann, zu dem Herman sie ausdrücklich geschickt hatte. Warum sollte sie also noch

Tage verstreichen lassen? Warum sollte sie ihm nicht gleich ihre Antwort geben? Sie entschied sich rasch.

»Kaufmann Schultze«, sagte sie, »Ihr fordert mich heraus. Das gefällt mir. Ich habe mich bereits entschlossen.«

10. Kapitel

Die kleine Holzhütte lag tief im Wald. Das Dach war zum Schutz gegen den Regen mit Birkenrinde und Torf gedeckt. Die Wände bestanden aus aufeinandergelegten groben Stämmen, die Ritzen waren mit Schafwolle und Moos abgedichtet. Trotzdem wehte es immer noch kalt herein, wenn der Wind aus Norden blies. Magnus erwachte von der Zugluft und setzte sich auf. Im schwachen Dämmerlicht betrachtete er seine Frau und wurde von einem plötzlichen Begehren gepackt. Er streckte die Hand aus, berührte Ingrids nackte Schultern und liebkoste sie. Sie murmelte schlaftrunken, und er fühlte sich ermuntert, sie an sich zu ziehen.

»Magnus, lass das!«

Ingrid Spangenmacher stemmte die dünnen, schmalen Hände gegen seinen Brustkorb und stieß ihn von sich. »Ich will nicht. Es tut mir leid.« Sie wälzte sich weg.

»Aber meine Liebste!«

»Nein«, wiederholte sie.

Er drehte sich wieder auf den Rücken, verschränkte die Hände im Nacken und starrte an die Decke.

»Wie lange soll ich denn noch warten? Kannst du mir denn nicht sagen, was mit dir ist? Früher bist du mitten in der Nacht zu mir gekommen.«

»Ich habe Angst, wieder schwanger zu werden.«

»Aber wir werden doch noch mehr Kinder haben, oder?«

»Versuch, Geduld mit mir zu haben, Magnus!«, bat sie und streckte ihm in einer versöhnlichen Geste die Hand hin. »Erst müssen wir Maria zurückbekommen. Ich will sie bei mir haben. Es sind schon mehrere Bergleute nach Stockholm gefahren, um dort ihr Erz zu verkaufen. Nur du versteckst dich hier wie ein verschrecktes Huhn.«

»Die kennen eben die richtigen Leute und haben sich verkleidet.«

»Das kannst du doch wohl auch!«

Magnus wandte ihr den Kopf zu und ahnte ihre Nacktheit unter dem Nachtgewand. Sie verweigerte sich ihm, und es kam ihm so vor, als erpresse sie ihn mit ihrem Körper. In der Dunkelheit knetete er die Finger. Mittlerweile war er ihr Gejammer leid, und er hatte es auch gründlich satt, sich in den Bergen zu verstecken. Was tat er hier überhaupt? Er wollte doch gegen die Vitalienbrüder kämpfen, die die Stadt vergewaltigt hatten, er wollte den Männern Widerstand entgegensetzen, die so viele seiner Freunde ermordet hatten, um an die Macht zu gelangen.

»Ich werde nach Stockholm reiten«, sagte er und wandte sich wieder ihr zu. Aber sie schüttelte nur den Kopf und entzog sich seinen Händen.

»Später, Magnus. Sobald du mit Maria zurück bist.«

Das zweitgrößte Handelsschiff der Vitalianer, die *Schwalbe*, schaukelte im Koggenhafen am Kai auf und ab. Die Sonne ging gerade über Stockholm unter, die Stadtmauer schimmerte im Abendlicht, und das Holz der Hafenpalisaden warf den hellblauen Schein zurück. Das große Schiff lag schon seit geraumer Zeit am Kai, und die Männer waren müde und erschöpft. Tagsüber hatten sie Taue gespleißt und Fische gefangen, jetzt saßen sie über Brettspielen, um sich die Zeit zu vertreiben.

Mattis der Spielmann stand auf dem Vordeck und betrachtete ein Boot, das an den Palisaden hängen geblieben war. Der Schiffer schrie und schimpfte, während der Schiffsjunge sich mit den Rudern abmühte. Immer wieder erfasste der Wind das Boot und drängte es an die Palisade, bis der Junge schließlich mit kräftigen Ruderschlägen den Kai ansteuern konnte. Mattis beobachtete das Schauspiel, während er sich fröstelnd die Hände rieb. Es wurde Herbst, er fror. Er betrat die Kombüse und bereitete die nächste Mahlzeit vor. Wieder einmal würde es den Fisch geben, den die Besatzung gefangen hatte.

Die *Schwalbe* lag hier seit dem Sommer, und er fühlte sich eingesperrt an Bord. Er war kein Soldat und gehörte auch nicht zu den Vitalienbrüdern, die die Stadt beherrschten. Er war Gaukler und Spielmann und nur irrtümlich auf diesem Schiff gelandet. Dass er es überlebt hatte, verdankte er allein dem Umstand, dass er sich bereit erklärt hatte, als Koch zu dienen – obwohl er kaum eine Erbsensuppe zubereiten konnte.

In dem Chaos, das nach der Ermordung der schwedischen Bürger in Stockholm geherrscht hatte, war es zu gefährlich gewesen, sich auf den Gassen zu bewegen. An Bord fühlte er sich sicherer als in einer Herberge in der Stadt. Freilich waren die Männer auf seinem Schiff auch Vitalianer, aber sie waren in erster Linie mecklenburgische Soldaten, die König Albrecht wieder auf den Thron verhelfen wollten, und keine ruchlosen Freibeuter. Daher waren sie nicht so unberechenbar und skrupellos wie jene anderen, die auf der Ostsee Schiffe kaperten, ausplünderten und die Besatzung über Bord warfen.

Mattis schnitt den Fisch zurecht und ging aufs Vordeck, um sich Kresse zu holen. Er warf einen Blick zum Schloss hinüber, vor dem sonst die Boote aus dem Schärengarten anlegten. Ab und zu kamen sie in die Stadt gesegelt und brachten frischen Fisch, aber nach Königin Margaretas Belagerung Stockholms gelang es nur noch wenigen Schiffen, die Blockade zu durchbrechen. Alle, die jetzt noch dort lagen, hatten keinen Proviant mehr an Bord und wirkten öde und verlassen, wie sie so auf den Wellen schaukelten.

Gewöhnlich lag auch immer eine ganze Reihe Lübecker Koggen zwischen Fiskestrand und Korntorget vertäut, aber jetzt herrschte größtenteils gähnende Leere am Kai. Mattis nahm die Kresse aus der Holzkiste. An allem waren nur der Krieg und die Vitalienbrüder schuld. Viele Menschen waren dabei zwischen die Fronten geraten und Opfer der Geschehnisse geworden. Er wollte nicht länger an Bord bleiben, er wollte endlich etwas Vernünftiges tun.

Einige Vitalianer segelten nach Bergen oder Lübeck und holten Stockfisch und Getreide, das sie dann nach Stockholm schmuggelten. Vielleicht konnte er seinen Kapitän ja bitten, auf einem solchen Schiff anheuern zu dürfen. Dann konnte er sich zumindest ein bisschen nützlich machen und dazu beitragen, dass die Stockholmer zu essen bekamen. Mit der Schüssel in der Hand blieb er an Deck stehen.

Die Sonne war fast gänzlich über der Stadt untergegangen, der Himmel hatte sich zugezogen, und ein kalter Regen fiel auf das Deck. Zitternd stieg Mattis wieder nach unten und holte den großen Kupferkessel für die Suppe hervor. Ohne zu wissen, wie das Ganze schmecken würde – das würde sich später herausstellen –, warf er den Fisch und die Kresse hinein. Er goss Wasser auf, legte Feuerholz nach und dachte daran, wie er noch vor einem knappen Jahr ein freier Spielmann gewesen war, der tun und lassen konnte, was er wollte. Er war sogar eine Weile verliebt gewesen. In Anne Persdotter. Ihre Schönheit und ihr helles Lachen, ihre Tatkraft und ihre Stärke hatten ihn bezaubert. Eine Weile war er glücklich gewesen, und vielleicht hätte diese Liebe noch wachsen können, doch dann hatten ihn die Umstände gezwungen, aus Stockholm zu fliehen. Als er zurückkam, hatte sie schon einen anderen gefunden.

Bei dieser Erinnerung verzog Mattis das Gesicht und versuchte die Gedanken zu verdrängen. Ja, es wurde Zeit, dass er auf einem dieser Lebensmittelschiffe anheuerte oder zumindest wieder bei Festen aufspielte. Was auch immer, nur nicht länger hier an Bord leben! Die Schritte des Kapitäns auf der Treppe rissen ihn aus seinen Gedanken.

»Du wirst es nicht glauben, aber es stimmt wirklich.« Der Kapitän stand in der Tür und sah aus, als hätte er etwas überaus Wichtiges zu verkünden. »Der Hauptmann will, dass du auf dem Schloss spielst!«

Mattis verdrehte die Augen.

»Soll ich vielleicht auch noch König werden?«

»Nein, glaub mir, ich hab mir das nicht ausgedacht. Scheint ganz so, als würde man sich langweilen da oben auf dem Schloss. Und es gibt nicht viele, die so fiedeln können wie du. Einer von den Schlossknechten muss dich spielen gehört haben.«

Mattis lachte. Da stand der Kapitän und trieb seinen Scherz mit ihm. Seit er den Vitalienbrüdern in die Hände gefallen war, fürchtete er um sein Leben. Durch Musik, Gauklereien und Spiele hatte er sich bemüht, sich unentbehrlich zu machen, und sich damit das Leben gerettet. Und jetzt wünschten die Machthaber selbst seine Dienste? Das glaubte er einfach nicht.

»Du wirst uns fehlen, aber wir hoffen, dass du zurückkommst«, fuhr der Kapitän fort. »Uns wird um einiges eintöniger sein ohne dich.«

Mattis vergaß ganz, weiter in seinem Topf zu rühren. Offensichtlich war es also doch ernst. Man wollte ihn als Hofmusikanten auf dem Schloss, obwohl er nicht einmal Vitalianer war. Anne würde sich gewiss darüber freuen. Dann konnte er sich den Lebensunterhalt verdienen und in Stockholm bleiben. Wenngleich er bei der letzten Begegnung wütend auf sie gewesen war, hatte er sie nicht vergessen können. Er hing immer noch sehr an ihr. Sie war ganz eigen, sie war stark und anders als alle Frauen, die er jemals kennengelernt hatte. Wie oft hatte er es schon bereut, dass er ihr den Rücken zugekehrt und sich geweigert hatte, weiter mit ihr zu reden. Schließlich hatte sie nichts von Alf Gerhardts finsteren Machenschaften gewusst, und er hatte den Fehler begangen, sie zu verurteilen, ohne sich ihre Verteidigung anzuhören. Später erst hatte er erfahren, dass sie nichts geahnt hatte, und seitdem grübelte er darüber nach, wie er sie zurückgewinnen konnte. Jetzt war die Lösung in greifbare Nähe gerückt, ohne dass er einen Finger hatte rühren müssen. Ein Hofmusikant war wahrhaftig etwas anderes als ein schlichter Gaukler. Jetzt war er jemand, und er würde sicher Gnade vor Annes Augen finden. Da hörte er wieder die Stimme des Kapitäns.

»Aber vergiss nicht: Es ist eine Sache, auf einem Schiff Possen zu reißen, und eine ganz andere, ein Schloss zu unterhalten«, warnte er und zwinkerte ihm zu.

»Ich weiß«, murmelte Mattis errötend und erinnerte sich an seine Misserfolge. Einmal hatte er versucht, eine Tierhatz auf die Beine zu stellen, doch die Tiere waren in Panik geraten, und zum Schluss waren alle Wetteinsätze dafür draufgegangen, den Besitzern den Wert der verlorenen Tiere zu erstatten.

»Und nimm dich in Acht. Solange man innerhalb der Schlossmauern in hoher Gunst steht, kriegt man alles, was man will. Fällt man aber in Ungnade, sieht es übel aus. Diese Kerkerlöcher sind …«

»… feucht und dunkel. Jaja, ich hab schon davon gehört«, unterbrach ihn Mattis und glaubte zu wissen, wovon er sprach. In Wirklichkeit hatte er keine Ahnung.

11. Kapitel

Das blassgraue Wasser floss langsam zwischen den alten Zugbrücken dahin, und die Nebelschwaden, die vom Fluss aufstiegen, machten alle Geräusche viel weicher und freundlicher. Die Frauen auf den Stegen plauderten und lachten, klopften ihre Wäsche aus und legten die frisch gewaschene Kleidung in große Körbe. Anne hatte sich einen wackligen Steg etwas abseits ausgesucht und die feuchten Tücher neben sich ausgebreitet. Während Christin sich um Maria kümmerte, hatte Anne sich erboten, ein wenig Wäsche zu waschen. Sie wollte eine Weile allein sein, um in Ruhe nachdenken zu können. Wenn sie in der Zwischenzeit wusch, erwies sie der Hausfrau damit gleich einen Gefallen. Sie war Gast der Familie Nagler und wollte gern behilflich sein.

Während sie arbeitete, blickte sie ab und zu zu den anderen Frauen hinüber, die Hemden, Hosen und Nachthemden wuschen. Sie selbst hatte nur die großen Tischtücher dabei, die sich leicht und rasch durchwaschen ließen. Sie nahm eines zur Hand, beugte sich vor und ließ es unter die Wasseroberfläche gleiten, bis sie nur noch einen Zipfel festhielt. Vom Wasser stieg es kühl auf, es war kälter, als sie gedacht hatte. Seevögel stiegen mit lautem Flügelschlag auf, und von den Stegen hallten die Stimmen der Frauen herüber. Sie blickte zum Grund, entdeckte aber keine Fische, nur Seegras, das in langen Strähnen uferwärts getrieben wurde. Es roch nach Lehm, irgendwie süßlich, und das Wasser strömte rasch dahin. Mit energischen Bewegungen spülte sie das Tuch und spürte die Kälte wie einen immer stärker werdenden Schmerz. Sie beeilte sich wohl besser, bevor ihre Finger ganz rot wurden und wehtaten.

Plötzlich fühlte sie sich beobachtet. Vorsichtig richtete sie sich auf und sah sich um. Die Frauen auf den benachbarten Stegen schienen sie gar nicht zu bemerken, und sie selbst konnte nichts Ungewöhnliches entdecken. Nur eine Frau mit einem Kind ging vorbei, und ein paar lärmende Soldaten strebten aufs Stadttor zu. Sie hob den Blick und ließ ihn über die Bäume und Büsche gleiten. Das Ufer war leer und verlassen, und nur die Blätter an den Büschen bewegten sich leicht im Wind. Sie nahm ihre Angst als säuerlichen Geruch wahr. Irgendetwas hatte sie erschreckt, aber sie wusste nicht, was es war.

Ganz still blieb sie sitzen und wartete, schluckte und versuchte ihre Sorgen zu beschwichtigen. Hier in Lübeck war niemand hinter ihr her, und was in Stockholm am Korntorget geschehen war, musste sie einfach vergessen. Nur weil ihre Magd ermordet worden war, konnte sie sich nicht jedes Mal aufregen, wenn sie ein Weilchen allein war. Seufzend fasste sie das Tischtuch fester, rieb es und schlug es schließlich trocken. Dann holte sie sich das nächste aus dem Korb und ließ es langsam in den Fluss gleiten. Als sie einen Blick über die Schulter warf, war niemand in der Nähe.

Bald schon hatte sie das ungute Gefühl vergessen und kniete sich gerade hin, um zwei Tücher gleichzeitig zu spülen. Sie streckte sich weit übers Wasser vor. Wenn sie mit diesen beiden Tüchern fertig war, konnte sie gehen. Doch sie waren ein wenig größer und schwerer als die anderen, und als sie gerade aufstehen wollte, um sie besser halten zu können, spürte sie, wie der Steg unter ihr schwankte. Dann hörte sie Schritte und ein lautes Schnaufen, und bevor sie sich umdrehen konnte, bekam sie einen harten Stoß von hinten und stürzte Hals über Kopf ins Wasser.

Sie fiel mit dem Kopf voran, und in der Strömung wickelte sich eins der Tischtücher um ihren Körper und zog sie weiter hinab. Verzweifelt kämpfte sie dagegen an, suchte mit den Füßen festen Boden zu finden und den Kopf über die Wasseroberfläche zu bekommen, damit sie nicht mitgerissen wurde. Doch hier war es zu tief, die Wirbel erfassten sie und zogen sie in die Mitte des Flusses. Die Brust schmerzte, im Kopf rauschte es, und sie fuchtelte wild mit den Armen, um wieder nach oben zu gelangen. Die Tücher hingen ihr um Gesicht und Hals, und einen verängstigten Augenblick lang befürchtete sie schon, darin zu ersticken und in der Tiefe zu versinken. Da kehrte auf einmal neue Kraft in ihre Glieder zurück, und mit letzter Anstrengung kämpfte sie sich nach oben, bekam den Kopf über Wasser und rang nach Luft.

Ihr Herz klopfte wie wild, sie atmete in heftigen Stößen und keuchte. Mit raschen Schwimmzügen erreichte sie das Ufer, und als sie Boden unter den Füßen spürte, hätte sie vor Erleichterung am liebsten geweint. Erschöpft wankte sie auf den Steg zu, stützte sich auf den Rand und zog sich hoch. In der Ferne sah sie Christins Leinentücher mit der Strömung davontreiben.

Dann fiel ihr wieder ein, dass sie Hände auf dem Rücken gespürt hatte, bevor sie ins Wasser gefallen war. Verwirrt sah sie sich um. Hatte eine der Frauen einen bösen Scherz mit ihr getrieben? Sie blickte zu den anderen hinüber, aber alle schienen sich noch an der gleichen Stelle zu befinden wie vorher. Auch hinter ihr war nichts Auffälliges zu entdecken. Doch irgendjemand hatte sie gestoßen, da war sie ganz sicher.

Also atmete sie tief durch und rief laut: »Habt ihr hier auf dem Steg jemanden gesehen?« Sie machte eine ausholende Handbewegung, woraufhin die Frauen in ihrer Arbeit innehielten und sie anstarrten.

»Wir haben niemanden gesehen!«, schrie die Älteste zurück. Die anderen schüttelten ebenfalls die Köpfe, doch Anne zweifelte. Der Täter konnte ja auch auf den Steg gekommen sein, ohne dass die Frauen ihn bemerkt hatten.

Am Abend konnte sie kaum einschlafen. Immer wieder ging ihr das Ereignis durch den Kopf. Die Wäscherinnen, die ihre Wäsche im Fluss spülten, hatten Respekt vorm Wasser und wussten, was passieren konnte, wenn man hineinfiel. Und obwohl die Strömung an den Stegen nicht so stark war, konnte man nur allzu leicht in die Flussmitte hinausgezogen werden. Also hatten sie Anne sicher nicht hineingestoßen, um sich einen Scherz zu erlauben. Es musste jemand anders gewesen sein, jemand, der abgewartet hatte, bis sie sich auf den Knien weit übers Wasser hinauslehnte. Dann bedurfte es nur noch eines festen Stoßes in den Rücken, damit sie das Gleichgewicht verlor.

Kalt und frierend hatte sie den Fluss verlassen und sich die ganze Zeit ängstlich umgeblickt, während sie mit ihrem Korb nach Hause lief. In Lübeck gab es also auch jemanden, der ihr nach dem Leben trachtete und der es vielleicht wieder versuchen würde. Sie war in ihre Dachkammer hinaufgestiegen und hatte sich umgezogen, bevor sie zu den anderen hinunterging. Sie bat Christin um Entschuldigung für die verlorenen Tischtücher, doch Heinz' Frau war Gott sei Dank verständnisvoll und sagte, so etwas sei ihr auch schon passiert. Was in Wirklichkeit geschehen war, erzählte Anne nicht, denn sie wollte die anderen nicht beunruhigen. In diesem Haus fand sie

Ruhe und Geborgenheit, und diese Gefühle wollte sie sich bewahren. Sie brauchte die Familie Nagler und deren Unterstützung.

Als sie unter die Decke kroch, drängte sie sich ganz dicht an Maria. Irgendjemand hatte versucht, sie umzubringen, aber warum? Und wer?

In Gedanken ging sie durch, was auf dem Korntorget geschehen war. Nach dem Mord an der Magd war sie mit Valborg in die Wohnung zurückgekehrt und hatte alles geputzt. Dabei hatten sie entdeckt, dass die Pergamentrolle verschwunden war, die sie immer unter dem Bett versteckt hatte. In diesem Dokument stand, dass Alf und ihr das Handelshaus gemeinsam gehörte. Darin stand auch, dass im Todesfall der andere das Haus und alle Handelsverträge erben sollte. Dieser Absprache hatte sie das Handelshaus zu verdanken. Hatte man deshalb das Dokument gestohlen und sie umzubringen versucht? Vielleicht steckte ein Kaufmann dahinter, der den Handel in Stockholm beherrschen wollte. Wer auch immer ihr nach dem Leben getrachtet hatte, er schien Verbindungen nach Lübeck zu haben. Und sie hatte geglaubt, hier sei sie sicher! Lähmende Angst befiel sie. Sie wusste, sie musste jetzt noch wachsamer und vorsichtiger sein als zuvor und sollte sich am besten auf niemanden verlassen.

Behutsam strich sie Maria übers Haar und streckte sich aus, um endlich einschlafen zu können. Aber obwohl sie sich Hopfenknospen in die warme Milch getan hatte, konnte sie kein Auge zutun. Sie kam überhaupt nicht zur Ruhe.

12. Kapitel

Schon auf der Holzbrücke an der Mühle bei Norrbro entdeckte Magnus Spangenmacher die ersten Bettler. Er stützte sich auf seinen Wanderstab und atmete schwer. Überall knotige Hände, aufgetriebene Kinderbäuche und zerfurchte, schmutzige Gesichter. Er erschrak angesichts der erschütternden Armut und fragte sich, was hier geschehen war. Obwohl es keine Missernten gegeben hatte, verhungerten die Menschen auf Stockholms Straßen.

Die Wächter an der Stadtmauer musterten verächtlich seine

verdreckte Kleidung und winkten ihn durch. Anscheinend betrachteten sie ihn als widerlichen Streuner, auf den es wirklich nicht ankam. Obwohl es noch früh am Tag war, wirkten sie schon betrunken, und er ging schnell an ihnen vorbei, damit sie es sich nicht anders überlegten und ihn doch noch durchsuchten. Unter seinem Mantel verbarg er nämlich einen Dolch, wenn auch nicht mit der Absicht, einen Menschen zu töten, sondern um sich selbst verteidigen zu können.

Als er zum Stortorget hinabging, schlug ihm ein beißender Gestank entgegen. Ein toter Hund lag neben einem Abfallhaufen, und an den Hauswänden türmte sich der Kot. Erschrocken huschte ein Straßenjunge in eine Seitengasse, aber Magnus Spangenmacher erkannte noch die mageren Beine und die zerlumpte Kleidung. Was war nur aus seiner Stadt geworden?

Als er noch im Rat saß, hatte er dafür gesorgt, dass die Kirche jeden Sonntag und Freitag Almosen an die Bedürftigen verteilte und dass man sich der Armen annahm. Jetzt sah es aus, als würde sich niemand mehr auf die Straßen wagen, um ihnen zu helfen. Stellenweise musste er einen großen Bogen um Gerümpel und verendete Tiere schlagen, und er sah auch alte Menschen, die vor Hunger gestorben waren.

Stockholm, der Stolz von Magnus und allen Schweden, hatte sich bis zur Unkenntlichkeit verändert. So konnte es nicht weitergehen. Die Eindringlinge mussten vertrieben werden und die Stadt wieder eine ordentliche Regierung bekommen. In Magnus wuchs der Wille, gegen die Vitalienbrüder zu kämpfen und nicht aufzugeben, bis sie verschwunden waren. Das sollte sein allerhöchstes Ziel sein. Aber zuerst musste er seine Tochter finden und sie zu seiner Frau bringen. Ohne Maria würden Ingrid und er nie wieder in Frieden zusammenleben.

Mit schnellen Schritten ging er die schmale Gasse entlang, in der der Weinkeller lag. Der braune Mantel flatterte im Wind, und ab und zu warf er einen raschen Blick über die Schulter, um sich zu vergewissern, dass ihn niemand wiedererkannt hatte. Wie er beruhigt feststellte, schien sich kein Mensch um ihn zu kümmern. Dass er schwedischer Bürger und Ratsherr war, war ihm offensichtlich nicht mehr anzusehen.

Beim Weinkeller angekommen, blieb er kurz vor der Tür stehen. Es war noch früh, und wahrscheinlich würde er Valborg allein antreffen. Also ging er wohl auch kein Wagnis ein, wenn er einfach eintrat. Kaum hatte er ein paarmal kräftig mit dem Türklopfer gegen die Tür gehämmert, da hörte er auch schon schnelle Schritte. Vorsichtig wurde die Tür geöffnet, und Valborg blinzelte ins Morgenlicht. Erst musterte sie ihn misstrauisch, aber dann strahlte sie übers ganze Gesicht.

»Magnus, bist du es? Willkommen zu Hause!«, rief sie und zog ihn rasch ins Haus. »Gott sei's gedankt, du bist also unversehrt.« Sie drückte ihn an sich, und er erwiderte die Umarmung aus vollem Herzen.

»Im ersten Augenblick hab ich dich gar nicht erkannt in diesen Lumpen. Aber jetzt musst du mir erst einmal erzählen, was euch alles widerfahren ist«, sagte sie, während sie vor ihm die Treppe in den Schankraum hinunterstieg.

»Wenn du mir nur vorher ein wenig zu essen geben könntest, dann ...«

Er sah, dass Valborg gerade ein Fest vorbereitete, da hatte sie meistens etwas Leckeres in der Küche. Sie bat ihn, sich zu setzen, während sie ein Knäckebrot von einem Balken an der Decke nahm. Dann holte sie Speck und eine Kanne Rheinwein aus dem Kellergewölbe und schenkte ihm einen Becher ein.

»Sieht so aus, als hättest du die schweren Zeiten gut überstanden«, sagte er.

»Ich hab getan, was ich konnte«, antwortete sie und nahm ihm gegenüber Platz. »Und außerdem hab ich ja meinen Herman. Herman Möller. Er hat mir mit Lebensmitteln ausgeholfen und mich auch sonst in allem unterstützt.«

Ihre Augen glänzten, und ihr Blick schweifte in die Ferne.

»Aha, eine neue Liebe also.«

Valborg errötete und schlug die Augen nieder. Verlegen strich sie mit der Hand über den Tisch.

»So ernst sieht es also aus, verstehe. Dann auf das Wohl der neuen Liebe!«, sagte Magnus Spangenmacher mit breitem Lächeln. Sie prosteten sich zu, und als er seinen Becher wieder abgestellt hatte, sah er sich suchend um. »Ich habe eine weite Reise hinter mir, jetzt kann ich mich nicht länger zurückhalten – wo ist Maria?«

Valborg zog ein bekümmertes Gesicht, und es entstand ein

unbehagliches Schweigen. Sie trat an den Herd und füllte eine Schale mit Suppe aus einem der großen Kessel.

»Und wo ist Anne, die so gut mit unserem Mädchen umgehen konnte?«, fuhr er fort.

Valborg stellte die Schüssel vor ihn hin und setzte sich.

»Magnus, ich weiß nicht, wie ich es dir beibringen soll …«

»Maria ist doch nichts widerfahren, oder?«

»Nein, nein.« Valborg schüttelte den Kopf. »Das ist es nicht.«

»Aber dann kann ich die beiden doch sehen. Glaub mir, ich habe die Kleine so vermisst, und Ingrid liegt mir ständig in den Ohren. Sie will das Kind wieder bei sich haben. Seit wir aus Stockholm geflohen sind, war es wirklich schwierig mit ihr.«

»Es tut mir leid, aber die Tatsachen sind anders, als du vermutest. Maria ist nicht das Kind von dir und Ingrid. Sie ist Annes Tochter.«

»Anne? Aber die sollte sich doch nur um das Kind kümmern, bis wir zurückkommen.«

»Du hast mich nicht richtig verstanden. Anne ist die leibliche Mutter des Kindes.«

»Anne?« Magnus schlug mit der Faust auf den Tisch und stand so hastig auf, dass die Weinkanne zu Boden polterte. »Das ist nicht wahr! Wie könnte die Kleine denn ihre Tochter sein? Maria ist unser Kind, und wage nicht, irgendetwas anderes zu behaupten!« Er stand über Valborg gebeugt und funkelte sie an. »Ingrid hat Maria zur Welt gebracht, als ich in Enköping war, das weiß ich.«

»Aber du warst bei der Geburt doch nicht dabei!«

»Nein, damals war ich fort, aber das bedeutet doch nicht …« Er wurde blass, als ihm bewusst wurde, dass Valborg vielleicht doch recht hatte. Hatte Ingrid ihn die ganze Zeit über belogen? Seine Hände zitterten.

»Zu Anfang wusste Anne auch nicht, dass die Kleine ihre Tochter ist«, erklärte Valborg. »Nach der Geburt hatte man ihr nämlich gesagt, ihr Kind sei tot zur Welt gekommen. Sie hat im Heiliggeistspital entbunden, und alle dachten, das Kind sei gestorben. Aber Linnea fand den Säugling und entdeckte, dass er doch noch lebte. Nachdem Ingrid so oft erfolglos versucht hatte, ein Kind zu bekommen, gab Linnea die Kleine ihrer Schwester. Sie wollte ihr nur helfen. Und als Vorsteherin hatte sie ja die Gelegenheit dazu. Sie wusste, dass außer Anne niemand das Neugeborene vermisste.«

Magnus setzte sich. Seine Hände zitterten, als er einen Löffel Suppe zum Mund führen wollte. Nachdem er seinen Mantel besudelt hatte, gab er es auf und schob die Schüssel aufgebracht von sich.

»Nicht mein Kind?«, rief er und schlug nochmals mit der Faust auf den Tisch. »Maria ist mein Kind. Das weiß ich.«

Doch dann hielt er inne und ließ die Hand wieder sinken. Valborg konnte durchaus recht haben. Ingrids Schwester war Vorsteherin des Heiliggeistspitals und hätte sehr wohl ein Neugeborenes entführen können, ohne entdeckt zu werden. Aber warum hatte Ingrid, seine eigene Frau, nicht erzählt, was wirklich geschehen war? Sie war auch nicht viel besser gewesen.

»Dann hat Ingrid mich die ganze Zeit über belogen!«, stöhnte er.

Valborg streckte die Hand aus und legte sie tröstend auf die seine.

»Ja, aber sie hatte doch nur Angst, dich zu verlieren. Und mach dir keine Sorgen wegen Maria. Anne kümmert sich bestens um sie.«

»Ich will die Kleine unbedingt sehen. Ich muss mich mit eigenen Augen überzeugen, dass sie nicht mein Kind ist. Wo steckt Anne eigentlich?«

Valborg schüttelte sanft den Kopf.

»Magnus, du kannst sie wohl treffen, aber ich befürchte, dass du dazu eine lange Reise unternehmen musst. Eine sehr lange Reise.«

»Ich verstehe das nicht. Diese Anne ist wie eine Katze mit neun Leben«, seufzte Dietrich auf dem Weg zur Kirche. Sein Hemd war am Rücken bereits durchgeschwitzt.

»Vielleicht hat sie neun Leben, vielleicht liegt der Fehler aber auch bei dir. Hast du darüber schon einmal nachgedacht?«, gab Bernt Schultze gereizt zurück.

»Können wir das nicht einfach vergessen? Beim nächsten Mal gelingt es bestimmt«, beteuerte Dietrich. »Außerdem haben wir im Augenblick Wichtigeres zu tun. Die Ikonen sind fertig.« Er trat einen Schritt zurück und ließ seinem Bruder den Vortritt. Nachdem er sich so beeilt hatte, rechtzeitig zu dieser Verabredung zu kommen, war er völlig außer Atem, denn bei seiner Körperfülle fiel ihm das Laufen herzlich schwer. Er sollte wirklich darauf achten, ein bisschen weniger zu essen, aber gekochtes Schweinefleisch im Teigmantel mit gut gewürzter Fleischsauce war nun einmal sein Leibgericht, und seine tüchtige Köchin setzte ihm ständig die schmackhaftesten Mahlzeiten vor. Dann zog sie ihn scherzhaft am Backenbart, klopfte ihm auf den Bauch und sagte, dass er so schön kugelrund sei und man von ihm sowieso nie genug haben könne. Aber allmählich sollte er nicht mehr auf sie hören, denn seine Hosen und Gürtel wurden immer enger.

»Ich habe gesehen, dass die Ikonen fertig sind«, wiederholte er, weil er nicht sicher war, ob sein Bruder ihn gehört hatte.

»Das wurde aber Zeit. Die Rahmen auch?«

»Das Wichtigste ist untergebracht, ja.«

»Gut, dann können wir endlich lossegeln. Allmählich hatte ich schon befürchtet, dass wir nicht mehr vor dem Winter loskommen.«

Bernt Schultze schritt langsam zum Altar und warf einen Blick über die Schulter, um sicherzugehen, dass sein Bruder ihm folgte. Er mochte ihn zwar, aber manchmal konnte er seinen Ärger nicht unterdrücken. Das Tönnchen arbeitete immer so wenig wie möglich und erzählte am liebsten, was er tun wolle. Und diesmal hatte Dietrich Schultze einen anderen Mann angeheuert, der den Auftrag ausführen sollte, und prompt war es misslungen. Wieder einmal.

Der Kaufmann zog den Mantel fester um den Körper. In der Kirche war es kalt und feucht, und der Rauch der Wachskerzen brachte ihn zum Husten. Obwohl er nicht gläubig war, hielt er sich gern hier auf. Die Kirche schenkte ihm Frieden. Hoch über dem Kopf wölbten sich die Ziegelgewölbe, die hohen Fenster ließen das Licht herein und warfen lange, schiefe Muster auf den Steinboden. In der Ferne hörte er den Lärm der Flaschenzüge, die Hammerschläge der Zimmerleute und das raue Kratzen der Maurerkellen. Maurer, Tischler und Knechte hämmerten, mischten Mörtel und kletterten draußen auf ihren Leitern herum. Alle gingen eifrig ihrer Tätigkeit nach, und niemand beachtete die Besucher. Gottes Haus war ein Ort des Friedens, hier beichtete man seine Sünden – hier wurden keine geheimen Geschäfte abgewickelt. Eben deshalb fühlte Bernt Schultze sich hier so sicher. Da er das Vertrauen des Pfarrers genoss, bekam er ohne Weiteres Zutritt zu den Räumen in der Kirche, und hinter einem schlichten kleinen Grabmal hatte er einen Teil des Silbers versteckt, das man den schwedischen Bürgern geraubt hatte. Mittlerweile hatte er die Münzen und Silberbarren herausnehmen und zu dünnen, münzartigen Platten einschmelzen lassen. Zufrieden lächelte er vor sich hin. So passte das Silber genau in die vergoldeten Rahmen, aber der Ikonenmaler hatte länger für die Fertigstellung seiner Arbeit gebraucht als ursprünglich abgemacht. Daher hatte sich die Abfahrt nach Bergen verzögert.

Als die beiden Männer vor dem Altar angekommen waren, fiel Bernt Schultze auf die Knie.

»Ich werde Anne mit den Ikonen losschicken«, sagte er.

»Aber ist das nicht viel zu gefährlich?«, flüsterte Dietrich und kniete neben ihm nieder.

»Wenn sie tatsächlich neun Leben hat, können wir sie doch ruhig mit dieser Aufgabe betrauen. Sie sorgt dafür, dass die Ikonen in die richtigen Hände gelangen, so umgehe ich das Risiko, sie selbst nach Norwegen bringen zu müssen.«

»Was geschieht, wenn jemand das Silber entdeckt?«

»Dann müssen auf jeden Fall nicht wir mit dem Leben bezahlen. Und weißt du, was mir daran noch gefällt? Ausgerechnet sie, die die Vitalienbrüder aus tiefster Seele hasst, hilft uns, die Bewegung mit Geld zu unterstützen.«

»Ohne es zu wissen«, ergänzte Dietrich Schultze und sah wieder ganz zufrieden aus.

Die beiden standen auf, legten die Hände auf den Rücken und spazierten lächelnd aus der Kirche hinaus.

13. Kapitel

Vielleicht hätte sie sein Zimmer lieber nicht betreten sollen, aber sie musste im Dachgeschoss wieder einmal aufräumen. Valborg hielt auf Sauberkeit und Ordnung in ihrem Haus, auch in den vermieteten Zimmern. Summend wischte sie den Boden. Sie war glücklich über die Veränderung in ihrem Leben. Seit Herman das Handelshaus übernommen hatte, hatte er immer öfter in der Stadt übernachtet. Manchmal dehnten sich die Ratsversammlungen so lange aus, dass es für ihn zu spät wurde, auf seinen Hof zurückzukehren. Doch auch an anderen Abenden blieb er gern bei ihr. Es konnte keinen Zweifel mehr geben: sie fühlten sich wohl miteinander, und er wollte mit ihr zusammen sein.

Sie sah sich in seinem Zimmer um. Viel hatte er nicht hier – nur einen Rock, ein Paar Schuhe und eine Reisetasche, aber sein Geruch war deutlich wahrnehmbar. Sie atmete ihn tief ein und lächelte in sich hinein. Sie mochte den süßen und gleichzeitig leicht herben Geruch seines Körpers und seiner Kleider. Lächelnd wischte sie noch einmal mit dem Scheuerlappen nach, dann richtete sie sich auf und wollte das Zimmer wieder verlassen. In diesem Augenblick fiel ihr Blick auf einen Gegenstand unter der Matratze. Sie legte das Tuch aus der Hand, trat ans Bett und sah ein gelbbraunes Stückchen Pergament herausstehen. Hätte die Rolle offen auf dem Tisch gelegen, hätte sie sich nicht weiter darum gekümmert, aber jetzt wurde sie doch neugierig.

Valborg sah sich um, dann zog sie das Pergament heraus. Es wirkte ziemlich neu, wies aber an der Seite einige Flecken auf, als sei es mit schmutzigen Fingern angefasst worden. Sie rollte es auf und versuchte die zierlichen Buchstaben zu enträtseln, musste es aber bald wieder aufgeben. Sie hatte nie lesen gelernt und erkannte nur wenige Wörter wieder. Eine Weile war sie unschlüssig, doch dann stopfte sie alles wieder ins Stroh. Herman musste nicht erfahren, dass sie etwas gesehen hatte, aber wenn sie wirklich eines Tages heiraten sollten und er den Weinkeller übernähme, wäre es wichtig, dass sie über alles redeten.

Am Abend sprach sie ihn darauf an.

»Ich habe zufällig gesehen, dass du eine Pergamentrolle bei dir im Zimmer versteckt hast. Fühlst du dich hier nicht sicher?«

Valborg glaubte eine leichte Veränderung in seinem Gesicht zu bemerken, aber als er sich vorbeugte, war sein Blick wieder ganz klar, und er lächelte.

»Diese Pergamentrolle?«, sagte er und deutete zum Dachgeschoss. »Das sind Verträge, die nicht unbedingt jeder sehen soll. Deine Gäste können sich schließlich im Zimmer irren, und dann liegen diese Dokumente offen herum. Das kann ich mir nicht leisten, denn damit wären auf einen Schlag mehrere Jahre Arbeit dahin.«

»Du hast recht. Es gibt Gäste, die gern herumschnüffeln, daran hatte ich gar nicht gedacht.«

Valborg war erleichtert. In Stockholm brauten sich an jeder Ecke Gerüchte, Aufruhr und Komplotte zusammen, und alle diese Machenschaften hatten ihr den Verdacht eingegeben, dass Herman in so etwas verwickelt sein könne.

Sie streckte die Hand aus und verschränkte ihre Finger mit den seinen. »Ich würde allerdings niemals etwas im Bett verstecken. Das ist doch der Platz, wo jeder zuerst suchen würde.«

»Das denken alle, deswegen kommt niemand auf den Gedanken, dort nachzusehen.« Herman stand auf und umarmte Valborg lächelnd. »Aber du hast recht. Ich sollte meine Dokumente lieber auf meinem Hof verwahren. Könnte ich nur sicher sein, dass meine Bediensteten oder Menschen, die mir Böses wollen, meine Zimmer nicht durchsuchen, während ich hier bin! Wir sollten ein gemeinsames Heim haben, Valborg.«

Sie war wie vom Donner gerührt. Nun hatte er endlich den Satz ausgesprochen, auf den sie schon so lange wartete. Wortlos fuhr sie ihm durchs Haar und spürte ein Brennen hinter den Augenlidern. Sollte ihre Einsamkeit endlich ein Ende haben? Nach dem Tod ihres Mannes hatte sie es so schwer gehabt. Sie legte ihm die drallen Arme um den Hals und spürte eine starke Sehnsucht nach Nähe. Er schien die Veränderung zu fühlen, zog ihren Kopf zu sich und küsste sie. Und diesmal küsste er sie heißer und tiefer als je zuvor und ließ seine Hände vorsichtig über ihren Körper wandern. Seine Lippen liebkosten ihr Gesicht und ihren Hals, und sie erbebte unter seiner Berührung.

»Komm, Liebste! Lass uns in mein Zimmer gehen«, flüsterte er.

Valborg keuchte auf, als ihr plötzlich bewusst wurde, was hier geschah.

»Nein, nicht so. Noch nicht«, murmelte sie ohne sonderliche Überzeugung.

Es war schon so lange her, und nach dem Tod ihres Mannes hatte sie alle Angebote abgewiesen. Aber Herman lächelte sie nur an und kümmerte sich nicht um ihren Protest. Als er ihr den Arm um die Schulter legte und sie zur Treppe zog, folgte sie ihm widerstandslos. Sie wunderte sich noch, wie lammfromm sie seinem Drängen nachgab, obwohl sie doch so daran gewöhnt war, selbst über alles zu bestimmen. Doch als sie seinen Körper ganz nahe und seine Hände auf den Hüften spürte, wusste sie, dass es diesmal anders war. Er mochte sie und meinte es ernst.

Als sie in sein Zimmer kamen und er die Tür geschlossen hatte, streckte sie wortlos die Arme nach ihm aus. Zum ersten Mal seit Langem war sie richtig glücklich.

Bernt Schultze kam nach Hause, grüßte das Dienstmädchen, das ihm den Mantel abnahm, und ging weiter in sein Zimmer. Er hatte keinen Hunger und wollte deshalb noch mit dem Essen warten. Stattdessen trat er ans Fenster und beobachtete das Gedränge unten auf dem Marktplatz. Überall Menschen, Wagen, Pferde. Er war stolz darauf, am Marktplatz zu wohnen, wo sich das Leben abspielte. Er besaß ein altes Backsteinhaus mit Treppengiebeln und einem hohen Ziegeldach wie die Reichen. Aber es war ein langer Weg bis hierher gewesen, und er hatte hart arbeiten müssen, um dieses Ziel zu erreichen. Als er an seinen Vater dachte, ärgerte er sich, dass er ihn nie ganz aus seinen Gedanken verbannen konnte. Der war auch ein erfolgreicher Geschäftsmann gewesen, und schon als Junge hatte Bernt ihm im Lager ausgeholfen. Er hatte Waren geschleppt, Stoffballen und Fässer gestapelt, Getreide und Wein geholt. Zur Belohnung hatte er als Sechzehnjähriger mit seinem Vater nach Bergen und Riga fahren dürfen. Als er während der ersten zwei Tage seekrank geworden war, hatte sich der Vater über ihn lustig gemacht.

So lange er sich erinnern konnte, hatte er alles getan, worum sein Vater ihn gebeten hatte, aber nie hatte er dafür ein Lob geerntet. Wenn er zehn Tonnen mit Salz gefüllt und versiegelt hatte, hatte sein Vater sofort gefragt, warum er nicht mehr geschafft hatte. Als er in die Hanse aufgenommen worden war, hatte sein Vater ihn nicht beglückwünscht, sondern verhöhnt, weil er sich während des Aufnahmerituals übergeben hatte. Ein echter Mann zeige keine Schwächen, hielt er ihm vor. Nicht einmal dann, als Bernt fünfzehn Ballen bester Wolle aus Flandern erworben hatte, war der Vater zufrieden gewesen. »Wenn du einer der besten Kaufleute in Lübeck werden willst, musst du schon mehr können«, hatte er gesagt.

Der jüngere Bruder hingegen wurde in Ruhe gelassen. Dietrich war kleinwüchsig, und Vater wie Mutter verhätschelten ihn. Er bekam immer die hübschesten Kleidungsstücke und das beste Essen, und seine Eltern verlangten überhaupt nichts von ihm. Nein, die Hoffnungen lasteten gänzlich auf dem ältesten Sohn, und während Bernt hart arbeitete, wurde Dietrich fett und tat nie mehr, als er unbedingt tun musste. Wie auch bei seinem letzten Auftrag – statt selbst zu den Stegen am Fluss zu gehen, hatte er einen Helfershelfer angeheuert. Hatte er in seiner Nachlässigkeit etwa geglaubt, man könne das Ganze auf die leichte Schulter nehmen?

Mittlerweile waren die Eltern alt. Der Vater kränkelte, und die Mutter war wieder zum Kind geworden, und sie brauchten Diener, die sie betreuten. Bernt sorgte für ihr Essen und alles, was sie brauchten, und war froh, keine weiteren Rücksichten mehr auf sie nehmen zu müssen. Sein Bruder und er mussten sich um sich selbst kümmern. Obwohl Tönnchen seine schlechten Seiten hatte, hing Bernt sehr an ihm. Sein Bruder war freundlich und entgegenkommend und tat alles, was man ihm auftrug. Und er war träge genug, um Bernt nicht mit törichten Einfällen zu belästigen, wie man das Handelshaus besser führen könne. Jeder kümmerte sich um seine Aufgaben, und diese Zusammenarbeit war äußerst fruchtbar.

Bernt Schultze lehnte sich aus dem Fenster. Ein Weinkutscher hatte gerade ein großes Fass auf sein Fuhrwerk geladen, das Pferd hatte Angst bekommen und weigerte sich, auch nur einen Schritt zu tun, obwohl der Kutscher mit der Peitsche auf das Tier einschlug. Schultze lächelte und merkte auf einmal, wie durstig er war. Er kehrte ins Zimmer zurück, öffnete den

Schrank und goss sich ein Glas Wein ein. Er atmete den Duft des süßen Getränks ein und nahm einige Schlucke, bevor er die Schranktür schloss und mit dem Glas in der Hand wieder ans Fenster trat. Nunmehr war er ein führender Geschäftsmann der Stadt, auch wenn das den Vater nicht beeindruckte. Er redete nur von sich selbst und hörte nicht auf das, was andere sagten. Schultze seufzte tief. Vielleicht würde der Vater ja endlich auf ihn hören, wenn er mehrere Handelshäuser besaß und Erfolge in Stockholm aufweisen konnte. Er war auf dem besten Weg dahin.

Als Dietrich und er den Handel übernommen hatten, begannen sie sofort mit Segelreisen nach Reval und Stockholm. Nachdem die Vitalienbrüder die Macht in der schwedischen Hauptstadt an sich gerissen hatten, heuerten sie seinen Kindheitsfreund Herman Möller an, um dort die Handelstätigkeit zu überwachen. Herman war mit ihm in Lübeck aufgewachsen, aber schon als Jugendlicher nach Stockholm gezogen. Er kannte alle, saß mittlerweile im Rat und hatte versprochen, ihm gegen eine Beteiligung von einem Drittel des Gewinns zu helfen. Gemeinsam hatten sie die leeren Handelshäuser in Stockholm übernommen, die die schwedischen Bürger hinterlassen hatten, und mehrere Kontore in ihre Hand bekommen. Dann hörten sie von Alf Gerhardts gewaltsamem Tod und rechneten fest damit, auch sein Handelshaus übernehmen zu können. Das hätte auch alles gelingen können, wäre da nicht die Witwe gewesen. Sie war einfach dageblieben und hatte die Geschäfte weitergeführt, womit sie wirklich nicht gerechnet hatten. Doch Herman hatte versprochen, sich der Sache anzunehmen. Daher konnte Schultze sein Erstaunen nur schwer verbergen, als Anne unerwartet in Lübeck auftauchte. In seinem Brief hatte Herman sein Bedauern über sein Versagen ausgedrückt und die Sache nun Bernt Schultze überlassen. Dieser leerte sein Glas, stellte es in den Schrank und schloss die Tür. Anne musste verschwinden – aber wie sollte er das hier in Lübeck bewerkstelligen, ohne sich zu verraten?

14. Kapitel

Anne blickte über den Fluss und auf die Schiffe, die am Kai vertäut lagen. Die Nebelbänke lichteten sich langsam. Ein Vogelschwarm flog über ihren Kopf südwärts und zog einen plötzlichen Schatten über den Boden. Wir müssen bald absegeln, dachte sie, sonst bleiben wir im Eis hängen. Ich möchte, dass das Schiff mit meinen Waren endlich ausläuft. Es wird Zeit, dass ich einmal mit Schultze rede und ihn frage, warum er noch wartet, da doch alle Lager voll sind. Wo soll ich denn hin mit dem Salz, dem Wein und den Stoffen? Warum schiebt er den Aufbruch immer weiter hinaus?

Sie verließ den Hafen, fuhr an der St.-Petri-Kirche vorbei und bog dann zum Marktplatz ab. Ins Viertel der Reichen, dachte sie. Dorthin führen alle Straßen – zu den hohen Kaufmannshäusern mit Fachwerk und Backstein, zum Rathaus und zum Marktplatz. Jetzt war sie nur als zufälliger Gast unter den anderen Menschen, den Händlern, den Frauen, die Lebensmittel einkauften, zwischen den Kutschern mit ihren Wagen und den Kaufleuten, die in ihren prächtigen Kutschen über den Platz rollten. Aber eines Tages, wenn sie erst ihre eigenen Schiffe besaß und ihre Geschäfte gut liefen, würde sie es sich vielleicht auch leisten können, mit Maria hier zu wohnen.

Als sie sich dem Platz näherte, hörte sie den wogenden Lärm vom Markt, der an ein großes Herz erinnerte, das immerfort schlägt und pumpt und niemals stillsteht. Lübeck war eine so große Stadt, dass Stockholm sich daneben vergleichsweise klein ausnahm. Hier konnte sie sich in der Menge verstecken, aber nach allem, was sich am Fluss ereignet hatte, war ihr klar, dass es doch nicht so einfach war. Ständig sah sie sich um, um sicherzugehen, dass ihr niemand folgte.

Schließlich trat sie auf den Marktplatz und ließ den Blick über die hohen Backsteinhäuser mit den Treppengiebeln schweifen. Eigentlich hatte sie auf dem Heimweg einkaufen wollen, aber plötzlich befiel sie eine solche Unruhe, dass sie unwillkürlich ihre Schritte beschleunigte. Nur in der Fischerstraße fühlte sie sich richtig sicher, und am liebsten saß sie in aller Ruhe mit Heinz Nagler zusammen und arbeitete.

Seit einer geraumen Weile ging sie ihm bei der Buchführung zur Hand, wofür er ihr überaus dankbar war. Sie konnte sehr schnell lesen und behielt alles Gelesene sofort im Kopf. Manchmal reichte ein schneller Blick auf eine Seite, und sie hatte den Inhalt bereits erfasst. Heinz war beeindruckt und übertrug ihr immer mehr Aufgaben. In der Zwischenzeit passte Christin auf Maria auf. Sie war völlig vernarrt in die Kleine, und sogar Peder spielte häufig mit ihr.

Manchmal, wenn Anne mit der Familie abends am Kamin saß, wunderte sie sich, wie gemütlich und angenehm es hier war. So hatte sie sich im Haus ihrer Eltern nie gefühlt. Sie kam sich wie ein Teil einer Gemeinschaft vor, und Heinz war fast ein Vater für sie geworden. Oft erzählte er Anekdoten aus seinen Jahren als Kaufmann, und im Lauf der Zeit kamen sie sich näher und waren zum vertraulichen Du übergegangen. Manchmal schien es fast, als hätte er seine Hoffnungen von seinem Sohn auf sie übertragen.

»Nun habe ich so ein großes Handelshaus aufgebaut, aber wenn ich eines Tages abtrete, kann es keiner übernehmen«, sagte er oft. »Ich verstehe nicht, was ich falsch gemacht habe, dass Peder die Kirche der Familientradition vorzieht.«

Wenn er so redete, versuchte sie ihn zu trösten, doch innerlich gab sie ihm recht. Was hatte Peder nur zu diesem Entschluss getrieben? Er verblüffte sie.

Als sie nun in die Fischerstraße einbog, wich sie zwei herrenlosen Hunden aus, die sich anbellten und aufeinander losgingen. An der Tür warf sie noch einen letzten Blick über die Schulter, bevor sie eintrat. Sie hatte immer noch niemandem erzählt, was ihr am Fluss widerfahren war, obwohl sie sich manchmal wünschte, sie könnte sich in eine tröstliche Umarmung flüchten und einfach nur weinen. Sie wollte stark sein und an ihre Tochter denken, doch wenn die Erschöpfung sie überfiel, wollte sie sich einfach nur unter der Bettdecke verkriechen und ganz weit weg sein.

Sie betrat das Esszimmer, doch weder Christin noch Maria waren zu sehen, also ging sie weiter zu Heinz Nagler. Der alte Kaufmann begrüßte sie mit zufriedenem Blick.

»Weißt du, was ich getan habe? Ich habe gerade einen Teil meines Geldes ans Armenhaus verschenkt.«

Sie nahm ihm gegenüber Platz. Dass er schon anfing, sein Geld zu verschenken, machte ihr Kummer. Spürte er, dass seine Krankheit doch allmählich die Oberhand gewann? Obwohl er es gern verleugnete, war nicht zu übersehen, wie schlecht es ihm ging. Anne empfand große Zuneigung zu dem alten Mann. Nun, da sein Leben sich dem Ende näherte, machte er sich Sorgen, was aus all dem werden sollte, was er aufgebaut hatte. Schwer atmend rieb er sich übers Gesicht und lehnte sich zurück.

»Ich wünschte, du würdest mit mir Geschäfte machen statt mit diesem Schultze«, sagte er.

»Aber du kaufst so selten Waren ein. Ich möchte gern ein bisschen mehr Spannung im Leben haben und mit fremden Ländern handeln.« Den Kredit und die Verträge erwähnte sie nicht. Das hätte ihn nur verärgert.

»Wenn du Spannung suchst, dürftest du sie bei Schultze sicherlich finden.«

Anne setzte sich ans Schreibpult und blätterte in einem der Rechnungsbücher.

»Offensichtlich kannte er meinen Vater, und ich habe bis jetzt noch kein böses Wort über den Mann gehört. Trotzdem werde ich langsam ungeduldig. Unsere Schiffe liegen immer noch am Kai.«

»Vielleicht wartet er noch auf ein bestimmtes Zeichen. Von weiter oben. Ich habe es dir schon vorher gesagt und sage es dir noch einmal: Ich traue diesem Mann nicht. Überlass ihm keinen Vertrag, und nimm um Gottes willen kein Darlehen von ihm an!«

Anne dachte an das Geld, das sie Bernt Schultze und Herman schuldete. Und sie hatte Schultze auch einen Teil ihrer Verträge überlassen. Aber sie hatte keine andere Wahl gehabt. Wären nicht Herman und das Handelshaus in Stockholm gewesen, hätte sie das niemals getan, und sobald sie konnte, würde sie den Kredit zurückzahlen und die Zusammenarbeit beenden. Sobald sie ihre Waren verkauft hatte, war sie wieder frei.

Geistesabwesend nickte sie, und Nagler bemerkte ihre Verlegenheit.

»Ich weiß, dass er teilweise bereits in deine Geschäfte verwickelt ist, aber versprich mir, dass du vorsichtig bist. Christin und ich haben dich lieb gewonnen, und wir wollen nicht, dass dir ein Leid geschieht.«

Anne nickte, brachte jedoch kein Wort heraus. Seinem Tonfall war zu entnehmen, dass er sich Sorgen um sie machte. Wusste er am Ende mehr, als er sagen wollte?

Am Spätnachmittag des nächsten Tages wollte Peder mit Anne die Marienkirche besuchen. Als sie auf den Kirchhügel kam, empfing sie der Lärm von Winden und Vorschlaghämmern. Ein Trupp Arbeiter baute gerade an einer der Mauern. Knechte eilten mit Eimern voller Kies und Sand vorbei, und in einiger Entfernung beobachtete sie zwei Jungen, die sich mit einer Ladung Ziegel abschleppten. Da entdeckte sie Peder an einem der Strebebogen und ging auf ihn zu.

»Komm mit!«, sagte er eifrig und hakte sie unter. »Was ich dir jetzt zeige, hast du noch nie gesehen.«

Sie überholten zwei Männer, die Holzscheite zurechthackten, und Anne wäre fast gegen einen Mann gerannt, der in einer großen Wanne Mörtel anrührte.

»Siehst du die Männer, die dort oben arbeiten?« Peder zeigte nach oben.

»Diese Fliegen über unseren Köpfen?«

»Sie arbeiten hoch über dem Boden und haben doch keine Angst. Denn sie sind sicher, dass Gott seine schützende Hand über sie hält.«

Anne betrachtete die kleinen Gestalten, die die Ziegel zu den Maurern karrten. Die Männer balancierten über die schmalen Laufstege, die dort oben von den Wänden abgingen wie riesige Flügel.

»Du meinst, Gott verhindert, dass sie abstürzen?«

»Sie stürzen nicht. Und wenn doch einer fällt, war er unvorsichtig.«

»Gott hilft also nur den Vorsichtigen?«

Er konnte sich ein Lächeln nicht verkneifen und warf ihr einen belustigten Blick zu.

Sie traten näher an das große Mittelschiff heran. Der Kirchturm ragte in den Himmel, und das Hauptschiff erhob sich hoch über die Seitenschiffe. Das ganze mächtige Gebäude schien förmlich zum Licht und zum Himmel emporzustreben.

»Das Langschiff wird noch höher gebaut, und der Kirchturm ebenfalls«, erklärte er und wies mit einer Kopfbewegung zum

Dach hinauf. »Du wirst sehen, diese Kirche wird noch größer und mächtiger als die in Köln.«

Gebannt beobachtete Anne die Männer über ihren Köpfen.

»Ich bin froh, dass du schön auf der Erde bleibst, Peder. Predigen kommt mir doch sicherer vor.«

»Wirklich? Das klingt ja fast so, als würdest du dir Gedanken um mich machen.«

»Ja, und ich mag dich gern. Ich mag dich, seit ich dich auf dem Wagen zum ersten Mal gesehen habe. Du kümmerst dich um mich, und du kannst so gut mit Maria umgehen.«

Er antwortete nicht, doch als sie die Kirche betraten, streifte seine Hand die ihre. In diesem kurzen Augenblick weckte er wieder ihre Neugier. Irgendetwas an ihm war einfach unergründlich. Er war ihr gleichzeitig nahe und doch so fern. Und obwohl er Gott verehrte, schien er trotzdem die Nähe einer Frau zu suchen.

15. Kapitel

Das Feuer prasselte im Kamin, und der Rauch hing wie ein undurchdringliches graues Gewebe unterm Dach. Anne griff nach ihrem Becher und leerte ihn.

»Willst du noch Wein?«, erkundigte sich Peder und hielt die Karaffe hoch. Anne nickte schläfrig. Es war spät, und sie hatten den ganzen Abend im Speiseraum zusammengesessen. Nachdem Christin und Heinz Nagler ihnen eine gute Nacht gewünscht hatten, blieben Anne und Peder noch sitzen und unterhielten sich weiter.

»Hast du noch nie darüber nachgedacht, in ein Kloster einzutreten?«, wollte Anne wissen, als Peder von seinem tiefen Glauben sprach.

»Manchmal. Aber ich mag die Menschen und will ein ganz normales Leben hier in Lübeck führen. Ich glaube nicht, dass ein Kloster das Richtige für mich wäre.«

»Priester zu werden und ohne eine Familie zu leben, ist doch auch kein normales Leben. Du redest von deinem Glauben, aber ist das vielleicht nur eine Ausrede? Das Handelshaus deines Vaters zu übernehmen, wäre das Schlimmste, was du dir denken könntest, und deswegen hast du dir etwas anderes gesucht.«

»Vielleicht«, erwiderte Peder und hob die Schultern. »Aber der Hanse zu dienen, ist nicht leicht und die Lehrzeit hart. Man muss fast zehn Jahre lernen, und dann kommt noch dieses furchtbare Aufnahmeritual.«

»Ich dachte immer, das ist alles gar nicht so schlimm. Eigentlich höre ich meistens von großen Prozessionen und Festmählern.«

»Das ist das eine, aber dem gehen grausame Rituale voraus. Weißt du, dass sie die Männer in einen Schornstein hängen und unter ihnen ein Feuer aus Rosshaar und Kehricht anzünden? Erst wenn man vom Gestank und Rauch halb erstickt ist, holen sie einen wieder heraus und übergießen einen mit Wasser.«

»Soll das etwa lustig sein?«

»Manche finden das wohl. Aber die Wasserprobe ist noch schlimmer. In Bergen rudern sie mit den Männern aufs eiskalte Wasser hinaus und tauchen sie dreimal unter. Sobald man an die Oberfläche kommt, peitschen sie auf einen ein. Ganz zu schweigen von der Bastonadenprobe. Erst darf man so viel essen und trinken, wie man will, dann wird man auf eine Bank gelegt und ausgepeitscht. Ich habe schon von Leuten gehört, die dabei gestorben sind.«

»Und ich dachte immer, da gehe es ganz würdevoll zu.«

»Nein, Vater hat mir davon erzählt, und er war ganz stolz, dass er alle Prüfungen bestanden hat. Doch ich würde mich dem niemals aussetzen. Lieber diene ich Gott.«

Anne schwieg für einen Augenblick.

»Das kann ich verstehen, aber ich finde, du solltest dich lieber um Alte und Kranke kümmern oder Unterricht geben. Du kannst so gut mit Menschen umgehen.«

»Ich glaube, du verstehst nicht, wie viel mir die Religion bedeutet. Vor einigen Jahren bin ich hier im Hafen ins Wasser gefallen und wäre um ein Haar ertrunken. Es war mitten im Winter, und niemand sah mich. Mein ganzer Körper schmerzte von der Kälte, aber irgendwie gelang es mir, zu einem Vorsprung am Kai zu schwimmen und hinauszuklettern. Gott hat mich gesehen, und er hat mich gerettet. Seitdem bin ich völlig fest in meinem Glauben. Mein größter Traum wäre es, ins Heilige Land zu reisen.«

Anne dachte daran, wie sie sich selbst aus dem Fluss gerettet hatte. Doch ihr Glaube war dadurch nicht stärker geworden.

»Willst du eine Pilgerreise unternehmen?«

»Jetzt noch nicht, aber eines Tages. Seit du in dieses Haus gekommen bist, drängt es mich nicht mehr so sehr, von hier wegzugehen. Ich habe dich richtig lieb gewonnen.« Schüchtern sah er sie an.

»Deswegen musst du doch nicht so unglücklich dreinblicken. Jemand zu mögen, ist eine Freude, keine Kümmernis. Und ich mag dich doch auch.« Sie streckte die Finger aus und drückte ihm kurz die Hand.

Dann betrachtete sie ihn von der Seite. Er war ein oder zwei Jahre jünger als sie, und sein langes blondes Haar fiel ihm weich bis auf die Wangen. Die schönen schmalen Hände lagen ganz ruhig auf den Knien. Er saß kerzengerade da, hielt den Mund geschlossen und betrachtete sie mit seinen hellblauen Augen. Da wurde sie von einer plötzlichen zärtlichen Aufwallung ergriffen, beugte sich vor und strich ihm über die Wange.

»Weißt du, Peder, manchmal glaube ich fast, du bist zu gut für diese Welt.«

Er ergriff ihre Hand, ließ sie aber sofort wieder los. Sein Blick war bedrückt und wehmütig. Rasch stand er auf, murmelte etwas Unverständliches und verließ das Zimmer.

16. Kapitel

»Ihr fragt Euch vermutlich schon, warum die Schiffe noch nicht losgesegelt sind.«

Bernt Schultze lehnte sich auf seinem Kaufmannsstuhl zurück und sah sie an. Er war selbstsicher und blendete mit eleganter Kleidung, und Anne fühlte sich gegen ihren Willen zu ihm hingezogen. Sie ertappte sich sogar bei der Überlegung, wie er wohl als Liebhaber sein mochte, und musste schnell die Augen niederschlagen, um sich nicht zu verraten. Seit Alfs Tod war sie allein, und ihr fehlte ein Mann in ihrem Leben. Sie sehnte sich nach der Nähe und auch nach den Momenten, da sie sich ganz hingeben konnte. Aber so weit würde es nicht kommen, dass sie sich von Schultze verführen ließ. Hinter seinem entgegenkommenden Lächeln und der höflichen Fassade spürte sie seine Kühle.

»Ja, allerdings habe ich mich das gefragt.«

Sie sah an ihm vorbei, und ihr Blick fiel auf seinen bemerkenswerten Stuhl. Das aus Eichenholz geschnitzte Möbelstück hatte eine großzügig bemessene Lehne, die Kopf und Rücken umschloss und auch noch ein Stück seitlich um den Körper herumführte. Einen solchen Stuhl müsste Heinz auch haben, dachte sie, der würde ihn vor der kalten Zugluft schützen. Er arbeitete ununterbrochen und sorgte sich nie um seine Gesundheit. So krank er auch war, er schüttelte den Kopf und behauptete, ihm fehle überhaupt nichts.

Schultze riss sie aus ihren Gedanken.

»Ich brauche Euch. Wir müssen eine wertvolle Fracht verschiffen, um die ich mir große Sorgen mache.« Er senkte die Stimme. »Habt Ihr Euch noch nie gefragt, warum ich erfolgreicher bin als viele andere Kaufleute in der Stadt?« Ohne eine Antwort abzuwarten, fuhr er fort: »Das hat seinen guten Grund. Vor hundertfünfzig Jahren wohnte in Nowgorod ein überaus erfolgreicher Ikonenmaler. Doch er wurde von einem anderen Meister verfolgt, der ebenfalls vom Verkauf seiner Ikonen lebte. Als der Maler schließlich an Leib und Leben bedroht wurde, wagte er nicht länger in seiner Heimatstadt zu bleiben. Stattdessen segelte er mit einem Hanseschiff nach Lübeck und nahm sein Werkzeug, sein Blattgold, die Farben und alles andere mit. Seitdem unterhalten seine Nachkommen eine Werkstatt in Lübeck, und ich helfe ihnen, ihre Arbeiten in Bergen und Reval zu verkaufen. Sie sind für mich tätig, und ich verkaufe jedes Jahr eine Ladung Ikonen für sie. Sie sind höchst gefragt, und da ich am Gewinn beteiligt bin, sind sowohl sie als auch ich bei diesem Unternehmen zu einigem Vermögen gekommen.«

»Warum erzählt Ihr mir das?«

»Gewöhnlich begleite ich selbst das Schiff mit den Ikonen an Bord, aber dieses Jahr könntet Ihr mir vielleicht helfen.«

»Soll ich etwa Eure Ikonen bewachen?«

»Nein, Euer Auftrag ist viel wichtiger. Ihr müsst sie zu unserem Lagerplatz in Bergen bringen und dann mit dem Schiff zurückkommen. Ich gebe Euch ein Begleitschreiben und die

Namen meiner Einkäufer dort oben mit. Wenn Ihr den Auftrag erfolgreich erledigt habt, will ich Euch mit einem Zehntel am Gewinn beteiligen.«

Anne biss sich auf die Unterlippe. Sollte sie wirklich Ikonen nach Bergen bringen? Da stimmte doch irgendetwas nicht, aber sie wusste nicht, was es war. Und sie war nicht sicher, ob sie wirklich wieder in See stechen und Maria allein lassen wollte. Der Gedanke, von ihrer Tochter getrennt zu sein, erschreckte sie. Es wären zwar nur ein paar Wochen, und sie konnte sich darauf verlassen, dass Christin und Peder die Kleine unterdessen betreuten, aber wollte sie wirklich so lange ohne Maria sein? Anne richtete sich auf und sah Schultze entschlossen an.

»Wenn Ihr mir die Hälfte des Gewinns gebt, reise ich. Sonst nicht.«

»Ich glaube, Ihr habt mich nicht recht verstanden, Anne. Ihr könnt nicht Nein sagen. Ihr kriegt, was ich Euch gebe, ansonsten müsst Ihr Euch einen anderen Partner suchen, mit dem Ihr Euch zusammentut.«

Ihr sank der Mut, und sie war um eine Antwort verlegen.

»Außerdem«, fügte er hinzu, »vergesst den Kredit nicht! Ihr steht in meiner Schuld, und ich will das Geld bald zurückhaben. Entweder arbeitet Ihr mit mir zusammen oder nicht.«

Bernt Schultze stand auf. Ein falsches Schmeichlerlächeln umspielte seine Lippen. Freudlos lächelte sie zurück, und in ihrem Kopf echoten Heinz Naglers Worte: *Ich traue diesem Mann nicht recht … An Eurer Stelle wäre ich vorsichtig.*

Anne nahm Maria auf den Arm und küsste sie. Das Mädchen ruderte mit den rundlichen Ärmchen und lachte. Zärtlich sah Anne sie an. Sie hatte Stockholm verlassen, weil sie befürchtet hatte, dass man sie ermorden könnte und Maria dann einem ungewissen Schicksal entgegensähe. Sollte sie ihre Tochter nun tatsächlich für eine Ladung Ikonen allein lassen? Es war schon spät im Jahr, und mit jeder Woche wurde es gefährlicher auf See. Sie nahm Marias Hand und legte sie sich auf die Wange. Aber wenn ich nicht fahre, dachte sie, dann verliere ich mein Handelshaus.

»Ich muss fahren, für uns beide, Maria«, flüsterte sie. »Sonst kündigt Schultze mir die Zusammenarbeit auf, und wie soll ich dann den Kredit zurückzahlen? Aber ich traue mich nicht, dich mitzunehmen. Hier hast du es besser«, erklärte sie und küsste die Kleine auf die Stirn.

Behutsam legte sie sie ins Bett und stopfte die Decke ringsum fest. Lächelnd betrachtete sie die Kleine, die noch ein wenig in der Decke wühlte, bevor sie die Augen schloss und einschlief. Obwohl Anne ihre Tochter nun schon mehrere Monate lang bei sich hatte, war ihr manchmal immer noch nicht ganz bewusst, dass sie Mutter war. Und sie überlegte oft, wieso das kleine Mädchen sie alles andere vergessen lassen konnte. Obwohl die Kleine ihre ganze Zuwendung brauchte, musste Anne sich jetzt um ihre Geschäfte kümmern. Sonst konnte sie sich und ihre Tochter nicht mehr ernähren. Eine geraume Weile blieb sie neben dem schlafenden Kind sitzen und betrachtete es, dann stand sie auf und holte ihre Handarbeit. Jetzt musste sie erst einmal nachdenken, und das konnte sie am besten, wenn sie am Kamin saß.

Als sie in den Speiseraum kam, roch es nach Fisch und Rüben, und der Rauch stand unterm Dachfirst. An den Fenstern hörte sie leisen Regen und das Rasseln eines vorbeifahrenden Wagens. Nachdenklich griff sie nach Nadel und Faden und nähte an einem Hemd für Maria. Sie saß noch nicht lange dort, da kam Peder ins Zimmer. Er grüßte sie freundlich und legte Brennholz nach. Als es wieder munter flackerte, setzte er sich neben sie.

»Soll ich dir etwas sagen? Ich bin richtig froh, dass du zu uns gekommen bist. Ich kann mir dieses Haus schon gar nicht mehr ohne dich vorstellen.«

Anne lächelte ihn an.

»Und ich finde, dass ich unglaubliches Glück hatte, dich kennenzulernen und im Haus deiner Eltern Aufnahme zu finden.«

Er wirkte vergnügt.

»Mutter und Vater nörgeln nicht mehr so an mir herum, sondern lassen mich eher in Frieden. Früher haben sie mich ständig überreden wollen, dass ich das Handelshaus übernehme, und mich dafür getadelt, dass ich Priester werden will. Jetzt haben sie schon lange nichts mehr gesagt.«

»Dein Vater ist traurig, weil du das Haus nicht übernehmen willst. Aber vielleicht überlegst du es dir ja noch anders.«

»Nein, die Welt der Schiffe und Absprachen ist nicht die meine. Das alles ist nur fremd und beunruhigend für mich.«

»Ja, eine gewisse Begeisterung sollte man schon dafür aufbringen«, bestätigte Anne. »Sonst misslingen die Geschäfte. Ich finde es spannend, die richtigen Waren zum richtigen Preis zu finden, und genieße die Herausforderung, sie mit Gewinn wieder zu verkaufen. Manchmal gewinnt man, manchmal nicht. Aber wenn man gewinnt, ist das ein herrliches Gefühl.«

»Und Maria?«

»Das ist ein anderes Glück. Ein unendlich viel größeres.«

»Ich habe sie auch sehr ins Herz geschlossen.«

»Jemand wie du sollte Kinder haben, Peder«, erklärte Anne und ließ die Handarbeit sinken. »Macht es dir nicht zu schaffen, dass du dir diese Möglichkeit versagst?«

»Doch, aber das ist eben meine Berufung. Und was sollte ich denn tun, wenn ich nicht Priester würde? Die Welt der Geschäfte macht mir Angst, und wenn ich hoch über dem Erdboden als Maurer arbeiten müsste, würde mir nur schwindlig. Und Soldat will ich erst recht nicht werden. Ich könnte niemals einen Menschen töten.«

»Deswegen mag ich dich wohl auch so gern«, sagte Anne.

Stumm betrachtete sie das Gesicht mit den sanften Augen. Im gleichen Augenblick beugte er sich vor und legte ihr behutsam die Hand um den Nacken. Er sah ihr in die Augen, aber sie konnte seinen Blick nicht deuten. Als sie seine Wange so nahe vor sich sah, hob sie unvermittelt die Hand und streichelte sie sanft. Jetzt könnte ich ihn küssen, dachte sie, aber sie wagte nicht, sich zu bewegen. Das Feuer prasselte im Kamin, und schweigend und regungslos saßen sie in diesem unsichtbaren Kraftfeld, das zwischen ihnen entstanden war. Das Herz klopfte ihr, und sie hörte die eigenen Atemzüge. Als er näher kam, hob sie ihm das Gesicht entgegen und schloss die Augen.

Auf einmal waren Schritte auf der Treppe zu hören, und hastig fuhren beide zurück. Der Augenblick war vorüber. Als sich die Schritte entfernten, wurde es wieder ganz still. Vorsichtig warf Anne Peder einen Blick zu. Ihr selbst war schwindlig von ihren Empfindungen. Da stand er auf und wich ihrem Blick aus.

»Gute Nacht«, sagte er und ging zur Tür. Sie sah ihm nach, als er im Dunkel verschwand, und erst da wurde ihr bewusst, dass er sie tatsächlich berührt hatte.

17. Kapitel

Magnus Spangenmacher stand auf dem Vordeck und betrachtete den Horizont. Das dunkle Wasser sah Furcht einflößend und bedrohlich aus. Er war im Binnenland aufgewachsen und mochte die See nicht. Aber nun war er gezwungen, nach Lübeck zu reisen. In Stockholm war es immer noch zu gefährlich für ihn, und er wollte sich der heimlichen Bewegung gegen die Vitalienbrüder anschließen.

In Lübeck konnte er bei der Organisation des Widerstands gegen die Piraten in Stockholm mitwirken. Die Deutschen wollten sicher auch Einzelheiten über die Morde an den schwedischen Bürgern wissen, und wenn er mit ihnen zusammenarbeitete, konnten sie die Vitalianer entmachten. Solange diese Mörder seine Heimatstadt nicht geräumt hatten, konnte er nicht zurückkehren, und er wollte dazu beitragen, dass sie endlich vertrieben wurden. Außerdem hatte er Ingrid versprochen, mit Maria zurückzukommen. Wenn das Mädchen Annes Tochter war, wie Valborg behauptet hatte, dann wollte er sich mit eigenen Augen davon überzeugen. Erst wenn er sicher wäre, dass er nicht der Vater des Kindes war, wäre er bereit, das Unterfangen aufzugeben. Ingrid hatte er eine Nachricht geschickt, dass er länger wegbleiben wolle, und da sie als Wäscherin auf einem Hof in der Nähe arbeitete, würde sie gut zurechtkommen, bis er zurückkehrte.

Ein kalter Wind blies über das Deck, und er fröstelte. Seine Gedanken wanderten zu Anne und der Begegnung im Keller bei Valborg zurück. Damals war er auf der Flucht vor den Vitalienbrüdern gewesen, und in diesem Chaos war sie diejenige gewesen, die ihm mit ihrer Seelenruhe Hoffnung eingeflößt hatte. Sie war so stark und entschlossen, aber gleichzeitig warm und weich. Hatte sein Beschluss, nach Lübeck zu segeln, mit Anne zu tun? Er erinnerte sich an das Gefühl von Zusammengehörigkeit, als sie sich im Keller begegnet waren, und er überlegte, ob dies vielleicht nur auf die Unruhe und die

Anspannung jener Nacht zurückzuführen war, als er aus Stockholm floh.

Der Horizont war nicht mehr zu erkennen, die Wellen waren höher geworden und zeigten Schaumkronen. Beunruhigt zog er den Mantel fester um die Schultern. Es roch förmlich nach einem Unwetter. Hoffentlich wuchs es sich nicht zu einem dieser gefährlichen Herbststürme aus, die alle fürchteten. Und mochte Gott geben, dass er sich ein gutes Schiff ausgesucht hatte, sonst konnte ihm alles mögliche Übel zustoßen.

Anne verließ das Haus in Richtung Rathausplatz. Sie hatte Bescheid bekommen, dass die Schiffe zum Ablegen bereit waren. Seit zwei Nächten hatte sie kein Auge mehr zugetan und nur nachgedacht, was sie tun sollte. Schließlich war ihr klar geworden, dass sie die Reise antreten musste, und sie fragte Christin, ob diese sich in ihrer Abwesenheit um Maria kümmern könne. Als Frau Nagler ihre Hilfe zugesagt hatte, sprach Anne auch mit Heinz.

»Es ist deine Entscheidung. Aber sei vorsichtig!«, warnte er, bevor er aufstand und gebeugt den Raum verließ.

Jetzt musste sie nur noch mit Peder reden. Sie entdeckte ihn neben einer Fischbude auf dem Marktplatz. Er strahlte, als er sie sah, und begleitete sie, während sie einige Ellen Tuch und einen Korb für ihre Nähutensilien kaufte. Als sie alles erledigt hatte, blieb sie vorm Rathaus stehen und blickte über den Platz. Jetzt musste sie es ihm sagen.

»Ich werde nach Bergen reisen«, begann sie.

Er fasste sie bei den Schultern, als wolle er sie festhalten.

»Nach Bergen? Aber warum denn das?«

»Ich habe Schultze versprochen, eine Ladung dorthin zu begleiten. Das muss erledigt werden, bevor das Eis kommt.«

Peder ließ die Hände sinken, und sie schlenderten weiter an den Ständen entlang.

»Meinst du, ich begehe damit einen Fehler?«, wollte sie nach einer Weile wissen.

»Ich werde keinen inneren Frieden finden, bevor du nicht zurück bist.«

»Aber ich muss fahren.«

»Du musst gar nichts. Das glaubst du bloß.«

»Wie soll ich mich denn sonst versorgen?«

»Du hast doch bei uns Wohnung und Unterkunft.«

»Ja, und du weißt, wie sehr ich das schätze. Aber Herman Möller, der sich in Stockholm um mein Handelshaus kümmert, arbeitet mit Schultze zusammen. Herman kümmert sich um meine Geschäfte, und im Gegenzug muss ich für Schultze arbeiten.«

»Und was ist mit Maria?«

»Deine Mutter wird sich um sie zu kümmern, und ich weiß, wie wohl sich meine Tochter auch mit dir fühlt.«

Anne war sich im Klaren darüber, dass Christin sich letztendlich nicht genauso gut um Maria kümmern konnte wie sie selbst. Im Innersten hatte sie Angst und ein schlechtes Gewissen, aber es war unmöglich, das Mädchen auf diese Reise mitzunehmen.

Sie schritten weiter zu den Buden in der Galerie. Rathausdiener saßen an einem Tisch und tranken Bier, und ganz in der Nähe verkaufte ein Bäcker frisch gebackenes Brot aus einem Korb. Es roch nach Salz, Kräutern und Getreide, und Anne atmete den lieblichen Duft tief ein. Eine alte Frau kam auf sie zu und hielt ihnen Halsketten aus Bernstein hin, aber Peder schüttelte nur den Kopf, und sie gingen weiter durch die Bogengänge.

»Sag doch endlich etwas!«, brach Anne schließlich das Schweigen.

»Anscheinend haben wir uns verlaufen«, murmelte er, und sie entdeckte, dass sie in einem Gewölbe standen, das an einer breiten Mauer endete.

»Bitte, versuch mich doch zu verstehen! Ich komme doch zurück.«

Er gab keine Antwort, sondern sah sie nur bekümmert an. Im Dunkel wirkte er so verlassen.

»Aber Peder!«, sagte sie, trat ganz nahe zu ihm und schloss ihn in die Arme. Er gab keinen Ton von sich. Kein Zorn, keine Tränen, nur Schweigen. Doch plötzlich beugte er ihren Kopf mit einer heftigen Bewegung nach hinten. Er nahm ihr Gesicht in beide Hände, und seine weichen, warmen Lippen suchten ihren Mund. Als er sie so fest in den Armen hielt, schienen seine ganze Sehnsucht und Verzweiflung in diesen Kuss zu strömen. Anne spürte ein warmes Ziehen im ganzen Körper, und als er sich an sie drückte, spürte sie, dass er hart war. Vorsichtig machte sie sich frei und stolperte verwirrt einige Schritte zurück.

»Mein Lieber … nicht so …«

»Verzeih mir! Das hatte ich nicht so gemeint«, stammelte er. Sie sah die Besorgnis in seinem Gesicht und die leichte Veränderung im Blick. Seine Augen verdunkelten sich und wurden ganz kühl, und als sie nach seiner Hand fassen wollte, zog er sie zurück. Im nächsten Augenblick war er auch schon verschwunden.

Warum war sie ihm nicht entgegengekommen? Sie wünschte es sich doch selbst.

18. Kapitel

Anne blickte über die Reling, um zuzusehen, wie die Kogge anlegte. Nach der kalten, anstrengenden Überfahrt über die Nordsee war es eine große Erleichterung, endlich keine Angst vor Piraten mehr haben zu müssen und von der lang gezogenen Dünung nicht mehr seekrank zu werden. Der Hafen von Bergen lag wie ein riesiges Hufeisen vor ihr, und hingerissen betrachtete sie die Stadt. Im Osten entdeckte sie die hohen Giebelhäuser aus Holz mit dem Kontor der Hanse, im Westen die etwas einfacheren Holzhäuser der Norweger. Die Schiffer der Lastkähne brüllten, der Schiffsrumpf knarrte, und die Männer rannten mit Tauen und Seilen hin und her. In diesem Hafen taufen die hanseatischen Seefahrer also ihre Lehrlinge in kaltem Wasser und peitschen auf sie ein, sobald sie wieder an die Oberfläche kommen, dachte sie. Sie erinnerte sich daran, wie Peder ihr davon erzählt hatte und wie er diese Sitten verabscheute.

Eine Gruppe Schauerleute schrie auf dem Landungssteg herum, und geistesabwesend hörte sie ihnen zu. Schultze hatte sie darüber in Kenntnis gesetzt, dass einer seiner Helfer am Kai stehen werde, aber sie konnte niemanden entdecken, der nach ihr Ausschau zu halten schien. Wenn doch nur Peder hier gewesen wäre! Sie sehnte sich nach seiner Unterstützung und wollte seine Nähe und Wärme spüren. Jetzt war sie ganz allein. Am Abend vor ihrer Abreise hatte er angekündigt, dass er nicht zum Abschied an den Kai kommen werde, denn das bedeute Unglück. Aber als das Schiff ablegte, erspähte sie ihn ganz kurz am Strand hinter den Stadtmauern. Er nahm auf seine Art Abschied, und vielleicht war das ja auch gut so. Nach dem Vorfall in der Rathausgalerie hatte eine ständige Spannung in der Luft gelegen, und sie fragte sich, ob sie ihn in Zweifel gestürzt hatte. War eine Frau doch wichtiger für ihn, als er ahnte? Doch ob er seine Ausbildung zum Priester abschloss oder eine Familie gründete, musste seine eigene Entscheidung bleiben. Obwohl sie ihm sehr zugetan war, mochte sie nicht dafür verantwortlich sein, dass er sein Leben völlig auf den Kopf stellte. Schließlich wollte sie so schnell wie möglich mit Maria nach Stockholm zurückkehren.

Das Schiff war nur wenige Tage nach ihrer Begegnung auf dem Marktplatz abgesegelt, und an dem Abend hatte sie immer übers Meer geblickt und über ihn nachgedacht, während die Sonne am Horizont unterging und das Schiff durch die Wogen steuerte. Ihre Gedanken waren unbeschwert, und sie wollte einfach nur träumen und sich dieses warme, zärtliche Gefühl in ihrem Innern bewahren. Sowohl sich selbst als auch Peder zuliebe musste sie sich zurückhalten. Er hatte sein Leben Gott geweiht.

Gott? In diesem Moment kam ihr ein ganz anderer Gedanke. Peder war Katholik, ebenso wie die Bürger in Bergen. Warum sollte man also Ikonen dorthinbringen? Ikonen waren doch nur für die Gläubigen, die sich zur orthodoxen Lehre bekannten. Sie umklammerte die Reling. Schultze fuhr üblicherweise selbst nach Bergen, aber diesmal hatte er sie geschickt – mit einer rätselhaften Lieferung, die hier nichts zu suchen hatte. Sie fragte sich, was das wohl zu bedeuten hatte. Hatte er sie in irgendeiner Weise hereingelegt?

»Wir laden die Kisten auf dem Landungssteg ab, dort können Euch dann die Schauerleute weiterhelfen.« Der Kapitän kam auf sie zu. »Ihr bleibt sicher nicht allzu lange an Land. Wir bleiben nämlich nur wenige Tage, weil wir mit dem restlichen Konvoi wieder zurücksegeln müssen. So ist es am sichersten«, fuhr er fort und deutete mit einer bedauernden Geste aufs Meer. »Die Vitalianer haben letztes Jahr über hundertvierzig Schiffe gekapert.«

»Oh, mein Gott, so schlimm steht es schon?«

»Ja, und es ist sogar noch schlimmer geworden. Erst waren es nur die Mecklenburger, aber mittlerweile gibt es kaum mehr einen Schiffer auf der Ostsee, der sich nicht in der Piraterie versuchen will. Die Vitalianer haben Anschläge auf die Märkte in Helsingør und Falsterbo verübt, in Reval und an anderen Orten. Wenn Ihr also etwas an Land zu erledigen habt, Fräulein, solltet Ihr rechtzeitig wieder zurückkommen. Sonst segeln wir ohne Euch zurück.«

Anne dachte an die Seereise. Sie hatten mehrmals fremde Segel entdeckt, waren aber nicht verfolgt worden. Andererseits waren sie in einem Konvoi von neun Schiffen gefahren. Vielleicht hatten sich die Seeräuber einfach nicht an sie herangewagt.

»Mehr Zeit werde ich auch nicht brauchen, um meine Angelegenheiten zu erledigen.«

»Das sagen alle.«

Der Kapitän zuckte mit den Schultern und ging zum Landungssteg. Anne sah ihm nach, blieb aber an der Reling stehen, um nach Schultzes Gehilfen Ausschau zu halten. Ihr Blick schweifte über die Stadt und die schönen hohen Lagerhäuser an den Brücken mit ihren Walmdächern und den Giebeln, die aufs Wasser zeigten. Dazwischen verliefen enge Gassen, und die oberen Stockwerke ragten so weit auf die Straße hinaus, dass sie sich fast mit denen des Nachbarhauses berührten. Je weiter man sich vom Hafen entfernte, umso enger wurden die Gassen und verwandelten sich auf dem Weg zu den bewaldeten Bergen ringsum zum Teil in unbefestigte Pfade. Außerhalb des Stadtkerns lagen baufällige Häuser, die schon lange leer zu stehen schienen. Vielleicht war das auf die Pest zurückzuführen, die hier vor einer knappen Generation gewütet hatte.

Unten am Kai sah man Wagen und Pferde, eine Gruppe Hafenarbeiter stapelte Brennholz neben einem alten Schuppen auf, und unmittelbar daneben luden Fischer ihren Fang auf große Karren. Überall drängten sich Männer, Frauen und Kinder. Hochgewachsene Schauerleute in Leder und Loden schritten mit Säcken auf den Schultern über den Landungssteg, andere wuchteten ihre Last auf Fuhrwerke und Wagen. Hie und da stiegen schon die Kutscher auf, schnalzten ihren Pferden zu und fuhren los. Aber niemand schien gekommen zu sein, um Anne in Empfang zu nehmen. Wo blieb bloß Schultzes Kompagnon?

Nach einer Weile wurden ihre zwei Kisten aus dem Laderaum herausgetragen. Sie ging zum Landungssteg und folgte den Trägern auf den Kai. Nun konnte sie nur noch versuchen, die Ladung zu dem Lagerhaus zu bringen, von dem Schultze gesprochen hatte. Aber wie sollte sie herausfinden, wo sich dieses befand?

Plötzlich hörte sie einen Warnruf, gefolgt von einem Schrei und einem dumpfen Aufprall. Einer der beiden Männer war gestürzt, und die kleinere Kiste war auf ihn gefallen. Ohne nachzudenken, rannte sie zu ihm und hob mithilfe der Umstehenden die Kiste von seinem Bein. Er fasste sich an den Fuß und stöhnte, konnte sich aber mit etwas Mühe wieder hochrappeln. Prüfend belastete er den verletzten Fuß, verzog schmerzlich das Gesicht und humpelte davon. Anne warf einen Blick auf die Kiste und sah, dass sie an einer Ecke beschädigt worden war. Unmittelbar daneben lag etwas auf dem Boden, und sie bückte sich, um es aufzuheben.

Es war ein bleigrauer dünner Gegenstand, der sich als überraschend schwer herausstellte, und als sie ihn umdrehte, bemerkte sie eine glänzende Kerbe. Sie starrte ihn eine Weile an, bis ihr klar wurde, was sie da in der Hand hielt. Eine dünne Silberplatte! Dabei hatte Bernt Schultze doch behauptet, dass die Kisten lediglich Ikonen enthielten. Vorsichtig zog sie eines der Heiligenbilder heraus und wog es in der Hand. Die Ikone war außergewöhnlich schwer, und sie drehte und wendete sie, um irgendwo einen Schlitz oder eine Unebenheit zu finden. Erst sah sie nichts, aber als sie vorsichtig mit den Fingern an der Kante des Rahmens entlangfuhr, entdeckte sie einen ganz schmalen Spalt. Sie nahm das Messer vom Gürtel und schob die Klinge vorsichtig hinein. Sobald sie die Öffnung etwas erweitert hatte, sah sie etwas aufglänzen. Sie atmete tief ein und musste den Impuls unterdrücken, die Ikone sofort ins Hafenbecken zu werfen. Im Rahmen lag eine dünne Silberplatte. Ihr Geschäftspartner hatte versucht, sie zur Schmugglerin zu machen. Dass sie ihm nicht früher auf die Schliche gekommen war! Hastig schob sie die Ikone wieder in die Kiste und blickte sich um. Doch niemand nahm Notiz von ihr. Wenn sie entdeckt wurde, konnte es sein, dass sie es mit dem Leben büßen musste.

Im gleichen Augenblick sah sie zwei prunkvoll herausgeputzte Männer näher kommen. Sie rang nach Luft und hoffte, dass keiner der beiden sie gerade beobachtet hatte. Es waren die Abgesandten der Stadt, die die Lieferungen in Augenschein nahmen.

Das Geräusch von Wagenrädern entfernte sich über die Straße, und kurz darauf wurde zweimal kräftig mit dem Türklopfer gepocht. Peder ging zur Tür und öffnete. Vor ihm stand ein kräftiger Mann mit langem, dunklem Haar und braunen Augen. Am Gürtel baumelte ihm ein Schwert, und er trug ein Hemd, einen blauen Mantel, eine lange Hose und Lederstiefel. Sein Blick war tief und ernst.

»Mein Name ist Magnus Spangenmacher, und ich suche Anne Persdotter.«

Peder erstarrte und betrachtete den Fremden misstrauisch. Der Mann sprach Deutsch mit schwedischem Akzent. Vielleicht war es ja jemand, mit dem Anne Geschäfte machte, oder ein Verwandter oder … Gott behüte, eine Liebschaft, die sie geheim gehalten hatte? Er forschte in seinem Gedächtnis, konnte sich aber nicht erinnern, dass Anne jemanden erwähnt hatte, den sie liebte. Dennoch befiel ihn eine unerklärliche Unruhe, und er schämte sich für sich selbst. In diesem Mann erkannte er eine Bedrohung, denn er suchte die Frau, um die Peders Gedanken unablässig kreisten. Er konnte unmöglich vergessen, was geschehen war, und jedes Mal, wenn er an Anne dachte, wurde er ganz zaghaft und unschlüssig. Er sehnte sich so verzweifelt nach ihr. In ihrer Nähe wurde alles andere unwichtig, und er empfand nur noch ein schwindelndes Glücksgefühl. Gleichzeitig beunruhigte sie ihn jedoch auch. Er konnte die Ereignisse nicht mehr lenken, und sie vermochte ihn glücklich oder unglücklich zu machen, je nachdem, wie sie sich ihm gegenüber verhielt. Als sie nach Bergen aufgebrochen war, war er zwar zutiefst bekümmert gewesen, aber gleichzeitig spürte er auch eine gewisse Erleichterung. Er konnte wieder er selbst sein, und alles würde so werden wie früher.

Nun störte dieser Unbekannte ihn aus seiner Ruhe auf. Argwöhnisch musterte er ihn.

»Sie ist nicht hier«, erwiderte er kurz angebunden.

»Ich verstehe, dass Ihr Euch jetzt fragen müsst, wer ich bin«, fuhr der Fremde fort, als hätte er Peders Worte gar nicht gehört. »Aber Anne kennt mich. Valborg, die einen Weinkeller in Stadsholmen führt, und sie sind eng mit mir befreundet.«

Peder konnte sich entsinnen, dass Anne viel von einer Freundin namens Valborg erzählt hatte.

»Anne und Valborg haben sich um unser Kind gekümmert, als meine Frau und ich aus Stockholm fliehen mussten«, erklärte Magnus Spangenmacher. »Durch ihren Agenten in Stockholm, Herman Möller, habe ich erfahren, dass sie mit dem Kind hier wohnt.«

In diesem Moment erklang ein helles Lachen, und Maria kam auf sie zugelaufen. Peder drehte sich um und nahm die Kleine hoch.

»Ja, aber … Maria, mein geliebtes Kind, da bist du ja!«, rief der Mann aus.

Instinktiv zog Peder seinen Mantel über das Mädchen und wollte die Tür schließen, doch der Schwede hatte schon einen Fuß dazwischengeschoben.

»Ich kenne Euch nicht, und dies ist Annes Tochter«, sagte Peder mit harter Stimme. »Ich habe nicht vor, Euch ins Haus zu lassen.«

»Hört Ihr denn nicht, was ich Euch sage? Anne hat sich für uns um Maria gekümmert, als meine Frau und ich aus Stockholm flohen. Ich muss sie treffen. Sie kann Euch alles erklären.«

Peder starrte die hochgewachsene, stattliche Gestalt an, die da vor seiner Haustür stand. Doch, es stimmte, er konnte sich ganz schwach erinnern, dass Anne von einer Nacht erzählt hatte, in der die Vitalienbrüder mehrere Stockholmer Bürger ermordet hatten. Einer davon, ein Ratsherr, war mit dem Leben davongekommen, und sie hatte ihm und seiner Frau bei der Flucht geholfen. Das musste der Mann sein, der jetzt nach Lübeck gekommen war.

»Anne hat bestimmt von mir erzählt«, beharrte der Mann und sah Peder bittend an. »Ich bin Ratsherr und habe eine lange Reise hinter mir. Den ganzen weiten Weg aus Schweden habe ich nur deshalb unternommen, um Anne und das Mädchen sehen zu können.«

Ratlos schwieg Peder. Maria begann zu zappeln, und er strich ihr beruhigend über die Wange. Dieser eine unaufmerksame Moment reichte Magnus Spangenmacher schon. Ohne ein Wort zog er die Tür auf und trat ein.

19. Kapitel

Und er hatte doch tatsächlich gedacht, er könnte Hofmusikant werden! Stattdessen hatten die Vitalianer Mattis aufs Schloss holen lassen, damit er sie mit seinen Kunststücken unterhielt – ein einfacher Gaukler, über den man lachen konnte. Nein, den man auslachen konnte! Was hatte er sich bloß eingebildet?

Mattis fluchte, bis ihm der Schaum vorm Mund stand. Er überlegte, wie er sich am besten davonstehlen konnte. Fast jeden Abend befahl ihm der Hauptmann aufzutreten. Entweder für die Ratsherren und ihre Frauen oder für die Garnison und die Schlossknechte. Wenn man einmal nicht von ihm erwartete, dass er jonglierte oder sich Rätsel ausdachte, musste er fiedeln oder Skaldengesänge deklamieren. Und nie bekamen sie genug, ständig wollte der Hauptmann mehr sehen.

Dann hatte man ihn damit beauftragt, ein Jubiläumsfest vorzubereiten. Die neuen Herrscher regierten die Stadt nun schon seit sechs Monaten, und weder die Hanse noch die Schweden oder Königin Margareta hatten sie aus dem Sattel werfen können. Das musste gefeiert werden!

»Mein Herr hat doch sicher eigene Bedienstete, die Feste und größere Feierlichkeiten vorbereiten und beaufsichtigen können«, hatte Mattis eingewandt.

»Alle, die früher dafür zuständig waren, sind aus der Stadt geflohen. Und ich weiß, dass du es kannst.«

Er hatte sich lächerlich geschmeichelt gefühlt und sich der Aufgabe angenommen. Mittlerweile war ihm allerdings klar, dass ihm bei einem Misslingen alles Mögliche blühen konnte. Er schauderte und eilte über den Burghof. Bald sollten die ersten Gäste eintreffen.

Ein strenger Wind brachte Schneeregen mit sich, der in den

Augen schmerzte, und von der Fackel in seiner Hand stiegen ihm dicke Rauchwolken ins Gesicht. Er dachte an die Öllampen und Fackeln, die überall im Schloss verteilt waren. Wenn die nur nicht ausgeblasen wurden! Das wäre vielleicht ein Anblick, wenn Hunderte festlich gekleideter Ratsherren und Soldaten in der Dunkelheit umherirrten!

Als er sich der Küche näherte, wurde er wieder ruhiger. Von dort stiegen ihm die köstlichsten Gerüche in die Nase.

»Wie geht es hier vorwärts?«, fragte er und trat ein.

»Der Fisch schwimmt in der Sauce, und das Wild liegt mit Honig und Safran auf den Platten.«

»Und das Geflügel?«

»Das ruht in Gelee, außer den Tauben natürlich, um die kümmern sich die Schlosswachen.«

»Dann ist also alles fertig?«

»Ja, sobald Ihr die Küche verlasst und wir in Ruhe arbeiten können.«

Mattis eilte weiter zu der Kammer, in der er seine Ausrüstung verwahrte. Er nahm die erforderliche Haltung ein und übte noch einmal, mit vier Bällen gleichzeitig zu jonglieren. Die Feuchtigkeit tropfte von der Decke, und ab und zu gab es einen lauten Platsch, wenn ein dicker Wassertropfen auf den Steinboden klatschte. Die Hände zitterten ihm. Er durfte auf keinen Fall einen Ball fallen lassen. Auf dem Schiff zu jonglieren, war eine Sache, auf dem Schloss eine andere. Er war kein Vitalianer und innerhalb der Schlossmauern ganz ihrem Wohlwollen ausgeliefert. Das Leben hier war kaum leichter als auf dem Schiff. Zwar gab es genug zu essen und zu trinken, aber jeden Moment konnte es ihm übel ergehen. In den Kellergewölben saß mehr als ein Gaukler, der den hohen Herren missfallen hatte.

Vom Sohn der Köchin wurde er aus seinen Gedanken gerissen. Der blonde Schopf stand ihm in allen Richtungen vom Kopf ab, und seine Wangen glänzten rot.

»Mutter hat gesagt, ich soll dich holen«, erklärte der Junge.

Er war erst sieben Jahre alt, aber sehr reif für sein Alter, und die Bediensteten in der Küche schickten ihn oft für kleine Erledigungen durchs Schloss.

»Kannst du mir nicht zeigen, wie man das macht?«, bat er, während Mattis seine Lederbälle einsammelte.

»Versprochen. Aber jetzt steigen wir lieber hinunter«, antwortete Mattis und klopfte dem Kleinen freundlich auf die Schulter. »Du kannst ja so lange spielen gehen. Hast du viele Freunde hier?«

»Hatte ich, aber die meisten sind verschwunden. Mutter sagt, dass ich neue kennenlernen werde.«

»Aber ein paar hast du doch sicher.«

»Ja, die in der Küche – und den Hauptmann natürlich, aber alle anderen sind weg.«

Mattis musste an die Schweden denken, die geflohen oder verhaftet worden waren. Nur der Hauptmann war geblieben, der den Gerüchten zufolge keinen Finger gerührt hatte, als die schwedischen Bürger gefangen genommen wurden. Wie immer, wenn die Feinde an die Macht kamen, hatte es auch hier Überläufer gegeben.

Mattis langte nach seiner Fiedel, schlug kurz die Saiten an und horchte, ob sie die Stimmung gehalten hatten. Mit dem Instrument auf dem Rücken und den Bällen in einem Ledersäckchen machte er sich auf den Weg zur Küche, während ihm der Junge pfeifend hinterherlief.

In der Schlossküche brannten Feuer in zwei großen Steinöfen, und die Küchenmägde und die Bratenwender sorgten dafür, dass das Fleisch vorschriftsmäßig gegart wurde. Ein beleibter Kerl schnitt die bereits fertigen Braten in dicke Scheiben, und in einer Ecke legten zwei Mädchen gerade Fische in große Schüsseln. Die Köchin selbst watschelte zwischen den Töpfen hin und her und überwachte ihre Helfer mit strenger Miene. Als sie Mattis erblickte, strahlte sie.

»Das wird ein prachtvolles Fest! Der Weihrauch steht bereit, und die Kandelaber mit den Wachskerzen sind auch schon auf den Tischen verteilt worden.«

»Und die Bier- und Weinfässer?«

»Die sind bereits im Saal.«

Mattis nickte. Eigentlich trug er für die Küche keine Verantwortung, aber gutes Essen war wichtig, sonst konnten seine Mitmusikanten und er so gut spielen, wie sie wollten, dann bekamen sie trotzdem keinen Beifall. Und wenn die Gäste nicht guter Laune waren, wurde auch das Jonglieren schwieriger, und die Witze verpufften kläglich.

»Aus dem Weg!«

Der Weinhändler und der Brauereimeister drängten sich mit ihren Krügen und Kannen vorbei, und der Bäcker polterte mit zwei großen Körben Roggenbrot und Weizengebäck herein. Die Köchin bedankte sich und schickte sofort zwei Knechte los, die die Körbe in den Saal trugen. Da betrat ein schwarz gekleideter Mann mit einer Zipfelmütze die Küche.

»Alles bereit«, verkündete er.

»Das ist der mit den Tauben«, erklärte die Köchin, als sie Mattis' fragenden Blick bemerkte. Dann klopfte sie ihm mit ihrer fettigen Hand auf den Rücken. »Du hast alles für dieses Fest getan, was man nur tun kann. Das wird sicher eine Veranstaltung, die wir nie vergessen werden.«

»Davor hab ich ja gerade Angst«, murmelte Mattis mit flackerndem Blick und dachte an seine früheren Schnitzer. Die Vitalienbrüder duldeten keine Misserfolge.

20. Kapitel

»Und was befindet sich in diesen Kisten?« Die Männer der Stadtwache stampften ungeduldig mit den Füßen. Anne richtete sich auf. Sollten sie die Lieferung etwa verzollen, obwohl die Hanse in Bergen Privilegien genoss? Sie war zwar kein hanseatischer Kaufmann mit Diplom und allem Drum und Dran, aber sie hatte bestimmt nicht damit gerechnet, dass ihre Waren durchsucht würden. Die Wächter zeigten auf die beiden Kisten, und sie spürte, wie ihr Puls schneller ging.

»Ich bringe Ikonen aus Lübeck. Die sollen nach Nidaros.«

»Ikonen fertigt man in Nowgorod, nicht in Lübeck. Ihr glaubt doch wohl nicht im Ernst, dass wir in Nidaros Ikonen brauchen!« Die Stadtwächter lachten höhnisch.

Anne erzählte ihnen von dem Ikonenmaler, dessen Familie eine Werkstatt in Lübeck unterhielt, und von Schultzes Handel mit Bergen, Reval und Stockholm.

»Die Kisten enthalten also nur Ikonen?«

»Jawohl.«

Bloß nicht zu viel sagen, nur auf ihre Fragen antworten, ermahnte sich Anne stumm. Einer der Männer fingerte am

Schloss einer Kiste herum. Fordernd streckte er die Hand aus, die Handfläche nach oben gekehrt, und Anne tastete an ihrem Gürtel nach dem Schlüssel. Sie wusste: Wenn sie Fersengeld gäbe, käme sie nicht weit. Aber vielleicht enthielt die andere Kiste ja kein Schmuggelgut … Am besten gab sie zuerst den Schlüssel zu der größeren Kiste aus der Hand.

Hätte Schultze sein Silber doch nur besser versteckt! Während sie in der Gürteltasche herumkramte, überlegte sie fieberhaft. Sie musste die Kisten untersuchen lassen, sonst würden die Wächter misstrauisch werden und ihr umso eindringlichere Fragen stellen. Es bestand jedoch die Gefahr, dass sie das Silber fanden. Und vielleicht sogar noch mehr. Zitternd zog Anne einen der Schlüssel hervor und reichte ihn einem der Männer.

Im gleichen Augenblick war das Geräusch von Wagenrädern zu hören. Unmittelbar hinter ihnen brachte jemand ein Gespann zum Stehen. Anne entdeckte das Emblem der Hanse auf dem Wagen und zog den Schlüssel rasch wieder zurück. Der Mann, der da auf dem Kutschbock saß, musste Schultzes Kompagnon sein. Er begrüßte die beiden Männer und sprang auf den Kai.

»Anne Persdotter aus Lübeck, nehme ich an?« Er lächelte sie an.

Sie nickte abwartend. Der Kutscher wirkte abstoßend. Er war mittelgroß und hatte kleine, bernsteinfarbene Augen. Seine Lippen waren schmal, es sah so aus, als schneide der Strich seines Munds das Gesicht in zwei Teile. Über dem Rock trug er einen Umhang, am Gürtel einen Dolch. Er musste die Kisten gleich erkannt haben, außerdem gab es vermutlich nicht allzu viele weibliche Kaufleute in Bergen. Anders konnte sich Anne jedenfalls nicht erklären, woher er wissen sollte, wer sie war.

Er streckte ihr die Hand entgegen und stellte sich vor. Dann wandte er sich abermals an die beiden Wächter.

»Diese Güter sollen nur eingelagert werden. Ihr könnt sie also im Stapelhaus untersuchen«, lächelte er. »So halten wir es immer. Ihr seid vielleicht noch neu hier, nicht wahr?«

Der Ältere tat so, als habe er nichts gehört, und trat mit einer Feder in der Hand zur größeren Kiste. Er hob sie kurz an und spürte das Gewicht.

»Die ist aber ungewöhnlich schwer.«

»Wie ich bereits sagte, die Kisten sollen nur eingelagert werden«, wiederholte der Kutscher. »Mein Auftraggeber ist der Kaufmann Bernt Schultze, und Ihr könnt morgen gern das ganze Lagerhaus in Augenschein nehmen.«

Die zwei Wächter tauschten einen bedeutungsvollen Blick.

»Manche Dinge bedürfen gründlicherer Untersuchung«, gab der Ältere in überlegenem Ton zurück und legte die Hand auf die kleinere Kiste.

Anne spürte, wie ihr im Nacken der Schweiß ausbrach. Die beschädigte Ecke hatten die Männer noch nicht entdeckt, aber die konnte ihnen jeden Augenblick ins Auge fallen. Sie ließ den Blick über den Kai gleiten und suchte fieberhaft nach einem rettenden Ausweg. Ein Schauermann ging mit einem Getreidesack vorbei, und ein Bauer versuchte sich mit seinem zweispännigen Fuhrwerk vorbeizudrängen. Ohne zu wissen, woher dieser Einfall kam, riss sie blitzschnell die Schnalle von ihrem Gürtel und rammte sie einem der Pferde in die Flanke. Die Stute stieg, und die Fässer auf der Ladefläche kamen ins Rollen. Die Stadtwächter wandten sich um, und im gleichen Moment handelte auch Schultzes Kompagnon geistesgegenwärtig. Er rief einem der Hafenarbeiter auf dem Kai etwas zu, und bevor Anne sichs versah, hatten sie die Kisten auf den Wagen gewuchtet. Mit einem lauten Ausruf hievte sich der Kutscher auf den Bock und streckte den Arm aus.

»Nehmt meine Hand!«, forderte er sie auf, und mit einer raschen Bewegung hatte er sie auch schon auf den Wagen gezogen. Dann hieb er mit der Peitsche auf seine Pferde ein, und der Wagen fuhr an.

»Gut gemacht«, gluckste er, während die Kutsche rasselnd über den Kai schlingerte und sie die Straße ansteuerten. »Das wäre um ein Haar ins Auge gegangen.«

»Ja, die waren ganz schön lästig«, stimmte Anne ihm zu. Sie war nicht sicher, wie sie sich gegenüber dem Fremden auf dem Kutschbock verhalten sollte. Er warf ihr einen anerkennenden Blick zu.

»Diese Stadtwachen müssen neuerdings aber auch alles befummeln. Manche sind sich mittlerweile sogar zu fein, Schmiergelder anzunehmen.«

Anne rang sich ein Lächeln ab. Je weniger sie zu wissen vorgab, umso besser. Sie wollte nicht verraten, dass sie das Silber entdeckt hatte, das konnte ihr nur gefährlich werden. Schultze hatte vermutlich schon mehrmals versucht, Waren zu schmuggeln, und vielleicht wusste sogar der Kutscher, was hier vor sich ging. In diesem Fall war es klüger, den Mund zu halten. Für sie galt es vor allem, so rasch wie möglich zum Schiff zurückzukehren. Und zwar unversehrt.

»Kaufmann Schultze hat mich gebeten, Euch dies zu übergeben.«

Sie zog den versiegelten Brief hervor, den Bernt Schultze ihr mitgegeben hatte. Der Kutscher hielt die Pferde an und überflog das Schreiben hastig. Dann schob er es in sein Hemd und bedachte sie mit einem zweideutigen Blick. Er schnalzte den Pferden zu, und der Wagen setzte sich wieder in Bewegung.

Anne warf dem Mann einen verstohlenen Blick zu. Ihr war unbehaglich zumute, und sie wäre am liebsten wo auch immer gewesen, nur nicht auf diesem Wagen. Aber vorerst musste sie diese Fahrt wohl oder übel fortsetzen, denn allein konnte sie die Kisten nicht ins Lagerhaus bringen. Ihr fiel ein, was ein italienischer Kaufmann einmal zu Heinz Nagler gesagt hatte: *Wenn du im Ausland lebst, denk immer daran: Jede Hilfe, jeden Schutz, jede Unterstützung, jeden Verdienst erzielst du nur mit deinem eigenen Geld. Wenn du das verlierst, bist du selbst verloren.* Also durfte sie die Kisten nicht aus den Augen lassen und musste ihre Beuteltasche gut festhalten. Sie versuchte sich zu erinnern, was der Italiener noch gesagt hatte: *Es gibt nur wenige Gründe, warum ein Bürger die Gesellschaft eines Ausländers sucht. Entweder will er die eigene Stellung verbessern, oder er will an dein Geld.* Sie schluckte. Wäre sie doch erst wieder auf dem Schiff!

Der Wagen schaukelte auf der schlechten Straße, die ostwärts auf die Berge zuführte. Nach einer Weile entdeckte sie zu ihrer Überraschung, dass sie das Hafenviertel und den bewohnten Teil der Stadt hinter sich ließen. Schultze hatte doch gesagt, das Lager der Hanse befinde sich in den Vorratshäusern am Hafen.

»Wohin fahren wir eigentlich?«

»Im Stapelhaus am Hafen hat es Diebstähle gegeben, seitdem

haben wir unser Lager ein Stückchen außerhalb der Stadt eingerichtet«, erklärte er.

»Warum habt Ihr dann nicht einfach Wachen aufgestellt und die Schlösser ausgetauscht?«

»So war es einfacher.«

Anne nickte, dachte aber insgeheim, dass es doch eher umständlich war, ein Vorratslager so weit vom Hafen entfernt zu unterhalten. Andererseits – wenn Schultze Silber schmuggelte, betrieb er sicher weitere zweifelhafte Geschäfte und suchte sich daher ein wenig abseits zu halten.

Während Bergens hübsche Häuser hinter ihnen verschwanden, wuchs Annes Misstrauen. Krampfhaft hielt sie sich am Wagen fest. Einmal drehte sich der Kutscher zu ihr um, und sein schmeichlerisches Lächeln wirkte abstoßend und falsch. Sie waren nicht auf dem Weg zu einem Lagerhaus. Diese Fahrt hatte ein anderes Ziel.

21. Kapitel

In einem Zug trank Peder Nagler seinen Becher aus und betrachtete forschend den schwedischen Ratsherrn, der da ins Haus gekommen war. Zuerst stand er ihm feindselig gegenüber, als er aber begriff, warum Magnus Spangenmacher ihn und seine Familie aufgesucht hatte, lud er ihn an ihren Tisch ein. Wie sich herausstellte, hatte Anne Heinz sogar von Magnus erzählt, und Peder sah ein, dass der Mann wirklich derjenige war, für den er sich ausgab.

Der ehemalige Ratsherr erzählte ihnen, was in jener Nacht geschehen war, als die Vitalienbrüder die Macht in Stockholm an sich gerissen hatten, und er gewann im Handumdrehen ihre Zuneigung. Auch Marias Geschichte berührte sie zutiefst. Wie Magnus zugab, erkannte er nun auch selbst, dass Valborg die Wahrheit über das Kind gesagt hatte, aber in seinem Innersten hatte er immer noch gehofft, das Mädchen wieder mit nach Stockholm nehmen zu können.

»Ich verstehe«, sagte Peder und nahm Maria auf den Schoß. »Aber Eure gute Freundin Valborg würde Sie doch wohl nicht belügen, oder? Und seht Euch doch nur die Augen des Mädchens an und ihr rot glänzendes Haar …«

»Genau wie Annes Haar, ja. Aber als ich Maria zum letzten Mal sah, war das noch nicht so offensichtlich, und wem glaube ich wohl eher – meiner Frau oder einer alten Freundin aus Kindertagen?«

»Das ist sicher nicht so leicht«, gab Peder zu.

»Ich sehe ja selbst, dass die Kleine weder meiner Frau noch mir ähnelt, und obwohl ich Anne nur einmal begegnet bin, kann ich mich noch gut an ihr Haar erinnern«, sagte Magnus.

Er unterbrach sich, als die Tür sich öffnete und Heinz Nagler und Christin das Zimmer betraten. Sie hatten sich schon am Nachmittag kennengelernt und unterhalten, und man hatte den Schweden gebeten, zum Abendessen zu bleiben. Magnus Spangenmacher stand auf, aber Heinz Nagler hob beschwichtigend die Hand.

»Wir haben uns schon begrüßt, nehmt doch wieder Platz!«

Er setzte sich, griff nach einem Weinglas und wandte sich an Magnus. »Ich habe über die Vitalienbrüder in Stockholm nachgedacht. Wie konnten sie überhaupt so schnell an die Macht gelangen? Habt Ihr im Rat denn nicht gemerkt, was sich da zusammenbraute?«

»Wir hatten schon unsere Vorahnungen, und ich habe auch versucht, die anderen Ratsherren zu warnen«, erklärte Magnus. »Leider glaubten sie mir nicht. Jetzt sind sie allesamt tot, und die meisten anderen schwedischen Bürger sind aus der Stadt geflohen. Ich möchte wissen, wer diese Seeräuber aus Stockholm vertreiben soll. Vielleicht die Hanse, vielleicht auch Königin Margareta.«

»Ich an Eurer Stelle spräche nicht so freimütig«, wandte Heinz Nagler ein und senkte die Stimme. »Die Vitalienbrüder in Stockholm arbeiten mit so manch zwielichtiger Person hier in Lübeck zusammen, und sie wissen, dass einige Schweden entkommen konnten.«

Magnus erbleichte, und Heinz Nagler entdeckte Besorgnis in den Augen des Schweden.

»In diesem Hause habt Ihr nichts zu befürchten, denn ich selbst verabscheue diese Menschen wie die Pest. Sie haben eines meiner Schiffe gekapert, und seitdem arbeite ich gegen sie.«

»Ich habe gehört, dass es in Lübeck eine gut organisierte

Widerstandsbewegung geben soll«, sagte Magnus Spangenmacher.

»Das stimmt. Wir sind mehrere hanseatische Kaufleute, die den Vitalienbrüdern die Macht in Stockholm entreißen wollen. Meine Freunde in diesem Geheimbund würden Euch sicher gern kennenlernen. Ihr habt Erfahrung damit, wie es aussehen muss, wenn Deutsche und Schweden zusammenarbeiten.«

»Das ist wahr, und eines kann ich mit Sicherheit sagen: Erst wenn die Hanse oder Königin Margareta die Macht übernehmen, haben wir wieder Frieden.«

»Wollt Ihr uns helfen, von Lübeck aus die Vitalienbrüder zu bekämpfen?«

Magnus nickte, und Heinz Nagler lehnte sich eifrig vor. Der Körper, der vorher noch so klein und zerbrechlich ausgesehen hatte, wirkte nun straff und entschlossen. Seine Augen brannten vor Eifer.

»Unser Bund braucht Männer wie Euch. Mein guter Mann, ich schlage vor, dass Ihr gleich heute Abend zu einem Treffen mitkommt. Und dass Ihr eine Weile bei uns bleibt. Im Hinterhaus haben wir noch Platz für Gäste.«

Peder, der dem Gespräch schweigend gelauscht hatte, bedachte seinen Vater mit einem finsteren Blick. Er hatte sich gewünscht, dass Magnus bald wieder verschwände, denn er spürte, dass dieser Ratsherr aus Stockholm ihm Schwierigkeiten bereiten würde. Der Kerl strahlte eine Männlichkeit aus, um die er ihn beneidete. Und er hatte die Miene des Ratsherrn bemerkt, als dieser von Anne sprach. Jedes Mal, wenn er sie erwähnte, strahlten seine Augen voller Wärme.

22. Kapitel

Anne starrte in die Luft. Ihre Angst, die als dunkle Ahnung begonnen hatte, wuchs mit jeder Minute. Wohin fuhren sie? Plötzlich schlingerte der Wagen, die Kisten gerieten ins Rutschen, und ein Rad schlug krachend gegen einen Stein. Der Kutscher hielt die Pferde an und sprang vom Bock. Mit einem Blick auf die Kisten stellte Anne erleichtert fest, dass nichts passiert war. Wenn sie sie erst an einem verschließbaren

Ort abgestellt hatte, würde sie sich schon viel besser fühlen. Dann konnte sie beruhigt zum Hafen zurückkehren.

Sie beugte sich über die Seitenwand des Wagens und beobachtete, wie der Kutscher sich an einem Rad zu schaffen machte. Sie hatten sich schon ein gutes Stück von der Stadt entfernt, vor ihnen erhoben sich die Berge, und weit hinter ihnen lagen die Deutsche Brücke und das freie Meer. Sie wollte nicht hier in der Wildnis stecken bleiben. Abermals beugte sie sich vor und sah, dass der Mann immer noch an dem Rad herumhantierte.

»Könnt Ihr mir helfen?«, bat er und hob das verschwitzte Gesicht. »Das Rad ist nicht mehr ganz gerade, und ich schaffe es nicht allein«

Anne überlegte kurz. Dies war vielleicht die Gelegenheit, auf die sie gewartet hatte, jetzt konnte sie sich davonstehlen. Andererseits mochte sie die Kisten aber auch nicht einfach zurücklassen.

»Das sieht aber schwer aus. Können wir nicht warten, bis jemand vorbeikommt, und um Hilfe bitten?«, schlug sie vor, um Zeit zu gewinnen.

»Wir haben es eilig. Meine Kompagnons warten auf die Kisten, und wir müssen sie ins Lager schaffen.« Er zeigte auf die Anhöhe, die sich vor ihnen erhob.

Ging ihre Phantasie etwa schon mit ihr durch? Waren sie doch auf dem Weg zu Schultzes Lagerhaus? Vielleicht redete sie sich selbst nur irgendwelche Ängste ein.

»Kommt, wir müssen uns beeilen!«

Widerwillig stieg Anne vom Wagen und trat zu ihm. Das Rad sah eigentlich ganz in Ordnung aus.

»Ich würde sagen, mit dem Rad …«

Weiter kam sie nicht, denn er packte sie bei den Schultern und warf sie ins Gras.

»So eine schöne junge Frau läuft einem nicht alle Tage über den Weg«, keuchte er und musterte sie lüstern. »Schultze hat geschrieben, dass Ihr Witwe seid, und da dachte ich mir, wir könnten erst noch ein bisschen Spaß haben.«

Sein Gesicht war verzerrt vor Geilheit, und bevor sie sich ihm entwinden oder seine Hände wegschieben konnte, hatte er schon ihren Rock hochgeschoben. Sein Atem roch sauer, und seine Kleider stanken nach Schweiß. Sie versuchte, ihn ins Gesicht zu schlagen und sich loszustrampeln, aber obwohl er weder groß noch kräftig war, war er doch überraschend stark. Mit zufriedenem Grinsen hielt er sie am Boden fest und drückte sie mit dem Gewicht seines Körpers nieder. Anne wandte den Kopf und wollte ihn in den Arm beißen, aber er lachte nur. Die Angst fuhr ihr durch den Körper und bis in alle Glieder. Wenn er sich schon so gewalttätig auf sie warf, bedeutete das möglicherweise auch, dass er sie hinterher umbrächte. So hatte er es geplant und sie in eine Falle gelockt. Verzweifelt kämpfte sie gegen ihn an, aber sie war nicht stark genug, ihn sich vom Leib zu halten. Sie war völlig allein auf einer Straße, außerhalb einer Stadt, in der sie noch nie gewesen war. Sie hatte keine Wahl, sie musste mitmachen.

»Beruhigt Euch!«, murmelte sie und versuchte, eine feste Stimme zu bewahren. »Wir haben doch genug Zeit. Nicht so, kommt, lasst mich ...«

Sie streckte die Hand aus, öffnete ihm die Hose und holte seine steife Männlichkeit heraus. Er konnte sie töten und mit ihr anstellen, was er wollte. Widerwillig umfasste sie das Glied mit beiden Händen und hörte den Mann aufkeuchen. Sie spürte seine Lust und liebkoste ihn zärtlich. Sobald sie merkte, dass er die Beherrschung verlor, bohrte sie ihm mit aller Kraft die Nägel ins Fleisch und drückte so fest zu, als wolle sie eine Eisenstange zerbrechen.

Der Kutscher brüllte auf vor Schmerz und warf sich zurück, wobei er sich die Hände auf den Schritt presste. Blitzschnell rappelte Anne sich hoch, trat ihm kräftig zwischen die Beine und sprang auf den Kutschbock. Früher, in Begleitung ihres Vaters, hatte sie gelernt, mit Pferd und Wagen umzugehen, daher wusste sie, was sie zu tun hatte. Mit zitternden Händen ergriff sie die Zügel und wendete das Pferd, dann ließ sie die Peitsche durch die Luft pfeifen. Das Geschrei des Kutschers im Ohr, lenkte sie den Wagen zurück in die Stadt.

23. Kapitel

Ein kalter, feuchter Wind wehte über den Fluss, und im Takt der Wellen stieß das Schiff gegen den Kai. Magnus hob die Ruder aus dem Wasser und beobachtete einen Lastkahn, der langsam vom Ufer auf ihn zukam. Er dachte über Heinz Nagler und seine Rolle in dem Geheimbund nach, der sich *Burgturm* nannte. Diese heimliche Bruderschaft hielt regelmäßige Zusammenkünfte ab, hatte eine eigene Satzung und Mitglieder in mehreren Hansestädten. Der Alte war einer der Anführer, und wie die anderen wollte auch er den Handel fördern, die Vitalianer vertreiben und für Frieden in der schwedischen Hauptstadt sorgen. Magnus spürte, dass er am richtigen Ort gelandet war. Als einziger Überlebender der Morde auf Käpplingeholmen hatte er sich geschworen, seine toten Freunde zu rächen. Heinz Nagler und er arbeiteten auf dasselbe Ziel hin.

Während er mit langen, entschlossenen Ruderschlägen auf die Kogge zusteuerte, in der das Treffen stattfinden sollte, betrachtete Magnus den alten Kaufmann. Es fing an zu regnen, und als er sich fröstelnd zusammenkauerte, stieß er beinahe gegen die Seitenwand des Schiffes.

»Ist da jemand?« Ein dunkel gekleideter Mann beugte sich über die Reling in den Regen hinaus. Die Nässe hing überall im Tauwerk.

»Wir sind's nur«, erwiderte Heinz, nannte die Losung und nickte Magnus zu. »Los, wir gehen an Bord!«

Magnus versuchte, neben der großen Hansekogge anzulegen, kein leichtes Unterfangen bei dem starken Wind. Im gleichen Augenblick erschien der Lastkahn von der Seite, und er musste ausweichen. Der Kapitän des Kahns in seinem Wolfsfell und mit der Lederkappe starrte ihn grimmig an und brummte verärgert. Unter seinem Blick erschauerte Magnus. Er wollte dem Mann übers Wasser zurufen, dass sich in solch widrigem Wetter nur schwer manövrieren lasse, aber der Schiffer hatte ihm schon wieder den Rücken zugewandt, das riesige Achterruder gepackt und war weiter den Hafen hinuntergestakt.

»Wer war das denn?«, wollte Magnus wissen, als er ihr Boot endlich vor das Fallreep bugsiert hatte.

»Den habe ich noch nie gesehen«, erwiderte Heinz.

»Wir hätten lieber steuerbord anlegen sollen, hier lässt sich das Boot so schwer steuern.«

»Ich weiß, aber die Backbordseite liegt landabwärts, sodass man vom Ufer aus nicht sieht, wer hier an Bord geht. Unser Verbund arbeitet im Verborgenen. Die Vitalienbrüder haben ihre Kundschafter auch in Lübeck.«

Magnus runzelte die Stirn, während er das Tau festmachte. »Was passiert, wenn mich jemand wiedererkennt?«

»Hier arbeiten alle für dieselbe Sache. Wir wollen, dass die Hanse die Macht in Stockholm zurückerlangt. Ihr geht wirklich kein Risiko ein.«

Magnus schluckte und fragte sich, warum er so misstrauisch war, obwohl er sich doch unter Gleichgesinnten befand. Entschlossen schüttelte er sein Unbehagen ab und folgte Heinz Nagler an Deck. Der Alte ging auf die Kajüte zu und drehte sich gar nicht mehr nach Magnus um. Heinz bewegte sich sicher auf dem Schiff, bestimmt war er schon mehrmals hier gewesen. Magnus beruhigte sich. Hier wollte ihm sicher niemand etwas Böses.

Die Dämmerung war bereits hereingebrochen, als Anne mit schlingerndem Wagen den Hafen erreichte. Sie versuchte, die Erinnerung an den ekelhaften Kutscher zu verdrängen, und wünschte, sie hätte ihn niemals getroffen. Dieser Widerling hatte die ganze Sache in dem Augenblick geplant, als er erfuhr, dass Schultzes Kompagnon eine Frau war. Niemand brauchte es zu sehen, niemand würde ihr glauben, wenn sie mit dem Leben davonkam und davon erzählte. Andererseits kam es ihr nicht besonders klug vor, sich an der Abgesandten des Auftraggebers zu vergehen.

Sie musste an Schultzes Begleitschreiben denken. Hatte darin etwas gestanden, das den Kerl zu einem solchen Handeln ermutigte? Sie hätte den Brief lesen sollen, zumindest hätte sie ihn dem Kutscher nicht gleich überreichen sollen. Schultze konnte sie in eine Falle gelockt haben. Anne dachte an Elin und an den Vorfall beim Wäschewaschen am Fluss. Vielleicht hing ja alles zusammen, und der Kutscher hatte sich nur ein wenig amüsieren wollen, bevor er sich das Silber unter den Nagel riss und sie den Henkern überließ.

Anne hatte ein Gefühl, als drücke ihr ein Eisenband den Brustkorb zusammen, und sie konnte nur mit Mühe Luft holen.

Abermals fielen ihr Heinz Naglers Worte ein: *Ich traue diesem Mann nicht recht …* Sie fasste die Zügel fester und trieb das Pferd an. Schultze hatte versucht, sie als Schmuggelkurier zu missbrauchen. Aber hätte er sie auch töten wollen? Und wenn Schultze ein Schurke und Schwindler war – wie verhielt es sich dann mit Herman Möller? Seit sie Stockholm verlassen hatte, hatte sie nichts mehr von ihm gehört, und das wunderte sie ein wenig. Doch da er Valborgs Liebster war, hatte sie sich nicht allzu sehr gesorgt. Die Freundin hätte ihr ja eine Nachricht zukommen lassen, wenn irgendetwas geschehen wäre.

Während sie sich der Stadt näherte, überschlugen sich die Gedanken in ihrem Kopf. Sie musste zusehen, dass sie so schnell wie möglich ein Schiff besteigen konnte. Ein Schiff, das bald absegelte, damit niemand sie mehr einholen konnte. Das Pferd konnte sie irgendwo im Hafen anbinden, aber was sollte sie mit den Kisten anfangen? Sie zögerte. Zurücklassen konnte sie sie nicht, aber wenn sie sie wieder mit nach Lübeck nahm, musste sie Schultze vorspielen, dass sie so gehandelt hatte, weil der Kutscher sich als Gauner erwiesen hatte. Vielleicht konnte sie die Kisten ja anderswo lagern und abwarten, bis sie entschieden hatte, was sie damit anfangen wollte.

Mit einem tiefen Seufzer senkte Anne die Peitsche, lehnte sich auf dem Kutschbock zurück und ließ das Pferd langsamer laufen. Was sie auch tat, sie konnte in üble Schwierigkeiten geraten.

24. Kapitel

Mattis eilte die Treppen in den Festsaal hinauf, der immer noch kühl war, aber er tröstete sich, dass er ja bald von den Kienfackeln und den Gästen gewärmt werden würde. An jeder Schmalseite des Saals brannten zwei große Kaminfeuer, und die Gobelins an den Wänden schützten vor der ärgsten Zugluft. Er warf einen Blick zum Dach hinauf. Die Käfige mit den Tauben waren bis unter die Dachbalken hochgezogen worden und kaum zu sehen. Auf den langen Tischen glänzten Schüsseln und Silberkandelaber im Lichtschein. An den Wänden warteten die Musikanten und Zwerge ungeduldig auf ihren Auftritt, und die fein herausgeputzten Schlossknechte hantierten mit ihren Kannen und konnten jederzeit mit dem Servieren beginnen. Die hohen, verzierten Steingutkannen waren bis zum Rand mit Rheinwein gefüllt, und auf den Servierplatten türmten sich Hühnchen, Hammelbraten und Elchfleisch. Mattis seufzte erleichtert. Alles war bereit für das große Fest.

Da öffneten sich die Türen, und zwei Schlossknechte traten ein, hoben ihre Hörner und bliesen eine Fanfare. Kurz darauf hörte man Stimmengewirr auf der Treppe, und eine Reihe festlich gekleideter Gäste trat mit Soldaten und dem Hofstaat ein. Mattis riss die Augen auf: Ganz hinten entdeckte er Herman Möller, Valborgs neue Liebe. Was suchte Möller hier? Dies war doch ein Fest der Vitalienbrüder.

Gleichzeitig spürte Mattis eine Hand auf der Schulter, und der Hauptmann sah ihn durchdringend an.

»Können die Festlichkeiten beginnen?«

»Jawohl, gnädiger Herr.«

»Gut. Worauf warten wir noch?«

Mattis wischte sich ein wenig Feuchtigkeit von der Oberlippe. Obwohl es bitterkalt war, war er schon völlig verschwitzt.

»Auf nichts, mein Herr, auf gar nichts. Wir beginnen sofort.«

Der Regen hatte nachgelassen, und man sah die Kirchtürme wieder. Magnus war innerlich ganz ruhig. Zwar hatten sich die Gespräche hingezogen, aber auf dem Rückweg von der Kogge war er zufrieden. Die Zusammenkunft mit den Verschworenen war günstig verlaufen. In der Kapitänskajüte hatten acht hanseatische Kaufleute und ein Lübecker Ratsherr zusammengesessen, die sich Sorgen um die Zukunft des Handels und der Stadt Stockholm machten. Sie hatten Magnus gebeten, ihnen zu erzählen, wie die Vitalianer die Macht übernommen hatten, und er hatte von dem Handstreich berichtet und wie ihm die Flucht gelungen war.

»Es war ein Fehler von uns Deutschen, Hilfe von den Vitalianern anzunehmen. Wir dachten, sie seien bloß mecklenburgische Soldaten, die uns helfen könnten, König Albrecht wieder auf den Thron zu bringen. Dabei waren die meisten Wegelagerer und Piraten aus Rostock und Wismar, die gleich alles an sich rissen«, fasste der Ratsherr die Geschehnisse zusammen. »Jetzt müssen wir die Dinge wieder in Ordnung bringen.«

Die Männer am Kapitänstisch fragte Magnus nach den Drahtziehern der Verschwörung und vielen anderen Einzelheiten.

Heinz Nagler versetzte ihm einen freundschaftlichen Stoß in die Seite und sagte leise: »Da seht Ihr selbst, wie wichtig Ihr für uns seid.«

Der Lübecker Ratsherr hob die Stimme.

»Königin Margareta hat König Albrecht gefangen genommen und verlangt, dass wir ihn für sechzigtausend Reichstaler in Silbermünzen auslösen. Um uns dazu zu zwingen, belagert sie Stockholm. Was haltet Ihr davon?« Er wandte sich an Magnus.

»Ihr erklärtes Ziel ist es, Schweden, Norwegen und Dänemark unter ihre Regentschaft zu bringen. Wenn die Hanse mit einer Friedenstruppe nach Stockholm zieht und Ordnung schafft, helfen wir ihr, und der Handel erhält wieder Aufschwung«, antwortete er.

Danach wurde lang und breit diskutiert. Schließlich bot der Geheimbund *Burgturm* Magnus an, sich ihm anzuschließen, worüber dieser sich sehr freute. Er hatte einen Schritt nach vorn getan.

»Ihr werdet sehen, wir werden es schaffen. Mit Eurer Hilfe werden wir die Vitalianer los. Ich hoffe, Ihr versteht, dass Ihr hier jetzt gebraucht werdet!«, rief Heinz Nagler gut gelaunt von der Ruderbank, als sie an Land zurückfuhren.

Magnus lächelte und genoss das Gefühl, den Kampf endlich aufgenommen zu haben, aber als Heinz Nagler unbekümmert und mit lauter Stimme weiterredete, hob er den Zeigefinger an die Lippen.

»Pscht! Das Wasser trägt jeden Laut weiter. Lasst uns später weitersprechen«, mahnte er leise.

Der Kaufmann nickte, und sie schwiegen. Nur das Tropfen des Wassers von den Ruderblättern war zu hören. Als sie sich dem Kai näherten, glaubte Magnus den wütenden Schiffer des Lastkahns in einem Ruderboot zu erkennen. Einen Augenblick lang überlegte er, was der Kerl so spät am Abend hier noch treiben mochte, aber im Vorbeirudern sah er, dass der Mann Fische aus einem Fischkasten nahm.

Als Magnus wenig später das Boot vertäute, sah er den Mann

nochmals. Das sieht ja fast so aus, als würde er uns überwachen, dachte er, fasste Nagler am Arm und schlug mit ihm den Weg zur Fischerstraße ein. Ihm war nicht ganz wohl dabei, in der Dunkelheit durch die engen Gassen zu gehen, und ab und zu warf er einen Blick über die Schulter, um sich zu vergewissern, dass ihnen niemand folgte. Sobald man irgendwelche Heimlichkeiten hat, glaubt man, dass einem alle an den Kragen wollen, dachte er bei sich. Aber ich brauche mir keine Sorgen zu machen, wir sind ja bald da.

Als sie am Haus des Kaufmanns angelangt waren, seufzte er erleichtert auf und fühlte sich, als habe er gerade einen hohen Berg bestiegen, ohne abzustürzen.

»Hier hat irgendjemand Pech ins Schlüsselloch geschmiert«, sagte Heinz Nagler plötzlich und bückte sich, um die schwarze Masse zu entfernen. Im gleichen Augenblick waren rasche Schritte auf dem Pflaster zu hören, und bevor Magnus sich rühren konnte, hörte er Heinz Naglers verzweifelten Aufschrei. Er sah noch, wie der Kaufmann sich loszureißen versuchte, aber dann taumelte er, fiel zu Boden, und irgendjemand kauerte über ihm. Magnus zog sein Schwert und stürzte hinzu, aber er bekam einen Schlag auf den Kopf, stolperte rückwärts und ging ebenfalls zu Boden. Das Geräusch von Schritten mischte sich mit Stimmen, dann war auf einmal gar nichts mehr zu hören. Als Magnus sich wieder hochgerappelt hatte, tastete er nach seinem Schwert und stellte erleichtert fest, dass es noch da war. Dann fiel sein Blick auf Heinz Nagler, der heftig blutete.

»So leicht kann man mich nicht umbringen«, lallte der Kaufmann.

»Bleibt ganz ruhig liegen, ich hole Hilfe!«, rief Magnus, hämmerte an die Tür und wartete ungeduldig. Dann hob er Heinz auf die Arme und stand auf der Schwelle, als Christin ihnen öffnete.

»Heinz ist verletzt! Hier, fasst mit an!«

»Lieber Gott, was ist geschehen?«, rief sie und packte die Beine ihres Gemahls. Zusammen mit Magnus trug sie ihn in ihre Schlafkammer und legte ihn aufs Bett. Zwei Mägde kamen mit Kannen, Waschschüssel und Verbänden, und als Magnus sah, dass Heinz Nagler gut versorgt war, wandte er sich an Christin.

»Ich muss versuchen, diese Schurken zu erwischen, die uns überfallen haben. Ich bin bald zurück!«

Ohne eine Antwort abzuwarten, lief er die Treppe hinunter und verschwand in der Gasse.

25. Kapitel

»Die Festlichkeiten können beginnen!«

Die Worte des Hauptmanns hallten durch den Saal, und Mattis wandte sich den Musikanten zu. Die Fanfaren erklangen erneut, und die Gäste setzten sich. Als Mattis einen Blick zu den Tischen hinüberwarf, dachte er kurz, dass irgendetwas nicht stimmte. Schließlich fiel es ihm ein: Die Männer hatten ihre Frauen nicht mitgebracht.

Das Stimmengewirr wurde lauter, man hob die Becher und trank einander zu. Die Mägde schenkten fleißig nach, und Lachen und Fröhlichkeit breiteten sich im Saal aus. Dann stürzten sich die Männer auf das Essen. Geräucherter Lachs, Hecht, Kabeljau, Hirsch und Reh verschwanden in den Schlünden, während das Geflügel in Aspik auf den großen Schüsseln erzitterte. Irgendwann befahl der Hauptmann Mattis, die Gäste an den Tischen zu unterhalten, woraufhin dieser seine Fiedel ergriff, aufstand und an eine der langen Tafeln trat. Als er gerade mit dem Spiel beginnen wollte, bemerkte er Herman Möller, der sich eifrig mit einem beleibten Mann unterhielt. Es war Henrik Brybing, einer der Männer, die für die Morde auf Käpplingeholmen verantwortlich waren. Mattis erstarrte und konnte es sich einfach nicht verkneifen, das Gespräch kurz zu belauschen.

»Hast du Neuigkeiten über König Albrecht gehört?«, fragte Möller mit seiner schleppenden Stimme. »Der König lässt sich gern von vorn bis hinten bedienen und glaubt, dass sich die Welt nur um ihn dreht.«

»Das kann ich mir gut vorstellen«, meinte Brybing.

»Einmal nahm er den ganzen Tag Blumen auf seinem Burghof entgegen, und am Abend, als er in seiner Kutsche auf dem Heimweg war, entdeckte er eine alte Frau mit einer Harke und einem Blumenstrauß am Wegesrand. Er bat den Kutscher anzuhalten, stieg vom Wagen und nahm der Frau die Blumen weg.«

»Er hat ihr einfach die Blumen weggenommen?«

»Ja, den ganzen Strauß. Und als er sich bedanken wollte, fauchte ihn die Alte an, ob er die Harke nicht auch noch nehmen wolle. Sie war auf dem Weg zum Friedhof, um die Blumen auf das Grab ihres Mannes zu legen.«

Die Männer brachen in Gelächter aus.

»Der arme König! Ich frage mich, ob er wohl jemals wieder an die Macht kommt«, sagte Brybing. »Übrigens, sag mal, wie geht es denn mit dem Handelshaus am Korntorget weiter? Alles in Ordnung?«

»Ich habe das Lager übernommen und schreibe neue Verträge aus. Bald gehört alles uns.«

»Bestens. Und die schriftliche Vereinbarung?«

»Die Pergamentrolle haben wir gefunden, aber alles andere ist leider nicht so günstig verlaufen. Sie konnte nach Lübeck fliehen, doch Schultze kümmert sich um sie.«

»Gut, dann müssen wir uns um diese Witwe ja keine Gedanken mehr machen.«

Möller nickte. Brybing blickte auf, und Mattis entfernte sich eilig. Bei dem Handelshaus, von dem die beiden Männer gesprochen hatten, musste es sich um Annes Geschäft handeln, daran gab es keinen Zweifel. Irgendetwas braute sich hier zusammen, und was Anne betraf, betraf auch ihn. Er musste sie warnen. Und wusste Valborg überhaupt, mit wem Herman Möller Umgang pflegte?

Der Abend zog sich in die Länge, und Mattis litt. Die Vitalienbrüder wussten nicht, wie man sich benahm, und er war jeden Moment darauf gefasst, dass sie sich mit Essen bewarfen. Schmierige Münder verschlangen Spanferkel und Lamm, während schmutzige Finger sich tief in Honigkuchen und Pudding gruben. Die Männer aßen und tranken hemmungslos, brüllten und furzten, und niemand kümmerte sich um die Musiker und die anderen Gaukler, die bei dem Fest auftraten. Mattis überlegte gerade, was er unternehmen sollte, da wurden die Türen aufgestoßen, und eine Gruppe leicht bekleideter Frauen, geschmückt mit Federbüschen und Daunen, tanzte in den Saal.

Die Männer fuhren auf, und nun verstand Mattis auch, warum die Gäste ihre Gattinnen zu Hause gelassen hatten. Er erkannte einige Frauen aus den Seitengassen der Stadt wieder, die sich sonst eher im Dunkeln herumdrückten, aber jetzt fein ausstaffiert waren und viel Rot auf den Lippen trugen.

Bald saß an jedem Tisch eine Hure, und Mattis dachte an das Räucherwerk und die Tauben und die anderen feinsinnigen Überrraschungen, die er sich ausgedacht hatte. Wer würde sich jetzt noch darum scheren? Die Mädchen setzten sich den Gästen auf den Schoß, Rufe und Gelächter wurden laut, während Federn und Daunen um die Tische flogen. Die Schönste von allen, Eva Eichhorn, war dem Hauptmann auf den Schoß gekrochen und hatte ihm liebevoll die Arme um den Hals gelegt, während Brybing und Möller ihren Huren unter dem Tisch nachstellten.

Die Soldaten hatten ihre Finger nun nicht mehr im Essen, sondern anderswo, und als der Hauptmann mit seiner hübschen Gesellschaft in seine Kammer stolperte, galt dies als Zeichen für die anderen. Bald sah Mattis an allen Tischen nur noch schwellende Hosen und nackte Brüste. Unschlüssig gab er den Musikanten einen Wink, dass sie aufspielen sollten, was einer der Gaukler wiederum zum Anlass nahm, mit dem Programm weiterzumachen. Getrocknete Blumen regneten auf die Tische nieder, und Wolken von Räucherwerk erfüllten den Saal. Schließlich wurden die Türen der Käfige an der Decke geöffnet, und die Tauben flogen heraus. Alle festlichen Höhepunkte auf einmal, die Mattis eigentlich für den gesamten Abend geplant hatte. Der Rauch wurde immer dichter, bis man kaum mehr etwas erkennen konnte, und die Tauben ließen sich flügelschlagend auf den Schüsseln nieder und balgten sich um die Essensreste. Die Schlosshunde hatten wiederum die Vögel gehört und stürzten in den Saal. Einige stellten kläffend den Tauben nach, andere warfen sich auf die Tische und taten sich an den Pasteten und den abgenagten Knochen gütlich.

Mattis rieb sich die Augen und ließ die Fiedel sinken. Nicht einmal eine Feuersbrunst hätte diese Gäste noch ablenken können. Atemlose Ausrufe und lautes Stöhnen vermischten sich mit Hundegebell und Fanfarenstößen, während sich die betrunkenen Soldaten mit den Schlossknechten um die Huren prügelten. Erschöpft legte sich Mattis auf eine Bank. Was waren das für Menschen, die Stockholm regierten? Vor solchem Pöbel wollte er am liebsten gar nicht auftreten. Und ein Vorhaben war jetzt wichtiger als alle anderen: Er musste unbedingt Anne und Valborg aufsuchen.

26. Kapitel

Die Nacht zog mit Kühle und Dunkelheit in Bergen ein. Die Kogge schaukelte und riss an ihrer Vertäuung, während Anne frierend unter Deck lag und nicht einschlafen konnte. Bald würde man ablegen, aber sie hatte immer noch Angst, dass jemand aufs Schiff kommen, sich die Kisten holen und sie über Bord werfen könne. Früher oder später fände der Kutscher heraus, wo sie sich aufhielt, und sie betete inständig, dass sie bis dahin ausgelaufen wären.

Sobald sie den Hafen erreicht hatte, hatte sie einen dänischen Kapitän ausfindig gemacht, der nach Lübeck segeln wollte, und nachdem sie ihm ein wenig Geld gegeben hatte, versprach er, sie mitzunehmen. Er half ihr sogar, die Kisten an Bord zu bringen. Doch sie hatte keine Ruhe, solange das Schiff nicht abgelegt hatte. Jedes Mal, wenn sie Schritte auf dem Landungssteg hörte, glaubte sie, es könne der Kutscher sein, und jeder menschliche Laut an Deck klang nach seiner Stimme. Hatte sie jemand an Bord gehen sehen? Vielleicht warteten ihre Widersacher ja nur auf die rechte Gelegenheit, um sie zu holen.

Sie konnte nicht so tun, als wäre nichts geschehen, denn früher oder später fände Schultze heraus, dass die Kisten nicht in Bergen angekommen waren. Aber solange sie das Schmuggelgut besaß, hatte sie ihn gewissermaßen in der Hand. Wenn er sie wirklich aus dem Weg räumen wollte, nähme er das erst in Angriff, nachdem er herausgefunden hätte, wo das Silber war.

Ängstlich wälzte sie sich in ihrer Koje hin und her und wünschte sich sehnlichst, dass das Schiff endlich die Segel setzte und Bergen verließ. Bei jedem verdächtigen Geräusch war sie sofort wieder hellwach, setzte sich auf und spähte ins Dunkel. Erst in der Morgendämmerung wiegten die Wellen sie in den Schlaf, und als der Horizont langsam hell wurde, lichtete das Schiff endlich den Anker.

Der Winter hielt über Nacht Einzug in Stockholm. Es schneite, und der harte, schneidende Wind trieb Mattis nasse Schneeflocken ins Gesicht. Während er in die Gasse abbog, hoffte er, dass Valborg ihn trotz des Vitalianerhuts und -mantels wiedererkannte. Er entdeckte sie mit zwei großen Brotkörben vor dem Weinkeller und nahm den Hut ab.

»Valborg!«

»Mattis, bist du's? Ich hab mich so oft gefragt, wo du steckst!« Sie stellte die Körbe ab und umarmte ihn herzlich. Dann hielt sie ihn auf Armeslänge von sich weg. »Aber mein lieber Freund, wie siehst du denn aus?«

Er machte sich von ihr los und hob die Schultern.

»Meine Kleider hab ich mir nicht selbst ausgesucht«, verteidigte er sich und zeigte auf den grünen Mantel. »Aber wenn ich so herumlaufe, lässt man mich in Frieden.«

»Wissen die denn nicht, dass du nicht wirklich einer von ihnen bist?«

»Nein, und wenn ich nicht mitgespielt hätte, wäre ich schon längst tot.«

»O Gott, es ist wirklich nicht einfach in diesen Zeiten!«

Sie waren vor der Bäckerei angekommen, und Valborg blickte durch das Fenster in die kleine Bude.

»Hast du ein bisschen Brot? Ich bereite für heute Abend eine Feier vor«, sagte sie und reichte die Körbe durch.

»Das Mehl ist so gut wie alle. Du musst dich leider mit Knäckebrot begnügen.«

»Knäckebrot?«

»Im Schloss gibt es auch nicht mehr viel Brot«, mischte sich Mattis ein. »Mittlerweile nur noch auf den Festen. Ich weiß das, weil ich dort spiele.«

»Auf dem Schloss? Du liebe Güte, aus dir werde ich niemals schlau. Den einen Tag bist du bettelarm, den nächsten Tag spielst du Orgel in der Stadtkirche oder trittst im Schloss auf.«

»Man muss eben überleben.«

Mit den Körben machten sie sich auf den Rückweg zum Weinkeller. Als sie die Treppe hinuntergestiegen waren und den Keller betraten, hielt Mattis jäh inne. Unter einem Gewölbebogen hatte er Herman Möller ausgemacht. Er zögerte. Wenn Möller ihn vom Schlossfest wiedererkannte, musste ihm klar sein, dass er als Vitalianer enttarnt und auch beim Herumhuren beobachtet worden war. Doch andererseits hatte Mattis ja seine Zipfelmütze und die Gauklerkleidung getragen.

»Herman, komm her, dann stell ich dir einen alten Freund vor!«

Mattis wäre am liebsten auf die Straße gelaufen, aber er konnte sich gerade noch beherrschen.

»Mattis Spielmann«, stellte er sich vor und blickte zur Seite.

»Herman Möller, willkommen!«, sagte der Ratsherr und machte mit der Hand eine einladende Geste zum Tisch. »Leider muss ich gleich gehen, aber Valborg kommt ja auch gut ohne mich zurecht«, meinte er lachend. »Geschäfte, Geschäfte und noch einmal Geschäfte. Aber heute Abend bin ich wieder zurück.«

»Ach, ich wollte so gern, dass du Mattis kennenlernst. Musst du wirklich schon wieder weg?«

»Wer ein Gut verwalten will, muss mit vollem Einsatz dahinterstehen, und ich habe gerade eine Nachricht erhalten, dass man mich dort braucht. Aber ich komme zurück, so schnell ich kann, Liebling. Versprochen.«

Freundlich nickte er Mattis zu, küsste Valborg auf den Mund und eilte hinaus. Mattis runzelte die Stirn und begriff, dass Herman Möller Valborg schon sehr nahegekommen war. Noch nie zuvor hatte sie einem Mann gestattet, sie in Gegenwart anderer auf diese Weise zu küssen. Er atmete tief durch und dachte daran, was tags zuvor im Festsaal des Schlosses geschehen war. Als Valborg ihm einen Krug Bier und ein großes Stück Brot hinstellte, bedankte er sich, aber nicht so fröhlich und herzlich wie sonst.

»Mattis, was ist denn mit dir? Du siehst mich so seltsam an. Hat er dir nicht gefallen?«, erkundigte sie sich und setzte sich neben ihn.

»Du meinst Herman?«, fragte Mattis überflüssigerweise nach und griff nach seinem Bier.

»Weißt du, endlich habe ich wieder einen Mann, mit dem ich zusammenleben möchte. Er will, dass ich den Weinkeller behalte, aber wir wollen ihn gemeinsam betreiben. Sobald wieder Frieden herrscht, wollen wir heiraten.«

»Heiraten?«, stöhnte Mattis entsetzt.

»Ja. Du glaubst ja gar nicht, wie froh ich bin, dass ich jemanden gefunden habe, der mir hilft. Und er ist so nett zu mir. Fast jeden Tag bekomme ich Geschenke von ihm.«

Mattis schwieg und dachte an die Plünderungen der Vitalienbrüder. Wenn Herman Valborg nicht aufrichtig zugetan war, würde sie schlimme Schwierigkeiten bekommen. Doch sie wirkte so glücklich, dass er davor zurückscheute, ihr die Wahrheit zu enthüllen.

»Ich weiß nicht, wie ich es sagen soll, aber ich muss.«

»Was murmelst du da in deinen Bart, heraus damit!«

Mattis wich ihrem Blick aus.

»Valborg, es tut mir leid, aber du kannst Herman nicht vertrauen. Ich habe ihn in Gesellschaft der Vitalienbrüder angetroffen. Gestern war er auf dem Schloss, und dort hat er sich mit Henrik Brybing unterhalten, du weißt schon, Alf Gerhardts Vertrautem.«

»Brybing? Der hinter den Morden auf Käpplingeholmen steckte?« Valborgs Stimme klang auf einmal ganz verunsichert. »Aber das kann doch unmöglich Herman gewesen sein. Er war gestern Abend auf seinem Hof.«

»Ich habe ihn aber mit eigenen Augen gesehen. Ich bin dort auf dem Fest zwischen den Tischen umhergelaufen und habe gespielt. Herman ist nicht der, für den du ihn hältst. Er ist einer von den Vitalienbrüdern. Du musst vorsichtig sein.«

»Und das sagst ausgerechnet du, nachdem du selbst ein Jahr lang unter ihnen gelebt hast!«, erwiderte sie. »Du weißt doch überhaupt nichts von Herman. Mir sind schon viele Männer begegnet, aber keiner ist so wie er. Er ist mir sehr zugetan, und er ist immer fröhlich und freundlich. Und er ist so großzügig, sich um Annes Handelshaus zu kümmern, während sie sich in Lübeck aufhält. Herman hilft uns beiden, und er hat mich noch nie betrogen. Du musst einen anderen Mann beobachtet haben auf deinem Schlossfest.«

»Nein, ich bin ganz sicher.«

»Vielleicht war er nur dort, weil er als Ratsherr dazu verpflichtet war. Warum willst du mir alles zerstören, worüber ich mich in letzter Zeit freuen konnte?«

»Hör zu, Valborg! Solange ihr noch nicht geheiratet habt, kannst du deinen Weinkeller immer noch retten.«

»Kümmere du dich um deine Angelegenheiten, dann kümmere ich mich um meine!«, zischte sie und sah ihn feindselig an. »Und außerdem glaube ich meinem Herman mehr als einem dahergelaufenen Spielmann.«

Das tat weh. Mattis schob den Krug von sich.

»Auch wenn du mir nicht glaubst, du kannst zumindest Anne warnen.«

»Du kannst selbst mit ihr reden. Allerdings ist sie gerade in Lübeck.«

»In Lübeck?« Mattis fuhr sich mit der Hand durchs Haar.

»Ja, aber das muss unter uns bleiben, das ist ein Geheimnis.« Valborg stand auf, um ihm zu verstehen zu geben, dass das Gespräch damit beendet war. »Sieht so aus, als wäre es dir ein wenig zu Kopf gestiegen, dass du jetzt im Schloss auftrittst, Mattis. Du siehst überall Schatten. So, nun hab ich noch jede Menge zu tun. Vielen Dank, dass du mir mit den Körben geholfen hast.«

Als Mattis Valborgs entschlossene Miene sah, begriff er, dass sie ihm nicht glauben würde, gleichgültig, was er sagte. Sie war eine Frau, die ihr Herz verschenkt hatte und nichts anderes hören wollte. Er leerte den Becher und stand auf.

»Es tut mir leid, dass ich dich traurig gemacht habe, aber ich will nur dein Bestes. Deswegen musste ich dich warnen.«

»Vor meinem zukünftigen Mann? Danke vielmals«, erwiderte Valborg schroff. Ihre Stimme klang wie gebrannter Kalk in einer offenen Wunde. Brüsk wandte sie ihm den Rücken zu, und er verließ den Weinkeller mit hängendem Kopf. Hatte Herman wirklich das Handelshaus übernommen, konnte das nur eins bedeuten: Der Kaufmann würde es nie wieder hergeben. Mattis musste Anne irgendwie warnen. Als er das Gespräch der beiden Männer im Schloss belauscht hatte, war er ganz unruhig geworden. Wollten sie ihr etwas antun? Eine Seereise nach Lübeck nahm zwei Wochen in Anspruch – er würde sicher einen Platz auf einem Schiff finden. Eigentlich hatte er befürchtet, sie nie wiederzusehen, aber nun gab es einen guten Grund, sie aufzusuchen. Und im tiefsten Innern hoffte er, dass sie ihn nicht vergessen hatte. Und dass sie vielleicht wieder zum Leben erwecken konnten, was einmal zwischen ihnen gewesen war.

Nachdem Mattis gegangen war, blieb Valborg eine ganze Weile sitzen und brütete vor sich hin. Ab und zu wischte sie sich mit dem Taschentuch übers Gesicht. Mattis täuschte sich, er täuschte sich ganz gewaltig. Herman war erst vor Kurzem nach Stockholm gekommen, er war einer der angesehensten Kaufleute Lübecks. Als die Morde auf Käpplingeholmen geschehen waren, hatte er sich noch gar nicht in der Stadt aufgehalten, und aufgrund seiner großen Erfahrung mit dem Handel zwischen Lübeck und Schweden hatte man ihn in den Rat gewählt. Mit den Vitalienbrüdern hatte er jedoch nichts zu tun. Mattis konnte ja schon nicht mehr zwischen Wirklichkeit und Einbildung unterscheiden. Sicher meinte er es gut, aber manchmal ging die Phantasie einfach mit ihm durch. Außerdem war Herman reich und brauchte nicht mit ihr zusammen zu sein, nur um den Weinkeller übernehmen zu können. Was sollte er denn auch damit, da er doch jederzeit im Ratskeller nach Herzenslust essen und trinken konnte? Nein, die Gefühle zwischen Herman und ihr waren echt und waren noch stärker geworden. Mit zitternden Knien stand sie auf. Mattis' Worte hatten sie heftiger aus dem Gleichgewicht gebracht, als sie zugeben wollte. Vielleicht war ja doch etwas Wahres an seinen Behauptungen …

27. Kapitel

Die Treppe, die sich in dem großen, dreistöckigen Gebäude nach oben wand, war hart und kalt. Anne schauderte und zog sich den Schal enger um die Schultern. Eine frostige Kälte lag über Lübeck, und sie war froh, auf dem Schiff nicht krank geworden zu sein. Doch die Reise aus Bergen war ohne Zwischenfälle verlaufen und hatte nur wenige Wochen gedauert. Sie war glücklich, wieder zurück zu sein. Am liebsten wäre sie sofort nach Hause zu Maria gelaufen, aber diese Angelegenheit musste sie rasch erledigen, so gern sie es auch vermieden hätte.

Jedes Mal, wenn sie wieder eine der hohen Stufen erklommen hatte, zögerte sie und wäre am liebsten umgekehrt und davongerannt. Doch sie musste die letzten Schritte bis zu seinem Zimmer bewältigen. Vor der Tür blieb sie kurz stehen, bevor sie anklopfte.

»Ich bin wieder da«, sagte sie und ging auf Schultze zu.

»Anne?«

»Es war eine ziemlich abenteuerliche Fahrt«, fuhr sie mit einem schiefen Lächeln fort und setzte sich auf den Stuhl neben dem Schreibpult. »Am besten sage ich es Euch gleich: Ich bin auf dem Weg zum Lagerhaus überfallen worden und habe mich nicht getraut, die Kisten in Bergen zurückzulassen.«

Der Blick seiner dunkelgrauen Augen veränderte sich und wurde hart und durchdringend. Ihr fiel auf, dass sie ihn noch nie mit geschlossenen Augen gesehen hatte. Er senkte die Lider, behielt die Augen aber immer ein wenig offen.

»Was sagt Ihr da?«

Anne atmete tief ein und aus, während sie sich mit den Händen am Schreibpult festhielt und innerlich Anlauf nahm. Langsam erhob sie sich und lehnte sich vor.

»Warum wolltet Ihr, dass ich Silber für Euch schmuggle? Ich hätte getötet werden können.«

Schultze stand auf, trat zu ihr und baute sich vor ihr auf.

»Aber meine Liebe, was für Anschuldigungen sind denn das?«

»Die eine Kiste wurde beim Löschen beschädigt, und dabei ist eine der Silberplatten herausgefallen.«

»Ach so, die!« Er kehrte zu seinem Stuhl zurück und setzte sich wieder. »Dann erkläre ich Euch jetzt am besten, was es damit auf sich hat. Setzt Euch doch!«

Anne schüttelte den Kopf und blieb stehen, aber er tat so, als bemerke er ihren stummen Protest gar nicht.

»Je weniger man weiß, umso besser. Ich wollte nicht, dass der städtische Zoll meine Almosen zu sehen bekommt. Dieses Silber soll eingeschmolzen und zu einem Kruzifix für den Dom von Nidaros verarbeitet werden. Es war alles schon abgesprochen, aber wenn die Platten beschlagnahmt worden wären, hätte sich alles verspätet. Ich hielt es für besser, Euch nichts davon zu erzählen.«

Anne starrte Schultze verblüfft an. Almosen? Bildete er sich allen Ernstes ein, dass sie ihm das glaubte? Er war wirklich mehr als dreist. Wenn man Almosen gibt, schmuggelt man sie nicht, sondern möchte, dass die Freigebigkeit von der Welt wahrgenommen wird.

»Ich verstehe. Und was ist mit mir? Warum habt Ihr mir nichts erzählt?«

»Ich glaube, Ihr könnt nicht besonders gut lügen. Leuten, die das Schmuggeln nicht gewöhnt sind, sieht man das schlechte Gewissen schon von Weitem an. Wir hätten entdeckt werden können, daher war es besser, dass Ihr nichts davon wusstet.«

»Wie lange arbeitet Ihr denn schon für die Kirche?«, erkundigte sie sich säuerlich.

»Seit mein Handel einen Überschuss abwirft. Gott hat mir ein Zeichen gegeben.« Er faltete die Hände vor sich auf dem Tisch, als wolle er unterstreichen, dass er nur einwandfreie Geschäfte betrieb.

»Eine falsche Tat wird nicht besser, wenn Ihr Gott mit ins Spiel bringt. Ich hätte ums Leben kommen können, wenn die Sache aufgeflogen wäre. Und was für Helfer habt Ihr da eigentlich? Dieser Mensch hat mich angefallen.«

»Wer? Der Kutscher?« Bernt Schultze brach in vergnügtes Gelächter aus. »Dieser geile Bock, um den darf man sich gar nicht weiter kümmern. Der kann seine Hände einfach nie bei sich behalten.«

»Dann soll er das nächste Mal bitte Euch befingern.«

Anne setzte sich, erbost und gedemütigt zugleich. Schultze versuchte sie hinters Licht zu führen, und nach ihren Erlebnissen fühlte sich das an wie der reine Hohn.

»Wo sind die Kisten jetzt? Ich werde sie noch einmal schicken müssen.«

»Die werde ich so lange behalten, wie Herman und Ihr mein Handelshaus in Schweden verwaltet. Sobald ich wieder in Stockholm bin, bekommt Ihr sie zurück.«

Wenn Herman und Schultze Geschäftsfreunde waren, mochten beide vom selben Schlag sein, also war sie lieber vorsichtig.

Bernt Schultze starrte sie an, aber dann streckte er ihr in einer versöhnlichen Geste die Hand hin und versuchte ein Lächeln.

»Meine Liebe, ich verstehe ja, dass Ihr wütend auf mich seid – nach allem, was Euch widerfahren ist. Aber ich wollte nur das Beste. Und Ihr versteht doch wohl selbst, dass Ihr die Kisten nicht einfach behalten könnt. Das wäre Diebstahl.«

»Natürlich werde ich sie nicht für immer behalten. Ihr bekommt sie zurück. Aber eben jetzt noch nicht.«

Schultze hatte sie zweifellos in Gefahr gebracht, und vielleicht hatte er sogar vorgehabt, sie ganz aus dem Weg zu räumen. Jetzt ließe sie ihn nicht ungeschoren davonkommen. Zwar balancierte sie über einem Abgrund, aber solange sie etwas in der Hand hatte, was Schultze und vielleicht auch Herman haben wollten, würden sie es nicht wagen, ihr etwas anzutun. Wenn in jedem Ikonenrahmen eine Silberplatte steckte, war die Ladung ein Vermögen wert. Sie mussten mit ihr zusammenarbeiten.

»Die Ladung gehört nicht Euch, Anne, und ich habe doch schon versucht, Euch die ganze Sache zu erklären. Was wollt Ihr denn noch von mir? Wenn Ihr in Schwierigkeiten geraten wärt, hätte ich Euch selbstverständlich geholfen.«

Sie lächelte in sich hinein. Er versuchte sich herauszureden. Damals hatte sie Alf Gerhardt geglaubt, dem Schultze auf gewisse Weise ähnelte, und blauäugig hatte sie seine Lügen geschluckt und sich sogar in ihn verliebt. Doch sie hatte nicht vor, sich noch einmal derartig täuschen zu lassen.

»Wie ich schon sagte: Ihr bekommt die Kisten zurück.«

»Ich will sie aber jetzt. Sonst kündige ich Euren Kredit und hetze Euch Eure Gläubiger auf den Hals.«

»Tut das.«

Anne brach der Schweiß aus. Hätte sie doch nur keine Schulden gemacht!

»Ihr sollt Eure Kisten bekommen, und auch Euren Kredit werde ich zurückzahlen«, versprach sie. »Aber den Zeitpunkt bestimme ich. Wenn Ihr vorher etwas versucht, erzähle ich allen von dem Überfall und dem Schmuggel. Also – sind wir uns einig?«

Im Zimmer herrschte unheilvolles Schweigen. Wenn er die Absicht gehabt hatte, sie die Ikonen nach Bergen schmuggeln zu lassen und sie dann zu töten, hatte er sich in eine wirklich dumme Lage gebracht. Sie hatte das Silber. Und das Gesetz auf ihrer Seite.

»Gebt mir die Schlüssel zum Lagerhaus!«, brüllte er.

»Die habe ich nicht dabei. Sie sind in sicheren Händen, und nur ich kann sie auslösen.«

Sie stand auf, um ihm zu verstehen zu geben, dass sie ihm nichts mehr zu sagen hatte, und schritt geradewegs zur Tür hinaus.

»Ihr werdet noch von mir hören!«, tobte er, aber sie tat so, als höre sie ihn gar nicht.

Schultze sah ihr nach, und in seine Wut mischte sich eine gewisse Überraschung. Er hätte nicht gedacht, dass sie so tüchtig war. Abermals hatte sie alle genarrt und war mit heiler Haut davongekommen. Gleichzeitig war sie eine würdige Gegnerin, und ihr Schneid und ihre Frechheit forderten ihn heraus. Als wenn das alles nicht schon ausgereicht hätte, war sie obendrein auch noch schön. Schon mehrmals hatte er sich gewünscht, nicht nur in Geldangelegenheiten mit ihr zu tun zu haben, aber er hatte sich beherrscht. Jetzt allerdings brauchte er keine Hemmungen mehr zu haben. Aus diesem Zweikampf gedachte er als Sieger hervorzugehen. Sie glaubte wohl wirklich, ihn los zu sein, indem sie zur Tür hinausspazierte, aber er würde sie nicht in Ruhe lassen. Nach und nach nahm in seinem Kopf ein Plan Gestalt an.

Während Anne zum Schiff zurückkehrte, um ihr Gepäck zu holen, war sie auf der Hut. Sie überlegte, ob sie in ihrem Wunsch nach Rache zu dreist gewesen und zu rücksichtslos vorgegangen war. Aber dann versuchte sie die düsteren Gedanken zu verdrängen. Die Kisten waren im Hafen im Lagerhaus des Kapitäns in Sicherheit, wenngleich das mit den Schlüsseln eine Lüge gewesen war. Die hatte natürlich sie selbst.

Das Schiff lag noch am Kai, und nachdem sie für die Überfahrt gezahlt hatte, packte sie ihre Sachen und ging an Land. Auf dem Weg in die Fischerstraße ertappte sie sich dabei, dass sie fast schon lief, und verlangsamte ihre Schritte. Sie musste sich wieder beruhigen und durfte nicht überall Gefahren wittern. Endlich war sie wieder in Lübeck, bei Maria und Peder, und alles würde gut werden. Sie dachte an das kleine Mädchen mit den runden Wangen und den drallen Ärmchen, an ihre Grübchen und das fröhliche Lachen. Sie hatte sich sehr nach dem Kind gesehnt, und Peder hatte sie auch vermisst. Rasch bahnte sie sich einen Weg durch die Gassen zur Fischerstraße, vorbei an der Marienkirche und dem Rathaus. Erwartungsvoll stand sie vor der Tür.

Peder öffnete, und als sie sein sanftes, gefühlvolles Gesicht sah, breitete sich ein warmes Gefühl in ihrem Innern aus. Sie wollte ihn gerade umarmen, da sah sie seinen Blick.

»Anne! Es ist etwas Schreckliches geschehen.«

Christin war gerade mit Maria unterwegs, deswegen ging Anne gleich zu Heinz Nagler hinauf. Er lag in der Schlafkammer im zweiten Stock und hatte zwei dicke Kissen im Rücken. Die qualmenden Öllampen warfen Lichtstreifen auf sein Gesicht, das dadurch noch bleicher und schattenhafter wirkte. Sein Kopf war dick verbunden, seine Wange entstellte eine große Wunde.

»Anne, bist du's?« Die Stimme war ganz schwach, aber in den Augen flackerte ein wenig Leben auf, als er sie erblickte.

Sie trat ans Bett, nahm seine Hand und setzte sich neben ihn.

»Wie fühlst du dich?« In derart schlechter Verfassung hatte sie ihn noch nie erlebt, und obwohl Peder sie vorbereitet und ihr von dem Vorfall erzählt hatte, war sie zutiefst erschrocken, ihn wirklich so zu sehen.

»Mir fehlt gar nichts. Das war nur ein Schuft, der mich vor meiner eigenen Haustür niedergeschlagen hat. Magnus ist ihm hinterhergelaufen.«

»Magnus? Welcher Magnus?«

Ohne eine Antwort sank der Kranke aufs Kissen zurück. Anne strich ihm über die Wange und betrachtete ihn ängstlich. Hoffentlich überlebte er, er war zu gut, um zu sterben. Sie goss ihm ein Glas frisches Wasser ein und gab ihm zu trinken.

»Mir ist ganz schwindlig. Aber ich liege jetzt schon so lange im Bett, ich müsste eigentlich bald wieder auf den Beinen sein«, fuhr er fort. »Und jetzt möchte ich hören, wie es dir in Bergen ergangen ist.«

»Du hattest recht. Bernt Schultze ist ein Schuft. In der Ladung befand sich Schmuggelgut.«

»Das erstaunt mich nicht. Er brauchte wohl wieder Geld für seine zwielichtigen Unternehmungen. Wie bist du hinter den Schwindel gekommen?«

Anne erzählte, was ihr alles widerfahren war, von der Kiste, die angestoßen worden war, vom Kutscher, der sie überfallen hatte, und wie es ihr gelungen war, einen Platz auf einer Kogge nach Lübeck zu ergattern.

»Wie schön, dass du trotz allem wieder wohlbehalten zurück bist. Schultze muss einigermaßen überrascht gewesen sein, als du wieder aufgetaucht bist.«

»Erfreut sah er nicht gerade aus, auch wenn er sich ein Lächeln abgerungen hat.«

»Morgen musst du die Kisten verstecken. Ich werde Peder bitten, dir zu helfen. Die Schmuggelware kann dir gefährlich werden, vergiss das nicht.«

Anne strich Heinz Nagler sanft über die magere, bleiche Hand.

»Werd einfach so schnell wie möglich wieder gesund. Versprich mir das, ja?«

Er lächelte sie an.

»Jetzt muss ich aber schlafen. Später können wir weiterreden.«

Anne beugte sich vor und küsste den Kranken auf die Wange, stand auf und ging zur Tür. Sie hatte den Eindruck, dass er stärker wirken wollte, als er war. Er durfte sie nicht verlassen, er war das Oberhaupt der Familie, und sie konnte sich die Fischerstraße kaum ohne ihn vorstellen. Er war wichtig für sie alle, und niemand war in der Lage, seinen Platz einzunehmen. Mit schweren Schritten ging sie zur Treppe. Mit der Hand auf dem Treppengeländer blieb sie stehen. Wenn Heinz starb, wer würde dann seinen Platz einnehmen?

Das Giebelzimmer lag ganz im Dunkeln, als Anne kam, um Maria ins Bett zu bringen. Die Kleine klammerte sich an sie und wollte sie schier nicht mehr loslassen. Doch Anne hatte keine Lust, sich jetzt schon schlafen zu legen.

»Mama, spielen!«, rief die Kleine.

Anne legte sie aufs Bett und streichelte sie, bis sie ganz ruhig war. Ihre lange Abwesenheit verursachte ihr ein schlechtes Gewissen, und sie hoffte, in nächster Zeit nicht wieder verreisen zu müssen. Maria protestierte noch einmal und wollte wieder aufstehen. Seufzend gab Anne ihr die Lumpenpuppe, die Maria gleich neben sich ins Bett legte.

»Schlafen«, murmelte sie.

Anne lachte und musste das Kind einfach in den Arm nehmen. Maria legte ihr die Arme um den Hals, und Anne machte sich Vorwürfe, welch schlechte Mutter sie gewesen war. Sie durfte ihre Tochter nicht wieder so lange allein lassen. Wenn sie nicht aufpasste, lief sie am Ende Gefahr, sie zu verlieren.

28. Kapitel

Als Anne in den Speiseraum kam, roch es nach Essen, obwohl der Abendbrottisch längst abgeräumt war. Christin war im Obergeschoss, wo sie an Heinz' Bett wachte, und Maria schlief tief und fest. Peder saß mit einem Glas Wein am Tisch, und als sie eintrat, stand er auf und holte die Weinkaraffe und ein Glas für sie.

»Wer ist denn dieser Magnus, von dem dein Vater da gesprochen hat?«, fragte sie und trat an den Kamin. Sie stocherte im Feuer, und ein Funkenregen stieg auf.

»Magnus Spangenmacher, der Ratsherr aus Stockholm. Ich wollte dir schon von ihm berichten.«

»Du lieber Gott – der ist hier? Hat er etwas von Maria erwähnt?«

Peder nickte.

»Er hat mir erzählt, dass er nach Stockholm gefahren ist, um sie zu holen, aber dort hat ihm eure gemeinsame Freundin Valborg mitgeteilt, dass die Kleine dein Kind ist. Da er ihr nicht glauben wollte, ist er nach Lübeck gekommen, um selbst zu klären, wie die Dinge liegen.«

Anne erbleichte. Wie oft hatte sie schon daran gedacht, dass Magnus und Ingrid Maria eines Tages zurückhaben wollten. Ein Kind gehört immer der Mutter, das wusste sie, aber als Maria ihr anvertraut wurde, war sie doch noch das Kind der beiden gewesen. Und sie hatte sie nur für einige Tage in Obhut nehmen sollen.

»Du hast ihm doch wohl erklärt, wie alles war, oder?«

»Als er Marias Augen sah, war er sogleich überzeugt, dass das Kind nicht seins ist. Aber er wollte trotzdem noch mit dir sprechen.«

Sie dachte an ihre erste Begegnung im Weinkeller, als Ingrid und er aus der Stadt fliehen wollten. In letzter Minute und gegen den Willen seiner Frau hatte Magnus die Kleine doch bei Anne gelassen, und sie hatte gespürt, dass er ihr Wärme und

Respekt entgegenbrachte. Auch wenn er verstand, warum sie so handelte, nachdem sie erfahren hatte, dass Maria ihre Tochter war – er musste unglaublich enttäuscht sein.

»Weißt du, was er will?«

»Er war eigentlich ziemlich wortkarg, und seit dem Überfall haben wir ihn gar nicht mehr zu Gesicht bekommen. Zu meinem Vater sagte er nur, er wolle den Schurken nachstellen, die den Überfall begangen hätten, und seitdem haben wir nichts mehr von ihm gehört.«

»Meinst du, dass er hierher zurückkommt?«

»Vater hat ihm ein Zimmer im Hinterhaus angeboten. Als er hörte, dass Magnus Ratsherr und auf der Flucht vor den Vitalienbrüdern war, fasste er Vertrauen zu ihm. Gleich am ersten Abend hat er ihn zu einer Zusammenkunft mitgenommen, und den Rest weißt du ja. Vater meinte, dass Magnus ihm und seinen Freunden von Nutzen sein könne.«

»Das kann ich mir gut vorstellen«, sagte Anne nachdenklich. Sie hatte Magnus als einen rechtschaffenen, eindrucksvollen Mann in Erinnerung, zu dem man unmittelbar Vertrauen fassen konnte. Sicherlich konnte sie mit ihm vernünftig über Maria reden. Aber was wollte sie tun, wenn er darauf beharrte, das Kind wieder mitzunehmen?

»Er hat viel von dir gesprochen.«

»Von mir? Er will mich sicher bitten, dass ich ihm Maria zurückgebe. Aber ich werde meine Tochter nie wieder hergeben.«

Peder stand auf und holte eine weitere Karaffe Wein. Anne sah ihn verwundert an, denn er hatte bereits mehrere Gläser getrunken, und es war schon ziemlich spät. Gewöhnlich ging er um diese Zeit auf sein Zimmer, und er trank sonst auch nicht so viel. Bevor er sich wieder setzte, goss er auch ihr noch einmal nach und schob ihr das Glas zu.

»Weißt du, ich wusste gar nicht recht, was ich glauben sollte, als ein Mann hierherkam und dich treffen und Maria mitnehmen wollte. Ich möchte mehr über dich erfahren, Anne, alles, was du mir früher nicht erzählt hast«, sagte er.

Anne nahm einen Schluck Wein und dachte nach. Sie hatte ihm erzählt, wie sie auf dem Weg nach Stockholm ihren Mann und ihr Hab und Gut verloren hatte, und sie hatte auch ihre späteren Erfahrungen mit ihm geteilt.

»Du weißt doch alles von mir!«, protestierte sie.

»Vielleicht schon. Aber ich dachte mehr an deinen Liebsten. Ich meine ... ob es einen neuen Mann in deinem Leben gibt.«

Anne sah ihn verblüfft an.

»Warum fragst du danach?«

Er zuckte mit den Schultern und blickte verlegen auf seine Hände.

»Du erzählst nie von irgendjemandem.«

»So ist es. Das sagt doch wohl alles«, erwiderte sie.

Er lächelte, und seine Verlegenheit war so rührend, dass sie zurücklächeln musste.

»Sind Kinder denn sehr wichtig für dich?«, fragte er.

»Welchen Sinn hätte das Leben ohne Kinder?«

»Aber du hast Maria doch allein zurückgelassen.«

»Ich hatte keine Wahl, ich muss uns schließlich ernähren. Und außerdem bin ich jetzt ja wieder zu Hause.«

»Du hast ›zu Hause‹ gesagt, ist dir das aufgefallen?« Seine Stimme klang ganz warm.

»Ja, ihr sorgt dafür, dass ich mich sehr wohl fühle in diesem Haus.«

Erst schwieg er für einen Moment, dann atmete er tief durch.

»Du ahnst ja gar nicht, wie du mir gefehlt hast«, sagte er leise. Seine Hand streifte ihren Arm.

Sie spürte seine zarte Liebkosung, und nun war es an ihr zu erröten. Als sie an den Kuss dachte, den er ihr kurz vor ihrer Abreise gegeben hatte, verspürte sie leise Wehmut. Er mochte sie, wagte es ihr aber nicht zu zeigen. Sie las es in seinem Blick, sie spürte es in seinen weichen, ungeschickten Berührungen. Abermals lächelte er sie an, aber es war ein seltsames Lächeln, das sie verunsicherte. Seine Finger strichen ihr zitternd über die Schultern, und dann streichelte er sie weiter, vorsichtig und halb abwesend, als wisse er gar nicht, was er gerade tat.

»Erst als du in Bergen warst, bin ich mir darüber klar geworden, wie viel du mir bedeutest«, fuhr er fort.

Sie hörte, dass seine Stimme leicht zitterte, und traute sich kaum noch, ihn anzusehen. Ein warmes Gefühl breitete sich in ihrem Körper aus, und sie wusste, worauf das hinauslief.

»Ich sollte nicht ...« Er fasste sie unters Kinn und sah ihr sehnsüchtig in die Augen. Vorsichtig streichelte er ihre Wange.

Sie spürte seine Handflächen auf der Haut und wollte, dass er sie dort nie wieder wegnahm. Plötzlich hielt er inne.

»Ich darf nicht«, murmelte er. »Ich kann nicht.«

Sie merkte, wie die Wut gleich einer unmerklichen Brise in ihr aufstieg und immer stärker wurde.

»Was kannst du nicht?«

Er antwortete nicht, sondern starrte nur mit leerem, hoffnungslosem Blick in die Luft.

»Du kannst alles, Peder! Du lebst dein eigenes Leben, und niemand außer dir kann darüber bestimmen. Ich habe dich auch vermisst.«

Er zuckte zusammen, als hätten ihre Worte ihn überrascht, als ob er sie kaum glauben könne.

»Aber Peder, verstehst du denn nicht? Ich habe dich schon so lieb gewonnen!«

Sie berührte seine Schultern, dann seine Wange, und er wehrte sich nicht. Da ließ sie sich einfach nur noch von ihrem Gefühl leiten, nahm sein Gesicht in beide Hände und küsste ihn. Eigentlich hatte sie sich eher einen flüchtigen Kuss vorgestellt, aber als ihre Lippen auf seinen Mund trafen, erschauerte er und setzte ihr nichts entgegen. Stattdessen entspannte er sich und überließ sich ganz ihren Händen. Vorsichtig schob sie ihn von sich und sah ihn an, aber als sie das glückliche Lächeln auf seinen Lippen sah, lächelte sie ebenfalls.

Keiner von beiden sagte etwas, aber in diesem Schweigen lagen Zärtlichkeit und Begehren. Und dann gingen seine Hände auf Entdeckungsreise über ihren Körper, und sie hielt ihn nicht zurück. Sie genoss seine Berührung, und als er sich zu ihr herabbeugte und seine Lippen wieder auf ihren Mund drückte, erwiderte sie seine Küsse. Jetzt war das Feuer entzündet, hier und jetzt war der richtige Augenblick gekommen. Peder umarmte sie leidenschaftlich und drückte sie auf der Bank nach hinten, aber als sie beobachtete, wie linkisch er sich dabei anstellte, ging ihr auf, dass er vor ihr noch keine Frau gehabt hatte. Und doch fühlte sich alles vollkommen richtig an, und sie erkannte, wie sehr sie ihn die ganze Zeit über schon begehrt hatte. Dann sanken sie zu Boden, und Anne zog ihn mit einem glücklichen Seufzer auf sich, damit er in sie eindringen konnte.

Das Kaminfeuer war verglommen, und die Kühle kroch unter ihre Decke, aber keiner von beiden wollte aufstehen und zu seinem Zimmer gehen. Sie hielten sich noch immer fest umschlungen und flüsterten sich zärtliche Liebesworte ins Ohr. Anne nahm eine Strähne seines Haars in die Hand.

»Weißt du was? Ich hätte gern eine Locke von dir, zur Erinnerung. Ich werde sie immer in einem Medaillon auf meiner Brust tragen«, sagte sie.

Peder, der den Kopf auf ihre Schulter gebettet hatte, versteifte sich plötzlich und setzte sich auf.

»Was haben wir nur getan?«, stöhnte er auf. Entsetzt starrte er sie an und tastete nach seinem Hemd. »Es könnte uns sogar jemand beobachtet haben.«

»Ach was, du Dummerchen, komm her!«, sagte sie zärtlich und streckte die Hand nach ihm aus.

»Wir hätten nie ... du hast mich verführt«, stotterte er, stand auf und zog sich hastig an.

»Was sagst du da?«

»Das darf nie wieder geschehen!«

Zitternd ordnete er seine Kleidung und schüttelte heftig den Kopf, als wolle er leugnen, was gerade geschehen war.

»Peder?«

Doch er antwortete nicht, sah sie nur ängstlich an und lief dann aus dem Zimmer. Verzweifelt eilte sie ihm nach, aber dann hielt sie inne und hörte, wie sich seine Schritte auf der Treppe entfernten. Sie hatte ihm nicht wehtun wollen. Sie wollte mit ihm reden, ihm hinterherschreien, dass man seine Gefühle nicht beherrschen könne. Die Liebe lasse sich nicht vorhersehen oder steuern. Eines Tages sei sie einfach da, und dann tue man Dinge, die man nie habe tun wollen. Er solle sie bejahen und sich nicht dafür tadeln, wollte sie ihm sagen.

Dann verbarg sie das Gesicht in den Händen und stöhnte laut auf. Warum hatte sie ihn in Versuchung führen müssen? Sie hätte es besser wissen sollen. Jetzt hatte sie alles zerstört.

29. Kapitel

Nach ihrer gemeinsamen Nacht änderte sich alles. Peder schien sie gar nicht mehr zu sehen und drehte ihr den Rücken zu, den sie doch schon weich unter ihren Händen gespürt hatte.

»Peder, ich will mit dir reden«, sagte sie.

»Später«, erwiderte er und war schon wieder verschwunden.

Schließlich suchte sie ihn in der Bibliothek der Kirche auf. Als sie den Lesesaal betrat, entdeckte sie ihn an einem Pult in einer Fensternische. In Kalbsleder gebundene dicke Folianten waren mit Ketten an der Wand befestigt, und auf dem Tisch stapelten sich Heiligenkalender und Messbücher neben der Bibel. Sie schlich sich hinter ihn und betrachtete die Schulter, die sie geküsst und liebkost hatte und so gern wieder berührt hätte. Gerade als sie die Hand nach ihm ausstrecken wollte, blieb ihr Blick an einigen losen Blättern auf dem Tisch haften. Zeichnungen von Kirchtürmen, Weggabelungen, Meeren und Bergesgipfeln flimmerten vorbei und flossen vor ihren Augen ineinander. Da drehte Peder sich um und entdeckte sie.

»Ja, ich werde weggehen«, sagte er.

»Unternimmst du deine Pilgerreise?« Es schmerzte sie in der Brust.

»Ich habe mich schon immer danach gesehnt, die heiligen Stätten zu besuchen, und Rom oder Santiago de Compostela reichen mir nicht. Ich will ins Heilige Land.«

»Warum so weit weg?«

Sie wollte die Worte hinausschreien. Warum musste er fliehen, warum musste er verleugnen, was hier Wunderbares zwischen ihnen herangewachsen war?

»Sieh her!«, erklärte er eifrig. »Von Lübeck aus segle ich nach Neapel und von dort weiter ins Heilige Land. Ich will das Heilige Grab in Jerusalem besuchen und den Ort in Bethlehem, an dem Jesus geboren wurde. Und du bekommst mein Pilgerabzeichen, Anne. Das bringe ich dir aus Jerusalem mit.«

»Was soll ich denn damit? Mir wäre lieber, dass du hier bei mir und Maria bleibst.«

»Das ist nicht möglich. Die Kirche verlangt eine dreijährige Buße für das, was zwischen uns vorgefallen ist. Eine dreijährige Buße, Anne.«

»Aber du bist doch noch kein fertiger Priester, musst du denn …«

»Ich muss. Bald reise ich ab, und du wirst verstehen, warum ich nicht anders kann.«

Bei diesen Worten spürte sie, wie alle ihre Erwartungen zermalmt wurden. Sie machte auf dem Absatz kehrt und lief aus dem Lesesaal, damit er ihre Tränen nicht sah. Tief in ihrem Innersten hatte sie immer noch gehofft, dass er von seiner Berufung zum Priester Abstand nähme; vielleicht hatte sie diese Hoffnung sogar von Anfang an gehegt. Jetzt sah sie ein, dass das niemals geschehen würde. Peder fühlte sich seinem Glauben völlig verpflichtet.

Heinz Nagler erholte sich nicht, stattdessen ging es ihm von Tag zu Tag schlechter. Ab und zu fragte er nach Magnus, der immer noch nicht zurückgekehrt war. Anne und Peder machten sich mehrmals auf, um ihn zu suchen, aber so gründlich sie auch auf den Marktplätzen und im Hafenviertel suchten und auf Schiffen nach ihm fragten, sie fanden ihn nicht. Die Besorgnis um die beiden Männer dämpfte die Stimmung im Haus.

Nachdem der Kranke mehrere Tage lang wirres Zeug geredet hatte, konnte man jetzt kaum noch mit ihm sprechen. Eines Abends betrat die blasse und verweinte Christin Annes Kammer.

»Es dauert wohl nicht mehr lange. Heinz fragt die ganze Zeit nach dir. Kannst du zu ihm hineingehen?«

Anne nickte stumm und folgte Christin. Sie bemühte sich, ihre Gefühle zu beherrschen, aber der Anblick des Kranken erschütterte sie bis ins Mark. Sein Kopf mit dem bleichen, verschwitzten Gesicht lag in den Kissen, und sein Körper wirkte noch ausgemergelter als sonst. Seine Augen glänzten fiebrig, und die Wunde an der Wange war entzündet und eiterte. Als Anne eintrat, sah er auf, und in seinem Blick war ein kurzes, erfreutes Aufflackern zu erkennen.

»Ich muss mit dir reden. Ich werde nicht mehr lange leben.«

»Sag das nicht! Man ist immer stärker, als man glaubt«, unterbrach ihn Anne und nahm seine Hand.

»Auf jeden Fall werde ich nicht mehr arbeiten können«, sagte er und holte mühsam Luft. »Reich mir den Lederbeutel! Er liegt dort drüben auf dem Tisch.«

Anne holte ihn.

»Während ich hier krank im Bett lag, hatte ich genügend Zeit zum Nachdenken. Peder will immer noch Priester werden und kann mein Handelshaus nicht weiterführen. Und Christin hat dazu einfach nicht die nötige Erfahrung – so wie du.«

»Sie kann es lernen«, wandte Anne ein, die bereits ahnte, was jetzt kommen würde.

»Man kann nur das, was man will«, erwiderte er und öffnete den Lederbeutel, »und sie will nicht. Sie hat sich nie fürs Kaufmännische begeistert und wollte nie an meiner Arbeit teilhaben, sosehr ich sie auch darum gebeten habe.« Seine mageren Hände suchten darin herum und zogen schließlich zwei Schlüssel hervor. Er hielt sie ihr hin. »Das sind die Schlüssel zu meinen Speicherhäusern im Hafen. Ich will, dass du sie übernimmst.«

Jetzt war es ausgesprochen. Er ließ sich wieder auf die Kissen zurücksinken.

»Ich? Und was ist mit deinen Kompagnons?«

Heinz Nagler tat so, als habe er ihre Einwände gar nicht gehört.

»Ich habe schon mit Peder gesprochen, er kennt meine Agenten und hat versprochen, dich ihnen vorzustellen.« Er schwieg, und Anne merkte ihm an, wie schwer ihm das Sprechen fiel. Sein Atem ging rasselnd, als er mühsam weiterredete. »Ich will, dass du mein ganzes Lager abverkaufst und zwei Drittel des Erlöses an Christin gibst. Das restliche Drittel sollst du dazu verwenden, dir ein eigenes Handelshaus hier in der Stadt aufzubauen.« Sein Blick hellte sich auf, und er sah sie erwartungsvoll an.

»Und was sagen Christin und Peder dazu?«

»Christin und ich haben das schon besprochen. Sie bekommt meinen Hof in der Nähe von Lübeck, Peder erbt dieses Haus. Er ist nur erleichtert, sich nicht mit den Geschäften befassen zu müssen.«

Anne schwieg und drückte ihm die Hand.

»Warum tust du das für mich?«

»Wie gesagt, Christin kümmert sich nicht um das Geschäft, und Peder ist kein Kaufmann, sondern ein Träumer.«

»Vielleicht eher ein Grübler. Aber ich mag ihn trotzdem sehr.«

»Ja, ich habe schon gemerkt, dass ihr euch zueinander hingezogen fühlt. Mein größter Traum ginge in Erfüllung, wenn ihr doch noch heiraten würdet. Ich will nicht, dass er der Kirche dient, er sollte lieber wieder unterrichten. Wenn du hierbleibst, könnte es vielleicht noch so kommen, wie ich es mir wünsche.«

»Das glaube ich nicht. Peder wird niemals heiraten. Er ist fest entschlossen, seine Pilgerreise anzutreten.«

»Ich weiß, und leider kann ich ihn nicht davon abhalten. Über diese Geschichte haben wir uns schon gestritten, und jetzt ist es zu spät. Wenn er es denn unbedingt will, müssen wir ihn ziehen lassen. Aber wenn er dort gewesen ist, besinnt er sich vielleicht doch noch eines Besseren. Er war schon immer so: Erst geht er völlig in einer Idee auf, und dann lässt er sie wieder fallen.« Heinz Nagler lächelte sie an. »Ich habe immer noch Hoffnungen, was Peder angeht. Und euch beide. Bist du ihm so zugetan, wie ich glaube?«

»Mehr, als ich selbst will«, antwortete sie errötend.

»Er mag dich auch, und eines Tages lässt er dir zuliebe vielleicht doch noch diesen Priesterplan fallen. Ich habe schon viel über die Zukunft nachgedacht, und indem ich dir die Abwicklung des Geschäfts überlasse, habe ich mein Bestmögliches getan. Es kann jetzt jeden Tag so weit sein.«

»Es klingt schrecklich, wenn du das so sagst.«

»Ich weiß, was du denkst, aber ich kann nicht ewig leben.« Er drückte ihre Hand. »Dann gibt es noch etwas, worüber ich mit dir reden will. Ich habe über die Angelegenheit mit Schultzes Silber nachgedacht.«

Sie nickte. Als sie ihm von dem Schmuggelversuch erzählt hatte, war er sehr aufgeregt gewesen. Und Schultzes Erklärungen mit dem Kruzifix für den Dom in Nidaros hatte er mit einer Handbewegung vom Tisch gewischt.

»Das war für die Vitalienbrüder gedacht«, sagte er. »Kurz vor der Zusammenkunft unseres Verbunds habe ich erfahren, dass Schultze den Vitalienbrüdern mehrere Schiffe finanziert. Ich hätte das nie erwähnen dürfen, denn hinterher wurden Magnus Spangenmacher und ich überfallen, und ich bin sicher, dass dieser Überfall geplant war. Irgendjemand muss uns also hinterherspioniert haben. Das Schlüsselloch der Haustür war mit Pech zugeschmiert, damit ich die Tür nicht gleich öffnen konnte. Während ich damit beschäftigt war, das Pech wieder herauszukratzen, konnten sich die Räuber von hinten anschleichen und uns niederschlagen.« Heinz Nagler machte eine Pause, um wieder zu Atem zu kommen. »Was ich eigentlich sagen will: Du musst das Silber loswerden. Menschen, die die Vitalienbrüder unterstützen, würden schon für weniger morden.«

»Aber es ist doch meine Lebensversicherung! Solange ich es besitze, wird Schultze mich zumindest nicht umbringen.«

»Da wäre ich mir nicht so sicher. Schlimmstenfalls lässt er dich sogar entführen und zwingt dich, das Versteck zu verraten.«

Anne rang nach Luft. Dass sie darauf nicht schon selbst gekommen war!

»Sobald es mir besser geht, werde ich dir helfen, mit diesem Schurken fertig zu werden.« Die Worte kamen nur noch stoßweise, und Anne sah, dass Heinz völlig erschöpft war. Da beugte sie sich vor und küsste ihn auf die Wange.

»Danke. Aber jetzt musst du schlafen. Ich verspreche dir, ich werde vorsichtig sein. Morgen reden wir weiter.«

»Schultze ... ist gefährlich.«

»Ich weiß.«

Sie ließ seine Hand los und sah ihn zärtlich an. Das Gespräch hatte ihn über die Maßen angestrengt, und jetzt war er am Ende seiner Kräfte. Leise schlich sie sich aus dem Zimmer. Er durfte nicht sterben. Sie brauchte ihn. Alle brauchten sie ihn.

Das Rasiermesser rutschte ab.

»Au!« Bernt Schultze zuckte zusammen und griff sich ans Kinn. Carl Heineken war ein außergewöhnlich guter Barbier, aber am Vortag hatte er doch ein wenig zu tief ins Glas geguckt. Jedes Mal, wenn er sich zu ihm herabbeugte, stieg Schultze der stinkende Atem ins Gesicht, und das Rasiermesser war bereits zweimal ausgerutscht. Jetzt reichte es allmählich. Schultze griff nach dem Spiegel und vergewisserte sich, dass das Messer nur einen kleinen Kratzer hinterlassen hatte.

Während er in seinem Spiegelbild versank, dachte er an Anne.

Er hatte ihr mit ihren Gläubigern gedroht, doch sie hatte nur so seltsam gelächelt und mit den Schultern gezuckt. »Ihr bekommt Euer Geld zurück«, hatte sie gesagt, aber bis jetzt hatte sie den Kredit noch nicht zurückgezahlt. Auch sein Versuch, sie für sich einzunehmen, indem er ihr den Hof machte, war gescheitert. Die Frauen hatten ihm immer gesagt, wie gut er aussah, und er hatte bisher meistens bekommen, was er wollte. Doch Anne schien von seinen Annäherungsversuchen völlig unbeeindruckt. Er hatte ihr einen Vertrag mit Reval angeboten, sie auf ein Fest eingeladen und ihr sogar einen Platz auf der Ehrengalerie beim größten Ritterturnier des Jahres angeboten, aber sie blieb bei ihrem hartnäckigen Nein. Dann hatte er sich auf Geschenke und Komplimente verlegt, aber sie quittierte alles nur mit einem gleichgültigen Blick und einem bemühten Lächeln. Nun war er des Spiels endgültig überdrüssig. Wenn er die Kisten und sein Geld nicht bald zurückbekäme, würde er auf die Methoden zurückgreifen, die er am besten beherrschte. Seine Geduld war am Ende. Er würde dafür sorgen, dass sie dasselbe Ende nahm wie ihre Magd in Stockholm.

30. Kapitel

»Ich habe nicht vor, von meiner Pilgerfahrt Abstand zu nehmen.«

Peder richtete sich kerzengerade auf und legte das Gesangbuch auf die Bank. Seine Stimme klang seltsam hell unter dem hohen Kirchengewölbe. Als er zu Anne aufblickte, sah sein Gesicht hell und sanft aus, aber sein Lächeln hatte nichts mit ihr zu tun, sondern rührte von einem innerlichen Frieden her. Sie betrachtete seine langen, schmalen Hände, die ihren Körper so liebevoll gestreichelt hatten. Als er sie geliebt hatte. Jetzt schien alles wie vergessen und nie gewesen.

»Was zwischen uns vorgefallen ist, hätte nie geschehen dürfen«, fuhr er fort. »Ich mag dich sehr gern, Anne, aber du hast mich zur Sünde verführt.«

»Ich? Daran waren ja wohl doch zwei beteiligt.«

»Aber was sind wir gegen Gott und die Kirche? Nur indem wir nach Gottes Wort leben, können wir Seligkeit erlangen und in den Himmel kommen.«

»Du und ich, wir leben jetzt. Und außerdem auf der Erde.«

Er tat so, als hätte er sie nicht gehört.

»Der Glaube ist wie die Nabe in einem Wagenrad, um die sich alles dreht. Wir verheiraten uns in der Kirche und …«

»Nur die Priester nicht, die heiraten nie und leben lieber im Zölibat. Falls sie nicht zur Sünde verführt werden, heißt das«, gab Anne verbittert zurück.

»Ein Priester kann seine Liebe zu Gott mit keiner Frau teilen.«

»Ich fand eigentlich, dass das ganz gut möglich war.«

»Denk doch an die wunderbare Kirchenmusik und all die Heiligen …«

»Ja, aber gibt es denn etwas Schöneres als die Liebe zwischen zwei Menschen?«

Anne suchte Peders Blick. Sie wollte ihn dazu bringen, dass er über sie beide sprach, nicht über Gott. Dabei musste sie die ganze Zeit gegen Enttäuschung und Bitterkeit ankämpfen, um nicht zu scharfzüngig zu werden.

»Ohne die Kirche können wir nicht sein, und wenn wir keine Messen für die Seelen der Verstorbenen läsen, könnten sie niemals aus dem Fegefeuer errettet werden, und …«

»In Gottes Namen, hör auf damit, du machst mich ganz müde mit deinem Gerede!«, schrie Anne. »Ich kann es nicht mehr hören. Leb dein Leben, aber lass mich damit in Frieden!«

Dann schlug sie die Hände vors Gesicht und rannte hinaus.

Bis jetzt hatte es zwar noch nicht geschneit, aber der Winter hatte Lübeck schon fest in den Klauen. Der Kienspan rauchte, spendete jedoch keine Wärme. Die Steinwände waren von Feuchtigkeit durchdrungen, und Magnus Spangenmacher fror bis ins Mark.

»Führt den Gefangenen herein!«

Er spürte, wie jemand ihn packte. Als er stolperte, bekam er einen groben Stoß in den Rücken und taumelte nach vorn. Er hatte keine Ahnung, wo er sich befand, denn das kahle Turmverlies mit dem Steinboden und der Bank gab ihm keine Anhaltspunkte. Er wusste nur, dass er irgendwo innerhalb der Stadtmauern gefangen gehalten wurde. Nächtelang hatte er schlaflos dagelegen und sich gefragt, warum er sich auf das lebensgefährliche Unterfangen eingelassen hatte, den Schurken nachzusetzen, die ihn und Heinz Nagler niedergeschlagen hatten. Was hatte er bloß erreichen wollen? Der Zorn hatte ihn getrieben, und als er die Männer endlich eingeholt hatte, warfen sie ihn zu Boden. Ein Ruf reichte aus, und zwei weitere stürzten herbei, übermannten ihn und führten ihn ab. Immerhin blieb ihm der Trost, dass sie ihn noch nicht getötet hatten. Noch nicht. Erst sollte er reden.

Während der ganzen Zeit, die er schon hier saß, hatte er nur Gestalten gesehen, die ihr Gesicht hinter dunklen Masken verbargen, und er konnte unmöglich herausfinden, mit wem er es zu tun hatte. Irgendjemand musste das Gespräch zwischen Nagler und ihm auf dem Heimweg belauscht haben und hatte ihnen dann eine Falle gestellt.

»Hinein mit dir!«

Abermals wollten sie versuchen, ihn zum Reden zu bringen. Als er einen weiteren Stoß in den Rücken bekam, stürzte er zu Boden. Er schmeckte den Lehmfußboden und rappelte sich zitternd wieder hoch. Vor ihm saß ein bärtiger Mann an einem Schreibpult und starrte ihn an.

»Wer steckte hinter dieser Zusammenkunft, und was habt ihr ausgeheckt?«

Magnus sah sich um. Die niedrige Kellerdecke wölbte sich über seinem Kopf; es gab keine Fenster. Überall standen bewaffnete Wachen, und er begriff, dass jeder Fluchtversuch zwecklos war. Die Männer waren breitschultrig und kräftig, und wenn er Pech hatte, würden sie sich nicht mit einem einfachen Verhör begnügen. Sie waren bereit, ihn zu misshandeln, bis sie aus ihm herausbekommen hätten, was sie wissen wollten.

Kaum hatte er den Gedanken zu Ende gedacht, bekam er einen harten Schlag ins Gesicht.

»Du kannst es dir selbst aussuchen, wie dieses Verhör sich gestaltet. Wir wollen die Wahrheit von dir hören, und wenn wir sie aus dir herausprügeln müssen.« Der bärtige Mann gab den Wächtern ein Zeichen, und sie kamen auf ihn zu. Plötzlich wirkten sie viel größer als zuvor. Einer von ihnen trat jedoch unruhig von einem Fuß auf den anderen, und dem Mann schien nicht ganz wohl in seiner Haut zu ein. Er hatte ein rundes Gesicht, krauses rotblondes Haar und Sommersprossen. Als er entdeckte, dass Magnus ihn musterte, wandte er schnell den Blick ab.

»Nun?«

Magnus versuchte etwas zu sagen, aber seine Zunge war so geschwollen, dass er keinen Ton hervorbrachte.

»Warum schmiedet ihr Ränke gegen uns?«, fuhr der Leiter des Verhörs fort. »Wir Vitalienbrüder sind doch keine Räuber. Wir sind mecklenburgische Ritter, die gegen die Dänen kämpfen und die hungernden Städte rund um die Ostsee mit Lebensmitteln versorgen. Warum stellt ihr euch also gegen uns?«

Magnus schwieg. Er wusste, dass er besser nicht gegen diese Übermacht rebellierte. Wären die Vitalienbrüder nicht gewesen, hätte der Handel noch immer geblüht, niemand hätte hungern müssen, und seine Freunde aus dem Rat wären allesamt noch am Leben. Ganz zu schweigen von der Piraterie und den Plünderungen, derer sich viele der Mecklenburger aus Rostock und Wismar schuldig gemacht hatten. Und jetzt versuchten sie, all das Blut und die Gewalttaten schönzureden, und nannten sich auch noch Ritter! Kein Wunder, dass sich eine Widerstandsbewegung gebildet hatte. Lübeck hielten sie im Würgegriff, in Stockholm herrschte bereits das Chaos, und rund um den Bottnischen Meerbusen errichtete man Burgen zur Verteidigung. Zwar versorgten die Vitalienbrüder ihre Truppen und Gesinnungsgenossen tatsächlich mit Lebensmitteln, aber bevor sie an die Macht gekommen waren, hatte niemand hungern müssen.

»Sprich endlich, du Hund! Was weißt du über den Geheimbund *Burgturm*?«

»Nichts. Ich war zum ersten Mal bei einem dieser Treffen zugegen«, antwortete Magnus und starrte dabei auf die dicke Mauer hinter dem Bärtigen. Dabei nahm er wahr, dass der Sommersprossige ihn betrachtete, aber als ihre Blicke sich begegneten, schlug dieser rasch die Augen nieder. Trotzdem entdeckte Magnus einen Anflug von Mitgefühl in der Miene des Mannes. Er schien ein Einsehen mit dem Gefangenen zu haben, und das merkte Magnus sich.

Im nächsten Moment bekam er einen Tritt in den Schritt,

sackte zusammen und wand sich auf dem Boden. Dann stützte er sich mit einer Hand auf und wollte wieder auf die Beine kommen. Er musste aufmerksamer sein, so etwas durfte ihm nicht wieder passieren.

»Hier herrscht Krieg. Also überleg dir gut, auf wessen Seite du stehst. Du kannst als freier Mann hier hinausgehen, wenn du uns erzählst, was deine Freunde bei ihren Zusammenkünften bereden«, sagte der Bärtige und faltete die Hände auf dem Tisch. Magnus schwieg und rappelte sich mühsam auf die Füße.

»Wenn du weiterhin schweigst, wird diese Sache ein böses Ende für dich nehmen. Im März oder April ist das Meer wieder befahrbar, und wenn du uns bis dahin nicht verraten hast, was du weißt, dann …«

Der Mann strich sich über den Bart und nickte den Wachen zu. Als sich die Männer näherten, sah Magnus noch ihre hitzigen Blicke, bevor ihm auch schon die ersten Hiebe auf der Haut brannten. Er presste die Lippen zusammen, denn er wollte nicht schreien und Schwäche zeigen, doch als die Schläge immer heftiger auf ihn niederprasselten, konnte er ein lautes, verzweifeltes Stöhnen nicht mehr unterdrücken. Schließlich sank er zusammen und blieb liegen. Wie aus weiter Ferne hörte er die Stimme des Anführers.

»Du wirst weiter in diesem Turm sitzen, bis du gesprächiger wirst. Dort oben ist es kalt, und du wärst nicht der Erste, der in diesem Kerker erfriert. Also gib uns Bescheid, wenn du deinen Starrsinn bereust und dich mit uns unterhalten willst.«

Die Wachen rissen ihn vom Boden hoch und schleppten ihn zurück in das Turmverlies. Bevor sie aus der Tür gingen, warf ihm der Sommersprossige heimlich ein Stückchen Leinen zu, mit dem er sich abtrocknen konnte. Magnus hatte bemerkt, dass der Mann nicht so fest zugeschlagen hatte wie die anderen und sich nur halbherzig an den Misshandlungen beteiligt hatte.

Das Verhör war vorbei. Magnus betastete sein blutiges, zerschlagenes Gesicht. Wie viele Befragungen würde er noch durchstehen, bevor sie ihn totschlugen? Er wusste ja nichts – und selbst wenn, hätte er nichts verraten. Niemals würde er den Vitalianern zu Gefallen sein, lieber verhungerte er in ihren elenden Gefängnissen. Er sank auf den Steinboden und drückte sich das Tuch fest auf die Wunden. Wenn ihm doch nur ein Fluchtweg eingefallen wäre! Mühsam kroch er in die Ecke seiner Zelle. Dort hievte er sich auf sein Strohlager und streckte sich aus. Lange darf ich nicht mehr warten mit meinem Fluchtversuch, dachte er. Wenn ich erst zu geschwächt bin, schaffe ich es nicht mehr, und das wäre mein Tod.

31. Kapitel

Wenige Tage später starb Heinz Nagler. Obwohl Anne es schon befürchtet hatte, überfiel sein Tod sie doch mit überwältigender Trauer. In den Tagen bis zu seiner Beerdigung kam es ihr vor, als tappe sie durch dichten Nebel, und in ihr nagte die große Frage: Was soll jetzt geschehen? Christin nörgelte nun doch an der Entscheidung ihres Mannes herum, Anne ein Drittel des Lagererlöses zu überlassen. Als ob Heinz etwas Derartiges geahnt hätte, hatte er alles auf Pergament festgehalten und von Zeugen beglaubigen lassen. Dennoch fühlte sich Anne durch Christins Einwände gekränkt und kam sich plötzlich wie ein Fremdling in der Fischerstraße vor. Heinz Naglers Tod war eine Familienangelegenheit, und sie war nur ein Gast, eine Fremde, keine Angehörige.

Peder, der ihr in dieser Stunde eine Stütze hätte sein können, tröstete sie weder, noch gab er seiner eigenen Trauer nach. Seine ganze Kraft widmete er jetzt seiner Mutter. Trotz Christins plötzlicher Feindseligkeit hatte Anne versucht, ihr mit Heinz' Büchern und den Bilanzen zur Hand zu gehen, und sie hatte dafür gesorgt, dass seine Sachen zur Auktion oder ins Lager geschafft wurden. Dabei hatten sie auch gut zusammengearbeitet, sodass Anne wieder etwas Hoffnung geschöpft hatte. Man brauchte sie also doch, und ihre Arbeit wurde geschätzt. Doch der Frieden währte nicht lange.

Anne konnte es sich nicht erklären, doch sobald die Beerdigung und die damit zusammenhängenden Angelegenheiten geordnet waren, veränderte sich Christin wieder. Sie machte allen im Hause klar, dass ab jetzt sie das Sagen habe. Und statt die Dienerschaft so walten zu lassen wie eh und je, gab sie nun widersprüchliche Anordnungen und schimpfte sie aus, wenn sie nicht zufrieden war. Den kleinen Raum, in dem Heinz Nagler seine Kommissionäre empfangen hatte, räumte sie komplett aus, und nur in letzter Minute konnte Anne die Bücher retten, die er dort verwahrt hatte. Nun blieb nur noch das Kontor, aber das stellte Christin mit Kleidern, Teppichen und Hausrat voll. Anne erkannte dahinter den unausgesprochenen Wunsch, dass sie selbst endlich das Haus verlassen solle, aber sie hielt trotzig die Stellung. Wenn Christin sie aus dem Haus haben wollte, musste sie sie darum bitten. Anne hatte nicht vor, sich so einfach vertreiben zu lassen.

Christin, die sich zuvor niemals um Heinz' Arbeit gekümmert hatte, mischte sich nun in alles ein. Manchmal stand sie plötzlich im Kontor, schlug eines der Bücher auf und erkundigte sich, was Anne eigentlich gerade so tue. Christin und Heinz waren einander sehr zugetan gewesen, und als Witwe brauchte sie eine gewisse Zeit, um sich an ein neues und ganz anderes Leben zu gewöhnen. Anne verstand das und unterbreitete ihr verschiedene Möglichkeiten der Zusammenarbeit. Doch Christin verhielt sich abweisend, einerlei, was Anne ihr vorschlug. Heinz hatte ihr damals anvertraut, dass seine Frau von Geschäften nicht das Geringste verstehe. Doch jetzt schien sie sich durchaus hineindenken zu können. Es sah so aus, als halte Christin etwas geheim und wolle nicht, dass Anne davon erfuhr.

Das Pferd wieherte, und die Kirchenglocken läuteten dröhnend, als der Wagen sich dem Friedhof näherte. Anne zählte die Schläge mit – es war bereits Mitternacht. Sie schluckte und blickte nach hinten, um nachzusehen, ob die Kisten immer noch fest auf der Ladefläche verzurrt waren. Sie hatte sich nicht getraut, Schauerleute aus dem Hafen anzuheuern, sondern ein paar dänische Seemänner gebeten, ihr beim Aufladen der Kisten zu helfen. Diese sollten tags darauf schon im Morgengrauen absegeln und konnten schwerlich etwas ausplaudern, aber sie wusste natürlich nicht, wie geschickt oder tölpelhaft sie sich anstellen würden. Heinz Nagler hatte sie ermahnt, die Kisten so schnell wie möglich zu verstecken, und sie bereute es schon, so lange damit gewartet zu haben. Bis jetzt hatten sie ganz hinten in einem unbenutzten Lagerhaus gestanden, und sie hatte sich weiter keine Gedanken darum gemacht. Erst jetzt, nachdem alles plötzlich wieder so unsicher aussah.

Der Wagen schlingerte, und erschrocken zog sie die Zügel an. Die Kisten durften auf keinen Fall verrutschen. Im gleichen Augenblick erspähte sie eine männliche Gestalt im Graben schräg vor ihr, und sie trieb die Pferde rasch wieder an. Der Atem stand ihr in kleinen Wölkchen vor dem Mund. Damit niemand sie erkennen konnte, hatte sie sich die Kapuze tief ins Gesicht gezogen. Die Wagenräder ratterten, und die Pferdehufe klapperten auf dem Pflaster. Es klang, als würde mit Steinschleudern geschossen.

Ein nächtlicher Wanderer warf einen betrunkenen Blick auf die Kutsche und schwankte, und sie konnte gerade noch ausweichen, um ihn nicht zu überfahren. Als sie bei der Beckergrube angekommen war, hörte sie einen Hund bellen, der Vollmond kam hinter den Wolkenfetzen hervor, und das blassblaue Licht fiel auf den hohen Turm der Marienkirche. Die Bäume auf dem Friedhof sahen geradezu schauerlich aus. Anne zügelte das Pferd, denn hier irgendwo sollte sie Peder treffen.

Er stand am Friedhofstor und wartete auf sie. Rasch winkte er sie durch und schloss das Tor hinter ihr. Dann ging er voraus, um ihr den Weg zu weisen. Als sie sich den Gräbern näherten, hob er die Hand und zeigte auf die Stelle, an der sie anhalten sollte. Anne sprang vom Kutschbock.

»Ich habe den Friedhofswächter gebeten, für das Wochenende mehrere Gräber auszuheben, weil wir so viele Begräbnisse haben. Aber der Arme musste leider eines mehr graben. Die größte Grube ist unsere, aber wir müssen sie selbst wieder zuschütten«, erklärte er.

Anne sah das große schwarze Loch mit dem riesigen Erdhaufen daneben. Es roch nach Feuchtigkeit und frisch aufgeworfener Erde. Gott sei Dank hatte es noch keinen Frost gegeben.

»Und wo sind die Spaten?«

»Die stehen dort drüben am Baum.« Er holte sie und reichte ihr einen, hielt aber den üblichen Abstand zu ihr.

»Am besten fangen wir sofort an.«

Meine Nähe macht ihm Angst, dachte sie, ich muss versuchen, ihn zu verstehen. Sie blickte zum Wagen zurück.

»Die Seeleute sagten, dass man die Ladefläche kippen kann, auf die Art müssten wir die Kisten gut herunterbekommen«, sagte sie. »Wenn wir bloß nicht entdeckt werden!«

»Gott ist mit uns und hält seine beschützende Hand über uns.«

»Ja, es wäre nicht schlecht, wenn wir noch eine weitere helfende Hand hätten«, meinte Anne. »Warte, wir müssen das Pferd noch ein Stückchen nach vorn führen, damit der Wagen die richtige Stellung hat.«

Schließlich befand sich das Ende der Ladefläche unmittelbar über dem ausgehobenen Grab.

»Wenn ich diesen Hebel betätige, kippt die Ladefläche, aber wir müssen ganz vorsichtig sein«, erklärte Anne.

Peder stellte sich neben sie, um ihr zu helfen, und einen Augenblick lang spürte sie seinen Körper ganz nahe, bevor er hastig wieder zurückwich. Die Kisten gerieten ins Rutschen.

»O Gott, die dürfen auf keinen Fall zerbrechen!«, rief Anne halblaut. »Wir brauchen Taue.«

Sie machte den Hebel wieder fest, und Peder rannte in den Schuppen hinter der Kirche, um zwei dicke Seile zu besorgen. Die befestigte er dann an den Griffen der Kisten und schlang das andere Ende um einen Baum. Anne beobachtete ihn dabei. Er war kein verschrobener Buchgelehrter, sondern wusste seine Hände sehr wohl einzusetzen. Hände, die er von nun an hauptsächlich zum Beten benutzen würde.

»Dann versuchen wir es jetzt noch einmal«, forderte Peder sie auf.

»Nein, warte!«

Anne legte einen Keil vor eine der Kisten, dann betätigte sie den Hebel und ließ vorsichtig die erste Kiste herunterrutschen. Anschließend entfernte sie den Keil von der zweiten Kiste und beförderte auch diese in die Grube. Zu guter Letzt machten sie die Taue wieder los und banden das Pferd an einem Baum fest. Schweigend und verbissen schaufelten sie Erde in das Loch. Anne keuchte vor Anstrengung, und wie in Trance hob sie den Spaten, schaufelte Erde hoch, warf sie in die Grube, schaufelte, warf, schaufelte. Beide schufteten und wagten keinen Augenblick lang zu rasten. Ab und zu warf Anne einen Blick auf

Peders gebeugten Rücken. Das musste sie ihm lassen – er war ihr tatsächlich zu Hilfe gekommen und setzte um ihretwillen seine Zukunft als Priester aufs Spiel. Nach einer Weile zogen wieder Wolken vor den Mond, es wurde dunkler, und sie sahen nicht mehr allzu gut, aber sie arbeiteten weiter. Schließlich war die Grube gefüllt.

Auf dem Heimweg sprachen sie kein Wort. Anne half Peder, Pferd und Wagen unterzustellen, dann wünschten sie sich eine gute Nacht und zogen sich in ihre Zimmer zurück. In einer Nacht wie dieser, in der sie sich abermals hätten näherkommen können, hatte Peder sich nur noch mehr verschlossen. Er hatte ihr geholfen, aber mehr ließ er nicht zu.

Mattis ging im Koggenhafen auf und ab. Die Schiffe lagen am Kai und konnten nicht auslaufen, weil der Hafen zugefroren war. Obwohl der eine oder andere Kapitän der Besatzung befohlen hatte, eine Rinne zu sägen, war es völlig hoffnungslos. Das Eis schloss sich sofort wieder, und wie es hieß, war es bis weit in den äußeren Schärengarten hinaus durchweg zugefroren. Es war also besser, sich zu gedulden und auf Tauwetter zu warten, auch wenn es ihm Kummer bereitete, auf dem Schloss bleiben zu müssen. Er hatte sich darauf eingestellt, auf der Stelle nach Lübeck zu segeln, doch nun musste er sich gedulden. Aber er tröstete sich damit, dass er sich jetzt auf etwas freuen konnte, und er hielt sich so oft wie möglich in der Küche auf, um mit der Köchin und den Mägden zu plaudern und zu scherzen. Die ganze Zeit dachte er jedoch an Anne und merkte, dass er sich heftig nach ihr sehnte.

32. Kapitel

Anne saß kerzengerade auf ihrem Stuhl und bemühte sich, eine ungerührte Miene zu bewahren. Bernt Schultze hatte seine Taktik mittlerweile geändert. Anfangs hatte er mit Drohungen, dann mit Schmeicheleien, ja, schließlich sogar mit arg schlichten Verführungskünsten versucht, die Kisten zurückzubekommen. Doch nun machte er Ernst. Hasserfüllt starrte er sie an.

»Wenn Ihr mir die Kisten nicht sofort zurückgebt, wird es

Euch schlecht ergehen. Sehr schlecht.« Er beugte sich vor und presste die Lippen zusammen.

Sie hatte immer geahnt, dass er ein abgefeimter Mensch war, aber so offen hatte sie es zuvor noch nicht erlebt. Dass man sich auf ihn nicht verlassen konnte, hatte sie einkalkuliert. Doch jetzt ging ihr auf, dass er auch gefährlich war.

Im ersten Moment war sie um eine Antwort verlegen. Was hatte sie eigentlich mit diesem Schmuggelgut anfangen wollen? Vielleicht hatte Heinz Nagler ja recht gehabt, und es war gar nicht so klug gewesen, es zurückzuhalten. Aber als sie diese Entscheidung getroffen hatte, war sie ängstlich und aufgeregt gewesen, und jetzt lagen die elenden Kisten in einem Grab auf dem Friedhof. Sie vermochte sie nicht einmal selbst wieder herauszuholen. Doch Schultze konnte sie jederzeit an einen abgelegenen Ort entführen und die Wahrheit aus ihr herauspressen. O Gott, wie sollte sie sich aus dieser Lage befreien, ohne Maria und sich in Gefahr zu bringen und ohne wichtige Geschäftsverbindungen und das Handelshaus in Stockholm zu verlieren? Ruhelos knetete sie die Finger. Auf keinen Fall durfte sie jetzt Angst zeigen, sie musste so tun, als habe sie immer noch Oberwasser.

»Ich würde sagen, wir beenden unsere Zusammenarbeit komplett. Ihr bekommt Euren Kredit zurückgezahlt und gebt mir meine Verträge. Dafür erhaltet Ihr die Kisten.«

Schultze stützte sich mit zitternden Lippen auf die Tischkante.

»Wie bitte? Ihr seid wohl verrückt, Weib! Wenn ich wollte, könnte ich Euch umbringen …«

»Und damit Euer ganzes Silber drangeben? Kommt, wir wollen doch vernünftig miteinander reden. Ihr gebt mir meine Verträge zurück, und ich bezahle meinen Kredit in dem Moment zurück, da ich Euch die Kisten übergebe.«

»Deswegen habt Ihr sie also behalten. Ihr wolltet etwas gegen mich in der Hand haben, damit wir unsere Geschäfte ohne Verlust für Euch abschließen können«, knurrte Schultze.

»Ihr seid nicht der Einzige, der hier schlau sein will.«

»Erst will ich die Kisten haben. Von dieser Forderung weiche ich keinen Zollbreit ab.«

»Das wird schwerlich gelingen. Ich habe sie in Dragør einlagern lassen, als mein Schiff auf dem Weg nach Lübeck dort ankern musste«, log sie. »Aber sobald das Eis im Öresund wieder getaut ist, könnt Ihr sie mit dem ersten Schiff holen lassen. Versprochen.«

Schultze richtete sich zu seiner vollen Größe auf.

»In Dragør habt Ihr sie eingelagert?«

»Ich wollte nicht in Schwierigkeiten geraten. Wäre ich mit diesen Kisten voller Silber hier angekommen, wäre das auch wie Schmuggel gewesen. In Dänemark konnte ich sowohl den Zoll als auch die Kontrollen umgehen, denn dort habe ich gute Verbindungen. Hier in Lübeck traute ich mich nicht. Wenn Ihr die Kisten selbst auslöst, sobald sie hier eintreffen, wird das sicher reibungslos vonstatten gehen.« Sie log, dass sich die Balken bogen. Sie würde sich alles aufschreiben müssen, damit sie sich hinterher noch an die Einzelheiten erinnerte. Aber auf diese Weise gewann sie einen Aufschub, bis das Meer wieder befahrbar war. »Ich schlage vor, dass Ihr hier und jetzt jegliche Ansprüche auf meine Handelsverträge aufgebt, dann bekommt Ihr auch Eure Kisten zurück.«

Er schwieg. Seine Augen waren schwarz, seine Fäuste geballt, als wolle er gleich auf sie losgehen. Langsam trat er vor sie, und plötzlich schossen seine Arme vor. Einen Augenblick lang dachte sie tatsächlich, er wolle sie erwürgen, aber dann schien er sich doch zu besinnen.

»Ich habe in meiner Laufbahn wahrhaftig schon mit Schweinen gehandelt, aber niemals mit einer Hexe. Dass Euch der Teufel hole, Weibsstück! Wenn ich mein Silber nicht bekomme, werde ich dafür sorgen, dass Ihr in Lübeck nie wieder Handel treiben könnt – nein, überhaupt nirgends mehr.«

»Ihr habt hier doch Tinte und Feder«, sagte Anne seelenruhig, griff nach dem Gänsekiel und tunkte ihn ins Tintenfass. »Holt meine Verträge, überschreibt alles wieder mir, und wir sind uns einig.«

Bernt Schultze schnaubte boshaft und betrachtete Anne mit loderndem Blick. Widerwillig trat er schließlich zum Schreibpult und nahm die Papiere auf.

»Ihr sollt bekommen, was Ihr verlangt, aber glaubt nicht, dass ich diese Geschichte jemals vergessen werde.«

»Und wie gesagt, den Kredit zahle ich in dem Moment zurück, in dem Ihr die Kisten zurückbekommt.«

Mit grimmigem Blick sah er die Verträge durch, änderte sie ab und unterschrieb mit seinem Namen. Innerlich lächelte Anne. Sie hätte nicht gedacht, dass sie es so leicht schaffen würde. Oder war es am Ende zu leicht gewesen?

Gebannt beobachtete Christin, wie das Mühlrad mit seinen großen Schaufeln das schmutzig graue Wasser aus dem Fluss hob. Zwei Zugtiere kamen mit Karren voller Getreidesäcke über die Brücke, und ein Müller bugsierte einen großen Schleifstein durch die Tür zur Mühle. Sie war zwar schon mehrmals in diesem Stadtteil gewesen, hatte sich aber nie sonderlich darum gekümmert, was hier vorging. Doch ihr neuer Freund, der Agent und Kaufmann Dietrich Schultze, zeigte und erklärte ihr vieles, und plötzlich bekam alles einen Sinn.

»Hier mahlen wir das Korn«, sagte er und deutete auf die Mühle. Seine Stimme war im Gebrause des strömenden Wassers kaum zu verstehen, und sie musste sich ihm näher zuwenden. »Gut, dass es in letzter Zeit so viel geregnet hat, da laufen die Mühlen wie geschmiert, und das Volk bekommt sein Brot.«

Liebevoll sah sie ihn an. Dietrich dachte immer an die anderen, und seit ihr Gatte gestorben war, hatte er sich ihrer angenommen. Er war vielleicht nicht besonders schön, ein bisschen zu klein und dick, und mit diesem Backenbart sah er fast schon komisch aus. Doch er war freundlich, und ab und zu lud er sie zu Festen oder anderen Gesellschaften ein, was sie dankbar annahm. So hatte er ihre Trauer gelindert und ihre Tage erträglicher gemacht. Außerdem unterhielt sie sich gern mit ihm, so wie jetzt, als sie in der Stadt spazieren gingen, um sich die riesigen Mühlräder anzusehen. Während sie durch die engen Gassen in Richtung der Stadtmauer schlenderten, hatte sie wieder einmal von ihrem Mann erzählt und wie sehr er ihr fehle. Wie immer hatte er ihr zugehört und sie einfach reden lassen. Als sie sich von den lärmenden Mühlrädern entfernt hatten, berührte er sie mitfühlend am Arm und nahm ihr vorheriges Gespräch wieder auf.

»Liebe Christin, ich weiß, wie schwer du es hast, aber es ist das Beste, wenn du vergisst und in die Zukunft blickst.« Er schenkte ihr ein warmes Lächeln. »Leider gibt es keinen anderen Weg, das habe ich nach dem Tod meiner Frau gelernt. Man glaubt, dass das Leben so weitergehen muss wie zuvor, aber das ist nicht so. Du kannst deinen Mann eben nicht zurückhaben.«

Christin trauerte heftig um Heinz, und manchmal hätte sie sich am liebsten in einen Winkel zurückgezogen, wo sie mit ihren Gedanken allein sein konnte. Dietrich hatte sich ihr ganz behutsam genähert, und bevor sie sichs versah, hatte er sich in ihr Leben geschlichen und sich darin eingenistet. Sie mochte es, wie er schweigend den Arm um sie legte, wenn ihr die Tränen in die Augen stiegen.

Kurz nach dem Tod ihres Gatten war er in die Fischerstraße gekommen, um ihr Blumen zu überreichen und ihr sein Beileid auszusprechen. Er hatte erzählt, dass ihr Mann und sie alte Freunde gewesen seien und Geschäfte miteinander getätigt hätten. Jetzt bot er ihr an, sie zu unterstützen, wann immer sie Hilfe brauchte.

Sie kannte ihn nicht von früher, aber er behauptete, er habe mit den Salztransporten von Lüneburg nach Lübeck zu tun gehabt und feine Stoffe aus Flandern eingekauft. Ab und zu sei er auch in Reval gewesen, um Wachs und Bernstein zu erwerben. So habe er Heinz mit den jeweils bestellten Waren versorgt, ohne dass er allzu oft im Kontor zu Besuch gewesen sei.

Zunächst hatte sie mit Dietrich gar nicht übers Geschäft geredet. Doch er hatte ihr Einblick in seine Tätigkeit gegeben, und als er über seine Zusammenarbeit mit Heinz redete, bereute sie, nicht mehr Kenntnisse in diesem Bereich erworben zu haben. Sie fühlte sich Anne unterlegen, die sich nun um alles kümmerte, was vorher ihr Mann erledigt hatte. Aus Dietrichs Mund klang das alles auf einmal so spannend.

Er erzählte ihr, wie die Arbeit ablief, lud sie in sein Kontor ein und unterrichtete sie in Handelskunde. Für jeden Fortschritt lobte er sie und sagte, Heinz habe einen großen Fehler begangen, als er sie nicht an seinen Geschäften teilnehmen ließ. Die zehnjährige Ausbildung, die die Hanse verlangte und die Heinz immer als unerlässlich bezeichnet hatte, tat Dietrich mit einem Lachen ab. Sie hätte ja nicht gleich das ganze Handelshaus führen müssen, meinte er, sondern hätte nur Teilhaberin sein können. Ganz offensichtlich sah er in ihr nicht nur Heinz Naglers Witwe, sondern auch eine eigenständige Persönlichkeit.

»Komm mit!«

Er hakte sie unter und führte sie in die Mühlenstraße. An der Mühlenbrücke blieb er stehen und deutete ins sprudelnde Wasser.

»Beeindruckend, nicht wahr?«, sagte er, und sie konnte ihm nur zustimmen. »Übrigens, wie steht es eigentlich um das Handelshaus?«, fuhr er fort. »Hat immer noch Anne das Sagen?«

Christin betrachtete das wirbelnde Wasser und machte eine kummervolle Geste. Dietrich hatte ihr geraten, mehr von den kaufmännischen Angelegenheiten zu übernehmen, aber sie war nicht damit zurechtgekommen. So war sie zu Anne gegangen, um sich zu erkundigen, wie es mit dem Lager und um die Geschäfte stand, aber sie begriff nie, was die junge Frau ihr dann erzählte. Eigentlich hätte sie Dietrich bitten müssen, einmal mit ihr ins Kontor zu kommen und alle Dokumente mit ihr durchzugehen. Dann hätte sie sich viel sicherer gefühlt.

»Ich habe einiges übernommen, aber derzeit kümmert sich Anne immer noch um das meiste.«

»Wie kannst du das zulassen?«

»Sie kann vieles, womit ich mich nicht auskenne, und bis jetzt haben wir uns eigentlich immer gut verstanden.«

Christin dachte daran zurück, um wie viel schöner alles geworden war, seit Anne und Maria ins Haus gekommen waren. Sie hatte sogar gehofft, Anne und Peder könnten so große Zuneigung zueinander entwickeln, dass Peder seine Berufspläne und die Pilgerreise aufgäbe. Heinz und sie hatten die beiden oft allein gelassen, damit sie sich besser kennenlernten. Doch es war nicht so gekommen, wie sie gehofft hatte. Heinz war tot, und Peder hatte beschlossen, nach Jerusalem zu pilgern. Alles war völlig anders gekommen als geplant.

»Es wundert mich, welch großen Einfluss Anne auf deinen Mann hatte«, fuhr Dietrich fort. »Manchmal frage ich mich, ob sie ihn dazu verführt hat.«

»Anne doch nicht! Niemals!«, protestierte Christin. Schon früher hatte er diese Vermutung einmal ausgesprochen, und auch da hatte sie ihm widersprochen. Doch sie erinnerte sich, dass Anne sofort erkannt hatte, wie krank Heinz war, und dass sie während seiner letzten Tage fast ständig an seinem Bett gewacht hatte. Vielleicht war ja doch etwas Wahres an Dietrichs Mutmaßungen?

Er sah sie forschend an.

»Hast du mittlerweile mehr über die Buchführung herausgefunden?«

Christin zögerte.

»Ich war im Kontor und habe mir die Bücher angesehen, aber …« Sie verstummte. Seine Fragen waren ihr unangenehm, denn obwohl er ihr schon einiges beigebracht hatte, hatte sie die Zahlenkolonnen nicht deuten können.

»Nimm es mir nicht übel, wenn ich nachfrage, aber Heinz hatte mehrere Handelspartner, mit denen er jahrelang zusammenarbeitete. Trotzdem hat er sich auf eine Zusammenarbeit mit Anne eingelassen. Ich glaube, sie hat ihm von ihrem Handelshaus in Stockholm erzählt und ihm große Reichtümer versprochen, falls er mit ihr Geschäfte macht.«

»Ich weiß nicht, worüber sie mit Heinz gesprochen hat. Es lief eben alles wunderbar, und wir hatten sie gern«, verteidigte sich Christin.

»Wenn man ein Ziel vor Augen hat, fällt es leicht, nach außen hin ein freundliches Gesicht aufsetzen. Weißt du, warum sie Stockholm verlassen hat?«

»Wegen der Vitalienbrüder.«

»Das könnte auch eine Ausrede sein. Wenn Leute ihre Heimat verlassen, ist oft etwas im Busch.« Mit einer ergebenen Geste breitete er die Hände aus und wirkte aufrichtig besorgt, dass jemand Christin schaden könnte. »Weißt du, ich frage mich, ob Anne deinem Mann nicht einfach den Kopf verdreht hat.«

»Er war ganz begeistert von ihr.«

»Da siehst du's.« Dietrich zog an seinem Backenbart und lachte auf. »Das ist ja gerade das Schlimme: Die bösesten Menschen sind oft die freundlichsten. Weil sie genau wissen, wie sie dich dahin kriegen, wo sie dich haben wollen.«

»Ich kann überhaupt nichts gegen Anne sagen, und ihre Tochter ist auch so niedlich«, protestierte Christin.

»Aber denk doch bloß daran, welch großen Einfluss sie sich innerhalb so kurzer Zeit verschafft hat. Du kannst nicht bestreiten, dass sie sehr geschickt ist.«

»Ich mag sie.«

»Das glaube ich dir gern. Aber jetzt ist dein Mann tot. Was sucht sie eigentlich noch in der Fischerstraße? Du solltest wissen, dass in Kaufmannskreisen über sie getuschelt wird. Es heißt, dass sie für einen Handelsmann hier in der Stadt zwei Kisten nach Bergen brachte. Sie fuhr hin, aber statt sie dort abzuliefern, hat sie sich die Ware selbst unter den Nagel gerissen. Der Eigentümer hat alles getan, um die Kisten zurückzubekommen, aber es ist ihm immer noch nicht gelungen.«

Christin erbleichte. Hatte sie sich so in Anne getäuscht? Ihr wurde unbehaglich zumute.

»Christin, entschuldige, wenn ich es so geradeheraus ausspreche, aber ich halte Anne für eine Schwindlerin«, schloss Dietrich. »Aber mach dir keine Sorgen. Sobald du es wünschst, stehe ich dir zur Seite und bringe alles in Ordnung.«

33. Kapitel

Es war Vormittag. Peder stand im Garten und reinigte einen alten Holzbottich. Gerade richtete er sich auf, um sich eine bessere Bürste zu holen, da sah er Maria, die aus dem Haus kam und ihm entgegenlief.

»Peder, Peder!«, rief sie und warf sich ihm mit ausgebreiteten Armen entgegen. Er fing sie auf und hob sie hoch über den Kopf, bis sie vor Vergnügen quietschte. Dann setzte er sich hin und nahm sie auf den Schoß. Sie streckte die Hand nach seiner Gürtelschnalle aus und hielt sich fest.

»Nein, nicht, Maria!« Sanft schob er ihre Hand fort, damit sie sich nicht wehtat. Er schmiegte sein Kinn an ihren Kopf. Ich verlasse sie und Anne. Ich verlasse die beiden Menschen, die ich am meisten liebe, nur wegen eines Traums. Will ich das wirklich? Er dachte daran zurück, wie Anne und er in jener Nacht auf dem Friedhof zusammengearbeitet hatten. Er hatte alles riskiert, um ihr zu helfen, und hatte ihr so seine Liebe gezeigt. Doch mehr konnte er ihr nicht geben. Sein Leben hatte er Gott geweiht, und daran musste er festhalten. Anne würde das verstehen – aber Maria? Zärtlich betrachtete er das kleine Mädchen und wiegte es auf den Knien. Als er so tat, als lasse er sie fallen, blieb ihr fast die Luft weg vor Lachen, und sie konnte sich kaum wieder beruhigen. Er fuhr ihr durchs Haar und sah sie traurig an. Wenn er jetzt wegfuhr, würde er sie drei Jahre lang nicht sehen, vielleicht sogar länger.

Aber er musste aufbrechen. Anne hatte ihn zur Sünde verleitet, und er konnte nicht länger in ihrer Nähe leben. Dazu begehrte er sie zu sehr. Bereits auf dem Wagen unterwegs nach Lübeck hatte er sich zu ihr hingezogen gefühlt. Ihre glänzenden Augen und ihr warmes Lächeln hatten ihn sofort für sie eingenommen, und er hatte sie in die Fischerstraße eingeladen, weil er nicht wollte, dass sie wieder aus seinem Leben verschwand. Wenn er sie sah, bekam er sofort gute Laune. Ein Blick, eine Umarmung oder eine Berührung ihrer Hand reichten aus, um ihn glücklich zu machen. An jenem Tag auf dem Markt, als sie sich im Bogengang am Rathaus verlaufen hatten, hatte er sich nicht mehr beherrschen können und sie geküsst. Schon damals hätte er sich zurückhalten sollen, aber wie ein Wanderer in der Nacht vom Licht angezogen wird, so hatte auch er sich nicht von Anne losreißen können.

Also betete er zu Gott, er möge ihm die Kraft geben, ihr zu widerstehen. Er versuchte es mit Mohn, Weinraute und Hopfen, wie es die Klosterbrüder taten, damit sie im Zölibat leben konnten. Aber nichts davon minderte sein Begehren, und insgeheim litt er. Und dann kam jener Abend vorm Kamin, an den er sich mit einem bittersüßen Gefühl erinnerte. Obwohl er seinen Glauben für unerschütterlich gehalten hatte, gab er nach monatelangem Sehnen seiner Fleischeslust nach. An jenem Abend brachen alle Dämme in seinem Innern, und sie wurde sein. Anne hatte ihn dazu verführt, gegen das Gesetz der Kirche zu verstoßen, demzufolge ein Mann nur mit einer Frau zusammen sein darf, um neues Leben zu schaffen.

Erst Stunden später ging ihm die schreckliche Wahrheit auf, als ihm bewusst wurde, dass er das Geschehen nicht rückgängig machen konnte. Sein einziger Ausweg lag in der Buße. Also würde er sich auf diese Pilgerfahrt begeben, die er schon so lange vorgehabt hatte. Danach wäre er wieder rein und könnte zu seinem alten Leben zurückkehren. Und Anne … Nun, er hoffte, dass sich seine Gefühle für sie geändert hätten, sobald er wiederkäme.

Nachdenklich strich er Maria übers Haar. Er würde die

Kleine vermissen, aber es gab kein Zurück mehr. Da schlug sie auf einmal mit den Ärmchen auf ihn ein, als spüre sie, dass etwas in der Luft lag.

»Papa, Papa!«, rief sie. »Spielen!«

In diesem Moment wurde er wieder unsicher. Der Priesterberuf verlangte nicht nur das Zölibat. Er durfte auch niemals eigene Kinder haben.

Um Mariä Lichtmess wurde Christin immer merkwürdiger. Anne hatte angenommen, dass Heinz Naglers Witwe wieder wie früher werden würde, sobald sich die schlimmste Trauer gelegt hätte, doch stattdessen beschlich sie das Gefühl, im Hause Nagler plötzlich unerwünscht zu sein. Ab und zu machte Christin spitze Bemerkungen und fragte, ob mit der Buchhaltung alles in Ordnung sei. Gleichzeitig stellte sie jede ihrer Entscheidungen infrage und schlug die abseitigsten Maßnahmen vor. Wenn Anne sich weigerte, diese durchzuführen, wurde Christin wütend und erklärte, dass Anne eigentlich gar nichts mit den Geschäften der Familie Nagler zu schaffen habe. Anne hoffte, dass sich alles wieder beruhigen würde, aber die Wochen verstrichen, ohne dass Christins Verhalten sich änderte.

Mitte März hielt der Frühling Einzug, und als die ersten Schiffe die Anker lichteten, war Anne klar, dass ihre Schonfrist allmählich ablief. Nun, da das Eis im Öresund geschmolzen war, würde Schultze erneut auf die Rückgabe der Kisten pochen. Doch der Frühlingsbeginn bedeutete auch, dass die ersten Pilger des Jahres Lübeck verlassen würden.

Langsam schlenderte sie zum Hafen, um sich von Peder zu verabschieden. Überall roch es nach Holz und frischem Teer, mit dem man die Schiffe kalfatert hatte, und Menschen mit Säcken und Karren drängten sich auf dem Pflaster. Sie ging an den Bier- und Salzfässern vorbei, die am Kai standen, und hörte den Fischverkäufern zu, die ihren morgendlichen Fang anpriesen. Überall wimmelte es von Koggen, Lastkähnen und Fischerbooten, doch das Schiff, das Richtung Neapel in See stechen sollte, entdeckte sie nirgends.

Lange genug hatte sie sich Hoffnungen gemacht, dass Peder seine Meinung doch noch änderte, aber vergeblich. Er war ein

Mann, der lieber litt, als das Glück des Lebens mit beiden Händen zu ergreifen. Wenn er also floh, war dies seine Entscheidung. Sein Gerede, dass es seine Berufung sei, sich um andere Menschen zu kümmern, klang falsch, wenn er sich nicht um jene kümmerte, die ihm am nächsten standen. Oder gab es Menschen, die nur für andere da waren, solange diese ihnen nicht zu nahe kamen? Denen konnten sie dann alles geben und Wundertaten vollbringen, um ihr Leid zu lindern.

Nachdem Peder vom Priester der Marienkirche die Erlaubnis für die Pilgerfahrt bekommen hatte, legte er voller Stolz den Pilgereid ab. Fröhlich hatte er Anne das Abzeichen gezeigt, das ihn berechtigte, in den besonderen Herbergen zu übernachten, die an der Pilgerstraße lagen. Außerdem hatte er sich noch einen breitkrempigen Hut besorgt, einen neuen Mantel, feste Schuhe, die am Vorderteil besonders weit geschnitten waren, sowie eine Gürteltasche, in der er das Notwendigste unterbringen konnte. Als er ihr seinen Wanderstab vorführte, brach sie in Gelächter aus. Er war so jung, und mit diesem Stab in der Hand sah er aus wie ein alter Mann. Aber hinter ihrem Lachen verbarg sich auch Trauer, denn sie wusste nicht, ob sie ihn jemals wiedersehen würde.

Während sie am Kai entlangging, hielt sie nach dem Schiff Ausschau. Sie hatte versprochen, ihm zu winken, wenn es ablegte, aber obwohl sie die ganze Strecke von der Holstenbrücke bis zur Burgbrücke abschritt, konnte sie es nirgends erspähen. Erst als sie zur Reede hinausblickte, fiel ihr ein fremdes Schiff ins Auge, das sie bis jetzt noch nicht gesehen hatte. Es war bereits ein gutes Stück den Fluss hinunter, und die Besatzung setzte gerade die Segel. Die neapolitanische Flagge wehte am Mast, und an der Reling waren noch Männer mit Tonsur und Mantel auszumachen. Sie blieb stehen. Peder war also schon unterwegs! Er hatte ihr erzählt, dass das Schiff erst am Nachmittag lossegeln solle, und hatte auf diese Art ein letztes Treffen vermieden. Als Anne sich umwandte und nach Hause ging, fühlte sie sich einsamer als je zuvor.

34. Kapitel

Anne hatte so lange wie möglich gewartet, aber jetzt war es so weit. Heinz' Warenlager mussten abverkauft werden. Christin verlangte ihr Erbteil, und sie selbst kam auch nicht an ihr Geld, solange die Hinterlassenschaft nicht verkauft war. Zwar hatte sie gehofft, dass Christin wieder zu ihrem alten Selbst zurückfinden würde, aber die Monate gingen ins Land, und nichts veränderte sich. Im Gegenteil, sie schien von Tag zu Tag feindseliger und misstrauischer zu werden. Anne hatte das Gefühl, als dulde man sie nur noch gnädig, deshalb wollte sie fort aus der Fischerstraße und sich so bald wie möglich eine neue Unterkunft suchen. Sie konnte nichts Besseres tun, als Heinz Naglers Erbe mit gutem Gewinn zu verkaufen und dann zu gehen.

Heinz hatte ihr die Schlüssel zu seinem Speicher im Hafen gegeben und ihr erklärt, wo er lag, und nun ging Anne mit Christin die wichtigsten Posten durch. Alles andere musste warten. Die niedrigen Holzhäuser bestanden aus zwei Räumen: Im ersten lagerten Weinfässer, Kräuter und Tuchballen, in dem etwas kleineren Abteil lagen Pelze, Leder und Bernstein aus Nowgorod. Anne setzte Maria ab, nahm das Leder in die Hand und stellte erfreut fest, dass es in einwandfreiem Zustand war.

»Dafür bekommen wir eine nette Summe«, verkündete sie zufrieden und legte ein hübsches Eichhörnchenfell zurück auf den Stapel.

Christin nickte stumm, und Anne konnte sie mit etwas Mühe davon überzeugen, dass sie das Lager abverkaufen mussten. Sie verpflichtete sich, alles zu verkaufen und Christin gemäß Testament zwei Drittel des Gewinns zu geben. Die Waren brächten gutes Geld, und als sie den Bernstein betrachtete, fiel ihr ein, womit sie die Käufer ködern könnte. Zwischen den Steinen lag ein Schmuckstück mit einem in Gold gefassten runden Bernstein, das sie sich in die Gürteltasche steckte.

Sie waren gerade auf dem Weg nach draußen, als Anne Christins Hand auf der Schulter spürte.

»Ich will nicht, dass du das hier weiter machst. Ich will die Waren selbst verkaufen.«

Verblüfft blieb Anne stehen.

»Entschuldige, Christin – was sagst du da?«

»Anne, du brauchst dir keine Sorgen zu machen. Ich habe einen Käufer, und ich habe auch Hilfe.« Auf einmal wirkte sie ganz fröhlich.

»Aber dann können wir uns doch zusammen darum kümmern, oder?«, erwiderte Anne. Sie begriff immer noch nicht, was plötzlich in Christin gefahren war.

»Nein, ich will nicht, dass du überhaupt noch etwas damit zu tun hast.«

Anne merkte, wie sie rot anlief, und dann sprudelte plötzlich alles aus ihr heraus, was sie so lange zurückgehalten hatte.

»Langsam habe ich genug von deinem Getue. Seit Heinz gestorben ist, hast du nur noch an mir herumgenörgelt. Was immer ich tue, ist verkehrt. Vergiss nicht, dass ich deinem Mann bereits bei seinen Geschäften geholfen habe, als er krank war, und zwar ohne dafür Bezahlung zu verlangen. Vor seinem Tod habe ich Heinz hoch und heilig versprochen, dass ich beim Abverkauf seines Lagers helfen werde, und dieses Versprechen gedenke ich zu halten. Ich habe gerade einen Platz auf einem Schiff nach London gebucht, damit wir einen möglichst guten Preis für die Waren erzielen. Versprochen ist versprochen, und ich habe nicht vor, meine Pläne zu ändern. Wenn ich nach Schweden zurückgekehrt bin, kannst du Geschäfte machen, so viel zu willst.«

Anne war so wütend, dass sie zitterte. Christin schnappte nach Luft.

»Er hatte recht. Du bist wirklich hinterlistig und berechnend.«

»Wer hatte recht?« Anne fasste sie am Handgelenk. »Wovon redest du?«

Doch Christin schüttelte nur den Kopf und schwieg.

»Ich weiß nicht, was in dich gefahren ist, aber ich handle nur nach dem Testament.« Anne konnte kaum alles in Worte fassen, was sie eigentlich gern gesagt hätte. Christin, die weder etwas von Buchhaltung noch von Schifffahrt verstand, wollte sie aus irgendeinem Grund davon abhalten, das Bestmögliche zu tun.

Christin schwieg, und Anne erahnte einen Funken Unsicherheit in ihren Augen. Da atmete sie tief durch und nahm sich noch einmal zusammen.

»Hör zu«, begann sie und bemühte sich, einen etwas versöhnlicheren Ton anzuschlagen. »Heinz besaß zwei Lager. Du verlierst nichts, wenn du mich die Waren in dem einen verkaufen lässt. Wenn ich etwas verderbe oder ein schlechtes Geschäft mache, verspreche ich, dass du alles behalten kannst, was sich in dem zweiten Lager befindet. Dann bekommst du auch mein Drittel. Du bekommst alles.«

»Aber Anne …«

Maria, die bis jetzt still mit einem Stapel Biberfellen gespielt hatte, quengelte plötzlich, woraufhin Anne sich von Christin abwandte und das Mädchen auf den Arm nahm. Keinen Tag länger als notwendig will ich in der Fischerstraße bleiben, dachte sie.

35. Kapitel

Anne verließ die Schuhmacherwerkstatt mit ihren neuen Schuhen im Korb. Die Menschen auf der Straße strömten alle zum Hafen, und sie nahm Maria auf den Arm und folgte ihnen, da sie neugierig war, was es dort wohl zu sehen gäbe. Sie drängten sich mit der Menge durch die Engelgrube und gelangten gerade noch rechtzeitig zum Hansehafen, um zwei große Schiffe zu sehen, die den Fluss heraufgesegelt kamen. Es waren dieselben Koggen, die demnächst mit zwei kleineren Schiffen nach London weiterfahren sollten. Jetzt wurde es ernst, bald würde sie aufbrechen. Sie war gezwungen, Lübeck zu verlassen, denn sie konnte keinen Stellvertreter schicken. Sie hatte Bedenken gegen diese Reise, weil sie Maria eigentlich nicht mehr bei Christin lassen wollte. Doch ihr war klar, dass sie das kleine Mädchen unmöglich auf eine Handelsfahrt mitnehmen konnte.

»Hast du das gesehen, Maria?«, sagte sie eifrig und zeigte auf die Schiffe. »Heute noch nicht, aber später einmal, da werden du und ich in fremde Länder segeln.«

Maria schaukelte vergnügt auf ihrer Hüfte und klatschte ab und zu verzückt in die Hände. Anne lächelte in sich hinein. Das Mädchen war noch klein, aber später einmal würden sie sicher zusammenarbeiten. Sie hatte noch nie von einer Mutter gehört, die zusammen mit ihrer Tochter eine Reederei betrieb, und Gesetze und Verordnungen würden sie sicher aufzuhalten versuchen. Aber irgendeine Frau musste ja die Erste sein!

Nachdem sie eine Weile dagestanden und zugesehen hatten, wie die Besatzung die Landungsstege an den Kai legten und die Fracht mit Hilfe von Winden aus dem Lagerraum im Schiffsrumpf heraufholten, wurde Maria langsam ungeduldig. Anne setzte sie auf den Boden, nahm sie bei der Hand und kehrte in die Stadt zurück. Außer den neuen Schuhen musste sie sich auch noch ein neues Kleid anfertigen lassen. Unter Kaufleuten war es wichtig, gut auszusehen, und wenn es ihr gelingen sollte, Heinz Naglers Waren zu einem guten Preis zu verkaufen, musste sie sorgfältig auf jede Einzelheit achten.

Mit Maria an der Hand ging sie zu der Schneiderin, bei der ihr schon ihre Mutter Kleider hatte nähen lassen. Die Werkstatt lag im Erdgeschoss eines Fachwerkhauses in der Nähe des Stadttors, und wahrscheinlich arbeiteten Rosa oder Ethel immer noch dort. Rosa war genauso alt gewesen wie Annes Mutter, während Ethel und Anne als gleichaltrige Mädchen gemeinsam in die Sonntagsschule gegangen waren.

Die milde Frühlingswärme war noch nicht bis Lübeck vorgedrungen, aber kalt war es auch nicht mehr. Anne forderte Maria auf, ein bisschen schneller zu gehen, und warf ab und zu einen Blick über die Schulter, um sich zu vergewissern, dass niemand sie verfolgte. Sie hatte es schon so weit geschafft, nun sollte es ihren Widersachern nicht doch noch gelingen, ihre finsteren Pläne umzusetzen. Wenn sie sich nur in Acht nahm, würde alles gut gehen.

Nach wenigen Minuten hatte sie das kleine Haus erreicht, über dessen Tür das wohlbekannte Zunftzeichen mit der Schneiderschere angebracht war. Die Tür war nur angelehnt, und Anne betrat den weiß gekalkten großen Raum. Am Fenster saß eine dunkelhaarige junge Frau und nähte. Die Nadel blinkte jedes Mal auf, wenn das Licht von draußen darauffiel.

»Ethel?«

Die Frau mit der Handarbeit hielt inne und blickte auf.

»Nein, das ist doch nicht möglich! Anne Persdotter, bist du's wirklich?«

Die dunkelhaarige Frau legte den Stoff beiseite, stand auf und kam auf sie zu. Bewegt griff sie nach Annes Händen und küsste sie links und rechts auf die Wange.

»Das ist ja wunderbar, ich hatte immer gehofft, dass du eines Tages zurückkommst. Mutter und ich haben so oft von dir gesprochen.«

»Wo ist denn deine Mutter?« Anne sah sich um.

»Leider ist sie letzten Sommer von uns gegangen. Aber ich mache hier weiter wie eh und je. Doch jetzt erzähl erst einmal! Ich habe von den schrecklichen Ereignissen bei euch in Stockholm gehört. Dass Menschen umgebracht werden und verhungern und was weiß ich noch.«

»Deswegen bin ich auch zurückgekommen. Hier fühle ich mich sicherer.«

»Und ein Kind hast du auch …« Ethel ging in die Knie und streichelte Maria. »Ach, weißt du, ich beneide dich so. Mein Mann und ich konnten bis jetzt keine Kinder bekommen.«

»Gib nicht auf. Früher oder später wirst du Mutter werden«, sagte Anne. Sie erinnerte sich, dass Ethel immer Kinder gewollt hatte, und sie wünschte ihrer Freundin dieses Glück aus ganzem Herzen. »Die Alten sagen, man darf sich einfach nicht so viele Gedanken machen. Wenn man nicht mehr daran denkt, geht es einfacher.«

»Ich weiß, aber das ist leichter gesagt als getan. Ich weiß noch, wie du mir immer mit deinem guten Rat helfen wolltest, als wir jünger waren. Diesmal ist es freilich etwas schwieriger.« Sie lachte bei dem Gedanken und stand auf. »Nun, aber jetzt erzähl, wie ich dir helfen kann. Du willst dir ein Kleid schneidern lassen, wenn ich das richtig vermute.«

Anne betrachtete Ethels starke Hände mit den langen, geschmeidigen Fingern.

»Ich brauche ein neues Kleid, das ich in London anziehen kann, wenn ich dort Handel treibe. Ich glaube, du bist genau die Richtige für diese Aufgabe.«

»Lass mir nur kurz Maß nehmen, dann wird uns das schon gelingen!«

Wenig später hatte Ethel einen Ballen feinen Leinenstoffs herausgesucht, aus dem sie das Vorder- und Rückenteil für ein bodenlanges Kleid zuschnitt. Dann schnitt sie noch vier keilförmige Einsätze zurecht, die sie ansteckte, um dem Kleid unten mehr Weite zu verleihen. Zum Schluss folgten Ärmel und die Ärmelkeile.

»Was für eine schöne hellblaue Farbe!«, bewunderte Anne den Stoff und strich vorsichtig mit den Fingerspitzen darüber.

»Ich kann mich noch erinnern, dass du Blau immer so gern mochtest. Du trugst auch immer blaue Kleider, wenn wir zusammen spielten. Dieser Stoff kommt aus Brügge, von dort bekommen wir die besten Tuche«, erwiderte Ethel. »Wie willst du den Ausschnitt haben?«

Während Anne und Ethel vollauf mit dem Kleid beschäftigt waren, saß Maria still am Boden. Sie hatte einen Korb mit Garnknäueln und Stoffresten bekommen, mit denen sie spielte, und nur ab und zu warf Anne einen Blick auf ihre Tochter. Die Kleine konnte sich bestens allein beschäftigen, und mit ihren Kleidchen und den rotblonden Zöpfen sah sie einfach entzückend aus. Anne lächelte und unterhielt sich weiter mit Ethel über alles, was sie seit ihrer letzten Begegnung erlebt hatten. In Lübeck war viel geschehen, die Stadt war größer und turbulenter geworden als in ihrer Kindheit, doch der Alltag hatte sich nicht wesentlich verändert. Ethel erzählte von den Freundinnen, die sie noch traf, von ihren Einkäufen auf dem Markt, vom Kochen und von den Gesprächen am Herd. In solchen Einzelheiten, dachte Anne, sind sich unsere Träume und unser Leben erstaunlich ähnlich.

»Hier in Lübeck haben wir keine Vitalienbrüder an der Regierung, aber deswegen ist es trotzdem nicht ruhig auf den Straßen. Die Fürsten und Lehnsherren liegen in ständigem Streit miteinander, und sobald einer nur hustet, ziehen die Knechte schon das Schwert. Nein, ein Menschenleben ist hier nicht besonders viel wert, und die hohen Herren ...«

Doch Anne hörte ihr nicht mehr zu, denn auf einmal war es da drüben beim Korb mit den Stoffresten verdächtig still geworden. Als sie hinüberblickte, sah sie, dass Maria ganz blau angelaufen war.

»Maria?« Sie stürzte zu ihrer Tochter. Das Mädchen hatte sich irgendetwas in den Mund gesteckt und bekam keine Luft mehr. Nachdem Anne ihr ein Stoffstückchen herausgezogen hatte, überprüfte sie mit den Fingern, ob noch mehr im Rachen stecken geblieben war. Sie ertastete etwas Scharfes, bekam es aber nicht heraus. Maria röchelte und rang verzweifelt nach Luft. In panischem Schrecken schüttelte Anne sie und versuchte ihr Luft in die Lungen zu blasen. Ein dünner Speichelfaden erschien in ihrem Mundwinkel, aber ihr Gesicht blieb blau.

»Maria, meine Kleine!«

Nach mehreren Versuchen, die Atmung wieder in Gang zu bekommen, sah Anne, wie der schmächtige Brustkorb des Mädchens sich hob. Erst hustete sie, dann brach sie in gellendes Geschrei aus. Anne riss sie an sich und rannte mit ihr hinaus auf die Straße. Während des Laufens rannen ihr die Tränen übers Gesicht. Sie wich Wagen und Pferden aus, stieß mit Frauen zusammen, die mit leeren Körben zum Markt unterwegs waren, und rannte einen Bauern um, der eine Ladung Reiser auf dem Rücken trug. Wie von Sinnen stürmte sie durch die Gassen und hatte nur einen Gedanken im Kopf: Sie musste zum Heiliggeistspital, dessen heilkundige Nonnen sich um Maria kümmern konnten. Sie pflegten und heilten die Kranken, und sie selbst hatte als Zwölfjährige dort gelegen, als sie schwer magenkrank gewesen war.

Am Koberg bog sie ab und lief geradewegs auf das Spital zu. Keuchend drängte sie sich an zwei Nonnen vorbei, die mit ihren Gebetbüchern die Treppe herunterkamen. Ohne ein einziges Mal stehen zu bleiben, lief Anne mit ihrem Kind auf dem Arm weiter, bis sie eine ältere Frau mit Schleier und Schürze erspähte. Die Schwester blickte auf, als sie Annes Schritte hörte, und sobald sie Marias verzerrtes, bleiches Gesicht entdeckte, streckte sie die Arme nach dem Kind aus. Keuchend und erschöpft reichte Anne ihr die Tochter und brach dann in Tränen aus. Aus dem Augenwinkel sah sie, wie sich die Nonnen um die Kleine versammelten, und wusste: Nun wurde ihrem Kind geholfen. Die Frauen redeten gedämpft und ruhig, verabreichten der Kleinen Kräuter und Spargel und umsorgten sie.

Einen ganzen Abend und eine ganze Nacht lang wachte Anne an Marias Bett, und am Morgen sah sie endlich, dass sich der Brustkorb der Kleinen wie gewohnt hob und senkte. Abermals stiegen Anne die Tränen in die Augen, aber diesmal aus Erleichterung und Dankbarkeit.

Die alte Ordensfrau, die sie empfangen hatte, trat zu Anne.

»Das Mädchen hatte dies verschluckt. Das muss aus einem

Zauberbeutel stammen«, sagte sie und hielt ihr etwas auf der ausgestreckten Hand hin.

Anne starrte darauf und traute ihren Augen nicht: Es war ein Teil einer Vogelklaue. Zwischen den Stoffresten musste eine trockene, harte Vogelklaue gelegen haben!

Auf dem Heimweg ging Anne bei Ethel vorbei, trat ein und fand ihre Freundin aus Kindertagen wie tags zuvor nähend am Fenster. Ethel stand auf, als sie jemand kommen hörte, und strahlte, als sie Anne mit Maria erblickte. Sie beugte sich zu Maria hinab und tätschelte ihr die Wange.

»Wie schön, dich wiederzusehen! Willst du etwas zum Spielen?« Ohne eine Antwort abzuwarten, richtete sie sich wieder auf und sagte zu Anne: »Was ist bloß geschehen?«

»Maria muss irgendetwas auf dem Boden gefunden und verschluckt haben. Aber im Spital konnte man ihr helfen.«

»Wunderbar.«

»Die Nonnen haben für sie gebetet. Gott muss sie erhört haben.«

»Mag sein, aber vielleicht hat sie auch etwas anderes wieder gesund gemacht«, widersprach Ethel und öffnete ihre Gürteltasche. Vorsichtig nahm sie einen Lederbeutel heraus und zog einen Schlangenschwanz, einige Knöchelchen und eine Vogelklaue hervor. Anne rang nach Luft.

»Pass bloß auf! Auf Hexerei steht die Todesstrafe! Wenn dich nun jemand sieht!«

»Die Tür ist geschlossen, und Maria ist schließlich wieder gesund geworden, nicht wahr?« Ethel schenkte Maria ein breites Lächeln und fuhr ihr kurz übers Haar. Ihre Augen leuchteten.

»Ich habe mich gestern Abend mit diesen Gegenständen hingesetzt und ein schönes Muster ausgelegt.«

»Danke«, murmelte Anne und drückte ihre Tochter fest an sich. Die Vogelklaue, die Ethel aus der Gürteltasche in ihren Nähkorb gefallen sein musste, erwähnte sie nicht. Die Klaue, die Maria fast das Leben gekostet hätte.

»Aber ich konnte nicht recht einschlafen, deswegen habe ich das Kleid fast fertig genäht«, fuhr Ethel fort und ging nach hinten. Als sie zurückkam, hielt sie ihr Werk hoch, damit Anne es bewundern konnte. »Du kannst es schon anprobieren. Ich muss nur noch das letzte Stückchen am Ausschnitt fertig nähen, dann kannst du es mitnehmen.«

Anne traute ihren Augen nicht. Es war das schönste Kleid, das sie jemals gesehen hatte. Ein langes, hellblaues Gewand, an den Säumen kunstvoll vernäht, die Ärmel mit dunkelblauen Borten und Silberfäden verziert. Ethel entging nicht, wie hingerissen Anne war.

»Jetzt gehörst du schließlich zur Kaufmannschaft, da dachte ich mir, du brauchst ein richtig feines Kleid. Ich hoffe, es gefällt dir.«

»Und wie!«, rief Anne aus, und ihr Unwille legte sich wieder etwas. Auch wenn ihre Freundin an Hexenkünste glaubte, aufs Nähen verstand sie sich wahrhaftig.

»Komm, probier es an, damit ich alles nachsehen kann«, sagte sie und winkte Anne zu sich.

Als Anne eine Stunde später mit Maria aus der Schneiderwerkstatt trat, war sie müde und benommen. Ethel und sie hatten nicht mehr so unbeschwert reden können wie am Vortag. Es ging ihr nicht aus dem Kopf, dass ihre Freundin Vogelklauen und Schlangenschwänze für Heilmittel hielt. Wenn jemand dahinterkam, was Ethel so trieb, konnte es übel für sie ausgehen. Und ihre Freundschaft würde nie wieder dieselbe sein.

36. Kapitel

Anne lehnte sich gegen die Reling und blickte über das träge dahinfließende graue Wasser der Themse. Es war Ebbe, Schnecken und Tang lagen nass und glänzend am Ufer. Seevögel tauchten schreiend nach den Fischen, die in den Prielen gefangen waren. Anne bückte sich nach Maria, vergewisserte sich, dass das Seil um ihre Mitte noch fest saß, und hob sie dann hoch.

»Sieh nur!«, sagte sie und zeigte auf einen Möwenschwarm, der sich am Strand um einen Eimer Fischabfälle zankte. Das Geschrei der Vögel schnitt durch die Luft. Eine Möwe mit einem Stückchen Schiffszwieback im Schnabel segelte ganz dicht an ihnen vorbei. Maria lachte begeistert, und Anne umarmte sie. Ein wunderbares Freiheitsgefühl erfasste sie – hier war alles neu für sie, ein neues Land, neue Abenteuer. Während das Schiff langsam den Fluss hinauffuhr, kamen sie an kleineren Städten, Wiesen und Zäunen vorbei und konnten Bauern beobachten, die ihre Kühe zum Weiden auf die grünen Hänge trieben. Hier und da fuhren sie an kleinen Gemüsegärten vorbei, an Vorratsgebäuden und Speichern, und je mehr sie sich London näherten, umso dichter wurde die Besiedelung. Es roch nach Lehm und Schlamm, und darunter mischte sich ein dünner Rauchgeruch aus den Kaminen der unzähligen Häuser.

Jetzt, da sie nach der langen Seereise endlich den Hafen ansteuerten, konnte sie sich gar nicht sattsehen an den zahllosen großen und kleinen Schiffen, die sich an den langen Pieren drängten. Schiffe lagen Seite an Seite und waren mit losen Tauen aneinander festgemacht. An den Schiffsrümpfen hingen geflochtene dicke Taue, die die Schiffe wohl schützen sollten, wenn die Flut wieder stieg.

Anne blinzelte ins Sonnenlicht und betrachtete die Menschen, die den Kai bevölkerten. Sie fand es unglaublich spannend, hier zu sein. Hätte sie mehr Geld gehabt, hätte sie nicht selbst reisen müssen, sondern hätte einen tüchtigen Kaufmann geschickt, der ihre Aufgaben in London übernommen hätte. Doch dann hätte sie dieses Erlebnis nicht gehabt. Lächelnd zauste sie Maria das Haar.

»Nun, meine Süße, da bist du noch so klein und bekommst schon London zu sehen.«

Sie war glücklich, ihre Tochter dabeizuhaben, obwohl sie sich beklommen fragte, wie sie Verhandlungen führen sollte, wenn sie ständig ein Kind an der Hand hatte. Doch nach dem ganzen Ärger mit Christin und nach dem Vorfall bei Ethel wagte sie ihre Tochter nicht mehr aus den Augen zu lassen. Um ein Haar hätte sie Maria für immer verloren. Ab sofort würde sie ihre Tochter überallhin mitnehmen, wohin sie auch reiste, und sie nur aus der Hand geben, wenn es unumgänglich war.

An Deck hörte sie Schritte und Lärm, und die Männer rannten zu den Ankern. Der Kapitän brüllte einen Befehl, und im nächsten Moment war das Rasseln der Ankerketten zu hören. Endlich waren sie in London!

Vorsichtig beugte sich Anne, die Maria immer noch auf dem Arm trug, nach vorn. Der Hafen war fast so groß wie der von

Lübeck, und unten auf dem Kai drängten sich Schauerleute, Pferde und Wagen und viele Schaulustige, die das Anlegemanöver beobachteten. Anne atmete den scharfen Geruch von nasser Wolle und Getreide ein und betrachtete die Schiffe, die in dichten Reihen an den Anlegestellen lagen. Jetzt hieß es an Land gehen, handeln – und sich nicht übers Ohr hauen lassen!

Der Kapitän hatte ihr geholfen, einen kleinen Leiterwagen für Maria zu finden, und so konnte sie ihre Tochter hinter sich herziehen, während sie das große Gebäude beim Stalhof betrat, in dem die hanseatischen Kaufleute aus Hamburg und Lübeck ihre Kontore hatten. Ein Schreiber mit Gänsekiel und einem dicken Buch vor sich auf dem Schreibpult musterte sie misstrauisch, aber Anne ließ sich nicht beirren.

»Und womit kann ich Euch dienen?«, fragte er und kämmte sich mit den Fingern durch den Bart.

Anne erklärte, sie habe Kräuter, Leder und Tuch zu verkaufen, und fügte hinzu, sie könne vielleicht auch eine größere Bernsteinsammlung anbieten, wenn der Preis in Ordnung sei. Der Schreiber notierte ihre Angaben ungerührt in seinem Buch und versprach, sich bei ihr zu melden.

Den Rest des Tages streifte sie mit Maria durch die Stadt und wartete, doch als sie wieder ins Kontor kam, war der Schreiber bereits nach Hause gegangen, und niemand konnte ihr weiterhelfen. Hungrig und missmutig beschloss sie, mit Maria etwas essen zu gehen. Der Bootsmann hatte ihr von einem Wirtshaus namens *Hölle* erzählt, in dem sich die Kaufleute in London zu treffen pflegten. Anne beschloss, die Taverne aufzusuchen.

»Jetzt bekommen sie auch einmal andere Gäste zu sehen als gewöhnlich«, murmelte Anne lächelnd vor sich hin, während sie Maria im Leiterwagen hinter sich herzog. Auf dem Weg durch die Gassen zu dem berühmten Gasthaus verfluchte sie den Schreiber, der ihren Waren so gar keine Aufmerksamkeit geschenkt hatte, und mit jedem Schritt steigerte sie sich heftiger in ihren Ärger hinein. Als sie vor dem gesuchten Gebäude stand, war sie zu dem Entschluss gelangt, auf eigene Faust einen Käufer zu finden.

»Hier wirst du gleich sehen, wie Geschäfte gemacht werden,

Maria«, sagte sie, stellte den Leiterwagen ab und hob ihre Tochter heraus. Mit entschlossener Miene nahm sie sie bei der Hand und öffnete die Tür.

Gelächter und Stimmengewirr schlugen ihr entgegen, als sie eintrat, und der Geruch von Braten und verschüttetem Bier schwängerte die stickige Luft. Anne setzte sich und blickte sich um. Auf einer Bank schräg gegenüber saßen Mannschaftsmitglieder des Schiffes, mit dem sie gekommen war, sowie Matrosen von anderen Schiffen. Im rückwärtigen Teil der Gaststube erspähte sie Käufer, Kaufleute und eine Gruppe Soldaten.

Plötzlich befiel sie ein Gefühl der Unsicherheit, und die trotzige Stimmung, in die sie sich auf dem Herweg hineingesteigert hatte, verließ sie langsam. Aber dann stützte sie einfach die Ellbogen auf den Tisch, atmete tief durch und versuchte ihre Angst zu bezwingen. Ein Schankmädchen kam auf sie zu und wischte sorgfältig ein paar Brotkrumen vom Tisch.

»Zwei Becher Met und zwei Schalen Suppe, bitte«, bestellte Anne.

Das Mädchen trat einen Schritt zurück und glotzte sie misstrauisch an.

»An Eurer Stelle würde ich mich nicht so ganz allein hierhersetzen. Das Weibsvolk, das sonst so kommt, treibt ganz andere Geschäfte als Ihr.«

»Ich komme schon zurecht, und wie Ihr seht, bin ich auch nicht ganz allein.« Sie wies auf Maria.

»Bei so viel Bier und Wein, wie die Männer hier trinken, bemerken sie weder das eine noch das andere.«

»Dann bringe ich es ihnen eben bei.«

Das Mädchen zuckte mit den Schultern und entfernte sich. Als Anne ihr nachsah, fiel ihr auf, dass die Gäste sich bereits nach Maria und ihr umdrehten. Einer von ihnen, ein gut gekleideter Mann mit Bart, trat an den Tisch, verbeugte sich und lächelte.

»Darf ich mich zu Euch setzen?«, bat er auf Deutsch.

Anne musterte ihn kritisch. Er trug einen weiten Mantel mit einem Besatz aus Marderfell, einen breiten Gürtel mit silbernen Beschlägen, eine rote Hose und Lederschuhe. Er hatte eine gerade Nase und einen breiten Mund, und sein Bart bedeckte Kinn und Wangen. Schön war er nicht, aber auch nicht hässlich.

»Wenn Ihr auf Geschäfte aus seid, dann setzt Euch nur. Ich bin Kaufmann«, antwortete sie.

Sein Gesicht nahm einen neugierigen Ausdruck an, und er ließ sich nieder.

»Geschäfte, sagt Ihr? Und das kleine Mädchen?«

»Brauchen Sie etwa keinen Kompagnon?«

Da brach er in herzliches Gelächter aus, dem sich Maria sofort anschloss, und zum Schluss kicherten alle drei und konnten kaum mehr aufhören. Die Männer an den Nebentischen warfen ihnen verstohlene Blicke zu.

Anne beugte sich vor. Der Mann gefiel ihr, er hatte ihren Witz gleich verstanden.

»Ich habe Wein, Tuche, Pelze und Leder aus Lübeck mitgebracht, und niemand könnte Euch bessere und wohlfeilere Waren anbieten als ich«, erklärte sie.

»Das sagen alle«, erwiderte er.

»Aber ich habe auch Bernstein anzubieten.«

»Aha, das hört sich schon besser an. Aber warum sollte ich den Bernstein von Euch kaufen und nicht von den Kaufleuten aus dem Osten?«

»Ich als Frau bin anspruchsvoll und habe nur die besten Stücke ausgewählt. Seht her!« Anne war das Amulett eingefallen – und das Katzenfell, das sie in der Gürteltasche dabeihatte. »Meine Waren haben magische Kräfte«, behauptete sie und zog das Fell und den goldgefassten Bernsteinschmuck hervor. Der Stein war so groß wie ein Ei und schimmerte in tausend verschiedenen Farbschattierungen. In der Mitte steckte ein kleines Tier. »Seht Euch diese Fliege an!«, sagte sie mit tiefer Stimme. »Wenn ich will, bewegt sie sich.«

Sie hielt den Schmuck hoch, damit er ihn besser sehen konnte.

»Sie bewegt sich? Das ist unmöglich.«

Anne lachte leise und rieb das Stück Bernstein mit dem Katzenfell. Nach einer Weile knisterte es und schlug Funken.

»Und das war erst der Anfang«, verkündete sie und wedelte dem Fremden mit dem Fell vor dem Gesicht herum. »Wenn Ihr von mir kauft, bringe ich die Fliege so auf Trab, dass sie aus dem Stein hervorkriecht.«

»Vorsicht, vielleicht sticht sie. Und ich würde auch aufpassen, dass Euch niemand mit einer Hexe verwechselt und Euch den Henkern überantwortet.«

Lächelnd zwinkerte er ihr zu.

Anne sah ihn herausfordernd an und merkte auf einmal, dass sie mit ihm kokettierte. Oder führte sie nur ein besonders geschicktes Verkaufsgespräch? Sie war nicht ganz sicher. Sie maßen einander mit Blicken.

»Ich muss erst ein Bier trinken und überlegen. Dann gehen wir hinunter zum Hafen und sehen uns die Ladung an«, erklärte er, zückte seinen Geldbeutel und warf ein paar Silbermünzen auf den Tisch. »Wie Ihr seht, bin ich kein beliebiger Händler. Ich bin ein angesehener Kaufmann, der seit Jahren mit der Hanse handelt. Wenn Ihr mich hinters Licht führt, sorge ich dafür, dass Ihr nie wieder Geschäfte abschließt. Wenn Ihr mir aber gute Ware anbietet, verspreche ich Euch angemessene Bezahlung.«

»Und die Fliege?«

»Die kümmert mich nicht weiter. Nicht einmal dann, wenn Ihr sie dazu bringt, mit den Ohren zu wackeln. Wichtig ist, dass Ihr etwas zu verkaufen habt.«

Anne prustete los, und Maria hämmerte fröhlich mit ihrem Holzlöffel gegen den Tisch. Der Mann musterte sie belustigt, und Anne merkte, dass er sie seltsam berührte, obwohl sie ihn noch gar nicht richtig kannte.

»Mein Name ist Trevor Cunningham«, sagte er und hielt ihr die Hand hin. Sie ergriff sie. Sein Händedruck war fest, aber seine Haut angenehm weich. So etwas gefiel ihr, und sie spürte, dass sie ihm vertrauen konnte. Später würde sie ihm also ihre Waren zeigen.

37. Kapitel

Es waren nur noch wenige Tagesreisen bis Jerusalem, da geschah es. Die Bedrohung zeichnete sich zunächst nur als Sandwolke am Horizont ab. Und im Grunde musste dieser Anblick auch noch keine Bedrohung bedeuten, denn es konnte genauso gut eine Ziegenherde oder der Wind sein, der mit seinem Glutatem den Staub zum Himmel emporwirbelte.

Peder blieb stehen und beschattete die Augen mit der Hand, um besser sehen zu können. Nein, es war sicher nur Einbildung, und die anderen schienen gar nichts bemerkt zu haben. Er war einfach nur müde. Also seufzte er, wischte sich den Schweiß aus dem Gesicht und setzte die Wanderung fort.

Der Pilgerzug bewegte sich langsam vorwärts, während die Sonne auf die Menschen niederbrannte und die Mäntel ihnen auf der Haut scheuerten. Er selbst war etwas zurückgefallen, denn er musste immer wieder stehen bleiben und sich umsehen, um alles in sich aufzunehmen, sich nach Steinen und Pflanzen zu bücken, sie aufzuheben und näher zu betrachten. Vielleicht weil alles so neu für ihn war. Er war von Lübeck nach Neapel gesegelt und von dort weiter nach Zypern, wo er eine Woche gewartet hatte, bis ihn ein Schiff nach Acca mitnahm.

Viele andere Pilger waren schon seit Monaten unterwegs. Eine Gruppe Norweger und Dänen war erst nach Köln gepilgert, wo sie das Grab der Heiligen Drei Könige besucht hatten, bevor sie den Rhein entlang nach Mainz weitergereist waren. Dann waren sie nach Straßburg, Basel und Vevey weitergezogen, wo sie sich mit Pilgern aus England und Flandern trafen. Andere wiederum waren über den Sankt-Bernhardin-Pass gewandert, vorbei an Mailand und weiter nach Luna, bis sie Süditalien erreichten und ein Schiff ins Heilige Land bestiegen. Bald würden sie alle in Jerusalem ankommen. Wenn nicht ...

Ängstlich blickte Peder wieder zu der Staubwolke dort unten im Tal hinunter. Die Sand- und Staubwirbel kamen immer näher, und als er in die flimmernde Hitze blinzelte, entdeckte er die Reiter.

Die Sarazenen hatten sich nicht einmal die Mühe gemacht, im Hinterhalt zu lauern. In wildem Galopp sprengten sie heran, und es war offensichtlich, was sie vorhatten.

»Seht, dort hinten!«, schrie Peder und deutete auf die Reiter.

Als die Pilger beschlossen hatten, ins Heilige Land zu reisen, hatten sie von den Räuberbanden gehört, und wenn sie sich abends zur Ruhe legten, horchten sie jedes Mal ins Dunkel und ängstigten sich, ob sie wohl überfallen würden. Der schreckliche Gedanke an die Wegelagerer hatte sie die ganze Zeit über begleitet, und in jeder Herberge und an jedem Rastplatz gab es jemanden, der von neuen grausamen Überfällen berichtete. Bis jetzt war ihnen jedoch nichts zugestoßen, und irgendwann kamen ihnen diese Erzählungen wie eine spannende Unterhaltung am Lagerfeuer vor, die man nicht sonderlich ernst nehmen musste. Schließlich trugen die Pilger keinerlei Wertgegenstände bei sich, warum also sollten es die Räuber gerade auf sie abgesehen haben?

Die Wanderer machten halt und blickten ins Tal hinunter. Die Sandwolke kam immer näher, und schließlich erkannten sie einen schwarz gekleideten Reiter, der mit flatterndem Mantel auf seinem Pferd kauerte. Peder starrte ihn an. Da kamen zwölf Sarazenen wie pechschwarze Raben auf sie zu, und wie er wusste, glaubten diese Männer ins Paradies zu kommen, wenn sie im Kampf fielen. Ihn packte das blanke Entsetzen. Er besaß weder Dolch noch Schwert, sondern nur den einfachen Wanderstab. Keiner der Pilger war bewaffnet. Und so sahen sie sich einer Bande Wegelagerer ausgeliefert.

»Habt keine Angst! Gott beschützt uns!«, rief der Anführer, ein alter Mann aus Santiago de Compostela, und breitete beschwichtigend die Arme aus. »Sobald sie sehen, dass wir nur Pilger sind, werden sie umkehren. Sie wissen, dass wir nichts Wertvolles bei uns haben.«

»Bis auf die Reisekasse«, wandte Peder ein.

»Die ist nicht unbedingt einen Kampf wert.«

Peder blickte sich hastig um. Ringsum nur ausgetrockneter Boden und Steine. So weit das Auge reichte, kein einziger Baum, nur wenige Büsche. Doch ein größerer Stein unterschied sich von den anderen – die Oberfläche war grauschwarz, oben ragte eine Art Dach hervor, und unten wies er eine längliche Spalte auf. Rasch, und ohne recht nachzudenken, öffnete Peder seinen Lederbeutel und nahm die Hälfte der Silbermünzen heraus. Eilig stopfte er sie in den Spalt und schob Sand und Kiesel darüber. Als er sich aufrichtete, hörte er die Reiter schon brüllen.

Die kehren nicht um. Sie werden uns töten, dachte er und benetzte sich die aufgesprungenen Lippen mit der Zunge. Zitternd faltete er die Hände und schickte ein stilles Gebet gen Himmel, dass der Höchste sie beschützen solle. Plötzlich loderte in ihm nur noch der Wunsch, leben zu dürfen. Er wollte nicht wie versteinert dastehen und sich abstechen lassen wie ein

Schwein im Schlachthof. Ich bin zu jung zum Sterben, dachte er, während er am ganzen Körper zitterte und sich jeder Muskel an ihm spannte wie eine Bogensehne. Einen Moment lang dachte er an Anne, und die Erinnerung an ihr warmes, zärtliches Lächeln gab ihm Kraft.

»Sie sind nur hinter unserem Geld her. Gebt ihnen, was sie haben wollen. Dann werden sie wieder abziehen!«, rief er.

Kaum hatte er die Worte ausgesprochen, wurde er eines Besseren belehrt. Der erste Reiter näherte sich mit erhobenem Schwert dem alten Pilger, der an der Spitze des Zugs ging. Der Arme konnte keinen Laut mehr von sich geben, ein Schwerthieb spaltete ihm den Schädel. Die anderen Räuber waren auch schon heran und suchten sich der Reihe nach ihre Opfer. Einige Pilger hoben die Arme zum Himmel und flehten Gott um Hilfe an, andere hielten Ausschau nach einem Fluchtweg. Ein dänischer Pilger erkannte die Gefahr, schlich sich von der Gruppe fort und rannte ins Gestrüpp. Doch sein breitkrempiger schwarzer Hut fiel ihm herunter und verriet sein Versteck. Einer der Reiter nahm die Zügel in die linke Hand und schwang das Schwert mit der Rechten, während er auf den Dänen zuhielt. Der Mann hob seinen Stab und konnte die Klinge abwehren, aber da sprang der Sarazene von seinem Pferd und lief ihm mit hoch erhobener Waffe nach.

Peder hatte das Geschehen beobachtet und rannte los, um dem Dänen zu Hilfe zu kommen, doch im nächsten Augenblick sah er, dass es bereits zu spät war. Der Räuber hatte den Fliehenden eingeholt, zu Boden geworfen und stieß ihm mit einer raschen Bewegung die Klinge in den Leib. Peder war klar, dass er dasselbe Schicksal erleiden würde, wenn er nichts unternahm. Also atmete er tief durch, rannte zu dem reiterlosen Pferd und schwang sich in den Sattel. Mit zitternden Händen ergriff er die Zügel, drückte dem Tier die Fersen in die Flanken, beugte sich vor und preschte davon. Hinter sich hörte er noch das Geschrei, aber er wandte sich nicht um, sondern ritt einfach um sein Leben. Wenn er es um die nächste Biegung schaffte, würden sie ihn aus den Augen verlieren und nicht wissen, wohin er sich gewandt hatte. Er wünschte, er hätte seine Reisegenossen verteidigen können, aber allein gegen zwölf Wegelagerer hatte er keine Aussicht, sie oder sein verstecktes Geld zu retten. Doch er würde weiter nach Jerusalem ziehen. Nicht einmal die Wüstenräuber konnten ihn von dieser Pilgerfahrt abhalten.

38. Kapitel

Nachdem Anne Cunningham ihre Waren gezeigt und sie verzollt hatte, beschloss er, ihr zehn Fässer Wein, vier Tuchballen und fünfzehn Stapel Leder und Pelze abzukaufen. Das war bereits ein gutes Stück Geld, und sie pries sich glücklich, langwierigen Verhandlungen mit irgendwelchen englischen Kaufleuten aus dem Weg gegangen zu sein. Sie hatte alles selbst geschafft, und für die restlichen Waren hatte sie auch noch Abnehmer gefunden. Danach würden ihr sogar noch ein paar Tage zum Ausruhen bleiben, bevor sie sich mit Maria wieder auf den Heimweg machte. Während Cunningham losging, um das Silber zu holen, wartete sie mit Maria auf ihn.

»Ich habe gesehen, dass Ihr mit Cunningham gesprochen habt«, sagte der Kapitän und setzte sich neben sie.

»Ja, das ist ein feiner Mann. Er wollte mir sowohl den Wein als auch die Felle abkaufen. Außerdem spricht er deutsch, das macht die Dinge einfacher. Mein Englisch ist nicht so besonders gut.«

»Lasst Euch bloß nicht aufs Kreuz legen! Es geht das Gerücht, dass er nicht immer bezahlt, was er versprochen hat.«

Anne runzelte die Stirn.

»Wie?«

»Er lässt sich gern auf Geschäfte ein, aber dann verschleppt er die Bezahlung.«

»Aber ich habe selbstverständlich verlangt, dass er im Voraus bezahlt.«

Der Kapitän lachte schallend.

»Ihr mögt ja listig und durchtrieben sein, aber manchmal merkt man doch, wie jung Ihr noch seid. Auf so etwas ließe er sich niemals ein.«

Anne dachte nach. Die Männer hatten die Waren bereits aus dem Laderaum getragen, und Cunningham sollte jeden Augenblick zurück sein. Sie hatte keine Lust, ihre Vereinbarung mit ihm zu brechen. Zwar hatte er ihr Vertrauen eingeflößt, aber hinter einer gewinnenden Art konnte sich manche Überraschung verbergen. Sie rieb sich die Hände.

»Danke, ich werde auf der Hut sein«, erklärte sie, merkte aber selbst, wie jämmerlich sich das anhörte.

Als Cunningham mit seinem Wagen zurückkehrte, standen die Fässer, die Tuchballen und die Kisten mit den Pelzen und dem Leder säuberlich auf dem Kai vor dem Schiff aufgereiht. Anne begab sich hinunter und sah, wie er vom Kutschbock stieg, den Rock zurechtzog und die Blicke zufrieden über die Waren gleiten ließ. Mit langen Schritten kam er auf sie zu.

»Ich habe das Geld. Mein Kontor ist nicht weit von hier, ich musste das Silber nur holen.« Er lächelte breit. »Glaubt Ihr, die Männer dort könnten mir behilflich sein, die Waren auf den Wagen zu laden?«

»Natürlich, das habe ich schon mit ihnen besprochen. Aber erst die Bezahlung, Mister Cunningham.«

»Wir laden doch sicher zuerst die Waren auf, bevor wir irgendetwas anderes erledigen, oder?«, sagte er und legte ihr freundschaftlich den Arm um die Schulter.

»Ich glaube, Ihr habt mich nicht richtig verstanden. Ich habe gesagt, zuerst das Geld!«

Der Kaufmann trat einen Schritt zurück.

»Meine Liebe, so dürft Ihr es nicht anfangen. Das müsst Ihr doch verstehen. Ich muss meine Waren erst haben, bevor ich sie bezahle. Ich werde sie schon nicht aufladen und davonfahren, wenn Ihr das befürchtet.«

Anne zog den goldgefassten Bernstein aus der Gürteltasche und sah ihn herausfordernd an.

»Mister Cunningham, gebt mir das Geld, dann helfe ich Euch, alles auf den Wagen zu laden. In der Zwischenzeit behaltet Ihr dies als Pfand. Es ist mein wertvollster Besitz, mehr kann ich Euch nicht geben. Wenn Ihr alle Waren habt und zufrieden seid, gebt Ihr mir es zurück.«

Cunningham nahm das Schmuckstück und strich über den glatten, glänzenden Stein in seiner Hand.

»Die Fliege bewegt sich aber nicht.«

»Doch, nachher.« Sie zwinkerte ihm zu. »Ich hoffe, dies ist der Beginn einer langen Geschäftsverbindung. In Zukunft werde ich viel Handel mit England treiben, und ich werde Euch einen guten Preis machen für alles, was Ihr mir abkauft. Ihr liefert mir Wolle, und ich – ja, Ihr seht ja selbst, was ich anzubieten habe. Wir können noch so manches gute Geschäft miteinander machen.« Sie wies mit einer Kopfbewegung auf die Fässer und die Tuchballen. Lächelnd legte sie ihre Hand auf die seine und drückte seine Finger zusammen, bis sie sich um den Bernstein schlossen. »Nun, sind wir uns einig?«

Trevor Cunningham gehörte zu jenen Männern, die Widerstand anregend finden, und das wusste sie. Wie sie merkte, betrachtete er sie mit ganz neuer Aufmerksamkeit. Fast unmerklich glitt sein Blick über ihren Körper, aber als er sah, dass sie es mitbekam, schlug er rasch die Augen nieder.

»Mein Preis und meine Bedingungen. Auf etwas anderes lasse ich mich nicht ein«, beharrte er.

Anne spürte die Spannung zwischen ihnen und wurde kecker. Wie ein Kind, das ausprobiert, wie weit es gehen kann, bevor das Spiel aufhört und Ernst daraus wird. Sie gab keine Antwort und beobachtete stattdessen die Schauerleute, die mit den schweren Getreidesäcken zwischen den Schiffen und dem Kai hin und her liefen. Ein Hund grub die Zähne in ein Stück Sackleinen, das jemand auf dem Kai hatte liegen lassen, und zerrte daran herum. Überall stapelte sich Brennholz. Der Hafen in London ist dem von Lübeck recht ähnlich, dachte sie, aber hier gibt es mehr Menschen, und sie sprechen eine andere Sprache. Außerdem roch es hier nach Meer, nasser Wolle und Fisch.

Maria, die während des Gesprächs in ihrem Leiterwagen geschlafen hatte, bewegte sich leicht, und Anne warf ihr einen kurzen Seitenblick zu. Wenn die Kleine jetzt bloß nicht aufwachte!

»Ich biete Euch an, den Wein, das Leder und die Pelze zu bezahlen, aber das Geld für das Tuch bekommt Ihr erst später«, erklärte Cunningham nach einer Bedenkzeit. Sein Deutsch war gut, und sie dachte sich, dass er wahrscheinlich schon mit vielen Lübecker Kaufleuten Geschäfte abgeschlossen hatte.

»Dann will ich aber meinen Schmuck zurück«, verlangte Anne und lachte munter, um die Stimmung aufzulockern. Cunningham ging darauf ein, und als sie sich ansahen, konnten beide nicht mehr ernst bleiben.

Nachdem sie sein Silber entgegengenommen hatte, wandte

sie sich an die Schauerleute, gab ihnen eine Münze und bat sie, die Waren auf den Wagen zu laden. Dann streckte sie die Hand nach dem Bernstein aus.

»Ihr bekommt Euren Schmuck und auch den Rest des Gelds, aber erst heute Abend«, sagte er entschieden. Mit einem frechen Lächeln schob er den Bernstein in seine Lederbörse.

Annes Wangen brannten, und sie wusste, dass sie feuerrot geworden war. Ihr war klar, dass er nur mit ihr spielte.

»Dann gibt es heute Abend also weiteres Silber?«

»Ich kann noch mehr anbieten als nur Silber. Ich erwarte Euch heute Abend im Wirtshaus *Hölle.*«

Er verbeugte sich, küsste ihr die Hand und sah ihr in die Augen. »Ihr werdet doch kommen?«

»Natürlich«, sagte sie und fragte sich, ob er sie an der Nase herumführte oder ob er das Ganze nur so eingefädelt hatte, um sie noch einmal zu sehen. Zwar hatte sie bereits gut an diesem Geschäft verdient, aber sie hatte wenig Lust, sich um den Restbetrag prellen zu lassen.

Am Abend zog sie das hellblaue Kleid an, das Ethel ihr genäht hatte. Es hatte einen runden Halsausschnitt, der nach einem Schmuckstück verlangte – am besten hätte der Bernstein gepasst, den Cunningham zurückbehalten hatte. Sie wollte ihn ungern verlieren, denn mit dem Kunstgriff, den sie bei dem Londoner Kaufmann angewandt hatte, konnte sie sicher noch andere Händler beeindrucken. Während sie sich mit der Hand über den Hals strich, sprach sie ein stilles Stoßgebet, dass Cunningham sie nicht betrügen möge.

Obwohl es schon so spät war, nahm sie Maria mit. Mit dem Mädchen an der Hand spazierte sie den kurzen Weg vom Hafen zum Gasthaus. Die Gasse war finster, und andere Frauen sah sie gar nicht. Vielleicht war es tollkühn von ihr, sich allein auf die Straße zu wagen, aber ihre Neugier und der Wunsch, ihr Recht zu bekommen, trieben sie dazu. Außerdem spürte sie, dass sie sich doch irgendetwas von diesem Treffen mit Cunningham erwartete.

Er saß in der Nähe der Tür und strahlte, als er sie erblickte, stand auf, verbeugte sich vor Maria und begrüßte sie. Dann wandte er sich an Anne, verbeugte sich noch einmal und küsste ihr die Hand. Diesmal ließ er sie jedoch nicht gleich wieder los, sondern drückte sie leicht und hielt sie etwas länger fest als vorher. Sie setzten sich, und Anne nahm Maria auf den Schoß.

»Ihr müsst wissen, dass der Braten hier ganz vortrefflich schmeckt, das Beste, was man zu bieten hat. Was haltet Ihr von einer Scheibe Braten in Rotweinsoße mit Rüben und Brot? Und eine Kanne Wein dazu? Ich lade Euch ein.«

»Da kann ich wohl kaum Nein sagen.«

»Wunderbar! Nein ist so ein trauriges Wort, nicht wahr?« Er zwinkerte ihr vielsagend zu. »Und für die Kleine dasselbe, nehme ich an?«

Anne nickte, und Trevor Cunningham beugte sich vor, um Maria die Wange zu streicheln. Dann rief er die Kellnerin und bestellte. Sobald der Wein gekommen war, beugte er sich wieder über den Tisch.

»Der Schmuck ist leider bei mir zu Hause«, sagte er mit einem breiten Grinsen. »Aber wir können ihn nach dem Essen holen. Ich wohne nur wenige Straßen weiter.«

Zu ihrer Überraschung war sie gar nicht wütend auf ihn, sondern verspürte wieder dieses erwartungsvolle Gefühl. Die Spannung zwischen ihnen stieg, und das zog sie magisch an. Einen Moment lang dachte sie sich zwar, dass sie mit einem gänzlich unbekannten Mann im Wirtshaus saß und daher ein wenig vorsichtiger sein sollte. Eigentlich musste sie ihn doch auch nicht begleiten, wenn er den Schmuck holte! Sie konnte ihn einfach bitten, allein zu gehen.

»Zum Wohl!« Er hob das Glas, und sie prosteten sich zu, und in diesem Moment hatte sie überhaupt kein Verlangen, irgendwo anders zu sein.

Sie blieben mehrere Stunden lang am Tisch sitzen und unterhielten sich über den Handel, die Familie und die Kinder. Irgendwie fühlte es sich so an, als würden sie sich schon lange kennen. Er war verheiratet, doch seine Frau wohnte seit geraumer Zeit auf dem Land bei ihrer kränkelnden Mutter. Ab und zu besuchte er sie, doch meistens weilte er aus geschäftlichen Gründen in London. Anne wiederum erzählte von Claus und dem Schiffbruch und von Alf Gerhardt und dem Handelshaus in Stockholm. Dann erklärte sie, dass die Vitalienbrüder sie gezwungen hatten, ihre Heimatstadt zu verlassen.

»Dann können also auch Piraten ein gutes Werk vollbringen. Wären diese Seeräuber nicht, hättet Ihr nie hier gesessen«, stellte er fest und bezahlte das Essen.

Als sie gehen wollten, war Maria eingeschlafen, aber Cunningham bestand darauf, dass sie noch rasch den Schmuck holten. Während Anne ihre Tochter hielt, legte er ihr den Mantel um die Schultern. Auf dem Weg zu seinem Haus ging er höflich neben ihr her und versicherte ihr, dass sie nicht nur das Schmuckstück, sondern auch das ausstehende Geld von ihm bekäme. Vor der Tür warf er einen kurzen Blick auf Maria, die immer noch friedlich schlief, zwinkerte Anne zu und bat sie herein.

Sie betraten ein elegantes Haus mit Steinfußboden und bemalten Dachbalken. Gegenüber der Tür stand ein Esstisch mit vier Stühlen, und von der Decke hingen große, farbenprächtige Gobelins. An den Wänden standen Bänke mit Decken, und weiter hinten befand sich ein Alkoven mit einem roten Vorhang. Es roch sauber und frisch, woraus sie schloss, dass Cunningham Bedienstete hatte.

Als sie eingetreten war, nahm er ihr Maria aus dem Arm und legte sie vorsichtig auf eine der Decken. Dann half er Anne aus dem Mantel, trat einige Schritte zurück und musterte sie.

»Ich wisst ja gar nicht, wie schön Ihr seid! Aber das soll unsere Geschäfte nicht beeinträchtigen.«

Verblüfft sah sie ihn an und spürte seine Blicke auf ihrem Körper. Er blieb kurz stehen, dann holte er den Bernsteinschmuck hervor und strich ihr federleicht über den Hals. Er hielt das Schmuckstück vor ihr in die Luft.

»Hat Euch das gefehlt?«

Bevor sie antworten konnte, trat er einen weiteren Schritt auf sie zu. Wortlos schob er ihr die andere Hand in den Ausschnitt und streichelte ihr über die Brüste.

»Mister Cunningham«, sagte sie, »ich glaube, Ihr habt etwas missverstanden.«

»Da gibt es nichts misszuverstehen«, antwortete er lächelnd und fasste nach ihrem Kleid, um das Rockteil hochzuschieben. »Ich bin alt genug, um es zu erkennen, wenn eine Frau mich begehrt.«

Anne versuchte, ihm Widerstand zu leisten.

»Dies hier hat nichts mit Geschäften zu tun. Und ich bin nur aus geschäftlichen Gründen mit Euch hierhergekommen.«

Er lächelte selbstsicher und ließ den Bernstein vor ihrem Gesicht hin und her baumeln.

»Ich will ebenfalls Geschäfte mit Euch machen«, sagte er und beugte sich vor, um sie zu küssen. »Aber das eine schließt das andere doch nicht aus.« Seine Lippen streiften ihren Mund, und in diesem Augenblick nahm sie ihre ganze Kraft zusammen. Mit einer hastigen Bewegung riss sie den Schmuck an sich, rannte zu Maria und hob sie hoch. Dann ergriff sie ihren Mantel und öffnete die Tür. Bevor sie hinausging, drehte sie sich noch einmal zu ihm um.

»Behaltet Euer Geld! Ich will es nicht, Ihr habt mir schon genug für meine Ware bezahlt. Glaubt bloß nicht, dass ich mich herbeilasse, für Euer Geld zu bezahlen.«

Dann knallte sie die Tür hinter sich zu und eilte mit Maria auf dem Arm zurück zum Schiff. Tränen standen ihr in den Augen, aber weniger aus Enttäuschung denn aus schierer Wut. Sie hatte sich eingebildet, dass sie ihn schon im Griff hatte und mit ihm als Kaufmann Geschäfte machen konnte, aber um ein Haar hätte sie sich von ihm verführen lassen. Doch er hatte sich nur sein Vergnügen bei ihr holen wollen. Sie begriff, dass ihr ehrgeiziges Vorhaben, als Frau ein Handelshaus zu führen, sich schwieriger gestalten könnte als angenommen.

39. Kapitel

Es war an der Zeit, nach Lübeck zurückzusegeln. Anne saß an Deck und sah zu, wie Maria mit einem Zweig spielte. Lächelnd dachte sie sich, dass dieses Mädchen sein ganzes Leben noch vor sich hatte. Sie fragte sich, ob ihre Tochter wohl einmal genauso viel erleben würde wie sie und ob sie genauso keck und tollkühn werden würde. Anne staunte selbst, welche Wagnisse sie in London eingegangen war. Sie war Mutter, das hieß, dass es nicht mehr reichte, wenn sie nur an sich selbst dachte. Sie hätte auf jeden Fall vorsichtiger sein müssen. Andererseits wären Heinz Naglers Tuchballen und Fässer dann immer noch nicht verkauft. Außerdem hatte sie außergewöhnlich gut verdient, denn Cunningham war am nächsten

Morgen reuig mit dem ausstehenden Geld aufgetaucht, und somit hatte sie einen weit größeren Gewinn erzielt als erhofft. Mehr hätte sie sich von dieser Reise nicht erwarten können. Dass Cunningham trotz allem noch sein Versprechen gehalten hatte, freute sie zusätzlich. Doch er war eben ein Mann, mit dem man Geschäfte machen konnte, den man aber lieber nicht zu nahe an sich heranließ, wie sie jetzt wusste.

Anne griff nach einem Tauende und übte sich gedankenverloren im Knotenschlingen. Cunningham hatte sie gebeten, mit neuen Waren nach London zurückzukommen, und eines Tages konnten sie vielleicht sogar zusammenarbeiten. Doch zunächst musste sie lernen, ein bisschen besser aufzupassen. An erster Stelle stand immer das Wohl ihrer Tochter.

Vom Kai hörte sie lautes Rufen und begriff, dass das Schiff ablegen sollte. Sie stand auf und hob sich Maria auf die Schultern. Gemeinsam sahen sie zu, wie der Landungssteg und die Taue an Bord geholt wurden. Der Aufenthalt in London hatte nur wenige Tage gedauert, und der Konvoi sollte so schnell wie möglich nach Lübeck zurückkehren. Das Rahsegel wurde gehisst und knatterte im Wind. Langsam, aber sicher nahm die Kogge Fahrt auf.

Anne blickte über die Themse. Jetzt musste sie nur noch die Waren aus dem zweiten Lager abverkaufen. Dann war sie frei und konnte endlich ihr Handelshaus aufbauen, wo sie wollte. Vielleicht in Visby, vielleicht in Köln oder auch in London. Oder warum nicht in Stockholm, wenn dort wieder Frieden eingekehrt war? Sie war guter Dinge und summte leise vor sich hin. Alles würde gut werden, alles musste gut werden. Im Moment fiel ihr gar nicht ein, was noch hätte misslingen können.

Der sommersprossige junge Gefängniswärter zog seinen Schlüsselbund hervor und musterte ihn eingehend. Sein harter Zug um den Mund verschwand, und sein Blick wurde freundlich. Der größte Schlüssel passte zu dem Turmverlies, in dem Magnus Spangenmacher einsaß. Der Wächter rieb sich die Nasenwurzel und starrte auf die verschlossene Tür. Seit Monaten hielten sie diesen schwedischen Ratsherrn schon gefangen, verhörten ihn, bedrängten und folterten ihn, aber sie bekamen keine Auskünfte von ihm. Vielleicht verhielt es sich ja wirklich so, wie er behauptete, und er wusste einfach nichts. Aber warum hielt man ihn dann immer noch fest? Dieser Ratsherr war ein anständiger Mann und hatte ein besseres Los verdient.

Der Wächter zückte den Schlüssel und schob ihn ins Schloss. Mit schwerfälligem Knarren öffnete sich die Eichentür, und er trat ein. Die durchdringende Feuchtigkeit schlug ihm entgegen, und der üble Geruch nach abgestandener Luft und Schimmel ließ ihn erschauern. Im Dunkeln erkannte er den Gefangenen.

Magnus Spangenmacher hatte sich auf dem Boden zusammengerollt und sich mit dem Mantel bis zum Hals zugedeckt. Er bot ein Bild des Jammers, und der Wächter dachte bekümmert daran zurück, wie stattlich der Schwede ausgesehen hatte, als er ihn zum ersten Mal zu Gesicht bekommen hatte. Er erinnerte sich noch an die hochgewachsene, kräftige Gestalt, das offene, einnehmende Gesicht und den geraden, ehrlichen Blick. Auf eine merkwürdige Art fühlte er sich zu ihm hingezogen – er wusste nicht, ob aus Respekt oder Bewunderung, aber er ertappte sich dabei, dass er den Mann nie besonders fest schlug, wenn ein entsprechender Befehl erging. Einen Mann, der solchen Stolz und solche Stärke in sich trug, mochte er nicht erniedrigen und schänden.

So hatte er auch versucht, den Schweden zu schützen, so gut er konnte, während seine Genossen immer wütender wurden, weil er nicht reden wollte. Sie traten ihn gegen die Brust oder ins Gesicht, und er musste hilflos zusehen. Doch nach dem Verhör, als Magnus Spangenmacher wieder in seinem Turm lag, war der Wächter zu ihm gekommen und hatte seine Wunden versorgt. Der Ratsherr zeigte ihm solche Dankbarkeit, dass sich der Wächter weit mehr um ihn kümmerte als um die anderen Gefangenen. Wann immer er konnte, lockerte er ihm die Fesseln um Hals und Knöchel, oder er schmuggelte ihm zusätzliches Essen in die Zelle. Außerdem hatte er dafür gesorgt, dass Magnus ein warmes Schaffell bekam, das ihn gegen die Kälte schützte, wenn er auf dem Boden schlief. Auf diese Weise war der Gefangene noch nicht ganz gebrochen, und obwohl es unglaublich schien, steckte offensichtlich immer noch Kraft in dem geschundenen Körper.

Der Wächter trat zu ihm, stellte einen Krug frisches Wasser

auf den Boden und nickte ihm freundlich zu. Magnus Spangenmacher setzte sich halb auf und stützte sich an der Mauer ab.

»Danke sehr, aber es geht mir nicht besonders gut. Ich konnte die ganze Nacht nicht schlafen, und ich glaube, ich muss mich übergeben«, sagte er und drückte sich die Hand auf den Leib. Der Wachmann sah sich um.

»Hier ist ein Eimer!«

»Das reicht nicht. Ich muss zum Abtritt!«

Der Sommersprossige nickte, sah den Gefangenen an und legte ihm eine Hand auf die Schulter.

»Dann muss ich dir aber die Fesseln anlegen.«

»Fass mich lieber nicht an! Bei mir bilden sich gerade so seltsame Geschwüre. Nicht dass du auch welche bekommst!«

Der Wächter zuckte zurück.

»Ich hole dir einen zweiten Eimer.«

»Nein, bring mich zum Abtritt. Nimm doch einfach das Seil von dort drüben!« Der Schwede zeigte auf ein Tau, das vom einen Ende der Decke zum anderen lief. »Mach einen halben Schlag und einen Palstek und leg es mir um den Bauch, und dann noch einen Schlippstek um den Hals. So kannst du mich bewachen, und ich kann nicht fliehen.«

Der Mann warf einen Blick auf das Tau. Er wollte ja gern behilflich sein, aber die Gefangenen durften die Zelle nur in Begleitung zweier Wachen verlassen, und er war allein. Unglücklich musterte er den Schweden. Wenn Magnus Spangenmacher eine üble Krankheit hatte, war es trotz allem besser, wenn er den Abtritt benutzte.

»Natürlich kann ich mich übergeben und mich dort in die Ecke setzen, aber dann willst du diese Zelle wahrscheinlich nie wieder betreten. Es ist besser, wenn wir zum Abtritt gehen«, fuhr Magnus fort. »Ein Messer besitze ich nicht, und die Empore, auf der sich der Abtritt befindet, ist viel zu weit oben, als dass man hinunterspringen könnte. Entscheide dich, schnell, bevor es zu spät ist!«

Als der Wächter das hörte, machte er das Tau von der Decke los und ging auf den Ratsherrn zu. Nachdem er ihm das Seil ein paarmal um den Leib gewunden hatte, schlang er mehrere ordentliche Knoten.

»Beeil dich, es darf dich niemand so sehen!«, forderte er Magnus auf, als er fertig war und das Seil fest in die Hand nahm. Der Schwede nickte, taumelte aus seiner Zelle und musste sich den ganzen Weg zum Abtritt an der Wand abstützen. Als sie dort angekommen waren, lächelte er matt und ging schnell hinein.

Sobald Magnus die Tür hinter sich geschlossen hatte, richtete er sich wieder auf und untersuchte die Knoten.

»Wenn du nicht gleich wieder herauskommst, rucke ich am Seil«, sagte der Wachmann mit dünner Stimme.

»Ich beeile mich ja schon, aber du musst mir mehr Seil geben!«, rief Magnus und zog ein langes Teilstück des Stricks durch den Türschlitz nach innen. Wochenlang hatte er sich bemüht, sich mit diesem Mann gut zu stellen, und jetzt war er endlich seine Fesseln los. Das Seil trug er eher zur Zierde. Als er neu in Stockholm gewesen war, hatte er im Hafen unzählige Male Schiffe beladen und gelöscht, sodass es keinen Knoten gab, den er nicht im Handumdrehen hätte lösen können. Seine Hände arbeiteten flink, aber ab und zu warf er einen sehnsüchtigen Blick zum Fenster hinaus, durch welches das Tageslicht hereinfiel. Als er sich von dem Seil befreit hatte, lief er zum Fenster, erkannte aber im selben Moment, dass die Öffnung zu schmal war, als dass er sich hätte hindurchzwängen können. Er fluchte, aber da kam ihm ein anderer Einfall.

»Es ist immer noch zu stramm, kannst du nicht noch etwas nachgeben?«, rief er, während er Stück für Stück mehr Seil einholte. Der Wachmann gab ihm noch ein wenig mehr nach, und Magnus warf sich schnell eine Schlinge über die Schulter. Einen Moment lang wünschte er, er hätte diesen Einfall nicht gehabt, doch gleich riss er sich wieder zusammen. Der Abtritt war so gebaut, dass er aus der Festungsmauer hinausragte, genau über dem Wassergraben. Magnus stieg auf das Sitzbrett und zwängte sich lautlos durch die Stelle, an der das Loch am breitesten war, während er gleichzeitig das Seil gut festhielt. Langsam ließ er sich hinab und seilte sich an der Mauer ab. Als das Seil zu Ende war, schickte er ein stummes Gebet zum Himmel, dass das Wasser tief genug war und sich keine zugespitzten Pfeiler unter der Oberfläche verbargen.

Mit lautem Platschen schlug er auf und spürte den Schmerz,

als er in das eiskalte Wasser eintauchte. Doch immerhin war hier nichts Scharfes oder Gefährliches verborgen, woran er sich hätte verletzen können. Mit wenigen Schwimmzügen erreichte er den Grabenrand und zog sich aus dem Wasser. Seltsam, dass sie nicht daran gedacht haben, zugespitzte Baumstämme im Graben zu verankern, dachte er, während er davonrannte.

40. Kapitel

Das Pferd brauchte Wasser, und auch er selbst war ganz ausgetrocknet. Peder hatte sich verirrt und war mehrere Tage ziellos durch die Berge geritten. Doch er war den Wegelagerern entkommen und dankte Gott für seine Rettung. Einer der Reiter hatte ihm nachgesetzt, gab es jedoch auf, da sein Pferd nicht mithalten konnte. Als Peder sicher war, dass sich die Räuber wieder zurückgezogen hatten, suchte er nach seinen Pilgerkameraden, doch er fand nur Leichen. Zu seinem Schrecken stellte er fest, dass er der einzige Überlebende war. In dem steinigen Boden konnte er sie nicht begraben, daher sprach er nur über jedem ein Gebet, bevor er erschüttert weiterritt.

Mit Schaudern dachte Peder an den Vorfall zurück. Er konnte das Kriegsgeheul der Räuber und die herzzerreißenden Schreie der verängstigten Pilger einfach nicht vergessen. In der Nacht konnte er kaum einschlafen, und wenn er wach lag, dachte er an seine Kameraden, die mit ihrer Pilgerfahrt nur Frieden und Liebe im Sinn gehabt hatten. Zum Dank waren sie hingemeuchelt worden. Gott hatte sie verlassen, und Peder konnte den Grund dafür nicht erkennen.

Er verlangsamte die Gangart seines Pferds, und nach einer Weile entdeckte er ein Bächlein, das hinter vereinzelten Büschen glitzerte. Hier perlte das frische Quellwasser über die Steine, und er ließ die Zügel durch die Hand gleiten, damit sein Tier trinken konnte. Dann stieg er ab und trank selbst, bis sich der schlimmste Durst gelegt hatte. Anschließend ergriff er die Zügel und führte das Pferd am Bachbett entlang, bis sie an eine Stelle kamen, an der leuchtend grüne Bäume und Büsche wuchsen. Vorsichtig rutschte er einen Abhang hinunter und blieb stehen, um sorgfältig auf verdächtige Geräusche zu horchen. Er hörte den Wind über dem Berg und fremde Vogelstimmen weit oben am Himmel, ansonsten war es still. In weiter Ferne konnte er nur einen Menschen ausmachen, einen Schäfer, der mit seiner Herde auf dem Weg ins Tal war. Langsam schritt er auf die blühende Oase zu. Als er zwischen den Baumstämmen einen Brunnen entdeckte, war er sofort wieder auf der Hut. Wo es Wasser gab, hielten sich für gewöhnlich auch Menschen auf. Er blieb ganz still stehen und wartete ab, doch der ganze Ort atmete Frieden, und so ließ er sich schließlich auf einen Stein neben dem Brunnen sinken.

Die Dämmerung brach bereits herein, im Westen ging die Sonne hinter den roten Bergen unter, und weit hinter den Berghängen im Osten erahnte er die Heilige Stadt. Er lächelte in sich hinein und spürte eine tiefe Dankbarkeit. Gott hatte ihn geleitet. Bald würde er Jerusalem betreten.

Er dachte an die Männer, die eine Wallfahrt ins Heilige Land unternommen, ihr Ziel aber niemals erreicht hatten. Wie viele Räuberbanden hatten wohl schon das Leben solch unschuldiger Pilger ausgelöscht? Diese ungläubigen, blutrünstigen Barbaren mussten bekehrt und von ihren Dämonen befreit werden. Vielleicht hatte Gott ihn genau deswegen mit dem Leben davonkommen lassen? Je länger er darüber nachdachte, umso fester wurde seine Überzeugung. Er war ausersehen, Gottes Wort zu predigen und seine Lehre zu verbreiten. Aus diesen Heiden würde er gute Christen machen. Gott hatte ihn überleben lassen. Er hatte ein Zeichen erhalten.

Mittlerweile war es fast ganz dunkel, und er beschloss, ein Nachtlager aufzuschlagen. Noch ein Tagesritt, und er war am Ziel. Müde, aber glücklich rückte er ein Stück von der Quelle ab, um einen guten Schlafplatz zu finden. Sorgfältig rollte er seinen Mantel zu einem Kissen zusammen. Im nächsten Moment war er auch schon eingeschlummert, und als der Mondschein über den Berg fiel, schlief er bereits tief und fest.

Als die beiden Männer sich zur Quelle schlichen und ihn entdeckten, hörte er nichts. Er hörte auch nicht, wie sie sich an ihn anpirschten und seine Habe nach Wertsachen durchsuchten. Doch dann berührte einer der Männer den Lederbeutel, und Peder wachte auf und schlug erschrocken die Augen auf. Da war es bereits zu spät. Der Räuber hob sein Messer und stieß es ihm mit voller Kraft in die Brust. Peder konnte nicht einmal mehr schreien.

41. Kapitel

Anne hörte ein Kratzen an der Tür und setzte sich im Bett auf. Nach der langen Reise war sie immer noch müde, und ihr Kopf fühlte sich schwer an. Maria war im Lauf der Nacht mehrmals aufgewacht und hatte nur mühsam wieder einschlafen können. Seit ihrer Rückkehr aus London war die Kleine unruhig, und obwohl sie begriff, dass Peder verreist war, rief sie ständig seinen Namen.

Während Anne sich den Mantel übers Nachthemd zog, dachte sie noch einmal an seinen wahnwitzigen Entschluss. Er hatte Maria und sie verlassen und war zu einem unbekannten Schicksal in einem fremden, fernen Land aufgebrochen. Wie so oft in letzter Zeit machte der Gedanke an ihn sie wütend und traurig zugleich. Er hatte selbst gesagt, sie sei der Mensch, der ihm am nächsten stand, und dann verließ er sie doch …

Sie ging an die Haustür, um sie zu öffnen. Innerlich hoffte sie, Peder könne zurückgekehrt sein, doch dann ärgerte sie sich sofort über sich selbst. Sie hatte beschlossen, nicht mehr an ihn zu denken, denn er hatte seine Wahl getroffen, und sie würde jetzt dasselbe tun.

Vorsichtig öffnete sie die Tür einen Spaltbreit. Ein befremdlicher Geruch schlug ihr entgegen. Dort stand ein hochgewachsener Mann mit schmutzigem Mantel und dunklem, verfilztem Haar. Sie trat einen Schritt zurück und befürchtete schon, er werde sich ins Haus drängen, aber dann kam er ihr auf einmal so bekannt vor. Als sie genauer hinsah, erkannte sie plötzlich die ernsten braunen Augen und den festen Blick. Du lieber Gott! Das war ja Magnus Spangenmacher!

»Kommt herein! Aber … was ist Euch denn widerfahren?«, sprudelte es aus ihr heraus, als sie sein blutverschmiertes Gesicht, die Wunden an den Armen und den ausgemergelten Körper sah.

Sie erinnerte sich noch gut, welch kraftvollen Eindruck er auf sie gemacht hatte, als er in jener Nacht Maria in Valborgs und ihrer Obhut ließ. Die Stärke und Männlichkeit, die er ausstrahlte, hatten sofort Vertrauen in ihr erweckt. Lange hatte sie sich gefragt, was wohl aus ihm geworden sein mochte, und jetzt stand er vor ihr, der Mann, der sich für Marias Vater gehalten hatte, der Mann, der ihre Tochter mitnehmen wollte. Sie hätte die Tür schließen und die Bedrohung damit aussperren können, doch sein elendes Aussehen ließ ihr gar keine andere Wahl. Er brauchte Hilfe.

»Sie hatten mich geschnappt, aber nun bin ich endlich wieder frei«, sagte er und sah sie an. »Entschuldigt, dass ich mich einfach so aufdränge.«

»Denkt doch jetzt nicht an so etwas. Seid froh, dass Ihr überhaupt noch am Leben seid«, erwiderte sie und stützte ihn, als er ins Taumeln geriet. Er versuchte sich wieder aufzurichten.

»Wie geht es Maria?«

»Es geht ihr gut.«

»Und Heinz Nagler?«

Anne wich seinem Blick aus. »Er ist eine Weile nach dem Überfall gestorben«, antwortete sie. »Wir haben uns viel zu erzählen, aber zuerst werde ich Eure Wunden verbinden. Die sehen ja schrecklich aus.«

»Heinz Nagler ist tot? Ein so feiner alter Mann war das! Ich werde ihn rächen. Diese Schurken sollen ganz gewiss nicht entkommen.«

»Vielleicht wäre es besser, wenn Ihr erst einmal wieder selbst stehen könntet«, meinte Anne, legte sich seinen Arm um den Hals und stützte ihn, während sie die Treppe hinaufstiegen. »Ihr bekommt jetzt etwas zu essen, und danach könnt Ihr sicher ein Bad gebrauchen.«

Wenig später, als er einen großen Krug Bier und ein Stück Brot bekommen hatte, ließ Anne eine Wanne mit heißem Wasser vorbereiten und forderte Magnus auf, hineinzusteigen. Er sah sie verlegen an und bedeckte seine Blöße mit einem großen Handtuch.

»Ich könnte auch eine von den Mägden bitten, Euch zu waschen, aber da ich hinterher sowieso Eure Wunden reinigen und verbinden muss, kann ich auch gleich alles selbst tun. Das Wasser ist schön warm. Hinein mit Euch!«

Magnus machte Anstalten zu protestieren, doch Anne winkte nur ab.

»Auch Adam war nackt, Ihr befindet Euch also in bester Gesellschaft.«

»Eva aber auch«, lachte er plötzlich.

Anne kicherte und drehte sich weg, bis er in der Wanne lag. Dann trat sie an den großen Holzbottich.

»Ich habe dem Wasser ein wenig Lauge beigefügt, damit verschwinden hoffentlich die Läuse«, sagte sie. »Auch Kamille und Seifenkraut, aber vielleicht bleiben trotzdem noch ein paar übrig. Dann müssen wir sie uns eben vorm Kaminfeuer vornehmen.«

Magnus schenkte ihr ein Lächeln, und sie erwiderte es. Er merkte, dass sie mit ihm scherzte, und die gespannte Stimmung im Zimmer lockerte sich etwas. Sie wusch ihm die Haare und den Bart und schrubbte ihm den Rücken und die Arme. Den Rest überließ sie ihm. Schließlich schnitt sie ihm noch die Haare und rasierte ihm den Bart so, wie er ihn haben wollte.

»Wo ich war, konnte man leider nicht baden«, entschuldigte er sich.

»Es grenzt schon an ein Wunder, dass Ihr überhaupt überlebt habt. Eure Frau wird sich sehr freuen.«

Anne sah, wie ein Schatten über sein Gesicht zog, und wusste im selben Moment, dass Magnus im Bilde war. Ingrid hatte ihn bezüglich Maria angelogen, und die Gefühle für seine Frau mussten sich grundlegend geändert haben. Wie seltsam für einen Mann, dachte sie. Das Kind, für dessen Vater er sich gehalten hatte, war in Wirklichkeit das Kind einer anderen Frau.

»Hier ist Kleidung«, sagte sie und reichte ihm einen Mantel, ein Hemd und eine saubere Hose, die sie aus Heinz Naglers Schrank gezogen hatte. Da Christin schlief, hatte sie nicht um Erlaubnis bitten können. Sollte die Hausfrau also ungehalten darüber sein, mussten sie sich später darüber auseinandersetzen. »Zieht sie an, aber lasst die Wunden noch unbedeckt. Ich will sie erst verbinden.«

Mühsam hievte sich Magnus aus der Wanne hoch. Er war ausgemergelt und hatte Wunden und Blutergüsse auf Brust und Oberarmen, doch sie kam nicht umhin zu bemerken, dass er einen schönen Körper besaß. Er war nicht so schmächtig wie Peder, sondern breitschultrig, mit schmalen Hüften und festen Oberschenkeln. Sie ertappte sich dabei, dass sie ihn anstarrte, und als sich ihre Blicke trafen, schlug sie schnell die Augen nieder. Verlegen drehte sie sich um und griff nach dem Handtuch.

»Das war wohl die falsche Reihenfolge. Erst das Handtuch, dann die Kleider ...«, sagte sie errötend. Und als sie seine vergnügte Miene bemerkte, wurde sie gleich noch verlegener.

Später gingen sie ins Speisezimmer und setzten sich vor den Kamin. Anne hatte Magnus' Wunden mit Kräutern und Schafgarbe versorgt und verbunden. Als er schließlich den Mantel anzog, hatte er wieder Farbe im Gesicht und sah richtig zufrieden aus.

»So schön warm ist es hier! Ich hatte schon ganz vergessen, wie es sich anfühlt, nicht zu frieren«, erklärte er und hielt die Hände vors Feuer. Dann verstummte er und sah Anne prüfend an. »Und Ihr könnt Euch gar nicht vorstellen, wie sehr ich mich nach Maria gesehnt habe.«

Anne spürte einen schmerzlichen Stich in der Brust. Nun ließ sich das Thema nicht mehr vermeiden, um das alle bis jetzt nur herumgeschlichen waren: Was sollte mit Maria geschehen?

»Sie schläft. Ihr könnt sie später sehen.«

»Ihr, Maria und ich. Schon merkwürdig«, sagte er nach einer Weile, »dass wir, die Gäste, als Einzige zu Hause sind.«

»Christin ist auch hier, aber ich wollte sie nicht wecken. Es ist sicher besser, wenn ich Euch gleich vorwarne. Hier sind neue Zeiten angebrochen, und seit Heinz Naglers Tod ist eine Menge geschehen. Ich selbst habe schon daran gedacht, nach Stockholm zurückzukehren«, sagte sie und stellte eine Schale warmer Fleischbrühe vor ihn hin.

Er sah sie verwundert an.

»Nach Stockholm? Das wird nicht so einfach sein.«

»Einfach ist es in Lübeck auch nicht«, gab sie zurück, reichte ihm eine Scheibe Roggenbrot und goss ihm Bier in seinen Becher.

Während er aß und trank, berichtete sie, was sich alles ereignet hatte: Heinz Naglers Tod, Peders Pilgerreise nach Jerusalem, ihre Reise nach London und Christins seltsame Veränderung. Sie deutete auch an, dass sie sich in diesem Hause mittlerweile nicht mehr sicher fühlte und dass sie nachdachte, wie sie das Problem lösen sollte. Sie blieben noch lange vor dem Kamin sitzen, und er erzählte ebenfalls, was ihm in letzter Zeit widerfahren war. Zwischen ihnen entstand eine stille Vertrautheit, und zum Schluss wagte Anne die heikle Frage anzuschneiden.

»Peder erzählte, dass Ihr gekommen seiet, um Maria zu holen. Aber nun wisst Ihr, dass ich die Mutter bin. Darüber hatte Valborg Euch ja schon in Kenntnis gesetzt.«

Er nickte, blieb aber stumm. Es entstand eine längere Schweigepause, in der keiner von beiden etwas zu sagen wusste. Denn keiner von beiden wollte Lübeck ohne Maria verlassen.

42. Kapitel

Warum nur hatte Mattis mit seinen Worten unbedingt Gift in ihr Glück mit Herman träufeln müssen? Valborg war noch immer ganz unwohl, denn sie kannte Mattis schon lange und wusste, dass er nur ihr Bestes wollte. Natürlich konnte er sich getäuscht haben, aber je länger sie über die Angelegenheit nachdachte, umso unruhiger wurde sie. Valborg vermied es jedoch, Herman zur Rede zu stellen. Stattdessen genoss sie weiterhin seine Gesellschaft beim Abendessen und sehnte sich nach den weinseligen Momenten, in denen sie sich bis spät in die Nacht in den Armen lagen. Sie brauchte ihn einfach zu sehr. Während sie versuchte, ihr Glück so lange wie möglich festzuhalten, fielen Mattis' Worte doch wie ein Schatten über Herman und sie. Und dieser Schatten wuchs und wurde immer dunkler.

Eines Morgens, als sie allein im grauen Dämmerlicht vor ihrer Grütze saß, beschloss sie, die Sache endlich aufzuklären. Herman war zu einer Geschäftsreise nach Bergen aufgebrochen und bliebe eine Weile weg, aber sobald er nach Hause käme, wollte sie ihn um eine Erklärung bitten. Andererseits konnte sie ja genauso gut gleich zum Handelshaus gehen und sich mit eigenen Augen überzeugen, wie die Dinge dort standen und ob alles so geführt wurde, wie es sich gehörte.

Kurz nachdem die Vitalienbrüder die Macht in Stockholm ergriffen hatten, hatte Anne ihr die Geschäftsräume gezeigt. Da hatte sie das Obergeschoss gesehen, die Wohnräume, das Kontor und auch die Lagerräume im Keller. In den unterirdischen Gewölben hatte Anne ihr begeistert von den Ballen mit flämischem Tuch erzählt, dem Wein in den Fässern und den vielen exotischen Gewürzen, die sie auf Lager hatte. Sie hatte Valborg sogar die gestapelten Eichhörnchenfelle gezeigt, die sie von einem norwegischen Jäger erhalten hatte, ein paar Krüge Honig und vieles andere. Während sie umhergingen, hatte Anne ihr erklärt, wie sie ihre Tätigkeit weiter ausbauen und immer mehr verkaufen wollte.

Nun stieg Valborg die Treppe zum Handelshaus hoch und ging noch einmal durch, was sie sagen wollte. Sie wollte sich als Großhändlerin ausgeben. Anne hatte ihr von diesen Händlern erzählt, die viele Waren für ihre Speicher einkauften und dann weiterverkauften. Damit sähe sie nach einer vielversprechenden Kundin aus, und man würde sie gewiss herumführen. Und wenn sie nur einen Blick ins Lager werfen konnte, wüsste sie sicher sofort, ob hier alles in Ordnung war.

Sie klopfte, und nach einer geraumen Weile wurde die Tür geöffnet. Schließlich zeigte sich ein Mann mit schütterem Haar, der einen braunen Mantel und eine schmutzige Hose trug.

»Was wünscht Ihr?«

»Ich will jemanden sprechen, der einer Großhändlerin behilflich sein kann«, erwiderte Valborg.

Der Mann nickte, bat sie zu warten und stieg die Treppe hoch. Als er zurückkam, war er in Begleitung eines rundlichen kleinen Mannes, der etwas älter als Valborg war. Er hatte einen borstigen Backenbart und Lachfältchen rund um die Augen. Nun bedachte er sie mit einem breiten Lächeln.

»Dietrich Schultze«, sagte er und streckte ihr die Hand hin. »Kann ich Euch irgendwie behilflich sein? Herman Möller ist verreist, aber wir arbeiten zusammen.«

Valborg räusperte sich.

»Ich möchte eine Partie Tuche aus Brügge kaufen und habe gehört, dass es hier ein großes Lager gibt«, erklärte sie.

»Wir haben schon viel verkauft, aber wir wollen es uns trotzdem ansehen. Kommt doch herein!« Er musterte sie eingehend. »Was hat Euch hierhergeführt?«

»Mein Handelsagent ist krank, aber ich habe gehört, dass demnächst ein Konvoi die Stadt verlässt. Deswegen wollte ich die Gelegenheit nutzen und Stoffe kaufen.«

»Sehr klug von Euch. Die dänische Blockade macht uns alle noch unglücklich«, antwortete der Mann. »So, bitte sehr, dann wollen wir einmal sehen«, sagte er und öffnete die Tür zum Kellergewölbe.

Valborg erkannte die Räumlichkeiten vom letzten Mal wieder. Ihr fiel der Weinkeller ein, den sie damals von ihrem Gemahl geerbt hatte. Vor drei Jahren hatte sie ihn übernommen, und obwohl sie nach dem Gesetz kein Recht hatte, den Weinkeller länger als ein Jahr nach dem Tod ihres Gatten weiterzuführen, hatte sie immer wieder eine neue Genehmigung bekommen. Wahrscheinlich weil die Vitalienbrüder sich nicht immer an die Gesetze der Kirche und der Stadt hielten, sondern nach eigenem Gutdünken handelten.

»Hier entlang!«, bat der gedrungene Mann und ging voraus. Die Decke war sehr niedrig, und die dicken Stützstreben wölbten sich im Dunkeln. Valborg befielen sofort üble Ahnungen. Es roch stickig und verfault, und wo früher reihenweise Fässer gestanden hatten, waren nur noch abgestoßene Holzkisten und Abfall zu sehen. Weder Weinfässer noch Tuchballen oder Keramikkrüge waren übrig geblieben.

»Das war hier alles ziemlich verwahrlost, aber wir sind gerade dabei, alles wieder instand zu setzen. Natürlich müssen wir erst weitere Waren besorgen, aber die Dänen ...« Dietrich breitete die Arme zu einer bedauernden Geste aus.

Sie gingen alle Räume ab, aber in den ehemals gut gefüllten Lagern herrschte nur gähnende Leere. Schließlich kamen sie zum letzten Abteil des Kellers, wo es bereits durch die Ziegeldecke tropfte. Er sah ihren Blick.

»Wenn der Sommer kommt, können wir wieder richtig lüften, aber derzeit ist es schwierig, der Feuchtigkeit Herr zu werden. Die Stoffe liegen auf den Regalen dort.«

Auf einem breiten Regal lagen große Tuchballen aufgereiht, mit Seilen umwickelt und mit Bleiplomben versehen. Sie trat ans Regal und schnupperte, nahm den Stoff zwischen die Finger und betastete ihn.

»Hier ist grünes und braunes Tuch«, sagte der Mann und klopfte so kräftig auf die Ballen, dass der Staub aufwirbelte. Valborg tat, als hätte sie es nicht gesehen.

»Ich habe gehört, dass Ihr auch blaues flandrisches Tuch zu verkaufen habt, und Gewürze noch dazu«, beharrte sie.

»Derzeit nicht, wir warten auf unsere Lieferungen.«

Valborg musste an Anne denken, wie sie immer alles geschafft hatte. Blockade hin oder her, ihr Lager war stets voll gewesen. Was trieb Herman also hier? Verkaufte er einfach nur ab, was Anne eingekauft hatte, und behielt das Geld für sich? Bei dem Gedanken schwindelte ihr.

»Nun«, hakte der Mann nach, »wollt Ihr etwas kaufen?«

»Habt Ihr englische Wolle?«

»Leider nein.«

»Blaues flandrisches Tuch?«

»Wie gesagt, das ist ausverkauft, aber wir bekommen demnächst neue Ware herein.« Er zupfte sich am Backenbart und räusperte sich.

»Dann werde ich ein andermal wiederkommen. Aber vielen Dank, dass ich mir Eure Waren ansehen durfte«, sagte Valborg und versuchte, ihrer Stimme einen festen Klang zu geben, was sie einiges an Beherrschung kostete. Am liebsten hätte sie geweint, geflucht und ausgespuckt. Da hatte sie Anne von Hermans Vortrefflichkeit überzeugt, aber kaum hatte die Saison begonnen, waren die Lager leer und verwahrlost. Sie hastete hinaus. Wer war dieser Mann, der sie herumgeführt hatte? Und wer war eigentlich ihr Herman?

Auf dem Heimweg weinte sie ununterbrochen, achtete nicht darauf, wohin sie trat, und stieß in den Gassen mit den Leuten zusammen. Ihr ganzes Glück war eine Täuschung gewesen, und Herman war nicht der, für den er sich ausgab. Seit heute konnte sie ihm nicht mehr vertrauen.

43. Kapitel

Mittlerweile war es Abend geworden. Das Haus war ganz still, und Anne und Magnus hatten sich ins Speisezimmer gesetzt. Die Glut im Kamin war noch nicht ganz erloschen.

Als Christin erfuhr, dass Magnus in die Fischerstraße gekommen war, begrüßte sie ihn und fragte ihn nach dem Überfall aus. Danach bot sie ihm an, weiter im Hinterhaus zu wohnen, und verschwand wieder in ihrem Zimmer. Meistens blieb sie jetzt für sich allein, nur ab und zu bot sie an, sich um Maria zu kümmern, wenn Anne irgendetwas zu erledigen hatte. Dafür war Anne ihr trotz allem dankbar.

»Stellt Euch vor«, sagte Magnus, »ich kann mich noch ganz genau an jenen Abend erinnern, als Ihr uns mit Maria geholfen habt. Ihr seid auf die Straße gegangen, um mich und meine Familie zu retten. Damals habe ich gelobt, dass ich Euch nie vergäße, wie viel Gutes Ihr uns getan habt, und jetzt sitze ich mit Euch in einer anderen Stadt in einem anderen Land und ...« Er zögerte und suchte nach den richtigen Worten.

Anne musterte ihn von der Seite. Sein Gesicht war geschwollen und sah ganz schief und seltsam aus unter den dicken Verbänden. Trotzdem wirkte er nicht erbärmlich, sondern überaus würdevoll. Sein Blick war sanft und fest zugleich.

»Meine Frau sagte beim Abschied, ohne unsere Tochter solle ich gar nicht zurückkommen, und das habe ich ihr versprochen.« Er blickte auf und sah Anne in die Augen. »Aber Maria ist ja Eure Tochter, wie ich jetzt weiß.«

Anne verspürte solche Erleichterung, dass sie ihn am liebsten umarmt hätte.

»Als ich hörte, dass Ihr nach Lübeck gekommen seiet, freute ich mich, dass Ihr noch am Leben wart. Aber dann bekam ich Angst, Ihr könntet mir Maria wegnehmen.«

»Ich könnte Euch doch niemals von Eurer Tochter trennen. Und ich hatte auch noch einige andere Gründe für meine Reise.«

»Aber es gibt Männer, die Unerhörtes tun, nur um ihre Frauen zu beruhigen.«

»Und das aus dem Mund einer so jungen Frau!«, lächelte Magnus.

»Mag sein, dass Ihr zehn Jahre älter seid, aber das Alter ist nicht alles. Ich habe mit einem Mann zusammengelebt, der ungefähr so alt war wie Ihr, mit Alf Gerhardt. Ich hielt ihn für klug und weise, dabei war er ein Schurke. Heute schäme ich mich dafür, aber ich hatte keine Ahnung, wer er wirklich war, ich ließ mich einfach von seiner Männlichkeit und seinem sicheren Auftreten täuschen.«

»Da wart Ihr auf jeden Fall jung.«

»Und in einer verletzlichen Lage. Ich hatte gerade erst meinen Mann verloren.«

»Und jetzt sind wir alle beide verletzlich.«

Anne lächelte. Es war schön, ihn im Haus zu haben, denn nach Heinz Naglers Tod und Peders Abreise ins Heilige Land war es doch recht einsam gewesen. Sie stand auf und legte ein paar Scheite nach.

»Ich habe darüber nachgedacht, was Ihr schon alles durchgemacht habt«, sagte sie, als sie sich wieder setzte. »Erst wärt Ihr in Stockholm um ein Haar ermordet worden, und kaum seid Ihr hier, werdet Ihr gefangen genommen.«

»Ja, aber obwohl die Vitalienbrüder auch Anhänger in Lübeck haben, lassen sie sich von hier aus vermutlich besser bekämpfen als in Stockholm. In Schweden würde eine Widerstandsbewegung leichter entdeckt werden.«

»Ihr wollt also nicht aufgeben?«

Er schüttelte den Kopf.

»Ich bin gekommen, um die Widerstandskämpfer zu treffen. Ich will kämpfen. Irgendetwas müssen wir unternehmen, ich weiß nur noch nicht, in welcher Form.«

»Königin Margareta hält König Albrecht immer noch gefangen. Was geschähe, wenn sie den König freiließe?«, sinnierte Anne. Sie fand es wichtig, sich mit Magnus zu unterhalten, und wollte seine Meinung hören.

»Das wird sie nur tun, wenn sie ein hohes Lösegeld bekommt – oder das Versprechen, dass sie selbst Stockholm regieren darf.«

»Wenn Mitglieder der Hanse Stockholm einnähmen, könnte es mit ihrer Vermittlung vielleicht Frieden geben.«

»Da habt Ihr schon recht. Aber Schiffe und Soldaten kosten Geld, und dafür sind die Kaufleute der Hanse zu geizig«, wandte er ein und kratzte sich unter einem seiner Verbände.

»Seid vorsichtig mit den Wunden!«, mahnte Anne mit strengem Blick. »Wisst Ihr, erst wenn die Hanse so viele Schiffe verloren hat, dass der Handel lahmgelegt ist, wird man etwas unternehmen. Und dann kostet es noch mehr Geld. Können wir nicht versuchen, jetzt schon irgendwie Einfluss auf sie zu nehmen? Sucht doch noch einmal diese Gesellschaft auf, an deren Versammlung Ihr mit Heinz Nagler teilgenommen habt, und sprecht mit ihnen!«

»Ja, aber ich habe Angst, dass sich die Spione der Vitalianer immer noch dort aufhalten und hinter mir her sind«, erklärte Magnus und verzog das Gesicht.

»Wir können doch zusammenarbeiten«, schlug sie vor. »Zu zweit ist alles leichter. Ich könnte doch an Eurer statt hingehen. Wenn Ihr sicher seid, dass Ihr noch eine Weile hierbleiben und nicht zu Eurer Frau zurückfahren wollt, heißt das.«

»Nach allem, was sie mir angetan hat, habe ich kein schlechtes Gewissen, sie warten zu lassen.«

Eine Weile schwiegen beide, als brauchten sie die Stille, um die Bedeutung dieser Worte richtig zu erfassen. Da hörten sie auf einmal ein leises Schluchzen aus der Zimmerecke und wurden aus ihren Gedanken gerissen. Beide standen auf, aber Anne war zuerst bei Maria, hob sie von ihrer Decke hoch und lächelte Magnus kurz zu.

»Seht nur, wie niedlich sie aussieht! Ich kann schon verstehen, dass Ihr den weiten Weg gemacht habt, um sie wiederzusehen«, erklärte Anne stolz.

Magnus warf einen Blick auf Maria, und Anne wollte ihn schon bitten, die Kleine kurz zu halten. Aber bevor sie noch etwas sagen konnte, streckte er schon die Hände nach dem Kind aus. Mit einem warmen, sanften Lächeln auf den Lippen streichelte er ihr den Kopf. Anne betrachtete die beiden still und überlegte, was er wohl fühlen mochte.

»Meine kleine Maria«, murmelte er, und als er aufblickte, glänzten seine Augen vor Glück. Während er sich Anne zuwandte, streiften seine Finger ihre nackte Haut. Sie zuckte zusammen und starrte ihn an. Hatte er das mit Absicht getan?

44. Kapitel

Das Schiff schlingerte, und die Kiste mit dem Schiffszwieback polterte zu Boden. Mattis fluchte, sammelte die Stücke wieder ein und betrachtete die Fässer, die im starken Seegang von einer Seite des Laderaums auf die andere rutschten. Die Kogge musste mittlerweile die offene See erreicht haben, denn der Wellengang war um einiges stärker geworden. Er hob ein Stück Zwieback auf und wollte es sich gerade in den Mund stecken, als er die Maden darin entdeckte. Nachdem er sie herausgeklopft hatte, steckte er sich das Brot in den Mund. Es war nicht gut, aber etwas anderes gab es nicht. Die Maden waren von Anfang an da gewesen, und als er sie am Boden der Tonnen entdeckt hatte, war es bereits zu spät gewesen. Außerdem wurde Schiffszwieback grundsätzlich von Ungeziefer befallen, obwohl er sich so bemühte, das Ungeziefer in Schach zu halten, und jede Kakerlake als Niederlage empfand. Die Mannschaft würde sich sicher beschweren.

Nach vielen Überredungsversuchen hatte er zu guter Letzt doch das Schloss verlassen und stattdessen auf einem der Versorgungsschiffe der Vitalianer anheuern dürfen, einem Schiff mit einem Kapitän aus Lübeck. Die Kogge war nicht groß, und sie hatte es durch Königin Margaretas Blockade geschafft, indem sie auf kleineren, weniger bekannten Routen durch den Schärengarten segelte. Der Kapitän wollte nach Bergen, um Lebensmittel und Getränke für die Belagerten in Stockholm zu holen. Der getrocknete Fisch aus Bergen eignete sich für längerfristige Lagerung, und genau so etwas brauchten die Stockholmer im Augenblick. Aber dann sollte das Schiff weiter nach Lübeck segeln, um eine Ladung Salz zu holen, und bei der Gelegenheit wollte Mattis Anne aufsuchen. Er würde sie warnen und auch den Versuch unternehmen, sie zurückzugewinnen.

Schritte auf dem Deck rissen ihn aus seinen Gedanken, und als er durch die Luke nach oben blickte, sah er, dass der Lotse mit einem gut gekleideten Mann an Bord gekommen war. Sie standen ziemlich weit weg, und Mattis konnte das Gesicht des Besuchers nicht erkennen, aber trotzdem kam ihm der Mann bekannt vor. Nur konnte er sich nicht erinnern, wo er ihn schon einmal gesehen hatte.

Als der Wind auffrischte, stampfte das Schiff heftig in der kabbeligen See. Mattis ging an Deck und sah sofort den eleganten Herrn, der mit dem Lotsen gekommen war. Er stand über die Reling gebückt und übergab sich. Als Mattis zu ihm trat, um ihm zu helfen, entdeckte er, dass es sich um Herman Möller handelte. Unbewusst trat er einen Schritt zurück. Was suchte denn Valborgs Geliebter hier?

»He, du, haben wir uns nicht schon einmal irgendwo gesehen?« Herman taumelte auf Mattis zu. Sein Gesicht war blass, und er stand nicht ganz sicher auf den Beinen. »Du bist doch dieser Freund von Valborg!«

Mattis nickte. Herman wischte sich über den Mund und räusperte sich.

»Du fragst dich sicher, was ich hier tue und warum ich nicht bei Valborg bin.«

»Ihr habt gewiss Eure Gründe.«

»Ich wollte nach Bergen fahren, aber daraus ist nun nichts geworden. Ich habe gerade erfahren, dass achtzehn mecklenburgische Schiffe dorthin unterwegs sind«, erklärte er und zeigte auf einen Brief, der aus seiner Gürteltasche ragte.

»Achtzehn Schiffe? Mein Gott!« Mattis wurde ganz blass.

»Die Vitalienbrüder aus Rostock und Wismar haben beschlossen, alle Schiffe anzugreifen, die die Häfen anlaufen, gleichgültig, aus welchem Land sie kommen. Wir können also nicht dort hinsegeln, ohne Gefahr zu laufen, gekapert zu werden. Der Kapitän wird den Kurs ändern und geradewegs nach Lübeck steuern.«

»Nach Lübeck?« Mattis dachte an Anne. Dann würde es also gar nicht mehr so lange dauern, bis er sie wiedersah.

»Wenn ihr es schafft, heißt das. Die Seeräuber sind nämlich überall.« Herman Möller warf einen Blick übers Meer, als erwarte er, dass sie jeden Moment auftauchen könnten. »Ich werde mit dem Lotsen zurückfahren und ein andermal versuchen, nach Bergen zu gelangen.«

»Dann werdet Ihr Valborg ja bald wiedersehen.«

Möller nickte.

»Grüßt sie von mir. Wenn ich in Stockholm bin, komme ich bei ihr vorbei, das verspreche ich.«

»Gut«, sagte Herman geistesabwesend, und Mattis sah, dass der Mann gegen die Seekrankheit ankämpfte.

»Wie geht es überhaupt mit dem Handelshaus?«

»Mit dem Handelshaus? Ganz ausgezeichnet«, erwiderte Herman und warf einen Blick nach hinten. Der Lotse kam gerade auf sie zu. »So, nun muss ich aufbrechen. Je eher ich von diesem verdammten Meer herunterkomme, umso besser.«

Mattis beobachtete, wie Herman ein paarmal schluckte, erbleichte und wieder an die Reling taumelte. Der Lotse stellte sich zu ihnen.

»Der Wind wird immer stärker, wir sollten an Land rudern, bevor es zu spät ist«, sagte er zu Herman. »Wenn es dem Herrn genehm ist, wäre es gut, sogleich aufzubrechen.« Mattis sah das kleine Lotsenboot auf den Wellen tanzen und war froh, nicht an Bord dieser Nussschale gehen zu müssen.

Herman schluckte, hob die Hand zum Gruß und folgte dem Lotsen. Mattis sah ihm nach und dachte daran, wie sich Herman noch vor Kurzem auf eine der Huren im Schloss gestürzt hatte. Jetzt torkelte er blass und kleinlaut über das glitschige Deck, während er seinen Würgreiz zu unterdrücken versuchte. Der Ratsherr war ganz benommen und konnte sich kaum aufrecht halten, und als sie an der Strickleiter angelangt waren, musste er sich erst einmal wieder an der Reling abstützen. Der Lotse kletterte als Erster hinunter.

»Haltet Euch gut fest!«, mahnte er und streckte seinem Passagier die Hände entgegen, um ihn im Boot in Empfang zu nehmen. Ohne eine Antwort hievte sich Herman über die Reling und setzte vorsichtig einen Fuß auf die oberste Sprosse der Strickleiter.

»Festhalten!«, brüllte der Lotse und blickte ängstlich auf eine Reihe hoher Wellen, die gerade von hinten heranrollten. Herman klammerte sich fest, und Mattis sah die Furcht in seinen Augen. Die erste Woge gischtete über ihn hinweg, aber er hielt sich wacker fest. Die nächste Woge prallte ihm gegen den Rücken und hätte ihn um ein Haar ins Meer gespült. Die dritte Woge schließlich riss mit solcher Kraft an ihm, dass er mit den Füßen von der Leiter abglitt. Im nächsten Augenblick rutschte seine Hand ab, und er fiel Hals über Kopf in die Lücke zwischen der Kogge und dem Lotsenboot. Dann ging alles blitzschnell. Mattis sah noch, wie Herman die Hände nach dem Tau ausstreckte, das der Lotse ihm zuwarf, aber der Ratsherr verfehlte es. Als die nächste Woge hereinbrach, schleuderte sie das Boot gegen den Rumpf der Kogge, und Herman konnte nicht mehr ausweichen. Mattis rannte an die Reling, aber er musste hilflos zusehen, wie Herman zwischen den Planken eingeklemmt wurde. Niemals hätte Mattis geglaubt, dass ein Mensch so markerschütternd schreien könne, und der Anblick war so grauenvoll, dass er sich die Hände vors Gesicht schlagen musste.

Eine Weile trieb Herman noch leblos an der Wasseroberfläche, aber als der Lotse das Boot endlich von der Kogge wegmanövriert hatte, sah man nur noch Wellen und schwarze See. Auch Mattis hielt Ausschau nach dem Ratsherrn, während sich die Besatzung an der Reling versammelte und mit Haken neben dem Schiff im Wasser stocherte. In ihrem Innersten wussten sie aber alle, dass es bereits zu spät war. Herman war zwischen dem Lotsenboot und dem Rumpf der Kogge zermalmt worden und ertrunken.

45. Kapitel

Es nieselte, als sie zum Hafen hinunterschritten. Anne fröstelte, allerdings weniger wegen der Kälte als vor Beunruhigung und Anspannung.

»Wir bringen uns in Gefahr, indem wir dort hingehen«, sagte sie und wich im letzten Augenblick einer großen Pfütze aus.

Im feuchten Dunst wirkte der Hafen unwirtlich und grau, und der hohe Lastkran ragte einsam in den Himmel. In der Ferne quietschten Wagenräder und Lastkarren, doch bei den Schiffen war es ruhig.

Magnus berührte sie leicht am Arm.

»Ja, solange wir nicht wissen, wer mich und Heinz Nagler niedergeschlagen hat, müssen wir sehr vorsichtig sein. Aber vergesst nicht, dass wir für Stockholm kämpfen.«

»Ich weiß. Und Heinz hätte unser Plan auch gefallen«, antwortete Anne. »Er hätte nichts dagegen gehabt, dass wir einen Brief in seinem Namen abfassen und seine Unterschrift fälschen. Da es für eine gute Sache ist, hätte er uns auf jeden Fall unterstützt, ich bin ganz sicher.«

»Das glaube ich auch.« Magnus drückte Anne aufmunternd die Hand. Sie spürte seine Zuversicht und merkte, wie ihr ganz warm ums Herz wurde. Sie wollte so gern helfen und war glücklich, dass er dies zu schätzen wusste.

Schweigend näherten sie sich den Schiffen am Kai. Die Kogge lag unmittelbar hinter den Lastkähnen, um Proviant und neue Segel an Bord zu nehmen. Da würde es Anne keine größeren Schwierigkeiten bereiten, sich unbemerkt aufs Schiff zu stehlen.

»Hier trifft sich also der Geheimbund *Burgturm*«, stellte Magnus fest und musterte nachdenklich die Kogge. »Um den Rest müsst Ihr Euch kümmern. Solange die Kundschafter noch nicht gefasst sind, will ich lieber nicht gesehen werden.«

»Das ist auch besser so«, erwiderte Anne und rückte ihre Gürteltasche zurecht. Darin lag ein Konvolut, das an den geheimen Bund adressiert war. Tagelang hatte sie Heinz Naglers Handschrift geübt und dann einen Brief abgefasst, in dem sie die hanseatischen Kaufleute aufforderte, nach Stockholm zu reisen und dort Frieden zu schaffen. Der Brief wies ein Siegel auf, war leicht angegilbt und sah völlig echt aus. Dieser Einfall war ihr gekommen, als Magnus ihr erzählte, dass Heinz Nagler eines der führenden Mitglieder des Geheimbunds gewesen war und dass alle anderen darauf hörten, was er sagte. Wenn sie ihnen diesen Brief übergab und behauptete, sie habe das Schreiben in seinem Nachlass gefunden, würden sie ihn sicher lesen. Und darin stand, dass der Geheimbund Geld sammeln solle, um Schiffe und Soldaten für die Befreiung Stockholms bezahlen zu können.

»Habt Ihr Angst?« Magnus stand noch neben ihr.

»Warum sollte ich?«

»Ingrid hätte sich so etwas sicher nicht getraut«, meinte er und zog sich die Kapuze über den Kopf.

»Wie traurig, dass Ihr eine so feige Ehefrau habt!«

Bei dieser barschen Antwort zuckte Magnus zusammen. Dann räusperte er sich.

»Ich mochte sie damals, und Vater sagte, sie sei eine gute Partie.«

»Auf die eine oder andere Art muss man immer bezahlen.«

Er sah sie ernst an.

»Geht aufs Schiff und übergebt den Männern den Brief, deswegen sind wir hier.«

»Ihr seid zu großen Opfern bereit, um die Vitalienbrüder aus Stockholm zu vertreiben, nicht wahr?«

»Diese Piraten haben meine Freunde ermordet, und jetzt muss die ganze Stadt hungern. Ich werde kämpfen, bis sie Stockholm verlassen haben, und wenn ich selbst dabei zugrunde gehe. Los jetzt, beeilt Euch!«

Sein lodernder Blick erschreckte Anne fast. Dann umschloss er ihre Finger mit seinen Händen und nickte ihr aufmunternd zu.

»Ich warte dort drüben.« Er zwinkerte ihr zu, drehte sich um und ging auf eines der Lagergebäude zu.

Anne sah ihm noch kurz nach, dann raffte sie den Rock und ging aufs Schiff zu. Darin saßen die Männer, die sich zu einem geheimen Bund gegen die Vitalianer zusammengeschlossen hatten. Sie atmete tief durch und spürte, wie ihr die Hand zitterte. Am liebsten wäre sie umgekehrt, denn sie brachte sich ja auch selbst in Gefahr, aber sie wagte es nicht, Magnus den Brief überbringen zu lassen, denn er konnte jederzeit entdeckt werden. Solange die Spione innerhalb der geheimen Gesellschaft noch nicht enttarnt waren, musste sie Magnus schützen. Nachdem sie sich ein letztes Mal umgesehen hatte, schritt sie auf den Landungssteg zu.

Die Fahnen flatterten, und die Wimpel auf den Zelten knatterten im Wind. Als der Trommelwirbel ertönte, klatschten die Zuschauer rings um die Reitbahn im Takt in die Hände. Alle warteten auf die zwei gerüsteten Ritter mit ihren Lanzen. Ungeduldig stampften die Pferde mit den Hufen, die beiden Gegner standen sich gegenüber und maßen sich mit Blicken. Bernt Schultze wandte sich an seinen Bruder.

»Was hat Christin gesagt, als du nach Lübeck zurückgekommen bist? Hat sie dich sehr vermisst?«

»Darauf kannst du aber wetten.« Dietrich betrachtete seine Hände.

»Und wie läuft es mit unseren Plänen?«

»Christin ist keine Frau, die man so einfach in die Falle lockt.«

»Tönnchen, du musst einfach ein bisschen beharrlicher sein.«

»Ich sehe eben nicht so gut aus wie du. Bei mir ist es nicht damit getan, dass ich lächle, mich verbeuge, und schon kommen die Frauen in Scharen. Ich brauche ein wenig mehr Zeit.«

Der Herold blies sein Signal, die Ritter klappten das Visier herunter und galoppierten mit erhobenen Lanzen aufeinander zu. Die Pferde schnaubten, und der Boden donnerte unter ihren Hufen. Mit voller Wucht stießen die Gegner mit ihren Lanzen zu. Einer der beiden wurde getroffen, verlor das Gleichgewicht und stürzte vom Pferd. Ein aufgeregtes Raunen lief durch die Reihen der Zuschauer. Dann brach ein so lautes Jubelgeschrei in der Arena los, dass man kaum mehr das eigene Wort verstand. Bernt und Dietrich Schultze klatschten geistesabwesend Beifall.

»Kannst du sie denn nicht zum Abendessen einladen?«, schlug Bernt Schultze vor.

»Ich habe sie auf ein Fest mitgenommen.«

»Und da hat sich nichts getan? Du lieber Gott, das geht einfach zu langsam. Verführ sie doch endlich!«

»Dann kriegt sie vielleicht Angst und macht einen Rückzieher.«

»Nein, dann ist sie glücklich, und wir müssen nur noch unsere vollen Netze einholen.«

Zwei neue Ritter bezogen Stellung und hoben die Lanzen. Das Gemurmel legte sich, und die Zuschauer warteten gespannt, was als Nächstes geschehen würde. Dietrich betrachtete die beiden Widersacher, die nur mit größter Mühe ihre Pferde zurückhalten konnten. Er hatte Christin mittlerweile lieb gewonnen, und die Forderungen seines Bruders quälten ihn. Wenn er dabei half, dass Christin ihren gesamten Besitz verlor, käme er sich vor wie ein Verräter. Gleichzeitig war ihm aber bewusst, dass er Bernts Anweisungen befolgen musste, sonst erginge es ihm übel.

»Du willst also, dass ich sie verführe?« Dietrich legte die Fingerspitzen aneinander und versuchte ein Lächeln. »Nun, da habe ich schon unangenehmere Aufträge bekommen.«

»Hier steht eine Menge auf dem Spiel. Durch Christin können wir uns nicht nur das Handelshaus in der Fischerstraße aneignen, wir können uns auch endlich Anne vornehmen.«

»Ja, ich weiß, aber erst dann, wenn wir die Kisten zurückhaben.«

»Verstehst du denn gar nichts? Anne hat doch eine Tochter. Erst verführst du Christin, dann bittest du sie, das kleine Mädchen einmal mit zu dir zu bringen. Wenn wir das Kind erst einmal in unserer Gewalt haben, dürften wir die Kisten im Handumdrehen zurückbekommen. Und dann ...«

Abermals stieß der Herold in sein Horn, und die zwei Ritter ritten mit erhobenen Waffen aufeinander zu. Sie zielten so gut mit ihren Lanzen, dass beide aus dem Sattel stürzten und nur mit fremder Hilfe wieder auf die Füße kamen. Dietrich sah, dass beide Männer verletzt waren, ohne dass einer von ihnen den Sieg für sich beanspruchen konnte. Beide hatten verloren. Wenn es uns bloß nicht genauso ergeht, dachte er.

46. Kapitel

Er hatte gar nicht erwartet, dass sie so früh schon auf den Beinen wäre. Bernt Schultze lächelte zufrieden, als er sah, wie Anne die Tür öffnete und auf die Straße trat. Während er seine Schritte den ihren anpasste, verfolgte er sie in sicherem Abstand, um nicht entdeckt zu werden. Vielleicht gelänge es diesmal, vielleicht stattete sie um diese Zeit ihren Warenlagern einen Besuch ab, um den Bestand durchzugehen. Er wollte in Erfahrung bringen, was sie alles besaß. Von Herman Möller hatte er länger nichts gehört, er wusste also nicht, wie es um die Geschäfte in Stockholm stand. Eine Weile hatte ihn das beunruhigt, bis ihm zu Ohren kam, dass Anne die Lager von Heinz Nagler übernommen hatte. Da pries er sein Glück. Herman und das Handelshaus in Stockholm mochten warten, jetzt würde er erst einmal Annes Besitz in Lübeck an sich reißen. Sobald er wusste, wo sich der Speicher befand, konnte er ihn ausräumen lassen. Wahrscheinlich verbarg sie dort auch seine Kisten – wo sollten die sich denn sonst befinden? Ihr Geschwätz von dem Versteck in Dragør hatte er sowieso nie geglaubt, sie versuchte doch nur, ihn in die Irre zu führen. Das Eis war schon seit geraumer Zeit getaut, und obwohl er sie neuerlich darum gebeten hatte, hatte sie es nicht für nötig befunden, sich aufzumachen und die Kisten nach Lübeck zu holen.

Schon mehrmals war er ihr gefolgt, aber jedes Mal war sie nur zum Einkaufen auf den Markt gegangen und dann wieder in die Fischerstraße zurückgekehrt. Doch heute Morgen hegte er Hoffnung, denn sie schlug einen anderen Weg ein, und ihre Schritte waren rasch und zielstrebig. So schnell lief sie durch die Gassen, dass er schon befürchtete, sie aus den Augen zu verlieren. Als sie auf den Hafen zuhielt, schlug sein Herz höher. Jahrelang hatte Heinz Nagler geheim zu halten gewusst, wo er seine Waren lagerte, aber jetzt würde diese Hexe ihm endlich des Rätsels Lösung liefern. Ein vergnügtes Lächeln breitete sich auf seinem Gesicht aus. Arme Anne, sie wusste nicht, mit wem sie es zu tun hatte, und sie war dumm genug gewesen, ihn herauszufordern. Und er würde nicht aufgeben, bevor er hatte, was er wollte. Dann konnte er sie endlich beseitigen.

Sie näherten sich den Speicherhäusern im Hafen, und als sie auf eines der Gebäude zuging, tauchte plötzlich ein Mann an ihrer Seite auf. Schultze blieb stehen und tat, als wühle er in seiner Gürteltasche. Insgeheim musterte er die beiden. Er hatte es nicht eilig, er konnte warten. Jetzt, da er fast schon am Ziel war.

Anne sah sich um. Die Morgensonne sandte ihre hellen, warmen Strahlen über die Hansestadt und suchte sich ihren Weg zwischen den Verkaufsbuden und Schuppen des Hafens hindurch. Unten am Kai glitzerte das Wasser, und es roch nach Hanf und Teer. Sie blieb stehen und strich sich eine Haarsträhne unter die Haube. Sie trug eine Schürze und einen dunkelblauen Rock und dachte sich, dass sie gut daran getan hätte, sich nicht so dunkel zu kleiden, denn es war schon ziemlich warm.

»Seht nur, ein venezianisches Schiff!« Magnus zeigte auf ein Schiff mit Lateinersegel, das gerade in den Hafen steuerte. Anne musste an Peder denken, aber im nächsten Moment war ihr klar, dass er schwerlich jetzt schon zurück sein konnte. Zu ihrer Überraschung vermisste sie ihn nicht mehr. Wenn er seine Suche nach dem Sinn des Lebens ihr vorzog, war sie eben machtlos. Mittlerweile hatte Magnus seinen Platz eingenommen. Er hatte einen wohltuenden Einfluss auf die Menschen in seiner Umgebung, und sogar Christin schien wieder ein wenig sanfter geworden zu sein.

Anne wurde nicht schlau aus ihr. Manchmal war sie ganz wie früher, manchmal wieder feindselig und berechnend. Hatte Christin innerlich schon immer den Wunsch gehegt, alles selbst in die Hand zu nehmen? Oder hatte sich einer von Naglers Handelsagenten übergangen gefühlt und sich mit Christin in Verbindung gesetzt, als plötzlich ein schwedisches Frauenzimmer die Geschäfte übernahm?

»Was ist mit Euch?«, erkundigte sich Magnus und nahm ihren Arm. »Ihr seht so nachdenklich aus.«

»Entschuldigt, aber ich werde erst wieder Ruhe finden, wenn ich alles verkauft und das Geld gemäß unserer Absprache mit Christin geteilt habe. Was ich aus London mitgebracht hatte, war nicht genug.«

»Wisst Ihr, wenn Ihr gerade nicht aufpasst, sieht sie Euch immer so merkwürdig an. Ich verstehe das alles nicht so recht.«

»Sie ist immer noch aus dem Gleichgewicht wegen Heinz' Tod. Ich muss ihr einfach mehr Zeit geben.«

Sie passierten den Lastkran und erreichten eine Reihe niedriger Fachwerkhäuser mit Walmdächern.

»Hier irgendwo muss sich das zweite Lager befinden«, meinte Anne und sah sich um. »Heinz Nagler hat mir gesagt, dass sein kleineres Lager in einem Gebäude untergebracht ist, das zwei Türen hat, die zum Kai weisen.«

»Dort!«, rief Magnus nach einer Weile und zeigte auf ein niedriges Haus, das unmittelbar an der Stadtmauer lag. »Habt Ihr den Schlüssel?«

»Natürlich«, erwiderte Anne und tastete am Gürtel nach dem Schlüssel, den Nagler ihr gegeben hatte. Sie reichte ihn Magnus, und dieser probierte ihn in den zwei Schlössern an den massiven Holzbalken aus, die von einer Seite der Tür zur anderen verliefen. Der Schlüssel passte, und Magnus konnte die Balken beiseiteschieben.

»So ein Glück! Hoffentlich passt der auch innen«, sagte er und steckte den Schlüssel in das geschnörkelte große Eisenschloss. Nach zwei Umdrehungen knackte es, und die Tür öffnete sich. Sie tauschten einen Blick und traten ein.

Das Licht fiel in einen offenen großen Raum, in dem die Waren sich an den Wänden stapelten. Da monatelang niemand mehr hier gewesen war, hatte Anne Schmutz und muffigen Geruch erwartet, aber alles war in vorzüglicher Ordnung. Auf dem Boden drängten sich Bierfässer, Tonnen mit Salz und große Weinfässer. Auf grob behauenen Eichenplanken lagen dicke, viereckige Tuchballen aufgereiht. Eine Karre, zwei Fuhrwerke und ein Joch lehnten an der Wand, und von der Decke hing der Stockfisch.

»Ob die Ratten den Stoff wohl schon angenagt haben?«, fragte Magnus.

»Ich glaube nicht. Heinz Nagler hat mir erzählt, dass er hier immer Katzen hielt«, erklärte Anne.

Die Tuchballen waren mit Leder und Tauen umwickelt, und als sie sie näher untersuchte, konnte sie tatsächlich keine Beschädigungen durch Ungeziefer entdecken.

»Habt Ihr diese Holzkisten schon gesehen? Was die wohl enthalten?«, überlegte Magnus und ging auf eine Wand zu, an der vier solide Kisten aus Eichenholz standen, die mit Eisen beschlagen waren. Sie waren abgeschlossen.

»Die passenden Schlüssel müssen hier irgendwo sein, sonst hätte Heinz Nagler sie mir gegeben«, erklärte Anne und machte sich auf die Suche danach.

»Hier ist noch ein Raum!«, rief Magnus plötzlich aus dem Dunkeln.

Anne ging zurück zur Außentür und öffnete sie, damit mehr Licht hereinfiel. Bevor sie nicht wusste, was hier alles lagerte, wollte sie offenes Feuer vermeiden. Nun entdeckte sie in einer Ecke ein Schreibpult.

»Wäre es zu einfach, wenn die Schlüssel hier versteckt wären?«, überlegte sie, trat an das Pult und begann zu suchen.

»Vielleicht«, sagte Magnus und blickte sich um. »Aber mir kommt ein ganz anderer Gedanke.«

Er holte einen Schemel und schob ihn unter den getrockneten Fisch an der Decke. Dann stellte er sich auf die Zehenspitzen und tastete in den Mäulern und Kiemen herum.

»Hier sind weitere Schlüssel versteckt!«, verkündete er, als er wieder herunterstieg. »Ich wusste doch, dass Herr Nagler ein listiger Mann war.«

Sie schlossen die Kisten auf und hoben die Deckel. In einigen der Behältnisse wurden Pfeffer, Ingwer, Muskatnuss und Rosinen aufbewahrt, in anderen Felle, Wachs, Glas und kleine

Lederbeutel mit Bernstein. Anne war freudig überrascht. Offensichtlich hatte Heinz in beiden Lagern Bernstein gehortet. Sie schloss die Kisten wieder ab und steckte die Schlüssel in die Gürteltasche.

»Kein Wunder, dass er so reich war. Außer Salz und Wein verkaufte er auch Luxuswaren«, sagte sie. »Das dürfte alles nicht besonders schwer zu verkaufen sein.«

»Wenn uns die Vitalienbrüder nicht daran hindern.«

»Uns fällt immer eine Lösung ein. Außerdem …« Sie schob den Schemel ein Stückchen weiter, bis er unter den zwei anderen getrockneten Fischen stand.

»Vorsicht, sonst schneidet Ihr Euch an den scharfen Kanten!«, warnte Magnus und trat einen Schritt vor, um ihr zu helfen. »Hier.« Sie erhob sich auf Zehenspitzen und geriet ins Schwanken.

»Vorsicht!« Im nächsten Moment spürte sie seine festen Hände um die Taille. Sie hielt den Atem an und wünschte sich für einen Augenblick, sie könnte in seinem sicheren Griff immer so stehen bleiben. Durch den Stoff des Kleids spürte sie seine Handflächen und merkte, dass sie innerlich voller Erwartung war. Da ließ er sie auch schon wieder los.

»Ein weiterer Schlüssel!«, rief sie nach einer Weile und zog ein Messingschlüsselchen hervor, das so klein war, dass es zwischen Daumen und Zeigefinger Platz hatte. Magnus stieß einen leisen Pfiff aus.

»Sieht aus wie der Schlüssel zu einem Kästchen oder etwas in der Art.«

»Vielleicht hat Heinz Nagler ja irgendwelche Dokumente versteckt, die für den Geheimbund von besonderer Bedeutung waren«, rätselte Anne.

»Da könntet Ihr recht haben. Am besten schließen wir die Tür wieder, damit uns keiner beobachtet. Stattdessen entzünden wir ein Talglicht.«

Sie suchten im Lager, bis sie eine Öllampe und einen Feuerstein gefunden hatten. Nachdem sie sie angezündet hatten, schloss Magnus die Tür.

Anne probierte den Schlüssel überall aus, aber er wollte nirgends passen. Sie bückte sich, um unter das Schreibpult zu blicken, konnte aber nichts erkennen. Da fiel ihr die Fußstütze ein, und tatsächlich entdeckte sie Spuren, die unmöglich von Füßen stammen konnten. Mit den Handflächen glitt sie über das Holz und suchte nach einem Loch oder einer Kerbe.

»Hier ist etwas!«, rief sie schließlich, steckte den Schlüssel in ein kleines Loch, drehte ihn um und konnte die obere Seite der Fußstütze öffnen. Darin lagen zwei beschriebene Wachstafeln. Sie nahm sie heraus und las.

»Seht Euch das an! Hier, lest!«

Magnus beugte sich über sie, und obwohl er sie kaum berührte, spürte sie, wie seine Nähe auf sie wirkte.

»Sieht aus wie die Satzung des Geheimbunds«, mutmaßte er und betrachtete die erste Tafel. »Seltsam, so etwas auf Wachstafeln festzuhalten!«

»Wahrscheinlich, um das Geschriebene schneller löschen zu können, wenn den Verschwörern jemand auf die Schliche kam. Mit einer Pergamentrolle wäre das schon schwieriger gewesen.«

Magnus beugte sich vor, griff nach der zweiten Tafel und hielt sie hoch. »Und dies scheint das Protokoll von einer der Zusammenkünfte zu sein.«

Irgendwo in der Ferne war ein quietschendes Geräusch zu hören, doch Anne war zu beschäftigt mit den Tafeln, um sich darum zu scheren.

»Und hier unten gibt es noch eine Liste mit Namen und Adressen«, sagte sie und las. Doch Magnus antwortete nicht, und als sie sich umdrehte, sah sie ihn auf die Tür zurennen. Irgendjemand hatte sie einen Spaltbreit geöffnet.

47. Kapitel

Im Öresund hatten sie Gegenwind, und Mattis wurde bald klar, dass diese Reise länger dauern würde als gedacht. Der Wind war so heftig, dass sie vor Dragør ankerten, um besseres Wetter abzuwarten. Dort erreichten sie allerdings beunruhigende Neuigkeiten.

»Wisst ihr, dass hier zweiunddreißig Bürger auf dem Markt überfallen worden sind?«, sagte ein Kapitän mit krummem Rücken und deutete zum Gestade. Er befehligte ein altes Handelsschiff und war mit anderen Kapitänen an Bord gekommen, deren Schiffe hier auf Reede lagen. »Die armen Teufel schrien, dass sie doch keine Dänen seien, aber es half ihnen nichts. Die Vitalianer enterten die Schiffe und plünderten die Kaufmänner aus – Hering, Tuch und Silber im Wert von über fünftausend Stralsunder Mark.«

Ein Raunen lief durch die Menge an Deck.

»Wir haben gehört, dass achtzehn mecklenburgische Schiffe auf dem Weg nach Bergen sind«, erklärte Mattis. »Wie es heißt, plündern und brandschatzen sie die Küstenstädte. Habt ihr davon auch gehört?«

Die Männer schüttelten die Köpfe.

»Noch nicht.«

»Dieser Tage kann man kaum mehr einschätzen, wo sich noch Handel treiben lässt«, fuhr der bucklige Kapitän fort. »Ich habe mir vorgenommen, Kurs auf die baltische Küste zu nehmen.«

»Da ist es nur noch schlimmer«, wandte Mattis ein. »Unser Kapitän hat erzählt, dass an diesem Teil der Küste über fünfhundert Seeräuber gewütet haben. Sie haben Estland geplündert und ausnahmslos alles und jeden überfallen. Diese Gewässer kann kein Schiff mehr unbehelligt befahren.«

Es wurde ganz still an Bord, und alle dachten nach. Die Seeräuber hatten ihren Machtbereich immer weiter ausgebreitet, und mittlerweile kreuzten sie sowohl über die Nordsee als auch über die Ostsee. Und Mattis und seine Mannschaft waren in der Mitte gefangen.

Er stellte sich an die Reling. Mit etwas Glück würden sie Lübeck trotzdem unbeschadet erreichen. Dort würde er Anne aufsuchen und ihr mitteilen, dass Herman Möller tot war und ihr Handelshaus leer stand. Vielleicht konnte er sie sogar gleich mit nach Hause nehmen. Nachdenklich blickte er zum Gestade hinüber. Dort sah er die niedergebrannten Buden der Kaufleute und überlegte, wie lange es wohl dauern würde, bis sie alles wieder aufgebaut hatten. Als Skanör und Falsterbo niedergebrannt worden waren, war nicht viel übrig geblieben, und der Markt hatte sich bis heute nicht wieder erholt. Einmal war er dort als Gaukler aufgetreten, aber es kam ihm vor, als liege das schon mehrere Menschenalter zurück. Jetzt waren die Vitalienbrüder an der Macht, und die Zukunft schien ungewiss. Wenn er nur Lübeck erreichte und Anne treffen konnte! Das war das Allerwichtigste.

Die Tür des Lagerhauses wurde aufgestoßen, und herein stürmten vier Männer mit erhobenen Schwertern. Magnus musste zurückweichen, und sie trieben Anne und ihn in eine Ecke. Als Magnus seinen Dolch zog, schlug ihm einer die Waffe gleich wieder aus der Hand.

»Tu das nicht noch einmal!«, drohte der Kerl und versetzte ihm einen solchen Tritt, dass Magnus zu Boden ging.

Bevor er sich wieder hochrappeln konnte, hatte ihm einer der anderen schon die Arme auf den Rücken gedreht und ihn gefesselt.

»Ganz ruhig bleiben, du Aas, sonst spalte ich dir den Schädel!«

Anne drückte sich vorsichtig an der Wand entlang und wollte sich so an den Männern vorbeischleichen, doch sie hatte noch nicht einmal die Hälfte des Wegs bis zu Tür zurückgelegt, da fingen sie sie auch schon ein.

»Versuch das bloß nicht noch einmal!«, rief der Mann, der vorher Magnus zusammengetreten hatte. Sein Gesicht mit der spitzen Nase erinnerte an eine Ratte. Er packte Anne mit der Hand an der Kehle und starrte sie höhnisch an. »Endlich haben wir dich, du Miststück!«, zischte er triumphierend. »Heraus mit der Sprache, wo sind die Kisten?«

Anne versuchte sich mit aller Kraft loszureißen, aber sie bekam so wenig Luft, dass es ihr schon vor den Augen flimmerte. Während der eine Eindringling seine Finger fest um ihren Hals gedrückt hielt, fesselte ihr ein anderer die Hände auf dem Rücken.

»Ihr hättet sie schon längst bekommen sollen, aber im Moment ist es zu gefährlich, durch den Öresund zu segeln«, erwiderte sie. »Und es ist euch doch sicher lieber, wenn ihr die Kisten bekommt und nicht die Vitalienbrüder, oder?«

»Die Kisten sind in diesem Lager versteckt. Lüg uns nicht an!« Der Rattengesichtige ließ Annes Kehle los und spuckte ihr ins Gesicht.

»Nein, sie stehen in einem Lagergebäude im Hafen von Dragør, das hab ich Schultze doch schon erzählt. Wenn ihr mir nicht glaubt, dann durchsucht dieses Lager doch selbst«, sagte sie mit rauer, aber fester Stimme. Sie wusste, dass das Silber für diese Männer wichtig war und dass sie nichts davon hatten, wenn sie sie töteten. Als sie sich damals die Lüge mit den Kisten in Dragør ausgedacht hatte, hatte sie nicht ahnen können, wie schlau dieser Einfall gewesen war.

»In Dragør?« Die Männer sahen sich verblüfft an.

»Bernt Schultze hat euch doch geschickt, oder etwa nicht? Er kriegt seine Kisten erst, wenn ich nach Dänemark fahren und sie holen kann.«

»Sie lügt«, sagte der Rattengesichtige. »Aber aus der kriegen wir die Wahrheit schon heraus.« Er beugte sich vor und schob ihr eine schmutzige Hand in den Ausschnitt. Als sie die schwielige Faust auf der Haut spürte, beugte sie sich blitzschnell vor und biss zu. Ihre Zähne gruben sich tief in seine Knöchel, und mit einem Aufschrei riss der Mann die Hand zurück.

»Mach das nicht noch mal!«, fauchte er.

»Jetzt beruhige dich wieder, Henning!«, beschwichtigte ihn einer der anderen und schob seinen Kameraden beiseite. »Bevor wir irgendetwas anderes unternehmen, durchsuchen wir erst einmal dieses Lager.«

Sie stießen Anne zu Boden und gingen dann gründlich einen Raum nach dem anderen durch. Sie traten gegen die Tuchballen, öffneten die Fässer und hoben die Waren hoch, die am Boden gestapelt waren. Plötzlich blieb einer der Männer vor Magnus stehen.

»Hol mich der Teufel, das ist doch Spangenmacher! Der entflohene Ratsherr.« Die anderen eilten herbei und starrten auf den gefesselten Mann hinab.

»Haben wir dich also doch noch gekriegt!«, höhnte einer der Männer grinsend.

Anne hörte die triumphierenden Stimmen und bekam Angst. Diese Männer waren offensichtlich Vitalienbrüder, die Magnus kannten. Sie dürfen ihn nicht töten oder wieder gefangen nehmen, fuhr es ihr durch den Kopf. Das durfte einfach nicht geschehen, sie musste es verhindern! Während sie sich im Lager umsah und überlegte, wie sie sich befreien konnte, schlug ihr das Herz bis zum Hals. Als sie gerade aufgeben wollte, entdeckte sie Magnus' Dolch auf dem Boden. Er lag schräg hinter ihr, und heimlich rutschte sie näher an das Messer heran. Mit den gefesselten Händen gelang es ihr irgendwie, die Schneide zu sich zu drehen. Dann rieb sie stumm und zielstrebig das Seil um ihre Handgelenke über die Klinge. Ab und zu warf sie einen Blick auf Magnus, der zu ihrem Entsetzen von den Männern auf das Übelste zusammengeschlagen wurde. Bei jedem Tritt, den sie ihm versetzten, zuckte sie selbst zusammen und spürte den Schmerz im eigenen Körper.

Hätte sie sich doch nur endlich befreien können! Einmal rutschte sie ab und schnitt sich mit dem Dolch, aber trotz des Schmerzes fuhr sie beharrlich fort, das Seil vor und zurück zu bewegen, immer fester und fester. Schließlich hatte sie den Strick durchgesägt und konnte die Fessel abstreifen. Rasch ergriff sie den Dolch und stand auf. Um die Männer zu überwältigen, war sie nicht stark genug, andererseits wollte sie auch nicht ohne Magnus fliehen. Fast hatte sie schon den Mut verloren, da blickte sie zur Decke hinauf, um herauszufinden, ob sich dort eine Luke oder ein Fenster befand, das ihr vorher entgangen war. Doch sie sah nur die Stockfische. Und dann fiel ihr Blick auf den Schemel.

Lautlos schlich sie sich hinüber, während sie gleichzeitig Augenkontakt zu Magnus zu bekommen versuchte. Er sah sie nicht, und sie hätte sich gewünscht, dass er sich ein Stückchen zur Seite rollte, damit sie ihn bei dem geplanten Manöver nicht versehentlich mit verletzte. Sie hatte nur einen Versuch, da durfte nichts misslingen. Wie sie sich erinnerte, lagerten die Stockfische in einem eisernen Gestell, das mit Seilen an der Decke befestigt war. Unbemerkt stieg sie auf den Schemel. Die getrockneten großen Fische rochen immer noch übel und waren mit einer dicken Staubschicht bedeckt. Anne legte die Messerklinge an das geteerte Seil und begann zu arbeiten. Vorsichtig sägte sie an dem Hanfstrick und war fast schon fertig, als die Männer sie plötzlich entdeckten.

»Was zum Teufel wird das denn?«, platzte der Mann mit dem Rattengesicht heraus.

Anne handelte blitzschnell. Mit beiden Händen setzte sie das Eisengestell in Bewegung. Sie legte ihre ganze Kraft hinein, und tatsächlich rutschte der erste Fisch aus dem Behälter und stürzte auf die Männer herunter. Der erste Räuber wurde im Gesicht getroffen und ging sofort zu Boden. Da folgten auch schon die anderen beiden Fische. Mit ihren scharfen Kanten und Gräten rasten sie auf die Männer herab, als das Seil schließlich gänzlich durchriss. Die Fischskelette und die Kanten der getrockneten Fischhaut waren scharf wie frisch geschliffene Messer und schnitten den Männern tief ins Fleisch. Während die vier sich schreiend wieder aufzurappeln versuchten, sprang Anne vom Schemel auf den Boden und stürzte zu Magnus. Mit zwei raschen Schnitten durchtrennte sie den Strick, mit dem er gefesselt war, und reichte ihm den Dolch. Magnus sprang auf, nahm sie bei der Hand und rannte mit ihr zur Tür. Ohne sich einmal umzublicken, liefen sie auf den Kai hinaus und hielten auf die Stadtmauern zu. Erst als sie schon ein paar Gassen weit in der Stadt waren, blieben sie stehen. Wie es aussah, war ihnen keiner gefolgt, und sie wussten, dass sie ihre Verfolger abgeschüttelt hatten. Während sie in die Fischerstraße eilten, warfen sie ab und zu einen Blick über die Schulter zurück, um sich zu vergewissern, dass sie wirklich außer Gefahr waren.

»Wir müssen zurück zum Lager und die Tür abschließen!«, keuchte Anne und verlangsamte ihre Schritte.

»Wie sollen wir das denn anstellen?«

»Vielleicht heute Nacht?«

Als sie vor dem Naglerschen Haus standen, fasste er sie bei den Schultern und sah sie an.

»Ihr seid wirklich eine bemerkenswerte Frau. Ihr habt mir das Leben gerettet, ist Euch das klar?«

Anne spürte, wie ihr die Hitze in die Wangen stieg und eine jähe Freude sie erfüllte.

»Ich weiß nicht ...«

»Danke«, sagte er einfach. »Ich danke meinem Herrgott, dass es Euch gibt, Anne. Das wäre um ein Haar ins Auge gegangen.«

Aber er nahm sie weder in den Arm, noch küsste er sie.

48. Kapitel

Der Gaukler schulterte seine Fiedel und kletterte von der Bühne. Vereinzelter Beifall erhob sich, dann wurde das Stimmengewirr wieder lauter, und Geschrei und Gelächter gewannen die Oberhand. Dietrich hob sein Weinglas und prostete Christin zu.

»Zum Wohl!«

Sie hob ebenfalls ihr Glas und lächelte ihn an. Endlich war er wieder da. Es war so schön, wieder mit ihm zusammenzusitzen. Manche Menschen vermisst man überhaupt nicht, wenn sie verreisen, dachte sie, andere hingegen hinterlassen eine Leerstelle. Und erst dann wird einem klar, wie sehr man sie mag.

»Willst du noch etwas Wein?«

Sie hatte nicht mehr viel im Becher, und sein Lächeln war so warm und vertraulich. Von der Hitze der Öllampen wurde sie ganz durstig, und so hielt sie ihm den Becher hin, damit er ihr nochmals nachschenkte. Vielleicht hätte sie lieber nicht so viel trinken sollen, aber solange sie trank, schwebte sie weiter in diesem angenehmen Rauschzustand und vergaß ihre Schüchternheit. Heinz' Tod, die Sorgen ums Geschäft und die Unordnung, die nach dem Begräbnis ihres Mannes in ihrem Leben herrschte, schienen auf einmal ganz weit weg zu sein. Endlich lebte sie wieder und genoss jeden Augenblick. Dietrich empfand wirklich etwas für sie. In seinen Augen war sie eine begehrenswerte Frau, und er vermittelte ihr nicht nur ein Gefühl der Geborgenheit, sondern strahlte auch eine derbe Männlichkeit aus, die sie nicht unberührt ließ.

»Christin?« Er beugte sich vor. »Wir waren jetzt schon auf mehreren Festen zusammen, aber noch nie bei mir zu Hause. Bist du nicht neugierig, wie ich wohne?«

»Du lebst bestimmt in einem großen Backsteinhaus mit vielen Zimmern und Bediensteten. Es hat mindestens drei Geschosse, ein Hinterhaus und einen Garten mit vielen Hühnern.« Ihre Stimme klang fröhlich und munter.

»Fast richtig. Es wird langsam Zeit, dass du dir mein Heim ansiehst. Außerdem will ich dir noch einige Dinge zeigen, die ich von meiner Reise mitgebracht habe. Und ein Geschenk.«

»Du hast ein Geschenk für mich?«

»Wer verreist ist, bringt Geschenke mit, wusstest du das

nicht? Komm, lass uns gehen! Einen weiteren Auftritt dieses Gauklers halte ich nämlich nicht mehr aus.«

Der Spielmann war selbst betrunken, hatte schlecht gespielt und beim Singen keinen einzigen Ton getroffen. Aber sollte sie Dietrich nach Hause begleiten? Christin zögerte. Zwar kannten sie sich jetzt schon mehrere Monate, aber sie hatten sich immer nur in der Stadt oder in seinem Kontor getroffen. Wenn sie jetzt mit zu ihm ging, überschritt sie eine unsichtbare Grenze. Gleichzeitig hatten sie in letzter Zeit so viel über Geschäftsbeziehungen, Rechnungswesen und andere langweilige Themen geredet, dass sie sich danach sehnte, wieder einmal über etwas anderes zu sprechen. Sie betrachtete ihre Hände und verschränkte die Finger.

»Ich bin neugierig auf mein Geschenk«, sagte sie schließlich und stand auf.

Der ganze Abend fühlte sich an wie eine Verheißung. Als Dietrich nach ihrer Hand griff, entzog sie sich seinem Griff nicht. Plaudernd schlenderten sie durch die Stadt, bis sie zu einer schmalen Gasse kamen. Hier blieb er vor einem hohen Backsteinhaus stehen, schloss die Tür auf und ließ ihr den Vortritt.

»Wie du siehst, ist das Haus deinen Vorstellungen nicht ganz unähnlich«, meinte er. »Komm, wir gehen nach oben!«

Er stieg die Treppe ins Obergeschoss hinauf, und Christin folgte ihm. Während er sie herumführte, zeigte sie sich ganz überwältigt von dem Reichtum, den das Haus ausstrahlte. Die Decken waren hoch, und überall hatte man die Holzbalken kunstvoll bemalt. Von den Wänden hingen farbenprächtige Gobelins wie große Segel herab. Er muss sehr vermögend sein, dachte sie sich. Wahrscheinlich hat er mit dem Salzhandel gutes Geld gemacht.

Nachdem sie durchs Haus gegangen waren, setzten sie sich in den großen Saal, in dem er seine Gäste zu empfangen pflegte. Hier gab es keine offene Feuerstelle wie in der Fischerstraße, sondern einen gemauerten Kamin an der Schmalseite des Raums. An den Wänden reihten sich Truhen und ein Schrank aneinander, und zu beiden Seiten des Tischs standen Bänke. Am Ende des Zimmers erblickte sie eine Wendeltreppe, über die man den Dachboden erreichte, und daneben eine halb offene Tür, die in ein kleines Zimmer führte. Nun trat Dietrich an den Schrank, entnahm ihm eine Kanne und zwei Gläser und stellte alles auf den Tisch. Christin sah ihm in die Augen und schüttelte den Kopf.

»Ich glaube, ich habe für heute Abend genug getrunken.«

»Ach bitte! Ich habe gerade diesen neuen Wein aus Andalusien bekommen, den musst du kosten.«

Sie hob abwehrend die Hände, aber als sie die Enttäuschung in seinen Augen las, überlegte sie es sich doch anders.

»Nun gut. Aber nur ein kleines bisschen.«

Er füllte die Gläser und hob das seine.

»Auf dich, Christin. Und darauf, dass wir uns kennengelernt haben!«

Sie errötete. Ihre Hände zitterten, und sie musste die Augen niederschlagen.

»Ich habe sofort gespürt, dass du irgendwie besonders bist«, fuhr er fort, kam um den Tisch herum und setzte sich neben sie. Seine plötzliche Nähe verunsicherte sie. Vielleicht war es ja doch nicht so klug gewesen, mit ihm nach Hause zu gehen. Warum hatte sie seine Einladung nicht abgelehnt? Doch ihre Gedanken hatten sich bereits getrübt, und ihr war ganz schwindlig. Sie brauchte eben ein wenig Gesellschaft, das war der Grund. Und er war schließlich kein Geselle, der sie umwarb, um an ihr Handelshaus zu kommen. Er war reich, hatte sein Vermögen bereits gemacht und wollte ihr nur helfen.

Eine Weile tranken sie schweigend, und ab und zu sah er sie an. Sein Blick war tief und unbeirrbar. Schließlich stand er auf.

»So, und jetzt zeige ich dir, was ich dir mitgebracht habe.«

Er trat noch einmal an den Schrank und entnahm ihm einen Gegenstand. Er war in ein Stück Stoff eingewickelt, und sie konnte nicht erkennen, was es war. Als er sich wieder zu ihr umdrehte, strahlte er übers ganze Gesicht.

»Hier!«, sagte er und stellte einen Holzkasten auf den Tisch. Christin sah die kindliche Begeisterung in seinen Augen und öffnete erwartungsvoll das Schloss. Erst sah sie nur etwas glänzen, dann entdeckte sie, dass es sich um eine kleine Statue handelte. Sie war aus einem Stück Salzkristall gemeißelt, schimmerte weiß und blau und stellte die Jungfrau Maria dar. Christin rang nach Luft. So ein teures Kunstwerk! Kein Wunder, dass er es nicht mit auf das Fest gebracht hatte. Sie konnte kaum fassen, dass er ihr ein so schönes Geschenk machte! Ganz gerührt stand sie auf und umarmte ihn.

»Etwas derartig Schönes habe ich noch nie gesehen«, sagte sie überwältigt und setzte sich wieder.

Er ergriff ihre Hand, drückte sie leicht und legte sie sich an die Wange.

»Ich habe einen Künstler in Lübeck gebeten, das Bildwerk für dich anzufertigen.«

»Aber warum denn, Dietrich?«

»Du bedeutest mir sehr viel. Ich wollte dir zeigen, was ich für dich empfinde.«

Sein Gesicht war ernst, und er ließ ihre Hand nicht los. Vorsichtig zog sie sie zurück und fuhr mit dem Finger über das fein gemeißelte Gesicht der Marienfigur. Dass er bei all seinen Geschäften und alltäglichen Angelegenheiten tatsächlich die Zeit hatte, an sie zu denken! Offensichtlich wollte er sie einfach glücklich machen. Da konnte sie die Tränen nicht mehr unterdrücken und musste blinzeln.

»Danke«, murmelte sie.

»Gefällt sie dir wirklich?«

»Sie ist wunderbar!«

Er beugte sich vor, streichelte ihr die Wange und ließ die Hand weiter zu ihrem Hals wandern.

»Es ist schon spät. Wenn du willst, begleite ich dich nach Hause. Sonst kann ich morgen auch einen meiner Diener zu dir schicken, der dir die Statue bringt.«

»Das ist nicht nötig. Ich nehme sie unter den Arm«, erwiderte sie und konnte die Enttäuschung in der Stimme nicht ganz verbergen.

Er drehte ihr Gesicht so, dass sie ihn ansehen musste.

»Liebe Christin ...«

Sie wagte ihn nicht anzusehen, denn sie befürchtete, ihre Gefühle für ihn zu verraten. Zugleich befiel sie aber auch ein schwindelerregendes Gefühl, denn sie ahnte, was jetzt kommen würde.

»Christin«, wiederholte er und drückte seine Lippen auf

ihren Mund. »Meine Liebe, ich habe mich so sehr nach dir gesehnt!«

Er liebt mich, dachte sie, und in ihrem Innersten stieg der Jubel auf.

»Ich will es schon so lange, aber ich hatte nie den Mut, dich darum zu bitten. Doch nun sage ich es: Bitte, geh nicht nach Hause. Bleib bei mir!«

Christin rauschte das Blut in den Ohren, und sie wusste: In diesem Augenblick hätte sie aufstehen und schleunigst nach Hause gehen müssen. Doch sie stand nicht auf.

Am nächsten Morgen erwachte sie vom Tageslicht, das durchs Schlafzimmerfenster hereinfiel. Ihr dröhnte der Schädel, und ihr Mund war ganz trocken. Erst wunderte sie sich über die fremden Gerüche und die großen Gobelins im Zimmer, doch dann hörte sie ihn neben sich schnarchen und zuckte zusammen. Dietrich! Auf einen Schlag war sie hellwach. Die auflodernde Hitze der letzten Nacht fiel ihr ein. Endlich einmal hatte sie sich wieder begehrenswert gefühlt. Dietrich hatte sie langsam und zärtlich geliebt, und sie hatte seine Nähe genossen.

»Bist du da?« Seine Stimme war morgendlich heiser, und sie fühlte, wie er sich bewegte. Als er nach ihrer Brust tastete, legte sie ihre Hand auf die seine. »Ich hab heut Nacht von dir geträumt«, fuhr er fort. »Ich hab geträumt, dass es nur noch dich und mich gab und dass wir unsere Handelshäuser gemeinsam führten.«

»Und was war mit Anne?«

Er zog ihr Gesicht zu sich heran und küsste sie.

»Ich sorge dafür, dass sie einen Platz auf einem Schiff nach Stockholm bekommt. Du hast ihr lange genug Freundlichkeiten erwiesen.« Seine Hände folgten den Rundungen ihres Körpers. »Wir könnten es so schön haben, wir zwei. Du ziehst hierher, und dann legen wir unsere Handelshäuser zu einem zusammen.«

»Anne gehört aber ein Drittel davon.«

»Wir bezahlen sie einfach aus. Du bist die beste Frau, die mir jemals begegnet ist«, flüsterte er. »Du machst mich so unsagbar glücklich.«

»Ich weiß ja nicht…«, murmelte sie und kam sich dabei dumm wie ein Schulmädchen vor.

»Nur du und ich. Wir arbeiten und leben zusammen.«

Er streichelte sie vorsichtig und sinnlich, und sie dachte sich, dass er ihr wahrhaftig ein Freund und eine Stütze war und sie ein gutes Leben zusammen haben konnten. Sie sollte ihn nicht abweisen, sie würden sich lieben, und alles würde gut werden. Aber was sollte aus Anne und Maria werden?

Er nahm ihre Hände zwischen die seinen.

»Sag mir, dass du es auch willst!«

»Ja«, sagte sie leise und erkannte ihre eigene Stimme kaum wieder.

»Ich will dir nur dein Bestes, Christin.«

»Dann müssen wir aber auch für Anne und Maria sorgen. Sie brauchen etwas, wovon sie leben können. Du ahnst ja gar nicht, wie sehr mir das kleine Mädchen ans Herz gewachsen ist«, fügte sie leise hinzu.

»Meine Liebste«, sagte er, während sich ihre Gesichter beinahe berührten, »kannst du Maria nicht einmal mitbringen, wenn du zu mir kommst? Es würde mich so glücklich machen. Ich möchte sie sehr gern kennenlernen.«

49. Kapitel

Anne war gerade aus der Tür, da stieß sie auf der Vortreppe mit jemandem zusammen. Erst wollte sie ihren Augen nicht trauen, denn in diesen unruhigen Zeiten gelangten nicht mehr viele Schiffe nach Lübeck. Aber hier stand er, Mattis, ihr alter Freund und Geliebter. Seine warmen Augen glänzten, und er lachte übers ganze Gesicht.

»Anne, da bist du ja!«

Er umarmte sie und küsste sie auf den Mund. Vorsichtig machte sie sich von ihm los und trat einen Schritt zurück. Er sah so glücklich und übereifrig aus, und sein dunkles Haar fiel ihm ins Gesicht. Sie erwiderte sein Lächeln.

»Komm herein, du willst sicher etwas essen.«

Er fasste ihre Hand und drückte sie.

»Wie hast du mich bloß gefunden?«, wollte sie wissen, als sie ins Haus gegangen waren.

»In Lübeck gibt es nur eine Schwedin, die Handel treibt, das war also nicht sonderlich schwer. Ach, Anne, dass ich dich endlich wiedersehen darf!«

Als er sich vorbeugte, um sie noch einmal zu küssen, sah sie ihn auf eine Art an, die ihn innehalten ließ.

»Ich verstehe schon«, sagte er. »Was zwischen uns war, liegt schon zu lange zurück.«

Wehmütig lächelnd strich sie ihm über die Wange. Sein betrübtes Gesicht war genauso gefühlvoll und hübsch wie damals, und sie wusste genau, warum sie einmal so verliebt in ihn gewesen war. Seine Augen hatten stets gefunkelt wie bei einem vergnügten Kind, und angesichts seiner Fröhlichkeit und Munterkeit war ihr damals ihr beschwerliches Leben so viel leichter vorgekommen. Aber das war damals, und seitdem war vieles geschehen.

»Mattis, ich mag dich immer noch sehr gern, und ich will, dass wir immer Freunde bleiben«, erklärte sie.

»Freunde?« Mattis sah sie verblüfft an, und langsam schien ihm aufzugehen, was diese Worte bedeuten sollten. »Ich dachte, du fühlst dich nach Alfs Tod vielleicht ein bisschen einsam. Und da habe ich mir natürlich Hoffnungen gemacht.«

Anne konnte ein Lächeln nicht unterdrücken. Mattis hatte sich überhaupt nicht verändert, er war genauso sorglos und erwartungsvoll wie früher. Zwar war auch er ein wenig älter geworden, aber für ihn kreiste das Leben immer noch um ihn selbst, und sobald er erkennen musste, dass sich etwas ohne sein Mitwirken verändert hatte, war er ganz verdattert. Sein Gauklerberuf passte bestens zu ihm. Fröhlich genoss er sein Leben, und das machte ihn gleichzeitig bezaubernd, aber auch hoffnungslos kindlich. Wenn sie ihn so ansah, wollte sie ihn am liebsten in den Arm nehmen und fest drücken. Aber mehr auch nicht.

Während Mattis Platz nahm, holte sie ein wenig Speck aus einer Tonne. In einem Korb gab es noch gekochte Eier vom Frühstück und einen Laib Brot. Sie legte die Lebensmittel auf den Tisch, damit er sich bedienen konnte.

»Aber jetzt erzähl erst einmal: Was treibst du denn hier in Lübeck? Und was hat sich ereignet, seit wir uns zum letzten Mal gesehen haben?«

»Es tut mir leid, ich habe schlechte Neuigkeiten für dich.«

Anne holte eine Kanne Bier und zwei Becher und stellte Mattis noch einen Teller hin. Dann setzte sie sich auch und schenkte ihnen beiden ein.

»Es ist doch nichts mit Valborg?«

»Nein, aber Herman Möller ist tot. Er ist ertrunken.« Mattis schilderte ihr, was geschehen war.

»Mein Gott! Aber was hatte Herman denn auf See zu suchen? Er sollte sich doch um meine Angelegenheiten kümmern!«, rief Anne aus.

»Genau, aber du solltest froh sein, dass er tot ist. Er wollte sich nämlich dein ganzes Handelshaus unter den Nagel reißen. Ich habe gehört, wie er sich mit Henrik Brybing darüber unterhielt, du weißt schon, Alfs Kompagnon. Herman war einer von den Vitalienbrüdern.«

»Und in einen solchen Mann war Valborg also verliebt!«

»Ich konnte sie auf jeden Fall noch warnen, bevor ich Stockholm verließ.«

»Gut. Aber was ist mit meinem Handelshaus geschehen?«

Mattis aß, und so, wie er schlang, war offensichtlich, dass er schon eine geraume Weile nichts mehr bekommen hatte.

»Ich weiß nicht, aber wenn ich du wäre, träte ich schleunigst die Heimreise an.«

Anne biss auf ihren Fingernägeln herum. Sie dachte an die Güter, die sie wahrscheinlich verloren hatte. Und daran, wie unglücklich ihre Freundin jetzt sein musste. Arme Valborg! Sie hatte sich so sehr nach einem Mann gesehnt, dass sie im Ratsherrn Möller nur noch den Mann gesehen hatte, den sie sehen wollte.

»Valborg wollte mir nicht glauben, als ich sie warnte«, fuhr Mattis fort, bevor er sich das nächste Stück Brot in den Mund schob, »aber in ihrem Innersten hat sie sicher begriffen, dass ich recht hatte. Ich hoffe, dass sie dadurch auch leichter über seinen Tod hinwegkommen wird.«

Sie schwiegen eine Weile, und Anne hatte das Gefühl, als werde sie von einer bleischweren Last niedergedrückt. Ihr Handelshaus, Hermans Tod, Valborg … In ihrem Kopf überschlugen sich die Gedanken. Sie durfte es nicht länger aufschieben, sie musste unbedingt zurück nach Stockholm.

»Das war ein bisschen zu viel auf einmal«, gab sie zu.

Im gleichen Augenblick hörten die beiden, wie jemand die Treppe herunterkam. Die Tür öffnete sich, und Magnus Spangenmacher betrat das Zimmer. Als er Mattis erblickte, erstarrte er. Einen Moment lang maßen sich die Männer mit Blicken und nahmen Anne gar nicht mehr wahr. Während sie ihr stummes Duell ausfochten, spürte Anne die Spannung im Raum geradezu. Dann stand Mattis auf und streckte Magnus die Hand hin. Der sah Anne fragend an.

»Das ist Mattis, ein guter Freund aus Stockholm«, stellte sie vor. »Einen besseren Spielmann findest du im ganzen Norden nicht.«

»Magnus Spangenmacher«, sagte Magnus und schüttelte die dargebotene Hand. Dann breitete sich wieder unangenehmes Schweigen im Zimmer aus.

»Magnus ist den Mördern in Käpplingeholmen entkommen und hierher geflohen«, erklärte Anne.

»Ich habe schon davon gehört. Nicht wenige von uns haben sich vor den Unruhen in Stockholm hierher geflüchtet«, sagte Mattis und nahm wieder Platz.

»So ist es«, bestätigte Magnus.

Das Gespräch gestaltete sich zäh, und schließlich ging Magnus und ließ die beiden allein. Sie sah ihm dankbar nach, aber kaum hatten Mattis und sie ihre Unterhaltung wieder aufgenommen, da war Magnus schon zurück. Er bedeutete ihr, dass er ihr etwas unter vier Augen mitzuteilen habe, und sie ging mit ihm vor die Tür.

»Mattis wird doch nicht etwa hier übernachten, oder?«

»Wenn wir einen Gast aus Stockholm haben, müssen wir ihn doch einladen, findet Ihr nicht? Christin hat sicher nichts dagegen.«

Er legte ihr die Hand auf die Schulter und drückte sie. Sein Körper strahlte ein seltsames Gefühl aus, und sie sah ihn verwirrt an. In seinen Augen loderte etwas auf, und dann nahm er wortlos ihr Gesicht in beide Hände und küsste sie. Als er sich gegen sie drückte, schloss sie die Augen und öffnete widerstandslos die Lippen. Doch genauso plötzlich ließ er sie wieder los und trat einen Schritt zurück.

»Verzeiht mir!«, sagte er. »Ich weiß nicht, was über mich gekommen ist.« Er streckte die Hand aus und strich ihr über die Wange. Dann wandte er sich rasch um und eilte die Treppe hinunter. Obwohl er verschwunden war, blieb seine Kraft trotzdem spürbar, und Anne merkte, wie ihr das Blut in die Wangen stieg.

»Mattis kehrt sicher zurück auf sein Schiff. Das ist wahrscheinlich das Beste für uns alle«, murmelte sie.

Dietrich Schultze saß mit seinem Bruder im Wohngemach und spielte Karten. Das Feuer im Herd war fast schon ganz heruntergebrannt, aber keiner von beiden stand auf, um Holz nachzulegen. Das Spiel nahm sie völlig gefangen.

»Nun, wie ist es gelaufen, Tönnchen?«, erkundigte sich Bernt Schultze, als die Partie beendet war. Er sammelte die Karten ein, mischte sie und teilte neu aus.

»Du weißt doch, dass ich immer Erfolg habe. Und Christin …« Er schlug die Augen nieder und fingerte an einer Spielkarte herum.

»Ach, tatsächlich? Und bei der Gelegenheit hast du dich auch gleich noch in sie verliebt, stimmt's?« Der Bruder grinste vielsagend.

»Ich rede nur vom Geschäft. Wir werden unsere Handelshäuser schon bald zusammenlegen. Und wenn wir alsbald diese verdammten Kisten wiederhaben, können wir Anne endlich vergessen.«

»Ja, dann können wir sie endgültig beseitigen. Wird auch höchste Zeit. Die Kisten sind bestimmt hier in Lübeck. Leider ist sie entkommen, als wir ihr in Naglers Lager einen kleinen Besuch abstatteten. Aber wir werden es einfach noch einmal versuchen.«

Dietrich warf Bernt einen bekümmerten Blick zu. Es gefiel ihm gar nicht, wenn sein Bruder gewalttätig wurde, obwohl er in diesem Fall sicher das Recht auf seiner Seite hatte. Anne hatte die Kisten beschlagnahmt, und sie mussten sie so schnell wie möglich zurückbekommen. Die Bewegung brauchte das Geld. In diesen Zeiten waren so viele Seeräuber unterwegs, dass die Vitalienbrüder sich nicht mehr allein durch ihre Kaperfahrten finanzieren konnten. Und jetzt brauchten sie gerade dringend Silber, um neue Waffen zu kaufen. Dietrich nahm seine Karten auf und musterte sie schweigend.

»Und was soll ich jetzt unternehmen?«, fragte er schließlich.

Als Bernt sich vorbeugte, spielte ein zufriedenes Lächeln um seine Lippen.

»Das weißt du doch. Ich warte auf das kleine Mädchen. Annes Tochter.«

Dietrich hatte sie gebeten, Maria in sein Haus mitzubringen. Christin betrachtete das Kind, das am Boden saß. Es zog gerade einen Faden aus Annes Wollknäuel, hielt ihn fest und rollte dann das Knäuel über die Dielen. Christin lachte und hob es auf.

»Nein, Maria, das darfst du nicht. Nimm stattdessen lieber dies hier!« Sie holte eine kleine Strohpuppe hervor.

»Meine!«, rief Maria, packte die Puppe und schleuderte sie in die Ecke.

Christin ließ sie gewähren und verlor sich in ihren Gedanken. Warum Dietrich Maria wohl kennenlernen wollte? Er wusste, dass sie die Kleine heiß und innig liebte, und wollte vielleicht einfach nur nett sein. Oder er wollte wissen, wie sie aussah, dieses kleine Mädchen, von dem er schon so viel gehört hatte. Es konnte ja auch sein, dass er, der kinderlose Witwer, selbst gern Kinder gehabt hätte und sie deswegen zusammen mit Maria sehen wollte. Sie errötete bei dem Gedanken, denn mit wem sollte er schon Kinder haben wollen, wenn nicht mit ihr? Freilich war sie nicht mehr ganz jung und in voller Blüte, aber zu alt auch wieder nicht. Zwei ihrer Freundinnen, die noch älter waren als sie, hatten auch noch Kinder bekommen – die eine eins, die andere sogar zwei.

Je länger sie darüber nachdachte, umso eifriger wurde sie. Ihr Heinz war so viel älter gewesen, und obwohl sie sich weitere Kinder gewünscht hatten, war es bei Peder geblieben. Christin betrachtete Maria, die jetzt wieder das Wollknäuel in der Hand hielt. Wenn Dietrich die Kleine sähe, wäre er sicher so begeistert, dass er selbst gleich ein Kind wollte. Sie strich sich den Rock glatt und überlegte. Natürlich müsste sie Anne um Erlaubnis bitten, bevor sie Maria mitnähme, aber sie befürchtete, dass Anne etwas dagegen hätte. Seit Heinz' Tod war die Stimmung zwischen ihnen gespannt, und meistens nahm Anne ihre Tochter überallhin mit – als ob sie Christin nicht mehr recht traue. Nur wenn sie kurz etwas einkaufen musste oder es gar keine andere Lösung gab, durfte Christin noch auf die Kleine aufpassen. Vielleicht war sie in letzter Zeit zu schroff zu Anne gewesen und sollte wieder Vertrauen aufbauen. Sonst musste sie das Mädchen einfach in einem unbeobachteten Augenblick mitnehmen und sich eine gute Entschuldigung ausdenken, wenn Anne sie hinterher zur Rede stellte. Christin stand auf, hob Maria hoch und küsste sie auf die Wangen. Im gleichen Moment fasste sie einen Entschluss.

»Was meinst du, wollen wir einen kleinen Ausflug machen, du und ich? Wir nehmen ein paar Spielsachen mit, und dann lernst du jemanden kennen, den ich furchtbar gern habe.«

Da ging die Tür auf, und Christin zuckte zusammen. Anne erschien auf der Schwelle.

»Da bist du ja, Maria. Komm, mein Liebling, du begleitest die Mama jetzt auf den Markt.«

Sie nahm ihre Tochter, wickelte das Wollknäuel wieder auf und legte es auf den Tisch.

»Wir sind gleich wieder zurück, ich muss nur einiges einkaufen.« Sie nickte Christin zu und verschwand aus der Tür. Enttäuscht sah Christin den beiden nach. Nein, Anne brauchte sie gar nicht erst zu fragen, sie musste eine gute Gelegenheit abwarten, um die Kleine ohne ihre Erlaubnis mitnehmen zu können. Sie wollte so gern alles für Dietrich tun. Er war ihr mittlerweile wichtiger als alles andere.

50. Kapitel

Anne musste ihren ganzen Mut zusammennehmen, um ein paar Tage später mit Magnus zum Lagergebäude im Hafen zurückzukehren. Sie hätte gleich umkehren und abschließen sollen, hatte sich aber nicht getraut, weil sie befürchtete, dass Schultze das Lager überwachen ließ. Nun setzte sie darauf, dass er es aufgegeben hatte, und als es dunkel wurde, machte sie sich mit Magnus auf den Weg.

Gleich als sie das Gebäude betraten, entdeckten sie, dass jemand vor ihnen dagewesen war. Die Weinfässer waren verschwunden, die Tuchballen abtransportiert oder zerschnitten, alle Stoffe zerstört. Die Steingutkrüge lagen in Scherben auf dem Boden, und die Gewürze waren überall im Raum verschüttet worden. Mit Tränen in den Augen tröstete sie sich, dass sie ja immer noch den Inhalt der hölzernen Fußstütze hatte. Magnus, der am Schreibpult stand, rief sie zu sich.

»Sie haben das Versteck nicht entdeckt!«, verkündete er freudestrahlend. »Die Wachstafeln sind alle noch da.«

»Wir nehmen sie gleich mit«, beschloss Anne. Sie war froh, dass sie die wichtigen Dokumente des Geheimbunds wieder weggesperrt hatten und niemand sie gefunden hatte.

»Und sieh her, sie haben nur eine Kiste aufbrechen können!« Magnus trat zu den vier Kisten, die an der Wand standen.

»Vielleicht sind sie überrascht worden.«

»Der Bernstein, das Glas und die Felle sind also auf jeden Fall noch da.«

»Am besten nehmen wir das alles auch gleich mit. Mit solchen edlen Waren lässt sich gutes Geld verdienen«, erklärte Anne.

»Ja, packen wir alles zusammen, was wir tragen können. Den Rest holen wir später mit einem Karren.«

»Und was fangen wir mit den Stockfischen an?« Anne verzog das Gesicht und stocherte mit der Fußspitze in den Überresten des Kabeljaus herum. Der Trockenfisch war vorher schon kein schöner Anblick gewesen, aber jetzt sah er noch widerlicher aus, wenn das überhaupt möglich war. Er war ganz zertrampelt, die Gräten zerbrochen, das Maul zerfetzt. Aus großen Augenhöhlen starrte er in den Lagerraum.

»Aber er hat seinen Zweck erfüllt.«

»Wirklich ein witziger Gedanke – dass dir ein Stockfisch das Leben gerettet hat!«, kicherte Anne. Seitdem sie sich kürzlich ein wenig nähergekommen waren, duzten sie sich.

Lächelnd legte Magnus ihr den Arm um die Schultern und küsste sie auf die Wange.

»Ach ja? Und ich dachte, du hättest mich gerettet.«

Sie sammelten die brauchbaren Reste der Waren zusammen und legten sie in die offenen Kisten und in ihre Ranzen. Als sie das Lagerhaus verließen, entdeckten sie, dass die Tür nicht mehr zu verschließen war. Also schoben sie sie nur zu, so gut es möglich war. Dann kehrten sie zurück in die Fischerstraße.

Zu Hause verstauten sie alles im Erdgeschoss und suchten ihre Zimmer auf. Sie waren zu müde, um sich an diesem Abend noch weiter zu unterhalten. Doch Anne fand keinen Schlaf. Der Gedanke an die Männer, die sie im Lagerhaus überfallen hatten, hielt sie hartnäckig wach. Es waren Vitalienbrüder gewesen, die mit Schultze zusammenarbeiteten. Magnus und sie waren also in Gefahr.

Am nächsten Morgen hörte sie jemanden in aller Frühe an ihre Schlafzimmertür hämmern. Sie warf sich einen Mantel über und öffnete. Vor ihr stand Magnus, ebenfalls im Mantel.

»Ich muss sofort zurück zum Lagerhaus. Dort liegt schließlich ein ganzes Vermögen offen herum. Bernstein, Glas, Felle und vieles andere. Darum müssen wir uns kümmern«, erklärte er.

»Nein, Magnus, geh nicht dorthin! Ich habe es mir anders überlegt. Es ist zu gefährlich.«

»Aber wir können die Waren doch nicht einfach dort lassen. Schultze und seine Handlanger ahnen bestimmt, dass es da noch mehr zu holen gibt.«

Anne sah ihn hilflos an. Er hatte recht und ließ sich von seinem Plan nicht abbringen, ob sie nun versuchte, ihn zurückzuhalten, oder nicht. Doch ihr Magen verkrampfte sich, und sie hätte am liebsten die Tür abgeschlossen, damit er nicht weg konnte.

»Wir haben doch die Dokumente, das ist das Wichtigste. Der Bernstein und die anderen Waren sind das Wagnis nicht wert.«

»Aber wir brauchen Geld für unseren Geheimbund. Und das weißt du auch.«

»Dann komme ich mit.«

»Nein, ich gehe allein. Ich bin bald wieder zurück. Mach dir keine Sorgen!«

Vielleicht wollte er sie beruhigen, als er sie plötzlich an sich zog und innig drückte. Einen Moment lang sahen sie sich in die Augen, dann lächelte er sie zärtlich an und war verschwunden.

Anne trat ans Fenster und sah ihm nach, als er zum Hafen hinuntereilte. Wenn jetzt bloß niemand im Lager war! Mit zitternden Händen setzte sie sich auf die Bettkante. Sie streckte die Finger aus und versuchte, dem Beben Einhalt zu gebieten, aber es wollte nicht aufhören. Es war schier unerträglich, auf jemanden zu warten, den man so gern mochte und der sich in Gefahr begeben hatte.

Sein Geruch hing noch immer im Zimmer, und sie spürte seine Gegenwart. Obwohl er körperlich nicht mehr da war, schien er auf eine seltsame Weise in ihr zu sein. Anne dachte daran, dass sie ihn um ein Haar schon verloren hätte. Wäre nicht das Messer gewesen, mit dem sie sich hatte befreien können, wäre er wahrscheinlich umgebracht worden. Und nun war er aus freien Stücken dorthin zurückgekehrt!

Sie schlüpfte ins Bett und zog sich die Decke hoch bis unters Kinn. Doch sie konnte Magnus nicht aus ihren Gedanken vertreiben und ertappte sich dabei, dass sie ihn unsäglich vermisste. Ruhelos schob sie die Decke beiseite und stand wieder auf. Als der Holzboden unter ihren Füßen knarrte, wachte Maria auf.

»Mama!«, rief sie leise.

»Meine süße Kleine«, beruhigte Anne ihre Tochter, nahm sie in den Arm und wiegte sie sanft hin und her. Dann blies sie auf ihre Handflächen und drückte auf jede einen Kuss. »Magnus darf einfach nichts geschehen«, sagte sie und legte die Wange an Marias Gesicht. Aber in ihrem Innersten wusste sie, dass er niemals zum Lager hätte gehen dürfen.

Magnus bereute seine Entscheidung in dem Augenblick, als er aus der Tür trat. Aber zum Umkehren war er zu stolz, und er wusste auch, wie viel Anne der Bernstein bedeutete. Er kannte einen ehemaligen Ratsherrn in Stockholm, der ihm viel für diese Steine bezahlen würde. Herman war tot, und das Handelshaus am Korntorget stand leer. Es würde nicht lange dauern, bis die Vitalienbrüder dort eindrängen und es gänzlich ausplünderten. Wenn Anne es nicht rechtzeitig schaffen sollte, Heinz' Besitz an sich zu bringen, wäre es gut, wenn sie zumindest den begehrten Bernstein in der Hand hätte. Mit diesem Grundkapital konnte sie alles wieder aufbauen. Dass er ein großes Wagnis einging, war ihm klar, aber er musste es einfach tun.

Er beschleunigte seine Schritte und sah sich um. Die Kopfbedeckung hatte er sich tief in die Stirn gezogen und dazu Heinz Naglers hanseatische Kaufmannskleidung angelegt. Nach der Gefangenschaft hatte er wieder zugenommen, daher passten die Sachen nicht so recht, aber in dieser feinen Aufmachung war das nicht so leicht zu erkennen.

Atemlos erreichte er schließlich das Lagerhaus. Wie es aussah, war niemand in der Nähe, und so öffnete er rasch die Tür und eilte zu den Holzkisten. Um ein Haar wäre er über den Stockfisch gestolpert, bei dessen Anblick er sofort an Anne denken musste. Sie war wirklich ganz anders als alle anderen Frauen, die ihm bisher begegnet waren. In der letzten Zeit hatte er kaum mehr einen Gedanken an Ingrid verschwendet. Seine Ehefrau kam ihm vor wie der Teil einer abgelebten Vergangenheit.

Magnus kramte die Schüssel hervor, schloss die Kisten auf und sammelte die Beutel mit den Ketten, dem Bernsteinschmuck und den losen Steinen zusammen, die er dann in einen der leeren Getreidesäcke steckte. Ihm war nicht wohl in seiner Haut, aber er versuchte, ganz ruhig zu atmen. Er würde ja nur kurz bleiben, es gab also keinen Grund zur Besorgnis. Rasch raffte er auch die Felle zusammen, stopfte sie in die Säcke und warf sich alles auf den Rücken. Den Rest ließ er liegen. Prüfend sah er sich ein letztes Mal um, bevor er hinauseilte. Geschafft!

Draußen hörte er Männerstimmen und rasselnde Wagenräder, und in der Ferne vernahm er Hufgeklapper, das sich über den Kai entfernte. Gerade wollte er die Tür hinter sich zuschieben, da spürte er, dass jemand hinter ihm stand. Seine Hand tastete nach dem Dolch, und er fuhr herum. Im nächsten Augenblick traf ihn ein so heftiger Faustschlag am Kinn, dass er rückwärts taumelte. Im verzweifelten Versuch, sein Leben zu verteidigen, stieß er das Messer nach vorn, und die Klinge bohrte sich durch das Wams seines Widersachers. Bevor er wusste, was eigentlich geschah, drückte Magnus zu und merkte, wie das Messer erst durch die Kleidung und dann bis zum Schaft in den Körper eindrang. Magnus starrte auf den Unbekannten und spürte das Blut auf der Handfläche. Der Mann wich zurück und presste die Hände auf den Bauch, dann stieß er einen gurgelnden Laut aus, sackte zusammen und rollte auf die Seite. Mit schreckgeweiteten Augen beobachtete Magnus, wie sich die Blutlache über das Kopfsteinpflaster ausbreitete. In seinen Ohren rauschte es, sein Kopf dröhnte, und er zitterte am ganzen Körper. Da packte er die Säcke, warf noch einen raschen Blick über die Schulter zurück und rannte los.

Als Anne Magnus ansah, brachte sie keinen Laut heraus. Das Zimmer schien sich zu verändern, das laue Lüftchen, das durch die Fenster drang, wärmte nicht mehr. Sie schauderte.

»Es ging alles so schnell. Ich habe in Notwehr gehandelt«, erklärte Magnus leise und starrte zu Boden.

Schweigen senkte sich über den Raum. Anne zupfte an einer Falte ihres Gewands, glättete sie mit der Hand und blickte schließlich auf. Magnus hatte einen Mann getötet – aber wen? Einen, der versucht hatte, das Lager zu plündern? Auf jeden Fall würde man den Toten bald finden. Magnus hatte sich nicht nur eines schweren Verbrechens schuldig gemacht, er musste auch damit rechnen, dass die Vitalienbrüder ihren toten Kameraden rächten.

»Hat jemand dich auf dem Weg zum Lagerhaus beobachtet?«, wollte sie wissen.

»Nein.«

»Wir müssen die Leiche fortschaffen. Schnell, wir haben nicht viel Zeit!«

Sie schlüpfte an ihm vorbei, zog den Mantel über und ging zur Tür.

»Wenn wir uns dort blicken lassen, werden sie uns erwischen«, wandte Magnus ein.

»Wir werden sehen, was geschieht«, gab Anne zurück.

»Und was ist mit Maria?«

»Die lasse ich in Christins Obhut.« Anne trat zum Bett und hob ihre Tochter hoch. Sie gab sie nur ungern aus den Händen, aber es würde ja nicht lange dauern, bis sie wieder zurückkämen.

51. Kapitel

Anne drehte den blutigen Ring zwischen den Fingern hin und her. Es fühlte sich an, als würde er ihr die Handflächen verbrennen. Am liebsten hätte sie ihn sofort wieder zu Boden geworfen. Bis vor Kurzem hatte dieser Ring noch Bernt Schultzes Finger geschmückt.

Magnus stützte den Kopf in beide Hände, und seine kräftige Gestalt sank in sich zusammen.

»Ich bin kein Mörder!«

Anne setzte sich neben ihn auf die Bank und legte ihm tröstend den Arm um die Schulter.

»Es war doch nicht deine Schuld. Wenn du dich nicht verteidigt hättest, hättest du dein Leben eingebüßt. Das weißt du doch auch.«

Er stand auf und lief im Zimmer auf und ab. Sie war mit ihm ins Hinterhaus gegangen, um ihn zu trösten, aber auch aus Angst, dass er vor lauter Panik kopflos davonlaufen könne. Der Anblick des Tatorts hatte ihn so aufgewühlt, dass sie ihn nur mit äußerster Mühe zur Rückkehr nach Hause hatte bewegen können.

Wie Anne vorgeschlagen hatte, waren sie zum Lager gegangen, doch dort fanden sie nur eine Blutlache und eine blutige Spur. Irgendjemand musste den Toten schon mitgenommen haben. Nachdem sie in aller Eile das Lagerhaus durchsucht hatten, entdeckte Anne im letzten Moment einen Gegenstand, der sich in einer Ritze im Pflaster verkeilt hatte. Ein schmutziger, blutverschmierter Ring, der von einem Wagenrad oder einem anderen schweren Gegenstand dort hineingepresst worden war. Anne hatte ihn herausgezogen und war zusammengezuckt, als sie ihn wiedererkannte.

»Bist du sicher, dass du den Mann getötet hast?«

»Er hat sich jedenfalls nicht mehr bewegt, als ich davonlief.«

»Aber diese Blutspur könnte auch bedeuten, dass er sich aus eigener Kraft weggeschleppt hat.«

»Das glaube ich nicht. Er hat so stark geblutet, dass er kaum überlebt haben kann.«

Schweigend waren sie in die Fischerstraße zurückgekehrt, und dort war Magnus völlig zusammengebrochen. Jetzt lief er rastlos im Zimmer auf und ab.

»Wir können nicht länger in Lübeck bleiben. Es ist zu gefährlich.«

Wir hatte er gesagt, und seine Worte bereiteten ihr eine unerwartete Freude.

»Dann müssen wir aber die Kisten mit dem Silber mitnehmen«, erklärte sie. »Schultze ist tot, sie gehören jetzt also niemandem mehr, hast du daran schon gedacht? Wir sollten am besten heute Nacht noch den Friedhof aufsuchen.«

Er blieb stehen, als wäre ihm dieser Gedanke bis jetzt noch gar nicht gekommen.

»Du hast recht. Dieses Silber ist eine Menge wert. Einen Teil davon können wir zu Hause als Startkapital verwenden, und den Rest schenken wir dem Geheimbund.«

Wieder dieses Wort ... *wir*.

»Wie wäre das, wenn wir einen Teil von Schultzes Silber den Gegnern der Vitalienbrüder schenken? Eine Ironie des Schicksals, nicht wahr?«, sagte sie nach einer Weile.

Langsam löste sich ihre ernste Stimmung, und sie konnten beide wieder lächeln. Als er auf sie zuging und die Hand nach ihr ausstreckte, sah sie, wie schön er war.

»Komm, Anne, jetzt wollen wir das alles vergessen! Es wird Zeit, dass du dir ansiehst, was ich aus dem Lager retten konnte. Komm mit!« Er zog sie hinter sich her, und sie überquerten den stillen Hinterhof. Eine Katze schlich sich durch den Zaun, und ein Vogel flatterte aus dem Gebüsch am Gattertor auf. Auf Zehenspitzen schlüpften sie ins Vorderhaus.

Er hatte alles säuberlich bei den Waren verstaut, die sie bei ihrem ersten Besuch im Lagerhaus mitgenommen hatten.

»Siehst du diese Getreidesäcke? Sie enthalten alles – die Lederbeutel mit dem Bernstein und noch so einiges andere mehr.«

Anne trat zu den Jutesäcken und schnürte einen davon auf.

»Oh, Magnus! Dass du das alles mitnehmen konntest!«, rief sie freudestrahlend und entdeckte im gleichen Augenblick, dass sich sein Blick verändert hatte. Irgendetwas glomm in seinen Augen auf und glühte still. Bevor sie recht begriff, wie ihr geschah, spürte sie seine Hand, die ihr den Hals streichelte. Als er sich vorsichtig bewegte, durchlief sie eine freudige Vorahnung. Schließlich drückte er seine Lippen auf ihren Mund, heftig und fordernd, und sie spürte seinen Körper hart und leidenschaftlich. Seine Umarmung machte sie schwindelig und benommen, und auch sie presste sich an ihn.

»Meine liebe Anne«, murmelte er und überschüttete sie mit Küssen.

Sie begehrte ihn leidenschaftlich, gewaltige Hitzewellen strömten durch ihren Körper. Immer wieder spürte sie seinen Mund auf ihren Lippen, aber das reichte nicht, er wollte mehr. Tastend fuhr seine Hand in ihr Kleid, und sie fühlte seine Handfläche auf der Haut. In ihre fiebrige Erwartung mischte sich jedoch die Angst.

Er ist ein verheirateter Mann, ich muss ihn zurückhalten, dachte sie. Doch gleichzeitig begehrte ihr Körper ihn so schmerzlich. Sie wollte, und sie wollte auch wieder nicht, und zu guter Letzt sammelte sie doch irgendwie ihre ganze Kraft.

»Oh, Magnus, das dürfen wir nicht, wir …«

Zitternd trat sie einen Schritt zurück und hielt seinen Blick fest.

»Nicht so, Magnus. Du bist verheiratet.«

Dann beugte sie sich vor, drückte ihm einen hastigen Kuss auf die heißen Lippen und lief aus dem Zimmer.

Bernt Schultze lag mit geschlossenen Augen auf einem Kissenberg und konnte die Worte nur mit äußerster Mühe hervorstoßen.

»Der Mann hat mit einem Messer auf mich eingestochen, als er aus dem Lagerhaus kam. Das war bestimmt dieser Kerl, der schon mit Anne dort gewesen ist«, flüsterte er und legte seinem Bruder eine zitternde Hand auf den Arm. »Er hat Waren aus dem Lager geholt.«

Dietrich ordnete ihm die Kissen und ging, um ein Glas Wasser zu holen. Dann setzte er sich auf die Bettkante und half Bernt, das Glas zum Mund zu führen.

»Wir kriegen ihn bestimmt zu fassen«, versprach Dietrich, als sein Bruder getrunken hatte. »Ich kümmere mich um alles.« Aber als er sah, wie elend Bernt aussah, schnürte es ihm die Kehle zu. Bernt und er waren zusammen aufgewachsen, hatten in den Gassen von Lübeck gespielt, waren gemeinsam zur Schule gegangen und hatten das Handelshaus geführt. Sein Bruder hatte sich immer um alles gekümmert und war immer für ihn da gewesen. Es durfte ihm einfach nichts zustoßen!

Mit einem Taschentuch wischte Dietrich ihm den Schweiß vom Haaransatz und atmete tief durch.

»Mach dir keine Sorgen, Bernt! Der Barbier ist schon unterwegs, und bald werden wir auch dieses Magnus Spangenmachers habhaft. Er muss es gewesen sein. Die Männer, die ihn mit Anne im Lagerhaus gefesselt hatten, haben ihn wiedererkannt, und ihre und deine Beschreibung passen zusammen. Jetzt suchen schon mehrere Leute nach ihm. Der Aufseher auf der Festung ist geradezu besessen davon. Es ist noch nie vorgekommen, dass ein Gefangener fliehen konnte, und er will nicht aufgeben, bis man ihn gefunden hat. Die werden ihn dann ganz langsam foltern, das kann ich dir jetzt schon versprechen.«

»Danke«, sagte Bernt Schultze matt und machte eine Pause, um Kraft für seine nächsten Sätze zu sammeln. »Wir müssen uns andere Helfer suchen, Dietrich. Dieser Abschaum hat im Lagerhaus einfach blindlings gewütet und Waren zerstört, die wir noch gewinnbringend hätten verkaufen können. So war das nicht gedacht. Und Dokumente haben sie auch nicht entdeckt. Wenn wir Aufzeichnungen des Geheimbunds gefunden hätten, hätten wir endlich die Namen der Widerständler gehabt und die Männer beseitigen können.«

»Du wolltest doch, dass alles so schnell wie möglich vonstatten ging, da habe ich mich eben unter den Vitalienbrüdern umgehört. Leider hatten sie schon ein bisschen zu viel getrunken und gerieten außer Rand und Band, nachdem Anne und Magnus Spangenmacher ihnen entkommen waren.«

Bernt Schultze hustete und fluchte. Seine Atemzüge gingen schwer und rasselnd.

»Wenn ihr euch von Anfang an sorgfältiger um alles gekümmert hättet, hätten wir sie gehabt. Und dies wäre mir erspart geblieben.« Er deutete auf seine Wunde. »Und das tut auch noch weh, verdammt!«

Dietrich warf seinem Bruder einen Blick zu. Die Klinge war Bernt in den Bauch gedrungen, und er war durch den Blutverlust ernsthaft geschwächt.

»Das kannst du mir nicht zum Vorwurf machen, Bernt.

Warum musstest du denn unbedingt noch einmal das Lagerhaus aufsuchen? Hättest du ein wenig mehr Geduld gehabt, hätten wir über Christin früher oder später Zugang zu allem bekommen. Ich hätte sie bestimmt überreden können, mich hinzuführen, aber jetzt hast du alles zerstört. Du hättest mir zumindest Bescheid sagen können, bevor du dort hingingst.«

»Wenn ich das Silber nicht bald bekomme, lynchen sie mich!«, stieß Schultze atemlos hervor. Er fasste nach der Bettkante und versuchte sich aufzurichten. »Entführt dieses kleine Balg endlich und bringt es hierher. Ich habe lange genug gewartet.«

Dietrich stand auf.

»Nein, es wird alles in Ordnung kommen. Ich habe bereits mit Christin geredet. Sie hat versprochen, Maria mitzubringen, wenn sie zu mir kommt. Und dann haben wir im Handumdrehen auch Anne in unserer Gewalt.«

52. Kapitel

Der Friedhof lag öde und verlassen da. Am Nachthimmel zogen sich dicke Wolken zusammen. Anne richtete sich auf, rieb sich das Kreuz und sah sich hastig um. Als eine Fledermaus unmittelbar über sie hinwegflog, zuckte sie erschrocken zusammen. Bald würde das Unwetter losbrechen, sie hatten nicht mehr viel Zeit. In der Ferne quietschte die Mühle, hinter sich hörte Anne Magnus schnaufen. Sie hatten erst vier Fuß tief gegraben und mussten mindestens noch weitere vier Fuß ausheben.

»Das ist schwerer, als ich dachte«, keuchte er und stützte sich kurz auf seinen Spaten.

Der Regen hing wie ein Schleier in der Luft, es war nass und ungemütlich. Die dunstige Feuchtigkeit hing in kleinen Tropfen in den Bäumen und Büschen, und auf dem Boden hatten sich bereits die ersten Pfützen gebildet. Es war äußerst mühsam, die Erdschichten aufzugraben, und ab und zu mussten Anne und Magnus rasten und Atem schöpfen.

Anne strich sich das Haar aus dem Gesicht. Jetzt durfte sie auf keinen Fall jemand überraschen. Sie mussten diese Kisten unbedingt bergen, bevor jemand sie entdeckte, und die Grube am besten gleich wieder zuschütten, damit alles so unberührt wie möglich wirkte. Sie fragte sich, wie sie nur auf den wahnwitzigen Einfall hatte kommen können, die Kisten auf dem Friedhof zu verstecken. Aber die Gräber waren ja schon ausgehoben gewesen, jetzt mussten sie selbst graben. Sie blickte sich um. Jeden Moment konnte jemand auftauchen, und wie sollten sie dann erklären, was sie hier trieben? Verbissen arbeitete sie weiter. Manchmal ließ sich der eisenbeschlagene Spaten ganz leicht in die Erde stechen, dann wieder blieb er in Wurzeln oder in hartem Lehm stecken. Langsam beschlichen sie sogar Zweifel, ob sie überhaupt an der richtigen Stelle suchten.

»Du konntest die Kisten nicht einfach hinter einem Busch verstecken, nein?« Anne ahnte, dass Magnus den Mund zu einem spöttischen Lächeln verzog.

Statt ihm zu antworten, brummelte sie nur in sich hinein. Sie war müde, entsetzlich müde, und der Schweiß rann ihr in Bächen über den Rücken und über die Stirn. Nachdem sie einige weitere Schaufeln Erde bewältigt hatte, konnte sie endgültig nicht mehr und stützte sich keuchend auf ihren Spaten. Mittlerweile hatte es aufgehört zu regnen, und durch einen Riss in der Wolkendecke drang der Mondschein. Gespenstische Schatten tanzten über den Friedhof, und es sah so aus, als würden die Kreuze und Grabsteine sich bewegen. Sie schauderte und grub weiter. Obwohl sie das Unbehagen nicht abschütteln konnte, arbeitete sie, so hart sie konnte.

Plötzlich stieß das Spatenblatt gegen etwas Hartes.

»Hier liegen sie«, stellte Magnus fest.

»Die Leichen oder die Kisten?«

»Herrgott, ich meine es ernst.«

»Tut mir leid, ich versuche doch nur, das Gruseln zu bekämpfen.«

Das Pferd, das sie hinter einer Baumgruppe angebunden hatten, wieherte laut. Die beiden gruben noch schneller. Nach einer Weile hatten sie die zwei Kisten freigelegt, und Magnus befestigte rasch ein Seil an den Griffen. Als er fertig war, hielt er auf einmal inne und bedeutete Anne mit einer Geste, sie solle sich still verhalten. Irgendjemand näherte sich den Gräbern. Anne suchte Magnus' Blick, aber sie erkannte nur die Umrisse seines Gesichts.

Die Schritte kamen näher. Ihr schlug das Herz bis zum Hals, und sie versuchte, den Atem anzuhalten. Da spürte sie auf einmal, wie Magnus ihre Hand nahm, warm und fest, und sie dachte sich, dass sie zu zweit waren und sich gegenseitig helfen würden, was auch geschehen mochte. Die Stimmen kamen näher, und hinter einem Busch entdeckte sie schemenhaft mehrere Männer.

»Auf die Knie!«, flüsterte Magnus und zog sie zu Boden. Sie landete mit Schulter und Haaren in einer Pfütze, traute sich aber nicht, sich zu bewegen. Menschen, die um diese Zeit unterwegs waren, führten kaum etwas Gutes im Schilde, und nur wenige Ellen entfernt standen zwei Kisten voller Silber.

Das Atmen fiel ihr immer schwerer, als trüge sie eine unsichtbare Schlinge um den Hals. Die Männer blieben stehen, redeten leise miteinander, als ob sie etwas beratschlagten, dann kamen sie geradewegs in ihre Richtung. Anne hielt sich an Magnus fest, und sie ließen sich vorsichtig über die Kante in die frisch ausgehobene Grube fallen. Es tat weh, als sie auf dem Schloss der Kiste aufschlug, und sie biss die Zähne zusammen, um nicht laut aufzuschreien.

Wenn die Unbekannten nicht vorbeigingen, saßen Magnus und sie in der Falle. Ein klebriges Gefühl ergriff sie, und sie stellte sich vor, wie die Wände des Grabs plötzlich über ihnen einstürzten. Sie bildete sich ein, dass schwarze Ratten an ihrem Gesicht nagten und die Männer von oben angespitzte Pfähle durch ihren Körper trieben, um sie festzunageln, während sie das Grab zuschaufelten.

Da verschwand der Mond wieder zwischen den Wolken, und es grollte über ihnen. In der Dunkelheit hatte sie noch viel mehr Angst, und sie wollte etwas tun, irgendetwas, nur nicht still daliegen und warten. Jetzt gingen die Männer wieder weiter und kamen näher, so nahe, dass sie ihre Worte verstand.

»Hast du das gesehen? Da drüben ist ein Grab offen.«

»Vielleicht gibt's da was zu holen. Hast du das Seil?«

Eine dunkle Gestalt beugte sich über die Grube.

»Warte, das scheint ziemlich tief zu sein. Lass uns die Leiter holen.«

»Ich hab aber nur die Seile und die Spaten mitgebracht«, wandte sein Kamerad ein.

Es wurde still, während die Männer wahrscheinlich überlegten, was sie tun sollten. Abermals schien sich jemand über die Kante zu beugen. Anne hielt die Luft an und hoffte inständig, dass man Magnus und sie in ihrer dunklen Kleidung nicht erkannte.

»Es steht doch sicher irgendwo eine Leiter in der Kirche«, sagte der Kerl, der der Anführer zu sein schien.

»Ich hole sie.«

Die Stimmen entfernten sich, und Anne drückte Magnus' Hand. Er lag ganz dicht neben ihr.

»Es kann nicht mehr lange dauern, bis sie das Pferd entdecken und begreifen, dass noch jemand hier sein muss«, flüsterte er. »Und dann sieht es übel für uns aus.«

»Komm, wir müssen hier weg!«

Anne stand auf, bedeutete Magnus, dass er sich gebückt hinstellen solle, und kletterte auf seinen Rücken. Ganz leise hievte sie sich aus der Grube und ließ die Blicke einmal rundum schweifen, doch die Männer schienen verschwunden.

»Wirf mir das Seil hoch!«

Magnus tat wie ihm geheißen, und sie fing die Seilenden auf und befestigte sie um den Stamm einer Eiche, die unmittelbar hinter einem der Grabsteine stand. Mithilfe der Stricke kletterte auch Magnus aus dem Grab. Angestrengt starrten sie in die Dunkelheit. In diesem Augenblick zuckte ein Blitz über den Himmel und überflutete ihn mit seinem Licht. Ihre Gesichter wurden erleuchtet, und Anne stellte fest, dass sogar Magnus erschrocken aussah. Da wurde der ganze Friedhof von einem gewaltigen Knall erschüttert, und das Unwetter brach los. Ein Wasservorhang senkte sich vor ihre Sicht, und Kirche und Grabsteine verschwammen in weißem Nebel.

»Es könnte glücken«, meinte Magnus mit einem Blick auf die Seile, während ihm der Regen in Strömen übers Gesicht lief.

»Es muss glücken«, erklärte Anne. »Ich hole den Wagen.«

Sie rannte zu den Bäumen und hoffte, dass sie es mit Pferd und Wagen zurück schaffte, bevor die Männer wieder da waren. Rasch ergriff sie das Tier am Zaum, wartete einen Blitz ab, und als der Donner grollend über den Friedhof rollte, führte sie es zum Grab. Mittlerweile blitzte es in immer kürzeren

Abständen, und der Regen war so dicht, dass Magnus kaum noch etwas erkennen konnte, als er die Seile an den Deichseln befestigte. Das Pferd bäumte sich auf und wollte nicht weitergehen, aber Anne redete sanft auf das verängstigte Tier ein, bis es sich wieder beruhigt hatte und sich widerwillig ins Geschirr legte.

»Die Wagenräder hinterlassen Spuren«, gab Magnus zu bedenken.

»Die spült der Regen gleich wieder weg«, meinte Anne.

Der Donner übertönte alle anderen Geräusche, und als das Pferd die Kisten aus der Grube gezogen hatte und die beiden sie auf die Ladefläche bugsierten, war so gut wie nichts davon zu hören. Dann warfen sie einen letzten Blick auf das offene Grab – sie wussten, dass ihnen keine Zeit mehr blieb, es wieder zuzuschütten. Jetzt galt es nur noch, so schnell wie möglich zu entkommen.

Sie führten das Pferd über den Friedhof und hinaus auf die Straße. Dann stiegen sie auf den Wagen, trieben das Tier an und wurden erst wieder langsamer, als sie die Fischerstraße erreichten. Dort atmeten sie endlich auf. Müde und nass bis auf die Haut luden sie die Kisten ab, verstauten sie und brachten das verschwitzte Pferd in den Stall. Beide zitterten am ganzen Leib vor Kälte und Angst und lagen sich in den Armen, um sich gegenseitig zu beruhigen.

»Willst du ein warmes Bad nehmen?«, fragte Anne schließlich und fuhr sich mit den Händen über das schmutzige Gesicht.

»Wenn du mit in die Wanne steigst.«

Er strich sich das lehmverkrustete, nasse Haar aus der Stirn und sah sie frech an. Anne errötete und wandte den Blick ab. Seit er sie zum ersten Mal geküsst hatte, konnte sie fast nur noch an ihn denken. Wenn er im Raum war, fühlte es sich gleich ganz anders an, und sie ertappte sich dabei, wie sie manchmal Gegenstände streichelte, die er zuvor berührt hatte. Dann versuchte sie die Gedanken schnell beiseitezuschieben, aber je mehr sie sich bemühte, umso stärker kam sein Bild zurück. Manches Mal spürte sie ihn so nahe, dass sie fast schon Angst bekam. So etwas hatte sie noch nie gefühlt, genauso wenig wie diese Unsicherheit, die sie immer wieder befiel. Hatte er wirklich Zuneigung zu ihr gefasst? Vielleicht fühlte er sich nur zu ihr hingezogen, weil er so lange ohne Frau gewesen war. Seine Frau hatte er seit Monaten nicht mehr gesehen, und hier in Lübeck hatte er im Kerker gesessen und sich danach nur mit den Männern des Geheimbunds getroffen. Nein, sie musste aufhören, ständig über ihn nachzudenken, musste aufhören zu glauben, dass sie beide …

Als hätte er ihre Gedanken gelesen, beugte er sich plötzlich über sie.

»Ich kann dir nicht widerstehen«, sagte er und bekam glänzende Augen. Er stand so dicht vor ihr, dass sie seinen Atem an den Lippen spürte. Unsicher trat sie einen Schritt zurück. Sei vorsichtig! Er will nicht dich, er will nicht dich, sagte sie sich immer wieder vor. Er will nur eine Frau, irgendeine beliebige Frau, damit er sich wieder als Mann fühlen kann. Sie drehte das Gesicht weg und fuhr sich mit den Händen übers Gesicht.

»Seife und Rosenöl stehen neben der Wanne, und Handtücher findest du dort auch. Danke für deine Hilfe, Magnus. Ohne dich hätte ich das alles nie geschafft«, sagte sie schnell und strich ihm über die Wange, ohne ihm in die Augen zu sehen. »Ich stell dir noch ein Bier hin. Gute Nacht.«

Sie wich zurück und floh aus dem Zimmer. Während sie langsam die Treppe ins Obergeschoss hinaufstieg, spürte sie die Verzweiflung und die Sehnsucht wie einen Schmerz in ihrem Innern. Wie lange konnte sie ihn noch auf Abstand halten?

53. Kapitel

Anne fand Mattis beim Metzger. In den letzten zwei Wochen hatte sie ihn kaum zu Gesicht bekommen. Als sie sich im Hafen nach ihm erkundigte, erfuhr sie von einem der Männer seines Schiffs, dass er ab und zu an Land ging, um Proviant einzukaufen. Nachdem sie vergeblich beim Bäcker und beim Gemüsehändler nach ihm Ausschau gehalten hatte, fiel ihr der Metzger ein, der mit seiner Frau einen Stand auf dem Markt hatte. Tatsächlich entdeckte sie Mattis dort und ging sofort auf ihn zu, um ihn herzlich zu umarmen.

»Ich hab dich vermisst. Warum bist du nie vorbeigekommen und hast mich besucht?«

Er versteifte sich und lächelte nicht wie sonst. Als sie ihn musterte, wurde ihr klar, dass er nicht mehr hatte kommen wollen, weil er sich nicht willkommen fühlte. Und sie selbst hatte es ständig hinausgeschoben, ihn aufzusuchen, weil er mehr von ihr wollte, als sie ihm geben konnte. Er wollte ihre Liebe, aber sie konnte ihm nur Freundschaft anbieten. Es kam ihr vor, als ob ihre Gedanken an Magnus keinen Platz für einen anderen Mann ließen. Wieder einmal war der liebe Mattis zum falschen Zeitpunkt aufgetaucht.

»Ich hätte mich so gefreut, dich zu sehen«, fügte sie hinzu.

»Du hast doch immer so viel zu tun.« Er mied ihren Blick.

»Ich habe aber auf dich gewartet. Du weißt doch, wie gern ich dich mag.«

»Willst du das Schweinefleisch nun oder nicht?« Der Metzger hob die Tonne mit dem eingesalzenen Fleisch hoch.

»Ja, ich nehme es«, antwortete Mattis und tastete nach seiner Gürteltasche. Nachdem er ihr ein paar Münzen entnommen und bezahlt hatte, wandte er sich wieder an Anne. »Ich muss zurück zum Schiff.«

»Aber komm doch bitte bald vorbei und besuch mich, ja?«

»Der Kapitän hat Befehl zum Ankerlichten bekommen. Wir segeln mit Fleisch und Fisch nach Stockholm.«

»Musst du wirklich schon wieder zurück?«

»Ich war doch einen ganzen Monat lang hier.«

Sie hatte ein ziemlich schlechtes Gewissen. Tatsächlich war er ein paarmal in die Fischerstraße gekommen, aber obwohl sie ihn hereingebeten hatte, hatten sie nicht viel Zeit zum Reden gehabt. So waren sie über alltägliche Gespräche nicht hinausgekommen, und immer wenn sie sich gerade wieder ein wenig näherkamen, rief Maria nach ihr, oder Magnus betrat das Zimmer.

»Wir haben uns so wenig gesehen«, klagte sie. »Wenn ich gewusst hätte …«

»Es ist nun aber so, wie es ist.« Er blickte zum Hafen.

»Weißt du, ich bin ja auch bald wieder in Stockholm. Ich muss hier nur noch die letzten Angelegenheiten regeln, dann komme ich zurück und kümmere mich um mein Handelshaus.«

»Bist du närrisch geworden? Hast du vergessen, dass man dich dort umbringen wollte? Lass mich das für dich übernehmen.«

Sie starrte ihn an, als hätte er gerade einen gewagten Scherz gemacht.

»Du? Das ist sehr freundlich von dir, Mattis, aber was verstehst du vom Geschäft?«

»Ich bin vielleicht kein erfahrener Kaufmann, aber ich kann mich um alles kümmern, bis zu zurückkommst. Solange ich dort bin, wird das Haus zumindest nicht geplündert. Ich glaube, besser als ein leeres Haus bin ich immer noch.«

Sie hörte die Bitterkeit in seiner Stimme.

»Ach, Mattis«, sagte sie und ergriff seine Hand. »Du bist so lieb. Du bist viel zu lieb für mich.«

»In zwei Tagen segeln wir ab. Bis dahin kannst du dir die Sache ja überlegen«, schlug er vor. Seine Stimme war immer noch schroff, aber dann beugte er sich vor, um sie auf die Wange zu küssen. »Jetzt muss ich aber gehen.«

Anne nickte und versuchte, seinen Blick festzuhalten, aber er bückte sich nach der Tonne mit dem Pökelfleisch und schwang sie sich mit einer raschen Bewegung auf die Schulter.

»Bis dann«, sagte er, zwinkerte ihr noch einmal zu und verschwand in der Menschenmenge.

Sie sah ihm lange nach und merkte, wie Wehmut in ihr aufstieg. Warum war dieses wunderbare Gefühl verschwunden, das doch einmal zwischen ihnen bestanden hatte? Warum träumte sie so beharrlich von Magnus? Er war ein verheirateter Mann, der ihr niemals eine Zukunft bieten konnte. Doch im gleichen Moment, als sie an ihn dachte, spürte sie schon wieder dieses Ziehen im Leib und errötete.

Die Marienfigur war zu Boden gefallen und zerbrochen. Erst versuchte Christin noch, sie selbst wieder zusammenzusetzen, doch dann gab sie auf. Stattdessen fegte sie die Teile in einen Sack und beschloss, damit zu Dietrich zu gehen. Sie hatten sich schon länger nicht mehr gesehen, und sie sehnte sich nach ihm. Gleichzeitig machte sie sich Sorgen wegen der zerbrochenen Statue – vielleicht würde er wütend und würfe ihr vor, dass sie sich nicht genug aus ihm mache. Dass sie achtlos mit seinen Geschenken umgehe.

Je länger sie darüber nachdachte, umso bekümmerter wurde sie. Sie konnte nicht so tun, als sei nichts geschehen, denn er würde danach fragen, und sie konnte ihn einfach nicht anlügen. Also musste sie ihn irgendwie besänftigen und dafür sorgen, dass er bei guter Laune blieb.

Als sie Anne und Maria beim Abendessen beobachtete, fasste sie ihren Entschluss. Die Kleine war höchst vergnügt und blies immer wieder auf ihren Brei, bis er nur so über den Tisch spritzte. Ihr wollte schier die Luft wegbleiben vor Lachen. Anne konnte kaum ernst bleiben, und auch Christin musste lächeln. Einen Moment lang wollte sie sie schon fragen, ob sie Maria zu einem guten Freund mitnehmen dürfe, doch sie wusste, dass Anne ablehnen würde. Mittlerweile war es schon so weit gekommen, dass Anne eher Magnus bat, auf die Kleine aufzupassen, wenn sie nicht da war. Christin war ziemlich empört darüber. Sie hatte sich bis jetzt doch immer um das Mädchen kümmern dürfen. Nein, es wurde höchste Zeit, etwas zu unternehmen.

54. Kapitel

Am nächsten Morgen, als Anne zum Markt gehen wollte, bat sie Magnus, auf Maria aufzupassen.

»Ich spiele mit ihr im Garten«, schlug er vor. »Mit dem Kind, das einmal meines war.«

Sie sah ihn forschend an und fragte sich, was er damit wohl sagen wollte. Plötzlich sah er so einsam und verlassen aus, dass sie der heftige Wunsch überkam, ihn zu küssen.

»Ich bin bald wieder zurück«, murmelte sie und lief auf die Straße. Sie durfte nicht vergessen, dass dieser Mann ihr nie gehören konnte. Er gehörte einer anderen.

Magnus blickte ihr nach, als sie durch die Tür verschwand. Sie wohnten im gleichen Haus, aßen gemeinsam und saßen oft zusammen am Kamin und unterhielten sich bis spät in die Nacht. Trotzdem hatten sie sich so gut wie nie berührt.

Ihre Blicke gaben ihm zu verstehen, dass er es ernst meinen musste, wenn er sich ihr noch einmal nähern wollte. Sie erwartete sein Versprechen, sie zu lieben und eine gemeinsame Zukunft mit ihr aufzubauen – wenn nicht, konnte er es gleich bleiben lassen. Und er spürte, dass er sich nicht mehr beherrschen könnte, wenn er sie wieder in die Arme nähme. Er wollte sie haben, er wollte sie besitzen, und diese Kraft war so stark, dass sie ihm beinahe Angst machte.

»Komm, Maria!«, sagte er und streckte dem Mädchen die Hand hin. »Wir gehen hinaus.«

Im Garten hatte er eine kleine Weide mit Holztieren für sie gebaut, und sie spielte gar zu gern mit den Pferden, die er ihr geschnitzt hatte. Jetzt setzte er sich daneben auf die Bank und betrachtete ihre rotblonden Locken und die runden, rosigen Wangen. Er erkannte Züge von Anne im Gesicht des Mädchens und dachte, dass er seiner Frau früher oder später sowieso auf die Schliche gekommen wäre. Es konnte gar keinen Zweifel daran geben, dass Anne die Mutter dieses Kinds war.

»Hier sitzt du also.« Christin ließ sich neben ihm nieder und betrachtete Maria. »Ist sie nicht entzückend?«

»Ich liebe sie. Ich wünschte, ich hätte eine Tochter wie sie.«

»Ja, wer hätte das nicht gern! Aber dir wird doch sicher langweilig, wenn du die ganze Zeit hier herumsitzt. Du hast bestimmt anderes zu tun. Wenn du willst, passe ich heute auf Maria auf.«

Er reichte dem Mädchen ein Holzpferdchen und sah Christin an. Anne hatte erzählt, dass Christin sich oft um Maria gekümmert hatte, dass sie ihr seit dem Tod ihres Mannes aber nicht mehr recht vertraute. Magnus hatte sich seinen Teil dazu gedacht, sich aber nicht weiter in Annes Entscheidung eingemischt. Es leuchtete ihm aber nicht ein, warum die beiden Frauen sich nicht einfach vertragen konnten. Er hasste Zwietracht und fand, dass mit solchen albernen Zwistigkeiten niemandem gedient war.

»Anne wollte, dass ich bei ihr bleibe.«

»Aber kannst du sie denn nicht ein bisschen bei mir lassen? Nur ein Weilchen? Anne muss doch nichts davon erfahren.«

Maria war zu Christin gekommen und streckte ihr eines der Pferdchen entgegen.

»Dein Pferd«, sagte sie und drückte es ihr gegen den Leib.

Magnus brach in Gelächter aus.

»Gut, dann machen wir es so, und du bleibst hier bei ihr im Garten. Ich müsste nämlich wirklich kurz weggehen und etwas erledigen.«

»Ich werde auch nichts sagen, versprochen.« Christin hob Maria hoch und küsste sie auf die Nasenspitze. Dann nahm sie das Holzpferd und verwickelte die Kleine in ein spannendes Spiel.

Magnus betrachtete die beiden und lächelte. Es würde schon nichts ausmachen, wenn er kurz wegging. Christin und Maria schienen bestens miteinander auszukommen. Er stand auf.

»Danke. Ich komme bald zurück.« Er nickte der Frau zu, ging zum Tor und hob noch einmal die Hand zum Gruß, bevor er auf die Straße trat.

Mit Maria an der Hand eilte Christin durch die Gassen, und sie befürchtete, jeden Augenblick könne ihr Anne über den Weg laufen. Maria gebärdete sich so widerspenstig, dass sie sie hochheben und tragen musste. Jetzt, da sie Dietrich endlich treffen würde, wollte sie sich nicht von der Kleinen aufhalten lassen. Es hatte lang genug gedauert, bis es ihr endlich gelungen war, das Kind mitzunehmen, und sie sehnte sich so sehr nach seinen Küssen und seiner weichen Umarmung. Wie sie sich freute, ihn wiederzusehen! Sie lächelte bei dem Gedanken an sein Gesicht, wenn er entdeckte, dass sie das Mädchen mitgebracht hatte.

Sie spürte bereits eine gewisse Erregung und stellte sich vor, wie sie sich in die Arme fallen würden. Dietrich war so gut zu ihr gewesen, und während ihres Zusammenseins hatte er genau gewusst, wie er sie glücklich machen konnte. Wahrscheinlich wäre er enttäuscht, wenn er sähe, dass die Statue zerbrochen war, aber sie würde ihn besänftigen. Mit schmeichelnden Worten würde sie ihn überzeugen, dass nur er die Figur ohne sichtbare Spuren zusammensetzen konnte. Um seine Stimmung zusätzlich zu heben, hatte sie frisch gebackenes Brot und eine Kanne mit seinem Lieblingsbier mitgenommen. Sie bog in eine Querstraße ein, bemerkte, dass sie sich verlaufen hatte, und ging weiter bis zur nächsten Gasse. Jetzt wurde ihr aber doch wieder bang, und sie verlangsamte ihre Schritte.

»So, Maria, jetzt sind wir da«, verkündete sie und blickte an der mächtigen Backsteinfassade empor. Sie setzte das Mädchen ab und gab ihm ein Stückchen Brot aus ihrem Korb. Nachdenklich musterte sie das große Steinportal. Wollte er hier mit ihr zusammenwohnen, wenn sie ihre Handelshäuser zusammenlegten, wie er vorgeschlagen hatte? Sie lächelte in sich hinein, atmete tief durch und klopfte. Niemand öffnete. Sie hämmerte an die Tür. Maria zupfte sie am Rock, und Christin nahm sie bei der Hand und überlegte, was sie tun sollte. Die Aussicht, mit dem schweren Korb durch die ganze Stadt zurückzulaufen, gefiel ihr gar nicht. Sie konnte ihn ja hier absetzen, wenn die Tür offen war; dagegen hätte Dietrich sicher nichts einzuwenden. Dann konnte sie zum Hafen hinuntergehen und später mit Maria zurückkommen.

Sie drückte die Klinke und stellte fest, dass nicht abgeschlossen war. Vorsichtig öffnete sie die Tür und trat ein. Der Flur war leer, und sie stellte den Korb ab. Vielleicht schlief Dietrich ja nur. Ihre Sehnsucht, ihn wiederzusehen, trieb sie weiter ins Haus, zum Schlafzimmer. Erst hörte sie nichts, doch dann nahm sie gedämpfte Geräusche war, gefolgt von Gelächter. Sie hielt inne und blieb vor der Tür stehen. Das Geschehen zog sie an wie eine Hinrichtung, sie konnte sich einfach nicht losreißen. Noch konnte sie umkehren und ihres Weges gehen, aber irgendetwas zwang sie, mit eigenen Augen anzusehen, was sie bereits wusste.

Dietrich war fast ganz bekleidet, aber er hatte die Hose hinuntergelassen, und sie erkannte das dunkle Haar seiner Dienstmagd. Christin hatte das junge Mädchen ein paarmal im Kontor gesehen, aber nichts geahnt. Sie schluckte und starrte auf Dietrich, der sich gerade schnaufend auf den molligen Frauenkörper auf dem Fenstersims schwang. Erst verstand sie gar nicht richtig, was sie da sah, aber dann brachen die Traurigkeit und die Wut mit voller Wucht über sie herein. Sie schrie nicht, sie rannte weder zu ihm, noch schlug sie ihn, sie zog sich einfach mit einem schwachen Wimmern zurück, während ihr Blick an den genüsslichen Bewegungen der beiden Leiber hängen blieb. Im letzten Moment konnte sie Maria noch davon abhalten, ins Zimmer zu laufen. Sie nahm die Kleine bei der Hand und ging zur Haustür. Christin zitterte am ganzen Leib und fühlte sich wie eine Ertrinkende. Am liebsten hätte sie ihn getreten und die Möbel zerschlagen, aber sie presste nur die Lippen zusammen und verschwand so leise, wie sie gekommen war.

Auf dem Heimweg kam sie am Kanal in der Mühlenstraße vorbei, wo sie das Paket mit der Statue herauszog und ins Wasser warf.

In der Fischerstraße begegnete sie Magnus auf der Treppe.

»Wo bist du gewesen? Du hättest mir Bescheid sagen müssen, ich dachte schon, es wäre etwas geschehen!«, rief er aufgeregt.

»Es ist auch etwas geschehen«, gab sie zurück, schlug die Hände vors Gesicht und brach in Tränen aus.

Magnus legte den Arm um sie, nahm Maria bei der Hand und stieg langsam die Treppe hinauf. Er fragte nicht, sondern ließ sie einfach weinen. Dankbar sah sie ihn an und staunte, wie sich doch alles von einem Augenblick auf den anderen völlig verändern konnte.

Als Dietrich Christin zwei Tage später abermals zu einem Fest einlud und sie bat, Maria mitzubringen, lehnte sie ab. Sie machte sich nicht einmal die Mühe, ihn zur Rede zu stellen. Sie wollte ihn einfach nie wieder sehen.

55. Kapitel

Die gleichmäßigen Schläge der Kirchenglocke echoten zwischen den Häusern und über dem Marktplatz. Anne blickte am hohen Turm der Marienkirche empor und fand, dass sie noch in keiner anderen Stadt so viele Kirchtürme gesehen hatte wie in Lübeck. Jeder Stadtteil besaß eine Kirche, und Gottes wachsames Auge war überall. Gern hätte Anne ihrer Tochter den schönen Chor und den Altar gezeigt, beschloss aber, an einem anderen Tag wiederzukommen. Sie fasste Maria bei der Hand, doch das Kind weigerte sich weiterzugehen, denn sie hatte gerade einen kleinen Jungen entdeckt, der mit drei Gänsen des Wegs kam. Mit großen Augen starrte sie die riesigen Vögel an, und so blieben Mutter und Tochter eine Weile stehen, bis Anne die Kleine endlich weiterziehen konnte. Sie kamen an einer alten Frau vorbei, die Hühner in Käfigen verkaufte, und auch da blieb das Kind stehen.

»Komm jetzt, Maria!«

Die alte Frau lächelte sie an. Maria blickte in einen der

Käfige, hob einen kleinen Zweig vom Boden auf und schob ihn durch die Gitterstäbe.

»Guck mal, Mama!«, sagte sie und wandte Anne ihr freudestrahlendes Gesicht zu.

»Ich hab dich überall gesucht!« Anne fuhr herum und erblickte Christin. Heinz Naglers Witwe war ihr in den letzten Tagen aus dem Weg gegangen und sah bleich und niedergeschlagen aus. Unter den rot geweinten Augen zeigten sich dunkle Ringe.

»Du lieber Gott, was ist denn passiert?« Anne stellte die Körbe mit den Nahrungsmitteln ab.

Christin rang die Hände und versuchte, etwas zu sagen, bekam aber keinen Laut heraus. Ihr Rücken war gebeugt, und Anne stellte auf einmal fest, dass sie jäh gealtert war.

»Wir setzen uns einfach dort drüben hin«, schlug Anne vor und zeigte auf eine der Bänke in der Rathausgalerie, gleich bei den Ständen der Bäcker, die dort ihr Brot verkauften. Christin nickte, und sie gingen schweigend an den Ständen vorbei und nahmen Platz. Dann sah sie Anne scheu an.

»Ich will dich um Verzeihung bitten«, sagte sie und nestelte an der Kette im Ausschnitt. »Ich habe mich sehr schlecht benommen, und du kannst dir gar nicht vorstellen, wie leid mir das tut. Verzeih mir bitte!«

»Bitte, Christin …«

»Ich schäme mich so für mein Benehmen. Nach Heinz' Tod habe ich völlig den Halt verloren, und wenn das auch die Zusammenhänge erklärt, ist es doch keine Entschuldigung.«

»Wir haben alle solche Zeiten, in denen wir nicht mehr wir selbst sind, da kann alles Mögliche geschehen«, beschwichtigte Anne sie.

»Ich habe Dietrich aber Glauben geschenkt.«

»Diesem Mann, mit dem du dich ab und zu getroffen hast?«

»Ja, er war so lieb zu mir und hat mir nach Heinz' Tod geholfen. Er war ein alter Geschäftsfreund meines Mannes und sagte, man dürfe dir nicht vertrauen. Er meinte, dass du mich übers Ohr hauen würdest. Da wurde ich unsicher und war nicht mehr freundlich zu dir.«

»Ich habe mich die ganze Zeit gefragt, warum du dich so

verändert hast. Aber ich habe immer gehofft, dass es vorübergeht.«

»Da ich nichts vom Geschäft verstehe, konnte Dietrich mir alles Mögliche erzählen, ohne dass ich es infrage stellte. Und er bat mich, dass unsere Gespräche immer unter uns bleiben sollten.«

»Und du hast ihm gehorcht. Hast du denn keinen eigenen Willen?«

Christin brach in Tränen aus, und Anne bereute ihre harten Worte sofort. Versöhnlich legte sie der Älteren den Arm um die Schultern.

»Ich dachte, wir seien Freundinnen geworden und vertrauten uns, deswegen konnte ich gar nicht begreifen, warum du plötzlich alles angezweifelt hast, was ich tat.« Anne schwieg einen Moment lang. »Wenn du mit mir gesprochen hättest, hättest du erfahren, dass Heinz gar keine Kompagnons hatte, mit denen er näher zusammenarbeitete. In den letzten Jahren besorgte er alle seine Geschäfte allein, mit Ausnahme von einigen Kontakten, die ich für ihn betreute.«

Christin starrte sie an.

»Das kann doch nicht wahr sein!«, rief sie aus.

»Hast du Dietrich nach Heinz' Tod kennengelernt, oder kanntest du ihn schon von früher?«

»Ich hatte ihn zuvor noch nie gesehen, aber er behauptete, er habe in Lüneburg für Heinz gearbeitet.«

»Heinz hat aber nie Handel mit Lüneburg getrieben.«

Da schlug Christin die Hände vors Gesicht und schluchzte auf. Eine Weile blieb sie schweigend so sitzen, dann sprudelte alles aus ihr heraus. Die Treffen mit Dietrich, die Spaziergänge, die Feste – und wie sie sich zum Schluss in ihn verliebt hatte und hoffte, dass aus ihnen ein Paar würde. Sie hatte sich ihm sogar hingegeben, obwohl sie wusste, dass sie damit bis nach der Hochzeit hätte warten müssen. Aber alles war so wunderbar gewesen, bis sie ihn mit dieser Dienstmagd erwischt hatte.

Ohne sie zu unterbrechen, hörte Anne zu und spürte nur tiefes Mitleid. Wie leicht eine Frau sich doch in der Liebe zu einem Mann verlor. Sie nahm Christin in den Arm, wiegte sie sanft und streichelte ihr ab und zu übers Haar.

»Vergiss alles, was geschehen ist!«, sagte sie schließlich. »Was passiert ist, ist passiert, aber jetzt musst du dir ein neues Dasein aufbauen und dein eigenes Leben führen.«

Christin straffte den Rücken.

»Ich weiß. Und ich habe auch schon meine Entscheidungen getroffen. Ich werde nach Brügge zurückkehren, wo ich geboren bin. Dort wohnen meine Geschwister und alte Freunde aus Kindertagen. Sobald Peder aus Jerusalem zurück ist, reise ich ab.«

Wenn er denn jemals wiederkommt, dachte Anne mit einer Spur von Bitterkeit, aber sie schluckte ihre Worte hinunter.

»Er ist sicher bald wieder da«, meinte Christin, als hätte sie Annes Gedanken gelesen. »Bis dahin werde ich von meinem Erbe leben und Zimmer in unserem Haus vermieten. Dann bin ich nicht so einsam.«

»Und Dietrich?«

»Den will ich nie wieder sehen.«

»Es ist gar nicht so leicht, jemanden zu lieben«, sinnierte Anne mit leiser Stimme. »Der Mann, den ich liebte, hat mich zwar nicht betrogen, aber er hat mich angelogen.«

Anne hatte Christin noch nie von Alf erzählt, aber sie spürte, dass sie ihr heute nähergekommen war. Und während die Nachmittagssonne immer längere Schatten in die Galerie warf und Maria mit den zwei jungen Kätzchen der Bäcker spielte, sprachen die beiden Frauen lange miteinander. Schließlich stand Anne auf, sammelte ihre Körbe auf und sah Christin an. Sie war nicht mehr wütend, die Frau tat ihr nur leid. Es war Zeit, dass sie beide zu neuen Ufern aufbrachen.

Die Herbstsonne stahl sich durchs Fenster und warf ihr Licht schräg auf das Schreibpult. Dietrich Schultze betrachtete die weiß gekalkten Wände und setzte geistesabwesend die Feder aufs Papier. Sosehr er sich auch bemühte, er begriff nicht so ganz, was in den Büchern stand. Wenige Wochen nach dem Vorfall vor Heinz Naglers Lagerhaus war Bernt seiner Verletzung erlegen und hatte alles ihm hinterlassen. Und Dietrich hatte nicht nur Schwierigkeiten, die Geschäfte korrekt zu führen, er vermisste auch seinen Bruder. Ihr ganzes Leben lang hatten sie zusammengearbeitet, und er hatte sich nie vorstellen können, dass Bernt einmal vor ihm sterben könnte. Sein Bruder hatte immer die kühnen Ideen gehabt, hatte ihm geholfen und ihm Mut gemacht, während Dietrich selbst eher zurückhaltend und vorsichtig blieb. Wenn Bernt ihm doch nur ein wenig mehr Zeit gegeben hätte, dann hätte er Christin schon dorthin gebracht, wo er sie haben wollte. Wenn er sich nur noch ein wenig geduldet hätte, statt zu diesem Lagerhaus zu gehen.

Dietrich legte die Feder aus der Hand und schlug das Buch zu. Er fuhr sich mit der Hand über den Backenbart. Alles war missglückt – er war allein, und jetzt hatte er nicht einmal mehr Christin, mit der er sich hätte unterhalten können. Warum hatte sie ihn auch ausgerechnet an jenem Vormittag besuchen müssen? Er hatte sie nicht erwartet, und prompt hatte sie ihn mit der Dienstmagd erwischt. Als er sie entdeckte und gerade noch sah, wie sie mit dem kleinen Mädchen verschwand, war ihm klar gewesen, dass sie alles beobachtet hatte. Noch zweimal war er in die Fischerstraße gepilgert, um ihr alles zu erklären und sie um Verzeihung zu bitten, doch beide Male hatte sie sich geweigert, ihn auch nur zu empfangen. Er konnte sie nicht einmal dafür tadeln, dass sie nichts mehr von ihm wissen wollte. In dieser Geschichte war er der Verlierer.

Nach Bernts Begräbnis hatte er versucht, die Geschäfte weiterzuführen, doch er fürchtete sich vor all den Dingen, von denen er nichts verstand und die ihm neu waren. Nachts lag er oft schlaflos im Bett, und so kam es, dass er beschloss, ein ganz neues Angebot anzunehmen: Einer der älteren Vitalienbrüder in Lübeck hatte ihn aufgesucht und ihn gefragt, ob er nicht die Zusammenarbeit mit den Vitalianern in Stockholm übernehmen wolle. Man brauche einen verlässlichen Mann, der die Transporte und Waffenlieferungen überwachte. Da er sowohl in Lübeck als auch in Stockholm gearbeitet hatte, Schwedisch sprach und in beiden Ländern die Geschäfte im Auge behalten konnte, hatte man ihn als den richtigen Mann für diese Aufgabe auserkoren. Sollte das Schlimmste geschehen, dass nämlich die Hanseaten versuchten, die Stadt zurückzuerobern, dann würde er durch seine guten Kontakte rechtzeitig genug von entsprechenden Plänen erfahren und konnte den Vitalianern wichtige Einzelheiten weitergeben.

Es schmeichelte Dietrich, dass es trotz allem noch Menschen gab, die ihn schätzten. Herman Möller hatte ihm viel über die Geschäfte in der schwedischen Hauptstadt beigebracht, und wenn das Handelshaus am Korntorget noch nicht ausgeplündert worden war, würde er sich dort niederlassen. Je länger er darüber nachdachte, umso mehr erfasste ihn frischer Mut. Seinen Bruder und Christin hatte er verloren, aber warum sollte er Verlorenem hinterhertrauern? Er musste in die Zukunft blicken.

56. Kapitel

Anne ging im Zimmer auf und ab. Hatte sie irgendetwas vergessen? Morgen sollten Maria und sie Lübeck verlassen und mit Magnus nach Stockholm zurückkehren. Alles war bereits gepackt und zum Schiff gebracht worden, und nun standen in ihrem Zimmer außer einigen persönlichen Gegenständen nur noch die Möbel. Ihr Blick fiel auf die Kanne auf dem Waschtisch, die ihr Peder vor langer Zeit einmal gebracht hatte. Sie blieb stehen und ließ die Finger über das Steingut gleiten. Sie dachte an die Momente, die sie zusammen verlebt hatten, und überlegte, was wohl mit ihm geschehen war. Sicher war er längst glücklich in Jerusalem angekommen. Er war ein Grübler, der sich vor Nähe fürchtete, ein Mann, der sich eher in Selbstbetrachtungen verlor, als sich ein Leben mit anderen Menschen zu wünschen. Wahrscheinlich hatte er recht gehabt, als er sein Leben ganz Gott weihte. Anne hatte sich eingebildet, ihn mit ihrer Liebe von seiner Berufung abbringen zu können. Aber man kann einen Menschen nicht grundlegend ändern, dachte sie. Die meisten halten doch an ihren Überzeugungen fest.

Welch ein Glück, dass so kurz nach Peders Abreise Magnus aufgetaucht war! Er hatte ihre Sehnsucht gelindert und neue Gefühle in ihr geweckt. Verträumt ließ sie die Blicke durchs Zimmer schweifen. Magnus und sie würden nach Schweden zurückkehren, und dort konnte er durchaus beschließen, nicht wieder mit Ingrid zusammenzuleben. Doch ein Ehemann durfte sich nicht scheiden lassen, und im Grunde wusste Anne sehr wohl, dass sie sich in einen eitlen Traum versponnen hatte, doch sie mochte die Hoffnung noch nicht aufgeben. Sie trat ans Fenster, öffnete die Läden und blickte in den Hof hinab. Eine Vogelschar scharrte in dem Erdhaufen neben dem Abtritt, und unter den Büschen am Abhang neben dem Nachbarshaus breitete sich ein Teppich aus Pilzen aus. Die Beeren waren bereits reif, und die Bäume trugen Früchte. Der Herbst stand vor der Tür.

Magnus war nirgends zu sehen, sie hatte ihn den ganzen Tag noch nicht zu Gesicht bekommen. Zerstreut zupfte sie an einem losen Faden am Ausschnitt. Sie sehnte sich nach ihm, und obwohl sie seinen Vorstoß in jener Nacht zurückgewiesen hatte, hoffte sie, dass er sich ihr noch einmal näherte.

In den letzten Tagen hatte er ihr geholfen, die Kisten an Bord zu schaffen, zusammen mit den Waren, die sie noch nicht verkauft hatte. Er war fröhlich und freundlich, doch gleichzeitig wirkte er ein wenig geistesabwesend. Obwohl sie sich am Abend immer noch zusammensetzten und unterhielten, schien er sich von ihr zu entfernen und redete nicht mehr so viel wie sonst. Machte er sich Sorgen, weil er wusste, dass sie sich bald trennen mussten? Während sie in der Hauptstadt Stockholm bleiben wollte, musste er zurück in die Berge zu seiner Frau. Nahm diese Aussicht seine Gedanken gefangen? Dass dort alles enden musste?

Später, als sie das Mittagessen vorbereitete, merkte Christin, dass Anne gar nicht recht sie selbst war.

»Erzähl doch, was ist mit dir?«

»Ich denke an die vielen Veränderungen, die auf mich zukommen.«

»Ja, für uns alle werden neue Zeiten anbrechen«, seufzte Christin, ohne von ihrem Topf aufzublicken.

Anne legte den Salatkopf auf den Tisch und zerteilte ihn. Einen Moment lang sah sie gar nichts, und Christin musterte sie verstohlen von der Seite.

»Aber das ist noch nicht alles, stimmt's? Dir liegt doch noch mehr auf der Seele.«

Anne zögerte und strich sich eine Strähne aus dem Gesicht.

»Es ist wegen Magnus. Er geht mir einfach nicht aus dem Sinn, aber zu Hause in Schweden hat er eine Ehefrau.«

Sie seufzte, und Christin legte ihr einen Arm um die Schultern.

»Sprich mit ihm! Klär diese Geschichte ein für alle Mal. Durchs Abwarten wird es nicht besser.«

»Ich weiß nicht, ob ich mich das traue. Ich habe Angst vor seiner Antwort.«

»Du Dummerchen, willst du nun wissen, wie er sich seine Zukunft vorstellt oder nicht?«

»Natürlich will ich das.«

»Worauf wartest du dann noch!« Christin zwinkerte Anne aufmunternd zu.

Anne nahm die Schürze ab und legte sie auf den Tisch. Im Grunde habe ich wohl gar nicht so viel zu verlieren, dachte sie und merkte, wie es in ihrer Brust pochte. Sie fuhr sich durchs Haar, strich den Rock glatt und stieg die Treppe zum Dachboden hinauf. Magnus hatte erwähnt, dass er dort oben einige Tuchballen umräumen wolle, und sie hatte seine Schritte gehört. Als sie eintrat, war er gerade dabei, leere Getreidesäcke zusammenzulegen, doch als er sie erblickte, legte er sie aus der Hand. Er kam auf sie zu, und ihre Blicke trafen sich.

»Was gibt es?«

»Ich habe über uns nachgedacht«, begann sie. »Wir schleichen umeinander herum und schielen uns von der Seite an, als wären wir zwei Fremde. Dabei empfinden wir doch etwas füreinander.«

»Komm her!« Er setzte sich auf eine Bank, die an der Wand stand. Doch obwohl er ihr bedeutete, neben ihm Platz zu nehmen, blieb sie lieber auf der Schwelle stehen.

»Du bist ein verheirateter Mann, deswegen habe ich mich von dir ferngehalten. Und nicht deswegen, weil ich dich nicht mag«, erklärte sie leise und lehnte sich an den Türrahmen.

»Ja. Ich bin verheiratet, und Ingrid wartet auf mich.«

»Und was zwischen uns geschehen ist …« Anne wollte die Worte nicht aussprechen, denn sie hatte Angst vor der Antwort. Magnus streckte die Hand nach ihr aus und lächelte.

»Es ist Liebe, verstehst du das denn nicht? Seit jener Nacht in Stockholm, als wir dir Maria überließen, musste ich immer an dich denken. Und dann haben wir uns hier in Lübeck wiedergetroffen. Du ahnst ja gar nicht, wie schwer es mir gefallen ist, dich immer in meiner Nähe zu haben, dich lieben zu wollen, es aber nicht zu dürfen.«

»Gibt es denn keine Zukunft für dich und mich?«, flüsterte sie.

»Ich muss zurück zu Ingrid. Ich kann mich nicht scheiden lassen, aber ohne dich kann ich auch nicht leben.«

Er stand auf, ging auf sie zu und umarmte sie. Fest drückte er sie an sich, und sie schloss die Augen, lehnte sich an seine Brust und hätte am liebsten geweint. Sie wollte ihn küssen, sie wollte ihn besitzen, statt diese Gefühle in ihrem Herzen ständig zu verleugnen.

»Ich habe dich gefragt, ob es eine Zukunft für uns geben kann«, wiederholte sie und wandte ihm ihr Gesicht zu.

Er zog sie mit zur Sitzbank.

»Setz dich!«

Sie zögerte kurz, dann nahm sie vorsichtig neben ihm Platz. Als sie ihn ansah, entdeckte sie, dass sein Blick tief und dunkel war und dass eine tiefe Trauer darin lag. Magnus lehnte den Kopf an ihre Stirn.

»Ach, Anne …«, seufzte er.

Eine Weile blieb sie ganz still sitzen, dann schob sie ihn von sich. Sie wollte von ihm hören, dass aus ihnen ein Paar werden könne, aber sie wusste, das war nur ein Traum, und es war völlig zwecklos, wenn sie an diesem Gedanken festhielt. Und er sagte ja auch nichts. Stattdessen zog er sie an sich und strich ihr mit dem Mund über die Lippen, während er sie zärtlich streichelte.

»Meine geliebte Anne«, flüsterte er und küsste sie mit einer Leidenschaft, die sie noch nie zuvor verspürt hatte. Seine Hand tastete sich an ihrem Hals hinunter und schlüpfte unter ihr Kleid. Sie fühlte seine Wärme auf der Haut, und als er ihre Brust mit der Hand umschloss, erschauerte sie, schob ihn aber nicht weg. Schließlich schob er ihren Rock hoch, und ihre Sehnsucht nach seinem Körper wischte endgültig alle Zweifel fort. Sie öffnete sich ihm und empfing ihn, und in ihrer Hingabe vergaß sie die ganze Welt um sich herum. Fest presste sie sich an ihn, sie war die seine, und zu zweit ließen sie sich davontreiben.

Danach, als sie sich keuchend in den Armen lagen, begann sie zu weinen. Von diesem glücklichen Moment, den ihr niemand nehmen konnte, hatte sie so lange geträumt. Sie hielt ihn fest und wollte ihn nie wieder gehen lassen. Er liebte sie, und was zwischen ihnen geschehen war, war richtig und unvermeidlich gewesen.

Auf dem Weg nach unten blieb er noch einmal stehen, und sie umarmte ihn von hinten. Sie küsste seinen Nacken und lehnte den Kopf an seinen Rücken. So blieben sie noch eine Weile stehen, dann ging er wortlos weiter.

57. Kapitel

Später begriff sie, dass er dort auf dem Dachboden Abschied von ihr genommen hatte. Zu dem Zeitpunkt hatte er bereits gewusst, dass er nicht mit nach Stockholm reisen würde. In jenem Moment war ihr das noch nicht klar gewesen und auch dann nicht, als er ihr erzählte, man habe die Männer gefunden, die Heinz Nagler und ihn zusammengeschlagen hatten. Sie erinnerte sich nur, dass er sie dabei so seltsam angesehen hatte. Da musste er beschlossen haben, in Lübeck zu bleiben und mit dem Geheimbund zusammenzuarbeiten. Der Kampf gegen die Vitalienbrüder war ihm offenbar wichtiger als alles andere.

Sie spürte den Schmerz in der Brust. Warum hatte sie ihr Herz an ihn gehängt, an einen Mann, den sie nicht bekommen konnte? Tränen stiegen ihr in die Augen, und sie drückte die Handflächen aneinander. Jetzt hieß es stark sein, sie musste alles vergessen und ihr Leben mit Maria fortsetzen. Christin und sie hatten sich geschworen, die Vergangenheit hinter sich zu lassen und ein neues Leben zu planen. Christin würde vorerst in der Fischerstraße bleiben und noch eine Weile auf Peder warten, aber dann wollte sie nach Brügge reisen. Anne hingegen wollte nach Stockholm und den Traum verwirklichen, ein florierendes Handelshaus aufzubauen, das Maria und sie ernährte. Außerdem hatte sie die Hoffnung nicht aufgegeben, dass eines Tages doch wieder Frieden in der Stadt herrschen werde. Magnus würde in Lübeck darauf hinarbeiten, und sie würde in Stockholm ihr Bestes tun. Es mochte zwar hoffnungslos aussehen, aber irgendetwas konnte sicher auch sie beitragen. Sie wollte nicht aufgeben, sondern einfach weiterkämpfen.

Ein eiskalter Wind fuhr über das Schiffsdeck, und sie fröstelte. Maria hielt ein Schläfchen, und Anne hatte die Gelegenheit genutzt, sie in der Obhut des Schiffsjungen zu lassen und sich ein wenig an Deck umzusehen. Die Sicht war schlecht, und der Abstand zwischen den drei Schiffen des Konvois hatte sich bereits vergrößert. Auf keinen Fall durften sie sich aus den Augen verlieren, denn im schmalen Öresund schlugen die Seeräuber besonders häufig zu. In diesen Gewässern konnte man einem Verfolger kaum entkommen.

Sie horchte auf das Geräusch der Wellen, die an den Schiffsrumpf schlugen, und roch Salz und Tang. Die frische Meeresluft genießend, stand sie an Deck und spürte die wiegenden Bewegungen des Schiffs unter ihren Füßen. Doch als sich die Sicht immer weiter verschlechterte und sie die anderen Schiffe nicht mehr erkennen konnte, befiel sie eine leichte Unruhe.

Kapitän Hofmeister kam vorbei, kratzte sich am Bart und sah sie neugierig an.

»Ich war gerade im Laderaum. Fast das ganze Schiff ist voll mit Euren Waren.«

»Ich bin auf dem Weg nach Stockholm, wo ich ein Handelshaus führe.«

»Da unten habe ich Wein, Holz, Teer und jede Menge Tuchballen entdeckt. Habt Ihr denn keine Angst, in diesen Zeiten so viel auf ein einziges Schiff zu laden?«

»Doch, aber wenn ich die Waren auf zwei Schiffe verteilen würde, wäre die Gefahr doppelt so groß, dass ich mindestens die eine Hälfte verliere«, erwiderte sie.

»Ihr spielt immer mit hohem Einsatz, wie ich gehört habe.«

»Spielen, was heißt schon spielen – ich versuche eben immer, so klug wie möglich zu handeln.«

»Und was ist mit den leeren Fässern?«

»Falls jemand hier in Schonen Salz zu verkaufen hat, lasse ich mir die Gelegenheit ungern entgehen.«

Kapitän Hofmeister spuckte aus und nickte. Dann stellte er sich neben Anne an die Reling und warf ab und zu einen Blick nach achtern.

Als die Sonne durch einen Riss in den Wolken drang, verbesserte sich die Sicht. Nach einer Weile entdeckte Anne fremde Segel am Horizont, die weder Flaggen noch Wimpel gehisst hatten.

»Habt Ihr das gesehen?«, fragte sie und deutete aufs Meer. »Diese Schiffe dort holen uns ein.«

Der kräftige Deutsche blinzelte zu den Schiffen hinüber. »Stimmt, die müssen wir im Auge behalten. Gefällt mir gar nicht.«

»Nein, und außerdem sieht es so aus, als hätten wir die anderen beiden Schiffe aus unserem Konvoi verloren«, meinte Anne.

Steuerbords tauchten mittlerweile Skanör und Falsterbo auf, backbords waren mehrere kleinere Boote vor den Sandbänken auszumachen. An Land wirkte alles tot und verlassen, und nur die deutschen und dänischen Verkaufsstände verrieten, dass hier im Herbst Handel getrieben wurde. Anne beobachtete einige Frauen, die im Wasser standen und Tang sammelten. Weiter hinten, auf dem Festland, entdeckte sie einen Bauern mit seinem Karren.

Als sie die Landzunge am Foteviken passierten, musste sie daran denken, wie sie als Kind hier geangelt hatte, wenn sie mit ihrem Vater unterwegs war. Sie hatten ihre Angeln ausgeworfen und seltsame kleine Fische mit lang gezogenem Maul gefangen. Hornhechte hatte ihr Vater sie genannt, was sie immer für einen Scherz gehalten hatte, aber die Tiere hießen wirklich so und hielten sich immer an dieser Landzunge auf. Sie lächelte bei der Erinnerung. Dann wandte sie sich um und wollte Maria holen.

Da stieß der Mann im Ausguck einen lauten Schrei aus. Das fremde Schiff hatte sie schon fast eingeholt und kam ihnen bedrohlich nahe. Auf einen Schlag war an Bord die Hölle los. Die Männer rannten los, um ihre Bogen zu holen, und die Soldaten machten die Schleudern einsatzbereit. Hoffentlich greift uns das andere Schiff nicht an, fuhr es Anne durch den Kopf. Das darf nicht passieren. Niemals will ich mein Kind verlieren und ebenso wenig meinen ganzen Besitz. Niemals!

Da kam ihr ein Gedanke.

»Zwischen uns und diesem Schiff liegt eine Sandbank«,

erklärte sie dem Kapitän. »Als Kind habe ich hier oft geangelt. Wenn wir den Kurs ändern und hart nach Backbord segeln …«

»Unter Deck mit Euch, dies ist kein Platz für Frauensleute!«

»So hört doch auf mich! Ändert den Kurs, dann wird das andere Schiff auf Grund laufen, wenn es uns verfolgt.«

Kapitän Hofmeister starrte Anne nur an.

»Seht Ihr nicht, wie das Wasser dort ein klein wenig heller ist?«, fuhr sie eifrig fort und deutete auf die entsprechende Stelle.

Der Kapitän blieb eine Weile ganz still, als wisse er nicht, was er tun solle.

»Abfallen!«, brüllte er dann.

Der Befehl des Kapitäns dröhnte über Deck, und langsam, unendlich langsam änderte das Schiff den Kurs. Gleichzeitig waren die Verfolger nahe genug herangekommen, um es unter Beschuss nehmen zu können.

»Feuer!«, brüllte Kapitän Hofmeister. Sein Gesicht war rot angelaufen.

Die langen, schmiedeeisernen Kanonen wurden in Position gerollt und das Pulver entzündet. Mit einem gewaltigen Krachen schossen die Kugeln heraus, und die Kanonen wurden vom Rückstoß nach hinten geschleudert. Anne eilte davon, um nach Maria zu sehen. Die Kleine krabbelte im Laderaum herum und spielte mit dem Schiffsjungen. Sie wollte gerade auf die unterste Treppenstufe steigen, als Anne sie abfing. Mit ihrer Tochter im Arm beobachtete sie, wie das Segel des feindlichen Schiffs langsam über der Luke erschien. So nahe sind sie schon an uns herangekommen, dachte sie gerade, als plötzlich ein Regen von Armbrustpfeilen aufs Deck niederging und die Büchsen losdonnerten. Saurer, übel riechender Rauch schlug ihr entgegen, sie duckte sich und zog sich rasch unter Deck zurück.

»Feuer, verdammt!«, hörte sie über den tosenden Lärm hinweg die gellende Stimme des Kapitäns.

Anne krümmte sich zusammen, um Maria mit dem Körper zu schützen. Sie senkte den Kopf und betete zu Gott, doch sie konnte ihr Gebet kaum zu Ende bringen, da hörte sie eine rasche Folge von dumpfen Stößen und ein scharfes Krachen. Als der Lärm nicht aufhören wollte, wurde ihr angst und bang.

Wenn dieses Schiff sank, wollte sie nicht unter Deck gefangen sein. Mit Maria im Arm eilte sie die Treppe hinauf und streckte gerade den Kopf aus der Luke, als das riesengroße feindliche Schiff ins Schwanken geriet. Der Rumpf erbebte, der Mast fiel mit Getöse ins Wasser, und sie beobachtete mit schreckgeweiteten Augen, wie die Kogge sich auf die Seite neigte und langsam sank. Sie hörte die Schreie und Rufe, und als sich der Kiel in die Luft reckte, sprang die Besatzung ins Wasser und suchte sich schwimmend zu retten. Rund um das Schiff brodelte das Wasser, und es krachte in den Planken, als das Wasser in den Rumpf lief. Krampfhaft umklammerte Anne die Reling und wandte den Blick ab. Sie war für diesen Schiffbruch verantwortlich, sie war schuld daran, dass alle diese Männer im Wasser lagen und um ihr Leben kämpften.

Sie begab sich mit Maria wieder unter Deck, um die Schreie und die entsetzten Stimmen nicht hören zu müssen. Zitternd setzte sie sich auf die unterste Stufe und wusste nicht recht, wie lange sie dort saß, bis sie endlich an Deck zurückzukommen wagte. Als sie durch die Luke blickte, entdeckte sie, dass der Kapitän eine ganze Schar Gefangener an Deck versammelt hatte. Mit auf dem Rücken gefesselten Händen knieten sie vor ihm, und die Besatzung stand in einem großen Kreis ringsum. Anne nahm Maria bei der Hand, stieg die letzten Stufen hinauf und näherte sich vorsichtig den Männern.

»Wir haben sie«, sagte Kapitän Hofmeister zum Steuermann. »Aber es sind zu viele, als dass wir sie während der ganzen Überfahrt in Schach halten können. Wir müssen sie irgendwie loswerden.«

Bei diesen Worten zuckte Anne zusammen.

»Müsst Ihr das wirklich?«, fragte sie.

»Sonst würden sie uns töten und unsere Ladung stehlen«, erwiderte der Kapitän und wies mit einer Kopfbewegung auf die gefangenen Vitalianer. »Entweder sie oder wir.«

»Nein, das ist nicht nötig. Wir haben doch die Tonnen.«

»Welche Tonnen?«

»Die ich eigentlich für das Salz mitgenommen hatte. Wir schlagen einfach den Boden heraus und schneiden ein Loch in den Deckel. Und dann ziehen wir den Gefangenen die Fässer über den Kopf.«

Verblüfft wechselte der Kapitän einen Blick mit dem Steuermann.

»Ich meine es ernst«, fuhr Anne fort. »Und dann können wir die Fässer bei der restlichen Ladung lagern.«

Am Abend waren Anne und Maria am Tisch des Kapitäns eingeladen und durften mit ihm und den anderen Offizieren essen. Maria starrte die Männer mit großen Augen an und schlang das Essen gierig in sich hinein.

»Auf Euer Wohl, Frau Anne«, sagte der Kapitän. »Und habt Dank!«

Sie lächelte und hob ihr Glas.

»Und was habt Ihr mit den Gefangenen vor?«, erkundigte sie sich.

»Die setzen wir einfach in Malmö ab, bevor wir weitersegeln.«

»Ja, das ist wahrscheinlich das Beste«, meinte Anne. »Mit einer so lauten Warenladung war ich nämlich noch nie unterwegs.«

Der Kapitän und der Steuermann sahen sich an und brachen in schallendes Gelächter aus.

Wenige Tage später setzten sie die unterbrochene Fahrt nach Stockholm fort. Unter großem Aufsehen wurden die Gefangenen an Land gebracht, und die Leute auf dem Kai trauten ihren Augen kaum: Ein ganzer Trupp Vitalienbrüder in Fässern! Die Schadenfreude war groß, und Anne wusste, dass die Gefangenen wahrscheinlich gehängt werden würden wie andere Seeräuber auch. Sie war froh, dass sie das nicht miterleben musste, doch gleichzeitig wollte auch kein rechtes Mitleid in ihr aufkommen. Diese Schurken hatten vorgehabt, ein Schiff zu kapern und alle Menschen an Bord zu töten. Jetzt bekamen sie ihre gerechte Strafe.

Während das Schiff an der schwedischen Küste dem Hafen von Stockholm entgegensegelte, musste Anne an Magnus denken. Am Morgen nach ihrer Begegnung auf dem Dachboden hatte er ihr eröffnet, dass er nicht mit nach Schweden zurückkehren werde, und seinem dunklen Blick hatte sie angesehen, dass es ihm bitter ernst war mit seinem Entschluss. Statt hier neben ihr an der Reling zu stehen, während das Schiff durch die

Wellen pflügte, war er in Lübeck. Sie erinnerte sich an das letzte Gespräch in seinem Zimmer im Hinterhaus.

»Ich liebe dich, aber ich kann Ingrid unmöglich verlassen«, hatte er erklärt.

»Aber sie ist eine Lügnerin, und du hast mir selbst erzählt, dass du mit einer solchen Frau nicht zusammenleben kannst.«

»Ich habe keine andere Wahl. Wir leben nicht mehr in heidnischen Zeiten. Die Kirche hat Gesetze geschaffen, und ich habe kein Recht, mich scheiden zu lassen.«

Bei der Erinnerung musste Anne seufzen. Er hatte gesagt, es sei zu gefährlich, wenn sie zusammenblieben. Wenn ihnen jemand auf die Schliche kam, lief sie Gefahr, mit schweren Steinen um den Hals einmal um die Stadt laufen zu müssen und dann für immer aus Stockholm gewiesen zu werden.

»Du bist stark, Anne, du kommst immer zurecht. Ingrid hingegen wäre ohne mich verloren«, fügte er noch hinzu.

Sprachlos hatte sie ihn angesehen und das Gefühl gehabt, als ertrinke sie gerade. Dass sie so stark und tüchtig war, war ihr also zum Verhängnis geworden. Vor lauter Enttäuschung wollte ihr keine Silbe mehr über die Lippen kommen.

»Erst wenn ich noch genug andere Hansestädte für unseren Feldzug gegen die Vitalienbrüder gewonnen habe, kann ich nach Stockholm zurückkehren«, hatte er verkündet und ihre Hände ergriffen. »Dann sehen wir uns wieder. Aber eben nur als Freunde.«

Anne betrachtete Maria, die zu ihren Füßen spielte. Gott sei Dank hatte sie ihre Tochter, und deren Liebe war wichtiger als alles andere.

Magnus stützte sich auf den Rudern ab und betrachtete die vielen Schiffe vor dem Lastkran am Hansekai. Er hatte sich als Schauermann verkleidet und war auf dem Weg zu einer Versammlung des Geheimbunds. Die Mitglieder wollten sich auf einem alten Frachtschiff treffen, das außerhalb des Hafens vor Anker lag, daher hatte er sich ein Ruderboot geliehen. Es machte ihm nichts aus, er war vielmehr froh, die Männer wiederzusehen. Als er zum *Burgturm*-Bund zurückgekehrt war, hatte man ihn für seinen Mut gelobt und ihn unter die Anführer gewählt. Seit seinem letzten Besuch war viel geschehen, und als man von dem Brief erzählte, den man aus Heinz Naglers angeblichem Nachlass erhalten hatte, musste er sich beherrschen, damit man ihm nichts anmerkte. Anne hatte recht gehabt. Die Männer des Geheimbunds hatten sich die Worte des alten Mannes zu Herzen genommen. Und nachdem sie die Spione enttarnt und bestraft hatten, die Heinz und Magnus verfolgt hatten, waren sie um einiges vorsichtiger geworden. Jetzt kamen sie jedes Mal an einem anderen Ort zusammen und wechselten auch die Losung regelmäßig.

In der vergangenen Zeit hatte sich der Bund zu einer mächtigen Widerstandsbewegung entwickelt, die schon Ableger in mehreren Hansestädten hatte. Sieben von ihnen hatten sich bereits zu der Friedensbewegung zusammengeschlossen, von der er geträumt hatte. Zwar hatte man noch nicht genügend Geld beisammen, um Schiffe und Soldaten bezahlen zu können, aber man war auf einem guten Weg. Binnen Kurzem würde die Bewegung die Vitalienbrüder entmachten und für Frieden in Stockholm sorgen. Und wenn König Albrecht das Lösegeld von sechzigtausend Reichstalern nicht aufbrächte, müsste er die Stadt und den Königsthron aufgeben und ganz Schweden an Königin Margareta abtreten. Das war eine gute Lösung, denn sie war eine kluge Frau, mit der die Hanse gewiss zusammenarbeiten konnte. Doch zuerst mussten die hanseatischen Truppen Stockholm einnehmen.

Mehrere Abende hatte Magnus damit zugebracht, in Seekarten verschiedene Fahrtrouten nach Stockholm einzuzeichnen, auf denen man im Schärengarten den Schiffen der Dänen und der Vitalienbrüder ausweichen konnte. Außerdem hatte er sämtliche Wege in und um Stockholm für diejenigen Männer festgehalten, die sich der Stadt auf dem Landweg nähern würden. Magnus hatte das Gefühl, dass eine Lösung des Konflikts unmittelbar bevorstand, und wollte dem Geheimbund so tatkräftig helfen, wie er nur konnte.

Deswegen war er auch gezwungen, vorerst noch in Lübeck zu bleiben. Obwohl mittlerweile schon mehrere Wochen seit Annes Abreise vergangen waren, erinnerte er sich immer noch, wie enttäuscht sie gewesen war. Er hatte ihr seine Entscheidung mitgeteilt und die Verlassenheit in ihren Augen gesehen, und dieser Ausdruck ging ihm seither nicht mehr aus dem Kopf. Er vermisste sie schmerzlich.

Als er sie besitzen durfte und sie ihn mit ihrer weichen Wärme umfing, hatte er zum ersten Mal in seinem Leben wahre Hingabe gespürt. Und er hatte sich gewünscht, sie immer wieder lieben zu können, bis sie ein Kind von ihm empfing und sie für immer und ewig vereint waren. Dass dies ein unmöglicher Traum war, wusste er. Er starrte über den Fluss. Anne, seine liebe, geliebte Anne. Wie sollte er sie jemals vergessen können?

58. Kapitel

Die Missernte allein hätte schon gereicht, doch im November sank endgültig allen Stockholmern der Mut. Nur wenige Schiffe hatten die dänische Blockade durchbrechen können, und die Einwohner der belagerten Stadt zitterten vor dem Winter. Es gingen Gerüchte um, dass man sich auf dem Land bereits von Birkenblättern und Pflanzenwurzeln ernährte, und in der Stadt und auf den Schären waren bereits mehrere alte Menschen verhungert. Im Hafen und in den versteckten Gässchen lagen die Bettler, und immer wieder waren Kinder mit aufgetriebenen Hungerbäuchen zu sehen.

Vom Schloss erging der Befehl an die Ratsherren, schleunigst für Nahrungsmittellieferungen zu sorgen, doch die Kapitäne fürchteten die Dänen im Schärengarten und wagten sich nicht aufs Meer hinaus. Außerdem nahte der erste Kälteeinbruch, und niemand wollte riskieren, mit seinem Schiff im Eis hängen zu bleiben.

Die hungernden Stockholmer flehten um Hilfe, und innerhalb der Schlossmauern rangelten die Vitalienbrüder untereinander um die Macht. Eine Besserung der Lage konnte sich kaum jemand vorstellen, und nur wer vorausschauend genug gewesen war, einen großen Vorrat an Getreide, Früchten und Beeren anzulegen, konnte hoffen, dem Hungertod zu entgehen.

Auf der Nordsee und der Ostsee bereicherten sich rücksichtslose Kapitäne um jeden Preis. Was als Machtkampf zwischen Deutschen, Schweden und Dänen begonnen hatte, war zu einem Krieg ausgeartet, in dem jeder Warentransport – zu Wasser und zu Land – überfallen und ausgeraubt wurde. Das Volk sprach davon, dass die Königin den gefangenen König Albrecht freigeben müsse, doch er hatte das Lösegeld noch nicht bezahlt und weigerte sich, aufzugeben und auf den schwedischen Thron zu verzichten. Lieber saß er als Gefangener der Königin hinter den dicken Mauern in Lindholm in Schonen.

Als der erste Schnee fiel und immer noch keine Nahrungsmittel nach Stockholm gekommen waren, wurden die Hilferufe immer lauter. Waghalsige Reiter durchquerten mit verzweifelten Botschaften aus der Hauptstadt dunkle Wälder, aber nichts geschah. Die bevorstehende Weihnacht drohte eine der schlimmsten seit der letzten Pestepidemie zu werden.

In Kalmar war Anne gerüchteweise zu Ohren gekommen, wie schlimm es in Stockholm zuging, und sie machte sich Sorgen um Valborg und Mattis. Ihr war klar, dass sie ein großes Wagnis einging, indem sie dorthin fuhr, aber sie musste sich unbedingt um ihr Handelshaus kümmern, bevor die Vitalienbrüder die Türen einschlugen und alles ausplünderten. Außerdem sehnte sie sich danach, ihre alten Freunde wiederzusehen. Den Mord an ihrer Dienstmagd hatte sie freilich nicht vergessen, aber sie hegte den Verdacht, dass Schultze oder Herman Möller hinter diesem Anschlag gesteckt hatten und sich ihres Vermögens hatten bemächtigen wollen. Und diese zwei Kaufleute hatten ihr Verbrechen bereits gesühnt und stellten keine Bedrohung mehr dar.

Als ihr Schiff sich Landsort näherte, stieg langsam die Vorfreude in Anne auf. Erst als sie das Rasseln der Ankerkette in der Klüse hörte, witterte sie, dass etwas nicht stimmte. Sie nahm Maria bei der Hand und ging an Deck. Es war schneidend kalt, und die Deckplanken waren mit glattem, weißem Raureif überzogen. Demnächst würde das Meer zufrieren, und sie hoffte inständig, dass sie es noch rechtzeitig nach Stockholm schafften. Von den Masten herab hörte sie die aufgeregten Stimmen der Matrosen, und als sie über die Reling blickte, entdeckte sie mehrere fremde Schiffe.

Es näherte sich ein dänisches Geschwader, das die Strecke in die Hauptstadt überwachte, und auf dem Festland erspähte sie Palisaden aus Baumstämmen. Alle wussten, dass die Dänen Stockholm belagerten und den Schärengarten unbefahrbar machten, aber bis jetzt hatte man immer noch den einen oder anderen Weg in die Stadt gefunden. Doch hier lagen die großen und kleinen dänischen Schiffe vor ihnen, und es schien unmöglich, einen Weg an ihnen vorbei zu finden.

»Wir drehen um«, verkündete Kapitän Hofmeister. »Wir werden stattdessen Visby anlaufen.«

Die Männer an Bord, die sich schon auf die Heimkehr gefreut hatten, erhoben lautes Protestgeschrei, aber der Kapitän blieb hart. Ein großer Konvoi konnte diese Blockade vielleicht durchbrechen, dieses Schiff jedoch nicht.

Die Bootsleute wurden zum Heck beordert und holten murrend den Anker ein. Als sie den großen, schweren Eisenklumpen über die Reling hievten, hatte sich ein Aal darin verfangen. Bei diesem Anblick traten alle erschrocken einen Schritt zurück und bekreuzigten sich. Anne sah zu, wie der leblose Fisch ins Wasser zurückgeworfen wurde und in den Wellen verschwand. Das tote Tier galt als schlechtes Omen. Sie dachte an die persönliche Habe, die sie an Bord hatte, an die Waren, die sie noch verkaufen wollte, an das Silber in den Kisten und das, was sie in den Stoffballen versteckt hatte. Ihr ganzes Vermögen befand sich auf diesem Schiff, und davon wollten Maria und sie erst einmal leben, wenn sie nach Stockholm kamen. Sie blieb an der Reling stehen, während der kalte Wind an ihren Kleidern riss und sie fröstelte. Dass sie alles wieder verlieren konnte, wollte sie nicht wahrhaben.

So blieb sie noch eine Weile an Deck und zog Maria den Mantel zu, damit sie nicht fror. Während ihre Gedanken kamen und gingen, wurde ihr immer elender. Erst verdrängte sie das Gefühl, aber nach einer Weile wurde es einfach zu schlimm. Sie setzte ihre Tochter ab, wankte zur Reling und reckte das Gesicht in den Wind, um frische Luft zu atmen. Der Seegang war nicht besonders hoch, und sie hätte sich nach mehreren Wochen auf See eigentlich an das Schaukeln gewöhnt haben müssen. Als ihr klar wurde, dass sie sich übergeben musste, rannte sie zur Leeseite und erbrach sich. Nachdenklich wischte sie sich den Mund ab und machte sich klar, was sie die ganze Zeit geahnt, aber immer wieder beiseitegeschoben hatte: ihre Monatsblutungen hatten aufgehört, und sie fühlte sich genauso wie damals, als sie mit Maria schwanger war.

59. Kapitel

Im schwedischen Winter 1393 kam ein verschwitzter Reiter in Wismar an und überreichte einen Hilferuf, unterzeichnet von den Machthabern in Stockholm. Auch im Schloss wurden allmählich die Essensvorräte knapp, und die Vitalienbrüder baten ihre Anhänger, so schnell wie möglich eine Hilfsflotte mit Lebensmitteln zu schicken.

Mattis erfuhr von der misslichen Lage, als sein Schiff im Hafen von Wismar vor Anker lag. Er war an der baltischen Küste entlanggesegelt, wo er Salz und Getreide in den Städten abgeladen hatte, die von den Vitalienbrüdern regiert wurden. Eigentlich hatte er angenommen, dass sie anschließend endlich nach Stockholm weitersegeln würden, doch dann wurde der Kapitän nach Wismar beordert, um eine Ladung Korn und Malz aufzunehmen, und die Fahrt verzögerte sich weiter. Die Mecklenburger, die vor Kurzem noch Bergen niedergebrannt und ausgeplündert hatten, sollten nun den hungernden Stockholmern helfen. Mattis wurde nicht ganz schlau aus diesem Krieg.

Als er an Land ging, war er überrascht, die Stadt so friedlich vorzufinden. Hier hatten die Seeräuber ihren Freihafen und verkauften ihre geraubten Waren. Er hatte überall Soldaten und Landstreicher erwartet, stattdessen bot sich ihm der Anblick einer verschlafenen Kleinstadt, in der Frauen und alte Leute friedlich auf den Straßen umherspazierten. Hätten nicht die vielen Piratenschiffe im Hafen gelegen, er hätte geglaubt, am falschen Ort zu sein. Die schöne kleine Stadt war von Kanälen durchzogen, und wenn die Sonne über dem Meer unterging, badete der Hafen im rotgoldenen Licht. Aber er wagte sich nicht in die Kneipe. Bis spät in die Nacht hörte er das Lärmen und Treiben der Zecher.

Es dauerte einige Tage, bis sie alles in den Laderaum verfrachtet hatten, aber dann lichteten sie mit sieben anderen Schiffen doch noch die Anker. Für die Weiterfahrt nach Stockholm hatte Mattis einen Platz auf einem größeren Schiff ergattert. Während ein Kochlehrling aus Wismar seine Pflichten auf dem Versorgungsschiff übernommen hatte, war er selbst auf das größte Schiff des auslaufenden Konvois abkommandiert worden, da der Koch erkrankt war. Mattis war nicht ganz wohl in seiner

Haut, denn hier kannte er niemanden und wusste nicht, wie man ihn behandeln würde. Obendrein konnte das Schiff jeden Moment im ersten Eis stecken bleiben. Es war ein Wettlauf gegen die Zeit, und allen war bewusst, dass sie so schnell wie möglich nach Stockholm gelangen mussten.

Breitbeinig, die Hände auf dem Rücken, stand Mattis an Deck und ließ den Blick über den Horizont gleiten. Das Schiff stampfte in der schweren See, und ab und zu spritzten eiskalte Wassertropfen auf das Deck und auf seinen Mantel. Doch es war ihm gleichgültig, ob er nass wurde, er wich der Gischt nicht einmal aus. Die ganze Zeit musste er an Anne denken. Da war er eigens nach Lübeck gereist, und dann hatte sich nichts so ergeben, wie er es sich erhofft hatte. Er war ihr überhaupt nicht nähergekommen. Ständig waren Menschen um sie herum gewesen, und er hatte sie kein einziges Mal für sich gehabt, um sich einmal in Ruhe mit ihr unterhalten zu können. Jetzt bedauerte er, nicht hartnäckiger gewesen zu sein. Er wusste doch, dass sie ihn mochte. Statt zu warten, dass sie auf ihn zukäme, hätte er etwas unternehmen müssen. Er erinnerte sich noch an die Zeiten, als sie die ganze Nacht lang geredet und gelacht hatten und die Finger nicht voneinander lassen konnten. Aber dann hatte man ihn gefangen genommen, sie hatte Alf Gerhardt kennengelernt, und alles war ganz anders gekommen.

In Lübeck wiederum hatte Magnus Spangenmacher ihm alles verdorben. Mattis war mehrmals in die Fischerstraße gegangen, um Anne zu sehen, aber kaum hatte er sie in ein Gespräch verwickelt, tauchte dieser Ratsherr auf. Er ließ ihn kein einziges Mal mit Anne allein, und sobald Mattis unter vier Augen mit ihr reden wollte, platzte der Mann herein und unterbrach sie.

Schließlich hatte er genug und begriff, dass er diesmal nichts erreichte und sich besser zurückzog, um einen günstigeren Zeitpunkt abzuwarten. Magnus Spangenmacher war verheiratet und konnte sich Anne zuliebe nicht scheiden lassen. Sobald sie das eingesehen hätte, wäre Mattis zur Stelle. Aus diesem Grund hatte er ihr auch angeboten, sich bis zu ihrer Rückkehr um ihr Handelshaus zu kümmern. Bis dahin war Magnus sicher zu seiner Ehefrau zurückgekehrt, und Anne würde sich einsam und verlassen fühlen. Dann wollte Mattis sie überzeugen, dass er nicht mehr der verantwortungslose Gaukler war, der in den Tag hineinlebte und sich um nichts kümmerte. Er würde sie überraschen, indem er am Korntorget für Ordnung sorgte, bis sie wiederkäme, und dann könnte er ihre Liebe endlich zurückgewinnen. Als er sich umdrehte und unter Deck ging, pfiff er leise vor sich hin.

Nach einer langen und beschwerlichen Segelreise näherten sie sich endlich dem Stockholmer Schärengarten, und alle hofften, dass sie die Stadt vor dem ersten Eis erreichen würden. Vor der letzten Etappe bis zur Hauptstadt warfen sie den Anker und warteten auf die Dämmerung. Die Temperatur fiel, es gab sogar Frost, doch trotz der Kälte herrschte gute Stimmung an Bord. Niemand zweifelte daran, dass das Schiff es nach Stockholm schaffen würde, und Mattis freute sich, dass sie den Einwohnern endlich Lebensmittel bringen konnten.

Am nächsten Morgen schloss sich die Eisdecke bereits, und sie schafften es gerade noch bis Dalarö. Der Kapitän schickte Männer mit Eissägen los, um eine Fahrrinne zu schaffen, doch nach mehrstündiger Plackerei kehrten sie erschöpft und enttäuscht zurück. An mehreren Stellen war das Eis schon so dick, dass sie es nicht mehr aufsägen konnten. Die mecklenburgischen Schiffe steckten im Eis fest. Und obendrein befanden sie sich auf feindlichem Gebiet, in dem es von dänischen Truppen nur so wimmelte.

Am Abend begann es zu schneien, und der schneidende Wind trieb ihnen nasse Schneeflocken ins Gesicht. Mattis senkte den Kopf und zog sich fluchend die Zipfelmütze tiefer ins Gesicht. Ein oder zwei Tage eher, und sie hätten es bis nach Stockholm geschafft – stattdessen lagen sie nun hier und kamen nicht vor und nicht zurück. Es sah ganz so aus, als fände diese Reise in die Stadt niemals ein glückliches Ende. Dabei hatte er Anne doch fest versprochen, sich um ihr Handelshaus zu kümmern. Doch das war nicht einmal das Schlimmste. Die acht Schiffe waren leichte Beute, wenn sie so manövrierunfähig im Eis feststeckten.

Meister Hugo, der Kapitän des Geschwaders, riss Mattis aus seinen Gedanken.

»Das gefällt mir gar nicht. Die Dänen können uns jeden Augenblick überfallen.«

Der untersetzte kleine Mann lief mit flackerndem Blick unruhig auf und ab. Dabei spähte er immer wieder zum Festland hinüber, als erwarte er jeden Moment eine Truppe Bogenschützen, die auf sie losstürzten und einen Regen von Pfeilen auf sie abschössen.

»Wir müssen ihnen zuvorkommen«, antwortete Mattis. »Königin Margareta hat mehr Männer als wir. Wir sollten uns etwas ausdenken, bevor die Dänen sich zum Angriff bereit gemacht haben.«

»Uns etwas ausdenken«, wiederholte Meister Hugo spöttisch. Er seufzte tief. »So einfach ist das nicht.«

Mattis stützte sich auf die Reling.

»O doch, da lässt sich schon etwas machen. Das Eis trägt bereits, und auf dem Festland gibt es Wald. Können wir nicht Bäume fällen und eine Palisade errichten?«

Meister Hugo strich sich den Schnee aus dem Bart und dachte über Mattis' Vorschlag nach.

»Genug Männer hätten wir sicherlich.«

»Worauf warten wir noch? Und wenn wir die Bäume gefällt haben, spitzen wir die Stämme an einer Seite zu und rammen sie ins Eis. Zum Schluss übergießen wir das Ganze mit Wasser. Den dänischen Krieger möchte ich sehen, der diese Eisfestung erstürmen könnte.«

Meister Hugo bedachte Mattis mit einem anerkennenden Blick und lachte polternd.

»Einem Gaukler ist ja mancherlei zuzutrauen, aber das war wirklich der beste Vorschlag, den ich seit Langem gehört habe«, sagte er. Dann tat er etwas, worauf Mattis nicht im Geringsten gefasst war: er beugte sich vor und drückte ihm einen schmatzenden Kuss auf die Stirn.

»Danke!«, rief er und erteilte sofort seine Befehle an den Steuermann. »Lass alle Sägen und Äxte sammeln, und nimm die stärksten und tüchtigsten Männer mit, die du an Bord findest. Wir gehen an Land. Und wir haben es eilig!«

Den ganzen Abend und die ganze Nacht hindurch waren am Strand Axthiebe und raue Stimmen zu hören. Fuhrleute mit eilig zusammengezimmerten Schlitten brachten die Baumstämme übers Eis zum Schiff, luden ihre Fracht ab und kehrten zurück an Land, um Nachschub zu holen. Andere Männer hauten die Stämme zurecht und errichteten unter der Aufsicht des Schiffszimmermanns langsam, aber sicher einen Verteidigungswall aus zugespitzten Pfählen. Mattis hackte und sägte, was er nur konnte, und der Schweiß gefror ihm auf dem Rücken zu einem kalten Kettenhemd. Doch zum ersten Mal seit langer Zeit fühlte er sich wahrgenommen und geschätzt und nicht wie eine Witzfigur.

In der frühen Morgendämmerung, als die Arbeit abgeschlossen war, bemerkte Mattis, dass auch die Dänen nicht untätig waren. Mittlerweile hatte es aufgehört zu schneien, und zwischen den Bäumen entdeckte er dunkle Schatten, die sich hin und her bewegten. Nach einer Weile hörte er auch von dort Axthiebe und Hammerschläge, doch aus dieser Entfernung war kaum herauszufinden, was dort eigentlich vor sich ging. Und niemand wagte sich aufs Eis hinaus, um die Gegner auszuspähen, denn damit hätte man sich nur zur Zielscheibe gemacht.

Als Mattis am nächsten Morgen an Deck kam, standen die Männer an der Reling und glotzten zu den Dänen hinüber. Als er ihren Blicken folgte, riss er die Augen auf. Die Dänen hatten eine Art Turm errichtet, und das hohe, runde Bauwerk war beinahe fertiggestellt.

»Die bauen einen Turm, von dem aus sie über die Holzpalisade hinweg unser Schiff beschießen können«, stellte Mattis fest und wandte sich an Meister Hugo. »Wir müssen Löcher ins Eis schlagen, bevor sie uns erreicht haben.«

»Wie soll das gehen?«

»Sobald es dunkel wird, sägen wir das Eis vor unserer Palisade auf. Wenn wir Glück haben, schneit alles wieder zu, sodass man nichts mehr sieht. Ich spiele die Fiedel und trommle, damit niemand das Sägen hört.«

Belustigt musterte Meister Hugo den Gaukler.

»Du fiedelst also, während wir uns abrackern? Das ist freilich auch eine Art, sich um die Arbeit zu drücken«, lachte er und zwinkerte ihm zu.

Am Nachmittag holten die Männer ihre Eissägen und schlichen zu der Palisade. Im Schutz der Dunkelheit bohrten sie in gleichmäßigen Abständen Löcher ins Eis, und dann sägten zwanzig Mann von jedem Schiff kleine Eisschollen heraus. Unterdessen spielte Mattis laut auf seiner Geige und auf den Trommeln.

Gegen Mitternacht war die Arbeit vollbracht, und Mattis tischte heiße Erbsensuppe und in Bier eingeweichten Schiffszwieback auf. Über Nacht fiel reichlich Schnee, und das Eis war vom Schiff bis zum Festland mit einer gleichmäßigen Schneedecke überzogen. Abgesehen von wenigen Tierspuren war nichts zu sehen. Es war ganz still, und als Mattis aufwachte, schienen die Dänen sich noch immer im Wald aufzuhalten. Er nahm seinen morgendlichen Schnaps und das Frühstück zu sich, und nach dem Morgengebet trat er an die Reling. Dort blieb er eine geraume Weile stehen und starrte an Land, bis er plötzlich ein seltsames Geräusch hörte. Es quietschte und dröhnte, und im nächsten Augenblick erschien der riesige Holzturm am Strand. Mithilfe von vier Ochsen, Seilen, Blöcken und Flaschenzügen manövrierten die Männer den Turm langsam aufs Eis.

»Das ist der größte Turm, den ich jemals gesehen habe!«, rief Mattis aus.

»Sicher verbergen sich bewaffnete Männer darin«, erwiderte Meister Hugo mit verbissener Miene und betrachtete das seltsame Gebilde, das langsam aufs Schiff zukam.

»Nehmen wir sie doch unter Beschuss!«, schlug der Steuermann vor.

»Noch nicht! Sie sollen erst richtig übermütig werden«, antwortete Meister Hugo.

Während Mattis an Deck auf und ab schritt, stieg seine Besorgnis. Hatten sie das Eis tief genug aufgesägt? Die Truppen auf dem Festland waren ihnen zahlenmäßig weit überlegen, und wenn ihre List misslang, mochte dies das Ende für sie alle bedeuten. Der Turm schwankte ein wenig, und das Eis krachte und donnerte, als wolle es jeden Moment einbrechen. Doch der Turm kam ihrem Schiff näher und näher, und ab und zu hörte man ein dumpfes Klopfen und metallische Geräusche aus dem Turminnern. Mattis warf einen Blick auf die Schiffe seines Konvois, die im Eis feststeckten. Die Bogenschützen hatten an Deck Stellung bezogen, schossen aber noch nicht. Erst musste der Turm noch näher herankommen, bis zu ihrer Eispalisade.

»Nur noch ein bisschen weiter«, murmelte Mattis heiser und starrte wie verhext auf den Turm.

»Feuer!«, rief Meister Hugo, und die Männer feuerten die ersten Schüsse ab. Es rauchte und donnerte aus ihren Büchsen, doch die Dänen waren noch zu weit entfernt, sodass die Kugeln das Holz nicht durchschlugen, sondern abprallten und aufs Eis fielen.

»Wenn wir sie so beschießen, schöpfen sie keinen Verdacht«, sagte Mattis, aber weiter kam er nicht, denn da gab auch schon die erste Eisscholle unter den Gegnern nach. Einen Moment lang blieb der Turm an der Kante des Eislochs stehen, dann geriet er ins Schaukeln, kippte und ging sofort unter. Langsam versank er zwischen den Eisschollen, während die Männer im Innern verzweifelt gegen die Wände hämmerten und brüllten.

Einige Dänen schafften es noch, sich aufs Eis zu retten, wurden aber von den Bogenschützen niedergeschossen. Die anderen gingen mit dem sinkenden Holzturm unter. Mattis musste den Blick abwenden, weil ihm ganz schlecht wurde bei dem Gedanken an die Männer, die sich nicht mehr befreien konnten. Schweigend zog er sich zurück und stimmte nicht in den Siegesjubel der Besatzung ein. Erst als alles vorüber war und man ihn für den rettenden Einfall gelobt hatte, fühlte er sich etwas besser.

»Du hast viele Menschen in Stockholm vor dem Hungertod bewahrt«, sagte Meister Hugo und blickte über das Eis. »Es taut. Wenn das Wetter noch einige Stunden hält, dann können wir unsere Sägen wieder herausholen, uns eine Fahrrinne schaffen und in die Stadt segeln.«

Mattis dachte an Valborg und seine Spielmannsgefährten in Stockholm. Jetzt konnte ihnen endlich geholfen werden. Der Konvoi war zu ihnen unterwegs, und die Stockholmer würden Nahrungsmittel und andere lebenswichtige Waren bekommen, mit denen sie es bis zum Frühjahr schaffen konnten.

60. Kapitel

»Die Hanse will eine Friedenstruppe nach Stockholm schicken. Endlich zeigen unsere Verhandlungen Früchte«, erklärte Rainer Steinbrucke, der Lübecker Hafenaufseher und frisch gewählte Anführer des Geheimbunds *Burgturm*.

Die Männer am Tisch standen auf und klatschten Beifall. Nachdem die hanseatischen Kaufleute, die sich so lange nicht auf die Ostsee hinausgewagt hatten, viel Geld verloren hatten, stieg nun die Hoffnung, dass man sich der Vitalienbrüder endlich entledigen könne. Auch Magnus jubelte innerlich. Er war gerade aus Köln und Stettin zurückgekehrt, wo man ihm ebenfalls Unterstützung für eine Streitmacht zugesichert hatte. Bald hätte die Hanse genug Geld beisammen, um eine große Flotte auszurüsten, mit der man in die schwedische Hauptstadt einziehen, den Handel wieder eröffnen und für Ruhe auf den Straßen sorgen würde, bis sich Königin Margareta und König Albrecht endlich geeinigt hätten. Sowohl für die Kaufleute als auch für die Stockholmer bräche damit eine neue Zeit an. Nachdem die Stadt jahrelanges Chaos erduldet hatte und unzählige Menschen gestorben waren, nachdem zahllose Schiffe überfallen und geplündert worden waren, mochte endlich eine Zeit des Friedens anbrechen.

Magnus fragte sich, wie es Anne wohl mit ihrem Handelshaus ergehen mochte. Im gleichen Augenblick fiel ihm auf, dass sein erster Gedanke immer ihr galt – und nicht seiner Frau. Ingrid fragte sich wahrscheinlich, ob er überhaupt noch am Leben war. Zwar hatte er ihr eine Botschaft geschickt, aber er war nicht sicher, ob sie angekommen war. Nun, bald konnte er sie ja nach Stockholm zurückholen, und wenn sie erst einmal wieder ihr Haus in der Helga-Lekamens-Gasse bezogen hatten, wollte er Anne aufsuchen. Als er aufblickte, merkte er, dass die anderen sich bereits wieder gesetzt hatten. Sie sahen ihn fragend an, er wurde rot und nahm ebenfalls Platz. Anne, immer diese Gedanken an Anne.

Als der mecklenburgische Konvoi langsam in den Stockholmer Koggenhafen einlief, wurde er von einer jubelnden Menschenmenge empfangen. So viele Menschen hatte Mattis noch nie auf einmal gesehen, und ein warmes Freudengefühl stieg in ihm auf. Bald konnten diese Männer, Frauen und Kinder sich endlich wieder satt essen.

Als er die Menge auf dem Kai betrachtete, musste er lächeln. Ihre Freude wurde zu seiner eigenen Freude. Er hatte helfen können, auch er war einmal für andere wichtig gewesen. Dieses Gefühl war neu und seltsam. Er war stolz auf sich.

»Geh an Land! Wir kümmern uns darum, dass die Ladung gelöscht wird.« Meister Hugo legte Mattis eine Hand auf die Schulter.

»Ich hatte aber vor ...«, begann Mattis.

»Du sollst nichts vorhaben. Tu einfach, was ich dir sage!«, befahl der Kapitän. »Als Erstes müssen wir die Fässer zum Schloss und ins Rathaus bringen, dann verteilen wir die Getreidesäcke unter den Hungernden hier am Kai. Anschließend kommen wir zu dir zum Korntorget. Dort kannst du uns dann empfangen.«

Meister Hugo hatte ihm gestattet abzumustern und ihm als Belohnung für seine Heldentat noch eine Tonne Getreide und ein Fass Wein von jedem Schiff geschenkt. Erst hatte Mattis abgewehrt und behauptet, das sei zu viel des Danks, doch dann fiel ihm ein, dass Annes Handelshaus in der Zwischenzeit vielleicht schon geplündert worden war. Da war es eigentlich gar kein schlechter Plan, die Waren dorthin zu bringen und für sie einzulagern. Und auf diese Art hatte auch er einen Vorrat, wenn die Lebensmittel wieder knapp werden sollten. Er steckte die Hand in die Gürteltasche und tastete nach dem Schlüssel des Handelshauses. Indem Anne ihm diesen Schlüssel überantwortet hatte, hatte sie ihm ihr Vertrauen bewiesen. Eines Tages fänden sie vielleicht wieder zueinander, denn sie hatten sich nie im Bösen getrennt. Es war nur so viel geschehen, dass es sie auseinandergebracht hatte.

»Nun los, lauf zum Korntorget!«, forderte Meister Hugo Mattis auf. »Wir kommen dann mit Pferd und Wagen und bringen deine Ware mit.«

»Ich bin schon auf dem Weg!«, rief der Spielmann vergnügt und warf sich den Ranzen über die Schulter.

Eigentlich hatte er immer noch nicht so recht begriffen, was in diesen Tagen geschehen war. Nachdem die Besatzung seines Schiffs die Dänen vor Dalarö geschlagen hatte, hatten die

Männer ihn mit Respekt behandelt. Es war wirklich viel geschehen, seit er vor drei Jahren von den Vitalienbrüdern gejagt und verhöhnt worden war. Und nun durfte er das Schiff verlassen und war nicht mehr an sie gebunden.

Rasch lief er den Landungssteg hinunter und bahnte sich einen Weg durch die Menge. Jetzt würde er zunächst im Handelshaus für Ordnung sorgen. Das sollte sein erster Schritt sein, um Anne zurückzugewinnen.

61. Kapitel

Wie ein steinernes Meer lag die karge Landschaft im Nebel vor ihr. Es wurde schon dunkel, und sie beschleunigte ihre Schritte. Der schwere, nasse Schnee setzte sich in ihren Kleidern fest und lief ihr kalt ins Genick. Nach Monaten des Wartens steckte ihr Konvoi immer noch in Visby fest, und es sah so aus, als würden sie es niemals bis nach Stockholm schaffen. Anne hörte ihre keuchenden Atemzüge – mittlerweile war sie schon ziemlich kurzatmig.

Anfangs hatte niemand gedacht, dass sie so lange hier bleiben müssten, doch den Gerüchten zufolge hatten die Dänen die Stadt mit einer undurchdringlichen Blockade von der Außenwelt abgeschnitten, und die Stockholmer verhungerten. Die darbenden Vitalienbrüder waren völlig verzweifelt, und der Zustand der Gesetzlosigkeit verschlimmerte sich noch. Anne wischte sich den nassen Schnee vom Mantel und spürte, wie die Hoffnungslosigkeit allmählich von ihr Besitz ergriff. Sollte es Mattis nicht gelingen, nach Stockholm zu gelangen, stand ihr Handelshaus leer, und sie konnte nichts unternehmen. Es war gut möglich, dass sie es bei ihrer Rückkehr ausgeplündert vorfände. Wie sollte sie sich da versorgen? Und Maria und das Kind, das sie erwartete?

Sie blickte auf ihren Bauch. Ob Magnus wohl weiter so stur darauf beharren würde, bei seiner Frau zu bleiben, wenn er erführe, dass er Vater geworden war? Zumal er doch so gern Kinder haben wollte. Aber dann schüttelte sie über sich selbst den Kopf. Er würde sich niemals scheiden lassen, und wenn jemand erfuhr, dass ihr Kind unehelich war, lief sie Gefahr, vor dem Stadtgefängnis ausgepeitscht zu werden oder mit schweren Steinen um den Hals durch die Straßen laufen zu müssen. Danach würde man sie für immer aus Stockholm verweisen. Und das alles nur deshalb, weil sie ein Kind von einem verheirateten Mann bekommen hatte. Wenn das Kind heranwuchs, behielte es immer den Makel der Unehelichkeit und hätte auch keinen Anspruch auf das Erbe seines leiblichen Vaters. Magnus müsste ein Bußgeld entrichten, wenn herauskäme, dass er der Vater eines unehelichen Kindes war.

Die Schmerzen, die bis ins Kreuz ausstrahlten, zwangen sie, stehen zu bleiben und Luft zu schöpfen. Der Wind wirbelte über die niedrigen Steinmauern, die die Äcker begrenzten, und vor ihren Augen breitete sich eine flache, öde Landschaft aus. Vielleicht war es Wahnwitz gewesen, sich bei dem schneidenden Wind auf den Weg zu machen, aber das Leben im Hafen war ihr unerträglich geworden, und sie brauchte einfach jemanden, mit dem sie reden konnte.

Die drei Lübecker Koggen lagen Rumpf an Rumpf am Kai, während die Kälte unter Deck kroch und das Einschlafen erschwerte. Eines Nachts, als es richtig kalt geworden war, fand man den Bootsmann erfroren auf dem Achterdeck. Anne musste an Magnus denken und an das Schaffell, das er ihr geschenkt hatte. Es wärmte sie und Maria in diesen Nächten. Manchmal stellte sie sich vor, dass es die Wärme seines Körpers war, die sie umgab, aber dann hörte sie wieder das Schnarchen und Husten der anderen und erinnerte sich schlagartig, wo sie wirklich war: an Bord einer alten, feuchten Hansekogge – und ihre Sehnsucht und ihre Liebe waren weit, weit weg.

Sie musste Magnus vergessen. *Du bist stark, Anne, du kommst immer zurecht*, hatte er gesagt. Als sie an seine Worte dachte, wurde sie so wütend, dass sie ihn am liebsten angespuckt hätte. Gleichzeitig spürte sie ein solches Sehnen. Sie faltete die Hände auf dem Bauch und senkte den Blick. In ihr wuchs neues Leben heran, und Vater des Kindes war der Mann, dem sie ihre Liebe geschenkt hatte. Doch sie war allein, und wie sollte sie überhaupt ein Handelshaus führen, wenn sie sich auch noch um zwei kleine Kinder kümmern sollte?

Mattis hatte versprochen, ihr Vermögen am Korntorget zu bewachen, bis sie zurückkehrte. Aber was würde geschehen, wenn er erführe, dass sie das Kind eines anderen Mannes unter dem Herzen trug? Sie konnte kaum verlangen, dass er in diesem Fall noch bei ihr blieb. Stattdessen musste sie schleunigst Geld auftreiben, damit sie sich Dienstboten leisten konnte. Der arme Mattis. Wie enttäuscht er gewesen sein musste, als er Magnus kennenlernte und begriff, dass es keinen Platz mehr für ihn gab. Wahrscheinlich war er deswegen auch so bald wieder abgereist. Und doch hatte er ihr angeboten, sich für sie um das Handelshaus zu kümmern. Er war eben ein echter Freund.

Nachdem sie sich den Mantel fester um den Körper gezogen hatte, wanderte sie gedankenverloren weiter. Sie war unterwegs zu Gottvid, dem Steinmetz. Er war seit ein paar Tagen nicht mehr aufgetaucht, und sie machte sich Sorgen, dass ihm etwas zugestoßen sein könnte. Gottvid war eines Tages mit seinen beiden Söhnen im Hafen aufgetaucht und hatte versucht, zwei Taufsteine zu verkaufen. Als er keine Abnehmer fand, bekam sie Mitleid mit ihm. Zwar konnte sie es sich zu diesem Zeitpunkt nicht leisten, so große und teure Waren zu erstehen, aber sie hatte ihm eine kleine Skulptur abgenommen, und seitdem grüßten sie sich und wechselten jedes Mal einige Worte, wenn er wieder im Hafen war. Er war klein, breitschultrig und hatte riesige Hände, muntere Rehaugen und ein ansteckendes Lachen. Wenn sie sich unterhielten, hatte er stets eine Lebensweisheit oder einen guten Rat für sie, und wenn sie sich Sorgen über die Zukunft machte, versuchte er sie zu trösten. Sie merkte, dass sie sich auf seine Besuche freute und er fast so etwas wie ein Vater für sie geworden war. Daher machte sie sich Sorgen, als er mehrere Tage in Folge nicht erschien. Er war doch nicht etwa krank geworden?

Es wurde noch ein wenig kälter, und der Schnee fiel jetzt in großen weißen Flocken, die in heftigen Windböen herabwirbelten. Glücklicherweise hatte sie Maria auf dem Schiff lassen können, in der Obhut des Kapitäns und seiner Frau. Das Mädchen hätte den weiten Fußweg sicher nicht geschafft.

Annes Kleider waren mittlerweile durchnässt, und ab und zu blieb sie stehen und schüttelte sich die Feuchtigkeit von der Haube. Im Grunde war es ungeschickt, bei solchem Wetter draußen unterwegs zu sein, aber sie wollte Gottvid so gern treffen. Ihr war eingefallen, wie sie ihm eine Freude bereiten konnte. Seine Taufsteine waren sehr kunstvoll gemacht, und vielleicht konnte sie versuchen, sie in Stockholm für ihn zu verkaufen, sobald das Meer wieder schiffbar war. Sie hatte seine Werkstatt schon gesehen und wusste, dass er ein tüchtiger Handwerker war. Bei ihrem ersten Besuch hatte er ihr alles gezeigt und sie seiner Familie vorgestellt. Es war so schön gewesen, dass sie danach gleich mehrmals mit Maria zu ihm gegangen war. Der kalten, feuchten Kogge im Hafen und der ständig betrunkenen Besatzung war sie mehr als überdrüssig. Manchmal brachten die Seeleute auch Frauen mit an Bord, obwohl dies eigentlich nicht gestattet war, und dann spielten sie Karten und lärmten bis spät in die Nacht. Gottvid gab ihr eine gewisse Ruhe und Wärme in dieser heillosen Welt.

Anne war so in ihren Gedanken gefangen, dass sie es gar nicht bemerkte, als sie vom Weg abkam. Der Pfad, den sie eingeschlagen hatte, führte zum Wasser hinunter, aber nicht zum Steinmetz Gottvid. Da beschleunigte sie ihre Schritte, denn sie musste sein Haus erreichen, bevor es zu kalt wurde, bevor die Erschöpfung sie schläfrig machte und auskühlte. Als sie sich einem Steinhaufen näherte, nahm sie plötzlich eine Bewegung in der Dunkelheit wahr und wich erschrocken einen Schritt zurück.

Im nächsten Augenblick kamen ihr zwei riesige schwarze Hunde entgegengerannt. Sie waren so groß wie Wildschweine, und die leuchtend roten Zungen hingen ihnen aus den Schnauzen. Es schnürte Anne die Kehle zu, als sie die Augen der Bestien im abendlichen Dämmerlicht blitzen sah. Da hatte sie also den Schiffbruch und die Vitalienbrüder überlebt und sollte nun von zwei wilden Hunden umgebracht werden? Rasch ging sie hinter den Steinen in Deckung und presste sich mucksmäuschenstill auf den Boden, während sie das heiße Keuchen der Tiere in unmittelbarer Nähe erahnte. Zitternd horchte sie auf das Geheul, als sich plötzlich in der Ferne ein lautes Gebell erhob. Dann hörte sie, wie die Hunde sich entfernten. Stille.

Vorsichtig hob Anne den Kopf. Die Bestien waren verschwunden, stattdessen wirbelte ein eiskalter Wind über die Ebene und um sie herum. Sie stand auf und ergriff zur Sicherheit einen Stein, um sich im Notfall verteidigen zu können. Eine Weile blieb sie so stehen und spähte ringsum, bevor sie schließlich ihren Weg fortzusetzen wagte.

Sie wusste nicht, wie lange sie sich durch den Sturm gekämpft hatte, bis sie zu guter Letzt den Weg zu Gottvids Werkstatt fand. Einen Moment lang vermutete sie schon, dass sie sich das Erlebnis nur eingebildet hatte und vielleicht sogar schon erfroren war. Doch dann hörte sie die Hammerschläge und klopfte erleichtert an die Tür.

Gottvid öffnete und schloss die Tür hinter ihr rasch wieder.

»Was für ein Wetter!«, rief er aus.

»Mir sind unterwegs Hunde begegnet, schreckliche schwarze Hunde«, stammelte sie.

»Hier gibt es keine Hunde.«

»Ich hab sie aber gesehen.«

»Setz dich erst einmal und trink einen Schluck Met. Du musst ja völlig durchgefroren sein.« Er nahm den Kessel vom Feuer, goss ihr das heiße Getränk in einen Becher und reichte ihr diesen. »Ich hab mich auch gerade etwas aufgewärmt.« Er bewegte sich langsam und mit leicht gebeugtem Rücken. Der Krieg hatte ihm übel mitgespielt, doch er beklagte sich nie. Früher hatten die Hanseaten ihm seine Taufsteine abgekauft und sie verschifft, doch jetzt standen sie überall in seiner Werkstatt, und keiner nahm sie ihm ab. Trotzdem hörte er nicht auf, immer neue Werkstücke zu meißeln.

»Die Hunde …«

»Bei solchem Wetter sieht man alles Mögliche. Ich habe einmal eine schwarz gekleidete Frau mit einem zottigen Wildhund gesehen. Und als ich sie ansprechen wollte, war sie auf einmal verschwunden.«

»Und was geschah dann?«

»Dann gab es ein Unglück auf der Insel, aber darüber möchte ich lieber nicht reden.«

Anne setzte sich auf die Bank und schloss die Hände um den warmen Becher. Sie hatte schon gehört, dass Gotland keine gewöhnliche Insel war und dass sich hier Vorfälle ereigneten, die sich nicht recht erklären ließen. Vielleicht sollte man auch nicht zu viel darüber sprechen. Sie sah sich um. In dem niedrigen Holzhaus brannte ein Herdfeuer, und an den Wänden standen große und kleine Taufsteine aus Kalkstein. Manche waren schon fertig und eingewachst, andere noch nicht ganz vollendet. Wie riesengroße Becher sehen sie aus, dachte Anne, während sie

sie betrachtete. Manche waren ganz einfach gestaltet, ohne jeden Schmuck, andere wieder waren ringsum mit stilisierten Blättern, Fabeltieren und Figuren verziert. Auf allen Gegenständen im Raum lag eine feine Staubschicht. Anne streckte die Füße zum Ofen hin aus.

»Ich hoffe, diese Hunde waren kein schlechtes Omen«, murmelte sie.

»Vielleicht sind die Vitalienbrüder hierher unterwegs.«

»Sag so etwas nicht!«

»Der Kapitän eines Küstenfrachters war heute Morgen hier und berichtete, dass sie sich in den Häfen sammeln und neue Ränke schmieden.«

»Als wäre es nicht schon schlimm genug, was sie in Stockholm angerichtet haben.«

Der Steinmetz betrachtete sie ernst.

»Dieser Kapitän hat mir auch erzählt, dass Piraten die Küste bis hoch zum Bottnischen Meerbusen geplündert haben. Warum sollten sie Visby nicht auch überfallen? Die hanseatischen Kaufleute haben die Stadt reich gemacht. Und die See ist schiffbar. Jeden Moment kann dieses Gesindel hier auftauchen.«

Anne stützte den Kopf in die Hände und starrte vor sich hin. Sie musste es vorher noch nach Stockholm schaffen. Sie dachte an Maria, an das Kind, das sie erwartete, und an die Waren, die im Frachtraum des Schiffs lagerten. Auf keinen Fall durfte sie ihren Besitz verlieren.

»Vielleicht müssen wir uns gar keine großen Sorgen machen«, meinte sie schließlich. »Ich habe gehört, dass die Hanse mit Friedensverhandlungen begonnen hat.«

»Glaub nur nicht, dass ihr damit ein Erfolg beschieden ist! An deiner Stelle verschwände ich von hier, solange noch Zeit ist.«

»Aber wohin soll ich denn fliehen, wenn Stockholm sowieso besetzt ist?«

Er lächelte geheimnisvoll.

»Es gibt Höhlen, in denen man sich verstecken kann.«

»Und das Schiff?«

Er zuckte mit den Schultern.

»Das ist kein sicherer Ort. Auf See kann es gekapert werden – und im Hafen ebenso gut.«

»Ich könnte die Waren ja vom Schiff holen«, überlegte sie laut und stand auf. »Du kennst diese Insel doch ziemlich gut, nicht wahr?«

Er nickte und strich mit der Hand über einen der Taufsteine.

»Dann kannst du mir vielleicht helfen.«

62. Kapitel

Mattis stand an der Treppe und horchte. Er hatte noch nie zuvor das Handelshaus besucht und fühlte sich plötzlich recht verunsichert. Als er das letzte Mal hier gewesen war, hatte er Anne zwar an der Vortreppe zum Haus getroffen, aber er war nicht eingetreten. Als er erfahren hatte, dass sie einen Mann kennengelernt hatte, der für den Mord an den schwedischen Bürgern verantwortlich zeichnete, hatte er ihr mit Todesverachtung den Rücken zugewandt. Damals war ihm nicht klar gewesen, dass sie von dem wirklichen Geschehen nichts gewusst hatte, und er bereute, dass er nicht geblieben war. Vielleicht wäre alles ganz anders geworden, wenn er damals nicht einfach erbost davongerannt wäre.

Seine Augen brauchten eine Weile, bis sie sich an das dämmrige Licht gewöhnt hatten. Als es ganz still blieb, atmete er tief durch und stieg dann Stufe für Stufe die Treppe hoch. Sie knarrte unter seinen Füßen, und er hielt inne und ging ganz außen weiter, wo er keine Geräusche verursachte. Im Obergeschoss entdeckte er zwei Türen und stutzte kurz, bevor er auf die weniger abgenutzte zuging. Er zog den Schlüssel aus der Tasche, den er von Anne erhalten hatte, drehte ihn im Schloss, öffnete die Tür und trat ein. Es war ein großes Zimmer mit blankem Steinboden und bemalten, groben Dachbalken. Alles war noch gut instand, die Wände und der Boden rochen sauber, doch abgesehen von einigen an der Wand festgeschraubten Bänken entdeckte Mattis weder Möbelstücke noch andere Besitztümer.

Sein Blick fiel auf einen Kamin, in dem offensichtlich seit langer Zeit kein Feuer mehr gebrannt hatte. Am Fenster hing ein schwerer Vorhang. Über dem ganzen Raum lag etwas Verlassenes und Hoffnungsloses, und ihm war nicht ganz geheuer. Er dachte an Anne, die hier einmal gewohnt hatte, und überlegte, welches Leben sie damals wohl geführt haben mochte. Als er sie kennenlernte, hatte sie überhaupt nichts besessen, aber dann wurde sie zur Besitzerin dieses Handelshauses. Freilich war es möbliert gewesen und hatte volle Lager gehabt. Vielleicht hatte Herman es gar ausgeplündert?

Am anderen Ende des Zimmers erblickte er eine Holztreppe, die zum Dachboden hinaufführte. Er warf einen Blick über die Schulter, bevor er vorsichtig hinaufkletterte. Dort oben fiel sein Blick auf ein Bett und einen Waschtisch mit einer vollen Kanne und einer Waschschüssel. Unter dem Bett stand ein Paar Schuhe, und an einem Haken an der Wand hing ein weiter Mantel. Es war sauber und aufgeräumt, und in der Luft hing ein fremder Duft, als hätte sich erst vor Kurzem jemand in diesem Zimmer aufgehalten.

Verblüfft stieg er die Treppe hinunter in den Keller. Anne hatte ihm anvertraut, wo sie ihre Vorräte gelagert hatte, und er wollte nachsehen, was davon noch übrig war. Als er schon fast am Ziel war, meinte er ein seltsames Geräusch zu hören. Er erstarrte und wartete, ob er das rätselhafte Geräusch noch einmal hörte, aber es blieb still. Schließlich legte er die Hand auf sein Messer und betrat entschlossen den Keller. Im nächsten Augenblick legte ihm jemand von hinten eine Hand über den Mund. Als er sich dem Griff zu entwinden und sich umzudrehen versuchte, bekam er einen kräftigen Tritt in den Schritt. Wimmernd sank er am Boden zusammen und blieb liegen, bis er sich nach einer Weile zitternd wieder erheben konnte.

»Mattis! Du bist es! Mein Gott, was hab ich bloß getan?«, rief Valborg und starrte ihn erschrocken an.

»Nichts, was einen Mann glücklich machen könnte«, stöhnte Mattis.

Valborg trat zu ihm und schloss ihn in die Arme.

»Verzeih mir! Aber du ahnst ja nicht, wie viele Männer ich in diesem Haus schon zusammengeschlagen habe. Hätte ich das nicht getan, wäre ich nicht mehr am Leben. Oh, wie ich mich freue, dich zu sehen!« Sie umarmte ihn nochmals, dann trat sie einen Schritt zurück und musterte ihn. »Du hast dich gar nicht groß verändert.«

Mattis lächelte benommen. Er war ebenso überrascht wie froh, Valborg zu sehen, aber als er merkte, wie abgemagert sie war, wurde ihm ganz bang. Ihr Gesicht wirkte ausgezehrt, die Wangen waren grau und eingefallen.

»Was ist geschehen? Was tust du hier?«

»Gerade wollte ich dir dieselbe Frage stellen. Aber zuerst muss ich dir sagen, dass du tatsächlich recht hattest. Mit Herman, meine ich. Ich hätte ihm niemals vertrauen dürfen. Bevor er starb, hat er mir noch meinen Weinkeller weggenommen. Meinen ganzen Besitz hat er auf sich überschreiben lassen, sodass ich erst meine große Liebe verlor, dann meinen ganzen Besitz und zum Schluss noch jede Menge Gewicht.«

Mattis fluchte.

»Dieser Schuft! Und ich hatte gehofft, dass er dich verschonen würde.«

»Mit der Hoffnung warst du nicht allein.«

»Wohnst du jetzt hier?«

Sie nickte.

»Bis Anne wieder da ist. Dann müssen wir weitersehen.«

»Weißt du, das hatte ich auch vor. Hättest du etwas dagegen, wenn ich hier einziehe?«

»Ich würde mich freuen, Gesellschaft zu bekommen. Außerdem ist es besser, wenn wir hier zu zweit sind. Und du könntest angeln gehen, damit wir etwas zu essen haben«, antwortete Valborg.

»Sieht es denn so übel aus? Haben sie alles ausgeplündert?«

»Herman hat das meiste mitgehen lassen, und dann kamen die Vitalianer. Es dauerte Tage, bis ich hier überhaupt wieder Ordnung geschaffen hatte.«

Mattis dachte an das leere Zimmer und wie kahl alles ausgesehen hatte.

»Wovon lebst du denn?«

»Viel habe ich nicht. Es ist noch eine Tonne mit Speck da und ein wenig Knäckebrot, und ich habe eine versteckte Kiste mit Stoff gefunden. Aber in wenigen Monaten ist damit auch Schluss, und dann weiß ich endgültig nicht mehr, wovon ich leben soll.«

»Aber ich weiß es. Wir werden nämlich demnächst unseren Vorratskeller aufstocken.«

»Mach keine Scherze!«

»Ich meine es ernst«, erklärte Mattis und berichtete von Meister Hugos Konvoi, der den Stockholmern Lebensmittel brachte, und dass man ihm einen Anteil an den Waren zugesichert hatte.

»Nahrungsmittel? Willst du damit sagen, du bringst Nahrungsmittel mit?«, rief Valborg mit großen Augen und knetete sich die Hände, wie immer, wenn sie besonders großen Hunger hatte.

»Ja, und Wein noch dazu.«

»Ich kann es nicht glauben! Dann können wir hier ja einen Weinkeller eröffnen.« Valborg strahlte übers ganze Gesicht.

»Ich habe Anne versprochen, mich bis zu ihrer Rückkehr um das Handelshaus zu kümmern. Gemeinsam können wir hier einiges in Ordnung bringen.«

Valborg packte Mattis fest am Oberarm und sah ihm in die Augen.

»Warum tust du das, Mattis? Warum hilfst du Anne? Willst du sie zurückgewinnen?«

Er wich ihrem Blick aus.

»Ich wusste gar nicht, dass dir so viel an ihr liegt. Ich dachte immer, das mit ihr ist nur eine deiner zahllosen Frauengeschichten«, meinte Valborg. »Aber ich verstehe schon. Die Frau, die man nicht kriegen kann, lockt einen am meisten. Wir werden sehen, was sie selbst dazu meint, wenn sie nach Stockholm zurückkommt.«

Er betrachtete die blanke Steinmauer hinter ihr und war um Worte verlegen.

»Anne ist anders als die anderen«, brachte er schließlich heraus.

»Ja, ich weiß, aber …«

Hufgetrappel und rollende Wagenräder unterbrachen das Gespräch.

»Ich glaube, da kommen sie mit den Waren.« Mattis war erleichtert, nicht mehr über seine Gefühle für Anne verraten zu müssen. Er wollte seine Gedanken lieber für sich behalten.

»Sie bringen uns wirklich Essen und Wein?«, vergewisserte sich Valborg mit einem ganz neuen Glanz in den Augen.

»Ich hoffe es.«

»Dann lass uns essen und trinken, und danach machen wir uns an die Arbeit.«

»Ja, aber zuerst räumen wir die Waren ein«, entschied Mattis. Er zwinkerte Valborg zu. »Keine Sorge, damit sind wir im Handumdrehen fertig.«

63. Kapitel

Früh am nächsten Morgen unternahm Anne gleich nach dem Aufwachen einen Spaziergang um die Ringmauer. Das Eis war schon seit geraumer Zeit getaut, und das Meer lag einladend ruhig vor ihr. Nachdem tagelang nasser Schnee gefallen war, hatte nun eine kühle, klare Luft das schlechte Wetter abgelöst, und am Fuß des Hügels brandete das Wasser wie mit langsamen, tiefen Atemzügen an den Küstensaum. Die Natur erwachte, und die Morgendämmerung verfärbte sich purpurn. Abgesehen vom Geschrei der Seevögel in der Ferne war es ganz still.

Anne war auf dem Weg zum Wasser, als sie plötzlich ein dumpfes Grollen vom Berg hörte, wie ein böses Schnaufen aus der Unterwelt. Erst klang es wie der tiefe Atemzug eines Riesen, dann folgte ein Donnern, und alles erbebte, als der Kalkstein bröckelte und ins Meer stürzte. Die Flanke eines Hügels geriet ins Rutschen, und der Donner grollte über die Fischerdörfer bis weit ins Landesinnere. Anne erbleichte. Sie hatte gesehen, was sie sehen musste, und es konnte keinen Zweifel mehr geben – vom Meer her war demnächst einiges Übel zu erwarten.

So schnell sie konnte, lief sie zurück zum Hafen, um die Lübecker Schiffe zu warnen. Als sie von dem schlechten Omen erzählte, das ihr bedeutet hatte, dass die Vitalienbrüder jederzeit mit ihren Schiffen landen und Visby einnehmen könnten, blickten die Männer auf den Hanseschiffen über das ruhige Meer, schüttelten die Köpfe und meinten nur, dass das Weibsvolk ständig Gespenster sehe und von Dingen rede, von denen es nichts verstand. Sie glaubten ihr nicht und lächelten herablassend, als sie darum bat, ihre Waren an Land bringen zu dürfen. Sie lachten sie sogar aus, und sie hörte, wie sie als Hexe aus heidnischer Zeit bezeichnet wurde. Doch Anne zwang sich, die Verachtung der Besatzung zu übergehen, und ersuchte mit zusammengebissenen Zähnen um Hilfe beim Ausladen. Maria wurde unruhig und weinte, und der Schiffsjunge versuchte Anne zum Bleiben zu bewegen, doch sie ließ nicht mit sich reden. Ihre Entscheidung stand fest.

Sobald die Waren auf dem Kai standen, halfen ihr Gottvid und seine Söhne Erik und Erland, erst einmal Schultzes Kisten auf die Wagen zu verladen, während sie ihre Tochter tröstete. Dann folgten die Fässer mit Wein und Teer, das Getreide und die Felle, und schließlich kümmerten sie sich noch um die Tuchballen und die Beutel mit dem Bernstein. Als sie zum Schluss mit Maria auf Gottvids Wagen stieg, meinte sie die höhnischen Blicke der Besatzung im Rücken zu spüren. Aber das war ihr gleichgültig. Sie wusste, dass sie recht behalten würde.

»Stell dir vor, sie haben meine Warnung in den Wind geschlagen«, sagte sie zu Gottvid, als sie den Hafen hinter sich ließen.

»Die Leute hören nie hin, wenn sie etwas nicht hören wollen.«

»Ich befürchte, das wird sie noch teuer zu stehen kommen.«

»Du hast alles versucht, mehr konntest du nicht tun. Aber wir haben auf dich gehört, und das ist doch das Wichtigste, oder?« Er streckte seine breite, raue Hand aus und strich ihr leicht über die Wange. Lächelnd sah sie ihn an und nickte. Er hatte ihr auch die Begegnung mit den schwarzen Hunden abgenommen. Warme Zuversicht erfüllte sie, und sie spürte, dass sie sich auf ihn verlassen konnte. Er gab ihr Kraft.

In seinem Hof angekommen, trugen sie alles in eine Scheune. Eine Ausnahme bildete nur der Bernstein, den Anne zur Sicherheit in einer kleinen Höhle im Steinbruch hinter Gottvids Anwesen versteckte. Sollte es den Vitalienbrüdern einfallen, den Hof niederzubrennen, hätte sie nicht alles verloren, sondern konnte Maria und sich eine Zeit lang mit dem Verkauf der wertvollen Stücke über Wasser halten. Als Anne auf der Fahrt erklärt hatte, dass sie sich eine Herberge auf der anderen Seite der Insel suchen wolle, hatte Gottvid protestiert und ihr stattdessen angeboten, die kleine Kate neben seinem Hof zu mieten. Welch ein Glück, dass ich diesen Mann kennengelernt habe!, dachte sie. Schon mehr als einmal war sie dankbar für seine Hilfe und sein freundliches Gemüt gewesen. Jetzt hatte sie das Gefühl, als errette er sie aus großer Gefahr.

Zwei Tage später nahmen die Vitalienbrüder Visby und nahezu ganz Gotland ein, und die drei Lübecker Koggen im Hafen wurden ausgeplündert. An diesem Abend saß Anne auf der Mauer vor Gottvids Hof und starrte zu den Sternen empor. Sie fragte sich, warum sie dieses Vorzeichen erhalten hatte und warum gerade sie gerettet worden war. Doch so lange sie auch sitzen blieb und grübelte, ihr wollte keine Antwort einfallen.

Die Gotländer, die noch in Erinnerung hatten, wie Waldemar Atterdag Visby gebrandschatzt hatte, hatten sich kaum zur Wehr gesetzt. Sie waren zu wenige und wussten, dass sie den Feinden nichts entgegenzusetzen hatten. Indem sie sich den Vitalienbrüdern kampflos ergaben, gerieten sie zwar unter Fremdherrschaft, aber immerhin wurde Visby verschont. Die neuen Herrscher wollten die alte Hansestadt zum Freihafen für ihre Waren nutzen und legten sie deshalb nicht in Schutt und Asche.

Anne dachte an ihren Besitz, den sie gerade noch gerettet hatte, und an die neuen Zeiten, die angebrochen waren. Sie war noch einmal davongekommen, aber um auf lange Sicht überleben zu können, brauchte sie Handelspartner. Die Einzigen, mit denen sie auf Gotland noch Handel treiben konnte, waren die Vitalienbrüder. Wie sie die Dinge auch drehte und wendete, ihr war klar, dass sie mit dem Feind zusammenarbeiten musste. In wenigen Monaten würde sie entbinden, und sie musste sich Geld beschaffen, um vorher noch nach Stockholm zu gelangen.

Der Himmel wirkte bedrohlich mit seinen düsteren Wolkenfetzen, und der Wind kam in heftigen Böen übers Meer. Als Anne zum Hafen hinunterfuhr, schlingerte der Wagen, und ihr Schal flatterte. Überall standen Männer in Kettenhemden, und sie musste an Stockholm zur Zeit der Morde auf Käpplingeholmen zurückdenken. Damals war die Stadt von raubeinigen Männern überrannt worden, die überall Angst und Chaos verbreitet hatten. Während dieses Pack nach der Machtübernahme zügellos auf Stockholms Straßen gewütet hatte, herrschte in Visby eher abwartende Ruhe.

Dennoch blieb Anne auf der Hut und nahm ihren ganzen Mut zusammen, bevor sie es wagte, den Landungssteg zu einem der Piratenschiffe hochzugehen. Sie bat die Wache, den Kapitän zu holen, und während sie wartete, musste sie sich beherrschen, um nicht auf dem Absatz kehrtzumachen und auf den Kai zu flüchten. Die Vitalianer an Bord würden ihr nichts antun, weil sie Waren zu verkaufen hatte, beruhigte sie sich. Für Leder und Pelze mochten sich diese Männer durchaus erwärmen, und da auch die Vitalianer Christen waren, wollte sie ihnen sogar zwei von Gottvids Taufsteinen anbieten. Aber sie gedachte nicht nur zu verkaufen, sie musste auch selbst Waren einkaufen.

»Ich weiß, dass Ihr auch Waren anzubieten habt«, begann sie, sobald sie den Kapitän erblickte. »Und im Gegenzug habe ich ebenfalls eine Menge wertvoller Güter für Euch.«

Der Kapitän mit dem aufgedunsenen roten Gesicht musterte sie belustigt.

»Glaubt Ihr wirklich, wir würden mit einer Frau handeln?«

Er lachte höhnisch, und Anne versuchte die Beleidigung hinunterzuschlucken.

»Das Wichtigste ist ja wohl nicht, von wem Ihr kauft, sondern was Ihr für Euer Geld bekommt. Ich habe außergewöhnlich gutes Leder ohne eine Spur von Ungezieferbefall und dazu noch zwei wunderschöne Taufsteine. So etwas kann Euch niemand sonst anbieten.«

»Und Ihr wollt ein Kaufmann sein? Man sieht doch schon auf zehn Schritt Abstand, dass Ihr Euer Geld mit etwas ganz anderem verdient.« Der rotgesichtige Mann lachte und zeigte auf Annes runden Bauch.

Verstört kehrte sie zum Landungssteg zurück. Sie musste zwar unbedingt Abnehmer für ihre Waren finden, aber mit diesem Mann wollte sie auf keinen Fall weiterhin zu tun haben. Ein paar Stunden später war sie zu der bitteren Erkenntnis gelangt, dass er in diesem Hafen nicht der einzige Halunke war. Sie musste beträchtliche Preisnachlässe gewähren, um überhaupt etwas zu verkaufen.

64. Kapitel

Mit grimmiger Miene betrachtete Anne die Waren, die auf dem Kai standen. Auf jedem Schiff im Hafen war sie gewesen, um sie zum Verkauf anzubieten, doch überall war man ihr nur mit Gelächter, Achselzucken und herablassenden Bemerkungen begegnet. Eine junge Schwedin, die Leder und Taufsteine verkaufen wollte – die Heiterkeit kannte keine Grenzen. Anne war froh, dass sie Maria nicht mitgenommen, sondern bei Gottvids Frau auf dem Hof gelassen hatte. Obwohl ihre Tochter noch so klein war, hätte sie Annes Traurigkeit bestimmt gespürt.

Erst als nach zehn Tagen eine neue große Kogge den Hafen anlief, schöpfte sie wieder Hoffnung. Ein gewisser Schröder aus Rostock sagte ihr zu, dass er mit ihr handeln wolle, allerdings nur unter der Bedingung, dass sie selbst ihm Salz, Kupfer und Stockfisch abnahm. Zwar brauchte Anne weder Kupfer noch Fisch, aber da sie bei diesem Geschäft trotzdem gewinnen würde, ließ sie sich darauf ein. Außerdem blieb ihr kaum eine andere Wahl. Die Zeit lief ihr davon, und sie brauchte dringend Geld.

Wenige Tage später war alles gewogen und abgestempelt, und am Nachmittag stapelten sich Tuchballen, Leder und Pelze am Kai, zusammen mit Gottvids Taufsteinen und einer von Schultzes Kisten. Die Verhandlungen hatten sich hingezogen, und zum Schluss hatte sie den Beutel mit Bernstein für eine andere Gelegenheit zurückbehalten. Außerdem hatte sie die Silbertafeln aus den Ikonen entfernt und unter Felsblöcken in Gottvids Steinbruch versteckt.

Die Waren, die sie selbst gekauft hatte, standen oben an Deck, und als der Kapitän Anne entdeckte, gab er den Schauerleuten ein Zeichen, die Fässer an Land zu schaffen. Auf dem Kai hob er den Deckel der ersten der drei Tonnen, und sie konnte selbst einen Blick auf den Inhalt werfen, um sich zu vergewissern, dass alles seine Ordnung hatte. Als die Ware schließlich ganz abgeladen war, suchten sie gemeinsam die Kapitänskajüte auf, während Gottvid und Erik alles auf zwei Karren verluden.

Die Blicke des Kapitäns gefielen Anne gar nicht, und sobald das Geschäft abgeschlossen war, verließ sie die Kajüte geradezu im Laufschritt und drückte ihre Gürteltasche fest an sich. Auf dem Landungssteg blieb sie noch einmal stehen, zog den Schal über den Beutel und eilte zum Kai hinunter. Oben an der Reling stand Kapitän Schröder und hob höflich die Hand zum Gruß, woraufhin Anne flüchtig zurückwinkte, aber sich nicht weiter aufhalten ließ.

Mit den Tonnen auf der Ladefläche fuhren sie zurück zu Gottvids Hof. Als sie sich umwandte und zum Hafen blickte, entdeckte sie zu ihrer Überraschung, dass Schröders Schiff gerade auslief. Sie überlegte, ob der Kapitän ein Ziel auf dem Festland hatte oder einfach Richtung Süden weiterfahren wollte, und wunderte sich, dass er nichts davon erwähnt hatte. Doch erst als der Steinmetz und sein Sohn mühsam eine Tonne ins Lager geschafft hatten, befiel sie das ungute Gefühl, dass hier irgendetwas faul war. Alle Tonnen schienen ungefähr gleich viel zu wiegen.

»Ich kann nicht anders, ich muss sie öffnen und nachsehen«, erklärte sie finster und holte sich ein Brecheisen. Bevor Gottvid sie zurückhalten konnte, hatte sie das größte Fass aufgehebelt.

»Hier ist nur Stockfisch aus Bergen drin, alles, wie es sein sollte«, meinte Gottvid und betastete die Ware.

Schweigend hob Anne die obersten Fische an, um nachzusehen, was sich darunter befand. Da sah sie den Sand. Voll böser Vorahnungen öffnete sie die anderen Fässer, nur um dieselbe Entdeckung zu machen. Zuoberst lag eine Schicht Stockfisch, Salz oder Kupfer, darunter enthielten die Tonnen einfach nur Sand. Kein Wunder, dass sie so schwer waren – und dass das Schiff so eilig ausgelaufen war.

»Was hab ich getan?«, jammerte Anne und schlug die Hände vors Gesicht. Der alte Steinmetz legte ihr den Arm um die Schultern und versuchte sie zu trösten, doch sie wandte den Kopf ab. Sie schämte sich so. Vor lauter Freude, endlich Geld einzunehmen, hatte sie die Waren nicht ordnungsgemäß geprüft. Da kam ihr noch ein Gedanke.

Sie stand auf und lief in ihre Kammer, wo sie die Beutel mit dem Geld abgelegt hatte. Sie zog sie aus der Gürteltasche und schüttete die Münzen auf den Tisch. Dann nahm sie mit zitternden Händen das Messer vom Gürtel und fuhr mit der Klinge über die Taler. Eine dunkle Spur blieb zurück. Hastig wiederholte sie die Prüfung mit den anderen Münzen, dann ließ sie die Arme sinken und schluchzte laut auf. Sie hatte keine Silbermünzen bekommen, sondern Falschgeld aus Eisen und Kupfer, das nur mit einer dünnen Silberschicht überzogen war. Man hatte sie betrogen. Nach Strich und Faden betrogen.

»So geht's, wenn man den Vitalienbrüdern traut«, stellte Anne mit einem tiefen Seufzer fest und betrachtete Maria, die mit einem Holzpferdchen spielte. Nachdem sie es mehrmals von sich geworfen hatte, saß sie nun am Boden und schob ihr kleines Spielzeug hin und her. »Ich habe nicht nur Heinz Naglers Erbe verloren, sondern auch meinen gesamten Besitz. Und deine Taufsteine obendrein«, fuhr sie fort.

»Ach, eine von den Kisten hast du doch noch – und auch den Bernstein, vergiss das nicht«, antwortete Gottvid und ließ Hammer und Meißel sinken. »Noch gibt es Hoffnung!«

»Das wird mir nicht lange reichen. Wie sollte ich überhaupt einen Platz auf einem Schiff nach Stockholm bezahlen?«

»Du hättest lieber jemand kennenlernen sollen, der nicht so arm ist wie ich«, erwiderte Gottvid mit einem schiefen Grinsen. »Ganz Gotland wimmelt von reichen Kaufleuten, und du kommst ausgerechnet zu mir.«

»So ist das eben, wenn man anspruchsvoll ist.«

Seine Augen glänzten.

»Ich habe zwar kein Geld, aber vielleicht kann ich dir anderweitig helfen.«

»Wie meinst du das?«

»Gott ist auf unserer Seite. Schröder hat heftigen Gegenwind.«

»Jetzt verstehe ich überhaupt nichts mehr.«

»Uns Gotländer kann man nicht so leicht einschüchtern. Ich werde ganz bestimmt nicht ruhig zusehen, wie dieser Schröder dich unglücklich macht, und außerdem habe ich keine Lust, diesen Schurken einfach so mit meinen Taufsteinen davonsegeln zu lassen.«

»Was willst du dagegen unternehmen?«

»Komm mit nach draußen!«

Gottvid legte sein Werkzeug beiseite, nahm Anne bei der Hand und zog sie zur Hofmauer.

»Stell dich dort hoch!«

»Auf die Mauer?«

Er nickte.

»Keine Angst, ich halt dich fest!«

Anne kletterte auf die Mauer und richtete sich mühsam auf. Der Wind blies sie beinahe um. Langsam ließ sie den Blick über die karge Landschaft schweifen.

»Und, was soll ich hier sehen?«

»Schau einfach aufs Meer! Bei diesem Gegenwind kommen die Schiffe nicht weit. Sie müssen dort draußen ankern und besseres Wetter abwarten, sonst können sie noch versuchen, zu den Karlsinseln zu gelangen. Wir werden ihnen helfen.«

»Aber das ist doch wohl das Letzte, was wir tun werden, oder?«

Der Steinmetz streckte die Hand aus und half ihr wieder hinunter.

»Du wirst schon sehen. Die Vitalienbrüder haben Gotland eingenommen, jetzt sollen sie die Gotländer kennenlernen. Überlass das nur schön mir.«

Als er sie ansah, bemerkte sie einen seltsamen Glanz in seinen Augen.

65. Kapitel

Die Kerzenflammen flackerten, und die Stalllaternen schaukelten knirschend in den Windböen. Die Pferde stampften mit den Hufen und schlugen mit dem Schweif, während Anne mit den Fellen aus dem Haus kam, um sie im Wagen auszubreiten. Der Steinmetz hatte ihr eine lange Fahrt in Aussicht gestellt und ihr geraten, sich warm anzuziehen. Sie blickte über den Vorhof. Es dämmerte. Da Anne nicht wagte, ihre Tochter mitzunehmen, hatte Gottvids Frau Marit auch diesmal versprochen, auf Maria aufzupassen. Anne vertraute ihr, aber die bevorstehende Fahrt machte ihr ein wenig Angst.

»Ist es nicht ein bisschen zu spät, um jetzt noch loszufahren? Es wird doch bald dunkel.«

»Keine Sorge, wir schaffen das schon«, beruhigte Gottvid sie und half ihr beim Aufsteigen.

Als Erik und Erland aus dem Haus kamen, wandte Gottvid sich wieder an Anne.

»Ich habe sie gebeten, uns mit einem zweiten Wagen zu begleiten. Das ist sicherer, wenn so viele Vitalienbrüder über die Insel schleichen.«

Anne nickte, und Gottvid nahm die Zügel auf. Einen Augenblick lang überlegte sie noch, ob es eine kluge Entscheidung war, schwanger eine solche Fahrt zu unternehmen, doch ihr Bauch behinderte sie noch nicht allzu sehr, und sie wollte Gottvid so gern helfen. Er hatte sie gebeten mitzufahren, wenn er einen Gesteinsvorrat für seine neuen Taufsteine aussuchte, die er nach Lübeck verkaufen wollte. Da Anne die Kirchen der Stadt kannte, konnte sie ihn beim Kauf beraten.

Sie verließen den Hof. Vor ihnen breitete sich die Heidelandschaft aus, die Anne mit ihrer grandiosen Weite jedes Mal wieder den Atem raubte. Keiner sagte ein Wort, nur die Brandung am fernen Strand war zu hören. Nach einer Weile gab Gottvid ein Zeichen, und sie bogen auf einen Trampelpfad ab, der am Wasser entlang nach Norden verlief. Langsam näherten sie sich den steinigen, kargen Küstengebieten.

»Wie weit fahren wir noch?«, fragte sie.

»Nicht mehr allzu weit«, erwiderte er.

Jetzt regnete es, und die Kälte kroch ihr unter den Mantel. Sie musste ein Niesen unterdrücken. Wenn sie noch lange dieser Nässe ausgesetzt wäre, würde sie sich erkälten. Die Wagen schaukelten klappernd über die Steine, und Gottvid hielt die Zügel fest. Es war äußerst unbehaglich, und als der Wind zunahm und den Regen über das Meer peitschte, musste sie an Schiffe in Seenot denken. Der Schiffbruch, den sie vor einigen Jahren erlebt hatte, kam ihr an Abenden wie diesem immer noch ganz nahe vor. Erst als der Regen nachließ und der Mond über dem Meer aufging, fühlte sie sich besser.

»Hast du das gesehen?«, fragte Gottvid nach einer Weile, hielt das Pferd an und zeigte aufs Wasser. Anne spähte nach Westen und entdeckte zwei Koggen in einiger Entfernung vor der Küste.

»Die sehen aus wie Geisterschiffe.«

Die Koggen hatten die Segel gehisst. Wie es aussah, versuchten sie an der Untiefe vorbeizusegeln. Vielleicht wollten sie bis zum Einbruch der Nacht noch Helseviken erreichen. Gottvid trieb die Pferde mit einem Schnalzen an und steuerte den Wagen näher an den Strand.

»Wollen wir wirklich so nahe ans Wasser?«, fragte Anne, doch Gottvid presste die Lippen zusammen und schwieg.

Während die Wagen den Abhang zum Strand hinunterholperten, schwangen die Stalllaternen hin und her wie die Positionsleuchten eines Schiffs. Mit fragendem Blick drehte Anne sich zu Erik in dem zweiten Gefährt um, aber der hob nur die Schultern, und sie fuhren weiter.

Die Wagen bebten und schaukelten auf dem steinigen Strand, und Anne wurde auf dem Kutschbock ordentlich durchgeschüttelt. Sie schickte ein stummes Gebet zum Himmel, dass sie und das ungeborene Kind keinen Schaden nahmen.

Da frischte der Wind wieder auf, der Mond verschwand hinter den Wolken, und es wurde stockfinster. Sie musste an die bellenden schwarzen Hunde mit den roten Zungen denken. Schaudernd bekreuzigte sie sich und hoffte, dass sie diese schrecklichen Bestien nie wieder sähe.

Als sie abermals aufs Meer hinausblickte, entdeckte sie, dass die Koggen nun schon bedeutend näher an der Küste und nur noch wenige Schiffslängen von der gefährlichen Untiefe entfernt waren. Gleichzeitig nickte der alte Steinmetz ihr zu und lenkte die Pferde wieder etwas vom Strand weg. Auf einmal begriff sie, warf noch einen Blick aufs Meer und entdeckte, dass sich das Schiff nun schon dicht am Festland befand. Auf einmal wurde ihr klar, was hier geschah. Vom Meer aus sahen ihre Kutschlaternen aus wie die Positionslichter eines Schiffs, und die Männer an Deck gingen davon aus, dass ihre Wagen Segelschiffe waren, sie also ruhig noch weiter Richtung Land segeln konnten. Anne wollte gerade die Arme heben, winken und eine Warnung ausstoßen, als ihr Blick auf Gottvids Gesicht fiel. Seine Augen hatten sich zu Schlitzen verengt, und um seinen Mund spielte ein verbissenes, aber zufriedenes Grinsen.

»Wusste ich's doch! Hast du gesehen? Die größte Kogge ist die von Schröder. Diesen Schurken kaufen wir uns!«, rief er, ohne den Blick von den Schiffen abzuwenden.

Der Steinmetz und seine Söhne hielten die Pferde an, und Anne spürte, wie sich ihr die Kehle zuschnürte. Gottvid hatte also alles geplant. Bevor sie den Gedanken zu Ende denken konnte, lief das Schiff auch schon auf Grund. Ein schreckliches Krachen war zu hören, und im nächsten Augenblick zersplitterte der Vordersteven auf den nassen Steinen. Der Mast stürzte knirschend ins Meer, unmittelbar gefolgt vom Großsegel. Anne hörte Lärm und Schreie, und der Todeskampf des Schiffs wollte ihr wie eine groteske Hinrichtung erscheinen. Der Rumpf erbebte noch einmal, dann brach das Schiff durch, das Heck sank, und der Bug drehte sich langsam auf die Seite. Jetzt war die große Kogge den Wellen völlig ausgeliefert, das Seewasser lief in den Rumpf, und die gesamte Ladung wurde herausgespült.

»Seht nur!«, rief Gottvid und zeigte aufs Wasser.

Und sie sahen es. Kisten, Gerümpel und Tonnen wurden von den Wellen ans Festland getragen.

»Ich hab gleich gesagt, man sollte nie versuchen, einen Gotländer übers Ohr zu hauen, sonst ergeht es einem schlecht«, fügte Gottvid befriedigt hinzu und wandte sich an seine Söhne. »Es ist so weit. Wir fahren unmittelbar ans Wasser und laden die angeschwemmten Tonnen auf. Aber behaltet die Schiffbrüchigen und auch das andere Schiff im Auge! Es sieht so aus, als sei es der Untiefe gerade noch ausgewichen.«

Anne merkte, wie sie erbleichte. Sie musste an die Mannschaft denken, die dort draußen gerade um ihr Leben kämpfte, und stellte sich vor, wie die Männer vergeblich in den Wellen strampelten und unter Wasser gezogen wurden.

Gottvid bemerkte ihren starren Gesichtsausdruck.

»Vergiss nicht – hier herrscht Kriegszustand. Dieser Kapitän hat dir deinen gesamten Besitz geraubt. Hier heißt es *wir* oder *sie*, und die Seeräuber wissen genau, welche Regeln gelten. Sie wissen, dass sie ihr Leben aufs Spiel setzen, wenn sie an Land kommen, deswegen werden sie sich von uns fernhalten. Aber jetzt müssen wir uns beeilen, bevor auch andere den Schiffbruch bemerken.«

In dieser Nacht konnte Anne kaum schlafen. Die Schreie der Besatzung und die Schatten der Männer, die im Wasser um ihr Leben kämpften, gingen ihr nicht aus dem Sinn. Gottvid meinte, sie solle glücklich sein, fast ihren ganzen Besitz zurückgewonnen zu haben, doch sie dachte immer nur, dass dies alles gar nicht geschehen wäre, wenn sie von vornherein keine Geschäfte mit Schröder gemacht hätte. Immer wieder machte sie sich Vorwürfe. Trost fand sie nur in dem Umstand, dass das kleinere Schiff der Untiefe ausgewichen und unbeschadet weitergesegelt war. Doch die Bilder von Schröders Schiff, das in den Wogen zerschellte, quälten sie unablässig. Sie fragte sich, ob Gott ihr je vergeben würde und ob sie ihre schrecklichen Schuldgefühle jemals loswerden würde.

Tief in ihrem Innersten hoffte sie, dass sich die Besatzung in ein Rettungsboot hatte flüchten können, obwohl das wieder eine Gefahr für sie bedeutet hätte. Die Vitalianer hatten sie zwar nicht entdeckt, aber wenn sie dahinterkämen, dass sie ihre Waren ein zweites Mal zum Verkauf anbot, mochte es ihr übel ergehen. Bevor sie einschlief, sah sie vor ihrem inneren Auge, wie das Rettungsboot ins Wasser gelassen und langsam an Land gerudert wurde. Es war zwar zu dunkel gewesen, als dass sie dies hätte beobachten können, aber in ihrem Traum war es ganz deutlich zu beobachten.

66. Kapitel

Anne erwachte von heftigen Kreuzschmerzen und einer Welle von Krämpfen, die ihr durch den ganzen Körper lief. Der Schmerz war so schrecklich, dass sie sich zusammenkrümmte und aufschrie. Wie in weiter Ferne hörte sie, dass Maria aufwachte und an ihr Bett gelaufen kam. Kleine Füße tappten über den kalten Lehmboden. Dem Gesichtchen war der Schrecken anzusehen.

»Mama, Mama!«, rief die Kleine und berührte Anne am Arm.

Anne sank aufs Bett zurück und strich ihrer Tochter übers Haar, doch sie brachte kein Wort über die Lippen. Im nächsten Augenblick schob sie sie beiseite, denn sie spürte, wie ein Feuer in ihrem Körper aufloderte, wie es in ihr riss und hämmerte. Ich sterbe, dachte sie, während ihr Körper von Fieberschüben geschüttelt wurde und ihr der Schweiß auf die Stirn trat. Schließlich versuchte sie sich aufzusetzen und streckte die Hand nach Maria aus, doch die stand mitten im Zimmer, fuchtelte mit den Ärmchen und schrie gellend. Bevor Anne ihr ein tröstliches Wort sagen konnte, kam der nächste Krampf. Sie biss die Zähne zusammen und ließ sich nach hinten sinken. Offensichtlich war ihre Stunde gekommen, aber war es nicht viel zu früh? Sie dachte an Magnus. Dieses Kind war von ihm, ein Kind der Liebe. Auch wenn man sie für ihre außereheliche Mutterschaft demütigen und verachten würde – sie wollte dieses Kind.

Abermals rissen die Wehen an ihr, und auf einmal hörte sie Stimmen hinter Marias durchdringendem Weinen. Dann verschwand sie auch schon in dichtem Nebel. Der Schmerz bohrte und wühlte in ihrem Körper, irgendjemand reichte ihr einen Schluck zu trinken. Vor ihren Augen flimmerte es, und sie sah beunruhigte Gesichter, fühlte kalte Umschläge auf der Stirn und entdeckte, dass das Fell, auf dem sie lag, sich von ihrem Blut schon dunkel verfärbt hatte.

Die Nacht verstrich, der Morgen dämmerte, als sie in einen gnädigen Dämmerzustand fiel. Sie träumte von Raubvögeln und schwarzen Hunden mit roten Zungen. Sie träumte von Maria, die zwischen summenden Bienen und duftenden Blumen auf einer Sommerwiese spielte, und dann verschwamm alles ineinander und wurde zu Licht und Stimmen und Tönen, die in ihrem Kopf anschwollen und wieder verstummten. Als sie am späten Vormittag endlich wieder zu Bewusstsein kam, war ihr Körper matt und zerschlagen und kam ihr seltsam fremd vor.

»Das war die Strafe Gottes«, flüsterte Anne. »Die Seeleute müssen dort draußen vor der Sandbank ums Leben gekommen sein.«

Da öffnete sich die Tür, und als sie aufblickte, entdeckte sie Gottvids Frau, die mit einem Bündel auf dem Arm neben ihrem Bett stand. Marit beugte sich zu ihr herab und strich ihr über die Stirn.

»Du hast einen kleinen Jungen zur Welt gebracht. Sieh her!« Sie hielt ihr den Säugling hin, und Anne streckte die Arme aus, um ihn entgegenzunehmen. Der Kleine begann zu schreien, und tausend Fältchen erschienen auf seinem Gesicht.

»Mein Kind lebt! Oh, mein Gott, es lebt!«

Sie legte ihn vorsichtig an die Brust, und er verstummte sofort und begann zu saugen. Leise Schmatzlaute waren zu hören, und sie blickte zärtlich auf ihn hinab. Das ist ein Wunder, dachte sie. Sie war so sicher gewesen, ihr Kind zu verlieren, aber offensichtlich war es ein kräftiger kleiner Junge. Sie konnte ihre Blicke kaum von ihm losreißen und betrachtete ihn lange, bis ihr ihre Tochter einfiel.

»Wo ist Maria?«, fragte sie.

»Wir kümmern uns um sie, keine Sorge!«

Marit streichelte Anne die Wange. Erleichtert ließ sie sich auf die Kissen sinken und drückte ihren Sohn fest an sich. Sie betastete seine Arme und Beine, zählte die Finger und Zehen und berührte seine Stirn und das Gesicht mit den Fingerspitzen, als wolle sie sich vergewissern, dass er wirklich war.

»Wir haben die Hebamme geholt, sie hat uns beigestanden«, erzählte Marit. »Sie war die ganze Nacht hier, aber ich bezweifle, dass du sie überhaupt bemerkt hast. Als alles vorbei war, ist sie wieder gegangen, aber sie hat uns versichert, dass das Kind gesund und lebenstüchtig ist.«

Erschöpft und glücklich schloss Anne die Augen.

»Ruh dich aus! Wir kümmern uns um die Kinder«, sagte Marit, beugte sich vor und nahm ihr den Kleinen ab. »Du musst schlafen, aber wir sind gleich nebenan, du kannst uns jederzeit rufen.«

Anne spürte einen tiefen inneren Frieden und dachte sich, dass es auf der Welt gute und böse Menschen gab und welches Glück sie gehabt hatte, ausgerechnet Marit und Gottvid kennenzulernen.

Wenn sie nicht gerade stillte, schlief sie den ganzen Tag, und gegen Abend erwachte sie und war hungrig. Sie versuchte aufzustehen, aber es wollte ihr nicht gelingen, und sie sank keuchend auf die Kissen zurück. Schließlich gelang es ihr doch, auf die Beine zu kommen, und sie taumelte zu ihrer Waschschüssel. Ich bin so schwach, dachte sie und hielt sich am Tisch fest. In ihren Ohren rauschte es, und vor ihren Augen tanzten schwarze Flecken. Der kleine Junge hatte ihr alle Kraft ausgesaugt, doch trotz ihrer unbeschreiblichen Erschöpfung erhob sich ein Glücksgefühl in ihr: Magnus' Kind. Sie hatte sein Kind geboren und war glücklich.

»Mama!«

Sie hörte ein Schluchzen und das Trappeln kleiner Füße, und im nächsten Augenblick spürte sie weiche Ärmchen um ihre Beine. Sie blickte in Marias bleiches Gesicht.

»Mein liebes, geliebtes kleines Mädchen«, sagte sie. »Jetzt ist alles wieder gut. Morgen spiele ich mit dir. Ich muss mich nur noch ein wenig ausruhen.«

Als sie ihre Tochter auf die Stirn küsste, weinte sie. Vor Rührung und Glück und Sehnsucht.

In der Nacht träumte sie von Magnus. Er nestelte ihr das Haar auf und hielt es in der Hand. Dann zog er sie an sich, und obwohl sie sich ihm zu entziehen versuchte, ließ er sie nicht los. Noch im Schlaf ahnte sie, was dies zu bedeuten hatte: Was er auch gesagt hatte, in Wirklichkeit wollte er nicht, dass sie aus seinem Leben verschwand.

67. Kapitel

Anne wagte nicht länger auf Gotland zu bleiben. Es gingen Gerüchte, dass eine Kogge der Vitalienbrüder gesunken war, ein Teil der Besatzung sich jedoch im Boot an die Küste gerettet hatte. Die Schiffbrüchigen erzählten, dass sie mit falschen Leuchtfeuern in die Untiefe gelockt worden waren, und der Kapitän hatte geschworen, sich an den Schuldigen zu rächen. Zu diesem Zweck hatte er sogar den berüchtigten Seeräuber Klaus Störtebeker und seine Männer zu Hilfe gerufen. Bald zogen bewaffnete Horden von Hof zu Hof, um nach dem Strandgut und den Tätern zu suchen.

Anne lief auf dem Vorhof auf und ab und überlegte, was sie unternehmen sollte. Es kam ihr zu gefährlich vor, sich mit ihren Waren und zwei kleinen Kindern einzuschiffen. Johan, der anfangs zwar kräftig gewirkt hatte, behielt die Nahrung nicht recht bei sich, und die hartnäckige Magenkrankheit schwächte ihn sichtlich. Anne wollte nicht abreisen, bevor er nicht wieder ganz gesund war, doch gleichzeitig machten die Geschehnisse ihr Angst. Die Vitalienbrüder kamen Gottvids Hof immer näher, und sie konnte ihre Ware nicht mehr in der Scheune lassen. Jederzeit mochten die Vitalianer auf den Hof stürmen und alles durchsuchen, und dann war ihr Schicksal besiegelt.

Gemeinsam mit ihrer Gastfamilie beschloss sie, alles in eine

Höhle im Steinbruch zu schaffen. Tief im Kalkstein gab es eine kleine, gut versteckte Öffnung, die in einen Raum mündete, in dem Gottvid seine Skulpturen lagerte. Dorthin brachten sie die Fässer und Kisten, und als alles verstaut war, verschloss Gottvid die Höhle mit zwei großen Kalksteinblöcken. Anne trat einige Schritte zurück und musterte das Versteck.

»Gar nicht schlecht. Es ist wirklich nicht zu sehen. Von hier aus kann ich überhaupt nichts Verdächtiges erkennen.«

»Wenn jemand dieses Versteck entdeckt, dann verspeise ich einen meiner Taufsteine«, grinste der Steinmetz.

»Der dürfte schwer verdaulich sein«, lachte Anne und machte ein paar übertriebene Kaubewegungen. Dann wurde sie aber gleich wieder ernst. »Früher oder später kann ein Verdacht auf mich fallen, denn ein Großteil des verschwundenen Strandguts stammte von mir.«

»Aber niemand weiß, wo auf Gotland du dich aufhältst.«

»Nein, und ich sollte mich auch lieber schön versteckt halten, bis wir die Insel verlassen können.«

»Eigentlich musst du dich gar nicht verstecken«, meinte Gottvids Frau Marit am Abend. »Ich schneide dir einfach die Haare ab und färbe sie dunkelbraun. Dann kriegst du noch Kleider von mir, und schon siehst du aus wie eine echte Bauersfrau. Niemand wird dich wiedererkennen.«

Anne nahm das Kopftuch ab und fuhr sich durchs Haar. Es war ihr ganzer Stolz, und sie hatte wenig Lust, es sich abschneiden zu lassen. Doch noch am gleichen Abend fiel ihr rot glänzendes, dickes Haar der Schere zum Opfer, und traurig beobachtete sie, wie es sich auf dem Boden häufte. Aus alter Gewohnheit fuhr sie sich mit der Hand über die Narbe und dachte sich, dass man sie nun sicher wieder deutlicher sah. Aber dann fiel ihr ein, dass sie sie selbst kaum noch entdecken konnte, wenn sie sich im Spiegel betrachtete. Vorsichtig fuhr sie sich mit den Fingerspitzen über die Haut und spürte lediglich eine schwache Erhebung. Sie lächelte in sich hinein und erinnerte sich, wie sehr sie sich gesorgt hatte, als die Verletzung noch so deutlich sichtbar gewesen war. Doch diese Sorge war völlig unnötig gewesen, denn sie war mittlerweile fast völlig verblasst.

Als Marit fertig war, fegte sie die Haare zusammen und warf sie ins Herdfeuer. Ein unangenehmer, versengter Geruch breitete sich im Zimmer aus.

»Dieser Gestank schreckt die Vitalienbrüder bestimmt ab«, meinte Anne. »Und die Gotländer gleich noch mit«, fügte sie hinzu und stand auf.

»Das Haar steht dir gut so«, meinte Marit und stellte den Besen in die Ecke.

Der alte Steinmetz zog sie scherzhaft an dem Schopf, der ihr in die Stirn hing.

»Ich erkenn dich kaum wieder. Jetzt noch ein bisschen Farbe, und du kannst dich ganz sicher fühlen.«

Anne nickte schweigend, doch als Marit ihr die Haare dunkel gefärbt und ihr andere Kleider gegeben hatte, war sie immer noch nicht beruhigt. Auf Strandraub stand die Todesstrafe, und sie begriff gar nicht, wie Gottvid so ungerührt bleiben konnte. Dass die Güter ihr Eigentum gewesen waren und sie die Tat nicht mitgeplant hatte, würde ihr kaum helfen. Sie war an der Plünderung beteiligt gewesen, das ließ sich nicht von der Hand weisen.

Die Wochen vergingen, und wenn sie nicht gerade Johan stillte, spielte sie mit Maria. Wie durch ein Wunder war ihr Sohn fast wieder ganz genesen und behielt die Nahrung bei sich. Jeden Tag schien er ein Stückchen zu wachsen, und seine Wangen bekamen Farbe. Magnus' Kraft hat sich auf seinen Sohn vererbt, dachte sie, sonst wäre er niemals durchgekommen. Sie verlor sich in ihren Gedanken und stellte sich vor, wie glücklich Magnus wäre, wenn er erführe, dass er einen wunderbaren Sohn hatte.

Das Leben auf dem Hof lief in aller Stille weiter. Ab und zu half Anne Marit beim Auszupfen der Wolle, beim Weben und Garnfärben, und manchmal nahm sie Maria mit in den Stall. Die Kleine folgte ihr auf Schritt und Tritt, und wenn Anne die Augen ihrer Tochter glücklich leuchten sah, bekam sie ein schlechtes Gewissen. Als sie noch Geschäfte getätigt hatte, hatte sie Maria oft vernachlässigt, doch nun holte sie die ganze versäumte Zeit nach, und es war großartig zu beobachten, wie gut dies der Kleinen bekam. Sie war fröhlich, sang und lachte viel. Anne nahm sie auf den Schoß, brachte ihr deutsche Wiegenlieder bei und redete und spielte mit ihr. Am Morgen kämmte und flocht sie ihr das rot glänzende Haar, und abends, wenn sie Johan gestillt hatte, sang sie sie in den Schlaf.

Aber trotz des scheinbaren Friedens lebte Anne in ständiger Furcht vor Entdeckung. Sie musste von der Insel verschwinden, bevor die Vitalienbrüder sie erwischten. Gleichzeitig wagte sie sich aber nicht weg, bevor sie ganz sicher war, dass Johan die Reise gut überstand. Während sie so wartete, dachte sie viel an Magnus. Sie hatte keine Ahnung, wie lange er in Lübeck bleiben wollte, sie wusste nur, dass sie ihn noch ein letztes Mal treffen wollte, bevor er zu seiner Frau zurückkehrte. Tief in ihrem Innersten hoffte sie ja, dass Johans Geburt alles ändern würde. Dass irgendetwas geschah und Magnus plötzlich doch ein freier Mann war, der sich über seinen Sohn freute und in Johan und Anne seine Familie sah. So dachte und träumte sie manches Mal, doch sie wusste sehr gut, dass es nur sehnsüchtige Phantasien waren.

So wurden die Wochen zu Monaten, und der Winter hielt abermals Einzug, ohne dass die Vitalienbrüder Gottvids Hof durchsucht hatten. Im Gegenteil, die Überfälle hatten aufgehört, und auf der Insel war es erstaunlich ruhig geworden. Anne vermutete, dass die ortsansässigen Kaufleute mit den Vitalianern zusammenarbeiteten. Die Gotländer waren ein listiges Volk und hatten sicher Mittel und Wege gefunden, mit den neuen Herrschern zurechtzukommen. Anne hingegen wagte sich nicht mehr in den Hafen, sondern blieb immer auf dem Hof. Die Kinder wuchsen, und Johan war wieder ganz gesund. Er hatte blondes Haar, aber sie fand trotzdem Züge seines Vaters in ihm wieder. Auf diese Art werde ich Magnus nie vergessen, dachte sie. Johan wird mich immer an ihn erinnern.

Der Winter war ungewöhnlich kalt, und erst Ende März bekam Anne einen Platz auf einem kleinen Schiff, das nach Söderköping und von dort weiter nach Stockholm segeln sollte.

Sie versteckte den Bernstein und einen Teil des Silbers am Körper und in Lederbeuteln, den Rest ihrer Waren ließ sie im

Steinbruch zurück. Wenn wieder Frieden herrschte, würde sie nach Gotland zurückkehren und alles abholen. Im Augenblick wäre es jedoch unklug gewesen, Teile des Strandguts mitzunehmen, das sie als Plünderer enttarnen konnte. Der Bernstein und das Silber würden ihr jedoch helfen, ihre Handelstätigkeit neu aufzubauen. Derzeit war es noch schwierig, mit fernen Ländern Waren auszutauschen, doch sie konnte ja vorerst mit dem Schloss und den Männern in Bergslagen handeln.

Sorgfältig schob sie sich das halblange dunkelbraune Haar unters Kopftuch. Wenn jemand fragte, wollte sie sich als verheiratete Bäuerin ausgeben, die in Stockholm ihre kranken Eltern besuchen wollte. Sie fragte sich, wie sie sich eigentlich diese ganzen Lügengeschichten noch merken sollte, die sie sich in letzter Zeit hatte ausdenken müssen.

Als der Tag der Abreise gekommen war, begleitete Gottvid sie noch zum Schiff. Er legte ihr den Arm um die Schultern und warf einen Blick auf das kleine Schiff am Landungssteg.

»Das Boot ist zwar klein, aber seetüchtig. Der Schiffer und ich kennen uns noch aus Kindertagen, er wird sich um dich kümmern.«

Ein bärtiger Mann mit rotem Gesicht blickte auf, als er die Stimmen hörte.

»Ist das die Frau mit den Kindern, die wir an Bord nehmen sollen?«, fragte er und zeigte mit seiner großen behaarten Faust auf Anne.

Sie nickte und streckte ihm die Hand zum Gruß hin.

»Das sind aber nicht die Hände einer Bauersfrau. Du musst dich schon ein bisschen schmutziger machen«, schnaubte er vergnügt und zwinkerte ihr zu. »Aber bleib doch nicht dort stehen, komm an Bord!«

Der alte Steinmetz half ihr und den Kindern über die Reling und reichte ihr den Lederranzen nach. Die Trauer und die Sorge in seinem Blick entgingen ihr nicht. Rasch nahm sie das Biberfell ab, das sie um den Hals trug.

»Ich weiß gar nicht, was ich ohne dich angefangen hätte, Gottvid. Hier, nimm das! Es wird dich warm halten, wenn du in deiner Werkstatt stehst.«

»Und was ist mit dir?«

»Pass gut auf dich auf! Ich komme wieder.«

Er gab keine Antwort, doch sie sah die Rührung in seiner Miene. Und sie wussten beide: Solange sich die Vitalienbrüder an der Macht hielten, waren sie beide nicht sicher.

68. Kapitel

Vor dem Backsteinhaus in der Skomakargatan stand ein Pferd, das vor einen Karren gespannt war. Ein Mann wuchtete gerade Tische und Stühle auf die Ladefläche, und einen Augenblick lang kam Magnus der Gedanke, dass die Möbelstücke seinen eigenen ähnelten. Er verwarf ihn aber sofort wieder. Wer hätte etwas Derartiges anordnen sollen?

Er öffnete die Tür und trat ein. Auf dem Weg über die ausgetretene Stiege begegnete ihm ein Mann in Harnisch und Mütze. Magnus drückte sich an die Wand, um ihn vorbeizulassen, und stieg weiter nach oben. Nachdem er sich eine Weile mit dem Schlüssel abgemüht hatte, den er aus einem Versteck hinterm Haus ausgegraben hatte, bemerkte er, dass die Tür aufgebrochen war und einen Spalt offen stand. Er trat ein und erstarrte. Ein seltsamer Gestank stieg ihm in die Nase, und überall in dem verwahrlosten Raum lag Unrat auf dem Boden. Mit bösen Vorahnungen ging er weiter ins Esszimmer und blieb auf der Schwelle stehen. Die Möbel waren verschwunden, die Gobelins von den Wänden gerissen. Ein Wandbehang, der die Längsseite des Raums geziert hatte, war in Stücke gerissen und überall auf den Bänken verteilt worden. Offensichtlich hatte man die Fetzen als Decken benutzt. Vorsichtig trat Magnus ein und lauschte. Vielleicht hielten sich immer noch Vitalienbrüder im Haus auf.

Im nächsten Moment knirschte es unter seinen Füßen, und er entdeckte die Reste eines Weinglases. Es war eines von den schönsten, die Ingrid und er damals als junges Brautpaar benutzt hatten. Er streifte die Sohlen am Boden ab und ging weiter ins angrenzende Zimmer. Hier und da lagen Sachen achtlos am Boden verstreut, doch die Möbel und alles, was irgendeinen Wert gehabt hatte, waren verschwunden. Sogar die Wiege, in der Maria einmal gelegen hatte, war entwendet worden.

Er kehrte in den Speiseraum zurück und ließ sich auf die Bank sinken. Freilich war ihm der Gedanke gekommen, auch sein

Heim könne geplündert, vielleicht sogar niedergebrannt worden sein, aber tief in seinem Innern hatte er doch gehofft, alles so vorzufinden wie am Tag seiner Abreise. Er stützte die Ellbogen auf die Knie und legte das Kinn auf die gefalteten Hände. Nun blieb ihm nichts anderes als abzuwarten, bis die Vitalienbrüder Stockholm geräumt hatten. Vor allem kam es darauf an, was geschah, wenn die Hanse mit ihrer Flotte landete und die Stadt einnahm. Vielleicht konnte er sein Heim wieder so aufbauen, wie es einmal gewesen war. Bis auf Weiteres musste er jedoch mit den anderen Männern des Geheimbunds zusammenwohnen. Er stand auf und ging zur Tür. Nicht mehr lange, dann würden die Hanseaten die Vitalienbrüder zum Aufgeben zwingen. Diesen Tag wollte er erleben, und bis dahin wollte er seine Frau aus den Bergen zurückgeholt haben.

Seine Gedanken schweiften weiter zu Anne. Eigentlich hätte er sie vergessen sollen, aber er musste ihr unbedingt noch erklären, dass er in Lübeck hatte bleiben müssen, dass sie ihm fehlte und dass er keine Wahl gehabt hatte. Während der Reise nach Schweden hatte er öfter an sie als an die Seeräuber gedacht, selbst in gefährlichen Augenblicken. Tatsächlich war das Schiff einmal von Piraten überrascht worden, aber nachdem Magnus mithilfe des Geheimbunds glücklicherweise einen Platz auf einem der schnellsten Hansesegler bekommen hatte, konnten die Verfolger abgeschüttelt werden.

Ein letztes Mal sah er sich um, dann öffnete er die Tür. Sein Blick fiel auf seinen einfachen Lodenrock, die Lederschuhe und die zerrissene alte Hose. Zwar hätte er lieber andere Kleidung getragen, wenn er Anne traf, aber nun, da die Lösung unmittelbar bevorstand, wollte er kein Wagnis mehr eingehen. Niemand durfte ihn wiedererkennen.

Sie war wie der mythische Vogel Phönix, der sich selbst auf dem Scheiterhaufen verbrannte und dann gereinigt zum Himmel aufstieg. Auferstanden aus der Asche, dachte sie. Wie viele Male hätte sie schon um ein Haar ihr Leben verloren, sich dann aber doch noch retten können! Und jetzt war sie nach Stockholm zurückgekehrt, in die Stadt ihrer Kindheit, mit ihren Kindern, ihrem Silber und ihrem Bernstein, um ein neues Leben zu beginnen.

Zwei Monate lang hatte sie in Söderköping festgesessen, wo sie nichts anderes tun konnte als essen, ausruhen und mit den Kindern spazieren gehen. Kurz nach ihrer Ankunft hatte sie eine Verwandte ihrer Mutter besucht, die sie eingeladen hatte. Bier-Anne war eine alte Brauerin, die mit ihrem Mann in einem windschiefen Holzhaus etwas außerhalb der Stadt wohnte. Die alte Frau hatte kaum noch Zähne, und sie fluchte und schimpfte, wenn man nicht tat, was sie befahl. Doch sie hatte ein gutes Herz, mochte Kinder und kümmerte sich rührend um Annes kleine Familie.

Als die Bäume ausschlugen und die ersten Blumen blühten, setzte der Schiffer die Reise nach Stockholm fort. Sie hatten günstigen Wind, umfuhren die tückischen Untiefen neben den Fahrrinnen und schafften es ohne weiteres Missgeschick, sich an allen Blockaden vorbeizuschmuggeln und die Stadt zu erreichen.

Als Anne die grünen Abhänge des Åsoberget und die Stadtmauer mit ihren Türmen in der Nachmittagssonne erblickte, kamen ihr die Tränen. Hier war sie zu Hause, hier wollte sie leben. Es roch stark von den Trankocherbuden und der Gerberei, und an den Stränden saßen die Fischer und flickten ihre Netze. Vor dem Korntorget und dem Fisketorget lagen Schiffe, und als sie mit den Kindern auf dem Arm und an der Hand an Land ging, befiel sie das unbehagliche Gefühl, dass hier irgendetwas nicht stimmte. Sie sah mehr Soldaten als Stockholmer.

Auf dem Kai ergatterte sie einen Karren, und nachdem der Schiffer ihr geholfen hatte, ihre Reisetruhe auf den Wagen zu laden, verabschiedete sie sich von ihm und machte sich auf zum Korntorget. Sie musste an Mattis und Valborg denken und fragte sich, ob das Handelshaus in der Zwischenzeit wohl geplündert worden war. Wie sollte sie dann sich und ihre Kinder ernähren?

Auf dem Marktplatz blieb sie stehen, betrachtete die wohlbekannte Steinfassade und hoffte, dass Mattis zu Hause war. Johan, der auf dem Karren saß, begann zu schreien, und sie nahm ihn auf den Arm, während sie sich innerlich sammelte und auf die Heimkehr in ihr Haus vorbereitete. Schließlich atmete sie tief durch und nahm Maria bei der Hand.

»Du musst immer schön bei mir bleiben und darfst nicht davonlaufen, hörst du?«

»Ich bin bei dir, Mama«, sagte die Kleine mit ernster Miene. Das Treiben ringsum schien großen Eindruck auf sie zu machen. Es war Markttag. Mitten auf dem Marktplatz standen Verkaufsstände, und die kleinen Läden im Erdgeschoss des Handelshauses waren ebenfalls geöffnet. Anne ließ den Karren stehen und trat vor eine der Luken. Drinnen bewegte sich jemand, und der Rücken kam ihr bekannt vor. Da drehte sich der Mann um – es war tatsächlich Mattis. Doch gerade als sie seinen Namen rufen wollte, verschwand er in den hinteren Räumen. Dann kam er wieder zum Vorschein, legte seine Fiedel auf die Schulter und zog den Bogen lächelnd über die Saiten. Anne erkannte ein deutsches Volkslied wieder, und die Leute auf dem Marktplatz blieben stehen und lauschten ebenfalls. Es dauerte nicht lange, da lächelten sie und klatschten den Takt mit, und als Mattis seine kleine Vorstellung mit einem schwedischen Gauklerlied abschloss, hatte sich eine Menschentraube um den Stand versammelt.

»Mama, tanzen?«, sagte Maria und zog Anne am Rockzipfel.

»Jetzt nicht, später!«, beschwichtigte Anne ihre Tochter, ohne die Augen von Mattis abzuwenden. Er legte sein Instrument aus der Hand, und sie wollte ihn gerade begrüßen, da erhob er abermals die Stimme und pries den Schaulustigen überschwänglich seine Waren an. Mit weit ausholenden Gesten verkaufte er Schneebesen, Kellen und anderen Hausrat, er feilschte und lachte und schien großen Spaß an der Sache zu haben. Vermutlich hatte er die Waren selbst hergestellt, und sie empfand große Zärtlichkeit für ihn.

»Mattis!«, rief sie laut.

Er blickte auf, und seine Augen leuchteten auf, als er sie erkannte.

»Lieber Gott, ihr seid also noch am Leben!«, jubelte er, schob den Kopf durch die Luke und gab ihr einen Kuss mitten auf den Mund. »Und dunkle Haare hast du plötzlich auch gekriegt. Ich schließe sofort den Stand. Komm, wir gehen hinauf!«

Doch dann hielt er plötzlich inne und sah Johan an. Sein

Blick glitt fragend über ihr Gesicht, und seine Miene verfinsterte sich. Dann sah er zu Boden.

»Kann ich den Karren irgendwo abstellen?«, fragte Anne bedrückt und vermied es, ihm in die Augen zu sehen.

Er nickte und half ihr, das Gefährt zur Treppe zu ziehen.

»Lass alles dort stehen, ich lade später ab«, bot er ihr an.

Also ließ Anne das Gepäck zurück und stieg mit Johan auf dem Arm die Treppe hoch. Maria lief ihr voraus. Bevor Mattis die Tür öffnete, blieb er noch einmal stehen.

»Das ist also dein Kind?«

»Ja, Mattis, das ist mein Kind.«

Er blieb ganz still stehen, es zuckte in seinem Gesicht, und seine Hände zitterten leicht. Doch dann richtete er sich auf.

»Ich freue mich sehr für dich«, erklärte er mit bebender Stimme. »Aber ich nehme an, du wirst gleich sehr enttäuscht sein, wenn du die Wohnung siehst.«

Sie schluckte. Das hatte sie befürchtet. Das Handelshaus war also wirklich ausgeplündert worden.

»Valborg und ich haben getan, was wir konnten.«

»Valborg?«

»Ja, wir haben uns zu zweit um alles gekümmert, während du weg warst.«

Wenig später, als sie ihre Freundin in die Arme geschlossen und einen Rundgang durch die Räume gemacht hatte, setzte sie sich mit Johan auf dem Arm an den Tisch. Maria kletterte neben ihr auf die Bank.

»Es tut mir leid, was dir mit Herman und deinem Weinkeller widerfahren ist«, sagte Anne.

»Dass ich mich so verführen lassen konnte! Nicht einmal Mattis schenkte ich Glauben, als er mich warnte.«

»Im Grunde war es dir bestimmt klar, aber du wolltest es nicht wahrhaben«, versuchte Anne zu erklären.

»Na, nun lass uns aber über angenehmere Dinge reden! Du hast jetzt also zwei Kinder?«, fragte Valborg und musterte den kleinen Jungen.

Anne errötete und fing Mattis' Blick auf. Der Glanz und die Freude, die vorher darin gelegen hatten, waren verschwunden, und seine Augen wirkten pechschwarz. Wortlos goss er sich Bier in einen Becher und leerte ihn mit einem Zug. Anne drückte Johan an sich und befeuchtete sich die Lippen.

»Am besten sage ich euch gleich, wie die Dinge stehen. Magnus Spangenmacher ist der Vater dieses Kindes.«

Der junge Gaukler starrte vor sich ins Leere und trommelte mit den Fingern gegen seinen Becher. Anne betrachtete ihn und fragte sich, wie sich wohl alles entwickelt hätte, wenn sie zusammengeblieben wären. Sie hätten genauso Kinder miteinander haben können, und dann wäre ihr Leben ganz anders verlaufen.

Valborg schwieg ebenfalls. Vielleicht dachte sie daran, dass dieses Kind ein uneheliches war, das niemals mit anderen Kindern würde spielen dürfen, und dass der niedliche kleine Junge von anderen fortgestoßen werden würde und es ihn eigentlich gar nicht geben durfte und sie selbst... In diesem Moment stiegen Anne die Tränen in die Augen, sie legte die Lippen auf Johans weiches Daunenhaar und schluchzte laut auf.

»Aber Anne, nicht doch!«, beruhigte Valborg sie und strich ihr über die Wange.

»Ich wusste es doch«, murmelte Mattis. »Ich wusste gleich, dass es so kommen musste.« Mit beiden Händen umfasste er den Becher und sah so wütend drein, dass er den Frauen fast Angst machte. »Ach, Anne...«, begann er, doch dann brach ihm die Stimme, und er konnte nicht weitersprechen.

Valborg betrachtete die junge Mutter und den Spielmann.

»Da sitzt Anne nun mit einem putzmunteren, gesunden kleinen Jungen am Tisch, und ihr zieht Gesichter, als wäre gerade die Stadt niedergebrannt. Freut euch lieber! Ich gäbe meinen ganzen Besitz dran, wenn ich so einen Kleinen hätte.«

Sie stand auf, um Speis und Trank zu holen. Wortlos stellte sie Rüben, Brot und Speck auf den Tisch und goss allen Bier nach. Anne warf Mattis einen verstohlenen Blick zu, und als er sie scheu ansah, streckte sie den Arm aus und drückte ihm die Hand.

»Ich weiß, das hätte nicht geschehen dürfen, aber nun ist es so gekommen. Ich wusste, dass Magnus verheiratet ist, aber ich habe mich in ihn verliebt. Du weißt doch selbst, wie es ist. Und diesmal bin ich schwanger geworden. Ich bin glücklich und stolz auf meinen Sohn, er ist ein starker kleiner Kerl, der überlebt hat, obwohl er eine Weile ziemlich krank war.« Sie lächelte wehmütig. »Du hattest so viele Frauen, Mattis. Und eines Tages wirst du sicher auch Vater.«

»Und was ist mit Magnus?«

»Er weiß von nichts. Als ich abfuhr, blieb er bei den Widerständlern in Lübeck und wollte erst später nach Stockholm nachkommen. Ich weiß nicht, ob er noch immer dort ist, aber wie gesagt, er ist sowieso verheiratet und hat eine Frau, die ihn erwartet.«

»Und die ihm niemals ein Kind schenken konnte«, warf Valborg ein und nahm sich ein Stück Brot.

»Während er mich nur einmal scharf ansehen musste«, lächelte Anne.

»Tja, ein wenig mehr hat sich da sicher noch abgespielt«, bemerkte Mattis und schob seinen Bierbecher über den Tisch, um sich nachschenken zu lassen. »Und jetzt bist du eine alleinstehende Mutter mit zwei Kindern. Unter solchen Umständen ist es nicht einfach, den Krieg und die Hungersnot in Stockholm zu überleben.«

Schweigen breitete sich am Tisch aus, und die unausgesprochenen Worte hingen zwischen ihnen. Wie sollten sie zurechtkommen? Anne blickte von einem zum andern. Sie bemitleideten sie, denn sie wussten, wie schwer sie es haben würde. Und Mattis? Der schwieg hartnäckig und gab seine Gedanken nicht preis.

Da begann Johan zu schreien, und Anne stillte ihn.

»So, nun will ich aber endlich hören, wie es euch in der Zwischenzeit ergangen ist. Ich bin ja so dankbar, dass ihr das Handelshaus für mich gerettet habt.«

Valborg räusperte sich, und Mattis warf sich in die Brust. Dann überschlugen sie sich geradezu, Anne alles zu erzählen.

»Wir haben hier ganz schön aufgeräumt, das kannst du uns glauben. Mattis hat eine Bank und ein Bett geschreinert und auch diesen Esstisch. Und da die Vitalienbrüder meinen Weinkeller übernommen haben, wohnen wir nun hier«, schloss Valborg mit einem hellen Lachen. »Wer hätte das gedacht?«

»Fehlt dir dein Wirtshaus denn nicht?«

»Wer weiß, vielleicht bekomme ich es eines Tages zurück. Aber im Augenblick geht es mir hier eigentlich recht gut.«

Anne sah sich in dem kahlen Zimmer um und dachte daran zurück, wie eingesperrt sie hier gewesen war und wie sie in diesem großen Haus so viel Liebe, aber auch so viel Angst erfahren hatte. Alf Gerhardts Besitztümer hätten sie doch nur an die Vergangenheit erinnert, also musste sie ihnen nicht nachtrauern. Jetzt hatte sie ein neues Leben begonnen und konnte von vorn anfangen – mit zwei Kindern, neuen Möbeln und einem neuen Geschäft. Sie stand auf, drückte Valborg ihren Sohn in die Arme und trat ans Fenster. Es dämmerte bereits.

»Ich will nicht, dass ihr auszieht«, erklärte sie und wandte sich um. »Ich wünsche mir, dass ihr bei mir bleibt.« Valborg und Mattis tauschten einen Blick.

»Ich wohne gern hier«, verkündete sie.

Es wurde ganz still im Zimmer. Maria war Mattis auf den Schoß geklettert, und er flocht ihr die Haare. Als sie die beiden Zöpfe wieder löste, lachte er und kniff ihr fröhlich in die Wange.

»Nicht, Maria. Warte!«, rief er und nahm sich erneut ihre langen, rot glänzenden Haare vor. Diesmal flocht er ihr einen einzigen dicken Zopf.

»Mattis, willst du mir nicht auch antworten?« Anne sah ihn flehend an.

»Ich bin Spielmann«, sagte er und blickte auf. »Was geschieht, wenn wieder Frieden herrscht, kann ich noch nicht sagen. Dann muss ich vielleicht weiterziehen, aber bis dahin bleibe ich gern hier.«

Anne trat zu ihm und umarmte ihn, doch er versteifte sich und erwiderte die Geste nicht. Da begriff sie, dass er zu bekümmert war. Seine ganzen Hoffnungen hatten sich zerschlagen.

Schweigend setzte sie sich wieder hin und sah die beiden an.

»Von meinen Waren ist also nichts mehr übrig. Wovon habt ihr denn so lange gelebt?«, wollte sie wissen.

»Von dem Getreide und dem Wein, den ich von Meister Hugo bekommen habe«, erwiderte er. »Den Wein hat Valborg an vertrauenswürdige Leute ausgeschenkt, und ich habe einiges auf dem Marktplatz verkauft. So litten wir keine Not.«

»Haben die Vitalianer das Gewölbe auf der anderen Seite des Tunnels auch ausgeplündert?«, erkundigte sich Anne.

»Gibt es noch einen Tunnel dort unten?«, fragte Mattis und nahm Maria von seinem Schoß.

»Habt ihr den denn gar nicht entdeckt?« Anne fing Maria auf, die ihr entgegenlief, umarmte sie liebevoll und hob sie hoch. »Kommt mit, ich zeig ihn euch!«

Im Keller angekommen, ließ Anne den Blick über den Boden gleiten. Wo sich früher Stoffballen und Fässer getürmt hatten, herrschte nur noch gähnende Leere.

»Hier war nichts mehr übrig, als ich kam. Herman hat alles verkauft. Aber was sagst du dazu?« Er hob seine Kienfackel und beleuchtete die Fässer und Säcke, die an der Wand aufgereiht standen.

»Das sind die Reste vom Wein und von dem Getreide, das ich von den Vitalienbrüdern bekam.«

»Du lieber Gott, die müssen dich ja ins Herz geschlossen haben!«, rief Anne aus. »Und so sauber ist es überall, ihr habt wirklich gründlich aufgeräumt.«

»Und ob«, bestätigte Mattis mit kindlichem Stolz. Plötzlich schien er allen Ärger vergessen zu haben und war wieder ganz der Alte.

Anne befühlte die Säcke und betrachtete die Markierungen der Fässer genauer. Rheinwein.

»Aus diesen Vitalienbrüdern werde ich nicht schlau. Die einen schlagen sie tot, den anderen schenken sie Lebensmittel.«

»Nicht alle Vitalianer sind Plünderer und Wegelagerer«, verteidigte Mattis seine ehemaligen Herren. »Viele sehen sich als Soldaten, und manche von ihnen sind einfach nur Abenteurer, die sich ein bisschen Spannung im Leben wünschen. Manche haben als gute Christen sogar Geld für die Kapelle gestiftet. Aber das hier ist natürlich trotzdem Diebesgut.«

Sie gingen weiter durchs Kellergewölbe, und als sie schließlich vor einem Regal standen, bat Anne Mattis um Hilfe, und gemeinsam rückten sie es beiseite. Dahinter kam eine Tür zum Vorschein. Anne zog einen losen Ziegelstein aus der Wand und nahm einen Schlüssel aus dem Versteck. Dann schob sie den Stein wieder an seinen Platz, schloss auf und betrat den Tunnel.

»Kannst du uns leuchten?«

Mattis hob die Fackel, und in gespanntem Schweigen schritten sie durch den Tunnel. Als sie an eine weitere Tür gelangten, blieb Anne stehen und atmete tief durch. Hier hatte sie damals noch einige Ballen blaues Tuch aus Flandern verstaut. Sie tastete nach den Schlüsseln und schloss die Tür auf. Tatsächlich, die Ballen mit ihren Bleiplomben waren noch dort, wo sie sein sollten!

»Seht nur, niemand hat das Versteck entdeckt! Jetzt können wir auch damit handeln, vielleicht schon …«

»Vergiss nicht, dass Stockholm von Dänen umzingelt ist und kaum ein Schiff die Blockade durchbrechen kann. Wir müssen uns wohl noch ein wenig gedulden.«

Mattis trat an ihr vorbei und blickte in den Raum hinein. Er war nicht groß, und auf dem groben Dielenboden lagerten mehrere viereckige Stoffballen.

»Du lieber Gott, das ist ja großartig, damit können wir unser Glück machen!«, rief er aus. Seine Augen glänzten wieder, und seine Wangen hatten sich vor Aufregung gerötet. »Hier sind noch mehr Waren, die wir verkaufen können. Wenn wir zusammenarbeiten, wird alles gut.«

Mit warmen Gefühlen beobachtete sie ihn. *Wir* hatte er gesagt! Ohne zu wissen, wie ihr geschah, trat sie zu ihm und küsste ihn.

»Du bist wunderbar.«

»Als ich dich bat, mich auf meinen Reisen durch die Lande zu begleiten, hast du abgelehnt. Jetzt bleibe ich stattdessen bei dir und helfe dir«, sagte er.

Sie strich ihm über die Wange.

»Danke, dass du dich um das Handelshaus gekümmert hast. Bis zur Befreiung Stockholms müssten wir eigentlich gut zurechtkommen, und das ist dein Verdienst.«

Er nickte, und sie sah die Freude und den Stolz in seinen Augen.

»Wir gehen wohl am besten wieder hoch«, schlug sie vor.

Und während sie im Licht seiner Fackel zurückkehrten, konnte sie ein Lächeln nicht unterdrücken. Mattis hatte sie nicht angeschrien, er war auch nicht einfach davongelaufen und hatte sie und die Kinder verlassen. Er war geblieben. Er mochte sie noch immer, und das gefiel ihr.

69. Kapitel

Magnus blinzelte gegen das grelle Licht und zog sich die Mütze tiefer in die Stirn, während er über den Marktplatz ging. Er hatte die Nachricht erhalten, dass die Hanseaten gerade einen Konvoi rüsteten, der binnen Kurzem mit Kurs auf Stockholm absegeln sollte. Daher musste er nun am Kai zwischen dem Koggenhafen und Fiskestrand einen Landeplatz für die Schiffe auskundschaften. Dann würde es nicht mehr lange dauern, bis alles wieder wie früher war. Dann würde er seine Bauernkleider ablegen und müsste sich nicht länger verstecken. Bald würde Stockholm nicht mehr als Piratennest gelten, und die Menschen könnten wieder angstfrei durch die Straßen gehen. Die Hanse war auf dem Weg!

Er stützte sich auf seinen Wanderstab und ließ die Blicke über den Marktplatz schweifen. Wenn sich nicht wieder ein Spion in ihren Geheimbund eingeschlichen hatte und sie verriet, würde alles gut gehen. Nach den Vorfällen in Lübeck war er beständig auf der Hut. Ein Missgeschick, und alles wäre dahin. Schlimmstenfalls brannten die Vitalienbrüder die Stadt ab. So waren sie schon mit vielen anderen Städten verfahren, und das durfte sich auf keinen Fall in Stockholm wiederholen.

Er kam an einem Fassbinder und einem Wagenschmied vorbei, die gerade ein hitziges Wortgefecht austrugen. Als er Kinder erblickte, die in einem großen Holzbottich saßen und sich gegenseitig mit Wasser vollspritzten, blieb er stehen. Maria fiel ihm wieder ein, das Kind, das doch nicht seines war. Diese Trauer trug er ständig mit sich herum, genauso wie seine Sehnsucht nach Anne. Alles, was er hatte, hatte er der Widerstandsbewegung und dem Kampf gegen die Vitalienbrüder geopfert. Außerdem wusste sie genauso gut wie er, dass er ein verheirateter Mann war und sich niemals scheiden lassen konnte. Deswegen hatte er sie bei seiner Ankunft auch nicht aufgesucht. Vielleicht war es das Beste, wenn sie sich gar nicht wiedersahen. Würden die alten Wunden wieder aufgerissen, wären die Schmerzen nur noch schlimmer. Jetzt musste er alle Kraft auf sein Vorhaben richten und durfte keine Risiken eingehen.

Als er sich der großen Waage näherte, entdeckte er eine dunkelhaarige Frau neben den Kupferfässern und den gestapelten Eisenstangen. Sie war gerade im Gespräch mit zwei Bergleuten, und er beobachtete sie eine Weile. Ihre Ähnlichkeit mit Anne war auffällig. Wären nicht das halblange dunkelbraune Haar und der deutsch aussehende rot-grüne Rock mit den Silberborten gewesen, hätte sie es tatsächlich sein können. Sie ging weiter, beugte sich ab und zu nach unten und befühlte einige Stoffballen, redete und gestikulierte. Zum Schluss lachte sie hell auf, und ringsum wurde alles still, und die Welt verschwand. Das war sie! Das war Anne!

Er beobachtete, wie sie weiter diskutierte und die Arme reckte. Dann sah es so aus, als ob die Männer sich bei ihr bedankten und sich verabschiedeten, denn sie hob die Hand zum Gruß und ging weiter Richtung Själagårdsgata. Magnus starrte der schlanken Gestalt nach, die im Straßengewimmel verschwand, dann eilte er ihr hinterher. Alle seine Vorsätze, sie nicht aufzusuchen, waren wie weggeblasen, und er rannte beinahe. In einiger Entfernung vom Gewandhaus hatte er sie eingeholt.

»Anne?«

Die Frau schien ihn gar nicht zu hören. Stattdessen beschleunigte sie ihre Schritte.

»Bitte, bleib doch stehen! Lass dich von meinen Kleidern nicht täuschen. Ich bin's, Magnus.«

Ein Beben schien durch ihren Körper zu gehen. Es kam ihm vor, als verstreiche eine Ewigkeit, bis sie sich endlich zu ihm umdrehte.

»Mein Gott, du bist es wirklich!«

Als ihr Blick ihn traf, durchfuhr es seinen ganzen Körper, und er lächelte unsicher. Wie schön sie ist, dachte er, und am liebsten hätte er sie an sich gezogen und geküsst. Aber nicht hier, nicht mitten auf der Straße. Ein Lastenträger drängte sich mit einer Partie Eisenstangen auf der Schulter an ihnen vorbei, und zwei Stadtwachen schlenderten in Richtung Hafen. Als er sie wieder ansah, strahlten ihre Augen, und ihre Unterlippe zitterte.

»Dass ich dich endlich wiedersehe!« Es sah aus, als wolle sie ihn auch umarmen, aber dann blieb sie doch auf Abstand zu ihm. »Ich muss Waren abholen, die noch verzollt werden mussten. Der Schreiber ist schon alles durchgegangen, und ich habe versprochen nachzusehen, ob alles in Ordnung ist. Begleitest du mich bis zum Gewandhaus? Dann können wir uns auf dem Weg unterhalten.«

Nachdem er sich so lange nach ihr gesehnt und von ihr geträumt hatte, wollte er sie jetzt nicht einfach gehen lassen. Also schritt er neben ihr her und konnte dem Drang nicht widerstehen, sie zu berühren. Zur Antwort strich sie ihm zärtlich mit den Fingerspitzen über die Hand, und er wusste, dass sie ihn auch nicht vergessen hatte.

Am Gewandhaus angekommen, besprach sie sich mit dem Schreiber, während er sich im Hintergrund hielt.

»Ich würde gern meine Stoffballen auslösen. Dieser Mann hat versprochen, mir beim Tragen zu helfen«, erklärte sie und deutete mit einer Kopfbewegung auf Magnus.

Der Schreiber stand auf, holte mehrere Schlüssel und ging zur Tür.

»Eure Waren liegen gestapelt im Lagerraum hinter dem Kontor.«

Er trat auf die Straße, Anne und Magnus folgten ihm. Am Ende des Gebäudes befand sich eine Kellertreppe. Unten sperrte er eine Tür auf und deutete in den Raum. Vor ihnen lag ein niedriges, breites Gewölbe, in dem sich Fässer, Kisten, Säcke und Stoffballen auf groben Holzborden an der Wand stapelten. Ganz hinten stand ein Lastkarren.

»Kommt noch einmal bei mir vorbei, wenn Ihr gefunden habt, was Ihr sucht, damit ich es in meinen Büchern abhaken kann«, bat er und stieg die Treppe wieder hoch.

»Das werde ich tun«, versicherte Anne, schloss die Tür und trat an eins der Regale.

Dort nahm sie ein Rechnungsbuch zur Hand und schlug es auf. Magnus folgte ihr und fühlte sich an ihre Begegnung auf dem Dachboden in der Fischerstraße erinnert. Plötzlich durchzuckte ihn ein heftiges Begehren.

»Ich wusste nicht, ob ich dir jemals wieder begegnen würde«, sagte sie halblaut.

Ohne eine Antwort trat er auf sie zu und schloss sie in die Arme. Vorsichtig befreite sie sich.

»Wie war die Rückkehr zu Ingrid?«

»Sie hält sich immer noch in den Bergen auf, ich habe sie nicht wiedergesehen.« Er wich ihrem Blick aus und erwähnte nicht, dass er seit einer Weile bei einem hanseatischen Kaufmann wohnte, zusammen mit vier anderen Mitgliedern des Geheimbunds. Diese und eine Gruppe Deutscher versteckten sich in einem Hinterhaus hinter dem Dominikanerkloster, während sie auf die Hanseschiffe warteten. In der Zwischenzeit sollten sie Bericht erstatten über alles, was die Vitalienbrüder und ihre Mitverschwörer im Schärengarten trieben, damit die Deutschen nicht in einen Hinterhalt segelten, wenn sie nach Stockholm kamen.

»Ich muss noch eine Weile in der Stadt bleiben«, fuhr er fort. »Und wie geht es Mattis? Dem Spielmann?«

»Er kommt zurecht. Valborg und er helfen mir in meinem Handelshaus«, erwiderte Anne.

Magnus fiel wieder ein, dass Mattis als Koch auf einem Piratenschiff gearbeitet hatte. Wenn die Hanseaten kamen, musste er sich versteckt halten, sonst würde man ihn für einen Vitalianer halten und töten. Magnus beugte sich zu Anne hinunter.

»Du musst ihn warnen«, sagte er leise, »denn sie könnten ihn mit einem Vitalianer verwechseln. Du weißt schon, mit seinem grünen Mantel. Es ist nämlich bald so weit. Mehr darf ich dir leider nicht verraten.«

Sie starrte ins Leere, während ihre Hände in dem Rechnungsbuch blätterten.

»Wir haben gemeinsam dafür gekämpft, weißt du noch?«

Er sah ihre Wehmut und wurde von einer plötzlichen Zärtlichkeit übermannt. Ungeschickt strich er ihr mit der Hand übers Haar und nahm ihren Kopf zwischen die Hände.

»Meine geliebte Anne!«

Ihr Mund war warm und öffnete sich ihm, während er sie immer wieder küsste, als wolle er ihr damit sagen, wie schrecklich er sie vermisst hatte.

»Wie ich mich nach dir gesehnt habe!« Seine Hände wanderten über ihren Körper und unter ihr Kleid.

»Du bist wahnsinnig – doch nicht hier!«, rief sie, aber als er ihren Schoß fand, erbebte sie, und er spürte ihre Hitze an der Handfläche. Sobald er sie berührte, war ihm, als zerberste etwas in ihm, und alles, was er beschlossen hatte, galt plötzlich nichts mehr. Er wollte sie, und er wollte sie jetzt. Im Licht, das durch das Kellerfenster fiel, entdeckte er die Stoffballen auf dem Boden.

»Ich liebe dich«, hauchte er ihr ins Ohr, während er sie langsam zu sich heranzog.

»Es ist zu gefährlich! Hier kann jeden Augenblick jemand hereinkommen«, wehrte sie ab und wand sich aus seiner Umarmung.

Doch er zog sie wieder an sich und ließ seine Lippen über ihre Haut gleiten. Sie schmeckte nach Frau und nach Liebe, und sie war jetzt hier, und sie war sein. Seine Hand schloss sich um ihre Brust, liebkoste und erforschte sie. Anne keuchte und schloss die Augen. Aus dem Augenwinkel nahm er die Stoffballen zu seinen Füßen wahr, und als sie ihm über den Nacken streichelte und ihre Finger durch sein Haar gleiten ließ, wusste er Bescheid. Sie begriff, was jetzt geschehen würde, und setzte ihm keinen Widerstand mehr entgegen.

Behutsam bog er ihren Oberkörper nach hinten. Vergessen seine Vorsätze, sie nie wieder anzufassen, vergessen Ingrid und seine Zukunftspläne mit ihr. Jetzt gab es nur Anne, alles andere in seinem Leben war unwichtig. Als er ihren Rock hochschob und seine Hose öffnete, wusste er, dass sie ihn völlig behext hatte und er niemals aufhören würde, sie zu lieben.

»Ich werde dich nie wieder verlassen«, flüsterte er und sah zu seiner Überraschung, wie sie zurückwich.

Da hörte er die Stimmen auf der Treppe. Anne stieß ihn erschrocken von sich, und er rappelte sich verwirrt hoch, doch seine Hose hatte sich um die Knie verheddert, und er nestelte verzweifelt an den Schnüren herum, um sie hochzuziehen.

Als es ihm endlich gelungen war, standen der Schreiber, der Wiegemeister und sein Gehilfe bereits im Keller. Hinter ihnen auf der Treppe waren zwei weitere Männer zu sehen. Magnus warf Anne einen verzweifelten Blick zu. Sie lugte zum Ausgang und stand mit katzenartiger Geschmeidigkeit auf.

70. Kapitel

Die Sonnenstrahlen drängten sich durch die Ritzen in der Holzwand und verbreiteten ihr Licht und ihre Hitze in dem Raum. Die abgestandene Luft roch nach Schmutz und Schweiß. Anne presste sich die Hände gegen die Schläfen und wimmerte laut. Sie hatte noch versucht, aus dem Keller zu fliehen, doch bevor sie die Straße erreichen konnte, hatten sich die Wächter auch schon auf sie gestürzt. Sie zappelte und versuchte sich loszureißen, doch sie fesselten ihr die Arme auf dem Rücken und hielten sie mit eisernem Griff fest.

»Das Gewandhaus ist kein Ort für Huren!«, schrie ein Mann mit dicken Lippen und schütterem Haar. Dann stieß und schleifte man sie zum Rathaus.

Sie spürte ebenso viel Angst wie Scham, und dazu kam diese unglaubliche Schande, auf frischer Tat ertappt worden zu sein. Dabei hatte sie noch versucht, Magnus zurückzuhalten, und das hatte sie den Wächtern auch erklärt, doch ihre Wangen glühten feuerrot, und ihre Kleider waren sichtlich in Unordnung. Niemand glaubte ihr auch nur ein Wort. Und eigentlich machte es ja auch keinen Unterschied. Die Liebe zwischen Magnus und ihr bestand weiterhin, und wenn sie nicht unterbrochen worden wären, hätte sie seinem Drängen wahrscheinlich nachgegeben.

Als die Männer sie mitzogen, hatte sie sich noch einmal nach Magnus umgewandt und ihn mit der Hand auf dem Geldbeutel gesehen. Sich selbst hatte er also freigekauft, sie hingegen war zum Rathaus gezerrt worden. Anne ließ den Kopf auf die Knie sinken und versuchte die Tränen zurückzuhalten. Er hatte sie begehrt, er war von ihnen beiden der Verheiratete, und trotzdem sollte sie für dieses Verbrechen büßen. Mit Grauen dachte sie an die schweren Steine, die so zurechtgemeißelt waren, dass man sie um den Hals tragen konnte. Wenn sie schuldig gesprochen wurde, würde sie mit diesen Steinen durch ganz Stockholm laufen müssen und hinterher für immer der Stadt verwiesen werden. Vor ihrem inneren Auge zogen die Urteile vorbei, die sie auf dem Stortorget gelesen hatte, wo sie zur öffentlichen Bekanntmachung aufgespießt waren.

Heute wurde Frida Clausdotter zur Geißelung vor dem Gefängnis verurteilt. Heute wurde Margit Halwordsson zu Stockhieben verurteilt. Heute wurde …

Und nun war sie selbst angeklagt, und noch dazu sagten fünf Zeugen gegen sie aus. Man behauptete, sie habe Beischlaf mit einem verheirateten Mann ausgeübt, und die Männer, die in den Keller gekommen waren, hatten natürlich nur gesehen, was sie sehen wollten. Wer hätte ihrer Aussage schon Glauben geschenkt, dass sie nämlich versucht hatte, Magnus zurückzuhalten? Mit einem so stattlichen Mannsbild stieg man nicht allein in den Keller hinunter, es sei denn, man wollte, dass die Dinge dort ihren Lauf nahmen.

Irgendetwas streifte ihr Bein, und sie sah einen nackten Schwanz im Dunkeln verschwinden. Eine Ratte. Sie schauderte und fluchte. Dieses Gefängnis war ein enger, schmutziger Holzschuppen, in dem sich Läuse und übel riechende Menschen drängten. Anfangs rollte Anne sich noch in einer Ecke zusammen, so weit wie möglich entfernt von den anderen, damit sie sich kein Ungeziefer einhandelte, doch nach einigen Tagen musste sie es aufgeben. Vor Ratten fürchtete sie sich allerdings noch mehr als vor Läusen. Oft träumte sie, dass die Nager über ihren Körper krochen und sie bissen, während sie schlief.

Mehr als einmal dachte sie an Magnus, an seine Liebkosungen und seine sanften Liebesworte an ihrem Ohr. Wenn er sich doch nur hätte beherrschen oder zumindest so lange warten können, bis sie ein Versteck gefunden hätten, wo niemand sie aufspüren konnte. Doch so hatte jemand sie entdeckt und Zeugen herbeigerufen. Niemals würde sie diese Erniedrigung vergessen, wie die Männer in den Lagerraum stürmten und sie in diesem Zustand vorfanden. Als Anne die schadenfrohen und zugleich lüsternen Blicke sah, wusste sie, dass man Magnus und sie auf frischer Tat ertappt zu haben glaubte. Errötend hatte sie sich das Kleid glatt gestrichen, sich aufgerichtet und davonzuschleichen versucht, als die Häscher ihr den Rücken zukehrten.

Doch sie hatten sie sofort wieder eingefangen und sie vor aller Augen zum Rathaus geschleppt. Auf dem Stortorget hatten sich Schaulustige versammelt, die sie angeschrien und angespuckt hatten. Kleine Jungen hatten ihr Schimpfworte zugerufen und mit Steinen nach ihr geworfen. Dann hatte man sie ins Gefängnis gebracht, und einer der Männer hatte ihr noch kurz die Hand in den Ausschnitt geschoben und ihre Brüste gedrückt.

»Heute Nacht komm ich zu dir«, hatte er ihr zugeflüstert, aber sie hatte ihn nur angespuckt und dafür eine Ohrfeige eingefangen. Und das alles hatte sie nur deshalb erleiden müssen, weil man glaubte, sie habe einem verheirateten Mann beigelegen.

Mit um die Knie geschlungenen Händen wiegte sie sich vor und zurück. Sie dachte an Johan und Maria. Nun mussten sich Valborg und Mattis um die Kinder kümmern. Für den Kleinen fände Valborg sicher eine Amme, und Mattis konnte gut mit Maria umgehen. Sie sah die Gesichter ihrer Kinder vor sich und spürte, wie sich ihr die Brust zusammenschnürte. Wenn sie nur aus diesem Gefängnis entkommen und wieder mit ihnen zusammen sein könnte!

Die Nächte kamen und gingen, und schließlich verlor Anne den Überblick, wie lange sie eigentlich schon mit den anderen Gefangenen in diesem Holzverschlag hockte. Sie rempelten sie an und hielten sie mit ihrem lauten Gerede und ihrem ständigen Fluchen wach. Sie versuchte zwar, sich einzurollen und Schlaf zu finden, doch sie sorgte sich unablässig um Johan und Maria.

Während ihre Gedanken sich so im Kreis drehten, kam ihr auf einmal wieder in den Sinn, dass Magnus gesagt hatte, Mattis könne mit einem Vitalianer verwechselt werden. Jemand musste ihn warnen, bevor die Hanseaten mit ihren Schiffen landeten. Aber wie sollte sie das anstellen, solange sie im Gefängnis saß? Inständig hoffte sie, dass er die Gefahr selbst erkannte, wenn es so weit war. Der Arme musste sich fragen, wo sie steckte. Wahrscheinlich würde er es auch nicht so schnell herausfinden, denn den Wächtern gegenüber hatte sie sich als Katarina Laurenson ausgegeben – das war der Name, den sie benutzte, seit sie wieder in Stockholm war. Sie fuhr sich mit den Fingern durch das halblange, gefärbte Haar. Solange die Vitalienbrüder in Stockholm an der Macht waren, kam es ihr sicherer vor, weder so auszusehen wie Anne Persdotter noch ihren Namen zu führen. Und jetzt hatte auch nicht sie, die Kaufmannswitwe, ihren Namen befleckt, sondern Katarina Laurenson.

Im Gefängnis herrschte Dämmerlicht, und ab und zu hustete

ein Gefangener oder schrie auf. Manchmal hörte sie, wie jemand hinter ihr schwer atmete und ihr seine Essensration versprach, wenn sie ihm nur erlaube ... So viel sie auch spuckte und kratzte, um sich die Männer vom Leib zu halten, sie lachten nur und versuchten es immer wieder. Ihre Kleider stanken, und überall krochen die Läuse herum, widerliches Ungeziefer, dem sie nicht entkommen konnte. Sie setzten sich in Haaren und Hautfalten fest, und rund um den Leib, wo ihr Rockbund saß, hatte Anne einen schmerzenden roten Ausschlag. Sie versuchte sich nicht zu kratzen, aber zum Schluss juckte es so schrecklich, dass sie sich nicht mehr beherrschen konnte. Sie rieb die Stellen, bis alles ganz wund war, und weinte vor Wut und Verzweiflung.

Nach ihrem Empfinden musste schon eine halbe Ewigkeit verstrichen sein, als sich eines Tages die Tür öffnete und zwei Männer den Raum betraten. Sie verzogen das Gesicht, als ihnen der widerliche Gestank in die Nase stieg, und blieben auf der Schwelle stehen. Ein breiter Lichtkegel fiel über den Boden und auf Anne.

»Hoch mit dir!«

Sie schüttelte den Kopf und verzog sich noch weiter in die Ecke des Schuppens.

Einer der Männer kam auf sie zu.

»Hörst du nicht, was ich dir sage? Komm mit, du Hure! Jetzt wirst du vors Gericht gebracht und verhört!«, rief der Mann, der das Sagen zu haben schien.

Anne zwinkerte in das plötzliche grelle Licht und hob die Hände vors Gesicht. Als sich ihre Augen an das Helle gewöhnt hatten, sah sie, dass einer der beiden Männer der Handlanger der Stadtwache war, jener Kerl mit dem schütteren Haar, der zugegen gewesen war, als man sie im Gewandhaus ertappt hatte. Vielleicht bekam sie jetzt endlich ihren Prozess, aber sie durfte sich nichts davon versprechen, denn die Gegenseite bot ja ihre Zeugen auf. Zögernd stand sie auf, taumelte zu Boden, rappelte sich wieder auf und stützte sich an der Wand ab.

»Nun komm schon, oder sollen wir dich raustragen?«

Nachdem Anne und ihre Wächter das Gefängnis verlassen hatten, gingen sie geradewegs zum Gericht. Unterwegs kamen sie an einer Frau vorbei, die gefesselt am Pranger stand, während der Henker ihr mit der Peitsche den Rücken zerfetzte. Nicht weit von ihr saß ein Mann, der mit den Füßen an einen Holzblock mit zwei Öffnungen für die Knöchel gefesselt war. Obwohl die Vitalianer aufs Grausamste plünderten und mordeten, verurteilten sie ganz gewöhnliche Menschen zu solch erniedrigenden Strafen.

Im Rathaus waren sämtliche Ratsherren versammelt, aber keinen Einzigen kannte Anne noch aus ihrer Zeit mit Alf. Damals hatte der Rat zu gleichen Teilen aus Schweden und Deutschen bestanden, aber der war aufgelöst, und diese Männer trugen samt und sonders die grünen Mäntel der Vitalienbrüder. Einst war auch Valborgs Herman Möller unter ihnen gewesen, und Anne überlegte, ob diese Männer wohl alle aus demselben Holz geschnitzt waren wie er. Im gleichen Augenblick versetzte man ihr von hinten einen Stoß in den Rücken, und die Wächter schleiften sie zu einer abgewetzten Holzbank. Sie zwangen sie, sich hinzusetzen, und nahmen rechts und links von ihr Platz. Die Gerichtsverhandlung konnte beginnen.

»Am Mittwoch, dem Fünften, befandest du dich da im Gewandhaus?«, wandte sich der Richter an sie, ein älterer Mann mit schlaffen Wangen und weißem Haar.

Anne beschloss, keine Antworten zu geben. Diese Männer würden ihr ja sowieso nicht zuhören.

»Gibst du zu, dass du Hurerei mit dem verheirateten Bauern Thomas Hoffman getrieben hast?«

Anne riss die Augen auf. Thomas Hoffman? Welches Verbrechens wollte man sie anklagen? Man glaubte doch wohl nicht, dass sie eine Frau war, die den Männern im Gewandhaus zu Diensten war? Wenn doch, sah es übel für sie aus.

»Der Wiegemeister und sein Gehilfe haben dich auf frischer Tat im Gewandhaus ertappt und sofort Zeugen herbeigeholt. Sie sagen, dass sie von Frauen deines Schlags genug haben und sich freuen, dich endlich festgenommen zu haben.« Der Richter befeuchtete sich die Lippen.

»Ich bin zuvor aber noch nie dort gewesen!«, rief Anne empört aus.

»Dann gibst du also zu, dass du am Fünften dieses Monats dort gewesen bist?«, hakte er nach und grinste zufrieden.

Anne fluchte. Kaum hatte ihr der Richter eine Frage gestellt, verplapperte sie sich auch schon.

»Die Zeugen haben den Mann mit heruntergelassener Hose gesehen, und du lagst unter ihm. Trifft es zu, dass du diese Sünde begangen hast?«

»Nein!« Anne errötete vor Zorn. Sie konnte nicht leugnen, dass sie den Mann umarmt hatte, den sie liebte, aber sie hatte keine Hurerei getrieben, und was sie getan hatte, war keine Sünde gewesen. Sie dachte an Johan und Maria und überlegte, ob ihre Kinder wohl eines Tages herausfinden würden, dass ihre Mutter einmal als Hure angeklagt worden war.

»Bekennst du dich schuldig?« Der Richter stand kurz davor, die Geduld zu verlieren.

»Nein, ich bin unschuldig!« Anne schrie die Worte fast hinaus. »Ich habe nicht gesündigt und werde es auch niemals tun«, fuhr sie fort. »Ich bin keine Dirne, und Ihr könnt mich nicht verurteilen, nur weil Eure Zeugen behaupten, etwas Derartiges beobachtet zu haben.«

»Wir haben aber Zeugen, und der Mann, mit dem du zusammen warst, hat sein Bußgeld bereits gezahlt.«

Anne brach der Schweiß aus. Wenn Magnus seine Strafe beglichen hatte, hatte er das Vergehen damit ja zugegeben, und sie hatte keine Möglichkeit mehr, die Tat abzuleugnen. Ihre Schuld stand von vornherein fest.

Der Richter verschränkte die Arme und blickte ihr in die Augen.

»Nun?«

Eine Welle der Enttäuschung brach über sie herein, und sie begann zu weinen.

»Ich habe keine Hurerei getrieben«, wiederholte sie hartnäckig.

»Fünf Zeugen haben es aber mit eigenen Augen beobachtet, und der Mann, mit dem du zusammen warst, behauptet, dass du ihn verführt hast. Du bist also schuldig.« Damit ließ der Richter seinen Hammer auf den Tisch niedersausen und wandte sich an die Wächter. »Hängt der Hure die Steine um den Hals und führt sie damit durch die Stadt. Danach wird sie der Stadt verwiesen.«

Anne hörte die Worte wie durch dichten Nebel. Hatte Magnus gelogen, um selbst freizukommen? Das konnte doch nicht wahr sein, sie versuchten nur, sie in die Falle zu locken.

»Aber ich habe niemals …«

»Du hast gegen Gottes Gesetz verstoßen, das ist unverzeihlich. Nimm deine Strafe an und sei froh, dass wir dich nicht geißeln lassen oder gleich lebendig begraben.«

71. Kapitel

Anne wurde von Stimmen und Kettengerassel geweckt. Mühsam schlug sie die Augen auf und blickte zur Tür. Im nächsten Augenblick wurde diese auch schon aufgerissen, und zwei groß gewachsene Wächter traten ein. Es wurde totenstill.

»Katarina Laurenson!«

Anne zuckte zusammen und sah die Männer verängstigt an.

»Da ist sie!« Die Männer rissen ihr die Bluse vom Leib, packten ihre Arme und fesselten ihr die Hände auf dem Rücken. Dann zog ihr der eine den Kopf nach unten, während der andere ihr die Kette auf den Nacken legte, an der die Steine befestigt waren. Als sich das Metall in ihren Hals eingrub und sie die schweren, kalten Steine auf der Haut spürte, keuchte sie auf. Die gerundeten großen Steinbrocken schürften sie oberhalb der Brüste auf, und die Kette schnitt ihr so tief in die Haut ein, dass sie die Muskeln fest anspannen musste, um den Kopf überhaupt gerade halten zu können.

»Na los, beweg dich!« Der Wächter packte sie und schleifte sie zur Tür.

»Ich kann allein gehen!«, zischte Anne und schüttelte die Hand ab.

Sie dachte an ihre Kinder, an Valborg und Mattis und hoffte nur, dass keiner von ihnen sie so sehen musste. Benommen stolperte sie in den Sonnenschein hinaus und tat einige unsichere Schritte über den Stortorget. Um den Pranger herum hatte sich bereits eine ansehnliche Menschenmenge versammelt, und als sie näher kam, sah sie, dass gerade eine alte Frau ausgepeitscht wurde.

Anne konnte sich an die Alte erinnern, denn sie hatte im

Gefängnis neben ihr gesessen. Sie hatte Brot und ein Hemd gestohlen und war dabei erwischt worden. Die arme Alte war nur wenige Tage nach ihr ins Gefängnis geworfen worden, und da war sie schon schwach gewesen. Anne wusste, dass sie ihre Strafe höchstwahrscheinlich nicht überleben würde. Bei jedem Peitschenhieb kreischten die Zuschauer vor Vergnügen, und als der Henker einen Schlag landete und dabei die Haut aufriss, klatschten die Umstehenden begeistert Beifall. Anne hörte den Spott und die Schadenfreude, und Tränen traten ihr in die Augen. Wie konnte man sich über die Schmerzen eines anderen Menschen freuen? Wie war es nur möglich, in Jubelrufe auszubrechen, wenn man zusah, wie jemand gequält wurde? Die Schreie der alten Frau schnitten durch die Luft wie Raubvögel und wurden immer langgezogener, bis sie schließlich erstarben. Ein Raunen lief durch die Menge, und die Schaulustigen drängten sich näher an den Pranger, um einen Blick auf die Frau werfen zu können. Der Henker und sein Gehilfe brüllten gereizt, und während Wächter die Menge beiseitedrängten, wurde der erschlaffte Körper fortgetragen.

Dann drehte sich der Henker um, zog sich die Kapuze über die verstümmelten Ohren und hielt Ausschau nach seinem nächsten Opfer. Anne wusste, dass die Reihe nun an ihr war. Der Schweiß lief ihr über das erhitzte Gesicht, ihre Brust wurde feucht, und unter ihrem Rockbund juckte es unerträglich. Sie wollte davonlaufen, konnte sich aber nicht vom Fleck rühren. Der Henker betrachtete ihren schweißglänzenden Körper mit einem Blick, wie sie ihn schon vielfach bei den Wächtern bemerkt hatte. Sie war eine Hure, der letzte Abschaum, der nun für seine Taten büßen sollte.

»Los, beweg dich!«, rief er und packte sie grob an den Schultern. Dann versetzte er ihr einen so heftigen Stoß, dass sie beinahe gestürzt wäre. Sie biss die Zähne zusammen und überquerte den Marktplatz. Gleichzeitig spürte sie ein Brennen auf dem Rücken, und als sie die Jubelrufe hörte, begriff sie, dass jemand mit Mist nach ihr geworfen hatte. Jedes Mal, wenn sie wieder getroffen wurde, brannte es schlimmer, und als ein schmutziger Betteljunge vortrat und einen Eimer Kot über ihrem Haar ausgoss, wäre sie fast in Schluchzen ausgebrochen.

Doch sie beherrschte sich und schluckte die Tränen hinunter. Diese Freude gönnte sie dem Pöbel nicht. Erst als der Henker und sein Gehilfe die Zuschauer verscheuchten, hörten sie auf, Anne mit Dreck zu bewerfen, und die Aufdringlichsten zogen sich einige Schritte zurück.

»Vorwärts!«, befahl der Henker und kniff ihr im Vorübergehen in eine ihrer Brüste. Anne spürte seine raue, grobe Hand auf der Haut und versuchte hineinzubeißen, konnte sie aber nicht erreichen. Die schweren Steine rieben ihr die Haut auf, und bei jedem Schritt scheuerten sie fürchterlich auf den Brüsten. Die Schmerzen wurden unerträglich, aber sie konnte nichts tun, um sie zu lindern. Nichts. So gingen sie weiter, die Köpmannagatan hinunter zum Fischmarkt, am Kai entlang, vorbei an den Schiffen, auf denen sich die Matrosen an der Reling versammelt hatten und auf sie herabglotzten, weiter an der Stadtmauer entlang und die Själagårdsgatan hinauf. Sie schritten zwischen den Häusern und Höfen hindurch, vor denen sich die Frauen und Kinder am Zaun drängten, bogen dann ab und gingen weiter an der Stadtmauer entlang zum nördlichen Stadttor.

Unbarmherzig brannte die Sonne vom Himmel, und über den Kehrichthaufen an den Hauswänden summten ganze Wolken aus schwarzen Fliegen. Annes Oberkörper war bereits schweißnass, und als sie sich dem Gefängnishügel näherten, hatten ihr die Steine die Haut bereits zur Gänze durchgescheuert. Sie hätte bei jedem Schritt aufschreien mögen. Ich muss durchhalten, dachte sie, ich muss den ganzen Weg um die Stadt bis zum Stadttor schaffen, sonst ist es aus mit mir. Wenn ich die Schmerzen nur noch ein bisschen länger ertrage, wenn ich …

Sie versuchte, ihre Schritte ein wenig zu verlangsamen und ganz vorsichtig aufzutreten, damit die Steine ihr nicht so sehr ins Fleisch schnitten, doch als der Henker dies bemerkte, versetzte er ihr von hinten abermals einen heftigen Stoß. Sie biss die Zähne zusammen und merkte, wie ihr die grausamen Schmerzen Tränen in die Augen trieben. Überall standen Menschen, starrten sie an und weideten sich an ihrem Elend. Vielleicht weil ein anderer leiden musste und sie selbst davongekommen waren?

Als sie unterhalb des Schlosses vorbeikamen, warf sie einen Blick zum Kärntornet und dachte daran, wie sie einmal zu einem Fest innerhalb der Schlossmauern eingeladen gewesen war. Sie hatte sogar davon geträumt, dass Magnus und sie eines Tages gemeinsam das Schloss besuchen würden, wenn die Vitalienbrüder die Stadt erst verlassen hatten. Sie hatte sich schon ein festliches Gewand ausgedacht, und nun musste sie mit nacktem Oberkörper und auf dem Rücken gefesselten Händen hier entlanglaufen.

In der Schuhmachergasse entdeckte sie Mattis. Erschrocken sah sie, dass er immer noch die Kleidung der Vitalienbrüder trug, und sie wollte zu ihm laufen und ihn warnen. Doch kaum hatte sie einen Schritt in seine Richtung getan, da riss der Henker hart an seinem Führstrick und zwang sie wieder geradeaus. Verzweifelt drehte sie sich um und versuchte, Mattis' Blick aufzufangen. Obwohl sie sich schämte und sich ihm nicht in diesem Zustand zeigen wollte, musste sie ihm eine Warnung zukommen lassen. Die Flotte der Hanse kann jeden Augenblick eintreffen, wollte sie sagen, du darfst nicht aussehen wie ein Vitalianer, du musst dir andere Kleider besorgen, sonst wird es dir schlecht ergehen. Im nächsten Moment versetzte ihr jemand einen Stoß, sie taumelte, und als sie wieder aufblickte, war Mattis verschwunden.

Er hatte ihr immer geholfen und sich in ihrer Abwesenheit um ihr Handelshaus gekümmert. Statt ihm zu danken, hatte sie seine Annäherungsversuche abgewehrt und ein Kind von einem anderen Mann empfangen. Und nun wurde sie hier mit den Hurensteinen um den Hals durch die Stadt getrieben und konnte ihn nicht einmal warnen, dass die Hanseaten unterwegs waren. Könnte Mattis ihr jemals verzeihen? Sobald diese Demütigung überstanden war, musste sie mit ihm reden und einiges klarstellen. Doch wie um alles in der Welt sollte sie überhaupt wieder in die Stadt gelangen?

72. Kapitel

Das Licht der Kienfackel warf lange Schatten auf die Wände und verlieh den Männern am Boden ein gespenstisches Aussehen. Der Raum war nicht sonderlich groß und hatte nur eine Tür und ein kleines Kellerfenster. Als einzige Ausstattung enthielt er einen soliden Eichentisch und zwei lange Bänke. Der Geruch nach Stein, Schimmel und Staub machte einen längeren Aufenthalt unerträglich, aber in diesen unruhigen Zeiten hatten sie keine andere Wahl. Magnus Spangenmacher sah sich um. Überall lagen Dolche, Schwerter und Äxte, auf dem Tisch stand eine Schale mit Sand, und in der Ecke lagerten einige Fässchen mit Leinöl. An der Wand lehnten mehrere Steinschleudern. Die Männer unterhielten sich leise, während sie ihre Waffen schliffen und ölten.

»Stellt euch vor, die Frau, die ihr liebt, würde dazu verurteilt, mit den Steinen um den Hals durch die Stadt zu gehen – ihr wisst schon, für welches Vergehen«, sagte Magnus und befühlte vorsichtig die Schneide seiner Axt. Die Waffe war für den bevorstehenden Machtkampf gedacht, doch er hoffte, dass sie nicht zum Einsatz kommen würde. Er blickte auf und musterte seine Kameraden. »Sie müsste die Strafe auf sich nehmen, aber ihr würdet sie immer noch lieben. Was würdet ihr tun?«

»Wenn sie Hurerei getrieben hätte, müsste sie die Folgen eben tragen«, antwortete Erich Kopf aus Köln, einer der besten Schützen der Hanse, der Magnus zugleich am nächsten stand. Erich war ein untersetzter kleiner Mann, der mit Armbrust und Steinschleuder genauso geschickt umzugehen wusste wie mit Dolch und Schwert. Oftmals geriet er in Schlägereien, und dann hatten seine Gegner für gewöhnlich das Nachsehen. Er war schon seit Langem eine der treibenden Kräfte innerhalb des Geheimbunds *Burgturm*.

»Ein Mann darf nicht so ungeschickt sein, der Welt zu zeigen, dass er eine Geliebte hat«, mischte sich Ulf Sloette ein, ein Mann um die dreißig, der früher Gehilfe von Heinz Nagler gewesen war. Er wog ein glänzendes langes Schwert in der Hand. Eigentlich musste es nicht weiter poliert werden, doch er war lieber gründlicher als gründlich.

Seit Tagen hatten die Männer ihre Waffen geschliffen, poliert und geölt, und in ihrer Rastlosigkeit gingen sie ihr Waffenlager immer wieder von vorn durch. Mittlerweile waren nämlich alle des Kartenspiels und der Wetten überdrüssig, und sie wollten gut vorbereitet sein, wenn etwas geschah. Jeden Tag konnte es so weit sein.

»Warum fragst du? Bist du etwa in eine gesetzeswidrige Geschichte geraten, Magnus?«, hakte Ulf spöttisch nach.

Die Männer lachten rau, und Magnus zog den mit Leinöl getränkten Lumpen mit kurzen, heftigen Bewegungen über den Holzschaft seiner Axt.

»Ich rede von einem guten Freund. Er hätte die junge Frau gern geheiratet, konnte aber nicht, weil er bereits vermählt war. Als junger Mann hatte er eine reiche Frau geheiratet, eine Lügnerin, die ihm zudem immer wieder seine ehelichen Rechte verweigerte. Da suchte er sich eine andere«, schwindelte er.

»Dein Freund hätte lieber zu einer Dirne gehen sollen, statt so zu handeln. Richte ihm das aus. Und überhaupt – wen kümmert in diesen Zeiten eine solche Belanglosigkeit? Bald sind unsere Schiffe vor Landsort, und wir haben Wichtigeres zu bedenken«, mahnte Erich Kopf und spuckte auf den Boden, als wolle er zeigen, wie albern er diese Geschichte fand.

»Das stimmt. Der Konvoi aus Lübeck muss bald hier sein«, stimmte Ulf Sloette zu. »Die Vitalienbrüder können jeden Augenblick beschließen, das Schloss auszuplündern und Stockholm niederzubrennen, und du sitzt hier und faselst was von Weibsvolk. Das sieht dir gar nicht ähnlich, Magnus. Ich könnte allerdings wetten, dass es eigentlich um dich geht.« Er grinste und entblößte dabei seine schiefen Zähne.

Magnus packte den Mann erbost am Mantel und zog ihn zu Boden.

»Was stellst du da für ehrenrührige Behauptungen auf? Nimm das auf der Stelle zurück!«

»Sei doch nicht gleich so hitzig! Ich hab's doch nicht böse gemeint.«

Die Männer zupften sich die Kleider zurecht und setzten sich. Schweigen senkte sich über die Versammlung, und es dauerte eine Weile, bis einer das Wort ergriff. Magnus räusperte sich.

»Mein Freund erzählt, er habe versucht, sie freizukaufen, aber die Wachen hätten ihn nur ausgelacht. Sie nahmen das Bußgeld von ihm, ließen aber nur ihn laufen.«

»Ich könnte mir gut vorstellen, dass sie sich selbst noch mit dem Mädchen vergnügen wollten.« Die Männer lachten wieder, und Magnus musste sich zusammennehmen, um nicht erneut aufzubrausen. Niemand durfte so über Anne reden. Er rieb mit dem Lappen über seine Axt, obwohl sie bereits blitzblank war. Was würde jetzt mit Anne geschehen? Hatte sie es mit den Steinen um die ganze Stadt geschafft, oder war sie unterwegs vor Schmerz und Anstrengung zusammengebrochen? Die quälenden Gedanken ließen ihn nicht los, und er wäre jetzt gern bei ihr gewesen und hätte sie tröstend in den Arm genommen.

Wieder stand ihm das Geschehen im Gewandhaus vor Augen, wie sie sich erschrocken angestarrt hatten, als sie die Männer hörten. Und diese tiefe Verachtung in ihrem Blick, als sie glaubte, dass er nichts unternähme, um sie zu retten. Mit der Hand auf dem Geldbeutel hatte er hilflos zusehen müssen, wie man sie zum Rathaus schleifte. Seinetwegen war Anne ins Gefängnis geworfen worden. Wie sollte er ihr Vertrauen jemals zurückgewinnen? Unbewusst stieß er einen tiefen Seufzer aus, so schwer und verzweifelt, dass die anderen aufhorchten.

»Wie gesagt, ich bin nicht sicher, was ich über diese Geschichte mit deinem Freund und dieser Frau denken soll«, begann Erich Kopf. »Erzähl, war sie sehr schön?«

Magnus presste die Lippen zusammen und atmete tief durch. Das Öl tropfte ihm vom Lappen auf die Hose, doch er rührte keinen Finger.

»Wir müssen uns die Karten noch einmal ansehen«, wich er aus und stand auf. »Ich will, dass wir überall unsere Posten aufstellen, damit die Vitalienbrüder uns keinen Hinterhalt bereiten können. Selbst wenn sie die Stadt kampflos übergeben, gibt es doch viele, die sich insgeheim gerüstet haben und uns täuschen könnten.«

Die Männer legten ihre Waffen aus der Hand, standen auf und streckten sich. Nachdem sie so lange auf dem Lehmboden gesessen hatten, waren ihre Gliedmaßen ganz steif geworden. Magnus holte die Karten. Er musste endlich aufhören, ständig nur an Anne zu denken, sie war für immer fort und verloren.

Jetzt galt es, dafür zu sorgen, dass Stockholm nicht verloren ging.

»Es ist wichtig, dass jeder von uns genau weiß, was er zu tun hat, wenn unsere Schiffe landen. Wir müssen Scharmützel verhindern und dafür sorgen, dass alles friedlich verläuft«, erklärte er und zeigte auf eine Karte. »Alle Wege, die in die Stadt führen, sollten überwacht werden, und wir brauchen Boote, die den Schiffen den Weg frei halten, wenn sie sich der Stadt nähern.«

Zustimmendes Gemurmel von allen Anwesenden. Sie mussten jeden Aufruhr im Keim ersticken. Sonst konnte das Unternehmen doch noch misslingen.

73. Kapitel

Ihr Mund fühlte sich ganz trocken an, die Lippen waren aufgesprungen. Auf den Brüsten und am Hals hatte sie offene Stellen. Bekümmert betrachtete die alte Frau die Wunden und schüttelte den Kopf.

»Die Steine haben dich bis aufs Fleisch aufgescheuert«, sagte sie. »Ich bin froh, dass du rechtzeitig zu mir gekommen bist.«

»Ich auch«, erwiderte Anne matt.

Die Frau hatte an der Stadtmauer gestanden und ihr ihre Hilfe angeboten, woraufhin Anne ihr dankbar gefolgt war. Die Alte wohnte in einem Holzhäuschen auf einer der Inseln und war früher Hebamme gewesen. Sie war mager, hatte graue Haare, einen breiten Mund und freundliche, muntere Augen. In der rußigen Stube holte sie einen Krug mit Umschlägen, Salben und einem Bund Schafgarbe hervor. Langsam und behutsam rieb sie die Wunden ein und legte Anne einen Umschlag nach dem anderen auf, während diese die Zähne zusammenbiss, so gut sie konnte. Als die Alte ihren Nacken versorgte, wo sich die Kette tief in die Haut eingegraben hatte, brannte der Schmerz besonders heftig, und Anne zuckte zusammen.

»Wenn du noch einmal kurz stillhalten kannst, dann bin ich gleich fertig.«

»Mir scheint, ich bin nicht die erste Frau, bei der du solche Wunden versorgst.«

Die alte Frau nickte.

»Ich habe mich schon vieler angenommen, die mit den Steinen um den Hals die Stadt umrunden mussten. Ich werde immer böse, wenn ich mitansehen muss, wie die Frauen allein die Untreue der Männer büßen müssen. Laut Gesetz müsste er auch verurteilt werden, und sie müsste ihn mit einer Schnur um sein Glied hinter sich herführen, aber diese Strafe wird nie verhängt. Die Männer können sich stets mit einer Geldstrafe freikaufen. Seit ich das weiß, helfe ich solchen Frauen wie dir immer. Übrigens, ich heiße Frideborg, aber du kannst mich Frida nennen.«

»Ich bin Anne«, sagte Anne. »Deswegen standest du also schon am Stadttor und hattest die nötigen Umschläge und Kräuter zur Hand.«

Frida lächelte sie wehmütig an.

»Das tue ich immer. Als ich sah, dass sie dich durch die Straßen führten, habe ich auf dich gewartet. Jetzt musst du auf meinem Hof bleiben, bis die Wunden geheilt sind, sonst kann es dir noch übel ergehen.«

»Aber ich habe zwei Kinder, die zu Hause auf mich warten«, wandte Anne ein.

»So ist es fast immer. Die verurteilten Frauen machen sich Sorgen um ihre Kinder, während sich die Richter um gar nichts scheren. Sie verweisen die Frauen der Stadt und kümmern sich nicht darum, was aus ihr und den Kindern wird.«

»Ich muss zurück.« Anne stand auf. Dabei dachte sie auch an Mattis, sie musste ihn ja noch warnen.

»Mit diesen Wunden gehst du mir nirgends hin«, bestimmte die alte Frau und zeigte auf den Stall in ihrem Hof. »Viel kann ich dir nicht bieten, aber im Stall wohnt es sich immer noch angenehmer als im Gefängnis. Und du musst unbedingt einige Tage hierbleiben, sonst könnten die Wunden eitern, und du würdest noch daran sterben.«

Abermals dachte Anne an ihre Kinder und sah ein, dass es besser war, später heimzukehren als überhaupt nicht mehr. Mattis und Valborg versorgten die Kleinen sicher bestens, und sie musste ihre Sehnsucht eben bezähmen.

»Ich sehe ein, dass ich noch bleiben muss, aber dann will ich zumindest eine Botschaft zum Korntorget schicken. Dort wohne ich nämlich.«

Die alte Frau streckte die Hand aus.

»Ich habe die Nachricht noch nicht geschrieben«, erklärte Anne. »Aber wenn du vielleicht ein Stückchen Birkenrinde für mich hättest?«

»Du sollst alles bekommen, wenn du dich nur schön ruhig hältst. Und ich verspreche dir, den Brief zu überbringen. Aber zuallererst musst du etwas essen und dich ausruhen. In diesem Hause herrscht zwar nicht der Überfluss, aber wir können immer noch Fische aus dem Kanal fangen.«

Die alte Frau schlurfte an den Herd, und Anne ließ sich erschöpft auf die Bank zurücksinken. Während ihr Blick über die geschwärzten Dachbalken wanderte, dachte sie noch einmal daran, was geschehen war. Magnus hatte sie im Stich gelassen. Wie hatte er so etwas nur tun können? Und wie sollte sie jemals wieder einem Mann vertrauen?

Eine Fliege prallte summend gegen das Fenster und versuchte eine Öffnung zu finden, um ins Licht hinausfliegen zu können. Doch in dem schwülen Schlossgemach waren alle Fenster und Türen verschlossen, und sie fand keinen Ausweg.

Der Ratsherr Henrik Brybing faltete die Hände über dem dicken Bauch und lachte auf.

»Was sagst du da? Die Hanseaten seien im Schärengarten gesichtet worden?«

Der Schärenbewohner nickte und drückte verlegen die Mütze an die Brust.

»Du meinst also, dass dieses feige Weibsvolk sich nach mehreren Jahren hierher wagt, die dänische Blockade durchbricht und uns bedroht? Tut mir leid, aber das kann ich nicht glauben.«

Brybing blickte an dem Schärenbewohner vorbei und trommelte mit den Fingern auf die Tischplatte. Als er die kahlen Wände sah, dachte er sich, dass man Gobelins aufhängen sollte. Das hatte er schon lange gewollt, aber es war nie etwas daraus geworden.

»Es geht das Gerücht, dass die Hanseaten sich mit Königin Margareta geeinigt haben und deswegen an den dänischen Schiffen vorbeigekommen sind.«

Jetzt fasste der Ratsherr den Mann schärfer ins Auge. Daran

konnte etwas Wahres sein. Sein Kundschafter hatte ihm bereits mitgeteilt, dass irgendetwas im Gange war, und offensichtlich war es den Kaufleuten tatsächlich gelungen, eine Flotte loszuschicken. Er zog ein Leintuch aus der Gürteltasche, wischte sich über die Stirn und ließ den Blick durch den Saal schweifen. Seit die Vitalienbrüder an die Macht gekommen waren, war er im Schloss zu Hause, und es widerstrebte ihm, dies alles plötzlich wieder aufzugeben. Angestrengt dachte er nach.

»Wann werden die Schiffe erwartet?«, fragte er.

»In wenigen Tagen, Herr Rat.«

»In wenigen Tagen?« Henrik Brybing stand so unvermittelt auf, dass sein Stuhl zu Boden polterte. »Das lässt uns kaum Zeit. Das hätte ich viel früher erfahren müssen.«

Der Bauer stand auf und räusperte sich.

»Dietrich Schultze hat Euch bereits vor einer Woche Kunde davon überbracht«, gab er zu bedenken, ohne den Blick vom Boden zu heben, »aber Ihr habt es ihm nicht geglaubt. Uns ebenso wenig. Aber viele Vitalienbrüder bereiten sich schon vor. Sie wollen sich nicht kampflos ergeben.«

Henrik Brybing erinnerte sich, dass der Schärenbewohner ihn schon vorher aufgesucht hatte, aber damals hatte er von Schiffen erzählt, die sich dann doch als Schärenboote oder Vitalianerschiffe herausgestellt hatten. Seitdem hatte Brybing den Mann einfach nicht mehr für glaubwürdig gehalten. Auf Dietrich freilich hätte er hören sollen. Brybing seufzte, als er an den Deutschen dachte, den er seit einer Weile in einem Flügel des Schlosses wohnen ließ. Mit seinen guten Verbindungen nach Lübeck und Stockholm hätte er sich um Waffenlieferungen und den Nachschub von Nahrungsmitteln kümmern sollen, doch mehr als ein Dutzend Flinten und zwanzig Tonnen Schießpulver hatte er nicht auftreiben können. Er gab den Hanseaten die Schuld daran, aber Brybing war davon ausgegangen, dass das nur eine Ausrede war. Der fette kleine Mann war einfach faul, und außerdem waren zum Schluss unzählige Gerüchte im Umlauf gewesen, die besagten, dass die Lübecker auf dem Weg nach Stockholm waren. Daher hatte er das Gerede nicht mehr für bare Münze genommen.

»Das hättest du mir klipp und klar sagen sollen, Mann, und mir erklären müssen, wie übel die Lage bereits aussieht. Stattdessen hast du nur behauptet, dass vielleicht irgendwelche Schiffe kommen.«

Der Bauer befingerte seine Mütze, und Henrik Brybing musterte ihn angewidert. Dieser Bauer stank schlimmer als die Abfälle aus der Schlossküche.

»Ich glaube in der Tat, dass ziemlich viele Schiffe unterwegs sind«, stotterte er.

»Glauben? Wissen sollst du! Hinaus mit dir!« Brybing wedelte mit der Hand, als verscheuche er eine lästige Fliege. Seine Gedanken waren bereits im Keller bei den Tonnen mit dem Schießpulver. Er musste Dietrich um Hilfe bitten. Der wusste, wie diese Katastrophe abzuwenden war. Jemand musste schließlich etwas unternehmen, und zwar schnellstens. Alf Gerhardt und er hatten lange genug darauf hingearbeitet, die Macht in der Stadt an sich zu reißen, und er wollte sie nicht wieder aus den Händen geben. Er musste sofort seine engsten Vertrauten benachrichtigen und tätig werden.

74. Kapitel

Der Hof döste in der Sommerhitze, und aus der Ferne hörte man den Lärm der Wagen. Auf einer Bank in der Sonne saß Anne und betrachtete die kleinen Vögel, die tschilpend um die Bäume vorm Bretterzaun herumflatterten. Vorsichtig befühlte sie den Schorf an ihren Wunden. Es wurde allmählich Zeit. Die Verletzungen im Genick und an den Brüsten waren fast ganz verheilt, und wenn sie sie versteckte, konnte sie bald nach Hause zurückkehren. Die Sehnsucht nach ihren Kindern machte sie ganz krank, und sie ängstigte sich auch um Mattis und Valborg. Glücklicherweise hatte sie diese Freunde, denn obwohl Mattis sicher nichts mehr von ihr wissen wollte, wusste sie doch, dass Maria bei ihm in guten Händen war. Und auf Valborg konnte sie sich immer verlassen. Dieser Gedanke hatte sie schon im Gefängnis und während der langen Tage bei Frida getröstet.

Die alte Frau war mit einem Brief an Mattis zum Korntorget gegangen. In wenigen kurzen Sätzen hatte Anne ihn gebeten, sich um die Kinder zu kümmern, und ihn vor den bevorstehenden Ereignissen gewarnt. Mochte er auch enttäuscht von ihr sein, sie machte sich immer noch Gedanken um ihn und wollte ihm helfen. Früher einmal war sie ganz vernarrt in ihn gewesen. Er war so unsagbar schön gewesen, so sorglos und voller Lebensfreude, dass sie seinem Zauber erlegen war. Doch jetzt war er gereift, übernahm Verantwortung und war ganz stolz darauf, wie gut er sich um das Handelshaus gekümmert hatte. Zwar hatte sie ihm immer wieder gedankt und ihn gelobt, doch sie spürte seine Enttäuschung darüber, dass sie ihm nicht mehr als das geben konnte.

Seufzend trat sie gegen einen Stein. Dass sie immer noch nicht aufhören konnte, an Magnus zu denken, machte sie reizbar. Diesmal träumte sie allerdings von keinem gemeinsamen Leben, sondern sah ihn wieder vor sich, wie er vorm Gewandhaus stand und mit der Hand auf dem Geldbeutel mit den Wächtern redete. Magnus, den sie immer für mutig und ehrlich gehalten hatte, rettete sich selbst, sie jedoch hatte er nicht befreit. Sie erinnerte sich an jene Nacht nach den Morden auf Käpplingeholmen, als er alles tat, um seine Familie in Sicherheit zu bringen. Damals war sie tief beeindruckt gewesen und hatte ihn sogar bewundert. Doch jetzt … Sie versuchte, den Gedanken an ihn durch Zorn zu ersetzen, doch tief in ihrem Innersten wusste sie, dass sie immer noch sehr verliebt in ihn war.

Zwischen den Häusern in den Gassen lastete die Luft stickig und völlig windstill. Magnus war auf den Åsöberget gestiegen, um von dort übers Wasser zu spähen. Er stemmte die Hände in die Hüften und blickte nachdenklich auf die Stadt hinab. Gråmunkeholmen und Söderport ruhten in der gleißenden Sonne, und vor den Buden der Trankocher schimmerte das Wasser silbrig und spiegelblank. Er trocknete sich mit der Hand den Schweiß vom Gesicht und wischte ihn an der Hose ab. Bald wäre alles vorbei, und Stockholm wäre wieder eine freie Stadt. Er hatte sich mächtig ins Zeug gelegt, um dieses Seeräuberpack aus der Stadt zu vertreiben, und nun hatte er endlich gehört, dass die Hanse ihre Schiffe losgeschickt hatte, die mittlerweile schon an Landsort vorbei waren. Mehrere Schiffe und mindestens zweihundert Soldaten waren auf dem Weg durch den Schärengarten und nahmen Kurs auf Stockholm.

Eigentlich hätte er glücklich sein müssen, doch der Preis war zu hoch gewesen. Er hatte den Kampf über die Liebe gestellt. Der Anblick von Annes verzweifeltem Gesicht stand ihm wieder vor Augen. Während er sich freigekauft hatte, hatten sie sie festgenommen, seine geliebte Anne! Schuldgefühle nagten an ihm. Doch mit einem solchen Urteilsspruch hätte er unmöglich weiter mit den Hanseaten verhandeln können, daher war das Bußgeld sein einziger Ausweg gewesen. Er hatte Annes Blick gesehen und hoffte, dass sie verstand und nichts Unmögliches von ihm erwartete. Ein Mann konnte sich mit einer Geldsumme freikaufen, eine Frau niemals. Unter allen, die in Stockholm zu einer Strafe für ihre Unzucht verurteilt worden waren, befand sich kein einziger Mann, der nackt, mit einem Strick um sein Glied, durch die Straßen hätte gehen müssen. Die Männer kamen immer ungeschoren davon. Eines Tages wollte er mit ihr darüber sprechen und sie um Verzeihung bitten, weil er sich nicht hatte beherrschen können. Dass er es überhaupt gewagt hatte, sich ihr an einem Ort wie dem Gewandhaus zu nähern, an einem Ort, zu dem jedermann freien Zutritt hatte. Es war unverzeihlich.

Ein plötzlicher Windstoß fuhr durch das Gestrüpp hinter ihm und kräuselte das Wasser am Fuß des Hügels. Langsam ging Magnus den Pfad hinunter. Der Anblick von Anne, wie sie sich mit den Steinen durch die Stadt geschleppt hatte, war ihm unerträglich gewesen. Aufgewühlt hatte er sein Versteck verlassen. Dann hatte er mehrere Männer aus dem Geheimbund aufgesucht und die ganze Nacht mit ihnen gezecht. In der Dämmerung war er davongetaumelt und hatte sich im Hinterhaus des Klosters schlafen gelegt. Er schämte sich zutiefst für seine Tat. Was einmal rein und schön gewesen war, war nun für immer besudelt, und er musste Anne aus seinem Gedächtnis verbannen. Doch er wusste, dass sie immer in seinen Gedanken bleiben würde. Wie sollte er jemals ihre glänzenden Augen und ihr helles Lachen vergessen können, ihre Sinnlichkeit und Wärme?

Die Sonne verschwand hinter den Wolken, und der Wind frischte auf. Vielleicht würde das Wetter umschlagen. Seufzend blickte er zum Himmel auf und dachte daran, dass er Anne seit jenem Tag nicht mehr gesehen hatte, als er hinter dem Zaun gestanden und mit ihr gelitten hatte. Seitdem hatte er nur noch seine verdammten Waffen geputzt, Stadtpläne studiert, Karten gespielt und die letzten Vorbereitungen für die Landung der Hanseflotte getroffen. Die Lübecker waren zufrieden und hatten ihm reiche Belohnung versprochen, sobald die Hanse Stockholm eingenommen hätte. Vielleicht bekäme er sogar seinen Posten als Ratsherr zurück. Er folgte dem gewundenen Pfad nach unten und näherte sich dem Strand. Als er an einigen grauen Holzkaten vorbeikam, bemerkte er ein Kind, das eine Kuhherde auf die Weide trieb. Neben einem verfallenen Zaun setzte er sich ins Gras und blickte nochmals auf die Stadt hinunter. Am Stadttor bewegte sich etwas. Er hörte Pferde und das Rattern von Wagenrädern.

Er stand auf und starrte hinunter, als könne er seinen Augen nicht trauen. Wie wild hämmerte ihm das Herz in der Brust, und er hätte am liebsten aufgeschrien. Die Wagen dort unten waren voll mit fliehenden Menschen. Auf den Ladeflächen drängten sich zwischen den Kisten und Säcken alte Leute, Frauen und Kinder. Die Vitalienbrüder mussten eine Warnung erhalten haben, dass die Hanseschiffe unterwegs waren, und jetzt flohen ihre Familien aus der Stadt. Die Männer waren allerdings nirgends zu sehen, und Magnus rieb sich die Hände, denn er wusste, was das zu bedeuten hatte: Der Tag der Abrechnung war nahe.

75. Kapitel

Anne fütterte gerade die Hühner auf dem Hof, als sie hörte, wie das Gartentor aufging. Sie warf einen Blick zum Zaun hinüber und sah Frida auf sich zukommen.

»Du hast Besuch«, verkündete die alte Frau.

Anne strich sich das Haar glatt und bürstete sich rasch den Rock mit der Hand ab, während sie überlegte, wer wohl herausgefunden hatte, dass sie sich hier aufhielt. Zögernd ging sie zum Tor.

»Da bist du ja!«

Anne erkannte die Stimme wieder und war zutiefst erleichtert. Mattis! Er trug eine Jacke mit Aufschlag und strahlte übers ganze Gesicht. Das Haar, das ihm sonst immer wild vom Kopf abstand, hatte er ordentlich gekämmt, und seine braunen Augen leuchteten.

»Wunderbar, du hast ja wieder richtig Farbe auf den Wangen. Als du mit diesen Steinen um den Hals herumgelaufen bist, sahst du doch ein bisschen blass aus«, sagte er und zwinkerte ihr zu.

»Ach ja? Und ich dachte, ich sei vor Anstrengung feuerrot gewesen.«

Er lachte und umarmte sie herzlich. Beruhigt, aber gleichzeitig auch ein wenig verwirrt lehnte sie den Kopf an seine Brust. Also hatte er sie doch nicht verurteilt, er war immer noch da. Der liebe, gute Mattis! Wie konnte er das alles nur ertragen? Eine Welle der Wärme durchflutete sie, und auf einmal konnte sie die Tränen nicht mehr zurückhalten.

»Ich bin ja so glücklich, dass du gekommen bist!«, schluchzte sie und wischte sich über die feuchten Wangen. »Wie geht es Maria und Johan?«

»Den Kindern geht es gut, Valborg geht es gut, kurz und gut, allen geht es gut. Und ich habe deine Nachricht erhalten. Danke für deine Warnung.«

»Ich hab mir solche Sorgen um dich gemacht.«

»Und wir haben dich vermisst. Was hast du denn mit deinem Haar angestellt?«

»Die dunklen Haare hätten mich verraten, und man hätte mich nicht wieder in die Stadt gelassen. Mit einem Kräutersud hat mir Frida geholfen, die braune Farbe herauszuwaschen.«

»Sie kann wirklich alles.«

»Und ob! Sie hat meine Wunden gepflegt und mir zu essen gegeben. Warum eine fremde Frau so nett zu einer armen Hure ist, will mir nicht in den Kopf.«

Mattis trat einen Schritt zurück und maß Anne mit einem ernsten Blick.

»Du bist keine Hure! Wie verliebt du in Magnus warst, habe ich schon in Lübeck bemerkt. Dass du dich ihm hingegeben hast, macht dich nicht zur Verbrecherin. Für mich bist du immer noch Anne.« Er streichelte ihr kurz über die Wange. »Und Frida und ich kennen uns schon seit ewigen Zeiten. Als ich dich die Steine durch die Stadt schleppen sah, bin ich zu ihr gegangen, und sie hat mir versprochen, dich am Stadttor in Empfang zu nehmen.«

»Aber wieso hast du mir davon nichts gesagt?«, wollte Anne von Frida wissen.

»Was hätte ich sagen sollen? Mattis wollte nicht, dass ich es dir verrate. Er liebt Überraschungen und hat sich schon darauf gefreut, dich hier abzuholen.«

Tausend Lachfältchen breiteten sich auf dem Gesicht der alten Frau aus, und sie kicherte vergnügt. Anne sah das Leuchten in Mattis' Augen und dachte an den Gaukler zurück, der immer nur mit den Schultern zuckte, wenn das Leben schwierig wurde, und einfach weiterging. Doch statt ihr zu grollen, war er nur glücklich, sie wiederzusehen. Sie konnte es kaum fassen.

»Dass du mir verzeihen kannst ...«

»Man muss verzeihen können, sonst macht man sich nur selbst unglücklich.«

Anne suchte seinen Blick. Er war wirklich ein bemerkenswerter Mann. Mit inniger Zuneigung sah sie ihm eine geraume Weile in die schönen Augen. Schließlich stand sie wortlos auf und küsste ihn.

»Du bist großartig«, sagte sie.

»Die weiß schon, wie sie es anstellen muss«, lächelte Frida und blinzelte Mattis zu, als er sich errötend aus der Umarmung löste.

»Ich habe ihm ja so viel zu verdanken, und dir ...«, begann Anne.

Weiter kam sie nicht, denn plötzlich wurde sie von lautem Geschrei und Lärm von der Straße unterbrochen. Sie rannte zum Zaun und entdeckte eine Viehherde, die über die Straße getrieben wurde. Pferde wieherten, Hunde bellten, und eine Schweineherde quiekte herzzerreißend. Eine Gruppe verängstigter Menschen lief ihr hinterher.

»Um Gottes willen, hat es Unruhen gegeben? Versteckt euch, schnell!«

Im nächsten Augenblick packte Mattis Anne und Frida und zog sie rasch in den Stall.

76. Kapitel

Magnus warf einen letzten Blick auf die fliehenden Menschen auf Stadsholmen und wandte sich hastig wieder um, um nach den nahenden Schiffen zu spähen.

Er rannte über den Hügel, und als er keuchend über die Kuppe kam, entdeckte er sie. Unmittelbar vor der Stadt wimmelte der ganze Horizont von Schiffen. Große und kleine Koggen steuerten mit vollen Segeln auf den Hafen zu, und ihre Flaggen und Wimpel flatterten im Wind. Das Emblem der Hanse leuchtete ihm vom Meer entgegen, und er streckte die Arme in einer Siegergeste zum Himmel. Die Hanseaten hatten den Schärengarten durchfahren, ohne dass die Vitalienbrüder sie hätten aufhalten können! Alles war nach Plan gelaufen. Jetzt musste er nur noch zu den Männern des Geheimbunds eilen, damit sie die Hanseaten gemeinsam empfangen konnten.

Während er den Berg hinunterlief, donnerten unten die Schleudern, und der Rauch des Schießpulvers zog in weißen Wölkchen übers Wasser. Die Flotte aus sieben Hansestädten war eingetroffen und hatte Kaufleute und bewaffnete Soldaten an Bord. Endlich waren die deutschen Händler unterwegs, um die Regierung der Stadt zu überzunehmen, und er, Magnus Spangenmacher, hatte dazu beigetragen, dass das überhaupt geschehen konnte. Tränen stiegen ihm in die Augen, und er hätte die ganze Welt umarmen können. Bald würden die Deutschen und die Schweden Stockholm wieder gemeinsam regieren, und alle Feindseligkeiten wären begraben. Jetzt würde es endlich Frieden geben. Er schrie vor Freude, aber als er vor lauter Überschwang beinahe gestolpert wäre, riss er sich zusammen. Er richtete sich auf, und während sich immer mehr Menschen auf dem Berg sammelten und begeistert aufs Meer und die Schiffe starrten, lief er rasch zurück zur Stadt.

Am Stadttor begegneten ihm ausgemergelte Schweden, die jubelnd und schreiend aus ihren Häusern stürzten und zum Hafen eilten. Sie sangen und lachten, und man konnte sich kaum noch fortbewegen in dem Gedränge.

Sobald er im Keller des Geheimbunds war, zog er hastig Kettenhemd und Haube an und holte Erich Kopf, Ulf Sloette und die anderen ein. Gemeinsam schritten sie zum Koggenhafen am Korntorget, und je näher sie kamen, umso langsamer ging es voran. Doch Magnus bahnte sich entschlossen einen Weg durch die Menge und lächelte in sich hinein. Sobald die Vitalienbrüder ihnen die Stadt übergeben hätten und alle Zeremonien überstanden wären, wollte er Anne aufsuchen. Er würde ihr alles erzählen und hoffte, dass sie ihm verzieh, wenn er nur Gelegenheit bekam, ihr die Zusammenhänge zu erklären.

Er spürte jetzt schon, wie es sich anfühlen würde, sie zu umarmen und sich mit ihr zu versöhnen – da erblickte er sie plötzlich auf der Treppe vor ihrem Handelshaus. Unbändige Freude stieg in ihm auf, und er wollte gerade auf sie zulaufen, als jemand ihren Namen rief. Sie fuhr herum, und ein dunkelhaariger junger Mann beugte sich vor und küsste sie mitten auf den Mund. Mattis! Magnus blieb verblüfft stehen und schluckte mühsam. Nur zu gut konnte er sich an ihren Blick erinnern, als er sich freikaufte, sie aber von den Wachen abführen ließ. Diesen Augenblick hätte er selbst am liebsten vergessen, aber offensichtlich hatte ihr das zu einem Entschluss verholfen. Er blieb noch eine Weile stehen und starrte sie an, während die Menschen ihn anrempelten. Anne und Mattis hielten sich bei der Hand und strahlten reines Glück aus. Magnus war wie erstarrt, und erst als seine Kameraden ihn am Arm mitzogen, fasste er sich wieder.

»Wir müssen die Schiffe empfangen, rasch!«

»Ja, ich komme ja schon«, sagte er, und als er zum Kai lief, fühlte er sich auf einmal furchtbar einsam. Zwar hatte er immer noch seine Frau, aber Anne hatte er für immer verloren.

Zwei Kutscher in knielangen Röcken und mit Mützen auf dem Kopf führten ihre blank gestriegelten Pferde an den Schlosswachen vorbei auf die Straße. In aller Ruhe schritten sie die Köpmannagatan hinunter, durch das Stadttor und hinab zum Fiskestrand. Die Tonnen klapperten auf der Ladefläche, und ab und zu warf einer der Männer einen Blick auf die Last hinter sich. Sie hielten lange Peitschen in der Hand, und an einem Strick um den Leib hatten sie Schlüssel und große Ledertaschen befestigt. Als sie auf dem Kai anlangten, hielten sie ihre Wagen bei den ersten Hansekoggen an. Die zwei Männer stiegen auf den ersten Wagen, legten vorsichtig ein Seil um eine der Tonnen und bugsierten sie auf den Boden. Danach schnalzten sie den Pferden zu und bewegten die Wagen ein Stück weiter, wo sie wieder eine Tonne herabhievten und auf den Kai stellten. Plötzlich rutschte einem von ihnen die Tonne aus der Hand.

»Pass doch auf, zum Teufel!«, zischte Henrik Brybing, der totenbleich geworden war.

»Das sagt sich leicht, das Ding ist nämlich ganz schön schwer«, erwiderte Dietrich Schultze und stützte die Hände auf die Knie, um für einen Augenblick zu verschnaufen. Er keuchte und hatte das Gefühl, als müssten die Beine jeden Moment unter ihm nachgeben.

Die Männer bewegten die Wagen ein Stück weiter und fuhren auf diese Weise langsam den Kai ab, an dem die Hansekoggen angelegt hatten. Keiner beachtete sie, als sie an Seeleuten, Soldaten und einer Gruppe kleiner Jungen vorbeizogen, die allesamt nur Augen für die fremden Schiffe hatten. Dietrich schwitzte und wunderte sich, dass man sie mit ihren Karren so nahe an die Schiffe heranließ. Noch nie in seinem Leben war ihm so unbehaglich zumute gewesen. Wozu hatte er sich hier eigentlich überreden lassen? Er warf Brybing einen verstohlenen Blick zu. Es war ihm ein Rätsel, wie der Ratsherr so selbstsicher sein konnte. Die Vitalienbrüder hatten Order erhalten, das Schloss und die Garnison zu räumen und den Hanseaten zu übergeben, und hier standen sie nun und gefährdeten alles.

Brybing schien überzeugt, dass er sich dem Beschluss widersetzen und im Alleingang weiterregieren konnte. Durch die Morde auf Käpplingeholmen hatte er damals dafür gesorgt, dass die Vitalienbrüder die Stadt endgültig in ihre Gewalt bekamen, und jetzt weigerte er sich, alles aufzugeben, wofür er gekämpft hatte. Freilich hatten die Stockholmer schwere Zeiten durchlebt, aber das war nicht die Schuld der Vitalienbrüder, fand er. Vielmehr war es dem Krieg und der dänischen Belagerung anzulasten – und auch den Schweden, die einfach nicht hart genug arbeiteten. Als Dietrich ihm widersprach, hatte Brybing überhaupt nicht hingehört. Der Ratsherr hegte einen unerschütterlichen Glauben an sich selbst, doch nur weil ihm einmal ein gewagtes Unterfangen geglückt war, hieß das noch lange nicht, dass er mit allen seinen Plänen Erfolg hatte. War es nicht klüger, wenn sie mit den Hanseaten zusammenarbeiteten?

Die Garnison oben auf dem Schloss sowie die Vertreter der sieben Hansestädte hatten sich auf eine friedvolle Übergabe der Stadt geeinigt, und die Soldaten der Hanseflotte sollten das Schloss ohne Kämpfe und Handgemenge einnehmen. Die Vitalienbrüder sollten die Hanseaten sogar mit Zeremonien und Fanfaren empfangen, und dann würde die Hanse Stockholm regieren, bis König Albrecht und Königin Margareta Frieden schlossen.

»Fass mit an!« Brybing packte Dietrich Schultze bei der Schulter und deutete mit einer Kopfbewegung auf die Fässer. »Du glaubst doch nicht etwa, dass ich das allein heben kann!«

Gemeinsam bugsierten sie eine weitere Tonne von der Ladefläche auf den Kai. Viele waren nun nicht mehr übrig. Die Fässer reichten vom Korntorget, wo die größte Kogge lag, bis zum Flaggschiff der Flotte, der *Adler*. Dietrich hatte man versprochen, seine Mithilfe mit einem Platz im Rathaus zu belohnen, aber er war trotzdem nicht ganz überzeugt. Acht Fässer mit Schießpulver auf dem Kai vor den Hanseschiffen reichten aus, um viele Menschen zu töten. Wäre sein Bruder noch am Leben gewesen, hätte der ihn für seine Tat allerdings gelobt, und unter den Vitalienbrüdern würde man ihn als Helden feiern. Dietrich richtete sich also auf, atmete ein paar Mal tief durch und arbeitete weiter. Ohne weiter Aufmerksamkeit bei den Schaulustigen zu erregen, stellten Brybing und er die Fässer in gleichmäßigen Abständen auf dem Kai auf.

77. Kapitel

Anne betrachtete die großen Hanseschiffe, die am Kai vertäut lagen. Zusammen mit Mattis, Valborg und den Kindern war sie zum Hafen hinuntergegangen, um zuzusehen, wie die Anführer der Hanse an Land kamen und zum Schloss zogen. Marias Augen leuchteten, sie konnte kaum still stehen. Aufgeregt hüpfte sie herum und klatschte in die Hände. Schließlich packte Mattis sie lächelnd und nahm sie auf die Schultern, damit sie besser sehen konnte. Sie schlang ihm die Arme um den Hals, lachte und zeigte zum Kai. Anne betrachtete die beiden amüsiert und wandte sich an Mattis.

»Du magst Maria sehr gern, nicht wahr?«

»Wir haben solchen Spaß miteinander! Ich wünschte, sie wäre meine Tochter.« Er sah sie kurz an und lachte. »Sag mal, warum ziehen dich immer solche leichtsinnigen Männer an?«

Anne blickte ihn überrascht an.

»Leichtsinnig? Ich weiß nicht recht …«

»Erst Alf Gerhardt und jetzt auch noch Magnus Spangenmacher. Keiner von den Männern, in die du dich verliebt hast, scheint gut zu dir gewesen zu sein, und trotzdem …«

Anne fühlte sich ertappt und merkte, wie ihr die Röte in die Wangen stieg.

»Und trotzdem habe ich ihnen meine Liebe geschenkt, meinst du? Vergiss nicht, dass wir auch schon einmal ineinander verliebt waren.«

Er schien ihr gar nicht zuzuhören.

»Bist du immer noch verliebt in Magnus?«, wollte er wissen und warf einen Blick auf Johan, den Valborg auf dem Arm trug.

Anne strich sich eine Haarsträhne aus dem Gesicht und lächelte nachdenklich. Die Frage ging ihr nahe, und sie überlegte kurz, ob sie Magnus wirklich vergessen hatte und wie es wäre, wenn sie ihn jetzt wiederträfe. Würde sie sich ihm in die Arme werfen, sobald er sie um Entschuldigung bat, und würde sie ihm wieder ihre Gunst gewähren, wenn er sie begehrte und sagte, dass er Ingrid ihretwegen verlassen hatte?

Sie sah an Mattis und Maria vorbei zu den Schiffen. Die Seeleute ließen gerade die Landungsstege auf den Kai hinunter. Ein Stück weiter längs entdeckte sie zwei Männer, die mit Karren voller Taue und Tonnen den Kai erreichten. Die Pferde waren sauber gestriegelt und wirkten sehr gepflegt.

»Ich weiß nicht, ob ich immer noch verliebt bin. Magnus hat mich angezogen, aber dann hat er mich betrogen. In jenem Augenblick ist alles gestorben.« Sie wusste nicht, ob das den Tatsachen entsprach, aber sie sagte es, weil sie es glaubte. Oder glauben wollte.

Mattis drückte ihr die Hand.

»Die Liebe lässt sich nicht immer erklären. Ich habe diese Liebe, von der du redest, auch erlebt. Plötzlich lodert sie auf, und es ist um dich geschehen. Erst erhellt sie für einen Augenblick den ganzen Himmel, aber dann erlischt sie plötzlich wieder.«

»Wie ein Irrlicht. Damit kenn ich mich aus«, stimmte Valborg zu und zog eine Grimasse.

Anne wusste nicht, ob die Wirtsfrau Herman vergessen hatte, und manchmal merkte sie ihr noch ein wenig Verbitterung an. Valborg hatte gehofft, noch einmal im Leben die große Liebe erleben zu dürfen, war aber betrogen worden. Anne bedauerte sie und wünschte, dass ihre Freundin endlich glücklich würde. Rasch beugte sie sich zu ihr hinüber und umarmte sie. Aus dem Augenwinkel nahm sie wahr, dass Mattis sie ansah, aber sie erwiderte den Blick nicht. Stattdessen beobachtete sie weiterhin die beiden Männer mit ihren Karren und wies mit einer Kopfbewegung zum Kai.

»Habt ihr diese Männer mit den Tonnen gesehen?«, fragte sie, um das Thema zu wechseln.

»Vermutlich sind es Leute von der Hanse, die ein paar Bierfässer für die Besatzung bringen«, vermutete Mattis.

»Aber sie stellen die Fässer in gleichmäßigem Abstand vor den Schiffen auf, wozu sollte das gut sein?«, gab Valborg zu bedenken.

»Stimmt. Welch ein Empfang! Die Hanseaten haben noch keinen Fuß an Land gesetzt, und schon liefert ihnen das Schloss ihr Bier«, meinte Anne.

»Wer trinkt nicht gern deutsches Bier?«, lachte Mattis.

»Nach der langen Zeit auf See sind die Seeleute sicher durstig und hungrig. Ich kann das gut verstehen«, erklärte Valborg.

Maria sang und schaukelte auf Mattis' Schultern hin und her, bis es ihm zu viel wurde und er sie wieder absetzte. Anne gab ihr ein Stückchen Brot, das sie sich sofort in den Mund steckte, aber dann wollte sie gleich wieder auf Mattis' Arm.

Schließlich waren die Landungsstege bereit, und die Seeleute standen oben in der Takelage und machten die Segel fest. Die Schlossknechte waren nirgends zu sehen, aber wahrscheinlich bereitete man gerade eine Zeremonie vor. Die Männer mit den Karren waren jetzt näher gekommen und hatten nur noch wenige Tonnen zum Abladen. Abermals blieb Annes Blick an den beiden Fuhrmännern hängen. Keiner von ihnen trug das

Abzeichen der Hanse, und den Schiffen schenkten sie auch kaum Aufmerksamkeit.

»Was ist denn?« Mattis berührte sie an der Schulter.

»Diese Männer da drüben finde ich seltsam. Es sieht nicht so aus, als würden sie hier irgendjemanden kennen. Das gefällt mir nicht.«

»Mach dir keine Gedanken, die Vitalienbrüder haben aufgegeben, es ist alles geklärt, und wegen dieser Männer muss man sich sicher keine Sorgen machen.«

»Die Vitalianer geben nicht so leicht auf. Es ist durchaus denkbar, dass sie in einem Hinterhalt liegen und plötzlich zuschlagen.«

»Warum denn? Die Lösegeldsumme ist zwar noch nicht bezahlt, aber die Königin hat König Albrecht freigelassen, und die Absprache mit der Hanse ist von allen gebilligt worden. Das ist doch das Wichtigste.«

»Und wenn der König seine sechzigtausend Mark nicht bezahlt, regiert Königin Margareta Stockholm gemeinsam mit den Schweden, und dann haben wir trotzdem noch Frieden«, ergänzte Valborg.

Ein gellender Fanfarenstoß unterbrach das Gespräch, und im nächsten Augenblick bezogen die Soldaten auf jedem Schiff in einer Reihe Aufstellung an der Reling. Die Seeleute kletterten wieder von der Takelage herunter, und die Hornbläser stellten sich rechts und links von den Landungsstegen auf. Mattis ergriff Annes Hand und drückte sie fest.

»Stell dir vor, jetzt leben wir bald wieder in Frieden und müssen keine Angst mehr haben«, sagte er und sah sie glücklich an.

»Man darf es jedenfalls hoffen«, erwiderte Anne und fragte sich, ob er mit *wir* wohl sie und sich gemeint hatte.

Zwei hanseatische Kaufleute mit prachtvollen Kopfbedeckungen, Wämsern und langen Mänteln stellten sich neben den Bläsern auf. Sie trommelten mit den Fingern auf ihren Schwertern und schienen auf weitere Kommandos zu warten.

»Die hanseatischen Bürgermeister erwarten vielleicht, dass die Vitalienbrüder vom Schloss herunterkommen«, meinte Mattis. »Wahrscheinlich gehen sie erst an Land, wenn das Empfangskomitee am Schiff angelangt ist.« Er verschränkte seine Finger mit den ihren. »Hast du eigentlich schon daran gedacht, dass wir jetzt, da wir frei sind, durch den Handel endlich reich werden können? Dann betreiben wir unsere Geschäfte nicht nur, um von der Hand in den Mund leben zu können.«

»Du hast *wir* gesagt.«

»Wir müssen erst noch meine Waren verkaufen, bevor sie verderben, aber dann bestimmst du, wie du weitermachen willst.«

Sie konnte ein Lächeln nicht unterdrücken. Trotz allem, was geschehen war, ging er davon aus, dass sie gemeinsam weitermachen würden, und sie war dem Gedanken nicht abgeneigt. Während sie die Schiffe am Kai betrachtete, dachte sie daran, dass sie sich eines Tages ein eigenes Schiff zulegen würde. Wieder ein Handelshaus und ein eigenes Schiff, das war ihr Ziel, und Mattis konnte ihr bestimmt dabei helfen. Er kannte so viele Leute und war immer gut zu ihr.

Schweigend betrachteten sie die Männer an Deck. Alle wirkten angespannt und erwartungsvoll. Abermals warf Anne einen prüfenden Blick auf die zwei Männer mit den Lastkarren. Mittlerweile hatten sie alle Fässer auf dem Kai abgeladen und verbanden sie nun mit einem langen Seil. Es sah aus wie eine Absperrung. Sie verfolgte das Tun der beiden und rief sich ins Gedächtnis, was alles geschehen war, seit die Vitalienbrüder die Macht in Stockholm an sich gerissen hatten. Der Mord an Elin, die Plünderung des Handelshauses, die Flucht nach Lübeck und ihre Liebe zu Magnus. Dass dieser Mann ihr nicht aus dem Kopf ging! Während er sie enttäuscht hatte, war Mattis ihr eine Stütze gewesen, und dennoch wanderten ihre Gedanken immer wieder zu dem Ratsherrn. Magnus hatte immerhin zu seiner Überzeugung gestanden und für die Befreiung Stockholms gekämpft. Das war ihm gelungen, und dafür musste sie ihn bewundern. Unter Einsatz seines Lebens hatte er beharrlich versucht, die Vitalienbrüder aus der Stadt zu vertreiben, und jetzt gehörte er zu den Männern, die diesen Frieden ermöglicht hatten. In Lübeck hatten sie gemeinsam für dieses Ziel gekämpft, aber als sie nach Schweden zurückfuhr, war er in Deutschland geblieben, um den Kampf zu Ende zu bringen. Ausdauernd hatte er weitergemacht und sich nicht zufriedengegeben, bis er sein Ziel erreicht hatte.

Jetzt war der Frieden da, aber Magnus und sie konnten sich

nicht gemeinsam darüber freuen. Wie glücklich wäre sie gewesen, wenn er jetzt und hier an ihrer Seite gestanden hätte! Sie seufzte, als sie sich bei diesen Gedanken ertappte. Stattdessen sollte sie sich lieber freuen, dass sie mit Mattis hier stand. Er war der Mann der Stunde, und alles andere war Vergangenheit. Und Träumerei.

»Warum kommen die denn noch nicht vom Schloss herunter? Allmählich bin ich das Warten leid«, seufzte sie nach einer Weile und machte eine gereizte Handbewegung. Mitten in der Bewegung blieb sie mit dem Daumen in der Halskette hängen, die Kette riss, und der in Gold gefasste Bernstein fiel zu Boden. Rasch bückte sie sich, um ihn wieder aufzuheben, doch der Stein war ein Stückchen über den Kai gerollt und vor einem der Fässer liegen geblieben. Dieses Amulett, das sie damals eingesetzt hatte, als sie mit Cunningham Handel getrieben hatte, war zu ihrem Glücksbringer geworden, den sie auf keinen Fall verlieren wollte.

Plötzlich stieß sie versehentlich gegen eine der Absperrungen zwischen den Fässern. Das Seil war ganz klebrig, und sie zog rasch die Hand zurück – der Hanf war mit Teer eingeschmiert. Verblüfft betrachtete sie den Strick, der von Tonne zu Tonne gespannt war, als sollten die Leute damit zurückgehalten werden. Für gewöhnlich errichtete man eine Absperrung nicht mit einem teerbestrichenen Seil, das zwischen einer Reihe von Fässern auf dem Kai befestigt wurde. Sie verfolgte das Tau zur nächsten Tonne, beugte sich vor und schnupperte. Es roch nicht nach Bier oder Hering, sondern nach etwas anderem, das sie aber nicht sogleich benennen konnte.

»Geht beiseite, Ihr dürft hier nicht so herumstehen!«, hörte sie eine unfreundliche Stimme neben sich, und im nächsten Augenblick zogen sie auch schon zwei starke Arme zurück. Anne drehte sich um und erkannte einen der Männer mit dem Lastkarren wieder. Er hatte grau meliertes Haar und einen beträchtlichen Leibesumfang. Den hatte sie doch schon einmal gesehen! Aber wo?

»Verzeihung«, sagte sie und wich zurück, bis er zufrieden schien.

Eine Weile blieb sie so stehen und betrachtete ihn, bis ihr Blick an seinem Kittel hängen blieb. Der Stoff hatte klebrige schwarze Flecken, und sie fluchte innerlich. Hier stimmte irgendetwas nicht. An einem Tag wie diesem, an dem festliche Stimmung herrschte und die Stockholmer ihre neuen Oberhäupter empfingen, standen zwei Fuhrleute auf dem Kai und stellten Tonnen auf, zwischen denen sie ein teergetränktes Seil spannten.

In ihrem Kopf arbeitete es. Hinter sich hörte sie den Herold ins Horn blasen, und unten am Kai versammelten sich die Soldaten der Schiffe in Rüstungen und Helmen. Der Mann, der sie verjagt hatte, hatte seine Arbeit mit dem Seil offensichtlich beendet und stand nun neben einem der Fässer. Er war gerade mit irgendetwas auf der Ladefläche beschäftigt, aber sie konnte nicht erkennen, was es war. Sein Genosse, ein rundlicher kleiner Mann mit Backenbart, fuhr mit dem anderen Karren gerade weiter in Richtung Koggenhafen. Weiter weg standen Mattis und Valborg und winkten ihr zu, und sie bedeutete ihnen, dass sie auf dem Weg war. Aber zuerst wollte sie doch herausfinden, was die beiden Männer da trieben. Sie trat näher an den ersten Lastkarren heran und stieg auf eine Holzkiste, um auf die Ladefläche blicken zu können. Dabei tat sie, als wolle sie nur die Schiffe besser sehen.

Was sie auf dem Karren erblickte, verschlug ihr den Atem, und die Geräusche ringsum verstummten plötzlich. Ihr Blick blieb an dem Feuerstein und dem Schlageisen hängen, mehr brauchte sie gar nicht zu sehen. Die Tonne, die so seltsam gerochen hatte, musste Schießpulver enthalten. Bald würden die hanseatischen Bürgermeister und die Schiffsoffiziere auf den Kai treten, und dann ... Anne geriet auf ihrer Kiste ins Taumeln und bekam kaum noch Luft. Wenn diese Fässer gezündet wurden, war es vorbei mit den Schiffen, mit den Soldaten, ja, mit ihnen allen! O Gott, Maria und Johan waren in Gefahr! Ohne weiter nachzudenken, sprang sie auf den Boden und rannte zu dem Mann an seinem Karren.

»Haltet ihn auf!«, schrie sie.

»Halt den Mund, Weib, sonst ...«, knurrte der Mann und kletterte von seinem Karren. Grob versuchte er, ihr den Mund zuzuhalten, aber Anne biss zu.

»Er hat mein Halsband gestohlen, der hier, haltet ihn fest!«, schrie sie mit voller Kraft und trat ihm zwischen die Beine. Brüllend sank er nach vorn und presste die Hände auf den Schritt. Da versetzte sie ihm einen so kräftigen Stoß, dass er gänzlich zu Boden fiel, und als ihr einige Männer zu Hilfe kamen, rief sie ihnen zu, sie sollten ihn gut festhalten. Sie selbst schnappte sich den Feuerstein und das Schlageisen und sprang zum Kai. Doch der Mann hatte sich schon wieder losgerissen und setzte ihr nach. Er schrie und fluchte, und sie hörte, wie er aufholte. Das Keuchen hinter ihr kam immer näher, und als sie am Wasser war, hatte er sie eingeholt.

In dem Augenblick, als er sich auf sie warf und sie packen wollte, trat sie einen Schritt zur Seite, damit er sie verfehlte. Er kam aus dem Tritt, und sie versetzte ihm rasch einen so kräftigen Stoß, dass er über den Kai ins Wasser flog. Rasch hob sie den Feuerstein und das Schlageisen auf und warf beides mit Schwung hinterher. Aus dem Augenwinkel sah sie noch, wie der Mann sich vergeblich bemühte, wieder aus dem Hafenbecken zu kommen, aber da rannte sie schon weiter am Kai entlang. Mittlerweile erschallten die Trommelwirbel, die Volksmenge brach in Hurrarufe aus und drängte sich immer näher an die Schiffe heran. Wo steckte der Fuhrmann mit dem anderen Karren? Der konnte das Schießpulver ja auch noch entzünden. Sie musste das Seil kappen, dieses verdammte Seil, sonst konnte sich das Feuer rasch von einer Tonne zur nächsten ausbreiten.

Neben dem Landungssteg eines der Schiffe standen zwei Soldaten mit Kettenhemden und Schwertern. Ohne stehen zu bleiben, riss sie eines der Schwerter an sich und rannte weiter. Mit beiden Händen umklammerte sie den Griff und schlug auf das Tau ein, bis es so weit zerfasert war, dass sie es mit den Händen auseinanderreißen konnte. Dann hastete sie zur nächsten Tonne. Während der Schweiß ihr nur so übers Gesicht strömte, durchschlug sie das Seil zwischen sämtlichen Tonnen, bis sie schließlich vor dem Flaggschiff am Koggenhafen angekommen war. Dort erblickte sie den zweiten Karren, und einen Augenblick lang hielt sie inne und überlegte, was sie tun sollte. Sie atmete schwer und konnte das Schwert kaum noch halten. Kraftlos, wie sie war, hatte sie dem Fuhrmann sicher nichts entgegenzusetzen. Also blieb nur noch eine Möglichkeit.

Sie atmete tief durch, schlich sich hinter das Pferd und schlug ihm mit der Breitseite des Schwerts kräftig gegen die Hinterbeine. Das Tier legte die Ohren an, bäumte sich auf und galoppierte blindlings los, den schlingernden Karren hinter sich herziehend. Krampfhaft hielt der Mann sich auf der Ladefläche fest. Anne ließ das Schwert fallen und rannte auf die große Kogge zu, die mit Wimpeln und Flaggen geschmückt war. Sie musste den Kapitän des Flaggschiffs warnen. Am Landungssteg standen Wachen, die sie aufzuhalten versuchten, aber sie bückte sich, schlüpfte unter den Armen der Männer hindurch und war schon vorbei. Als sie das Deck fast erreicht hatte, kam ihr ein hochgewachsener Mann mit rotem Mantel und prachtvoller Kopfbedeckung entgegen und wollte gerade den Landungssteg betreten. Zwei Soldaten begleiteten ihn.

»Geht nicht hinunter! In den Tonnen auf dem Kai befindet sich Schießpulver!«, keuchte sie und versperrte ihm den Weg.

Der Kapitän tat, als habe er sie nicht gehört, und schob sie beiseite wie ein lästiges Kind. Anne wurde wütend und hob beschwörend die Hände.

»Sie haben das Seil zwischen den Tonnen mit Teer getränkt und wollen es anzünden! Hier, riecht selbst!«, rief sie und streckte ihm beide Hände entgegen, damit er den Teer roch. »Ich habe das Tau gekappt, aber die Fässer mit dem Schießpulver sind zu schwer für mich …«

Jemand packte sie und fesselte ihr die Hände auf dem Rücken.

»Haltet sie fest!«

Anne dachte an die Kinder, an Mattis und Valborg, die dort unten auf dem Kai standen. Verzweifelt trat sie um sich und riss an den Fesseln, um sich zu befreien.

»Glaubt mir doch! Sie haben Feuer und ein Schlageisen, ich habe es selbst gesehen! Sobald der Mann auf dem Karren dort hinten sein Pferd anhalten kann, wird er zurückkommen und die Tonnen mit dem Schießpulver in die Luft jagen.«

Der Kapitän reckte sich und spähte über den Kai. Da sah sie, wie sich sein Gesichtsausdruck plötzlich veränderte, und er flüsterte einem der Männer neben sich etwas zu. Sofort eilte ein Trupp Soldaten den Landungssteg hinunter.

»Meine Kinder sind auch auf dem Kai! Lasst mich los, das Schießpulver kann jeden Moment hochgehen!«

Mehr konnte sie nicht mehr sagen, denn im nächsten Augenblick erhob sich ein ohrenbetäubendes Donnern, gefolgt von Schreien und Lärm. Johan und Maria, dachte sie. Mattis und Valborg und die Kinder …

78. Kapitel

Bleich und stumm stand Anne an Deck, als die Flammen aufloderten und Holzsplitter durch die Luft flogen. Die Menschen schrien, die Pferde wieherten, und der Donnerhall der Explosion wurde von den Hauswänden in den umliegenden Gassen zurückgeworfen. Dann ging ihr auf, was gerade passiert war.

Zu spät, dachte sie. Die Soldaten sind zu spät gekommen.

Doch mit der Kraft eines Menschen, der um sein Leben kämpft, befreite sie sich und rannte los.

Magnus hatte die zwei Männer mit den seltsamen Lastkarren bemerkt, als er mit seinen Soldaten vor den Schiffen Aufstellung bezog. Es war der Befehl ergangen, die Besatzung mit Bier und Brot zu empfangen, deshalb hatte er anfangs nicht weiter über seine Beobachtung nachgedacht. Einen Augenblick lang überlegte er zwar, warum die Männer ein Seil zwischen den Fässern spannten, aber er nahm an, dass sie damit die Menschenmenge zurückhalten wollten.

Vom Schloss bis hinunter zum Fiskestrand waren Soldaten postiert. Er selbst, Erich Kopf und die anderen waren ein wenig zu spät gekommen, aber jetzt standen sie alle mit einigen Armlängen Abstand auf dem Kai, vom Fiskestrand bis zum Koggenhafen. Sobald die Offiziere und die Kapitäne bereit waren, an Land zu gehen, wollte man Stockholms neuen Herrschern einen würdigen Empfang bereiten. Die Vitalienbrüder hatten versprochen, den hanseatischen Anführern die mecklenburgische Flagge zu überlassen, und dann sollten die Neuankömmlinge zum Schloss ziehen, wo die Übergabe der Stadtschlüssel stattfinden sollte. Für den Abend schließlich war ein großes Verbrüderungsfest geplant.

Nun stand Magnus in strammer Habachtstellung vor den Schiffen, aber am liebsten wäre er losgerannt und hätte alle umarmt. Wie lange hatte er auf diesen Augenblick gewartet! Die Vitalienbrüder hatten ihre Macht an die hanseatische Flotte abgetreten. Alles war bestens vorbereitet, und nach Magnus' Ansicht war nicht die kleinste Einzelheit übersehen worden.

Auf einmal wurde er von einer aufgeregten Stimme schräg hinter sich aus seinen Gedanken gerissen, und als er sich umdrehte, wollte er im ersten Moment seinen Augen nicht trauen. Dort stand Anne, schrie einen der Fuhrmänner an und trat ihm in den Schritt. Sie ergriff einen Gegenstand auf dem Karren und eilte weiter zum Wasser. Nachdem Magnus sie kurz aus den Augen verloren hatte, entdeckte er sie plötzlich wieder – mit einem Schwert in den Händen. Sie hieb auf das Seil zwischen den Tonnen ein. Ganz offenbar war sie wahnsinnig geworden, nachdem sie mit den Steinen um den Hals durch die Stadt geführt worden war.

Eigentlich hätte er seinen Platz in der Reihe nicht verlassen dürfen, aber er konnte sich nicht zurückhalten und rannte ihr nach. Doch bevor er sie einholte, sah er, wie sie auf den Landungssteg lief, der an Bord des Flaggschiffs führte. Verblüfft und unschlüssig blieb er stehen und überlegte, was er tun sollte.

Da hörte er Schreie und entdeckte das Pferd, das auf dem Kai durchging. Das verängstigte Tier riss an den Deichseln, und der Karren schleuderte hin und her, ohne dass jemand der wilden Fahrt Einhalt gebieten konnte. Der Fuhrmann saß auf der Ladefläche und versuchte verzweifelt, sich festzuhalten. Die Volksmenge drängte näher heran, und als das Pferd sich dem Fiskestrand näherte, donnerte der Wagen mit lautem Krachen gegen eine der Tonnen. Im nächsten Moment war nur noch ein riesiger Feuerball zu sehen, gefolgt von einem schrecklichen Donnerschlag. Da begriff Magnus, warum Anne das Seil durchgeschlagen hatte, und er drehte sich um, rannte zurück zu seinen Männern und rief ihnen zu, dass sie alle Tonnen über den Kai ins Wasser rollen sollten. Plötzlich war auf dem Kopfsteinpflaster die Hölle los: Während Soldaten die Menge zurückhielten, rollten Erich Kopf, Ulf Sloette und die anderen ein Fass nach dem anderen ins Wasser. Erst als alle im Hafenbecken lagen und keine Explosionsgefahr mehr bestand, bahnte sich Magnus einen Weg bis zu der Stelle, an der der brennende Karren stand.

Der Wagen stand immer noch in Flammen, und neben dem schwer verletzten Pferd und dem umgestürzten Karren lagen Tote und Verletzte. Es roch nach verbranntem Fleisch, und der stechende Qualm reizte Magnus zum Husten. Der Fuhrmann, der einen Arm verloren hatte, lag rücklings auf dem Boden, nicht weit von ihm schrie eine blutende Frau.

Bekümmert betrachtete Magnus das Bild der Zerstörung. Er wagte sich nicht vorzustellen, was geschehen wäre, wenn alle Pulverfässer gezündet worden wären. Während die Menschen sich um die Verletzten scharten und ihre Leiden zu lindern versuchten, erteilte er rasch den Befehl, die Absperrungen zu erweitern. Niemand durfte in die Nähe der Schiffe gelangen, und alle Verdächtigen mussten überprüft werden. Nur im Schloss gab es genug Schießpulver, um so viele Tonnen zu füllen. Die zwei Männer mit den Karren mussten aufständische Vitalienbrüder sein, die die Friedensbemühungen untergraben wollten. Und dabei hatte Magnus doch geglaubt, er habe alles im Griff. Er ließ die Blicke über den Platz schweifen, auf dem das Fass explodiert war, und überlegte gerade, wer der tote Fuhrmann wohl sein mochte, da hörte er plötzlich eine Stimme hinter sich. Er drehte sich um.

»Anne!«, rief er.

»Dieser Schurke! Sieh nur, was er angerichtet hat! Die Verletzten … Hätte ich ihn doch nur rechtzeitig aufhalten können!«, klagte sie und schüttelte verzweifelt den Kopf.

»Ohne dich wären mehrere dieser Schiffe in die Luft geflogen, und Gott weiß, wie viele dann gestorben wären«, beruhigte sie Magnus. Mit zitternden Händen stellte er sich neben sie. »Du weißt ja gar nicht, wie vielen Menschen du gerade das Leben gerettet hast.«

»Ich habe einen der Fuhrmänner aufgehalten und das Seil zwischen den Fässern durchgeschlagen, aber das hat nicht gereicht. Ich verstehe das nicht. Der andere muss ebenfalls einen Feuerstein und ein Schlageisen gehabt haben.«

»Du hättest nicht mehr tun können, bestimmt gab es noch ein Schlageisen auf dem zweiten Wagen.«

Magnus legte tröstend den Arm um Anne, und als er sie so nahe spürte, kam es ihm vor, als seien sie erst gestern in der Fischerstraße zusammen gewesen.

»Du bist die bemerkenswerteste Frau, die ich jemals kannte. Ich will dich nicht verlieren.«

Sie wandte den Blick ab.

»Wir müssen den Verletzten helfen, und ich muss meine Kinder suchen.«

»Aber ich liebe dich. Ich habe versucht, dich gleichfalls mit einer Geldbuße freizukaufen, aber es ist mir nicht gelungen.«

Sie horchte auf.

»Deine Worte bedeuten nichts, Magnus. Hier zählt nur das, was geschehen ist.«

Auf einmal hörten sie Lärm und aufgeregte Stimmen, und ein Trupp Soldaten kam vom Flaggschiff auf sie zugelaufen. Sie bahnten sich einen Weg durch die Menge der Schaulustigen und stießen grob alle beiseite, die ihnen im Weg standen. Anne und Magnus prallten zurück, und als Anne ins Stolpern geriet, nahm Magnus ihre Hand.

»Gib mir ein wenig Zeit. Ich komme zurück«, versprach er.

»Aber verstehst du denn nicht? Meine Liebe zu dir tut mir weh, sie tut mir nicht gut. Was ich jetzt habe, will ich nicht wieder aufs Spiel setzen. Komm nicht wieder zu mir, bevor du kein freier Mann bist!«

»Aber …«

»Leb wohl, Magnus«, sagte sie und drehte sich um.

Er streckte den Arm aus und hielt sie auf. Bevor sie sich wehren konnte, zog er sie an sich und küsste sie. Einen Augenblick lang verweilte sie in seinen Armen, dann riss sie sich los. Für den verzweifelten Magnus war es, als hätte sie ihn geschlagen oder für immer verlassen. Das durfte nicht sein.

»Ich komme zurück«, sagte er leise zu sich selbst. »Eines Tages, sobald ich frei bin.«

Er ging weiter, doch er konnte den Blick nicht von ihr wenden. Als wolle er sie noch ein letztes Mal sehen und das Bild in seinem Gedächtnis bewahren, bis er sie wieder traf.

Anne rang nach Atem. Magnus hatte sie geküsst, und ihr kam es vor, als hätte ihre Begegnung auf dem Dachboden erst gestern stattgefunden. Als sie ihrem Begehren nachgegeben und ihn empfangen hatte. Ihr Wunsch, die Seine zu werden, hatte alles andere in den Hintergrund gedrängt. Sie erinnerte sich, wie seine

Haut die ihre berührt hatte, seine Lippen wie Schmetterlinge über ihren Mund geglitten waren und welcher Genuss es gewesen war, als er sich in ihr bewegte. Sie beide zusammen, nur sie beide und niemand sonst. So sollte es sein.

Er hatte sie wieder in den Arm genommen, und vergessen waren alle Wut und Verzweiflung, die sie im Rathaus verspürt hatte. Die Gefühle überwältigten sie einfach. Komm nicht wieder zu mir, bevor du kein freier Mann bist!, hatte sie zu ihm gesagt. Doch, komm zurück!, dachte sie. Komm zurück zu mir, jetzt gleich!

Sie sah ihn an, und obwohl er sich langsam von ihr wegbewegte, ließ sein Blick sie noch nicht los, als wolle er sie wie mit übernatürlicher Kraft an sich ziehen. Sie dachte an ihr Kind, ihren Sohn, der ihn sicher glücklich machen würde. Aber sobald er das Kind als seines anerkannte, war er verurteilt, würde wegen Hurerei angeklagt werden, hohe Geldstrafen zahlen müssen und konnte vielleicht nie mehr im Rat sitzen. Würde er die Vaterschaft überhaupt anerkennen?

Trotz stieg in ihr hoch, und sie knetete die Hände. Solche Liebe hatte sie noch nie zuvor für einen Mann empfunden. Sie wollte ihn, und der Zorn wallte in ihr auf, stark und kaum zu bändigen. Die Kirche durfte ihrer Liebe nicht im Weg stehen und dem Kind den Vater nehmen. In ein solches Schicksal wollte sie sich nicht schicken, sie musste es ihm sagen. Anne schluckte, benetzte die Lippen mit der Zunge und raffte die Röcke zusammen. Entschlossenen Schrittes ging sie los und lächelte, als sie sah, dass auch er wieder auf sie zukam. Sie strich sich über den Mund, auf dem seine Lippen die Liebe, die niemals ganz erloschen war, zu neuem Leben erweckt hatten. Sie wollte seine Küsse schmecken, und sie wollte in seinen Armen liegen. Vergessen war Mattis, vergessen waren Stolz und alle Vorsätze, sich Magnus vom Leib zu halten. Sie lief los. Magnus würde glücklich und gerührt sein, und vielleicht würde er endlich einen Weg finden, sich doch noch von Ingrid zu befreien.

»Magnus!«

Plötzlich hörte Anne eine schrille Stimme über dem allgemeinen Lärm am Kai, und eine magere Frau in grauem Kleid tauchte hinter ihm auf. Ihre Augen standen allzu dicht beieinander, sie war bleich und ausgemergelt. Anne hielt inne und spürte, wie ihr das Blut aus den Wangen wich. Diese Frau hatte sie schon einmal gesehen, in der Nacht, als Magnus aus Stockholm geflohen war. Ingrid. Was wollte sie hier? Magnus und Ingrid, Mann und Frau …

Anne wollte schreien, sie wollte auf die beiden zustürzen und die Frau wegschleudern, die zwischen ihr und Magnus stand. In ihrer Verzweiflung hätte sie sie am liebsten angespuckt und getreten, doch stattdessen blieb sie stocksteif stehen, und kein Laut kam ihr über die Lippen. Wie in einem schlimmen Traum sah sie, wie Magnus sich umdrehte und Ingrid entgegenging.

Du hast einen Sohn, dachte sie, und in dem Augenblick, da ich es dir erzählen will, verschwindest du wieder. Wie gelähmt stand sie da und spürte, wie jede Kraft aus ihr wich. Verzweifelt versuchte sie, die Tränen hinunterzuschlucken, bis sie schließlich mit einem tiefen Seufzer den Blick hob und den Rücken straffte.

Langsam ging sie zurück zu den anderen, und als sie Valborg, Mattis und die Kinder unverletzt sah, nahm ihre Verzweiflung bereits wieder ab. Als Anne die fröhlichen Stimmen und das Lachen hörte, wusste sie, dass sie das Richtige getan hatte. Dies war ihr Leben, so musste es sein. Das war das Wichtigste, und erst an dem Tag, da Magnus ein freier Mann war, wollte sie ihn wiedersehen.

Nachwort

Als sich der Rauch nach den Morden auf Käpplingeholmen im Juni 1392 wieder gelegt hatte, erwachten die Stockholmer in einer Stadt, in der nichts mehr wie früher war. Stockholm, das bis dahin gemeinschaftlich von Deutschen und Schweden regiert worden war, war Heimstatt von Piraten geworden, den Vitalienbrüdern.

Was danach geschah, lässt sich nur schwer rekonstruieren. Aus dieser Zeit ist nur sehr wenig Archivmaterial erhalten, und die Auskünfte der schwedischen und der ausländischen Quellen unterscheiden sich teilweise voneinander. Fest steht jedoch, dass die Schweden, Dänen, Deutschen und die Vitalienbrüder um die Vormachtstellung in der Stadt kämpften, während die Hanse, eine Art mittelalterliche EU, weiterhin so gut wie möglich ihre Handelstätigkeit aufrechtzuerhalten versuchte. Aber auf der Ostsee, an der Ostseeküste und an der Nordsee trieben die Vitalianer ihr Unwesen, und immer wieder wurden die Schiffe der Hanse gekapert. Außerdem belagerte Margareta, Königin von Dänemark und Norwegen, das gut befestigte Stockholm. Dies behinderte den Handel noch mehr und machte es den Vitalienbrüdern schwer, die Stockholmer mit Nahrungsmitteln zu versorgen.

Als Romanautorin war ich für diese spannende Zeit leicht zu begeistern, und meine Romanfiguren dürfen bei einigen Ereignissen mitspielen, die tatsächlich so geschehen sind. Dazu gehört die Erwähnung der eingeschlossenen Schiffe vor Dalarö und der Gefangennahme der Vitalienbrüder auf dem Schiff im Öresund. Ebenso wird der historische Hintergrund im Nordeuropa um 1390 wahrheitsgetreu geschildert.

Da es nicht genug Archivmaterial gab, habe ich so gut als möglich versucht, die Geschehnisse zu rekonstruieren. So wissen wir zum Beispiel, dass sieben Hansestädte sich zusammenschlossen, um die Vitalienbrüder von der Ostsee zu vertreiben, aber die Widerstandsbewegung *Burgturm* in Lübeck ist meine Erfindung. In gewisser Weise habe ich mir auch die Freiheit genommen, die Chronologie ein wenig abzuändern, wenn es die Handlung erforderte.

Dies ist ein Roman, aber wer gern mehr über diese Zeit lesen möchte, dem kann ich folgende Fachliteratur empfehlen: Nils Ahnlund, *Stockholms historia före Gustav Vasa* (Stockholm, 1953), Göran Dahlbäck, *I medeltidens Stockholm* (Stockholm, 1988), Olaus Magnus' Berichte in *Die Wunder des Nordens* (Frankfurt, 2006), Michael Nordberg, *Den dynamiska medeltiden* (Stockholm, 1995), Olaf Olsen, *Ufredens hav. En 600 år gammel sørøverhistorie fra Østersøen* (Kopenhagen, 2002), *Unionsdrottningen, Margareta I och Kalmarunionen, Föreningen Nordens årsbok* 1997 (Hg. Poul Grinder-Hansen, Stockholm, 1996) und Gudrun Wessnert, *Riket. Boken om 1300-talet* (Stockholm, 2004).

Bei meinen Recherchen gehe ich auch gern auf Reisen, und wer ein wenig auf den Spuren der Hanse wandeln möchte, kann Informationen zu den beschriebenen Schauplätzen nachlesen in Gun Westholms Buch *Hanseatic sites, routes and monuments. A traveller's guide to the past and present* (Visby, 1996).

Den Versuch, eine so weit zurückliegende Zeit sowie Ereignisse zu rekonstruieren, die sich vor mehr als sechshundert Jahren zugetragen haben, finde ich spannend. Und immer wieder mache ich dabei die Erfahrung, dass die Wirklichkeit die Dichtung übertrifft.

Danksagung Obwohl man seinen Roman letztendlich einsam im stillen Kämmerchen schreibt, steckt dahinter auch Teamwork. Eine ganze Reihe von Personen hat dazu beigetragen, dass dieses Buch realisiert werden konnte.

Ein herzliches Dankeschön an den Verlagschef bei Forum, Magnus Nytell, der sich entschlossen hat, auf dieses Buch zu setzen, die Redaktionschefin und Verlegerin Viveca Peterson, die mit professionellem Scharfblick immer wieder einen guten Rat geben konnte, von der ersten bis zur letzten Seite, die Lektorin Matilda Lund, die so freundlich und unermüdlich an diesem Manuskript gearbeitet hat. Das Beste, was einer Autorin passieren kann, ist eine gute Lektorin, und die hatte ich. Danke für alles, Matilda! Außerdem will ich mich bedanken bei der Redakteurin Anne Fredriksson, die gelesen, analysiert und mich immer wieder ermutigt hat.

Ebenso herzlich möchte ich mich bei der Marketingabteilung bedanken: ein großes Dankeschön an Sara Lindegren, Magdalena Byléhn, Annelie Eldh, Karin Eklund und Anders Toll für ihre Arbeit, ebenso an Annika Källström, Eva Skoog und Anna-Lena Engdahl für ihren Einsatz in den Buchhandlungen Schwedens. Danke auch an Helene Ågren, die die Karte erstellt hat, und die Grafiker, die den Umschlag entworfen haben. Ihr habt es wieder richtig toll hingekriegt!

Außerhalb des Verlags habe ich Ermutigung und Unterstützung von vielen Menschen in meiner Umgebung bekommen. Dazu gehören vor allem Bengt Nordin und Maria Enberg von der Bengt Nordin Agency, die mich während des Schreibens unterstützt und meine Bücher auch ins Ausland verkauft haben. Es ist großartig, mit euch zusammenzuarbeiten!

Danke an die Museumsdirektorin Solbritt Benneth vom Medeltidsmuseet, die sich auch diesmal wieder zur Verfügung gestellt und den Text durchgesehen hat, sowie Maria-Paz Acchiardo, die mir das Schreiben mit ihrer Inspiration, ihren aufmunternden Worten und ihrer konstruktiven Kritik so sehr erleichtert hat. Und danke, Jörgen Andersen, für deine positive

Einstellung und deine Unterstützung in allen Lebenslagen, und dir, Gunnar Ingelman, für deine bodenständigen und wertvollen Anregungen.

Last but not least möchte ich mich noch bei Kristina Blomster bedanken, die mich stets aufgemuntert und mich bei Sekretariatstätigkeiten unterstützt hat, weiterhin bei Inger Sjöholm-Larsson für ihre klugen Ratschläge und Kerstin Fägerblad, die das Manuskript während seiner Entstehung mehrmals gelesen und mir immer wieder wertvolle Hinweise gegeben hat.

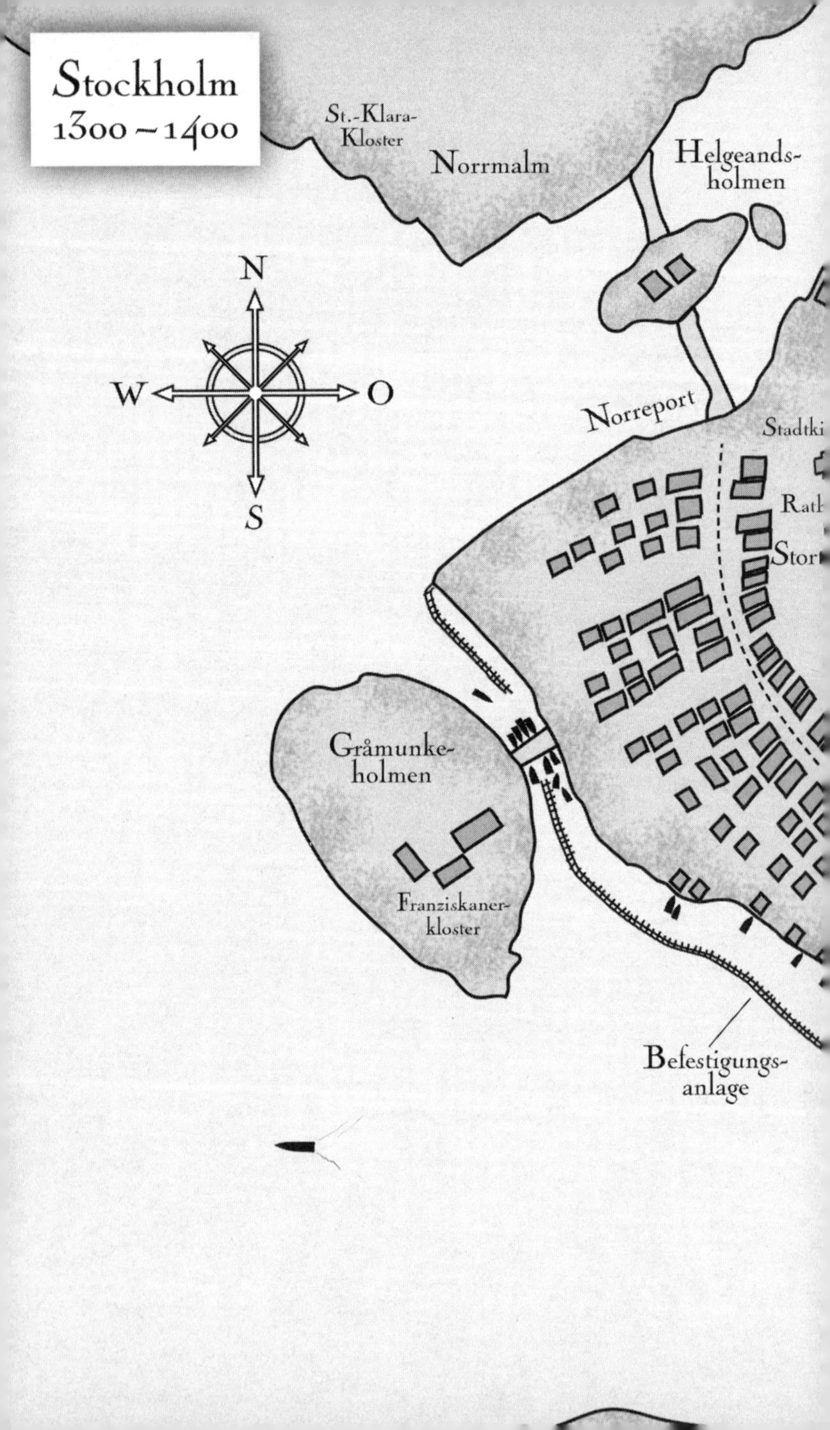
Stockholm
1300 – 1400
St.-Klara-
Kloster
Normalm
Helgeands-
holmen
N
W
O
S
Norreport
Stadtki
Rath
Stor
Gråmunke-
holmen
Franziskaner-
kloster
Befestigungs-
anlage

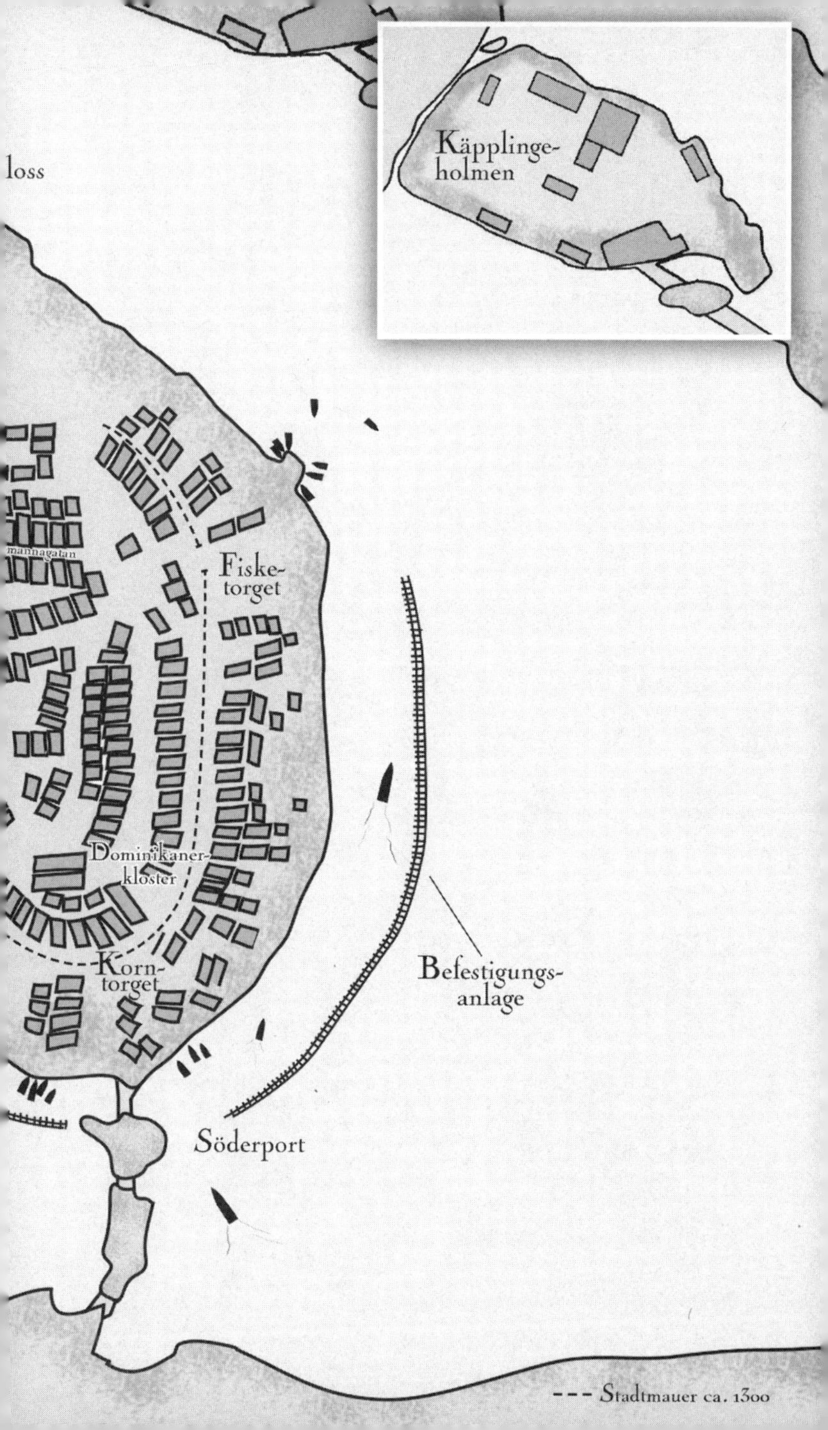

loss
Käpplinge-
holmen
Fiske-
torget
mannagatan
Dominikaner-
kloster
Korn-
torget
Befestigungs-
anlage
Söderport
--- Stadtmauer ca. 1300

Catharina Sundberg

Gebrandmarkt

Roman aus der Hansezeit. Aus dem Schwedischen von Wibke Kuhn. 368 Seiten. Serie Piper

Die Zeiten sind unruhig, als die junge Bürgersfrau Anne im Jahr 1391 aus Lübeck nach Stockholm reist. Mit ihrem Mann und dem Kind, das sie erwartet, will sie einen Neuanfang wagen. Doch Claus kommt bei einem Schiffbruch ums Leben, während Anne sich nach Stockholm retten kann, wo sie sich allein durchschlagen muss. Dabei sind ihr offenbar gefährliche Verfolger auf der Spur … Vor dem Hintergrund der Hansezeit in Schweden erzählt Catharina Sundberg die spannende und atmosphärisch dichte Geschichte einer jungen Frau, die im mittelalterlichen Stockholm ums Überleben kämpft.

»Liebe und Abenteuer im mittelalterlichen Stockholm, temporeich und süffig erzählt. Alle Leser, die gut lesbare Mittelalterromane mögen, werden Blut lecken!«
Svenska Dagbladet

05/2226/02/L

Sabrina Capitani

Das Buch der Gifte

Historischer Roman. 400 Seiten. Serie Piper

Die Schriftstellerin Christine de Pizan setzt sich nach dem Tod ihres geliebten Mannes gegen alle Widerstände durch: gegen die Frauenfeindlichkeit der Kirche, gegen betrügerische Anwälte und gewalttätige Verehrer. Doch als sie den jungen Franziskanermönch Thomas kennen lernt, steht die Liebe zu ihrem verstorbenen Ehemann, dem sie Treue bis über den Tod hinaus geschworen hat, auf dem Prüfstand. Gemeinsam mit Thomas gelingt es ihr, einen rätselhaften Todesfall aufzuklären, der auf verschlungenen Wegen die wahre Vergangenheit des Mönchs offenbart … Lebendig und mit Einfühlungsvermögen erzählt Sabrina Capitani aus dem Leben der Christine de Pizan (1364–1430), einer der bekanntesten und frühesten Schriftstellerinnen Europas.

05/2053/01/R

SERIE PIPER

Petra Balzer de García

Die Hoffnung von Tabarca

Historischer Roman. 432 Seiten. Serie Piper

Als Piraten im Jahr 1769 die Stadt Alicante überfallen, verlieren die Geschwister Ana und José ihre Eltern. Zur gleichen Zeit beschließt der spanische König Carlos III., die Insel Tabarca im Meer vor Alicante zu besiedeln. Dadurch möchte er Piratenangriffe abwehren und seine Vorstellung einer »idealen Stadt« in die Wirklichkeit umsetzen. Voller Sehnsucht auf ein glücklicheres Leben begeben sich Ana und José auf die Insel. Doch die neuen Bewohner haben nicht nur ihre Hoffnung mitgebracht, sondern auch ihre Vergangenheit. Und die droht die Gemeinschaft zu sprengen …

Petra Balzer de García schildert voller Atmosphäre das Bild einer längst vergangenen historischen Epoche.

05/2277/01/L

Martina Kempff

Die Marketenderin

Historischer Roman. Mit einem Nachwort zur Taschenbuchneuausgabe. 432 Seiten. Serie Piper

Februar 1812: Die willensstarke Marketenderin Juliane Assenheimer beschließt, mit den württembergischen Truppen zu ziehen, die Napoleons Armee im Rußlandfeldzug verstärken. Neben der harten Realität des Krieges macht ihr vor allem ihre Liebe zu Leutnant Gerter zu schaffen, die aufgrund des großen Standesunterschiedes unerfüllbar zu sein scheint. Mit viel Energie und Mut kämpft sich Juliane bis nach Moskau durch, wo sich die Lage dramatisch zuspitzt … Ein spannender Roman über eine mutige Frau, die sich gegen Gewalt und Unrecht auflehnt.

»Starke Frauenfiguren vor historischer Kulisse – Autorin Martina Kempff ist mittlerweile Spezialistin für diese Kombination.«

Norddeutscher Rundfunk

05/2262/01/R